俞为民 著

明清传奇通论

中华书局

图书在版编目(CIP)数据

明清传奇通论/俞为民著. —北京:中华书局,2024.4
ISBN 978-7-101-16571-5

Ⅰ.明… Ⅱ.俞… Ⅲ.传奇剧(戏曲)-戏剧文学-古典文学
研究-中国-明清时代 Ⅳ.I207.37

中国国家版本馆 CIP 数据核字(2024)第 048828 号

书 名	明清传奇通论
著 者	俞为民
责任编辑	葛洪春
责任印制	管 斌
出版发行	中华书局
	(北京市丰台区太平桥西里 38 号 100073)
	http://www.zhbc.com.cn
	E-mail:zhbc@zhbc.com.cn
印 刷	河北新华第一印刷有限责任公司
版 次	2024 年 4 月第 1 版
	2024 年 4 月第 1 次印刷
规 格	开本/920×1250 毫米 1/32
	印张 16⅛ 插页 2 字数 450 千字
国际书号	ISBN 978-7-101-16571-5
定 价	128.00 元

目　录

下编　明清传奇作家与作品研究

前　言

在古代戏曲史研究中,学术界一般都将传奇与南戏看作是两种不同的戏曲形式,只是对南戏与传奇的界限,各家有不同的见解,或以年代为限,凡是宋元的是南戏,明清的则为传奇;或以魏良辅改革昆山腔为界,按照经魏良辅改革后的昆山腔所作的长篇剧本是传奇,梁辰鱼的《浣纱记》即为传奇之首。①我们认为,南戏与传奇是同一种戏曲形式,传奇是南戏在明清的继续流传,只是名称不同而已。

一般说来,要区分事物的不同种类,这些事物必须具有各自的特征,而这些特征必须具有决定该事物性质的意义,即本质特征。作为戏曲来说,决定其形式的本质特征有三:一是音乐体制,一是脚色体制,一是剧本体制。南戏和传奇的音乐体制,都是联曲体的音乐结构,即都是联合多支曲牌演唱故事,不同于板腔体戏曲的音乐结构。而且南戏的四大唱腔在明清传奇中仍在传唱,尤其是昆山腔和弋阳腔,成为明清传奇的两大主要唱腔;南戏和传奇的脚色体制虽有差异,南戏是生、旦、净、末、丑、贴、外七个脚色,而传奇有十二个脚色,但这是同一种体制的差异,这是因为南戏在形成初

————————

① 有关南戏与传奇的界限,目前学术界虽有不同的观点,但一般都以魏良辅改革昆山腔、梁辰鱼作《浣纱记》即文人成为戏曲作家主体作为南戏与传奇的分界。

期,其脚色分工不细,故只有七个脚色。传奇只是在南戏的七个脚色的基础上派生、增加了几个脚色,而两者以生、旦并重和上场脚色皆可唱的体制还是一致的;南戏和传奇的剧本体制,与两者的音乐体制相关,都是长短句体曲文形式,不同于板腔体戏曲的上下句的曲文形式。

　　因此,从南戏与传奇的本质特征即音乐体制、脚色体制和剧本体制来看,两者之间虽有差异,但这是同一种艺术形式在发展过程中所造成的,两者的本质特征没有改变,正因为此,在明清人的有关曲目和曲论著作中,也是将"南戏"、"传奇"作为同一种戏曲形式的。如明吕天成的《曲品》品评与记载的剧目包括了宋元南戏与明代传奇的剧目,统称为"传奇",只是按照时代的先后,分为"旧传奇"与"新传奇"两类,"旧传奇"便包括了两宋、元代、明初三个时期的南戏剧目,如将产生于宋元及明初的《荆钗记》《白兔记》《拜月亭》《杀狗记》《琵琶记》《五伦记》等列为"旧传奇",而将当时人所作的剧作列为"新传奇",如沈璟与汤显祖的剧作皆列为"新传奇";明祁彪佳在品评南戏、传奇、杂剧时,只是分为两大类:一类是杂剧,一类是南戏与传奇,也视南戏与传奇为同一种戏曲形式,如品评南戏与传奇的称为《远山堂曲品》,品评杂剧的称为《远山堂剧品》;清无名氏《传奇汇考标目》,将宋元南戏与明清传奇统称为"传奇",只是按时代分为"元传奇"、"明传奇"、"本朝传奇"等三类;清无名氏《古人传奇总目》也将《张叶》《王焕》《卧冰》及《荆钗记》《琵琶记》等宋元南戏与明代传奇合列在一起;清无名氏《重订曲海总目》将剧目总分为"传奇"与"杂剧"两大类,在传奇这一类中,又分为"明人传奇"与"国朝传奇"两类。其中《荆钗记》《金印记》《琵琶记》等南戏作品也与汤显祖、沈璟的剧作同列于"明人传奇"内。又如清钮少雅在《南曲九宫正始》中引录宋元南戏与明代传奇的曲文时，也统称为"传奇"，如称宋元南戏为"元传奇"，称明代传奇为"明传奇"。

由上可见，南戏与传奇在体制上并没有根本的区别，而且前人也一直视两者为同一种戏曲形式，只是名称不同而已。因此，在名称上，我们可以将两者加以区分，即习惯上可按时代为界，称为"宋元南戏"与"明清传奇"，但在体制上，仍应视两者为同一种戏曲形式。

但我们将南戏与传奇作为一个整体放在整个戏曲发展史上来考察时，可以将两者加以分段考察，即将"南戏"、"传奇"作为同一种戏曲形式的两个阶段。而南戏到了明清传奇阶段，进入到了文人参与阶段，南戏的文学品位和艺术品位都得以提升，完成了民间南戏向文人南戏即传奇的转型，也是南戏逐步被经典化的过程。

从我国古代文学史与艺术史上来看，任何一种文学体裁或艺术形式皆起源于民间，在其形成之初，都具有通俗朴素的特征，其艺术品位不高，缺乏文学性。而要成为一种经典文学艺术，具有典雅精致的特征，必须经历过文人参与的阶段，在历史上出现过的作为经典的文学及艺术形式，如《诗经》、乐府、唐诗、宋词、元曲，无不都是如此，南戏也是如此。作为百戏之祖的南戏的这一典雅化过程，是由明清时期的文人戏曲作家来完成的。南戏形成于北宋中叶的温州，在宋元时期，其流行的范围主要是在民间，因此，不仅戏曲的观众多是下层民众，而且戏曲作家也皆为下层文人或民间艺人，如明代王骥德《曲论·杂论下》云：

> 古曲自《琵琶》《香囊》《连环》而外，如《荆钗》《白兔》《破窑》《跃鲤》《牧羊》《杀狗劝夫》等记，其鄙俚浅近，若出一手。

岂其时兵革孔棘，人士流离，皆村儒野老涂歌巷咏之作耶？①

　　文人参与南戏创作，是从元代末年高明作《琵琶记》开始的，文人的参与，提升了南戏的文学品位与艺术品位，如明徐渭以为高明作《琵琶记》，"用清丽之词，一洗作者之陋。于是村坊小伎，进与古法部相参，卓乎不可及已"。②而南戏从民间艺术成为经典艺术，即南戏的经典化便是由明清文人作家来完成的。

　　明清文人对南戏的经典化始自于明嘉靖年间魏良辅对南戏四大唱腔之一的昆山腔的改革，对南戏的演唱方法作了经典化改造。早期南戏采用依腔传字、用方言演唱的方式，魏良辅不满南戏这种粗俗的演唱，"愤南曲之讹陋"，便对昆山腔演唱方式作了改革，改为以中州韵为标准韵和依字声定腔的演唱方式，"调用水磨，拍捱冷板，声则平、上、去、入之婉协，字则头、腹、尾音之毕匀。功深镕琢，气无烟火，启口轻圆，收音纯细"。③使得原来因采用依腔传字的方式演唱而"平直无意致"的南曲曲唱，具有了"纤徐绵眇，流丽婉转"的风格，昆山腔也有了"水磨调"之称。经魏良辅改革后的这种新昆山腔所具有的清柔缠绵、委婉悠远的风格，正适合了文人学士、封建士大夫的艺术情趣，"士大夫禀心房之精，靡然从好"。④如王骥德《曲律》载："旧凡唱南调者，皆曰海盐，今海盐不振，而曰昆山。"⑤

　　如果说魏良辅只是在南戏的演唱方式上作了经典化改革，那

---

①《曲论·杂论下》，《历代曲话汇编》明代编第二集，黄山书社2009年版，第110—111页。

②《南词叙录》，《历代曲话汇编》明代编第一集，第482页。

③明沈宠绥《度曲须知·曲运隆衰》，《历代曲话汇编》明代编第二集，第617页。

④明顾启元《客座赘语》卷九，《历代曲话汇编》明代编第二集，第401页。

⑤《曲律·论腔调》，《历代曲话汇编》明代编第二集，第75页。

么,梁辰鱼则从南戏的文本创作上对南戏的经典化作了提升。梁辰鱼生活在昆山腔的发源地,精通昆山腔新的度曲技巧,在梁辰鱼作《浣纱记》之前,新昆山腔所唱的都是如《荆》《刘》《拜》《杀》四大南戏和《琵琶记》等宋元时期的南戏旧作,而梁辰鱼的《浣纱记》,是首次专为新昆山腔而作的传奇(南戏)剧作,如《渔矶漫钞》载:

> 昆山有魏良辅者,始造新律为"昆腔",梁伯龙独得其传,著《浣纱记》传奇,盛行于时。[1]

梁辰鱼虽累试不第,只是"以例贡为太学生",[2]但他是一位富有文学才华的文人剧作家,他与当时文坛上的一些著名文人王世贞、李攀龙、张凤翼、屠隆、徐渭等都有交往,如王世贞是其表叔,曾替他的《古乐府》写了序言,另外,与李攀龙、张凤翼、屠隆等交往也甚密,屠隆也为其《鹿城集》作序。这样的身份也必然影响他的戏曲创作,而且,新昆山腔清丽缠绵的音乐风格,也需要与其相配合的剧作具有典雅艳丽的语言风格。因此,梁辰鱼的《浣纱记》在戏曲语言上,在高明《琵琶记》的基础上,对南戏作了进一步的典雅化。如明凌濛初认为明代南戏(传奇)典雅化,元末高明的《琵琶记》虽已"开琢句修词之端",而实滥觞于梁辰鱼的《浣纱记》传奇,曰:

> 曲始于胡元,大略贵当行不贵藻丽。其当行者曰"本色"。盖自有此一番材料,其修饰词章,填塞学问,了无干涉也。故《荆》《刘》《拜》《杀》为四大家,而长材如《琵琶》犹不得与,以《琵琶》间有刻意求工之境,亦开琢句修词之端,虽曲家本色故饶,而诗余弩末亦不少耳。……自梁伯龙出,而始为

---

①《渔矶漫钞》卷三,清刻本。
②《五石脂》,江苏古籍出版社1999年版,第355页。

工丽之滥觞，一时词名赫然。盖其生嘉、隆间，正七子雄长之会，崇尚华靡。弇州公以维桑之谊，盛为吹嘘，且其实于此道不深，以为词如是观止矣，而不知其非当行也。以故吴音一派，竞为剿袭。靡词如绣阁罗帏、铜壶银箭、黄莺紫燕、浪蝶狂蜂之类，启口即是，千篇一律。甚者使僻事，绘隐语，词须累诠，意如商谜。不惟曲家一种本色语抹尽无余，即人间一种真情话，埋没不露已。①

自魏良辅改革昆山腔，新昆山腔清柔缠绵、委婉悠远的风格，吸引了文人学士来为昆山腔创作剧本。同时，由于梁辰鱼的《浣纱记》传奇是一部专为魏良辅改革后的新昆山腔所作的传奇，又扩大了新昆山腔的影响，因此，许多文人学士纷纷仿效，为新昆山腔创作剧本，"谱传藩邸戚畹，金紫熠爚之家，而取声必宗伯龙氏，谓之昆腔"。②一时作家辈出，剧作如林。如明沈宠绥《度曲须知》谓当时曲坛上"名人才子，踵《琵琶》《拜月》之武，竞以传奇鸣。曲海词山，于今为烈"。③"粤征往代，各有专至之事以传世，文章矜秦汉，诗词美宋唐，曲剧侈胡元。至我明则八股文字姑无置喙，而名公所制南曲传奇，方今无虑充栋，将来未可穷量，是真雄绝一代，堪传不朽者也"。④吕天成《曲品》也云："博观传奇，近时为盛，大江左右，骚雅沸腾；吴、浙之间，风流掩映。"⑤

在明代中叶的曲坛上，涌现出了以沈璟为代表的吴江派剧作

---

① 明凌濛初《谭曲杂札》，《历代曲话汇编》明代编第三集，第188页。
② 明张大复《梅花草堂笔谈》卷十二《昆腔》，《历代曲话汇编》明代编第三集，第432页。
③ 明沈宠绥《度曲须知》，《历代曲话汇编》明代编第二集，第616—617页。
④ 同上。
⑤《曲品》卷上，《历代曲话汇编》明代编第三集，第86页。

家和以汤显祖为代表的临川派剧作家。当时这两派的作家又分别从不同的角度，对南戏作了进一步的雅化。汤显祖重视志趣的张扬与文辞的典雅，沈璟则追求格律的精致细密，两人为此围绕着"工辞"与"尚律"，展开了争论，而这一争论对当时及后世的戏曲创作产生了很大的影响，使得当时及后来的文人剧作家对南戏的经典化标准有了较清晰的认识，也就是才情的抒发、文辞的华美、音律的谐合作为戏曲创作的最高境界。提出了辞与律"合之双美"的主张。推动了南戏的经典化。到了明末清初，出现了一大批才情、曲律双美的文人之作。如以李玉为代表的苏州派戏曲家的戏曲创作，既富才情，又合曲律。清钱谦益评李玉的戏曲创作曰："既富才情，又娴音律，殆所称青莲（李白）苗裔，金粟（顾阿瑛）后身耶？"①又如清初曲坛上的出现两部传奇名著"南洪北孔"——《长生殿》与《桃花扇》，也是辞与律的完美融合的典范之作。如清叶堂谓："《长生殿》词极绮丽，宫谱亦谐。"②《桃花扇》的作者孔尚任也自称所作："词必新警。""语必整练。""宁不通俗，不肯伤雅。"③因此，随着像李玉、南洪北孔这样一大批既富才情，又工音律的文人剧作家及由他们所创作的南戏（传奇）的涌现，也使得南戏的典雅化达到了顶峰。清代中叶，曲坛上将文人所创作的昆山腔传奇称作"雅部"，这也标志着南戏已完成文人化与雅化的过程。

明清时期文人学士参与南戏的创作，南戏得以典雅化，逐步成为一种经典艺术，这对于南戏的发展具有双重作用，一方面提高了南戏的文学品位和艺术品位，从而也提高了南戏的地位，与正统的

①《眉山秀·题词》，《历代曲话汇编》清代编第一集，黄山书社2008年版，第67页。
②《纳书楹曲谱》正集卷四，清乾隆间长洲叶氏纳书楹刻本。
③《桃花扇·凡例》，人民文学出版社1959年版，第11页。

诗文一样，也具有了经典性；另一方面，也使得南戏逐步精致典雅后而脱离舞台，脱离广大下层观众，如经过文人典雅化的南戏所具有的典雅的语言，对于作为一种供文人学士阅读欣赏的案头文学，是增加了欣赏价值。但戏曲作品不仅仅是一种文学读物，而是要付诸舞台演出的，显然是不利于演员的演出与观众的观赏，因此，也必然会影响其在舞台的流传。如清李渔认为，像汤显祖的“《牡丹亭》《邯郸梦》得以盛传于世，吴石渠之《绿牡丹》《画中人》得以偶登于场者，皆才人侥幸之事，非文至必传之常理也”。[1]他指出，若从“填词之设，专为登场”[2]这一标准来衡量，这些文人所作的传奇，就没有什么大的价值，“若据时优本念，则愿秦皇复出，尽火文人已刻之书，止存优伶所撰诸抄本，以备家弦户诵而后已”。[3]

　　因此，明清传奇发展到了清代中叶，在花雅之争中，其在曲坛的“正音”地位，被来自民间的花部诸腔戏所取代，这也正是明清文人戏曲作家对南戏经典化的结果，同时，这也标志着文人学士已经完成了对南戏的经典化工作，而也正因为有明清文人作家对南戏的经典化过程，才使得在20世纪南戏四大唱腔之一的昆山腔即昆曲作为中华民族经典艺术的代表，被联合国教科文组织列入“人类口头和非物质遗产”。

　　南戏是我从事戏曲史研究以来的主要研究课题，此前已经撰写并出版了《宋元南戏考论》《宋元南戏考论续编》《宋元南戏文本考论》《宋元南戏传播考论》等论著，若从明清传奇即是宋元南戏的延续来说，此书也可以命名为《明清南戏通论》。

---

① 《闲情偶寄·演习部·选剧第一》，《历代曲话汇编》清代编第一集，第293页。
② 同上，第292页。
③ 同上，第293页。

上　编
明清传奇专题研究

明代戏曲创作倾向的变迁

明代是我国古代戏曲发展史上的一个重要时期，在这一时期，戏曲艺术家们在宋元南戏的基础上，作了改进和提高，戏曲创作进入了以传奇为主的新阶段。而由于明代是封建社会逐渐走向衰落的时期，整个明代的社会形态复杂多变，这也直接影响了明代的戏曲创作，使整个明代的戏曲创作随着时代政治风云的变幻而呈现出不同的倾向。

一、明初重理的创作倾向

明王朝建立后，封建统治者为了巩固高度君主专制的中央集权统治，在政治上忌杀功臣，大兴党狱，废除丞相制，集权于皇帝一人。在思想上，也相应采取了高压政策，严密控制人们的思想。在元代，由于蒙古统治者的入主，造成了社会秩序的混乱，放松了对人们思想的控制，尤其是由于蒙古统治者提倡佛教和道教，故动摇了长期以来被汉族封建统治者奉为金科玉律的儒家思想的统治地位。明初统治者总结了这一历史教训，如在洪武初年，御史中丞刘基向朱元璋进言："宋元宽纵，今宜肃纪纲。"[1]故在明初，统治者竭

①《明会要》卷六十六，中华书局1956年版，第1268页。

力恢复儒家思想的统治地位,大力提倡程朱理学,用封建传统伦理道德来禁锢人们的思想意识。为此,封建统治者也加强了对文学创作的干涉,即要求文学作品"通道术,达时务",①宣扬封建礼教,明道致用。对于戏曲这一为大多数人喜闻乐见的文学形式,统治者深深懂得它在感化和维系人心中的特殊作用,故对戏曲创作的干涉尤为严重。一方面,统治阶级以法律的形式具体规定了戏曲所表现的主题、题材以及人物形象等,强迫戏曲作家们"通道术,达时务",为君用。如《昭代王章》第三卷"搬做杂剧"条载:

> 凡乐人搬做杂剧戏文,不许妆扮历代帝王后妃、忠臣烈士、先圣先贤神像,违者杖一百。官民之家容令妆扮者同罪。其神仙道扮及义夫节妇、孝子顺孙、劝人为善者不在禁限。②

又明顾启元《客座赘语》"国初榜文"条载:

> 永乐九年七月初一日,该刑科署都给事中曹润等奏:"乞敕下法司,今后人民倡优装扮杂剧,除依律神仙道扮、义夫节妇、孝子顺孙、劝人为善及欢乐太平者不禁外,但有亵渎帝王圣贤之词曲、驾头杂剧,非律所该载者,敢有收存传诵印卖,一时拿送法司究治。"奉旨:"但这等词曲,出榜后,限他五日,都要干净,将赴官烧毁了。敢有收藏的,全家杀了。"③

而另一方面,统治者又大力推崇和赞扬那些宣扬封建礼教的戏曲作品。如朱元璋见到高明的《琵琶记》后,极为赞赏,曰:

> 五经、四书,布、帛、菽、粟也,家家皆有;高明《琵琶记》,如山珍、海错,贵富家不可无。④

---

① 《明史·詹同传》引朱元璋语,中华书局1974年版,第3929页。
② 《大明律》卷二十六《刑律杂犯》,法律出版社1999年版,第204页。
③ 《客座赘语》,《历代曲话汇编》明代编第二集,第403页。
④ 《南词叙录》,《历代曲话汇编》明代编第一集,第483页。

在封建统治阶级的干预下，在明初的曲坛上，便出现了重理的创作倾向。戏曲作家们都把宣扬封建伦理道德作为自己创作的主旨和戏曲表现的主题。早在永乐年间，作为明皇室成员的戏曲作家朱权和朱有燉，就在戏曲理论和创作实践上，举起了"理"的旗帜。他们都把戏曲当作粉饰太平、宣扬封建礼教的工具。如朱权在《太和正音谱》中指出："盖杂剧者，太平之胜事，非太平则无以出。"[①]朱有燉也提出，要使戏曲成为"劝善之词"，[②]"使人歌咏搬演，亦可少补于世教也"。[③]他认为："三纲五常之理，在天地间未尝泯绝。惟人之物欲交蔽，昧夫天理，故不能咸守此道也。""予因为制传奇，名之曰《香囊怨》。"[④]以曲明道，使人们能遵守封建伦理道德。到了成化年间，理学家丘浚又响应高明在《琵琶记》中提出的"不关风化，纵好也徒然"的创作主张，编撰了《五伦记》传奇，并在《五伦记》第一出《副末开场》中，对高明的创作主张作了进一步的阐发，曰："若于伦理无关紧，纵使新奇不足传。"而且，在一部戏曲中，所宣扬的封建礼教必须五伦全备，因"这三纲五伦，人人皆有，家家都备，只是人在世间被那物欲牵引，私意遮蔽了，所以为子有不孝的，为臣有不忠的"。故他强调戏曲作家的责任就是要在戏曲中宣扬三纲五伦，将这些封建教条"搬演出来，使世上为子的看了便孝，为臣的看了便忠，为弟的看了敬其兄，为兄的看了友其弟，为夫妇的看了相和顺，为朋友的看了相敬信。……善者可以感发人之善心，恶者可以惩创人之逸志，劝化世人，使他有则改之，无则

---

①《太和正音谱》，《历代曲话汇编》明代编第一集，第57页。
②《贞姬身后团圆梦引》，《历代曲话汇编》明代编第一集，第200页。
③《㨄搜判官乔断鬼引》，《历代曲话汇编》明代编第一集，第204页。
④《刘盼春守志香囊怨序》，《历代曲话汇编》明代编第一集，第201页。

加勉"。①不久，一位熟读四书五经的老生员邵灿又步丘浚的后尘，编撰了《香囊记》传奇。他在第一出【沁园春】词中表明，自己是有感于当时"士无全节"，"有缺纲常"，"因续取《五伦》新传，标记紫香囊"。②

由于戏曲作家们把统治阶级规定好了的封建伦理道德作为剧作的主题，因此，戏曲作家的创作完全受外在的封建伦理道德所支配，没有根据自己的主观意志进行创作的自由。在创作过程中，不是按照自己在现实生活中得到的某种主观感受来选择题材，进行创作，而是从封建伦理观念出发，生硬地截取生活中的某些个别事物，甚至虚构编造某些情节作为这些伦理观念的附庸。这样编撰出来的戏曲，只能是对封建伦理道德的图解。不仅内容皆是迂腐的道学说教，如明祁彪佳评《五伦记》"一记之中尽述五伦，非酸则腐矣"。③而且表现手法拙劣，艺术性差。首先是故事情节乖谬荒唐，违背生活真实。如《五伦记》的情节全是根据封建的三纲五伦虚构拼凑而成的。剧作一开始，作者就根据"三教莫如儒"的儒家正统观念，虚构了伍伦全、伍伦备、安克和兄弟三人一起游玩的情节，三人先后路过酒店、妓馆、佛寺和道观都不入，最后进了儒学。又如为了宣扬"孝"、"义"等道德观念，作者虚构了许多违背生活真实的情节。如淑清和淑秀为了给婆婆治病，一个割肝，一个割股，"碾末为汤剂"。④又如伍伦全被胡人俘虏后，伍伦备和安克和就赶到胡人处，争着要替兄死。以致感动了胡人，不仅把伍伦全放了，

①《五伦记·副末开场》，明世德堂刻本，《古本戏曲丛刊》初集影印，商务印书馆1954年版。
②《香囊记·家门》，《六十种曲》第一册，中华书局1958年版，第1页。
③《远山堂曲品》，《历代曲话汇编》明代编第三集，第568页。
④《五伦记·割肝救姑》出，明世德堂刻本，《古本戏曲丛刊》初集影印。

而且还率众归顺。邵灿的《香囊记》也同样，如为了表彰邵贞娘的节孝，作者虚构了这样一个情节，当邵贞娘与婆婆崔氏在逃难途中，遇到宋江率领的梁山好汉的拦劫，宋江为了试探邵贞娘是否孝，假意要杀死崔氏，邵贞娘立即表示要代婆婆死，宋江感其孝，释放了婆媳二人，并赠以金帛。虽然戏曲创作的情节可以虚构，但这种虚构必须建立在生活真实的基础之上。而丘浚、邵灿等完全脱离了生活的真实，只是为了宣扬封建伦理道德、从教条出发来虚构情节，故虚构出来的情节无生活气息，不是真实可信的。

二是剧中人物类型化。因作者也是按照封建伦理道德来设计人物的性格，安排人物的语言和行为，故剧中人物都是同一个模子里倒出来的玩偶，不外乎忠臣孝子、义夫节妇、贤妻良母等几种类型，除了忠孝节义这些教条式的性格外，就再没有别的性格了。因此，剧中人物有如泥人土马，毫无生气，成了封建伦理道德的传声筒。

另外，在语言上，这些戏曲作家都熟读四书五经等儒家经典，故直以儒家经典中的语句填词作曲，以连篇累牍的经文代替人物的念白唱词。尤其是邵灿的《香囊记》，不仅大量搬用儒家经文，而且还"尽填学问"，[①]因作者"习《诗经》，专学杜诗，遂以二书语句匀入曲中，宾白亦是文语，又好用故事作对子"。[②]故在语言上，开了明代曲坛上骈俪典雅的风气。如明徐渭《南词叙录》云：

> 以时文为南曲，元末、国初未有也，其弊起于《香囊记》。……夫曲本取于感发人心，歌之使奴童妇女皆喻，乃为得体。经、子之谈，以之为诗且不可，况此等耶！[③]

---

①《曲品》卷下，《历代曲话汇编》明代编第三集，第112页。
②《南词叙录》，《历代曲话汇编》明代编第一集，第486页。
③同上。

明徐复祚也谓：

> 《香囊》以诗语作曲，处处如"烟花风柳"，如"花边柳边"、"黄昏古驿"、"残星破暝"、"红入仙桃"等大套，丽语藻句，刺眼夺魄，然愈藻愈远本色。《龙泉记》《五伦全备》，纯是措大书袋子语，陈腐臭烂，令人呕秽，一蟹不如一蟹矣。①

明代初年这种重理的创作倾向，成为明初戏曲创作的主流，故严重影响了戏曲的繁荣和发展。自明洪武初年到正德年间，在这一百五十多年的时间里，曲坛上死气沉沉，作家寥寥无几，仅有的几部戏也大都是案头之曲。

二、明代中叶重情的创作倾向

明代中叶是明代戏曲发展史上的一个重要转折点，即在创作倾向上，由前一时期重理的道学化创作倾向，转向以重情为特色的创作倾向。戏曲作家们不再受封建程朱理学的束缚，而是从自己的主观感情出发来创作戏曲，把戏曲当作是披露个人内心世界，传达自己情感的工具。如梁辰鱼声称自己作《浣纱记》并不是为了"谈名说利"，而是要把自己"骥足悲伏枥，鸿翼困樊笼"的感受表达出来，所谓"伤心全寄词锋"。②徐渭《南词叙录》云："夫曲本取于感发人心。"③汤显祖也云："为情作使，劬于伎剧。"④"凡文（传奇）以

---

① 《三家村老委谈》，《历代曲话汇编》明代编第二集，第256—257页。
② 《浣纱记·家门》，上海古籍出版社1998年版，第449页。
③ 《南词叙录》，《历代曲话汇编》明代编第一集，第486页。
④ 《续栖贤莲社求友文》，《汤显祖诗文集》卷三十六，上海古籍出版社1982年版，第1160页。

意、趣、神、色为主。"①"因情成梦,因梦成戏。"②王骥德《曲律》云:"夫曲以模写物情,体贴人理,所取委曲宛转,以代说词。"③与诗词相比,曲在篇幅和格律上的限制较宽,故"曲则惟吾意之欲至,口之欲宣,纵横出入,无之而无不可也。故吾谓:快人情者,要毋过于曲也"。④又如沈德符《顾曲杂言》载:"屠长卿之《彩毫记》,则竟以李青莲自命,第未知果惬物情否耳!"⑤

　　明代中叶曲坛上这种重情的创作倾向的出现,也不是偶然的,它是与明代中叶由于王阳明的心学和王学左派的产生而出现的思想解放运动密切相关的。明代中叶,由于城市经济得到了迅速的发展,在江南沿海一些城市里,出现了带有资本主义性质的手工业作坊,资本主义生产关系的萌芽已在封建社会内部初露头角。经济基础的变化,新的生产关系萌芽的出现,对当时的意识形态领域产生了很大的影响,在意识形态领域内也出现了一场重大的变革,即王阳明心学的兴起,动摇了为统治者所推崇的程朱理学的统治地位。王阳明的心学虽与程朱理学一样,是为巩固封建统治服务的,但王阳明所提倡的"心即理"与程朱理学的"性即理"是相对立的。王阳明的"心即理",即认为封建伦理道德在每个人的心中,人们通过自我意识,可以达到自我完善。因此,他特别强调个人的意志自律,反对程朱理学用外在的封建伦理教条去生硬地钳制人性,指出:"圣人之学不是这等捆缚苦楚的,不是装做道学的模样。"⑥

---

①《答吕姜山》,《汤显祖诗文集》卷四十七,第1337页。
②《复甘义麓》,《汤显祖诗文集》卷四十七,第1367页。
③《曲律·论家数》,《历代曲话汇编》明代编第二集,第80页。
④《曲律·杂论下》,《历代曲话汇编》明代编第二集,第120页。
⑤明沈德符《顾曲杂言》,《历代曲话汇编》明代编第三集,第65页。
⑥《传习录译注》,中华书局2018年版,第427页。

　　这种主观唯心主义的哲学思想对于客观唯心主义的程朱理学确是极大的冲击。尤其是以王艮为代表的泰州学派,发展了王阳明心学这一反对程朱理学束缚人心的积极因素,站在新兴市民阶层的立场上,要求摆脱封建礼教的束缚,个性解放,提出:"圣人之道无异于百姓日用,凡有异者,皆谓之异端。百姓日用条理处,即是圣人之条理处。"①以自然人所具有的男女饮食、七情六欲取代传统的封建伦理道德。并且鼓动人们"自心作主宰,凡事只依本心而行"。②这种新的哲学思潮的出现,使整个社会的思想风气为之一变,初步打破了明初以来程朱理学对人们思想的严密禁锢,使人们的感性因素得到了发展,情感的价值初步得到了人们的重视,人们的言行不像明初那样,严格受封建礼教的束缚,即使在上流社会,对那些以前被认为是离经叛道、有伤风化的言行也不以为耻。如嘉靖年间曾为翰林孔目的名士何良俊,在一次宴会上竟然以妓鞋行酒,而王世贞还"作长歌以纪之"。③再如屠隆生活放荡,患了花柳病,在他病重时,汤显祖还作《长卿苦情寄之疡,筋骨段坏,号痛不可忍,教令阖舍念观世音稍定,戏寄十绝》一诗,④寄给屠隆。又如徐渭的《嘲少发大脚妓》《嘲瘦妓》《嘲歪嘴妓》这样滑稽戏谑的散曲小令,在当时竟"大为士林传诵"。⑤就拿作戏曲这件事来说,在明初,虽然统治者也提倡以曲明道,并不反对作曲,但一般士大夫视戏曲为小道,以作曲为耻。如何良俊《四友斋丛说》载:

①清黄宗羲《泰州学案》,《明儒学案》卷三十二,中华书局2008年版,第714页。
②同上。
③明沈德符《万历野获编》卷二十三"妓鞋行酒"条,文化艺术出版社1998年版,第640页。
④《长卿苦情寄之疡,筋骨段坏,号痛不可忍,教令阖舍念观世音稍定,戏寄十绝》,《汤显祖诗文集》卷十五,第601页。
⑤《曲律·论俳谐》,《历代曲话汇编》明代编第二集,第94页。

"祖宗开国,尊崇儒术,士大夫耻留心辞曲。"①在明初,士大夫编撰戏曲是受到鄙薄的,即使像丘浚那样借戏曲来宣扬封建礼教的作家,在当时也受到了一些正统理学家的非难,如明沈德符《顾曲杂言》载:当丘浚作《五伦记》时,与他同朝的士大夫王端毅即批评他说:"理学大儒,不宜留心词曲。"②可在明代中叶,士大夫作曲已不以为耻,纷纷跻身曲坛,如王骥德《曲律》载:"王渼陂(九思)好为词曲,客有规之者,曰:'闻之太上立德,其次立功,其次立言,公何不留意经世文章?'渼陂应声曰:'子不闻其次致曲乎?'"③而这种新的哲学思潮的出现,也影响了文坛的风气。"古之所谓发乎情止乎礼义,今之所谓发乎情而必戾于理"。④如在诗文创作上,以袁氏三兄弟为代表的公安派提出了"独抒性灵,不拘格套"的文学主张,要求作家在诗文中抒发自己的真情实感,"一一从自己胸中流出"。⑤当时戏曲创作中出现的这种重情的创作倾向,也正是这种新的哲学思潮影响的产物。

　　戏曲作家们把自我内心的感情作为戏曲创作的出发点和表现的重点。当然戏曲家们所推崇的情并非脱离社会现实,凭空产生的,是作者受到客观现实的触动而产生的。而由于戏曲作家们的生活遭遇和社会经历各不相同,他们在现实生活中获得的感受也各不相同,因此,戏曲作家们通过戏曲所反映出来的情也有不同的内涵。大致可以将它们归纳为这样两大类:一类是没有超出个人

①《四友斋丛说》,《历代曲话汇编》明代编第一集,第464页。
②《顾曲杂言》,《历代曲话汇编》明代编第三集,第60页。
③《曲律·杂论下》,《历代曲话汇编》明代编第二集,第139页。
④清朱彝尊辑《明诗综》卷三十三,清康熙四十四年(1705)刻本。
⑤《答李元善》,明袁宏道著,钱伯城笺校《袁宏道集笺校》卷二十二,上海古籍出版社2008年版,第786页。

感受的范畴,剧作家抒发的只是自己的某些情感。或抒发自己在官场中失意的牢骚和对仕途坎坷的感慨,即如明李贽所说的,"夺他人之酒杯,浇自己之垒块,诉心中之不平,感数奇于千载"。[①]如明王九思与刘瑾是同乡,得到了刘瑾的关照,"独为吏部郎",王九思虽"有俊才,尤长于词曲,而傲睨多疏脱,人或谗之李文正,谓敬夫尝讥其诗"。[②]到了刘瑾垮台后,李东阳便以王九思是刘瑾的同乡并得到刘瑾的重用为由,对王九思加以报复,使王九思遭到罢官。王九思被罢官后,遂作《杜甫游春》杂剧,借杜甫怀才不遇、仕途坎坷的经历,寄托了自己的牢骚和愤懑,并借杜甫之痛诋奸相李林甫,影射使他罢官的李东阳。如明祁彪佳《远山堂剧品》云:

> 王太史作此,痛骂李林甫,盖以讥刺时相李文正者,卒以此终身不得柄用,一肚皮不合时宜,故其牢骚之词,雄宕不可一世。[③]

又如与王九思是同乡的康海也是因被列为逆党而遭罢官,后也作了《中山狼》杂剧,讥刺其友人李献吉忘恩不救、落井下石的负义行为。[④]

也有的剧作家借作戏曲来抒发自己的闲情逸趣。如"张伯起(凤翼)新婚,伴房一月而成《红拂记》,风流自许"。[⑤]又如屠隆在青浦任县令时,与当地的西宁侯宋世恩夫人相交往,后因此而被人弹劾免职,晚年遂作《坛花记》传奇,"自恨往时孟浪,致累宋夫人被丑

①《焚书·杂说》,《历代曲话汇编》明代编第一集,第536页。
②明王世贞《艺苑卮言》,《历代曲话汇编》明代编第一集,第519页。
③《远山堂剧品》,《历代曲话汇编》明代编第三集,第638—639页。
④见何良俊《四友斋丛说》,《历代曲话汇编》明代编第一集,第457页。
⑤《剧说》卷四,《历代曲话汇编》清代编第三集,黄山书社2008年版,第426页。

声"。①这一类情所包含的内容较狭隘,它所反映的只是封建士大夫、文人学士个人的心理状态。

另一类情,即如徐渭、汤显祖等作家所推崇的情,他们的情虽然也是出于自己的内心,但所表达出来的内容已明显突破了个人的藩篱,具有一定的社会意义。如徐渭在科举和仕途上都不得意,屡试不中,后应聘任浙闽总督胡宗宪幕客。胡宗宪因统治集团内部的倾轧被捕入狱,徐渭怕牵连而佯狂,后因杀妻而入狱,坎坷终生。这样的社会经历,使他对当时的社会现实有着深刻的认识,他在思想上"疏纵不为儒缚";②在现实中,不合世俗,如袁宏道谓其"眼空千古,独立一时,当时所谓达官贵人,骚人墨客,文长皆叱而奴之,耻不与交"。③因此,他借戏曲倾吐出来的情正是他自己从现实社会中得到的这种不合世俗、磊落不平的情感。他的《四声猿》杂剧就是抒怀写愤之作。明锺人杰《四声猿·引》谓:

> 文长终老缝掖,踯死狱,负奇穷,不可遏灭之气,得此四剧而少舒。所谓峡猿啼夜,声寒神泣,嬉笑怒骂也,歌舞战斗也。④

剧名《四声猿》,正如清顾公燮所说的,"盖猿丧子,啼四声而肠断,文长有感而发焉,皆不得意于时之所为也"。⑤如《四声猿》中的《狂鼓史》,借古人之口,抨击了专横弄权的权贵奸臣;《玉禅师》揭露了禁欲主义的虚伪本质,《雌木兰》和《女状元》则表达了男女平等的民主思想。再如汤显祖,早年就从他的老师、王学左派的创

①《顾曲杂言》,《历代曲话汇编》明代编第三集,第67页。

②明徐渭《自为墓志铭》,《徐渭集》,中华书局1983年版,第639页。

③明袁宏道《徐文长传》,《徐渭集》,第1343页。

④清顾公燮《四声猿·引》,《徐渭集》,第1356页。

⑤《消夏闲记》,载《四声猿》,上海古籍出版社1984年版,第219页。

始人王艮的三传弟子罗汝芳那里接受了王学左派的进步思想的熏
陶,故他所推崇的情也明显带有这种进步哲学思想的光彩,即是普
通人都具有的男女饮食、七情六欲之情,也是与封建礼教相对立
的。如他在《牡丹亭·题词》中指出:"人世之事非人世所可尽,自
非通人,恒以理相格耳! 第云理之所必无,安知情所必有邪!"①他
在《牡丹亭》传奇中,表达的就是这种与封建程朱理学相对立的情。
通过青年女子杜丽娘出生入死、寻求自由幸福的爱情的故事,表达
了要求摆脱封建礼教束缚、个性解放的理想和愿望。显然,这一类
情已突破了封建地主阶级知识分子个人的心理感受的范畴,触及
了封建社会的某些本质问题,反映出了当时日益壮大的市民阶层
反封建的要求,具有鲜明的时代特征。

以上这两类情虽然所包含的内容有深浅大小之分,但在当时
都有其积极意义,即与明初受外在的封建伦理道德支配和约束的
创作倾向相比,确是创作思想上的大解放,使戏曲所反映的内容接
近人生的情趣,有了人情味。

明代中叶,由于创作思想的转变,戏曲作家们的艺术情趣也
相应发生了变化。首先,要求赋予剧中的人物形象以真实的情感。
如徐渭提出,戏曲作家应写出人物的真情,这样的艺术形象才有生
命力,"摹情弥真则动人弥易,传世亦弥远,而南北剧为甚"。②他在
评点《西厢记》中的人物时说:

　　　世事莫不有本色,有相色。本色犹俗言正身也,相色,替
　　身也。替身者即书评中"婢作夫人终觉羞涩"之谓也。婢作夫
　　人者,欲涂抹成主母而多插带,反掩其素之谓也。故余于此本

---

① 《牡丹亭·题词》,《汤显祖诗文集》,第1093页。
② 《选古今南北剧序》,《徐渭集》,第1296页。

中贱相色,贵本色。①

　　所谓本色,就是人物的本来面目,剧中人物所表现出来的情必须符合人物的身份与经历,而不是外加上去的。如《香囊记》中的人物形象成了封建伦理的传声筒,他们的情明显是作者外加上去的,不是出自他们的内心,因此,他批评《香囊记》"如教坊雷大使舞,终非本色"。②《琵琶记》中的《吃糠》《尝药》《筑坟》《写真》诸出戏中人物的思想感情皆"从人心流出","最不可到",故是《琵琶记》中的"高处"。③汤显祖也谓:"填词皆尚真色,所以入人最深,遂令后世之听者泪,读者颦,无情者心动,有情者肠裂。"④剧作家或演员在塑造人物形象时,"为旦者常自作女想,为男者常欲如其人"。⑤据《剧说》载,当他写到春香哭祭杜丽娘这场戏时,竟一个人躲到柴房里痛哭不已,与剧中人物打成了一片。⑥王骥德也认为,戏曲"不在快人,而在动人"。⑦即以描写人物的真情实感去打动观众的心弦,引起观众的共鸣。"摹欢则令人神荡,写怨则令人断肠"。⑧而且,剧作家在创作过程中,把自己内心的情感熔铸于剧中人物的情感之中,故在某些剧中人物身上,往往带有作家自己的感情色彩,可以看到作家的影子,如《狂鼓史》中的祢衡身上,可以看到作者那种磊落不平,"不可遏灭之气"。又如汤显祖评《红梅记》云:"裴郎虽属多情,却有一种落魄不羁气象,即此可以想见作者胸

①《西厢序》,《历代曲话汇编》明代编第一集,第498页。
②《南词叙录》,《历代曲话汇编》明代编第一集,第486页。
③同上,第487页。
④《焚香记·总评》,《汤显祖诗文集》卷五十,第1486页。
⑤《宜黄县戏神清源师庙记》,《汤显祖诗文集》卷三十四,第1127页。
⑥《剧说》卷三,《历代曲话汇编》清代编第三集,第434页。
⑦《曲律·论套数》,《历代曲话汇编》明代编第二集,第91页。
⑧同上。

襟矣。"①

　　由于剧作家赋予了剧中人物真实的感情,故使得人物形象性格各异,栩栩如生。如汤显祖评《焚香记》中的人物曰:"所奇者,妓女有心,尤奇者,龟儿有眼。"②又如王思任评《牡丹亭》中的人物形象,曰:

　　　　其款置数人,笑者真笑,笑即有声;啼者真啼,啼即有泪;叹者真叹,叹即有气。杜丽娘之妖也,柳梦梅之痴也,老夫人之软也,杜安抚之古执也,陈最良之雾也,春香之贼牢也,无不从筋节窍髓,以探其七情生动之微也。③

　　其次,要求戏曲格律服从情的表达。在这些重情的戏曲理论家和戏曲作家们看来,戏曲格律也是人情的反映,如李贽认为:"盖声色之来,发于情性。"④"故性格清澈者音调自然宣畅,性格舒徐者音调自然疏缓,旷达者自然浩荡,雄迈者自然壮烈,沈郁者自然悲酸,古怪者自然奇绝。有是格,便有是调,皆情性自然之谓也。"⑤汤显祖也认为:

　　　　曲者,句字转声而已。葛天短而胡元长,时势使然。总之,偶方奇圆,节数随异。四六之言,二字而节,五言三,七言四,歌诗者自然而然。乃至唱曲,三言四言,一字一节,故为缓音,以舒上下长句,使然而自然也。⑥

　　因此,主张在创作戏曲中要以情役律,反对以律役情。如祁彪

①《红梅记·总评》,《汤显祖诗文集》卷五十,第1485页。
②《焚香记·总评》,《汤显祖诗文集》卷五十,第1486页。
③《批点玉茗堂牡丹亭叙》,《历代曲话汇编》明代编第三集,第48页。
④《焚书·读律肤说》,《历代曲话汇编》明代编第一集,第539页。
⑤同上。
⑥《答凌初成》,《汤显祖诗文集》卷四十七,第1345页。

佳评徐渭的剧作云："独文长奔逸不羁,不骪于法,亦不局于法。独鹘决云,百鲸吸海,差可拟其魄力。"①汤显祖提出,为了充分表达自己的情,可以突破曲律的限制,"不妨拗折天下人嗓子"。②"如必按字模声,即有窒滞迸拽之苦,恐不能成句矣"。③王骥德也云:"以调合情,容易感动得人。"④如为了协律,"致与上下文生拗不协,甚至文理不通,不若顺其自然之为贵耳"。⑤但这种以情役律、顺其自然的主张也有其偏颇,即在当时的曲坛上出现了不守曲律、影响剧作演出效果的倾向,故沈璟也正是有感于此,在当时提出了严守曲律的主张。

明代中叶出现的这种重情的创作倾向,成了当时曲坛的主流,这种重情的创作倾向虽然有些偏颇,但基本上是符合艺术规律的。因此,这种重情的创作倾向的出现,不仅荡涤了明初以来曲坛上那种迂腐的道学气和头巾气,而且促进了戏曲艺术的繁荣和发展,曲坛上名家辈出,杰作如林,如明吕天成《曲品》云:"博观传奇,近时为盛。大江左右,骚雅沸腾,吴、浙之闻,风流掩映。"⑥出现了自元杂剧繁兴以来又一个戏曲发展的黄金时期。

三、明末清初重实的创作倾向

明末清初,这是一个动荡不定的历史时期。在明末,明王朝的

①《远山堂剧品》,《历代曲话汇编》明代编第三集,第632页。
②《答孙俟居》,《汤显祖诗文集》卷四十六,第1299页。
③《答吕姜山》,《汤显祖诗文集》卷四十七,第1337页。
④《曲律·论剧戏》,《历代曲话汇编》明代编第二集,第96页。
⑤《曲律·杂论上》,《历代曲话汇编》明代编第二集,第113页。
⑥《曲品》卷上,《历代曲话汇编》明代编第三集,第86页。

政治日益腐败黑暗,封建统治者对广大劳动人民及新兴工商业者的掠夺和压迫也越来越严重,激化了阶级矛盾,市民运动和农民起义此起彼伏,连绵不断。在统治阶级内部,中小地主反对贵族大地主专权的政治斗争也日益激烈。最后,腐朽的明王朝终于被农民起义所推翻。但在明王朝被推翻后,封建地主阶级又凭藉满族统治者的力量,残酷镇压了农民起义,重新确立了封建专制统治。但在清代初年,民族矛盾和阶级矛盾仍十分激烈,汉族人民抗清和反封建压迫的斗争持续不断。

这一动荡不定的社会现实,把戏曲作家们的注意力从"自我"这一狭小的天地推向了整个社会,开阔了他们的视野。有许多戏曲作家不仅亲眼目睹了明代末年劳动人民的反封建斗争,而且还经历了明清易代的动乱生活。这样的社会经历,使他们看到了除了"自我"之外更为丰富、更为复杂的社会生活。戏曲作家们便从丰富多彩的社会生活中选取题材来进行戏曲创作。因此,到了明末清初,曲坛上的创作倾向又出现了新的变化,即由明代中叶的重情转向重实。戏曲作家们把反映社会现实作为自己创作的出发点,作者通过戏曲向观众披露的重点不是个人的内心世界,而是他所面对的客观世界,真实地反映明末清初这一特定时期的社会面貌。

从这一时期的戏曲作品所反映的内容来看,题材十分广泛,而且反映的大都是现实生活中的一些重大社会问题。如统治阶级内部东林党与阉党的斗争,从明代中叶开始到明代末年,愈演愈烈,戏曲作家们对这一重大的社会问题作了真实的反映,当时出现了许多反映东林党与阉党之间斗争的戏曲。如明末张岱《陶庵梦忆》载:"魏珰败,好事作传奇十数本。"[1]如明末苏州剧作家袁于令,在

---

①《陶庵梦忆》,《历代曲话汇编》明代编第三集,第519页。

阉党势败后不久,便作了《瑞玉记》传奇,如《剧说》载:

> 袁箨庵作《瑞玉》传奇,描写逆珰魏忠贤私人巡抚毛一鹭及织局太监李实构陷周忠介(顺昌)公事甚悉。甫脱稿,即授优伶演唱。是日诸公毕集,而袁尚未至。优人曰:"李实登场,尚少一引子。"于是诸公各拟一调。俄而袁至,告以优人所请,袁笑曰:"几忘之。"即索笔书【卜算子】云:"局势趋东厂,人面翻新样。织造频添一段忙,待织造迷天网。"语不多,而句句双关巧妙。诸公叹服,遂各毁其所作。一鹭闻之,持厚币倩人求袁改易,袁易"一鹭"曰"春锄"。①

又如《茶余客话》云:

> 《东林点将录》,乃吏部尚书陕人王绍徽所辑,魏忠贤干儿也,当时称为"王媳妇",都人撰《百子图》传奇刺之。②

另如清啸生的《喜逢春》、张次璧的《双真记》、陈开泰的《冰山记》、王应遴的《清凉扇》、三吴居士的《广爱书》、范世彦的《磨忠记》、李玉的《清忠谱》等也都是反映这一社会问题的。

明末不断兴起的市民暴动和农民起义以及清初的抗清斗争,震撼了戏曲作家们的心灵,使他们初步看到了现实生活中下层劳动人民的力量,因此,对于下层劳动人民的反封建斗争,戏曲作家们也作了真实的反映与热情的歌颂。如李玉的《万民安》传奇,取材于明万历二十九年(1601)以织工葛成为领袖的苏州市民反抗税监孙隆的斗争史实,描写葛成率领市民"击杀黄建节事,谓因此而苏民得安,故曰'万民安'也"。③他的另一部传奇《清忠谱》,在描写

---

① 《剧说》卷三,《历代曲话汇编》清代编第三集,第382页。
② 载《剧说》卷三,《历代曲话汇编》清代编第三集,第384页。
③ 《曲海总目提要》卷十六,《历代曲话汇编》清代编,黄山书社2009年版,第603页。

东林党与阉党的斗争的同时,也描写了明天启六年(1626)以颜佩韦等五人为首的苏州市民反抗阉党暴政的斗争,把市民群众"呼群鼓噪斗官衙"①的斗争场面,直接搬上了戏曲舞台。清初,由于统治者大兴文字狱,严厉禁止具有反清内容的作品,戏曲作家们为了逃避统治者的迫害,便借历史题材来反映劳动人民的反封建斗争。如苏州派剧作家叶稚斐的《琥珀匙》传奇,在揭露封建统治的黑暗腐败的同时,歌颂了"绿林英雄",剧作"中有句云:'庙堂中有衣冠禽兽,绿林内有救世菩提。'"并因此而遭到封建统治者的迫害,"为有司所恚,下狱几死"。②又如朱佐朝的《渔家乐》传奇,写东汉时渔家女邬飞霞为报杀父之仇,混入奸相梁冀府中,用神赐之针刺死了梁冀。这些戏曲所描写的故事情节虽取自历史上的事件或出于虚构,但也曲折地反映了当时人民群众的反封建压迫的斗争。

　　反映民族矛盾和斗争,这也是清初戏曲创作的一个重要内容,戏曲作家们也采用了借古喻今的手法,通过对历史上的民族英雄的歌颂,寄托民族感情,激励反清情绪。如朱九经的《崖山烈》传奇和陆世廉的《西台记》传奇,都是写宋末文天祥力抗元兵、殉节而死的事迹,赞颂了文天祥宁死不屈的民族气节。再如汤子垂的《续精忠》传奇写南宋时岳飞被奸臣杀害后,牛皋集合岳飞子岳雷、岳电等,杀了秦桧,并大败金兵。张大复的《翻精忠》传奇则写秦桧召岳飞回师,欲加杀害,而岳飞不奉诏,大胜金兵,迎徽宗、钦宗二帝还朝,最后将秦桧处死。这些戏曲虽反映的是历史上的民族斗争,但实际上,也曲折地反映了当时的民族斗争。

　　除了反映当时的一些重大社会问题外,明末清初的戏曲作家

---

①《清忠谱·闹诏》折,《李玉戏曲集》,上海古籍出版社2004年版,第1288页。
②《剧说》卷三,《历代曲话汇编》清代编第三集,第377页。

们还较真实地揭露了当时社会的一些黑暗现象。如朱素臣的《十五贯》传奇，虽是根据宋代话本小说《错斩崔宁》改编的，但作者将故事发生的时间改为明代，借以反映明代末年吏治黑暗的社会现实。又如李玉的《一捧雪》《人兽关》《永团圆》，抨击了人世间的忘恩负义、以怨报德及嫌贫爱富等炎凉世态。

另外，在这一时期虽也有一些写情之作，但这些写情之作也明显地带有时代色彩。如在清代初年，一些明朝遗民剧作家经历了明清易代的沧桑之变后，就在他们所创作的戏曲中寄托了亡国的哀痛和对明王朝的怀念之情。如清邹式金《杂剧三集·小引》云："迩来世变沧桑，人多怀感，或抑郁幽忧，抒其禾黍铜驼之怨，或愤懑激烈，写其击壶弹铗之思。"[1]如吴伟业虽然在清顺治十年（1653）被迫出仕清朝，但他对明王朝还是念念不忘，故作了《秣陵春》《临春阁》《通天台》等剧，寄托了自己的兴亡之感和对明王朝的怀念之情。如清尤侗云："所谱《通天台》《秣陵春》诸曲，亦于兴亡盛衰之感，三致意焉，盖先生之遇为之也。"[2]显然，这种"禾黍铜驼之怨"也从一个侧面反映了当时动乱的社会现实。

这种重实的创作倾向，也给这一时期的戏曲在艺术上带来了新的特色。首先，在题材的选择上，打破了以前戏曲创作中的"十部传奇九相思"的狭隘框框，所谓"上穷典雅，下渔稗乘"，[3]开拓了戏曲反映生活的新天地。而且，剧作家多选用真人真事，把真人真事直接搬上舞台，欲以"律吕作阳秋"，[4]真实地反映当时的社会现实。如吴伟业评李玉的《清忠谱》传奇云："事俱按实，……虽曰填

---

① 《杂剧三集·小引》，《中国古典戏曲序跋汇编》，齐鲁书社1989年版，第465页。
② 《梅村词序》，《西堂杂俎》二集卷三，《历代曲话汇编》清代编第一集，第459页。
③ 清钱谦益《眉山秀·题词》，《历代曲话汇编》清代编第一集，第67页。
④ 《清忠谱·谱概》，《李玉戏曲集》，第1288页。

词，目之信史可也。"① 又如祁彪佳评王应遴《清凉扇》传奇曰："此记综核详明，事皆实录，妖姆、逆珰之罪状，有十部梨园歌舞不能尽者，约之于寸毫片楮中，以此作一代爱书可也，岂止在音调内生活乎？"②

其次，在人物形象的塑造上，突破了以前由文人学士、才子佳人占据主角地位的窠臼，塑造了一大批生活在社会下层的人物形象，如雇工、小商、说书人、算卦先生、江洋大盗等等，有的还成了剧中的主要角色，如《万民安》中的织工葛成、《占花魁》中的卖油郎秦钟与妓女莘瑶琴、《渔家乐》中的渔家女邬飞霞、《琥珀匙》中的农民起义领袖金髯翁等。再如《清忠谱》中的颜佩韦、杨念如、周文元、马杰、沈扬等五个市民形象，虽不是主要角色，但在剧中也十分突出，在矛盾冲突中占有重要的地位，故作者也付予了较多的笔墨。

明末清初曲坛上出现的这种重实的创作倾向，更加缩短了戏曲与社会生活的距离，使剧作具有强烈的现实主义精神和浓厚的时代气息。

由上可见，在整个明代曲坛上，随着明代政治社会形态的变化，先后产生了重理、重情、重实这三种不同的创作倾向。而明代戏曲创作倾向的这一变迁过程，不仅表明了戏曲的发展受时代政治的制约和影响的一面，而且也揭示了戏曲发展的一条基本规律，即只有让戏曲作家根据自己在现实生活中所获得的感受自由地去选择题材，提炼主题，塑造人物，才能促进戏曲艺术的繁荣和发展。

---

① 《清忠谱·序》，《李玉戏曲集》，第1288页。
② 《远山堂曲品》，《历代曲话汇编》明代编第三集，第569页。

明清戏曲流派的划分

明代初年至清代中叶，是我国古典戏曲史上以传奇为主的发展时期，在这三百多年的时间里，曲坛上名家辈出，杰作如林，并且涌现出了一些具有不同风格的戏曲流派。不过对明清戏曲流派的划分和命名，这还是近代的事。最早是吴梅先生在《中国戏曲概论》中提出了吴江、临川、昆山三派之说，谓："有明曲家，作者至多，而条别家数，实不出吴江、临川、昆山三家。"①临川派除汤显祖外，只举了阮大铖一人，属于吴江派的作家则较多，如吕天成、卜世臣、王骥德、范文若等"皆承词隐之法"。②而昆山派未举作家，故实为两派。尔后，这一划分和命名便为一些文学史家和戏曲史家们所接受，几成定论，如周贻白的《中国戏曲史长编》、游国恩、王起等的《中国文学史》、张庚、郭汉城等的《中国戏曲通史》及日本学者青木正儿的《中国近世戏史》等都承袭了吴梅先生的两派之说。我们认为，前辈学者经过长期的研究，在明清曲家中划出了临川、吴江两个戏曲流派，这对于把握明清戏曲发展的线索，探讨这一时期戏曲作家们的艺术风格是大有帮助的。但是，我们也不能不看到，前辈学者们在划分戏曲流派的标准和流派成员的判定上存在着片面

①《中国戏曲概论》，《吴梅戏曲论文集》，中国戏剧出版社1983年版，第153页。
②同上。

性,故有必要对明清戏曲流派的划分再作一些探讨。

一、划分戏曲流派的标准

弄清划分戏曲流派的标准,这是正确划分明清戏曲流派的前提,故在讨论如何划分明清戏曲流派这一问题之前,首先讨论一下划分戏曲流派的标准问题。戏曲史上或文学史上所出现的各种流派,一般在当时都没有什么明确的组织称号,大都是由后人加以划分和命名的。那么以什么样的标准来划分戏曲史上所出现的流派呢?我们认为标准有两个:一是看其有无共同或相近的思想倾向,二是看其艺术上有无共同或相近的创作主张和风格。其中有无共同或相近的思想倾向,这是划分流派的首要标准,这是因为一个戏曲流派的形成,也同作家的艺术风格的形成一样,不仅具有艺术上的原因,而且也有着思想上的原因。古代作家们不是生活在超阶级社会里的,他们的艺术主张和艺术风格必然要受到一定的阶级立场、政治思想的影响和制约。而各种流派不同的艺术主张和艺术志趣,也总是与一定的社会条件和一定的阶级、阶层的利益相联系的。这些不同的艺术主张和艺术志趣背后往往代表着一定阶级或阶层的利益。同一流派的作家必然对现实生活中的某些问题有着比较一致的认识和共同的态度,然后才会有比较一致的艺术主张、艺术志趣和共同的倾向,在创作中,从题材的选择、主题的提炼、形象的塑造,以至于创作方法和语言的运用等方面也会有某些共同的特点。因此,我们在划分某一戏曲流派时,首先应该详细考察促使这一流派产生的社会根源,检查该流派的作家在思想上是否有着共同或相近的倾向。当然,由于作家的生活经历、气质及素养等的差异,具有共同思想倾向的作家,未必一定会有相同的艺术主张和艺术风格。因此,我们在划分戏曲流派时,除了看其有无共同或相近的思想倾向外,还要看其有无相同或相近的艺术主张和艺术风格,而这两者是互相联系的,不可偏废。

而前辈学者们对明清戏曲流派的划分,大都囿于艺术主张和艺术风格的共同点,以某一艺术主张或艺术风格作为划分流派的唯一标准。如把凡是拥护汤显祖的重才情轻格律的作家都划为临川派,而把凡是拥护沈璟的严守格律、推崇本色的作家划为吴江派。没有揭示临川派和吴江派形成的社会根源,没有检查这些作家在思想上的倾向如何,而只是根据这些作家在艺术上某些共同点加以简单地归类,这就难免会牵强附会,把某些思想倾向不同而只是在艺术上具有某些共同点的作家归纳在一起,这样划分的流派,仅仅是一些作家的凑合。如被称为"深得玉茗之神"①的阮大铖,先依附阉党魏忠贤,残害忠良,后又投降清兵,丧尽廉耻,在思想上和政治上与汤显祖毫无共同之处,故在艺术形式上学汤显祖,也是取其貌而遗其神,"自谓学玉茗,其实全未窥见毫发",②把这样的作家划入临川派作家之列,显然不妥。

当然,我们在划分戏曲流派时也应该注意到,由于我国古代戏曲作家大多是艺术家,而不是思想家,作为艺术家,他们的思想不仅容易受到各种思想的影响,不像思想家的思想那样单纯专一,而且他们的思想倾向不像思想家那样鲜明,但在创作主张和艺术风格上的共同点,却十分明显,因此,对于这样的戏曲流派,我们也不能因为他们没有鲜明的思想倾向而否认他们的存在。只要他们在思想倾向上没有明显的对立(像阮大铖与汤显祖那样),而在创作

---

① 《中国戏曲概论》,《吴梅戏曲论文集》,第162页。
② 清叶堂《纳书楹曲谱》续集,清乾隆间长洲叶氏纳书楹刻本。

主张和艺术风格上有着相同或相近之处，也应该承认这样的流派的存在。而根据以上所说的标准来考察明清的戏曲作家，可以在明清戏曲作家中划分出五伦派、临川派、吴江派、苏州派等四个戏曲流派。以下即就各流派产生的社会原因及他们在艺术上的共同特征作一些论述。

二、五伦派的形成及其特征

五伦派形成于明代初年，以丘濬为代表，他的《五伦记》传奇则是这一流派的代表作，而且宣扬封建伦理道德是这一流派的旗帜，故称之以"五伦派"。这一流派的其他成员有邵灿、沈龄等人。

五伦派的出现，与明代初年的社会特点及统治阶级对戏曲艺术的干涉利用密切相关。明王朝建立后，阶级矛盾和社会矛盾渐趋缓和，统治者为了把文学艺术纳入为巩固封建统治服务的轨道，故一方面要求文学作品歌功颂德，粉饰太平，另一方面又要求文学家们宣扬封建礼教。如诗坛上以"三杨"为代表的"台阁派"正是在这样的社会条件下出现的。对于戏曲艺术，统治者也竭力加以干涉和利用。一是鼓励戏曲作家创作为统治者涂脂抹粉、歌功颂德和宣扬忠孝节义等封建道德的戏曲；二是严厉禁止那些有碍"风教"、有损统治者声誉的戏曲作品。如明顾启元《客座赘语》"国初榜文"条载：明永乐年间，刑科都给事中曹润等上奏朝廷，"今后人民倡优装扮杂剧，除依律神仙道扮、义夫节妇、孝子顺孙、劝人为善及欢乐太平者不禁外，但有亵渎帝王圣贤之词曲、驾头杂剧，非律所该载者，敢有收存、传诵、印卖，一时拿送法司究治。"明成祖朱棣即批曰："但这等词曲，出榜后，限他五日，都要干净，将赴官烧毁了，敢有收藏的，全家杀了。"①另在《御制大明律》上也明文规定：
"凡乐人搬做杂剧、戏文，不许妆扮历代帝王后妃、忠臣烈士、先圣
先贤神像，违者杖一百。"②

对于像《琵琶记》那样的教忠教孝的戏曲，统治者却大加褒
扬和提倡，如明太祖朱元璋看了《琵琶记》后说："五经、四书，布、
帛、菽、粟也，家家皆有；高明《琵琶记》，如山珍、海错，贵富家不可
无。"③为适应统治者巩固封建统治的需要，明初一个以点缀升平、
宣扬封建礼教为主旨的戏曲流派，即五伦派就应运而生了。

五伦派的成员也和诗坛上的"台阁派"的"三杨"一样，几乎都
是达官贵人。有的是理学名臣，如丘浚是景泰五年(1454)进士，
历任国子祭酒、礼部尚书、太子太保兼文渊阁大学士等职；丘浚也
是一位道学家，著有《朱子学的》《大学衍义补》等阐发儒家理学的
著作。有的是饱读四书五经的府学生员，如邵灿是明英宗时的老
生员，沈龄也是一个儒学名士，如明吕天成称其"蔚矣名流，确乎老
学"。④这些人都是封建统治的忠实拥护者，维护封建统治和宣扬
封建礼教，这是他们共同的思想倾向。正是因为在政治思想上的
一致性，才使得他们在戏曲创作上也出现了一致的倾向，即都提出
了要把戏曲作为阐发和宣扬封建礼教的工具的主张。这一创作主
张最早还是元末《琵琶记》的作者高明提出来的，他在《琵琶记》第
一出副末开场的【水调歌头】词中表明了自己的创作意图，曰："不
关风化体，纵好也徒然。""休论插科打诨，也不寻宫数调，只看子

---

① 《客座赘语》，《历代曲话汇编》明代编第二集，第403页。
② 《大明律》卷二十六《刑律杂犯》，法律出版社1999年版，第204页。
③ 明徐渭《南词叙录》，《历代曲话汇编》明代编第一集，第483页。
④ 《曲品》卷上，《历代曲话汇编》明代编第三集，第86页。

孝共妻贤。"①高明的这一主张即被五伦派作家们奉为圭臬,都以此来规范自己的创作。如丘浚在《五伦记》第一折【鹧鸪天】词中提出:"若于伦理无关紧,纵使新奇不足传。"这显然是高明的"不关风化体,纵好也徒然"主张的翻版。他还在同折的【临江仙】词中要求戏曲作家在曲中"寓我圣贤言",即宣扬封建礼教,而且必须"一场戏里五伦全"。这样的戏曲,"搬演出来,使世上为子的看了便孝,为臣的看了便忠,为弟的看了敬其兄,为兄的看了友其弟,为夫妇的看了相和顺,为朋友的看了相敬信。……善者可以感发人之善心,恶者可以惩创人之逸志,劝化世人,使他有则改之,无则加勉"。他还指责别人作的戏曲"多是淫词艳曲,专说风情闺怨,非不足以感化人心,倒反被人败坏了风俗"。②他的《五伦记》又称作《纲常记》,也正是他的这一主张实践的产物。他的另一部传奇《投笔记》在描写班超投笔从戎、建立功业这一历史故事时,也加进了许多封建礼教的内容,旨在宣扬封建的愚孝。明吕天成批评他说:"大老虽尊,鸿儒近腐。"③

邵灿是丘浚的积极响应者,他的《香囊记》传奇也是一部类似《五伦记》的教忠教孝戏,故又称《五伦香囊记》。他在第一出【沁园春】词中表明自己作此剧的主旨,是有感于"士无全节","有缺纲常","因续取《五伦》新传,标记紫香囊"。在剧作中,他竭力宣扬忠孝节义,其意也在宣扬封建礼教。④

邵灿以后,沈龄(字寿卿)也是丘浚的追随者,他的《龙泉记》传奇今虽不存,但据时人记载,也是一部宣扬封建传统礼教的剧

①《琵琶记》,《六十种曲》第一册,第1页。
②《五伦记·副末开场》,明世德堂刻本,《古本戏曲丛刊》初集影印。
③明吕天成《曲品》卷上,《历代曲话汇编》明代编第三集,第86页。
④《香囊记》,《六十种曲》第一册,第1页。

作,如明祁彪佳《远山堂曲品》载:"《龙泉》,节、义、忠、孝之事,不可无传,沈君手笔,绝肖丘文庄之《五伦记》。"①吕天成《曲品》中也谓《龙泉记》全是"道学先生口气"。②

在思想倾向和作曲主张上具有相同之处外,五伦派作家的戏曲作品在艺术形式上也有许多相同或相近的地方。首先是剧中的人物形象不鲜明,不生动。由于作者都是从封建礼教这一概念出发来塑造人物的,把人物当作宣扬封建礼教的传声筒,故人物的语言雷同,千人一面,缺乏鲜明的个性。如《五伦记》中的伍伦全、伍伦备两人完全是作者根据宣扬封建礼教的主题虚构出来的,满口说教,毫无个性。其次,情节庞杂,结构混乱,为了宣扬封建礼教,这些剧作的情节多为作者编造和虚构,从封建礼教的概念出发来演绎生活,故结构不严谨,多凑插附会。如吕天成《曲品》批评沈龄的《龙泉记》"情节正大,而局不紧"。③"语或嫌于凑插,事每近于迂拘"。④另外,语言的典雅骈俪,这也是五伦派剧作家们共有的特色。这些剧作家都是以文人作文作诗之法来作曲的,故在剧中不顾演出时演员的理解能力和观众的欣赏水平,舞文弄墨,卖弄学问。如丘浚这位熟读儒家经典的理学名臣,直以《论语》中的语句作曲,如《五伦记》第三出中的四支【金字经】曲,全用《论语》中的语句写成。又如邵灿的《香囊记》也是"尽填学问"。⑤因他"习《诗经》,专学杜诗,遂以二书语句匀入曲中,宾白亦是文语,又好用故

①《远山堂曲品》,《历代曲话汇编》明代编第三集,第569页。
②《曲品》卷下,《历代曲话汇编》明代编第三集,第117页。
③同上。
④《曲品》卷上,《历代曲话汇编》明代编第三集,第86页。
⑤《曲品》卷下,《历代曲话汇编》明代编第三集,第112页。

事作对子"。①五伦派的这种典雅骈俪的风格遭到了后来的一些戏曲批评家们的批评,如明徐渭《南词叙录》云:

> 以时文为南曲,元末、国初未有也,其弊起于《香囊记》。……夫曲本取于感发人心,歌之使奴童妇女皆喻,乃为得体。经、子之谈,以之为诗且不可,况此等耶?②

明徐复祚《三家村老委谈》也云:

> 《香囊》以诗语作曲,处处如"烟花风柳",如"花边柳边"、"黄昏古驿"、"残星破暝"、"红入仙桃"等大套,丽语藻句,刺眼夺魄,然愈藻丽,愈远本色。《龙泉记》《五伦全备记》,纯是措大书袋子语,陈腐臭烂,令人呕秽,一蟹不如一蟹矣。③

而五伦派的这些艺术特色,都不利于演出,影响了舞台效果,故五伦派的剧作多为案头之曲。

五伦派的出现,在当时的曲坛上起了极坏的影响,产生了一股"以时文为南曲"的风潮,左右了当时戏曲创作的倾向,在这一派作家的理论和作品影响下,出现了许多以教忠教孝为主旨的戏曲作品,如《跃鲤记》《双忠记》《三元记》《寻亲记》《忠孝记》等,一时间,迂腐的头巾气、道学气充斥了整个曲坛,这也严重妨碍了戏曲的发展和繁荣。而改变这一局面,推动戏曲创作发展的任务,不得不落在明代中叶出现的临川派和吴江派作家身上。

---

① 《南词叙录》,《历代曲话汇编》明代编第一集,第486页。
② 同上。
③ 《三家村老委谈》,《历代曲话汇编》明代编第二集,第256—257页。

三、临川派的形成及其特征

明代戏曲家中，确有临川一派，但它的成员应重新加以划分。除汤显祖外，其他成员有王骥德、冯梦龙、孟称舜、吴炳等人。

临川派的形成也与明代中叶所出现的新的社会现实和政治特点密切相关。明代中叶，城市经济有了较大的发展，尤其是东南沿海一带，手工业和商业得到了迅速的发展。如昆山腔流行的苏州一带是丝织业和棉织业的中心，明张翰《松窗梦语》载：

> 大都东南之利，莫大于罗绮绢纻，而三吴为最。即余先世，亦以机杼起，而今三吴之以机杼致富者尤众。①

昆山的棉织业尤为发达，"机声轧轧，子夜不休，贸易惟花、布"。②附近的松江也是"绫布二物，衣被天下，家纺户织，远近流通"。③随着手工业的发达，商业也因之得以繁荣，当时苏州城内商店林立，"金阊一带，比户贸易，负廓则牙侩凑集"，"货物店肆充溢"。④再如弋阳腔盛行的江西广信、饶州一带，也分别形成了造纸业和制瓷业的中心。如广信府的贵溪，"郡中出产多而行远者莫如纸。……今业之者日众，可资贫民生计，然率少土著，富商大贾挟资而来者，率徽、闽之人，西北亦间有"。⑤饶州府的景德镇制瓷业已是全国驰名，全镇"延袤十三里许，烟火逾十万家，陶户与市肆

---

① 明张翰《松窗梦语》，清抄本，《续修四库全书》子部1171册第461页，上海古籍出版社1996年版。
②《古今图书集成·职方典·苏州府部》，清光绪铅印本。
③ 明徐光启《农政全书》引《松江志》，清同治十三年(1874)山东书局刻本，1930年上海商务印书馆《万有文库》本影印。
④《苏州府志》卷二《风俗》，清乾隆刊本。
⑤《广信府志》，清同治刊本，江西人民出版社2022年影印。

当十之七八"。①手工业和商业的迅速发展,给明代社会带来了新的变化,一是资本主义生产关系萌芽的出现,如《明神宗实录》记载,明嘉靖时,江苏巡抚曹时聘在奏疏中称:"吴民生齿最繁,恒产绝少,家杼轴而户纂组,机户出资,机工出力,相依为命久矣。"所谓"机户出资,机工出力",也就是资本主义生产中的雇佣与被雇佣的关系。二是市民阶层的兴起和壮大。城市经济的繁荣,吸引了大量的农村人口进城就业。再加上封建统治阶级对农民的残酷剥削,使许多农民失去了土地,只好进城以手工业、商业为生。据明何良俊《四友斋丛说》载:明嘉隆年间,"大抵以十分百姓言之,已六七分去农"。其中"昔日逐末之人尚少,今去农而改业工商者三倍于前矣,昔日原无游手之人,今去农而游手趁食者又十之二三矣"。②

随着市民队伍的壮大,市民阶层与封建统治阶级之间的矛盾也日益加深,如苏州在明代中叶曾多次发生市民反抗封建压迫的斗争,其中影响较大的如嘉靖二年(1523)反对织造太监张志聪和万历二十九年(1599)织工葛成领导的反对税监孙隆的斗争及天启六年(1626)颜佩韦等五人领导的反对阉党的斗争。

而由于资本主义萌芽的产生和市民力量的强大,在当时的思想界也出现了一种反对封建传统道德的新思潮,这就是以泰州人王艮为代表的王学左派,他们代表了新兴市民阶层的利益,发扬了王阳明哲学中的反道学束缚人心的积极因素,提出:"圣人之道无异于百姓日用,凡有异者,皆谓之异端。百姓日用条理处,即是圣

---

① 清黄墨舫《杂志》,清刊本。
② 《四友斋丛说》卷十三,《明代笔记小说大观》,上海古籍出版社2005年版,第964页。

人之条理处。"①以自然人所具有的男女饮食、七情六欲,取代传统
的封建伦理道德。这一主张表达了市民阶层要求摆脱封建传统道
德的束缚,个性解放,民主自由的愿望。而临川派正是在这种新的
社会形势和新的思潮推动下形成的。因此,临川派作家的思想倾
向和艺术主张都带有明显的时代色彩。他们都受到王学左派的影
响,具有初步的民主思想。崇尚真性情,反对假道学,这是他们共
同的思想倾向;而要求戏曲反映人之真情,这是他们的共同的艺术
主张。

汤显祖在少年时期就拜王艮的再传弟子罗汝芳为师,后来在
南京任职时,又受被封建统治者视为异端之尤的进步思想家李贽
的影响,另外,又与以禅宗反对程朱理学的紫柏和尚交往甚深。在
这些进步思想家的影响下,汤显祖接受了王学左派的思想,并且继
承了王学左派反对理学的传统,提出了崇尚真性情、反对假道学的
主张,以一般人之真情来对抗封建的程朱理学。如云:"第云理之
所必无,安知情之所必有耶?"②而在戏曲创作上,他则要求戏曲能
表达人之真情。他在《牡丹亭·题词》中指出:"情不知所起,一往
而深。生者可以死,死可以生。"这便是情之至。若"生而不可与
死,死而不可复生者,皆非情之至也"。③而戏曲作家就应该写人之
至情。他的《牡丹亭》正实践了这一作曲主张。剧作通过杜丽娘和
柳梦梅的爱情故事,一方面深刻揭露了封建礼教扼杀青年男女幸
福自由的爱情的残酷性,另一方面又表现和歌颂了在封建势力的
严密压制下,广大青年男女追求个性解放、争取自由幸福的爱情生

---

① 清黄宗羲《泰州学案》,《明儒学案》卷三十二,中华书局2008年版,第714页。
② 《牡丹亭·题词》,《汤显祖诗文集》卷三十三,第1093页。
③ 同上。

活的不屈斗争。作者把"情"和"理"这对矛盾冲突贯串于全剧的始终,既写了"理"对"情"的压制和扼杀,又写了"情"对"理"的反抗和斗争。而且,最终使"情"战胜了"理"。

与汤显祖同时的王骥德,以前一直是被定为与沈璟同为吴江派的作家,其实从王骥德的思想倾向及艺术主张来看,接近于汤显祖,应属于临川派。如他早年就受业于著名的戏曲家徐渭,两人所居,"仅隔一垣,作时每了一剧,辄呼过斋头",①一起推敲斟酌。而徐渭也是一个真情的推崇者,如他曾主张为情而造文作诗,反对"无是情而设情以为之"。②而这种情必须是"坦以真,……从人心流出",③"出于己之所自得"。④徐渭的这一思想倾向与文学主张也必然对王骥德产生了影响,故王骥德也认为:"凡理有穷,惟情无尽。"⑤并自称:"我原是有情痴。"⑥他的好友毛允遂也谓:"先生(指王骥德)一生,钟有情癖,故但涉情澜,留连宛转,尽态极妍,令人色飞肠断,尤称擅场,洵是千古绝技。"⑦而在戏曲创作上,王骥德也提出了与汤显祖相同的作曲主张,曰:"夫曲以模写物情,体贴人理,所取委曲宛转,以代说词。"⑧他认为与诗词相比,戏曲也最适合写情,曰:

> 夫诗之限于律与绝也,即不尽于意,欲为一字之益,不可得也;词之限于调也,即不尽于吻,欲为一语之益,不可得也。

① 《曲律·杂论下》,《历代曲话汇编》明代编第二集,第128页。
② 《叶子肃诗序》,《徐渭集》卷十九,第519页。
③ 《肖甫诗序》,《徐渭集》卷十九,第534页。
④ 《叶子肃诗序》,《徐渭集》卷十九,第519页。
⑤ 《千秋绝艳赋》,《曲律注释》,上海古籍出版社2012年版,第440页。
⑥ 《都门赠田姬》,《曲律注释》,第403页。
⑦ 《曲律·跋》,《历代曲话汇编》明代编第二集,第147页。
⑧ 《曲律·论家数》,《历代曲话汇编》明代编第二集,第80页。

若曲,则调可累用,字可衬增。诗与词不得以谐语方言入,而曲则惟吾意之欲至,口之欲宣,纵横出入,无之而无不可也。故吾谓:快人情者,要毋过于曲也。①

而评价一部戏曲的成就高低,也主要看它是否描写了"情"。"世之曲,咏情者强半,持此律之,品力可立见矣"。②一部好的戏曲,"其妙处,政不在声调之中,而在句子之外"。③既不是美妙动听的"声调",也不是华丽悦目的"句子",而是作者所写的"情","摹欢则令人神荡,写怨则令人断肠。不在快人,而在动人"。此"方是神品,方是绝技"。④而有的戏曲作家脱离了"情",单纯地去描写自然景色,致使曲中"多及景语"。王骥德认为,景语一多,便会"掩我真心,混我寸管",情为景掩。若是一位高明的作家,必定"持一'情'字,摸索洗发",人之情感便在笔底奔涌而出,"方挹之不尽,写之不穷,淋漓渺漫,自有余力,何暇及眼前与我相二之花鸟烟云!"⑤王骥德的《题红记》传奇也正是一部言情之作,如屠隆评此剧曰:

> 恨风鬟而惨绿,撷遗事于宫娥,托霜叶以题红,缀丽情于韩女。情传天上,新诗兼新恨并深;水到人间,波痕与泪痕俱湿。⑥

正因为在思想上和艺术上有着共同的倾向和志趣,王骥德与汤显祖虽从未见过面,但两人却相互倾慕。如王骥德称赞汤显祖

---

①《曲律·杂论下》,《历代曲话汇编》明代编第二集,第120页。
②同上,第119页。
③《曲律·杂论上》,《历代曲话汇编》明代编第二集,第91页。
④同上。
⑤同上。
⑥《题红记·序》,《明清戏曲序跋纂笺》,人民文学出版社2021年版,第737页。

的《牡丹亭》是"新出小旦,妖冶风流,令人魂销肠断"。①奉汤显祖为今日"词人之冠","二百年来,一人而已"。②而汤显祖在任遂昌县令时,看到王骥德的《题红记》后,就向王骥德的好友孙如法赞赏《题红记》,而且在后来所作的《牡丹亭》中特意写上"韩夫人得遇于郎,曾有《题红记》"一语,以示对王骥德的推崇。

　　冯梦龙虽早年受学于沈璟,如他自称:"余早岁曾以《双雄》戏笔,售知于词隐先生。先生丹头秘诀,倾怀指授。"③前人即据此把他定为吴江派的成员。其实,冯梦龙向沈璟学的只是曲律,在思想倾向和作曲主张上,并没有接受沈璟的影响。如他也认为,戏曲应该表达人情,指出:"夫曲以悦性达情",若"词肤调乱,而不足以达人之性情,势必再而之【粉红莲】、【打枣竿】矣"。④这就是说,如果戏曲"词肤调乱",那就不足以表达人情了,而戏曲一旦遗却人情,也就失去了它的艺术生命力。这样,那些能表达人情的民间歌谣就要取而代之了。显然,这样的思想倾向和艺术主张同汤显祖的思想倾向和艺术主张是息息相通的。正因为如此,他对汤显祖的《牡丹亭》推崇备至,曰:"若士先生千古逸才,所著'四梦',《牡丹亭》最胜。"⑤沈璟、臧晋叔等人批评《牡丹亭》不守曲律,冯梦龙则替汤显祖辩解道:"若士亦岂真以捩嗓为奇?盖求其所以不捩嗓者而未遑讨,强半为才情所役耳。"⑥正是出于对汤显祖的推崇,冯

---

①《曲律·杂论下》,《历代曲话汇编》明代编第二集,第119页。
②同上,第125页。
③《曲律·序》,《历代曲话汇编》明代编第二集,第2页。
④《太霞新奏·叙》,《冯梦龙全集·太霞新奏》,江苏古籍出版社1993年版,第1页。
⑤《风流梦·小引》,《冯梦龙全集·墨憨斋定本传奇》,第1047页。
⑥同上。

梦龙便对汤显祖的《牡丹亭》加以改编，"浣濯以全其国色"。[①]在明代，沈璟、徐日曦、臧晋叔等人都曾改编过《牡丹亭》，惟冯梦龙的改本最佳，保持了汤显祖原本反对封建礼教、要求婚姻自主的主题，而冯梦龙正是抓住了原本的这一"曲意"，贯串于改本的始终。如他认为："梅（杜）、柳一段姻缘，全在互梦。""夫夫妇妇皆因梦，死死生生只为情。"[②]因此，他把自己的改本题作《三会亲风流梦》。所谓"三会亲"，即旦梦生、生梦旦、生旦合梦。原本中只有旦梦生、生梦旦两个情节，冯改本又增加了后来生、旦在船上合梦的情节，这样，全剧自始至终都突出了一个"梦"字，从而通过"梦"，使原本所具有的进步的思想内容表现得更加强烈了。

孟称舜是继汤显祖以后临川派的一位重要作家。他也是真情的崇拜者，他认为："男女相感，俱出于情。"[③]而"人情至，则异数可狎，黑海可入"。[④]但有些人把男女之情建立在钱财、容貌上，"见才而悦，慕色而亡者，其安足言情哉？"[⑤]他认为，只有如《娇红记》中的王娇娘者，"不以贫富移，不以妍丑夺"，[⑥]才是真情。而戏曲就应该表现这样的真情，"以辞足达情者为最"。[⑦]如他认为："昔时《西厢记》，近日《牡丹亭》，皆为传情绝调。"[⑧]而且，诗词与戏曲虽同是传情之作，但诗词中的情，"不过烟云花鸟之变态，悲喜愤乐之异致而已"；只有曲中之情，才是真情，"笑则有声，啼则有泪，喜则

①《风流梦·小引》，《冯梦龙全集·墨憨斋定本传奇》，第1047页。
②《风流梦·夫妻合梦》折批语，《冯梦龙全集·墨憨斋定本传奇》，第1131页。
③《贞文记·题词》，《历代曲话汇编》明代编第三集，第503页。
④《古今名剧合选·张生煮海》批语，《历代曲话汇编》明代编第三集，第481页。
⑤《贞文记·题词》，《历代曲话汇编》明代编第三集，第503页。
⑥同上。
⑦《古今名剧合选·序》，《历代曲话汇编》明代编第三集，第467页。
⑧《古今名剧合选·倩女离魂》批语，《历代曲话汇编》明代编第三集，第468页。

有神,叹则有气"。①而戏曲作家为了表现真情,作者必须"身处于百物云为之际,而心通乎七情生动之窍",②即设身处地,细心体会剧中人物的情感,这样才能把人之真情表达出来。故曰:"学戏者,不置身于场上,则不能为戏,而撰曲者,不化其身为曲中之人,则不能为曲,此曲之所以难于诗与词也。"③

在创作中,孟称舜正是贯彻自己的这一主张的。他的《娇红记》传奇是汤显祖的《牡丹亭》之后又一部歌颂男女之间自由幸福爱情、反抗封建礼教的杰作。通过王娇娘和申纯这一对青年男女的爱情悲剧,控诉了封建礼教对青年男女自由幸福的爱情的摧残,"婚姻儿怎自由,好事常差谬,多少佳人,错配了鸳鸯偶"。④并提出了自择良偶、志同道合的爱情理想。"宁为卓文君之自求良偶,无学李易安之终托匪材"。⑤为了实现这种理想,可以"全不顾礼法相差",⑥离经叛道。这样的思想内容,直可以与汤显祖的《牡丹亭》媲美。故有人称他为"传情家第一手"。⑦"其深于情也,于世无再,其能道其深情,亦于世无再也"。⑧这一评价实不为过誉。

吴炳也是汤显祖的追随者,在他所作的《疗妒羹》《画中人》等传奇中,有一些情节和意境明显是模仿汤显祖的《牡丹亭》的,如小青复苏和郑琼林死而复生等情节。而在思想倾向上,吴炳也与汤显祖有着一致的地方,如他在《情邮记》中提出:

---

① 《古今名剧合选·序》,《历代曲话汇编》明代编第三集,第465页。
② 同上。
③ 同上。
④ 《娇红记·拥炉》出【金络索】曲,《孟称舜集》,中华书局2005年版,第131页。
⑤ 《娇红记·晚绣》出白,《孟称舜集》,第112页。
⑥ 《娇红记·断袖》出【绣带儿】曲,《孟称舜集》,第158页。
⑦ 明马权奇《二胥记·标目》眉批,《明清戏曲序跋纂笺》,第1159页。
⑧ 明马权奇《二胥记·题词》,《明清戏曲序跋纂笺》,第1159页。

色以目邮,声以耳邮,臭以鼻邮,言以口邮,手以书邮,足以走邮,人身皆邮也,而无一不本于情。有情则伊人万里可凭梦寐以符召,往哲千秋亦借诗书而檄致。非然者,有心不灵,有胆不苦,有肠不转。①

正因为思想倾向上有着相通之处,因此,他在模仿汤显祖的剧作时,也推崇汤显祖在《牡丹亭》中所表达的"情"。如《疗妒羹·题曲》折写乔小青挑灯夜读《牡丹亭》,有感于杜丽娘的遭遇,哀叹自己的悲惨命运,并说出了自己对自由幸福爱情的渴求。故有人认为:"《疗妒羹·题曲》一折,逼真《牡丹亭》。……此等曲情,置之《还魂》中,几无复可辨。"②

在艺术上,临川派也有着相同或相近的志趣与风格。首先,表现在题材上,临川派作家都以封建社会青年男女的爱情故事作为剧作的题材。大家都采用这样的题材,这是由他们的思想倾向和作曲主张所决定的。因为在男女婚姻问题上,封建礼教的压迫和市民阶层的初步民主思想的反抗表现得最充分、最强烈,因此,只有这一类题材才能最充分地表达临川派作家们的思想倾向,通过青年男女悲欢离合的遭遇,揭露封建礼教的腐朽与残酷,歌颂青年男女的反抗封建礼教的斗争精神。

其次,在戏曲格律与剧本内容的关系问题上,临川派作家重剧本内容,主张戏曲格律必须为剧本内容服务。如汤显祖认为:"凡文以意、趣、神、色为主,四者到时,或有丽词俊音可用,尔时能一一顾九宫四声否? 如必按字模声,即有窒滞迸拽之苦,恐不能成句

①《情邮说》,《情邮记》,明崇祯三年(1630)刻本,《古本戏曲丛刊》三集影印,文学古籍刊行社1957年版。
②清姚燮《今乐考证》,《历代曲话汇编》清代编第四集,黄山书社2008年版,第348页。

矣。"①甚至为了充分表现意、趣、神、色,可以违腔违律,"不妨拗折天下人嗓子"。②王骥德也主张戏曲格律应该服从剧作内容,不能绌词就律,因律害义,若为了谐律叶韵,"致与上下文生拗不协,甚至文理不通,不若顺其自然为贵耳"。③他认为:"曲之尚法固矣,若仅如下算子、画格眼、垛死尸",死守格律,而不顾内容,那还"不如飞将军之横行匈奴",④即不顾格律的限制,把内容充分表达出来。故他认为,沈璟的死守格律而不顾剧本内容,还不如汤显祖重剧本内容而不顾格律为好。"词隐之持法也,可学而知也;临川之修辞也,不可勉而能也。大匠能与人规矩,不能使人巧也。其所能者,人也;所不能者,天也。"⑤这就是说,沈璟所强调的格律是人为的,通过学习是容易掌握的。而汤显祖的"才情"是天赋的,"其妙处,往往非词人工力所及"。⑥不过,王骥德不如汤显祖那样偏激,较为折衷,认为剧本内容和戏曲格律应该统一,如指出:"夫曰神品,必法与词两擅其极。"⑦"不废绳检,兼妙神情,甘苦匠心,丹腠应度,剂众长于一冶,成五色之斐然者。"⑧再如孟称舜虽认为汤显祖专尚工辞、沈璟专尚谐律,两人俱属偏见,但他又认为:"以词足以达情为最,而协律者次之。"⑨可见,他也是把剧本内容放在首位的。冯梦龙虽从沈璟学曲律,但他也不同意沈璟那种绌词就律的做法,

----

① 《答吕姜山》,《汤显祖诗文集》卷四十七,第1337页。
② 《答孙俟居》,《汤显祖诗文集》卷四十六,第1299页。
③ 《曲律·杂论上》,《历代曲话汇编》明代编第二集,第113页。
④ 同上,第112页。
⑤ 《曲律·杂论下》,《历代曲话汇编》明代编第二集,第126页。
⑥ 同上,第131页。
⑦ 同上,第133页。
⑧ 同上,第127页。
⑨ 《古今名剧合选·序》,《历代曲话汇编》明代编第三集,第467页。

同样重视剧本的内容,曰:"词家三法,即曰调、曰韵、曰词。"①吴炳虽没有就这一问题发表过意见,但从他的剧作来看,也是重剧本内容的。

第三,在语言上,临川派的作家也都有雅俗相兼的风格,汤显祖的剧作语言总的来说文采多于本色,但也能做到雅俗相兼,如王骥德谓"其掇拾本色,参错丽语,境往神来,巧凑妙合,又视元人别一蹊径,技出天纵,匪由人造"。②又曰:"于本色家,亦惟是奉常一人,其才情在浅深、浓淡、雅俗之间,为独得三昧。"③这正说明了汤显祖剧作的语言特色。王骥德自己也推崇文采与本色相兼的戏曲语言,他既反对片面追求本色而使语言鄙俚粗俗,又反对片面追求文采而使语言深奥难懂。他认为,过施文采与过求本色都有弊病,"至本色之弊,易流俚腐;文词之病,每苦太文"。④他既批评邵灿的《香囊记》"以儒门手脚为之",⑤"卖弄学问,堆垛陈腐,以吓三家村人,又是种种恶道"。⑥同时又批评沈璟将俚语、张打油语等俚俗不堪的曲文选入《南九宫十三调曲谱》中,还"极口赞美",谓"其认路头一差,所以己作诸曲,略堕此一劫,为后来之误甚矣"。⑦而他自己剧作的语言正具有俗而不俚、文而不晦的特色,正如冯梦龙所说的:"字字文采,却又字字本色,此方诸馆乐府所以不可及也。"⑧

①《太霞新奏·发凡》,《冯梦龙全集·太霞新奏》,第1页。
②《曲律·杂论下》,《历代曲话汇编》明代编第二集,第125页。
③同上,第131页。
④《曲律·论家数》,《历代曲话汇编》明代编第二集,第80页。
⑤同上,第79页。
⑥《曲律·论须读书》,《历代曲话汇编》明代编第二集,第79页。
⑦《曲律·杂论下》,《历代曲话汇编》明代编第二集,第120页。
⑧《太霞新奏》卷三王伯良《席上为田姬赋得鞋杯》曲注,《冯梦龙全集·太霞新奏》,第44页。

冯梦龙的志趣也与王骥德相同，如他提出："词家有当行、本色两种，当行者，组织藻绘而不涉于诗赋；本色者，常谈口语而不涉于粗俗。"①这也就是说，讲究文采，但不能用诗赋的骈词丽语，用日常的口语俗谚，但又不能太粗俗。这样的语言，也就是雅俗相兼的语言。孟称舜也推崇雅俗相兼的语言，他认为：元人杂剧的语言虽具有本色的风格，但又清新脱俗，富有韵味，故即使用方言俗语，也不觉其粗俗，反显其雅，如曰："用俗语愈觉其雅，板语愈觉其韵，此元人不可及处。"②故在元曲四大家中，他最推崇马致远的杂剧语言，曰："东篱词清雄奔放，具有出尘之概。"③吴炳的剧作语言也是学汤显祖的，故虽文采多于本色，但无五伦派骈俪晦涩的恶习。

临川派的出现，犹如给当时的曲坛注入了一股清流，以其宣扬个性解放、反对封建礼教束缚的进步思想倾向，荡涤了明初以来曲坛上出现的以五伦派为代表的"以时文为南曲"的倾向，一扫戏曲创作上迂腐不堪的头巾气、道学气。在这一派作家的倡导和影响下，曲坛上出现了一批以歌颂男女婚姻自主、反对封建礼教束缚为主题的作品，如王玉峰的《焚香记》、高濂的《玉簪记》、薛近兖（一说徐霖）的《绣襦记》等。

四、吴江派的形成及其特征

吴江派是明代万历年间与临川派同时产生的一个戏曲流派，在当时的曲坛上，与临川派相互呼应，对当时及后来的戏曲创作产

---

① 《太霞新奏》卷十二沈子勺《离情》曲注，《冯梦龙全集·太霞新奏》，第210页。
② 《古今名剧合选·青衫泪》批语，《历代曲话汇编》明代编第三集，第473页。
③ 同上，第472页。

生了很大的影响。

　　由于吴江派的代表作家沈璟及其他成员在思想上没有明确的主张和倾向，故以划分流派的两条标准来衡量，吴江派的存在不十分明显，但在当时的曲坛上，确实存在着这一创作流派，而且在当时就已经为戏曲批评家们所注意。如王骥德《曲律》云：

> 自词隐作词谱，而海内斐然向风，衣钵相承，尺尺寸寸守其矩矱者二人，曰吾越郁蓝生（吕天成），曰檇李大荒逋客（卜世臣）。①

　　沈璟的侄子沈自晋在他所作的《望湖亭》传奇第一出【临江仙】词中，还开列了一份属于吴江派的作家名单，词曰：

> 词隐登坛标赤帜，休将玉茗称尊。郁蓝（吕天成）继有榭园人（叶宪祖），方诸（王骥德）能作律，龙子（冯梦龙）在多闻。香令（范文若）风流成绝调，幔亭（袁于令）彩笔生春，大荒巧构更超群。鲰生何所似？颦笑得其神。②

　　吴江派的形成并崛起，其原因是多方面的，首先，从社会和文化因素来看，苏州一带素以戏曲歌舞著称，宋元南戏四大唱腔之一的昆山腔就诞生在这里。到了明代中叶，由于手工业和商业的发达，城市经济的繁荣，更促进了这一带戏曲的繁荣。自嘉靖年间魏良辅对昆山腔加以改革以及梁辰鱼作《浣纱记》加以推广后，昆山腔在苏州一带更为流行。一是民间演唱昆曲的活动十分盛行，如在隆庆、万历年间，苏州就有虎丘山中秋曲会比赛唱昆曲的习俗。袁宏道《虎丘》、张岱《陶庵梦忆·虎丘中秋夜》、沈宠绥《度曲须知·中秋品曲》等都记载了虎丘曲会的盛况，谓"每至是日，倾城

---

① 《曲律·杂论下》，《历代曲话汇编》明代编第二集，第126页。
② 《望湖亭·叙略》出【临江仙】词，《沈自晋集》，中华书局2004年版，第81页。

合户，连臂而至"。①"土著流寓、士夫眷属、女乐声伎、曲中名伎戏婆、民间少妇好女、蒀子娈童，及游冶恶少、清客帮闲、奚童走空之辈，无不鳞集"。②从平民百姓到骚人墨客，人人竞献唱技。可见昆曲在这一地区是何等普及与兴盛。二是一些达官贵人、富商巨贾都设置家庭戏班，用于自娱与应酬。如沈璟、顾大典都蓄有家班，每逢宴饮，必演戏助兴。随着戏曲活动的兴盛，一方面要求更多的剧作家来创作丰富多彩的剧本，另一方面，则要求戏曲理论家们在理论上加以总结与指导。吴江派也正是在这样的社会和文化背景下形成崛起的。

其次，从剧作家个人因素来看，吴江派成员中大多数对戏曲音律有较深的研究，如盟主沈璟，"生长三吴歌舞之乡，沉酣胜国管弦之籍"，③从小就嗜好戏曲。当他辞官回乡后，便专心从事戏曲创作和研究，考订戏曲音律，"每客至，谈及声律，辄娓娓剖析，终日不置"。④另如叶宪祖、吕天成、沈自晋等也都对戏曲音律颇有研究，精通曲律。正因为这些剧作家在戏曲创作和研究上有着相同或相近的志趣和主张，因此，他们便在理论上相互呼应，也就很自然地形成了一个以吴江籍剧作家为中心、以沈璟为盟主的戏曲流派。

吴江派在戏曲创作上的特征主要体现在艺术上，一是注重曲律，二是推崇本色的语言风格。这两个主张最初是由沈璟提出来的，他在散曲【商调·二郎神】《论曲》中提出："名为乐府，须教合律依腔。宁使时人不鉴赏，无使人挠喉捩嗓。说不得才长，越有才越当着意斟量。""纵使词出绣肠，歌称绕梁，倘不谐律吕，也难褒

①明袁宏道《虎丘》，《袁宏道集笺校》卷四，上海古籍出版社2008年版，第157页。
②明张岱《陶庵梦忆》卷五，上海古籍出版社1982年版，第46页。
③《曲品》卷上，《历代曲话汇编》明代编第三集，第87页。
④《曲律·杂论下》，《历代曲话汇编》明代编第二集，第124页。

奖。""怎得词人当行,歌客守腔,大家细把音律讲。"① 又对于戏曲语言,他自称:"鄙意僻好本色。"② 他认为宋元时期的南戏和杂剧的语言是本色的,故推崇备至,曰:"北词去今益远,渐失其真,而当时方言及本色语,至今多不可解。"③ 沈璟的这两个主张得到了吴江派其他作家的赞同,因此,严守曲律和推崇本色的语言风格,成为这一派戏曲创作的两大特征。

关于吴江派的成员,长期以来众说纷纭,由于以前多以与沈璟的亲疏关系来确定,因此,不顾剧作家的戏曲主张和作品风格,凡是与沈璟有交往或有亲戚关系的,都被划为吴江派成员。这样一来,吴江派的阵营十分庞杂,除了沈自晋在《望湖亭》传奇第一出【临江仙】词中所列举的吕天成、叶宪祖、王骥德、冯梦龙、范文若、袁于令、卜世臣及沈自晋本人等八人以外,另外又加上了吴炳、顾大典、汪廷讷以及沈璟的一些亲友如沈自徵、沈自继、沈永乔、沈永令等人。我们认为,对于吴江派的成员,应该根据剧作家的戏曲主张和剧作的艺术风格重新加以划分。而依据剧作家的戏曲主张和剧作的艺术风格来衡量,在吴江派的作家中,除沈璟外,尚有卜世臣、汪廷讷、叶宪祖、顾大典、吕天成、沈自晋等人。

卜世臣,字大匡、大荒,浙江秀水(今嘉兴)人。作有传奇《冬青记》《乞麾记》两种。卜世臣是积极拥护沈璟的戏曲主张的,如他在《冬青记·凡例》中云:

一、宫调按《九宫词谱》,并无混杂,间或一出用两调,乃各是一套,不相连属。

---

① 【商调·二郎神】《论曲》,《沈璟集》,上海古籍出版社1991年版,第849—850页。
② 《答王骥德》,《沈璟集》,第900页。
③ 《答王骥德之二》,《沈璟集》,第901页。

一、每出韵不重押,偶押一二字,亦系别调。

一、填词大概取法《琵琶》,参以《浣纱》《埋剑》。其余佳剧颇多,然词工而调不协,吾无取矣。①

可见,他不仅遵守沈璟提出的严守曲律的主张,而且在具体创作时,完全取法于沈璟,如他所取法的《九宫词谱》和《埋剑记》,都是沈璟编撰的。甚至在编成剧作后,他都要送给沈璟审定,如《冬青记》末附《谈词》云:

> 吴郡词隐先生阅是编,谓意像音节,靡可置喙。间有点板用调处,尚涉趋时,宜改遵旧式。②

可见,他在具体创作中,还得到了沈璟的指点。正因为恪守沈璟的戏曲主张,故在卜世臣的剧作中也呈现出与沈璟同样的艺术风格。沈璟由于严守曲律,在创作中往往绌词就律,故影响了剧情的表达,缺乏戏剧性。如王骥德谓其"不欲令一字乖律,而毫锋殊拙"。故其作"如老教师登场,板眼场步,略无破绽,然不能使人喝采"。③而卜世臣的剧作也同样具有这样的特征。如王骥德《曲律》云:"大荒《乞麾》,至终帙不用上去迭字,然其境益苦而不甘矣。"④冯梦龙也谓:"大荒奉词隐先生衣钵甚谨,往往绌词就律,故琢句每多生涩之病。"⑤所谓的"苦而不甘"和"生涩之病",正与沈璟的"如老教师登场","不能使人喝采"的风格相似。

汪廷讷,字昌期、无如,号无无居士,休宁人。官至盐运使。作有传奇二种,总称《环翠堂乐府》,另有杂剧九种。汪廷讷虽与

---

① 《中国古典戏曲序跋汇编》,第1298—1299页。
② 《冬青记》,明刊本,《古本戏曲丛刊》二集影印,商务印书馆1955年版。
③ 《曲律·杂论下》,《历代曲话汇编》明代编第二集,第119页。
④ 同上,第126页。
⑤ 《太霞新奏》卷三卜大荒《闺情》曲注,《冯梦龙全集·太霞新奏》,第33页。

汤显祖有交往，如万历三十六年(1608)，汤显祖特地从江西老家到休宁拜访闲居在家的汪廷讷，两人同登鸠兹清风楼。汤显祖还为汪廷讷的《飞鱼记》传奇作序，并评点他的《种玉记》传奇。然而在戏曲创作上，汪廷讷的艺术志趣更接近于沈璟。不仅在创作实践中，遵守沈璟的戏曲主张，如祁彪佳《远山堂曲品》谓其"守律甚严，不愧词隐高足"。[①]而且对当时的汤沈之争，他旗帜鲜明地站在沈璟一边。如他在《广陵月》杂剧第二出中，通过剧中人物表明了自己的戏曲主张，其中的【二郎神】曲云："名曰小技，须教协律依腔。欲度新声休走样，忌的是挠喉捩嗓。纵才长，论此中规模，不易低昂。""参详，含宫泛徵，延声促响。把仄韵平声分几项，阴阳易混，辨来清浊微茫。识透机关人鉴赏，用不着英雄卤莽。更评章，歪扭捏，徒然玷辱词场。"[②]在这支曲文中，他维护和鼓吹沈璟的戏曲主张，并且批评了汤显祖的主张。

　　叶宪祖，字美度、相攸，号桐柏、六桐、槲园外史、槲园居士、紫金道人，浙江余姚人。万历四十七年(1619)进士。作有传奇六种、杂剧二十四种。叶宪祖也精通曲律，如吴炳每编成一剧，便请他考订音律，"求公诋诃，然后敢出"。[③]他在自己的创作中，也是严守曲律的，如吕天成《曲品》评其《双卿记》传奇曰："守韵调甚严，当是词隐高足。"在剧作的语言上，也具有本色的风格，如清黄宗羲谓其剧作语言"古淡本色，街谈巷语，亦化神奇，得元人之髓"。[④]"词

---

①《远山堂曲品》，《历代曲话汇编》明代编第三集，第559页。
②《广陵月》，《盛明杂剧》，中国戏剧出版社1958年影印诵芬室刻本。
③《外舅广西按察使六桐叶公改葬墓志铭》，《黄宗羲全集》第十册，浙江古籍出版社1985年版，第389页。
④同上。

家之有先生,亦如诗家之有陶、韦也"。①

　　顾大典,字道行、衡宇,号恒狱,吴江人。隆庆二年(1568)进士,官至福建提学使。作有《清音阁传奇四种》。被劾降职后,便辞官归乡,以作曲、度曲自娱。他与沈璟交往甚密,两家都蓄有家乐,王骥德谓其"所蓄家乐,皆自教之"。②清音阁便是他教曲之所,故名其作为《清音阁传奇》,可见他也是精于曲律的。再看他的剧作语言,也具有本色质朴而不重雕饰的特色,如吕天成《曲品》评他的剧作语言是"菁华挽元、白之绝"。④

　　吕天成,字勤之,号棘津、郁蓝生,浙江余姚人。诸生。作有传奇十五种,总称《烟鬟阁传奇》,杂剧八种。吕天成的舅祖孙镬和表伯父孙如法都是著名的戏曲音律家,吕天成从小就受到他们的指授,故王骥德谓:"勤之童年便有声律之嗜。""其于词学,故有渊源。"⑤后又师从沈璟,因此,他对曲律甚为精通。在语言上,他"始工绮丽,才藻烨然",师事沈璟后,便"服膺词隐,改辙从之",⑥即由文采转向本色。不过吕天成虽属于吴江派,但他对当时的汤沈之争态度较为折衷,主张合两家之长,曰:"二公譬如狂狷,天壤间应有此两项人物,不有光禄,词硎弗新,不有奉常,词髓孰抉?""倘能守词隐先生之矩矱,而运以清远道人之才情,岂非合之双美者乎?"⑦

　　沈自晋,字伯明、长康,号鞠通生,吴江人。沈璟之侄。作有

①清黄宗羲《姚江逸诗》卷十二,《四库全书存目丛书》集部第400册,齐鲁书社1997年版,第177页。
②《曲律·杂论下》,《历代曲话汇编》明代编第二集,第125页。
④《曲品》卷上,《历代曲话汇编》明代编第三集,第89页。
⑤《曲律·杂论下》,《历代曲话汇编》明代编第二集,第132页。
⑥同上。
⑦《曲品》卷上,《历代曲话汇编》明代编第三集,第88页。

传奇《翠屏山》《望湖亭》两种,杂剧《耆英会》。沈自晋受沈璟的影响颇深,如沈自友《鞠通生小传》谓其"宗尚家风,著词斤斤尺矱,而不废绳检"。①尤精于曲律,将沈璟的《南九宫十三调曲谱》增补成《南词新谱》。

以上这六位作家中,有的虽与沈璟没有交往,但在艺术志趣与剧作的艺术风格上,与沈璟较接近;有的虽对曲律与内容的关系不像沈璟那样偏执,对汤沈之争的态度较为折衷,但从其戏曲主张与剧作艺术风格的主导倾向来看,则更接近于沈璟,因此,将他们划为吴江派的成员,是比较符合实际的。

另外,关于吴江派在戏曲史上所起的作用与贡献,吴江派与临川派是同时出现的两大戏曲流派,而在以前的评论中,论者多抑沈扬汤、抑吴江派扬临川派,因而对吴江派在戏曲史上的作用和贡献基本上是否定的,认为它是一个形式主义的戏曲流派。其实,吴江派与临川派作为两个同时产生的戏曲流派,他们在戏曲史上都对发展和繁荣戏曲艺术起了积极的作用,有过一定的贡献。如果说临川派提倡戏曲描写人的真情、表达市民阶层摆脱封建传统思想的束缚的要求和愿望,从思想内容上对当时的戏曲创作起了积极作用的话,那么吴江派则是从戏曲艺术上为戏曲的发展和繁荣作出了贡献。要评定吴江派的作用与贡献,必须联系当时曲坛的实际情况来评判。明代中叶,虽然出现了戏曲繁荣的局面,但在创作上也出现了一些弊病。在宋元时期,戏曲作家多是民间的书会才人,他们生活在瓦舍勾栏之中,有的还粉墨登场,熟悉舞台排场和戏曲音律,故他们的剧作不仅合律,而且语言本色通俗,适合下层观众欣赏。但自明初以后,戏曲作家多为文人学士、官僚士夫所

---

① 《鞠通生小传》,《沈自晋集》,第268页。

代替,他们在创作中重文采而轻曲律,故当时曲坛上出现了不合律和语言典雅难懂的弊病,戏曲创作产生了案头化的倾向,而吴江派重视曲律和推崇本色的语言风格,对当时曲坛上所出现的弊病是很有针对性的。吴江派不仅在理论上大声疾呼,重视曲律,而且还在整理和考订曲律方面做了许多实际工作。如沈璟"嗟曲流之泛滥,表音韵以立防,痛词法之榛芜,订《全谱》以辟路"。[1]编订了《南九宫十三调曲谱》和《南词韵选》《遵制正吴编》等曲律著作。再如沈自晋也编撰了《南词新谱》。他们编曲谱和韵谱,为剧作家们克服不合曲律的弊病,提供了具体的准绳。对于沈璟及其他吴江派成员在当时曲坛上所起的作用,前人早有评定,如明徐复祚谓沈璟"订世人沿袭之非,铲俗师扭捏之腔,令作曲者知其向往,皎然词林指南车也"。[2]

五、苏州派的形成及其特征

苏州派形成于明末清初,以李玉为代表,其他成员有张大复、朱素臣、朱佐朝、叶时章、丘园、毕魏等人,这些作家都是苏州一带人,故称之为苏州派。

苏州派的形成,除了与苏州一带的戏曲艺术发达有关外,还与明末清初苏州一带特定的社会形态有关。苏州一带是明代城市经济最繁荣的地区,封建统治者对这一带的搜刮掠夺十分残酷,而市民群众反抗封建剥削和压迫的斗争也表现得尤为强烈。从明代中叶到明代末年,这一带多次爆发了市民反抗封建压迫和剥削的

①《曲品》卷上,《历代曲话汇编》明代编第三集,第88页。
②《三家村老委谈》,《历代曲话汇编》明代编第二集,第262页。

斗争,如前面提到的织工葛成领导的反对税监孙隆的斗争和颜佩韦等五人领导的反对阉党的斗争,就是其中影响较大的几次。到了清兵入关,明王朝覆灭,苏州一带又多次掀起反抗清朝统治者的民族压迫的斗争。而苏州派作家都是由明入清的,他们既目睹了明代末年社会的黑暗和市民群众的斗争,也亲身经历了明王朝灭亡以后的社会大动乱,并亲身尝到了清朝统治者残酷的民族压迫。而且,这些作家大都是布衣之士,出身卑微,长期生活在社会下层,如李玉,据吴伟业《北词广正谱·序》载,虽然"其才足以上下千载,其学足以囊括艺林,而连厄于有司"。又据清焦循《剧说》载:"元玉系申相国家人,为申公子所抑,不得应科试,因著传奇以抒其愤。"①再如张大复,也是一个落拓文人,长期寄居于苏州阊门外寒山寺内,自号寒山子,以填词作曲为业。又如叶时章,虽"倜傥有大志,始习举子业,奇警过人,谓取青紫如拾芥",但"适遭鼎革,淡于成名,诗文之暇,寄情于声歌词曲"。②这样的社会地位和生活经历,使得他们对现实社会有着较深刻的认识,因此,对当时所出现的一些重大社会问题也有着一致的看法。在明代末年,他们同情和支持市民群众的反抗封建压迫和剥削的斗争,抨击明末的社会黑暗现实,如《牧拙生传》谓叶时章"演传奇数种行于世,世称翁之词义激昂,才情富有,不知只缘目击丧乱,聊以舒胸中垒块,讥切明季时弊"。③明亡后,他们又采取不与清廷合作的态度,始终没有参加清廷举行的科举考试,如李玉"甲申以后,绝意仕进"。④其他

---

① 《剧说》卷四,《历代曲话汇编》清代编第三集,第410页。
② 清孙岳《牧拙生传》,见周巩平《江南曲学世家研究》,上海文化出版社2013年版,第94页。
③ 同上。
④ 清吴伟业《北词广正谱·序》,《历代曲话汇编》清代编第一集,第205页。

几位作家也都没有得到清朝的一官半职。

在戏曲创作上，他们也具有相同的创作倾向，即以戏曲形式来直接过问社会现实，较真实地反映和歌颂了人民群众的反封建斗争，表达对封建统治者的不满，所谓"当场歌舞笑骂，寓显微，阐幽旨"，[1]"律吕作阳秋"。[2]因此，他们的作品具有强烈的现实主义精神和时代气息，多取材于现实生活。如叶时章的《渔家哭》传奇，便是受现实生活的感触而作的，并且因抨击了社会现实中的恶势力而被诬下狱。据周巩平先生在清康熙五十一年（1712）叶长馥主修的《续修吴中叶氏族谱》续庚集中发现的一篇孙岳撰写的叶时章传记《牧拙生传》记载：

> 翁（指叶时章）尝避兵安溪，见乡民捕鱼为业者俱受制于势豪，愁苦万状，因感作《渔家哭》一帙。此亦不忍人心随处触发，而不知祸从此起矣。城中势豪以其不利于己也，而迁怒于翁，摘传奇中数语诬为诽谤，讼于官，系狱。[3]

他的《琥珀匙》传奇则描写了下层人民反抗封建压迫的斗争，歌颂了江洋大盗、农民起义的领袖金髯翁，而把"庙堂中"的封建统治者说成是"衣冠禽兽"，并也为此而遭到封建统治者的迫害，"为有司所恚，下狱几死"。[4]又如朱佐朝的《渔家乐》传奇，描写了东汉末年渔家女邬飞霞为报父仇，混入东汉大将军梁冀府里，刺死了梁冀。这虽然写的是历史故事，但同样寄托了作者对下层人民反封建斗争的同情和歌颂。有许多剧作直接描写了明代末年在苏州出现的市民斗争，如李玉的《万民安》传奇，是根据明万历二十九年

---

① 清吴伟业《北词广正谱·序》，《历代曲话汇编》清代编第一集，第205页。
② 《清忠谱·谱概》，《李玉戏曲集》，第1288页。
③ 周巩平《江南曲学世家研究》，第97页。
④ 清焦循《剧说》卷三，《历代曲话汇编》清代编第三集，第377页。

(1601)织工葛成领导的苏州市民反抗封建掠夺的实事编撰而成的,这部传奇虽已失传,但从《曲海总目提要》所介绍的剧情大要来看,作者是把"佣工织匠"葛成当作剧本的主要人物来加以塑造,并对他领导的抗捐斗争,击毙税监孙隆的属吏黄建节的行为加以肯定和颂扬。另外,李玉、毕魏、叶时章、朱素臣等人一起编撰的《清忠谱》传奇,也是一部"事俱按实"①的现实主义杰作,它把明天启六年(1626)苏州发生的东林党人与阉党的斗争及苏州市民反对阉党的暴动这一真实事件搬上了戏曲舞台。在剧作中,作者虽以东林党人周顺昌的事迹为主,但对以颜佩韦等五人为首的市民群众反抗阉党迫害忠良的斗争也作了有声有色的描绘,故吴伟业在《清忠谱·序》中说:"虽曰填词,目之信史可也。"②在清初,虽然清朝统治者大兴文字狱,残酷迫害具有反清思想的文学作家,严厉禁止宣扬反清的文学作品。但苏州派剧作家们还是"写孤忠纸上,唾壶敲缺"。③在剧作中抒发自己对清朝统治者的愤懑,并寄托对明王朝的怀念。苏州派作家们在入清以后所作的剧本在思想内容上有着一个共同的特色,即竭力宣扬忠义,以谴责那些屈膝投降清廷的大官僚的变节行为。如李玉入清以后所作的《千忠戮》传奇,写燕王朱棣为抢夺帝位,举兵攻陷南京,建文帝和文武大臣各自逃生。剧作所表现的虽是明代帝室内部争夺帝位的斗争,但作者是借古喻今,曲折地反映了明清易代的社会现实。一方面,在剧中写了燕王攻破南京后大肆杀戮前朝大臣,以此抨击清朝统治者对汉族人民实行的残酷的军事镇压;另一方面,在剧中塑造了程济、吴学成、

①清吴伟业《清忠谱·序》,《李玉戏曲集》,第1288页。
②同上。
③《清忠谱·谱概》,《李玉戏曲集》,第1288页。

朱景先、方孝孺等为建文帝尽忠的忠臣形象,"词填往事神悲壮,描写忠臣生气莽",[①]表达了作者对那些坚持气节的明朝旧臣的倾慕,也寄托了自己的民族气节。而这一现实主义的内容,引起经历了明清之变、具有亡国之痛的广大汉族人民的强烈共鸣,出现了"家家收拾起,户户不提防"的局面("收拾起",即《千忠戮·惨睹》出【倾杯玉芙蓉】曲首句,"不提防",即《长生殿·弹词》【转调货郎儿】曲首句)。而清朝统治者也因此对它加以禁演。另外,朱素臣的《未央天》、朱佐朝的《瑞霓罗》《九莲灯》《轩辕镜》等剧也都表彰了一些奴仆为主尽忠的行为,其用意也是要借这些奴仆的忠义行为来谴责那些投降清朝的明代旧臣的变节行为。有的剧作家则通过歌颂历史上的民族英雄抗击外族入侵的英勇行为来激励人民的反清斗争,如张大复的《如是观》传奇(又称《倒精忠》)是根据北宋末年民族英雄岳飞被秦桧所害的历史事实翻写的,剧中写秦桧矫诏召岳飞班师,岳飞不奉诏,以计大胜金兵,并迎徽、钦二帝还朝,最后将秦桧处死。显然,作者将历史上的悲剧翻改成喜剧,其寓意是十分明显的,即以此来鼓舞汉族人民起来反抗异族的统治。李玉的《牛头山》传奇也是歌颂岳飞的爱国主义精神,同样具有激励人民起来反抗清朝统治的寓意。

　　苏州派作家在艺术上也具有许多相同或相近的特色。首先,题材广泛多样。由于他们大都生活在社会下层,熟悉市民生活,并了解他们的爱好和志趣,多采用一些为市民观众所喜闻乐见的题材来编写剧本,或真人真事,或民间传说,或历史故事,所谓"上穷典雅,下渔稗乘"。[②]其次,在语言上,他们也都能够照顾到下层观

---

①《千忠戮·团圆》出【尾声】曲,《李玉戏曲集》,第1112页。

②清钱谦益《眉山秀·题词》,《历代曲话汇编》清代编第一集,第67页。

众的欣赏能力,较浅显易懂,但又别具意境,案头场上,交称利便。另外,苏州派作家出生于昆曲之乡,大都精通曲律,如李玉与戏曲音律家钮少雅、徐于室等交往甚密,并在他们的帮助下编撰了《北词广正谱》。张大复也曾编撰了《寒山堂九宫十三摄南曲谱》。又如丘园,"于音律最精,分刌节度,累黍不差,梨园弟子畏服之,每至君里,心辄惴惴,恐一登场,不免为周郎所顾也"。①因此,他们的剧作大都能付诸管弦,搬上舞台演出。而以上这些艺术上的特色,使得苏州派作家的剧作具有很好的舞台效果,再加上剧作内容上具有强烈的现实主义精神和时代气息,故极受时人称赏,尤为梨园子弟所欢迎。如李玉的剧作一出来,就被一些戏班争相搬演,钱谦益《眉山秀·题词》称:

> 元玉言词满天下,每一纸落,鸡林好事者争被管弦,如达夫(高适)、(王)昌龄声高当代,酒楼诸妓咸歌其诗。②

冯梦龙也谓:李玉"初编《人兽关》盛行,优人每获异犒,竞购新剧"。其《永团圆》剧"甫属草,便攘以去"。③

苏州派作家的作品现在还流传于舞台的很多,如李玉《清忠谱》中的《义愤》《闹诏》,《千忠戮》中的《朝奏》《草诏》《惨睹》《搜山》《打车》,《占花魁》中的《湖楼》;朱佐朝《渔家乐》中的《相梁》《刺梁》,《九莲灯》中的《火判》;朱素臣《十五贯》中的《访鼠》《测字》,丘园《虎囊弹》中的《醉打山门》,张大复《如是观》中的《交印》《刺字》等出,都是现在昆剧中常演的折子戏。

另外,在流派形式上,苏州派与五伦派、临川派也有着明显的

---

①清王应奎《海虞诗苑》卷五,上海古籍出版社2013年版,第108页。
②《眉山秀·题词》,《历代曲话汇编》清代编第一集,第66页。
③《墨憨斋定本永团圆·序》,《冯梦龙全集·墨憨斋定本传奇》,第1373页。

不同，五伦派或临川派的作家，虽同属一个流派，但他们之间很少有来往，更没有集体的创作活动。而苏州派作家自发地形成了一个创作团体，互相之间交往甚密，而且还合作剧本。如《清忠谱》卷首题作："苏门啸侣李元玉甫著，同里毕魏万后、叶时章雉斐、朱�素臣同编。"卷末【尾声】也云："绿窗共把宫商辨，古调新词字句研，岂草草涂鸦伧父言。"可见，此剧虽以李玉为主，但毕魏、叶时章、朱素臣等也参与了编写。又如《一品爵》和《埋轮亭》也是由李玉与朱佐朝两人合编的。另丘园与朱素臣等也合编了《四大庆》传奇。

苏州派在当时的曲坛上产生了很大的影响，如果说以汤显祖为代表的临川派的出现扭转了明初以来曲坛上存在的"以时文为南曲"的迂腐的创作倾向，开拓了戏曲反映现实生活、表现时代精神的新气象，那么，以李玉为代表的苏州派剧作家则是继承和发扬了临川派的这一进步传统，使戏曲与社会的距离更加接近，其时代气息更加浓厚。并且也给后来的戏曲家们以积极的影响，如清代中叶出现的《桃花扇》传奇就是在苏州派的影响下产生的一部反映现实社会的杰作。

明代戏曲的文人化特征

　　我国的古典戏曲正式形成于宋元时期,由于戏曲最早形成于民间,故当时的戏曲作家多为民间艺人或下层文人,时称"书会才人"。如明代王骥德《曲论》云:"古曲自《琵琶》《香囊》《连环》而外,如《荆钗》《白兔》《破窑》《跃鲤》《牧羊》《杀狗劝夫》等记,其鄙俚浅近,若出一手。岂其时兵革孔棘,人士流离,皆村儒野老涂歌巷咏之作耶?"[①]如现存的《永乐大典戏文三种》中的《张协状元》为永嘉九山书会才人所作,《宦门子弟错立身》为古杭才人所作,《小孙屠》为古杭书会才人所作;又如四大南戏之一的《白兔记》也为永嘉书会才人所作。作为上流社会的文人学士、官僚士夫替代民间艺人与下层文人,成为戏曲作家的主体,则始于明代。而随着戏曲作家的文人化,也使得明代的戏曲呈现出与宋元时期的戏曲不同的特征。

一、明代戏曲作家文人化的历程

　　明代文人学士参与戏曲创作,成为戏曲作家的主体,这一状况是随着戏曲的发展逐渐形成的。现据《曲品》《远山堂曲品》《远山

---

①《曲论·杂论上》,《历代曲话汇编》明代编第二集,第110—111页。

堂剧品》《今乐考证》及《明代传奇全目》《明代杂剧全目》《古典戏曲存目汇考》等曲目论著所载的作家与剧目统计,依其从事戏曲创作的主要年代,将明代各时期的戏曲作家中的文人作家的身份及人数列表说明如下:

身份 人数 时期	进士	举人	诸生及 一般文士	藩王、官僚 及世家子	合计
洪武—成化 (1368—1521)	2		4	4	10
嘉靖—隆庆 (1522—1572)	10	4	6	2	22
万历—崇祯 (1573—1644)	21	9	44	6	80

从上表中可以看出,明代文人参与戏曲创作,即明代戏曲作家的文人化大致经历了三个阶段:

明代洪武至成化年间,是明代戏曲作家文人化的初始阶段。元末明初高明作《琵琶记》首开文人参与戏曲创作之风。高明出身于书香门第,祖父高天锡、伯父高彦都是诗人。受家庭的熏陶,高明工诗文,擅词曲。元至正五年(1345)进士及第,先后任处州录事、杭州行省丞相掾、江南行台掾、福建省都事等职。《琵琶记》是根据被称为南戏之首的《赵贞女蔡二郎》改编而成的,经过高明的改编,大大提高了南戏剧本的文学性,如与早期南戏《张协状元》《错立身》《小孙屠》等相比,《琵琶记》中写景抒情性场面以及适宜于生、旦抒情的长套细曲增加,语言一改早期南戏本色俚俗的风格,富于文采。明徐渭指出:在高明之前,南戏由于曲文俚俗,"不叶宫调",故不为文人学士所留意。而高明作《琵琶记》,"用清丽之词，一洗作者之陋。于是村坊小伎，进与古法部相参，卓乎不可及已"。①也正因为此，《琵琶记》受到了明代文人戏曲家们的推崇，被推为"传奇之首"。如王骥德认为："古戏必以《西厢》《琵琶》称首，递为桓、文。"②他将《琵琶记》与《拜月亭》作了比较，指出："《拜月》语似草草，然时露机趣，以望《琵琶》，尚隔两尘。"③明何良俊也谓："高则诚才藻富丽，如《琵琶记》'长空万里'，是一篇好赋，岂词曲能尽之？"④

在明初，虽然戏曲在一般文人学士眼里还被视为小道末技，不登大雅之堂，以作曲为耻。如何良俊《四友斋丛说》载："祖宗开国，尊崇儒术，士大夫耻留心辞曲。"⑤但一方面，由于明初统治者从戏曲宣扬封建礼教和粉饰太平的功利目的出发，鼓励文人学士创作戏曲。如明太祖朱元璋看到高明的《琵琶记》后，极为称赏，曰："五经、四书，布、帛、菽、粟也，家家皆有；高明《琵琶记》，如山珍海错，贵富家不可无。"⑥又如明宁献王朱权也提出："盖杂剧者，太平之胜事，非太平则无以出。"⑦另一方面，文人学士也视戏曲为宣扬封建礼教、劝化民众的最好载体。如丘浚认为，经书、诗文虽也是"劝化世人，使他个个都尽五伦的道理"，但由于经书、诗文皆是文人所作，不识字的看不懂，"虽然读书秀才说与"，"小人妇女也不知他说个甚的。若是今世南北歌曲，虽是街市子弟，田里农人，人人都晓得唱念其在今日亦如古诗之在古时，其言语既易知，

---

① 《南词叙录》，《历代曲话汇编》明代编第一集，第482页。
② 《曲律·杂论上》，《历代曲话汇编》明代编第二集，第109页。
③ 同上。
④ 《四友斋丛说》，《历代曲话汇编》明代编第一集，第469页。
⑤ 同上，第464页。
⑥ 《南词叙录》，《历代曲话汇编》明代编第一集，第483页。
⑦ 《太和正音谱》，《历代曲话汇编》明代编第一集，第57页。

其感人尤易入。近世以来，做成南北戏文，用人搬演，虽非古礼，然人人观看，皆能通晓，尤易感动人心，使人手舞足蹈，亦不自觉"。因此，他自称，他编撰的《五伦记》这本戏文，是"发乎性情，生乎义理，盖因人所易晓者以感动之。搬演出来，使世上为子的看了便孝，为臣的看了便忠，为弟的看了敬其兄，为兄的看了友其弟，为夫妇的看了相和顺……善者可以感发人之善心，恶者可以惩创人之逸志，劝化世人，使他有则改之，无则加勉"。①

　　因此，自高明作《琵琶记》后，一些文人学士、官僚士夫也参与了戏曲创作，如在高明之后，《五伦记》的作者丘浚与《香囊记》的作者邵灿也是以文人学士的身份来创作戏曲的。丘浚是明景泰五年（1454）进士，历任国子祭酒、礼部尚书、太子太保兼文渊阁大学士等职，同时也是一位道学家，著有《朱子学的》《大学衍义补》等理学著作。《香囊记》的作者邵灿则是明正统年间的府学生员（一说给事中），除《香囊记》外，尚著有《乐善集》。《龙泉记》的作者沈龄也是一位"蔚矣名流，确乎老学"的道学家。②另外，朱权与朱有燉则是以皇家宗室的身份来从事戏曲创作的，分别作有《卓文君》《冲漠子》《诚斋乐府》《太和正音谱》等。在明代初年，由于文人剧作家们带着"以曲载道"的强烈功利目的来参与戏曲创作，因此，所作的剧目也大多为宣扬封建礼教之作。而且，虽然有封建统治者的提倡，但在一般正统文人学士的眼里，仍视戏曲为小道。即使像丘浚那样借戏曲来宣扬封建礼教的作家，在当时还是受到了一些正统文人的鄙薄与非难，据明沈德符《顾曲杂言》载：当丘浚作《五伦记》时，与他同朝的士大夫王端毅即批评他说："理学大儒，不宜留心

---

① 《五伦记·副末开场》，明世德堂刻本，《古本戏曲丛刊》初集影印。
② 《曲品》卷上，《历代曲话汇编》明代编第三集，第86页。

词曲。"①因此,在明初至成化这一时期里,参与戏曲创作的文人学士、官僚士夫的人数尚不多。

明代嘉靖至隆庆年间,是明代戏曲作家文人化的发展阶段,我们从上表中可以看出,在这一时期里,文人学士、官僚士夫参与戏曲创作的人数比明初有了明显的增加。这一时期激发文人学士、官僚士夫参与戏曲创作的积极性,其原因是多方面的。首先,在当时的文坛上,出现了以李贽为代表的进步思想家、文学家反复古主义的文学思潮,对戏曲的地位和作用作了充分的肯定,如李贽认为,从文学发展史上来看,戏曲与诗文一样,具有其应有的地位与价值,他在《童心说》中指出:

> 诗何必古《选》,文何必先秦。降而为六朝,变而为近体,又变而为传奇,变而为院本,为杂剧,为《西厢》曲,为《水浒传》,为今之举子业,大贤言圣人之道,皆古今至文,不可得而时势先后论也。②

孔子曾提出诗可以"兴、观、群、怨"的主张,李贽认为,戏曲也同样具有这一功能。如他在《焚书·红拂》中指出:"孰谓传奇不可以兴,不可以观,不可以群,不可以怨乎?"③经李贽等人的提倡与推崇,戏曲及小说等俗文学在当时的文坛上受到了重视。在明代中叶,士大夫已不以作曲为耻,如王骥德《曲律》载:"王渼陂(九思)好为词曲,客有规之者,曰:'闻之太上立德,其次立功,其次立言,公不留意经世文章?'渼陂应声曰:'子不闻其次致曲乎?'"④因此,当时文人学士在作诗文的同时,也创作戏曲,即使像王世贞这

---

①《顾曲杂言》,《历代曲话汇编》明代编第三集,第60页。
②《童心说》,《历代曲话汇编》明代编第一集,第538页。
③《焚书·红拂》,《历代曲话汇编》明代编第一集,第542页。
④《曲律·杂论下》,《历代曲话汇编》明代编第三集,第60页。

样的诗文大家，也参与了戏曲的创作与评论。

其次，明代嘉靖年间经魏良辅改革后的新昆山腔的盛行，也是吸引文人学士、官僚士夫参与戏曲创作的重要原因。作为南戏四大唱腔之一的昆山腔，本来与其他唱腔一样，也是采用依腔传字、用方言演唱的，演唱方式粗俗，故当时不为文人学士所喜好。到了嘉靖时，戏曲音律家魏良辅对昆山腔作了改革，即改用依字定腔的方式来演唱，严格区分字之四声阴阳，同时放慢节奏，将一字分成头、腹、尾三部分徐徐唱出，"一字之长，延至数息"，清柔婉转，玉润珠圆，有如"水磨"。而昆山腔的这种清柔缠绵、委婉悠远的风格，正适合了文人学士、封建士大夫的艺术情趣，"士大夫禀心房之精，靡然从好"。①因此，吸引了文人学士来为昆山腔创作剧本。尤其是梁辰鱼作《浣纱记》传奇，首次将新昆山腔与戏曲舞台结合起来，许多文人学士纷纷仿效，为新昆山腔创作剧本。一时"谱传藩邸戚畹，金紫熠爚之家，而取声必宗伯龙氏，谓之昆腔"。②

明代万历到崇祯年间，是明代戏曲作家文人化的完成阶段。在这一时期里，戏曲艺术得到了进一步的繁荣，尤其是昆山腔在上流社会的流传更广，如王骥德《曲律·论腔调》载："旧凡唱南调者，皆曰海盐，今海盐不振，而曰昆山。"③戏曲在当时成了上流社会最主要的娱乐形式，一般的文人学士、封建士大夫都把作曲度曲，看成是怡情养性、显耀才华的风雅之举。如明沈德符《万历野获编》卷二十四载：

　　近年士大夫享太平之乐，以其聪明寄之剩技。……吴中

①《客座赘语》卷九，《历代曲话汇编》明代编第二集，第401页。
②《梅花草堂笔谈》卷十二《昆腔》，《历代曲话汇编》明代编第三集，第432页。
③《曲律·论腔调》，《历代曲话汇编》明代编第二集，第75页。

缙绅留意声律,如太仓张工部新、吴江沈吏部璟、无锡吴进士澄,俱工度曲,每广座命伎,即老优名倡俱皇遽失措,真不减江东公瑾。①

原来视戏曲为末技小道的封建士大夫、文人学士,都纷纷拈笔抽毫,参与戏曲创作。因此,这一时期的戏曲作家几乎全是封建士大夫、文人学士,一时作家辈出,剧作如林。如明沈宠绥《度曲须知》谓当时曲坛上"名人才子,踵《琵琶》《拜月》之武,竞以传奇鸣。曲海词山,于今为烈"。"粤征往代,各有专至之事以传世,文章矜秦、汉,诗词美宋、唐,曲剧侈胡元。至我明则八股文字姑无置喙,而名公所制南曲传奇,方今无虑充栋,将来未可穷量,是真雄绝一代,堪传不朽者也。"②吕天成《曲品》也云:"博观传奇,近时为盛,大江左右,骚雅沸腾;吴浙之间,风流掩映。"③

同时,在这一时期里,曲坛上发生了汤显祖与沈璟之间因戏曲主张的不同展开的争论。沈璟与汤显祖都是明代万历年间著名的戏曲家,两人分别提出了自己的戏曲主张,由于两人在曲坛上的地位,加上他们所提出的戏曲主张是戏曲作家们所关心的问题,因此,也就吸引了更多的文人学士来从事戏曲创作,他们不仅提出了各自的见解,而且也纷纷以自己的艺术志趣来创作戏曲。

二、明代戏曲作家的文人化与戏曲流派的形成

在古代文学发展史上,作家流派的产生是伴随着文人学士参

---

① 《万历野获编》卷二十四,《明代笔记小说大观》,第2557页。
② 《度曲须知》,《历代曲话汇编》明代第二集,第616—617页。
③ 《曲品》卷上,《历代曲话汇编》明代第三集,第86页。

与创作后出现的一种现象。在我国古代戏曲史上,戏曲流派的出现也同样如此。在宋元时期,由于戏曲作家多为民间艺人和下层文人,普遍缺乏较高的文学修养,缺少有影响即可以作为流派代表作家的人物;同时,他们创作戏曲的目的是娱人的,即供戏班演出、给观众观赏的,而且当时的观众多是下层民众,戏曲作家即使有不同的艺术志趣,也必须服从广大下层观众的志趣与要求,因此,在戏曲创作上不可能形成流派。如王国维在《宋元戏曲史》中指出,从语言风格上来看,无论是宋元南戏,还是元代杂剧,皆具有"自然本色"的风格,"佳处略同"。①

　　到了明代,随着文人学士参与戏曲创作,并逐渐成为戏曲作家的主体后,在戏曲创作上,便产生了具有不同艺术主张与艺术风格的创作流派。首先,由于文人学士创作戏曲的目的主要是自娱,即像作诗文一样,或抒发自己的志趣,或显示自己的才华。因此,必定要将自己个人艺术志趣在戏曲作品中体现出来。当一些有影响的文人剧作家在曲坛上提出了独特的戏曲主张并创作出具有独特艺术风格的戏曲作品后,会受到同时代以及后来的剧作家的响应与推崇,这样就促成了某一戏曲流派的产生。如元末明初高明提出了"不关风化体,纵好也徒然"、"不论插科打诨,只看子孝共妻贤"的戏曲创作主张后,②丘浚、邵灿、沈龄等人都积极响应,由此在明代初年的曲坛上便形成了一个以宣扬封建礼教为创作主旨的戏曲流派。又如在明代万历年间,沈璟与汤显祖各自提出了自己的戏曲主张,分别赢得了一些文人作家的推崇与追随,如沈自晋在《望湖亭》传奇第一出【临江仙】词中指出,当沈璟提出了与汤显祖

---

① 《宋元戏曲史·元南戏文章》,上海古籍出版社1998年版,第120页。
② 《琵琶记·副末开场》,《六十种曲》第一册,第1页。

截然不同的戏曲主张后,得到了一些文人剧作家的响应,曰:

> 词隐登坛标赤帜,休将玉茗称尊。郁兰(吕天成)继有榭
> 园人(叶宪祖),方诸(王骥德)能作律,龙子(冯梦龙)在多闻。
> 香令(范文若)风流成绝调,幔亭(袁于令)彩笔长春,大荒(卜
> 世臣)巧构更超群。鲰生何所似? 颦笑得其神。①

又如沈自友《鞠通生小传》也谓,在沈璟提出了严守曲律的主
张后,"一时名手,如范(文若)如卜(世臣),如袁(于令)如冯(梦
龙),相互推服"。②因此,在当时的曲坛上便形成了两个戏曲流派,
一个以沈璟为代表的吴江派,另一个以汤显祖为代表的临川派。

其次,文人戏曲作家之间的唱和之风,结社会友,也是促成戏
曲流派形成的一个重要原因。在我国古代文学史上,文人学士的
唱和之风源远流长,如在唐代,文人相聚,结成诗社,以诗唱和,成
为文士阶层的一种风尚。在明代,文人戏曲家们继承了前代文人
的这种唱和之风,常以曲会友,尤其在当时,许多文人学士、官僚士
夫在家中都蓄有戏班,既用以自娱,又用以会友,在聚会唱和时,常
以家班酬客。如明冯梦祯《快雪堂日记》万历三十年(1602)十一
月的几天日记所记载的与友人观看家班演戏的情形:

> 初八日:拜次君玄静,主人相陪,正筵就座,已迫暮色,吕
> 三班作戏,演《香囊记》。

> 二十三日:赴姚善长席,贺伯闇陪,屠氏梨园演《明
> 珠记》。

> 二十六日:赴包鸣甫席,屠冲旸陪,包二叔公父子同陪,
> 并邀黄近洲。屠氏梨园演《双珠记》,找《北西厢》二折,复奏

---

① 《望湖亭》传奇第一出【临江仙】词,《沈自晋集》,第81页。
② 清沈自友《鞠通生小传》,《沈自晋集》,第268页。

琵琶。

　　二十九日：赴郑明府之席，梨园两班作戏。

　　三十日：余同袭明过屠园，今日袭明、冲旸先生作主家，梨园演《北西厢记》。①

从这几天的日记中可见，一月之中有五天都有以曲会友，以家班酬客的记载。

　　文人剧作家们相聚在一起，一边作曲唱和，一边品第高下，切磋作曲技艺。这样，不仅增强了群体意识，而且因唱和者多为情趣相投者，在戏曲主张与创作风格上也有较多的共同语言，故往往会形成戏曲流派。

　　另外，亲友、师生之间的相互影响，也会促成戏曲流派的产生。如万历年间以沈璟为首的吴江派，其成员多与沈璟有着亲友、师生的关系。如沈自晋是沈璟的侄子，吕天成是沈璟的弟子，颇得沈璟曲学之真传，也深得沈璟的信任，沈璟悉将自己的著述交给吕天成保存，吕天成为之刊刻流传。

　　又冯梦龙早年也受学于沈璟，如他自称："余早岁曾以《双雄》戏笔，售知于词隐先生。先生丹头秘诀，倾怀指授。"②又王骥德与沈璟交往甚深，两人相互推服。如毛以遂《校注古本西厢记·序》云：

　　　　吾友会稽王伯良氏，博雅君子也，于学无所不窥，而至声律之闲，故属夙悟，雅为吾郡词隐先生所推服，谓契解精密，大江以南一人。③

––––––––––

① 《快雪堂日记》卷十三，凤凰出版社2010年版，第187—189页。

② 《曲律·序》，《历代曲话汇编》明代编第二集，第2页。

③ 《校注古本西厢记·序》，《明清戏曲序跋纂笺》，第165页。

　　王骥德在校注《西厢记》时，曾得到沈璟的指点，多次与沈书信往来，讨论商榷，其《自序》云：

　　　　今之词家，吴郡词隐先生实称指南，复函请参订，先生谬假赏与，凡再易稿，始克成编。①

　　而沈璟编撰《南九宫十三调曲谱》成，也命王骥德为其作序。这些剧作家由于与沈璟交往密切，或为亲友，或为弟子，故在戏曲创作上便很自然地会受到沈璟的影响，从而形成了一个以沈璟为首的戏曲流派。当然在这些作家中，王骥德、冯梦龙虽也推服沈璟的守律的主张，但也推崇汤显祖的写情的主张。

　　从明代初年到明代末年，在明代曲坛上曾先后出现了五伦派、吴江派、临川派、苏州派等四个戏曲创作流派。五伦派是明初曲坛上形成的一个戏曲创作流派，其代表作家是丘浚，主要成员有邵灿、沈龄等。这一派的剧作家多是带着"以曲载道"的功利目的参与戏曲创作的，故在剧作的内容上，多为宣扬封建礼教之作，剧中人物形象成了封建礼教的传声筒；在语言风格上，由于这些作家多饱读四书五经，故在剧作中，多引经据典，直以儒家经典中的语句作为曲文，"以时文为南曲"。②因此，这一派的剧作多为案头之作。

　　吴江派是万历年间曲坛上形成的一个戏曲作家流派，其代表作家是沈璟，主要成员有吕天成、卜世臣、范文若、袁于令、沈自晋等人。吴江派注重戏曲格律，如沈璟提出："名为乐府，须教合律依腔，宁使时人不鉴赏，无使人挠喉捩嗓。说不得才长，越有才，越当着意斟量。"③因此，吴江派作家的戏曲皆具有重戏曲格律的特色。

①《校注古本西厢记·自序》，《明清戏曲序跋纂笺》，第162页。
②《南词叙录》，《历代曲话汇编》明代编第一集，第486页。
③【商调·二郎神】《论曲》，《沈璟集》，第849页。

　　临川派是在与吴江派的争论中形成的一个戏曲作家流派,其代表作家是汤显祖,主要成员有王骥德、冯梦龙、孟称舜、吴炳等人。在剧本内容与戏曲格律的关系问题上,临川派的戏曲主张与吴江派不同,重视剧本的内容,如汤显祖认为:

> 凡文以意、趣、神、色为主,四者到时,或有丽词俊音可用,尔时能一一顾九宫四声否? 如必按字模声,即有窒滞迸拽之苦,恐不能成句矣。[1]

同时,在戏曲语言上,临川派作家也具有文采典雅的特色。

　　苏州派形成于明末清初,皆为苏州籍作家,以李玉为代表,其他成员有张大复、朱素臣、朱佐朝、叶时章、丘园、毕魏等人。苏州派的作品在内容上多取材于现实生活,真实地反映社会现实,歌颂人民群众的反封建斗争,具有强烈的现实主义精神和时代气息。苏州派作家剧作的题材广泛多样,或真人真事,或民间传说,或历史故事,为下层民众喜闻乐见;在语言上,能够照顾到下层观众的欣赏能力,浅显易懂;另外,苏州派作家生活在昆曲之乡,大都精通曲律。因此,他们的剧作具有很好的舞台效果。

三、明代戏曲作家的文人化与戏曲的雅化

　　从我国古代文学史与艺术史上来看,任何一种文学体裁或艺术形式皆起源于民间,在其形成之初,皆具有通俗朴素的特征,而一旦文人学士参与后,便皆具有了典雅精致的特征。戏曲艺术也同样经历了由朴素到典雅化的发展过程。而戏曲的这一典雅化过程,是在明代随着戏曲作家的文人化完成的。

---

[1]《答吕姜山》,《汤显祖诗文集》卷四十七,第1337页。

　　与宋元时期的戏曲相比,明代戏曲的典雅化具体表现在以下几个方面:首先是剧本体制的规范化。这主要是就长篇的传奇而言的,明代传奇是由宋元南戏演进而来的,与南戏相比,传奇的剧本体制有了一定的规范。由于宋元时期民间艺人所作的南戏是供戏班演出用的,不是供文人案头阅读,故整本戏牵连而下,不分出,更无出目。到了明代,文人所作的传奇不仅供演员演出,还供人案头阅读,为了方便阅读,故不仅分出,而且有了出目。另外,宋元南戏每本戏的篇幅长短不一,如按传奇的分出,《张协状元》有五十三出,而《小孙屠》只有二十一出。

　　其次是曲体的格律化。宋元南戏的曲体是非律化的,由于南戏作家没有较高的文学与艺术修养,对宫调、句格、字声、韵律等曲律没有专门的研究,而且其所用的曲调,为“宋人词而益以里巷歌谣”,[①]其中多为民间歌谣,如《张协状元》中的【东瓯令】、【福清歌】、【台州歌】、【吴小四】、【赵皮鞋】等曲调,便都是温州一带流传的民间歌谣。民间歌谣虽然顺口可歌,但不一定合律,即使合律,也是偶然相合。在南戏所用的曲调中,也有一些是词调,这些词调的调名虽与宋代文人所作的律词调名相同,其实两者有着根本的区别,南戏所用的词调实是唐代民间曲子词到了宋代继续在民间流传,尚未经过文人改造律化,故实与民间歌谣相同,也是不合律的。如明徐渭《南词叙录》云:“永嘉杂剧兴,则又即村坊小曲而为之,本无宫调,亦罕节奏,徒取其畸农、市女顺口可歌而已,谚所谓‘随心令’者,即其技软? 间有一二叶音律,终不可以例其余,乌有所谓九宫?”[②]“夫南曲本市里之谈,即如今吴下【山歌】、北方【山坡

---

①《南词叙录》,《历代曲话汇编》明代编第一集,第482页。
②同上,第483页。

羊】,何处求取宫调?"①因此,若从宫调的运用、字声的平仄搭配来看,早期南戏的曲文多有不合律处。

　　而明代文人学士所作的戏曲,无论是传奇还是杂剧,其曲调皆具有格律化的特征,尤其是魏良辅改革昆山腔,采用依字声定腔的演唱方式后,更注重曲调的格律,如他在《南词引正》中谈到昆山腔的演唱方法时指出:

　　　　五音以四声为主,但四声不得其宜,五音废矣。平、上、去、入,务要端正。有上声字扭入平声,去声唱作入声,皆做腔之故,宜速改之。②

　　所谓"五音以四声为主",也就是说曲调的宫、商、角、徵、羽等乐律由字的平、上、去、入四声来决定。因此,对于作家来说,在作曲填词时,必须遵守句式、字声、用韵等格律,如王骥德指出:"曲有宜于平者,而平有阴、阳;有宜于仄者,而仄有上、去、入。乖其法,则曰拗嗓。"③

　　再如曲韵,由于南戏用方言土语演唱,而南方各地的方言土语都不同,受各地方言的影响,宋元南戏没有统一的韵律,以乡音相叶,如支思与齐微、鱼模不分,鱼模与家麻、歌戈、车遮相混,又真文与庚青、侵寻,寒山与先天,监咸、廉纤等开口韵与闭口韵不分等。而明代文人戏曲采用了依字声定腔后,首先必须字音正,也就是要用一种标准的语音来纠正方言土音之讹,统一用韵标准。由于北曲所采用的中州韵,是以北方语音为基础的,而当时的北方语音已具有通行语的性质,能通行各地,广泛使用。如元琐非复初谓周

────────────

①《南词叙录》,《历代曲话汇编》明代编第一集,第484页。
②《南词引正》,《历代曲话汇编》明代编第一集,第527页。
③《曲律·论平仄》,《历代曲话汇编》明代编第二集,第63页。

德清在《中原音韵》中所总结的中州韵，"不独中原，乃天下之正音也"。①这样的曲韵也正符合文人戏曲曲韵标准化、格律化的要求。因此，在明代，无论是作南曲，还是作北曲，文人剧作家都要求以中州韵作为标准的曲韵。如魏良辅就把中州韵作为纠正南方乡音的标准韵，他在《南词引正》中提出："《中州韵》词意高古，音韵精绝，诸词之纲领。"②明代万历年间，沈璟也提出要以周德清《中原音韵》中所确立的韵谱作为南戏曲韵的规范。他认为："词曲之于《中州韵》，尤方圆之必资规矩。"③在【商调·二郎神】《论曲》散套中，他还对那些不遵守《中州韵》的剧作家提出了批评，如其中的【啄木鹂】曲云：

> 《中州韵》，分类详，《正韵》也因他为草创。今不守《正韵》填词，又不遵中土宫商，制词不将《琵琶》仿，却驾言韵依东嘉样。这病膏肓，东嘉已误，安可袭为常？④

为了给南戏作家与演员提供用韵的规范与准绳，沈璟还特地编撰了《南词韵选》一书，而《南词韵选》也是以《中原音韵》为准。如他在《南词韵选·范例》中称：

> 是编以《中原音韵》为主，虽有佳词，弗韵，弗选也。若"幽窗下教人对景"、"霸业艰危"、"画楼频传"、"无意整云髻"、"群芳绽锦鲜"等曲，虽世所脍炙，而用韵甚杂，殊误后学，皆斥之。⑤

同时，为了帮助吴语地区的南戏作家与演唱者纠正字音不准

---

① 《中原音韵·序》，《历代曲话汇编》唐宋元编，黄山书社2006年版，第233页。
② 《南词引正》，《历代曲话汇编》明代编第一集，第527页。
③ 明沈宠绥《度曲须知·宗韵商疑》引，《历代曲话汇编》明代编第二集，第652页。
④ 【商调·二郎神】《论曲》，《沈璟集》，第849页。
⑤ 《南词韵选》，台北"中央图书馆"藏明虎林刊本。

的问题,沈璟还编撰了《正吴编》一书。

第三,剧作题材的文人化。在宋元时期,民间艺人编撰戏曲主要是娱人的,即供戏班演出,让观众观赏的,他们并不把它看作是一种文学创作行为,不是自娱,而是娱人的,即将它当作一种谋生的手段,让戏班采用自己的剧本,并且能够受到观众的欢迎,以获取较好的经济收益。他们为了能使自己所编撰的剧本拥有更多的观众,以获得较好的经济收益,故在剧作的情节内容上要迎合观众的观赏情趣,重视剧作的故事情节,以丰富有趣的故事情节和形象生动的舞台人物来吸引观众。因此,在选择剧作所敷演的题材时,注重题材的可看性,为此,多取材于民间的传说故事,或前代的小说,或民间说唱,而这些传说故事不仅在民间广为流传,早已为广大下层观众所熟悉,而且都具有情节曲折有趣的特征,故事本身就已为观众所喜闻乐见。

在明代,文人学士编撰戏曲虽然也不乏为戏班演出而作者,但他们的主要目的不是为了获取经济收益,而是像作诗文一样,出于自娱的需要,或是显耀自己的文学才华,或是抒发自己的志趣,因此,文人剧作家在选择题材时,多取材于前代文人所作的文学作品、史书。现将明代戏曲中题材来源于史书及前代的文学作品的剧目列表说明如下:

一、取材于史书:

剧　目	史　书
朱权《卓文君》、许潮《汉相如》、孙柚《琴心记》、韩上桂《凌云记》、吴德修《偷桃记》	《史记》《汉书·司马相如传》
汪道昆《远山戏》	《汉书·张敞传》
许潮《兰亭会》	《晋书·王羲之传》

剧　　目	史　　书
许潮《东方朔》 孙源文《饿方朔》 茅维《金门戟》	《汉书·东方朔传》
许潮《南楼月》	《晋书·庾亮传》
许潮《同甲会》	《宋史·文彦博传》
许潮《陶处士》、高濂《节孝记》	《南史》《宋书·陶潜传》
许潮《张季雁》	《晋书·张翰传》
陈与郊《袁氏义犬》	《南史·袁灿传》
叶宪祖《易水寒》、茅维《秦廷筑》	《史记·刺客列传》
叶宪祖《使酒骂座》	《史记·魏其武安侯列传》
程士廉《帝妃游春》	《旧唐书》《新唐书·玄宗纪》、宋乐史《杨太真外传》
徐阳辉《脱囊颖》	《史记·平原君虞卿列传》
茅维《苏园翁》	《宋史·隐逸传》
邓志谟《幽王举烽火》	《史记·周纪》《国语·晋语》
邓志谟《龙阳君》	《战国策·魏策》
邓志谟《孟山人》	《旧唐书·文苑传下》《新唐书·文艺传下》
谢谠《四喜记》	《宋史·宋庠》及附《宋祁传》
梁辰鱼《浣纱记》	《史记·吴越世家》《吴越春秋》
张凤翼《祝发记》	《南史·徐摛传》附《徐孝克传》、《陈书·徐陵传》附《徐孝克传》
张凤翼《虎符记》	《明史·花云传》
张凤翼《窃符记》	《史记·魏公子列传》
张凤翼《灌园记》	《史记·田世家》《乐毅列传》《田单列传》《战国策·齐策》

剧　目	史　书
张四维《双烈记》 陈与郊《麒麟罽》	《宋史·韩世忠传》
顾大典《葛衣记》	《南史·任昉传》
屠隆《彩毫记》	《新唐书·李白传》
徐复祚《宵光记》	《史记》《汉书·卫青传》
陆士璘《双凤记》	《宋史》赵范、赵葵本传
叶宪祖《金锁记》	《汉书·于定国传》
佘翘《量江记》	《宋史·樊知古传》《宋史·南唐世家》
朱鼎《玉镜台记》、范文若《花筵赚》	《晋书·温峤传》《世说新语》
叶良表《分金记》	《史记·管仲列传》《齐世家》
汪廷讷《种玉记》	《汉书》霍仲孺、霍去病、霍光本传
汪廷讷《三祝记》	《宋史·范仲淹传》
汪廷讷《天书记》	《史记·孙子列传》
汪廷讷《义烈记》	《后汉书·党锢传》
陈汝元《金莲记》	《宋史·苏轼传》
孟称舜《二胥记》	《史记·伍子胥列传》
清啸生《喜逢春》	《明史·熹宗纪》《杨涟传》《毛士龙传》《魏忠贤传》

二、取材于文学作品：

剧　目	题材来源
朱有燉《曲江池》、徐霖《绣襦记》	唐白行简《李娃传》
朱有燉《牡丹仙》	宋欧阳修《洛阳牡丹记》
梁辰鱼《红线女》	唐袁郊《红线传》

续表

剧 目	题材来源
汪道昆《高唐梦》	战国宋玉《高唐赋序》
汪道昆《洛水悲》	三国魏曹植《洛神赋》
许潮《武陵春》	晋陶渊明《桃花源记》
许潮《龙山宴》《张季雁》《谢东山》	《世说新语》
梅鼎祚《昆仑奴》、更生子《双红记》	唐裴铏《传奇·昆仑奴传》
王衡《郁轮袍》	唐薛用弱《奇异记》
凌濛初《虬髯翁》《红拂记》	唐杜光庭《虬髯客传》
陈与郊《文姬出塞》	汉蔡琰《悲愤诗》《胡笳十八拍》
车任远《蕉鹿梦》	《列子·周穆王篇》
王应遴《逍遥游》、谢国《蝴蝶梦》	《庄子·逍遥游》
孟称舜《桃花人面》《双珠记》	唐孟棨《本事诗》
邓志谟《折梅逢驿使》	南朝宋盛弘之《荆州记》
徐士俊《络冰丝》	元伊世珍《琅嬛记》
沈鲸《明珠记》	唐薛调《无双传》
汤显祖《紫钗记》	唐蒋防《霍小玉传》
汤显祖《南柯记》	唐李公佐《南柯太守传》
汤显祖《邯郸记》	唐沈既济《枕中记》
沈璟《红蕖记》	唐《郑德璘传》
沈璟《埋剑记》	唐许棠《吴保安传》
顾大典《青衫记》	唐白居易《琵琶行》
吴世美《惊鸿记》	唐白居易《长恨歌》、陈鸿《长恨歌传》
许自昌《橘浦记》	唐李朝威《柳毅传》

剧　目	题材来源
杨珽《龙膏记》	唐裴铏《传奇·张无颇传》
梅鼎祚《玉合记》	唐许尧佐《柳氏传》
叶宪祖《鸾鎞记》	《唐诗记事》《唐才子传》
王登《全德记》	宋范仲淹《窦谏议录》
王錂《春芜记》	战国宋玉《登徒子好色赋》
王骥德《题红记》	宋张实《流红记》
孙钟龄《东郭记》	《孟子》

　　正因为剧作的题材多取自史传与前代的文学作品,因此,明代文人戏曲所描写的故事情节与人物形象,也多与文人的意趣相合,或描写文人学士的风流韵事,或描写才子佳人的爱情故事,或描写神仙道化故事,或描写忠臣孝子、节妇义夫之事。郑振铎先生在论述明代杂剧与前代杂剧的题材以及所描写的人物的差异时曾指出,两者有着雅俗之别,如曰:

　　　　以取材言,则由世俗熟闻之《三国》《水浒》《西游》故事,《蝴蝶梦》《滴水浮沤》诸公案传奇,一变而为《邯郸》《高唐》(车任远有《邯郸》《高唐》等"四梦记"杂剧)、《簪髻》《络丝》(沈自徵有《簪花髻》剧,徐士俊有《络冰丝》剧)、《武陵》《赤壁》(许潮有《武陵源》《赤壁游》诸剧)、《渔阳》《西台》(徐渭有《渔阳》等剧,陆世廉有《西台记》)、《红绡》《碧纱》(梁辰鱼有《红绡》剧,来集之有《碧纱》剧),以及《灌夫骂座》《对山救友》(叶宪祖有《灌夫骂座》剧,王骥德有《救友》剧)诸雅隽故事。因之,人物亦由诸葛孔明、包待制、二郎神、燕青、李逵等民间共仰之英雄,一变而为陶潜、沈约、苏轼、杨慎、唐寅等文人学士。①

郑振铎先生的这一总结，不仅是就明代杂剧的题材而言，而且也适合于明代文人传奇的题材及人物形象。

第四，作家主体意识的强化，也是明代戏曲雅化的重要标志之一。文人学士创作戏曲以自娱的目的之一，就是要抒发自己的志趣，所谓的"诗言志"。在文人学士看来，戏曲是由诗、词演变而来的一种新的音乐文体，如明代臧懋循指出："诗变而词，词变而曲，其源本出于一。"②故明清文人又以"词"或"词余"来称戏曲，如明代徐渭的《南词叙录》，称南戏为"南词"；清代李玉的《北词广正谱》、周祥钰等编撰的《九宫大成南北词宫谱》等也称曲为"词"。而且文人剧作家们认为，与传统的诗、词相比，戏曲最适宜于抒发作者自己的志趣。如王骥德指出：

> 诗不如词，词不如曲，故是渐近人情。夫诗之限于律与绝也，即不尽于意，欲为一语之益，不可得也。词之限于调也，即不尽于吻，欲为一语之益，不可得也。若曲，则调可累用，字可衬增。诗与词，不得以谐语方言入，而曲则惟吾意之欲至，口之欲宣，纵横出入，无之无不可也。故吾谓：快人情者，要毋过于曲也。③

冯梦龙也认为，戏曲的主要功能就是"达性情"，"夫曲以悦性达情"。戏曲之所以能取代诗词而兴起，就在于它能达性情。本来诗也是能达性情的，"文之善达性情者，无如诗，三百篇之可以兴人者，惟其发于中情，自然而然故也"。但"自唐人用以取士，而诗入

---

①《清人杂剧初集序》，《中国古典戏曲序跋汇编》卷四，第533页。
②《元曲选后集序》，《历代曲话汇编》明代编第一集，第620页。
③《曲律·杂论下》，《历代曲话汇编》明代编第二集，第120页。

于套;六朝用以见才,而诗入于艰;宋人用以讲学,而诗入于腐"。这样就逐渐丧失了"达性情"的功能,故"不得不变而之词曲"。①因此,文人学士在创作戏曲时,普遍重视在剧作中寄寓与抒发自己的志趣。而在文人所作的剧作中,虽然也有故事情节与人物形象,但他们描写的重点并不在故事情节与人物形象本身,而是通过这些故事情节与人物形象来表达自己的志趣,也就是说故事情节与人物形象只是作者本人的志趣的载体。如在明代的文人戏曲中,有许多是作者的"发愤"之作,通过剧中的故事情节与人物形象,来抒发自己在现实社会中遭遇挫折后的愤懑不平之情,即通常所说的"借他人之酒杯,浇自己之块垒"。那些在仕途上遭受挫折与打击的文人学士,内心充满着失意与愤懑之情,而传统的诗文已不足以充分宣泄内心强烈的个人情绪,而集诗词文于一体的戏曲便成了他们宣泄与表达个人情绪的理想载体。如明程羽文指出:

> 才人韵士,其牢骚抑郁、啼号愤激之情,与夫慷慨流连、谈谐笑谑之态,拂拂于指尖而津津于笔底,不能直写而曲摹之,不能庄语而戏喻之者也。②

清吴伟业在《北词广正谱序》中也指出:

> 盖士之不遇者,郁积其无聊不平之概于胸中,无所发抒,因借古人之歌呼笑骂,以陶写我之抑郁牢骚;而我之性情,爰借古人之性情,而盘旋于纸上,婉转于当场。③

"发愤著书",这是古代文人学士从事文学创作的传统,如汉代的司马迁在《史记·太史公自序》中指出:

---

① 《太霞新奏·叙》,《冯梦龙全集·太霞新奏》,第1页。
② 《盛明杂剧序》,《盛明杂剧》卷首,《明清戏曲序跋纂笺》,第4696页。
③ 清吴伟业《北词广正谱·序》,《历代曲话汇编》清代编第一集,第204页。

　　《诗》三百篇，大抵贤圣发愤之所为作也，此人皆意有所郁结，不得通其道也，故述往事，思来者。①

　　唐代韩愈也提出了"不平之鸣"之说，曰：

　　大凡物不得其平则鸣，……人之于言也亦然。有不得已者而后言，其歌也有思，其哭也有怀，凡出乎口而为声者，其皆有弗平者乎。②

　　文人剧作家们也继承了前代文人"发愤著书"的传统，将创作戏曲作为言志抒情、获得心理上的慰藉与平衡的一种手段。如梁辰鱼的《浣纱记》传奇，虽然描写的是春秋时期吴越两国相互攻伐的历史与范蠡、西施的爱情故事，但作者注重的不是这一历史故事本身，而是借此来抒发自己的不平与愤懑，如他在剧作开场的《家门》【红林擒近】词中声称："骥足悲伏枥，鸿翼困樊笼。试寻往古，伤心全寄词锋。问何人作此？平生慷慨，负薪吴市梁伯龙。"③又如李开先为官清正，得罪权贵，招致奸臣的忌恨而被罢官。遭罢官后，满怀郁闷愤懑之情，作了《宝剑记》传奇。剧作虽取材于民间流传的梁山英雄的故事，但作者的着眼点是借这一故事来抒发自己的志趣，如他在剧作第一出的【鹧鸪天】词中表明了自己的创作意图："诛谗佞，表忠良，提真托假振纲常。古今得失兴亡事，眼底分明梦一场。"④

　　在明代，文人剧作家往往以前代文人怀才不遇、仕途坎坷的

①《史记·太史公自序》，中华书局1959年版，第3300页。
②《送孟东野序》，《韩昌黎文集校注》，上海古籍出版社2014年版，第260页。
③《浣纱记·家门》【红林擒近】词，《梁辰鱼集》，上海古籍出版社1998年版，第449页。
④《宝剑记》第一出【鹧鸪天】词，《李开先集》，文化艺术出版社2004年版，第931页。

故事为题材,来寄托自己的身世之感。如叶宪祖在万历二十二年(1594)中举,直至四十七年(1619)才进士及第。因此,他在《鸾鎞记》传奇中,在描写杜羔和赵文姝、温庭筠和鱼玄机两对青年男女的爱情故事的同时,又写了唐代诗人贾岛应试落第、出家为僧的故事,借以抨击明代科举制度的腐败,寄托自己因仕途坎坷而产生的愤懑与牢骚。故明吕天成谓此剧"颇具愤激"。①清黄宗羲《外舅广西按察使叶公改葬墓志铭》也云:"如《鸾鎞记》借贾岛以发抒二十余年公车之苦,固有明第一手矣。"②再如顾大典的《青衫记》传奇,写唐代诗人白居易与长安名妓裴兴奴的悲欢离合的故事,寄托了自己对仕途的厌倦之情,如卷末收场诗云:"休说白傅与元郎,仕途从来是戏场。"张凤翼谓其是"以乐天后身,传乐天往事,何异镜中写真!"③

　　正因为文人剧作家把剧作的故事情节与人物形象作为表达自己志趣的一种载体,因此,在文人所作的戏曲中,作者的主体意识十分强烈,如在剧中的主要人物身上,往往融入了作者本人的生平经历与性格志趣,因此,通过这些人物形象,也能看到作者本人的精神气质。如汤显祖谓《红梅记》传奇中的男主角裴禹"虽属多情,却有一种落魄不羁气象,即此可以想见作者胸襟矣"。④

　　另外,戏曲语言的典雅化,也是明代戏曲雅化的一个重要标志。在宋元时期,民间艺人一方面由于没有受过较好的文化教育,缺乏较高的文化修养,另一方面,他们所编撰的剧本是供演出用的,而当时的演员以及观众大多为文化水平不高的下层民众,因

①《曲品》卷下,《历代曲话汇编》明代编第三集,第127页。
②清黄宗羲《外舅广西按察使六桐叶公改葬墓志铭》,《黄宗羲全集》第十册,第391页。
③《青衫记·序》,《明清戏曲序跋纂笺》,第735页。
④《红梅记·总评》,《汤显祖诗文集》卷五十,第1485页。

此，他们在编撰剧本时，在剧作的语言上必须要照顾到演员与观众的理解与欣赏能力，听得懂，故民间艺人所作的戏曲语言多本色自然，俚俗粗浅。

而明代文人剧作家都具有较高的文化修养，他们在诗文创作上一般也都有很高的成就，为了能在戏曲创作中充分显示自己的文学才华，因此，他们便以创作诗文的方法来作戏曲，不顾演员与观众是否能理解，在剧作中滥施文采，故文人剧作的语言具有文采典雅的风格。如明代著名的戏曲家汤显祖，在诗文上颇有造诣，早年就是以诗文上的成就闻名于文坛的。当他在创作"四梦"时，也像作诗文那样，尽施才华。如明快雨堂《冰丝馆重刻〈还魂记〉叙》谓其在创作《还魂记》(《牡丹亭》)传奇时，荟天、地、人、古、今之才，集诗、词、史、禅、庄、列之长于一体，曰：

> 世有见玉茗堂《还魂记》而不叹其佳者乎？然欲真知其佳，且尽知其佳，亦不易言矣。风云月露，天之才也；山川花柳，地之才也；诗词杂文，人之才也。此三才者，亘古至今而不易，推迁变化而弗穷。《还魂记》，一传奇耳，乃荟天地之才为一书，合古今之才为一手。以为禅，则禅宗之妙悟靡不入也；以为《庄》《列》，则《庄》《列》之诙诞靡不臻也；以为《骚》《选》，则《骚》《选》之幽渺靡不探也；以为史，则史家之笔削靡不备也；以为诗，则诗人之温厚靡不蕴也；以为词，则词人之缛丽靡不抒也；以为曲，则度曲家之清浊高下，宫商节族，靡不极其微妙、中其窾却也。噫！观止矣。①

因此，《还魂记》的语言文采典雅，不易为一般观众所理解。如清李渔指出：

---

① 明快雨堂《冰丝馆重刻〈还魂记〉叙》，《中国古典戏曲序跋汇编》，第1229页。

《惊梦》首句云："袅晴丝吹来闲庭院，摇漾春如线。"以游丝一缕，逗起情丝。发端一语，即费如许深心，可谓惨淡经营矣。然听歌《牡丹亭》者，百人之中，有一二人解出此意否？若谓制曲初心，并不在此，不过因所见以起兴，则瞥见游丝，不妨直说，何须曲而又曲，由晴丝而说及春，由春与晴丝而悟其如线也？若云作此原有深心，则恐索解人不易得矣。索解人既不易得，又何必奏之歌筵，俾雅人俗子同闻而共见乎？其余"停半晌，整花钿，没揣菱花，偷人半面"及"良辰美景奈何天，赏心乐事谁家院"，"遍青山啼红了杜鹃"等语，字字俱费经营，字字皆欠明爽。此等妙语，止可作文字观，不得作传奇观。①

在宋元时期，由于南戏作者皆为民间艺人与下层文人，故剧作的语言只有通俗本色一种风格，随着文人学士参与南戏创作后，便出现了文采典雅的语言风格。如明徐渭《南词叙录》云：

以时文为南曲，元末国初未有也。其弊起于《香囊记》，《香囊》乃宜兴老生员邵文明作，习《诗经》，专学杜诗，遂以二书语句匀入曲中，宾白亦是文语，又好用故事作对子，最为害事。②

凌濛初认为明代南戏（传奇）创作中出现的这种文采典雅的语言风格，元末高明的《琵琶记》虽已"开琢句修词之端"，而实滥觞于梁辰鱼的《浣纱记》传奇，曰：

曲始于胡元，大略贵当行不贵藻丽。其当行者曰"本色"，盖自有此一番材料，其修饰词章，填塞学问，了无干涉

---

① 《闲情偶寄·词曲部·词采第二》，《历代曲话汇编》清代编第一集，第248—249页。
② 《南词叙录》，《历代曲话汇编》明代编第一集，第486页。

也。故《荆》《刘》《拜》《杀》为四大家，而长材如《琵琶》犹不得与，以《琵琶》间有刻意求工之境，亦开琢句修词之端，虽曲家本色故饶，而诗余弩末亦不少耳。……自梁伯龙出，而始为工丽之滥觞，一时词名赫然。盖其生嘉、隆间，正七子雄长之会，崇尚华靡；弇州公以维桑之谊，盛为吹嘘，且其实于此道不深，以为词如是观止矣，而不知其非当行也。以故吴音一派，竞为剿袭。靡词如"绣阁罗帏"、"铜壶银箭"、"黄莺紫燕"、"浪蝶狂蜂"之类，启口即是，千篇一律。甚者使僻事，绘隐语，词须累诠，意如商谜。不惟曲家一种本色语抹尽无余，即人间一种真情话，埋没不露已。①

文人戏曲典雅的语言风格，提高了戏曲作品的文学品位，这对于作为一种供文人学士阅读欣赏的案头文学，是增加了欣赏价值。但戏曲作品不仅仅是一种文学读物，而是要付诸舞台演出的，这样，典雅的语言显然不利于演员的演出与观众的观赏，因此，也必然会影响其在舞台的流传。如李渔认为，像汤显祖的"《牡丹亭》《邯郸梦》得以盛传于世，吴石渠之《绿牡丹》《画中人》得以偶登于场者，皆才人侥幸之事，非文至必传之常理也"。②他指出，若从"填词之设，专为登场"③这一标准来衡量，这些文人所作的传奇，就没有什么大的价值，"若据时优本念，则愿秦皇复出，尽火文人已刻之书，止存优伶所撰诸抄本，以备家弦户诵而后已"。④

明代文人学士参与戏曲创作，这对于戏曲艺术的发展具有双

---

① 明凌濛初《谭曲杂札》，《历代曲话汇编》明代编第三集，第188页。
② 《闲情偶寄·演习部·选剧第一》，《历代曲话汇编》清代编第一集，第293页。
③ 同上，第292页。
④ 同上，第293页。

重作用，一方面，提高了戏曲的文学品位，从而也提高了戏曲的地位，使得戏曲与正统的诗文一样，也具有了经典性；另一方面，也使得戏曲艺术逐步精致典雅后而脱离舞台，脱离广大下层观众，异化为一种案头文学。明代传奇发展到了清代中叶，在花雅之争中，其在曲坛的"正音"地位，被来自民间的花部诸腔戏所取代，这也正是明代戏曲作家文人化的结果。

明代戏曲文人化的两个方面

发生在明代中叶曲坛上的汤沈之争,是戏曲史上与文学史上一个重要事件,也是长期以来戏曲史研究中的一个热门课题,戏曲史家们对此已多有评述。关于这场争论的性质,一般都认为是有关戏曲的内容与形式或文采与格律问题的争论。若从汤沈之争的具体内容及两人在争论中所提出的戏曲主张来看,确实是与戏曲的内容与形式或文采与格律有关,但若将这场争论放到古代戏曲的发展过程中来考察,并联系这场争论所发生的曲坛现状来看,我们认为这场争论实是戏曲文人化过程中所出现的一个现象,其实质是戏曲文人化的两个方面的分歧。以下便对这场争论重作一番考察与评述。

一、明代戏曲的文人化
——汤沈之争发生的背景

要弄清楚汤沈之争的实质,首先要了解这场争论所发生的背景。汤沈之争所发生的明代中叶,是我国古代戏曲史上自元代杂剧繁荣以来的又一个黄金时期。与宋元及明初的戏曲创作相比,在这一时期的曲坛上,戏曲文人化的倾向日益明显。在这一时期里,文人学士、官僚士夫逐渐替代民间艺人与下层文人,成为戏曲作家的主体。

　　在宋元时期,由于戏曲刚从民间形成并兴起,其流行的范围主要是在民间,因此,不仅戏曲的观众多是下层民众,而且戏曲作家也皆为下层文人或民间艺人,如明代王骥德《曲论》云:

　　　　古曲自《琵琶》《香囊》《连环》而外,如《荆钗》《白兔》《破窑》《跃鲤》《牧羊》《杀狗劝夫》等记,其鄙俚浅近,若出一手。岂其时兵革孔棘,人士流离,皆村儒野老涂歌巷咏之作耶?[①]

　　当时称这些编撰戏曲及其他说唱文本的下层文人或民间艺人为"书会才人",如现存的《永乐大典戏文三种》,《张协状元》为永嘉九山书会才人所作,《宦门子弟错立身》为古杭才人所作,《小孙屠》为古杭书会才人所作。但到了明代,文人学士、官僚士夫开始参与戏曲的创作。元末明初高明作《琵琶记》首开文人参与戏曲创作之风。高明中过进士,做过官,既是文人,又是名士。他的《琵琶记》是根据被称为南戏之首的《赵贞女蔡二郎》改编而成的,高明的改编,大大提高了南戏剧本的文学性,如与早期南戏《张协状元》《错立身》《小孙屠》等相比,《琵琶记》中写景抒情性场面以及适宜于生、旦抒情的长套细曲增加,语言一改早期南戏本色俚俗的风格,富于文采。明代徐渭指出:在高明之前,南戏由于来自民间,曲文俚俗,"不叶宫调",故不为文人学士所留意。而高明作《琵琶记》,"用清丽之词,一洗作者之陋。于是村坊小伎,进与古法部相参,卓乎不可及已"。[②]也正因为此,《琵琶记》受到了明代文人戏曲家们的推崇,被推为"传奇之首"。如王骥德认为:"古戏必以

_____

①《曲论·杂论下》,《历代曲话汇编》明代编第二集,第110—111页。
②《南词叙录》,《历代曲话汇编》明代编第一集,第482页。

《西厢》《琵琶》称首,递为桓、文。"①他将《琵琶记》与《拜月亭》作了
比较,指出:"《拜月》语似草草,然时露机趣,以望《琵琶》,尚隔两
尘。"②何良俊也谓:"高则诚才藻富丽,如《琵琶记》'长空万里',是
一篇好赋,岂词曲能尽之?"③

　　在高明之后的明初,一方面由于统治者从戏曲宣扬封建礼教
和粉饰太平的功利目的出发,鼓励文人学士创作戏曲。如明太祖
朱元璋看到高明的《琵琶记》后,大为称赏,曰:"五经、四书,布、
帛、菽、粟也,家家皆有;高明《琵琶记》,如山珍、海错,贵富家不可
无。"④又如明宁献王朱权也提出:"盖杂剧者,太平之胜事,非太平
则无以出。"⑤另一方面,文人学士也视戏曲为宣扬封建礼教、劝化
民众的最好载体。如丘浚认为,经书诗文虽也是"劝化世人,使他
个个都尽五伦的道理",但由于经书诗文皆是文人所作,不识字的
看不懂,"虽然读书秀才说与","小人妇女也不知他说个甚的。若
是今世南北歌曲,虽是街市子弟,田里农夫,人人都晓得唱念,其
在今日亦如古诗之在古时,其言语既易知,其感人尤易入。近世以
来,做成南北戏文,用人搬演,虽非古礼,然人人观看,皆能通晓,
尤易感动人心,使人手舞足蹈,亦不自觉"。⑥因此,自高明作《琵琶
记》后,在明代初年,也有一些文人学士、官僚士夫参与了戏曲创
作,如《五伦记》的作者丘浚与《香囊记》的作者邵灿也是以文人学
士的身份来创作戏曲的。丘浚是明景泰五年(1454)进士,历任国

①《曲律·杂论上》,《历代曲话汇编》明代编第二集,第109页。
②同上。
③《四友斋丛说》,《历代曲话汇编》明代编第一集,第469页。
④《南词叙录》,《历代曲话汇编》明代编第一集,第483页。
⑤《太和正音谱》,《历代曲话汇编》明代编第一集,第57页。
⑥《五伦记·副末开场》,明世德堂刻本,《古本戏曲丛刊》初集影印。

子祭酒、礼部尚书、太子太保兼文渊阁大学士等职，同时也是一位道学家，著有《朱子学的》《大学衍义补》等理学著作。《香囊记》的作者邵灿则是明正统年间的府学生员，除《香囊记》外，尚著有《乐善集》。《龙泉记》的作者沈龄也是一位"蔚矣名流，确乎老学"的道学家。①另外，朱权与朱有燉则是以皇家宗室的身份来从事戏曲创作的，分别作有《卓文君》《冲漠子》《诚斋乐府》《太和正音谱》等。不过在明代中叶以前，参与戏曲创作的文人学士还不是很多。在明初曲坛上演出的，也多是宋元时期由书会才人创作的剧目。

　　到了明代中叶，由于新昆山腔的流行，文人参与戏曲创作日益增多。作为南戏四大唱腔之一的昆山腔，本来与其他唱腔一样，也是采用依腔传字、用方言土语演唱的，演唱方式粗俗，故当时不为文人学士所喜好。到了嘉靖时，戏曲音律家魏良辅对昆山的演唱方式作了改革，"调用水磨，拍捱冷板，声则平、上、去、入之婉协，字则头、腹、尾音之毕匀。功深镕琢，气无烟火，启口轻圆，收音纯细"。②使得原来因采用依腔传字的方式演唱而"平直无意致"的南曲曲唱，具有了"纤徐绵眇，流丽婉转"的风格，昆山腔也有了"水磨调"之称。经魏良辅改革后的这种新昆山腔所具有的清柔缠绵、委婉悠远的风格，正适合了文人学士、封建士大夫的艺术情趣，"士大夫禀心房之精，靡然从好"。③如王骥德《曲律》载："旧凡唱南调者，皆曰海盐，今海盐不振，而曰昆山。"④戏曲在当时成了上流社会最主要的娱乐形式，一般的文人学士、封建士大夫都把作曲度曲，看成是怡情养性、显耀才华的风雅之举。如明沈德符《万历野获

---

① 《曲品》卷上，《历代曲话汇编》明代编第三集，第86页。
② 明沈宠绥《度曲须知·曲运隆衰》，《历代曲话汇编》明代编第二集，第617页。
③ 明顾起元《客座赘语·戏剧》，《历代曲话汇编》明代编第二集，第401页。
④ 《曲律·论腔调》，《历代曲话汇编》明代编第二集，第75页。

编》载：

> 近年士大夫享太平之乐，以其聪明寄之剩技。……吴中缙绅留意声律，如太仓张工部新、吴江沈吏部璟、无锡吴进士澄，俱工度曲，每广座命伎，即老优名倡俱皇遽失措，真不减江东公瑾。①

新昆山腔清柔缠绵、委婉悠远的风格，也吸引了文人学士来为昆山腔创作剧本。尤其是梁辰鱼作《浣纱记》传奇，首次将新昆山腔与戏曲舞台结合起来，许多文人学士纷纷仿效，为新昆山腔创作剧本。一时"谱传藩邸戚畹，金紫熠爚之家，而取声必宗伯龙氏，谓之昆腔"。②原来视戏曲为末技小道的封建士大夫、文人学士，都纷纷拈笔抽毫，参与戏曲创作。因此，这一时期的戏曲作家几乎全是封建士大夫、文人学士，一时作家辈出，剧作如林。如明沈宠绥《度曲须知》谓当时曲坛上"名人才子，踵《琵琶》《拜月》之武，竞以传奇鸣。曲海词山，于今为烈"。"粤征往代，各有专至之事以传世，文章矜秦、汉，诗词美宋、唐，曲剧侈胡元。至我明则八股文字姑无置喙，而名公所制南曲传奇，方今无虑充栋，将来未可穷量，是真雄绝一代，堪传不朽者也。"③吕天成《曲品》也云："博观传奇，近时为盛，大江左右，骚雅沸腾；吴浙之间，风流掩映。"④

文人学士参与戏曲创作与民间艺人创作戏曲有着很大的差异。首先，创作戏曲的目的不同。民间艺人创作戏曲的目的不是自娱，而是为了娱人，即供戏班演出，让观众观赏的，因此，他们并不把编撰剧本看作是一种文学创作行为，不是想通过编撰剧本来

---

① 《万历野获编》卷二十四，《明代笔记小说大观》，第2557页。
② 《梅花草堂笔谈·昆腔》，《历代曲话汇编》明代编第三集，第432页。
③ 《度曲须知》，《历代曲话汇编》明代编第二集，第616—617页。
④ 《曲品》卷上，《历代曲话汇编》明代编第三集，第86页。

抒发自己的志趣或显示自己的才华，只是将它当作一种谋生的手段，让戏班采用自己的剧本，并且能够受到下层观众的欢迎，以获取较好的经济收益。因此，民间艺人创作的戏曲一是剧作家的主体意识不明显，剧作家虽然也在剧作中表达了一定的意趣，但这种意趣，不是作者个人的意趣，而是下层民众所共有的意趣，因为只有充分反映了下层民众的情感与愿望，才能够引起他们心灵上的共鸣，从而赢得他们的认同与喜爱。二是语言通俗易懂。民间艺人编撰的剧本是供演出用的，而当时的演员以及观众大多为文化水平不高的下层民众，因此，他们在编撰剧本时，在剧作的语言上必须要照顾到演员与观众的欣赏与理解能力，听得懂，故民间艺人所作的戏曲其语言多本色自然，俚俗粗浅。文人学士编撰南戏（传奇）剧本虽然也不乏为戏班演出而作者，但他们的主要目的不是为了获取经济收益，而是像作诗文一样，出于自娱的需要，即一是抒发自己的志趣，所谓的"诗言志"，一是显耀自己的文学才华。在文人学士看来，戏曲是由诗、词演变而来的一种新的音乐文体，如明代臧懋循指出："诗变而词，词变而曲，其源本出于一。"①故明清文人又以"词"或"词余"来称戏曲，如明代徐渭的《南词叙录》，称南戏为"南词"；清代李玉的《北词广正谱》、周祥钰等编撰的《九宫大成南北词宫谱》等也称曲为"词"。而且文人剧作家们认为，与传统的诗、词相比，戏曲不仅最适宜于抒发作者自己的志趣，而且也最能体现作者的文学才华。如《桃花扇》的作者孔尚任认为：

> 传奇虽小道，凡诗赋、词曲、四六、小说家，无体不备。至于摹写须眉，点染景物，乃兼画苑矣。②

---

① 《元曲选后集序》，《历代曲话汇编》明代编第一集，第620页。
② 《桃花扇·小引》，人民文学出版社1959年版，第1页。

李渔认为，在所有的文体中，戏曲最能满足作者逞情施才的欲望，如曰：

> 文字之最豪宕、最风雅，作之最健人脾胃者，莫过填词一种。若无此种，几于闷杀才人，困死豪杰。予生忧患之中，处落魄之境，自幼至长，自长至老，总无一刻舒眉，惟于制曲填词之顷，非但郁藉以舒，愠为之解，且尝僭作两间最乐之人，觉富贵荣华，其受用不过如此，未有真境之为所欲为，能出幻境纵横之上者：我欲做官，则顷刻之间便臻荣贵；我欲致仕，则转盼之际又入山林；我欲作人间才子，即为杜甫、李白之后身；我欲娶绝代佳人，即王嫱、西施之元配；我欲成仙作佛，则西天蓬岛即在砚池笔架之前；我欲尽孝输忠，则君治、亲年，可跻尧、舜、彭篯之上。非若他种文字，欲做寓言，必须远引曲譬，酝藉包含，十分牢骚，还须留住六七分；八斗才学，止可使出二三升。稍欠和平，略施纵送，即谓失风人之旨，犯佻达之嫌。求为家弦户诵者，难矣。填词一家，则惟恐其蓄而不言，言之不尽。是则是矣，须知畅所欲言，亦非易事。①

因此，在文人学士所作的戏曲中，一是作家主体意识增强，文人学士在创作戏曲时，普遍重视在剧作中寄寓与抒发自己的志趣。在文人所作的剧作中，虽然也有故事情节与人物形象，但他们描写的重点并不在故事情节与人物形象本身，而是通过这些故事情节与人物形象来表达自己的志趣，也就是说故事情节与人物形象只是作者本人的志趣的载体。如在明代的文人戏曲中，有许多是作者的"发愤"之作，通过剧中的故事情节与人物形象，来抒发自己遭

---

① 《闲情偶寄·词曲部·宾白第四》，《历代曲话汇编》清代编第一集，第275—276页。

遇挫折后的愤懑不平之情，即通常所说的"借他人之酒杯，浇自己之块垒"。那些在仕途上遭受挫折与打击的文人学士，内心充满着失意与愤懑之情，而传统的诗文已不足以充分宣泄内心强烈的个人情绪，而集诗词文于一体的戏曲便成了他们宣泄与表达个人情绪的理想载体。如明程羽文指出：

> 才人韵士，其牢骚抑郁、啼号愤激之情，与夫慷慨流连、谈谐笑谑之态，拂拂于指尖而津津于笔底，不能直写而曲摹之，不能庄语而戏喻之者也。[①]

清吴伟业在《北词广正谱序》中也指出：

> 盖士之不遇者，郁积其无聊不平之概于胸中，无所发抒，因借古人之歌呼笑骂，以陶写我之抑郁牢骚；而我之性情，爰借古人之性情，而盘旋于纸上，婉转于当场。[②]

二是语言文采典雅，如徐渭《南词叙录》云：

> 以时文为南曲，元末国初未有也。其弊起于《香囊记》，《香囊》乃宜兴老生员邵文明作，习《诗经》，专学杜诗，遂以二书语句匀入曲中，宾白亦是文语，又好用故事作对子，最为害事。[③]

凌濛初认为明代南戏（传奇）创作中出现的这种文采典雅的语言风格，肇始于元末高明的《琵琶记》，滥觞于梁辰鱼的《浣纱记》传奇，曰：

> 曲始于胡元，大略贵当行不贵藻丽。其当行者曰"本色"。盖自有此一番材料，其修饰词章，填塞学问，了无干涉也。故

---

①《盛明杂剧序》，《中国古典戏曲序跋汇编》，第462页。
②《北词广正谱·序》，《历代曲话汇编》清代编第一集，第204页。
③《南词叙录》，《历代曲话汇编》明代编第一集，第486页。

《荆》《刘》《拜》《杀》为四大家，而长材如《琵琶》犹不得与，以《琵琶》间有刻意求工之境，亦开琢句修词之端，虽曲家本色故饶，而诗余弩末亦不少。……自梁伯龙出，而始为工丽之滥觞，一时词名赫然。盖其生嘉、隆间，正七子雄长之会，崇尚华靡。弇州公以维桑之谊，盛为吹嘘，且其实于此道不深，以为词如是观止矣，而不知其非当行也。以故吴音一派，竞为剿袭。靡词如"绣阁罗帏"、"铜壶银箭"、"黄莺紫燕"、"浪蝶狂蜂"之类，启口即是，千篇一律。甚者使僻事，绘隐语，词须累诠，意如商谜。不惟曲家一种本色语抹尽无余，即人间一种真情话，埋没不露已。①

其次，在曲调的格律上，由于民间艺人没有较高的文学与艺术修养，对宫调、句格、字声、韵律等曲律没有统一的标准和规范，采用以腔传字的形式、用方言演唱，而且其所用的曲调多为民间歌谣，如《张协状元》中的【东瓯令】、【福清歌】、【台州歌】、【吴小四】、【赵皮鞋】等曲调，便都是温州一带流传的民间歌谣。民间歌谣虽然顺口可歌，但不一定合律，即使合律，也是偶然相合。如明徐渭《南词叙录》云：

> 永嘉杂剧兴，则又即村坊小曲而为之，本无宫调，亦罕节奏，徒取其畸农、市女顺口可歌而已，谚所谓"随心令"者，即其技欤？间有一二叶音律，终不可以例其余，乌有所谓九宫？

> 夫南曲本市里之谈，即如今吴下【山歌】、北方【山坡羊】，何处求取宫调？②

因此，若从宫调的运用、字声的平仄搭配来看，早期南戏的曲

---

① 《谭曲杂札》，《历代曲话汇编》明代编第三集，第188页。
② 《南词叙录》，《历代曲话汇编》明代编第一集，第483页。

文多有不合律处。

　　文人剧作家在编撰剧本时,重视曲文的音律,尤其是在魏良辅改革昆山腔后,将昆山腔的演唱形式由原来的以腔传字改为以字传腔后,更加注重曲文的平仄、阴阳的搭配及语音的统一规范等曲律,如魏良辅在《南词引正》中谈到昆山腔的演唱方法时指出:

> 　　五音以四声为主,但四声不得其宜,五音废矣。平、上、去、入,务要端正。有上声字扭入平声,去声唱作入声,皆做腔之故,宜速改之。①

　　所谓"五音以四声为主",也就是说曲调的宫、商、角、徵、羽等乐律由字的平、上、去、入四声来决定。因此,对于作家来说,在作曲填词时,必须遵守句式、字声、用韵等格律,如王骥德《曲律·论平仄》指出:

> 　　曲有宜于平者,而平有阴、阳;有宜于仄者,而仄有上、去、入。乖其法,则曰拗嗓。②

　　汤显祖与沈璟之间的争论,正是在明代中叶文人学士大量参与戏曲创作、戏曲日益文人化的背景下发生的。

二、追求戏曲雅化的两个方面
——汤沈之争的实质

　　汤沈之争的发生,起因于沈璟改动了汤显祖的《牡丹亭》,汤显祖的好友吕玉绳将此事告诉了汤显祖,并带去了沈璟的改本。汤显祖看到后十分不满,便对沈璟提出了批评,并表达了自己的戏

---

①《南词引正》,《历代曲话汇编》明代编第一集,第527页。
②《曲律·论平仄》,《历代曲话汇编》明代编第二集,第63页。

曲主张,由此引发了与沈璟之间的争论。当时王骥德在《曲律·杂论下》中对这一争论的起因及争论的过程作了记载,曰:

　　吴江尝谓:"宁协律而不工,读之不成句,而讴之始协,是为曲中之巧。"曾为临川改易《还魂》字句之不协者,吕吏部玉绳(郁兰生尊人)以致临川,临川不怿,复书吏部曰:"彼恶知曲意哉! 余意所至,不妨拗折天下人嗓子。"其志趣不同如此。①

　　在这场争论中,汤显祖与沈璟都表明了自己的戏曲主张,而联系当时曲坛上所出现的戏曲文人化的现状来看,两人所提出的戏曲主张,也正是分别代表了文人剧作家们对戏曲典雅化的追求。汤显祖是从戏曲内容与语言的典雅化的角度,提出了自己的戏曲主张,首先,他强调剧作家在创作戏曲的过程中,要充分张扬自己的个性与志趣,如曰:

　　凡文以意、趣、神、色为主,四者到时,或有丽词俊音可用,尔时能一一顾九宫四声否? 如必按字模声,即有窒滞迸拽之苦,恐不能成句矣。②

又曰:

　　词(曲)以立意为宗,其所立者常,若非经生之常。③

　　汤显祖认为,情是创作戏曲的动力,剧作家是在情的驱使下来从事戏曲创作的,他在《宜黄县戏神清源师庙记》一文中指出:

　　人生而有情。思欢怒愁,感于幽微,流乎啸歌,形诸动摇。或一往而尽,或积日而不能自休。盖自凤凰鸟兽,以至巴

---

①《曲律·杂论下》,《历代曲话汇编》明代编第二集,第125—126页。
②《答吕姜山》,《汤显祖诗文集》卷四十七,第1337页。
③《序丘毛伯稿》,《汤显祖诗文集》卷三十二,第1080页。

渝夷鬼,无不能舞能歌,以灵机自相转活,而况吾人。①

他自称:"为情所使,劬于伎剧。"②他一生创作了《紫钗记》、《还魂记》(《牡丹亭》)、《南柯记》、《邯郸记》等"四梦",这四部剧作也正是在"情"的驱使下创作出来的,他把自己创作"四梦"的过程称作是"因情成梦,因梦成戏"。③曲有南曲与北曲之分,两者相较,汤显祖认为,从表达作者的意趣与才华来说,北曲要胜过南曲,如曰:

> 南方之曲,刓北调而齐之,律象也。曾不如中原长调,庅庅隐隐,淙淙泠泠,得畅其才情。④

由于沈璟改动了他的《牡丹亭》,他认为是改掉了他的"曲意",即自己的志趣,因此,对沈璟提出了批评,如在《答凌初成》中曰:

> 不佞《牡丹亭记》,大受吕玉绳改窜,云便吴歌。不佞哑然笑曰:昔有人嫌摩诘之冬景芭蕉,割蕉加梅。冬则冬矣,然非王摩诘冬景也。其中骀荡淫夷,转在笔墨之外耳。⑤

并在《与宜伶罗章二》中,一再叮嘱演员:

> 《牡丹亭记》要依我原本,其吕家改的,切不可从。虽是增减一二字,以便俗唱,却与我原做的意趣大不同了。⑥

汤显祖还为此作《见改窜〈牡丹亭〉失笑》诗,云:

> 醉客琼筵风味殊,通仙铁笛海云孤。

---

①《宜黄县戏神清源师庙记》,《汤显祖诗文集》卷三十四,第1127页。
②《续栖贤莲社求友文》,《汤显祖诗文集》卷三十六,第1161页。
③《复甘义麓》,《汤显祖诗文集》卷四十七,第1367页。
④《徐司空诗草叙》,《汤显祖诗文集》卷三十二,第1085页。
⑤《答凌初成》,《汤显祖诗文集》卷四十七,第1345页。
⑥《与宜伶罗章二》,《汤显祖诗文集》卷四十九,第1426页。

纵饶割就时人景,却愧王维旧雪图。①

　　同时,在戏曲语言上,汤显祖主张崇尚典雅,如曰:"四者(指意、趣、神、色)到时,或有丽词俊音可用。"②他的"四梦"的语言,也正具有文采典雅的特色。如祁彪佳《远山堂曲品》评其《紫箫记》曰:

　　　　工藻鲜美,不让《三都》《两京》。写幽欢,刻入骨髓,字字有轻红嫩绿。阅之不动情者,必世间痴男子。③

　　再如他的代表作《牡丹亭》,也具有典雅的语言风格,曲文不易为一般观众所理解。如李渔指出:

　　　　《惊梦》首句云:"袅晴丝吹来闲庭院,摇漾春如线。"以游丝一缕,逗起情丝。发端一语,即费如许深心,可谓惨淡经营矣。然听歌《牡丹亭》者,百人之中,有一二人解出此意否?若谓制曲初心,并不在此,不过因所见以起兴,则瞥见游丝,不妨直说,何须曲而又曲,由晴丝而说及春,由春与晴丝而悟其如线也?若云作此原有深心,则恐索解人不易得矣。索解人既不易得,又何必奏之歌筵,俾雅人俗子同闻而共见乎?其余"停半晌,整花钿,没揣菱花,偷人半面"及"良辰美景奈何天,赏心乐事谁家院","遍青山啼红了杜鹃"等语,字字俱费经营,字字皆欠明爽。此等妙语,止可作文字观,不得作传奇观。④

　　明快雨堂《冰丝馆重刻〈还魂记〉叙》谓汤显祖在创作《还魂

---

①《与宜伶罗章二》,《汤显祖诗文集》卷四十九,第1426页。

②《答吕姜山》,《汤显祖诗文集》卷四十七,第1337页。

③《远山堂曲品》,《历代曲话汇编》明代第三集,第546页。

④《闲情偶寄·词曲部·词采第二》,《历代曲话汇编》清代编第一集,第248—
　　249页。

记》(《牡丹亭》)传奇时,荟天、地、人、古、今之才,集诗、词、史、禅、庄、列之长于一体,曰:

> 世有见玉茗堂《还魂记》而不叹其佳者乎? 然欲真知其佳,且尽知其佳,亦不易言矣。风云月露,天之才也;山川花柳,地之才也;诗词杂文,人之才也。此三才者,亘古至今而不易,推迁变化而弗穷。《还魂记》,一传奇耳,乃荟天地之才为一书,合古今之才为一手。以为禅,则禅宗之妙悟靡不入也;以为《庄》《列》,则《庄》《列》之诙诞靡不臻也;以为《骚》《选》,则《骚》《选》之幽渺靡不探也;以为史,则史家之笔削靡不备也;以为诗,则诗人之温厚靡不蕴也;以为词,则词人之缛丽靡不抒也;以为曲,则度曲家之清浊高下,宫商节族,靡不极其微妙、中其窾却也。噫! 观止矣。①

与汤显祖不同,沈璟则是从曲调格律的雅化与精致化的角度提出了自己的见解,他提出:"名为乐府,须教合律依腔,宁使人不鉴赏,无使人挠喉捩嗓。说不得才长,越有才越当着意斟量。""怎得词人当行,歌客守腔,大家细把音律讲。""纵使词出绣肠,歌称绕梁,倘不谐音律,也难褒奖。耳边厢,讹音俗调,差问短和长。"②如对于戏曲的用韵,早期南戏的用韵由于受各地方言土音的影响,多有合韵通押的现象。沈璟则提出要以周德清《中原音韵》中所确立的韵谱作为南戏曲韵的规范。他认为:"词曲之于《中州韵》,尤方圆之必资规矩,虽甚明巧,诚莫可叛焉者。"③在【商调·二郎神】《论曲》散套中,他还对那些不遵守《中州韵》的剧作家提出了批

---

① 《冰丝馆重刻〈还魂记〉叙》,《中国古典戏曲序跋汇编》,第1239页。
② 【商调·二郎神】《论曲》,《沈璟集》,第849—850页。
③ 《度曲须知·宗韵商疑》引,《历代曲话汇编》明代编第二集,第652页。

评,如其中的【啄木鹂】曲云:

> 《中州韵》,分类详,《正韵》也因他为草创。今不守《正韵》填词,又不遵中土官商,制词不将《琵琶》仿,却驾言韵依东嘉样。这病膏肓,东嘉已误,安可袭为常?①

为了给南戏作家与演员提供用韵的规范与准绳,沈璟还特地编撰了《南词韵选》一书,而《南词韵选》也是以《中原音韵》为准。如他在《南词韵选·范例》中称:

> 是编以《中原音韵》为主,故虽有佳词,弗韵,弗选也。若"幽窗下教人对景"、"霸业艰危"、"画楼频倚"、"无意整云髻"、"群芳绽锦鲜"等曲,虽世所脍炙,而用韵甚杂,殊误后学,皆斥之。②

同时,为了帮助吴语地区的南戏作家与演唱者纠正字音不准的问题,沈璟还编撰了《正吴编》一书。

其实,无论是汤显祖还是沈璟,他们虽有分歧,但也并不是绝对相互排斥的。从汤显祖来说,他也并不否定曲律,如《答孙俟居》云:

> 《曲谱》诸刻,其论良快。久玩之,要非大了者。庄子云:"彼乌知礼意!"此亦安知曲意哉!其辨各曲落韵处,粗亦易了。周伯琦作《中原韵》,而伯琦于伯辉、致远中无词名。沈伯时指乐府迷,而伯时于花庵、玉林间非词手。词之为词,九调四声而已哉!且所引腔证,不云未知出何调,犯何调,则云"又一体"、"又一体"。彼所引曲未满十,然已如是,复何能纵

---

① 【商调·二郎神】《论曲》,《沈璟集》,第849页。
② 《南词韵选》,台北"中央图书馆"藏明虎林刊本。

观而定其字句音韵耶？①

又《答吕姜山》云：

> 寄吴中曲论良是。"唱曲当知，作曲不尽当知也"，此语大可轩渠。②

另如《玉茗堂评花间集》评顾琼的【酒泉子】词也云：

> 填词平仄断句皆定数，而词人语意所到，时有参差。古诗亦有此法，而词中尤多。即此词中字字（之）多少，句之长短，更换不一，岂专恃歌者上下纵横取协耶！③

可见，汤显祖并没有完全否定沈璟所强调的曲律。同样沈璟也并不反对才情与文采，如他在《致郁蓝生书》中自称：

> 总之，音律精严，才情秀爽，真不佞所心服而不能及者，……不佞老笔俗肠，硁硁守律，谬辱嘉奖，愧与感并。④

这也说明，尽管两人的主张各有偏颇，但两人的出发点是一致的，即都是从文人剧作家的立场出发，为使戏曲雅化而提出了各自的戏曲主张，只是各有所强调，才产生了分歧与争论，而这也就是这场争论的实质。

三、戏曲的雅化
——汤沈之争的影响

汤沈之争的影响，不仅仅是促成了临川派与吴江派的形成，

---

①《答孙俟居》，《汤显祖诗文集》卷四十六，第1299页。
②《答吕姜山》，《汤显祖诗文集》卷四十七，第1337页。
③《玉茗堂评花间集评语选录》，《汤显祖诗文集》卷五十，第1479页。
④《致郁蓝生书》，《沈璟集》，第899—900页。

而且也使得当时及后来的文人剧作家们对文人化的戏曲标准有了较清晰的认识,也就是才情的抒发、文辞的华美、音律的谐合作为戏曲创作的最高境界。也正因为此,虽然汤沈之争在当时的曲坛上产生了很大的影响,但戏曲家们并没有站在某一方来批评、指责另一方,而是持调和的态度,即提出了"合之双美"的主张。如王骥德与沈璟交往甚深,两人相互推服。明毛以遂《校注古本西厢记·序》云:

> 吾友会稽王伯良氏,博雅君子也,于学无所不窥,而至声律之闲,故属夙悟,雅为吾郡词隐先生所推服,谓契解精密,大江以南一人。①

当王骥德在校注《西厢记》时,曾得到沈璟的指点,多次与沈璟书信往来,讨论商榷,其《校注古本西厢记·自序》云:

> 今之词家,吴郡词隐先生实称指南,复函请参订,先生谬假赏与,凡再易稿,始克成编。②

而沈璟编撰《南九宫十三调曲谱》成,也命王骥德为其作序。但王骥德并不赞成沈璟的戏曲主张,没有被一家之见所囿,他在《曲律》中,对汤沈两家的主张作了较客观的评价,指出:

> 临川之于吴江,故自冰炭。吴江守法,斤斤三尺,不欲令一字乖律,而毫锋殊拙;临川尚趣,直是横行,组织之工,几与天孙争巧,而屈曲聱牙,多令歌者齚舌。③

又曰:"松陵(沈璟)具词法,而让词致;临川(汤显祖)妙词情,而越词检。"④因此,他对两人的评价不是一概而论,而是各有褒

---

① 《校注古本西厢记·序》,《明清戏曲序跋纂笺》,第165页。
② 《校注古本西厢记·自序》,《明清戏曲序跋纂笺》,第162页。
③ 《曲律·杂论下》,《历代曲话汇编》明代编第二集,第125页。
④ 明吕天成《曲品》引,《历代曲话汇编》明代编第三集,第88页。

贬。对于沈璟,他一方面肯定并高度评价了沈璟提倡与中兴曲律
的作用与成就,曰:"其于曲学,法律甚精,泛滥极博,斤斤返古,力
障狂澜,中兴之功,良不可没。"①并奉沈璟为"词林之哲匠,后学之
师模"。②而另一方面,他又对沈璟绌词就律、片面强调曲律的倾向
提出了批评,谓其所作的剧作为音律所束缚,内容苦涩乏味,"如老
教师登场,板眼场步,略无破绽,然不能使人喝采"。③同样,对于汤
显祖,他一方面肯定了汤显祖重视剧作的"意趣神色"的主张,奉汤
显祖为"今日词人之冠"。"于本色一家,亦惟是奉常一人,其才情
在浅深、浓淡、雅俗之间,为独得三昧"。④他把汤显祖的《牡丹亭》
比作"新出小旦,妖冶风流,令人魂销肠断"。⑤臧懋循曾认为汤显
祖"南曲绝无才情"。⑥王骥德则认为:"夫临川所诎者法耳,若才
情,正是其胜场处,此亦非公论。"⑦而且他认为,汤显祖只要能够
遵守曲律,"约束和鸾,稍闲声律,汰其剩词累语,规之全瑜,可令前
无作者,后鲜来哲,二百年来,一人而已"。⑧但另一方面,他也对汤
显祖因片面强调"意趣神色"而不顾曲律的倾向提出了批评,谓"汤
奉常之曲,当置法字无论,尽是案头异书"。⑨在全面酌了汤、沈
两家主张的得失后,王骥德便提出了合两家之长的主张,曰:"不废
绳检,兼妙神情,甘苦匠心,丹雘应度,剂众长于一冶,成五色之斐

①《曲律·杂论下》,《历代曲话汇编》明代编第二集,第124页。
②同上。
③同上,第119页。
④同上,第131页。
⑤同上,第119页。
⑥《元曲选序》,《历代曲话汇编》明代编第一集,第619页。
⑦《曲律·杂论下》,《历代曲话汇编》明代编第二集,第130页。
⑧同上,第125页。
⑨同上。

然者。"①"夫曰神品,必法与词两擅其极。"②所谓"绳检"与"法",便是沈璟所强调的曲律,而所谓"神情"与"词",则是汤显祖所强调的"意趣神色"。

吕天成是沈璟的弟子,颇得沈璟曲学之真传,也深得沈璟的信任,沈璟悉将自己的著述交给吕天成保存,吕天成为之刊刻流传。但吕天成也不为一家之见所囿,既看到了两家的长处,又看到了两家的短处,如他评汤显祖曰:

> 汤奉常绝代奇才,冠世博学。周旋狂社,坎坷仕途。当阳之谪初还,彭泽之腰乍折。情痴一种,固属天生;才思万端,似挟灵气。搜奇《八索》,字抽鬼泣之文;摘艳六朝,句叠花翻之韵。红泉秘馆,春风檀板敲声;玉茗华堂,夜月湘帘飘馥。丽藻凭巧肠而浚发,幽情逐彩笔以纷飞。蘧然破噩梦于仙禅,矑矣销尘情于酒色。熟拈元剧,故琢调之妍俏赏心;妙选佳题,致赋景之新奇悦目。不事刁斗,飞将军之用兵;乱坠天花,老生公之说法。信非学力所及,自是天资不凡。③

又评沈璟曰:

> 沈光禄金、张世裔,王、谢家风,生长三吴歌舞之乡,沉酣胜国管弦之籍,妙解音律,兄妹每共登场;雅好词章,僧、妓时招佐酒。束发入朝而忠鲠,壮年解组而孤高。卜业郊居,遁名词隐。嗟曲流之泛滥,表音韵以立防;痛词法之蓁芜,订《全韵》以辟路。红牙馆内,誊套数者百十章;属玉堂中,演传奇者十七种。顾盼而烟云满座,咳唾而珠玉在毫。运斤成风,乐

①《曲律·杂论下》,《历代曲话汇编》明代编第二集,第127页。
②同上,第133页。
③《曲品》卷上,《历代曲话汇编》明代编第三集,第88页。

府之匠石；游刃余地，词部之庖丁。此道赖以中兴，吾党甘居北面。①

而且，吕天成也看到了汤、沈两人之争的实质，即是代表两种不同的志趣，如曰：

> 光禄尝曰："宁律协而词不工，读之不成句，而讴之始叶，是曲中之工巧。"奉常闻之，曰："彼恶知曲意哉！予意所至，不妨拗折天下人嗓。"此可以观两贤之志趣矣。②

正因为看到了两人的长处与短处，因此，吕天成总结了两人的争论，提出了"合之双美"的主张，曰：

> 二公譬如狂狷，天壤间应有此两项人物，不有光禄，词硎不新；不有奉常，词髓孰抉？倘能守词隐先生之矩矱，而运以清远道人之才情，岂非合之双美乎？③

冯梦龙早年也受学于沈璟，如他自称："余早岁曾以《双雄》戏笔，售知于词隐先生。先生丹头秘诀，倾怀指授。"④但对于当时所发生的汤沈之争，他也没有偏袒一方。他一方面十分推崇沈璟，云：

> 先辈巨儒文匠，无不兼通词学者。而法门大启，实始于沈铨部《九宫谱》之一修。于是海内才人，思联臂而游宫商之林。⑤

他还把沈璟论曲的【二郎神】套曲冠于《太霞新奏》卷首，并注

---

① 《曲品》卷上，《历代曲话汇编》明代编第三集，第87—88页。
② 同上，第88页。
③ 同上。
④ 《曲律·序》，《历代曲话汇编》明代编第三集，第2页。
⑤ 《太霞新奏·叙》，《冯梦龙全集·太霞新奏》，第1页。

云："此套系词隐先生论曲,韵律之法略备,因刻以为序。"① 但另一方面,冯梦龙对汤显祖也十分推崇,曰："若士先生千古逸才,所著'四梦',《牡丹亭》最胜。"② 当时有人批评汤显祖的剧作不守曲律,冯梦龙为汤显祖辩解道："若士亦岂真以捩嗓为奇,盖求其以不捩嗓者而未遑讨,强半为才情所役耳。"③ 对于戏曲创作,他既重视作家的才情,又重视曲律,他认为："词家三法:即曰调,曰韵,曰词。"④ 作家的才情与曲律是相辅相成、不可缺少的,他在编选《太霞新奏》时,也将此作为选择的标准,如王骥德的曲能合两家之长,既有才情,又合曲律,故予以收录,并称赞曰："律调既娴,而才情足以配之。字字文采,却又字字本色,此方诸馆乐府所以不可及也。"⑤

孟称舜在《古今名剧合选序》中,也对汤沈两人的戏曲主张作了总结,云：

> 迩来填词家更分为二,沈宁庵专尚谐律,而汤义仍专尚工辞。二者俱为偏见。然工辞者,不失才人之胜;而专尚谐律者,则与伶人教师、登场演唱者何异?⑥

为此他认为"工辞"与"尚律"应合而为一,只是在"工辞"与"尚律"之间,孟称舜认为,"工辞"为上,"尚律"次之,如他自称："予此选去取颇严,然以辞足达情者为最,而协律者次之。"⑦

又如屠隆在戏曲创作意趣上虽推崇汤显祖,但他也主张将汤

①《冯梦龙全集·太霞新奏》,第1页。
②《风流梦·小引》,《冯梦龙全集·墨憨斋定本传奇》,第1047页。
③同上。
④《太霞新奏·发凡》,《冯梦龙全集·太霞新奏》,第1页。
⑤《太霞新奏批语》,《历代曲话汇编》明代编第三集,第15页。
⑥《古今名剧合选·自序》,《历代曲话汇编》明代编第三集,第467页。
⑦同上。

显祖之"意"与沈璟之"调"合而为一,如他在《章台柳玉合记叙》中
指出:

> 传奇之妙,在雅俗并陈,意调双美,有声有色,有情有态。
> 欢则艳骨,悲则销魂;扬则色飞,怖则神夺。极才致则赏激名
> 流,通俗情则娱快妇竖。①

所谓"意调双美",也就是要融汤沈两家之长。

另如祁彪佳,他在品评戏曲作品时,也将"词情"与"词律"
的双美作为最高的标准。如曰:"词律严整,再得词情纡宛,则兼
善矣。"②

由上可见,汤显祖与沈璟一个追求个人志趣的张扬与文辞的
典雅,一个追求曲调格律的精致细密,两者都对当时及后世的戏曲
创作产生了很大的影响,而经过文人剧作家与理论家们对两人的
戏曲主张的总结,使得两者合成了一股强大的驱动力,推动了戏曲
的进一步雅化。如到了明末清初,出现了一大批才情、曲律双美的
文人之作。如以李玉为代表的苏州派戏曲家的戏曲创作,既富才
情,又合曲律。钱谦益《眉山秀·题词》评李玉的戏曲创作曰:"元
玉上穷典雅,下渔稗乘,既富才情,又娴音律,殆所谓青莲(李白)苗
裔,金粟(顾阿英)后身耶?于今求通才于宇内,谁复雁行者?"③万
山渔叟《两须眉·叙》也谓:"一笠庵主人锦心绣肠,摇笔随风,片片
霏玉。"④

又如清初曲坛上的"南洪北孔"——《长生殿》与《桃花扇》,也
是两部文人戏曲的典范。洪昇的《长生殿》在当时有"闹热《牡丹

---

① 《章台柳玉合记叙》,《中国古典戏曲序跋汇编》,第2743页。
② 《远山堂剧品》,《历代曲话汇编》明代编第三集,第645页。
③ 《眉山秀·题词》,《历代曲话汇编》清代编第一集,第66页。
④ 《两须眉·叙》,《中国古典戏曲序跋汇编》,第1469页。

亭》"之称，①这不仅是因为洪昇在剧作中也描写了他所崇尚的"真情"，所谓"借太真外传谱新词，情而已"，②而且剧作的语言也具有典雅的风格。另外，与汤显祖的《牡丹亭》相比，所用曲调无失律之弊，如叶堂《纳书楹曲谱》正集卷四目录后批云："按《长生殿》词极绮丽，宫谱亦谐。"③为使《长生殿》的曲调合律，洪昇特请戏曲音律家徐灵昭帮助审音订律，如他在《长生殿·例言》中自称："予自惟文采不逮临川，而恪守韵调，罔敢稍有逾越。盖姑苏徐灵昭氏为今之周郎，尝论撰《九宫新谱》，予与之审音协律，无一字不慎。"④因此，全剧"平仄务头，无一不合律，集曲犯调，无一不合格"。⑤可以说《长生殿》真正做到了辞与律的完美融合。《长生殿》也因此受到文人剧作家的推崇，如清梁廷枏《藤花亭曲话》云："钱塘洪昉思昇撰《长生殿》，为千百年来曲中巨擘。以绝好题目，作绝大文章，学人、才人，一齐俯首。"⑥

　　孔尚任的《桃花扇》也具有合两家之长的特色，在内容上，充分表达了自己的意趣，寄予了强烈的兴亡之感与民族感情，同时，在剧中所设置的故事情节与人物形象皆为"实事实人，有凭有据"。⑦"朝政得失，文人聚散，皆确考时地，全无假借"。⑧在剧本的前面，还特地附有《桃花扇·考据》一文，引录和罗列了有关南明兴亡的文献，表明剧中的人物形象与故事情节的出处与依据，不仅

①《长生殿·例言》，人民文学出版社1958年版，第1页。
②《长生殿·传概》，第1页。
③《纳书楹曲谱》，清乾隆五十七年(1792)长洲叶氏纳书楹刻本。
④《长生殿·例言》，第1页。
⑤吴梅《长生殿·跋》，《吴梅戏曲论文集》，第457页。
⑥《藤花亭曲话》卷三，《历代曲话汇编》清代编第三集，第36页。
⑦《桃花扇·先声》，第1页。
⑧《桃花扇·凡例》，第11页。

表明自己以史作曲、以曲为史的创作态度,而且也以此显示自己学识的渊博。在语言上,也力求典雅文采,如他在《桃花扇·凡例》中自称:"词必新警,不袭人牙后一字。""说白则抑扬铿锵,语必整练。""宁不通俗,不肯伤雅,颇得风人之旨。"另外,在曲调上,也注重合律可歌,如他自称:

> 前有《小忽雷》传奇一种,皆顾子天石代予填词。予虽稍谙宫调,恐不谐于歌者之口,及作《桃花扇》时,天石已出都矣。适吴人王寿熙春,丁继之友也,赴红兰主人招,留滞京邸。朝夕过从,示予以曲本套数,时优熟解者,遂依谱填之。每一曲成,必按节而歌,稍有拗字,即为改制,故通本无聱牙之病。①

像李玉、南洪北孔这样一大批既富才情,又工音律的文人剧作家及由他们所创作的剧作的涌现,也标志着汤显祖与沈璟各自所强调的才情与曲律已得到了完美融合,而戏曲也完成了其文人化与雅化的过程。清代中叶,曲坛上将文人所创作的昆山腔传奇称作"雅部",这也标志着文人的戏曲已达到了"雅"的顶峰。而这一顶峰的出现,可以说正是汤沈之争影响的结果。

---

① 《桃花扇·本末》,第5页。

明清戏曲批评中的索隐风气

在明清两代的戏曲批评中,出现过一种索隐的风气,戏曲批评家们总是喜欢以考证的方法来评论剧作,或考证故事的出处,或探寻作者影射的对象。

一、索隐风气的产生

明清戏曲批评中的索隐风气最早是从对《琵琶记》的批评开始的。《琵琶记》是高则诚根据宋元南戏《赵贞女蔡二郎》改编的,问世后,引起了戏曲批评家们的重视。可是,批评家们在评论时大多是对剧作者的创作动机和作者在剧中影射的对象进行探讨。或谓高则诚是暗讽友人王四而作的,如明田汝成《留青日札》云:

> 有王四者,以学闻。则诚与之友善,劝之仕。登第后,即弃其妻而赘于太师不花家。则诚悔之,因作此《记》以讽谏。名之曰《琵琶》者,取其上四"王"字为王四云耳。元人呼牛为"不花",故谓之牛太师;而伯喈曾附董卓,乃以之托名也。高皇帝微时,尝奇此戏,及登极,召则诚,以疾辞。使者以《记》进上,上览之,曰:"五经、四书在民间,譬诸五谷不可无,此《记》乃珍羞之属,俎豆之间亦不可少也。"于是捕王四,置之

极刑。①

清俞樾《小浮梅闲话》则谓《琵琶记》所讽刺的王四曾为人种过菜，故谓之"蔡邕"（菜佣），如云：

> 元高则诚《琵琶记》本为王四而作，记以"琵琶"名，以其中有四"王"字也；托名蔡邕者，以王四少贱，尝为人种菜也。②

或谓刺某士大夫而作，如明王世贞《艺苑卮言》云：

> 高则诚《琵琶记》，其意欲以讥当时一士大夫，而托名蔡伯喈，不知其说。偶阅《说郛》所载唐人小说，牛相国僧孺之子繁，与同人蔡生邂逅文字交，寻同举进士，才蔡生，欲以女弟适之，蔡已有妻赵矣，力辞不得，后牛氏与赵处，能卑顺自将，蔡仕至节度副使。其姓事相同，一至于此，则诚何不直举其人，而顾诬蔑贤者至此耶？③

或谓刺蔡伯喈而作，如明钮琇《觚賸》云：

> 《琵琶记》所称牛丞相即僧孺，僧孺子牛蔚，与同年友邓敞相善，强以女弟妻之，而牛氏甚贤，邓元配李氏，亦婉顺有谦德。邓携牛氏归，牛、李二人各以门第年齿相让，结为姐妹。其事本《玉泉子》，作者以归伯喈，盖憾其有愧于忠而以不尽孝讥之也。④

后来还有人谓是刺蔡卞而作，如清梁绍壬《两般秋雨庵随笔》云：

> 高则诚《琵琶记》，相传以为刺王四而作，驾部许周生先生宗彦尝语余云："此指蔡卞事也，卞弃妻而娶荆公（王安石）

---

① 《琵琶记资料汇编》，书目文献出版社1989年版，第66页。
② 同上，第88页。
③ 《艺苑卮言》，《历代曲话汇编》明代编第一集，第518页。
④ 《琵琶记资料汇编》，第77页。

之女,故人作此以讥之。其曰牛相者,谓介甫之性如牛也。"①

此风一开,对当时及后来的戏曲批评产生了很大的影响,戏曲批评家们纷纷效之,"凡阅传奇,而必考其事从何来,人居何地"。②对戏曲作品中的一人一事皆详加考索,以找出作者影射的对象。这样一来,几乎所有的传奇和杂剧都成了影射之作。如明沈德符《顾曲杂言》载:

> 填词出才人余技,本游戏笔墨间耳,然亦有寓意讥讪者。如王渼陂之《杜甫游春》则指李西涯及杨石斋、贾南坞三相,康对山(海)之《中山狼》则指李崆峒,李中麓(开先)之《宝剑记》则指分宜(严嵩)父子,近日王辰玉(衡)之《哭倒长安街》则指建言诸公是也。③

即使像汤显祖根据宋元话本《杜丽娘慕色还魂》创作的《牡丹亭》传奇,也有人对它详加考证,断言它也是一部影射之作,通过考证,认为汤显祖此剧是为讥刺时政而作,在剧中所描写的杜宝、柳梦梅、苗舜宾、李全及妻杨氏等皆是影射当时现实中的某些真实人物,而且剧中有些情节如《索元》一折描写的情节在现实中确有发生过,如《曲海总目提要》卷六载:

> 显祖颇多牢骚,所作传奇,往往托时事以刺贵要。初,隆庆时,总督王崇古招俺答来降,封顺义王,其妻三娘子,封忠顺夫人。由是边督之缺,为时所慕。自方逢时、吴兑以后,其权愈重,称曰经略,流俗相传,有七省经略之称。侍郎郑洛,保定安肃人也,心欲得之。广西人蒋遵箴,为文选郎中,闻郑

①《两般秋雨庵随笔》,《历代曲话汇编》清代编第三集,第744页。
②清李渔《闲情偶寄·词曲部·结构第一》,《历代曲话汇编》清代编第一集,第246页。
③《顾曲杂言》,《历代曲话汇编》明代编第三集,第64—65页。

女甚美，使人谓曰："以女嫁我，经略可必得也。"郑以女嫁之，果得经略。而其女远别，洛妻痛哭诟洛。洛亦流涕。女至粤，不久而卒。张居正为首辅，闻之笑曰："郑范溪（洛别号也）涕出而女于吴。"杜安抚者，盖指洛为经略也。洛家近畿，而杜陵最近长安，曰"去天尺五"，故以为比也。岭南柳梦梅者，遵箴，广西人，柳州在广西，故云"柳"，又曰"岭南也"。柳梦梅讥杜宝云"你只哄得杨妈妈退兵"者，洛等前后为经略，皆结纳三娘子。三娘子能钳制俺答，又能约束蒙古，故以"平得李半"讥之也。陈最良语李全妻云："欲讨金子，皆来宋朝取用。"时吴兑等以金帛结三娘子。兑遗以百凤裙等服饰甚众，洛亦可知，故云然也。柳梦梅姓名中有两"木"字，时丁丑科状元沈懋学、庚辰科状元张懋修、癸未科榜眼李廷机，皆有两"木"字。丁丑、庚辰，显祖下第，癸未又不得翰林，故暗藏此以讥之也。苗舜宾为识宝使臣者，黄洪宪为戊子北闱主试官，取中七人，被劾。内中郑材即郑洛之子，苏人李鸿，又申时行之婿；又有屠大壮者，有富名，文字中用一"囝"字；巢士弘者，有美名，时人谓之巢娇。物论沸腾，众共指斥。虽有王衡、董其昌之下，为第一第二，而不能压服。洪宪由此回籍，不复补官，故借此讥之也。"黄"字抽出数笔，是为"苗"字。李鸿，宰相之婿，又以梦梅影射也。唇红齿白，指巢娇也。苗舜宾问战、守、和三策，柳梦梅答能战而后能守，能守而后能和。宋时虽曾有此语，然其影借者。万历年间，日本平秀吉攻陷高丽，神宗遣将刘綎、李如松等往救，时有沈惟聘往来日本，为秀吉请封，令其入贡。兵部侍郎李颐上疏，进战、守、封三策，言能战而后能守，能守而后能封。其立说却与此语正相合也。《索元》一折，借用彭时事，正统十三年戊辰科，状元彭时传胪不到，初命锦衣卫拿，尚书胡濙奏改令锦衣卫寻，盖与此合。《记》中惟李全及妻杨氏，实有其人。杨氏善梨花枪，金败被杀。杨氏谕郑衍德曰："廿年梨花枪，天下无敌手。今事势已去，撑柱不行，我欲归涟水，汝等请降可乎？"众曰："诺。"翼日，杨氏绝淮而去。后全所据州悉平，杨氏窜归山东，又数年而毙。详具《宋史》，然杨实未降也。①

即使对于前人的剧作，批评家们也要无中生有地寻找作者的创作动机与影射对象，如李贽评《西厢记》云：

> 予览斯记，想见其为人，当其时必有大不得意于君臣朋友之间者，故借夫妇离合因缘，以发其端。于是焉喜佳人之难得，羡张生之奇遇，比云雨之翻覆，叹今人之如土。②

这种索隐风气的盛行，对当时的戏曲创作也产生了很大的影响，使剧作家们产生了一种恐惧感，唯恐自己的剧作被指为影射某人某事而作，以致遭到"被影射者"的报复，故都十分小心。如明代戏曲家徐复祚作了《一文钱》杂剧后，便被人指为是影射族人徐启新的，"所谓卢至员外者，盖即指启新也"。③为此而"见嫉于人"。④事后，他还心有余悸，曰："昔苏子瞻'无盐'诸咏，李定、舒亶辈指为谤讪朝政，而《咏桧》一诗，王珪直以为不臣，欲服上刑。非宋裕陵神圣，宁有免法？吁，可畏哉！近王弇州作《卮言》，作《别集》，汤临川作《紫箫记》，亦纷纷不免于猪嘴关。乃知古人制作，必藏名山大川，有以也。余小子，何足比数？然亦每以作词见嫉于人。"于是他不得不再三申明："夫余所作者词曲，金、元小技耳。上之不能

①《曲海总目提要》卷六，《历代曲话汇编》清代编，第246—248页。
②《杂说》，《历代曲话汇编》明代编第一集，第536页。
③清王应奎《柳南随笔》卷二，上海古籍出版社2012年版，第21页。
④明徐复祚《曲论》，《历代曲话汇编》明代编第二集，第268页。

博高名,次复不能图显利,拾文人唾弃之余,供酒间谑浪之具,不过无聊之计,假此以磨岁月耳,何关世事! 安所□□,而亦烦李定诸人毒吻耶?"①清代戏曲家李渔特地写了一则《曲部誓词》,表明自己只是"砚田糊口,原非发愤而著书"。②剧中"倘有一毫所指,甘为三世之喑,即漏显诛,难逭阴罚"。③

二、索隐风气产生的原因

这种索隐之风,为什么会在《琵琶记》出现以后,即明清两代的曲坛上得以流行呢? 究其原因是多方面的。而从那些批评者索隐和考证的结果来看,大多与官场的明争暗斗有关,故这种索隐风气的出现和盛行,恐主要与当时戏曲作家所处的社会地位有关。我们知道,在宋元时代,戏曲作家多是民间的书会才人,他们流落民间,与艺人娼妓为伍,混迹于瓦舍勾栏之中。到了明初,书会解体,戏曲作家便多由官僚士夫、文人学士所取代,如高则诚便是以官僚士夫的身份来创作戏曲的。他们陷身于复杂的官场生活之中,参与了某些政治斗争,以致影响了对他们所创作的剧作的评论。即在评论他们的剧作时,很自然地要同他们的官场生活联系起来。这种联系有两种可能,一种是他们的政敌为了中伤和击败对方,就会抓住其剧作的内容做文章,附会穿凿,加以诬陷。如汤显祖在南京任太常博士时,刚正不阿,勇于议论朝政,抨击弊端,得罪了一些权贵显要。于是有人就说他以前所作的《紫箫记》传奇是

---

① 明徐复祚《曲论》,《历代曲话汇编》明代编第二集,第267—268页。
② 《曲部誓词》,《笠翁一家言文集》,《李渔全集》卷一,第130页。
③ 《闲情偶寄·词曲部·结构第一》,《历代曲话汇编》清代编第一集,第239页。

影射时政之作，一时"是非蜂起，讹言四方"。①《紫箫记》也因此"为部长吏抑止不行"。②而当时查禁《紫箫记》的这个"部长吏"，就是汤显祖的顶头上司、南京太常寺少卿王世懋。汤显祖与王世懋虽为上下级关系，但两人在文学和政治上的见解颇不相合，为此两人之间的关系甚为紧张，两人虽同居一地而不相往来。如汤显祖在《答费文孙》中称："身为敬美（王世懋）太常官属，不与往还。"③对于汤显祖的这种态度，王世懋当然是十分恼火的。因此，他要寻找借口，谓《紫箫记》是影射之作，加以查禁，打击汤显祖。

另一种是由于剧作家在官场生活中有着某些纠葛，而引起了批评家们的猜测和附会。如《中山狼》杂剧的作者康海，因是刘瑾的同乡，当李梦阳遭到刘瑾暗算，被逮进京时，投书康海，请其援救。康海遂向刘瑾求情，李梦阳得以获释。刘瑾被处死后，康海因被指为瑾党而罢官，李梦阳却得以复官。后来，康海根据马中锡的《中山狼传》小说编撰了《中山狼》杂剧，写东郭先生误救中山狼，反被中山狼所害的故事，谴责了忘恩负义的行为。由于先前康海与李梦阳之间有着这样一段纠葛，故许多人就将《中山狼》杂剧同李梦阳牵附在一起，认为康海的罢官是因为李梦阳忘恩负义、落井下石的结果，故谓《中山狼》是影射李梦阳的。如明沈德符《顾曲杂言》云：

　　填词出才人余技，本游戏笔墨间耳，然亦有寓意讥讪者。如王渼陂之《杜甫游春》，则指李西涯及杨石斋、贾南坞三相；康对山之《中山狼》，则指李崆峒；李中麓之《宝剑记》，则指分

---

① 明汤显祖《紫钗记·题词》，《汤显祖诗文集》卷三十三，第1097页。
② 明汤显祖《玉合记·题词》，《汤显祖诗文集》卷三十三，第1092页。
③《答费文孙》，《汤显祖诗文集》卷四十六，第1306页。

宜父子;近日王辰玉之《哭倒长安》,则指建言诸公是也。①

再如有人谓汤显祖《牡丹亭》中的杜宝是影射王锡爵的,就是根据"若士素恨太仓相公(王锡爵)"这一点推测出来的。如明末徐树丕《识小录》卷四载:

> 若士文章,在我朝指不多屈,出其绪余为传奇,惊才绝艳,《牡丹亭》尤为脍炙。往岁闻之文中翰启美云:"若士素恨太仓相公,此传奇杜丽娘之死而更生,以况昙阳子,而平章则暗影相公也。"按昙阳仙迹,王元美为之作传,亦既彰彰矣。其后太仓人更有异议云:"昙阳入冕后复生,至嫁为徽人妇。"其说暧昧不可知,若士则以为实然耳。闻若士死时,手足尽堕,非以绮语受恶报,则嘲谑仙真亦应得此报也。然更闻若士具此风流才思,而室无姬妾,与夫人相庄至老,似不宜得此恶报,定坐嘲谑仙真耳。②

又谓因为汤显祖与陈眉公曾有怨隙,便在剧中设置了陈最良这一人物来影射陈眉公,如《消夏闲记》载:

> 云间陈眉公继儒入泮,即告给衣顶,自矜高致,日奔走于太仓相王文肃公锡爵长子衡缑山之门,适临川孝廉汤若士显祖在座。陈轻其年少,以新构小筑命汤题额。汤书"可以栖迟"。盖讥其在衡门下也。陈衔之。自是,文肃主试,汤总落孙山。文肃殁后,始中进士。其所作《还魂记》传奇,凭空结撰,污蔑闺闱,内有陈斋长遂良即指眉公。③

这些都是由于剧作者在政治生活中的某些纠葛而出现的猜测

---

① 《顾曲杂言》,《历代曲话汇编》明代编第三集,第64—65页。
② 《识小录》卷四,《历代曲话汇编》清代编第一集,第432—433页。
③ 《消夏闲记》,《历代曲话汇编》清代编第三集,第28—29页。

和牵附。

　　明清曲坛上这种索隐风气的盛行，还与当时许多剧作家以现实生活中的真人真事为题材创作时事剧的倾向有关。自明代中叶开始，由于明王朝政治日益腐败，社会矛盾愈趋激化，市民运动与农民起义风起云涌，统治阶级内部党争不息。许多戏曲作家面对严酷的社会现实纷纷选取现实生活中的真实事件来创作戏曲。如明末清初苏州戏曲家李玉选取了万历二十九年（1601）以织工葛成为领袖的苏州市民反抗税监孙隆的斗争，写成《万民安》一剧，"演葛成击杀黄建节事，谓因此而苏民得安，故曰'万民安'也。①再如以魏忠贤为首的阉党势败后，许多剧作家便以东林党人与阉党的斗争为题材来创作戏曲，明张岱《陶庵梦忆》载："魏珰败，好事作传奇十数本。"②如袁于令的《瑞玉记》传奇，"描写逆珰魏忠贤私人巡抚毛一鹭及织局太监李实构陷周忠介事甚悉"。③李玉的《清忠谱》也真实地反映了以周顺昌为代表的东林党人及苏州市民群众反对阉党的斗争。另外如《百子图》《冰山记》《喜逢春》《广爰书》等传奇也都取材于反阉党的斗争。而人们在观赏和评论这些时事剧时，必然要把戏曲中的人物与情节同现实生活中的真人真事相比照，有些人也就把这种评论时事剧的方法扩大到评论其他剧作，也在剧中寻找作者影射和抨击的对象，与现实生活中的真人真事作简单的比附。这样，这种以现实生活中的真实事件为题材的时事剧的大量出现，在客观上也就助长了这种索隐风气的盛行。

　　这种索隐风气的盛行，还与人们的猎奇心理有关。有些批评

---

① 《曲海总目提要》卷十六，《历代曲话汇编》清代编，第603页。
② 《陶庵梦忆》，《历代曲话汇编》明代编第三集，第518页。
③ 《剧说》卷三，《历代曲话汇编》清代编第三集，第382页。

家为了猎奇，热衷于搜集剧作家的隐私秘闻，并把这些隐私秘闻与剧作牵附起来。如屠隆在青浦任县令时，经常应一些文人士夫之邀，赴宴看戏。时青浦有一位西宁侯宋世恩夫人有才色，工音律，她也经常赴宴看戏，故与屠隆相识。后刑部主事俞显卿据此弹劾屠隆"淫纵"，屠隆遂被革职。后来，屠隆作《坛花记》传奇，有人就把《坛花记》与屠隆因与宋世恩夫人相识而被革职一事牵附起来，认为这是作者的自寓之作。如明沈德符《顾曲杂言》云：

> 近年屠作《坛花记》，忽以木清泰为主，尝怪其无谓。一日遇屠于武林，命其家僮演此曲，……余于席间私问冯开之祭酒云："屠年伯此记，出何典故？"冯笑曰："子不知耶？'木'字增一盖成'宋'字，'清'字与'西'为对，'泰'即'宁'之义也。屠晚年自恨往时孟浪，致累宋夫人被丑声，侯方向用，亦因以坐废。此忏悔文也。"①

又如在清代有许多人在评论袁于令的《西楼记》传奇时，也都把它同作者为一妓女而被褫革衣衿一事牵附起来，谓名妓穆素徽去晋谒豪绅沈同和，时适有文会，袁于令居首座，穆与袁一见倾心。袁于令有一个姓冯的门客，知袁于令意，乃趁沈同和挟穆素徽游虎丘时，将穆素徽抢到袁家。沈怒，讼之官，袁父大惧，送子系狱以纾祸。袁于令在狱中抑郁无聊，乃作《西楼记》以抒发自己的忿恨。剧中的男主角于鹃即作者自寓，池同即影射沈同和，赵祥影射赵凤鸣，如《书隐丛说》载：

> 世所演《西楼记》传奇，乃吴郡袁箨庵所填词。沈同和雄豪一乡，凡新到妓女，必先为谒见。穆素徽者，颇有才貌，且年甚少，循例谒沈。是时适有文会，袁生亦在焉。席半，袁

---

①《顾曲杂言》，《历代曲话汇编》明代编第三集，第66—67页。

颇眷穆,穆亦心许之,私语移时。沈为不怿,促之入座。终席
而罢。袁生自是怏怏失志,如崔千年之于红绡妓也。有门下
客冯某者,喜任侠,有胆力,揣袁之情,闻袁之语,慷慨自负,
以必得素徽为报。先是沈生屡呼穆同游,穆颇厌之。是日,
沈与穆又同游虎丘,冯单身径造沈舟,负穆而去,仆从不能当
也。沈甚不平,为兴讼焉。袁生之父惧,送子系狱。袁生于狱
惆怅无聊,为作传奇。袁乃于鹃切也,西楼至今尚在吴江县
城外。①

清顾公燮《丹午笔记》也载:

其著《西楼记》传奇,讥吴江沈时同和赵鸣凤也。因穆素
徽从沈时同,而赵鸣〔阳〕为之撮合,故衔之。西楼在四通桥,
穆妓旧居也。②

这种猎奇式的戏曲批评,当也是索隐之风盛行的重要原因。

另外,明清曲坛上这种索隐风气的盛行,还与当时一些官僚士
夫、文人学士以曲相嘲谑的习气有关。在明清时,一些大官僚、士
大夫家里都设有家庭戏班,除了供自己享乐外,还用以招待宾客。
招待宾客时,所演的剧目常由客人所点。而有些人在点戏时,往往
牵强附会地以戏中的某一情节,甚至某一句唱词念白来相互嘲谑。
如《剧说》载:

张南垣精于垒石,而善滑稽。吴梅村起用,士绅饯之,演
《烂柯山》传奇。至张石匠,伶人以南垣在座,改为李木匠,梅
村以扇确几,曰:"有窍!"哄堂一笑。及演至买臣妻认夫,唱
"切莫提起朱字",南垣亦以扇确几曰:"无窍!"满堂为之愕

---

①《书隐丛说》,《历代曲话汇编》清代编第二集,第40页。
②《丹午笔记》,江苏古籍出版社1999年版,第79页。

眙,而梅村失色。①

又清王应奎《柳南续笔》载:

　　金是瀛,字天石,居华亭之皋桥,……尝游金陵,值龚合肥(鼎孳)大会诗人于青溪、桃叶之间,多至四十余辈,而天石与焉。伶人请演剧,天石命演《跃鲤》,举坐失色。盖龚自登第后,娶名妓顾眉为妾,衣服礼秩如嫡,故天石以弃妻讥焉。②

由于这种以曲相嘲的习气的盛行,因此,人们在观剧时,总是喜欢把剧中的某些情节、人物以及唱词念白等同现实生活中某人某事牵附起来,千方百计地去探寻故事的出典,以及剧作者或点戏者影射的对象是谁。这样一来,也就助长了索隐之风的盛行。

三、索隐风气对戏曲创作的影响

明清曲坛上出现的这种索隐的批评方法,实是一种庸俗社会学的批评方法,它抹煞了艺术真实与生活真实的区别,把戏曲看成是现实生活的照搬照抄。虽然,戏曲同其他文学艺术一样,也是社会生活的反映,但戏曲所反映的生活并不像照镜子那样直接简单。戏曲作家在创作过程中,首先是受现实生活的激发,产生了某种感受,然后在这种感受的指导下,去选择题材,提炼情节,塑造人物和设置矛盾冲突的。因此,剧中所描写的人物和事件虽然来自生活,但已经融进了作家的主观感受了。而且,剧作家在符合生活真实的前提下,可以不受现实生活的限制,根据主题的需要,虚构情节

---

① 《剧说》卷六,《历代曲话汇编》清代编第三集,第459页。
② 《柳南续笔》卷四,上海古籍出版社2012年版,第134页。

与人物。如李渔《闲情偶寄》谓："传奇无实，大半皆寓言耳。"①王骥德也指出："剧戏之道，出之贵实，而用之贵虚。"②即主张用虚构的情节来表现现实生活中的内容。如汤显祖的《牡丹亭》便是"以虚而用实者也"。③即通过杜丽娘因梦而死、死而复生的虚幻情节表现出当时青年男女反对封建礼教束缚、要求个性解放和婚姻自主的真情实感。杜丽娘这个人物以及她因梦而死、死而复生的情节完全出于作者的虚构，在现实生活中是不可能存在的。若一定要"考其事从何来，人居何地"的话，显然是荒谬的。因此，即使在索隐之风盛行的明清时期，也有人对这种索隐的批评方法提出了批评，如明徐复祚云：

　　要之传奇皆是寓言，未有无所为者，正不必求其人与事以实之也。即今《琵琶》之传，岂传其事与人哉？传其词耳。④

清姚燮也云：

　　传奇家托名寄志，其为子虚乌有者，十之七八。千载而下，谁不知有蔡中郎者？诸家纷纷之辨，直痴人说梦耳！⑤

　　即使那些根据现实生活中的真人真事写成的时事剧或历史剧，也不是现实生活简单的再现，并不像历史著作那样完全忠实于史实。明谢肇淛在讲到史传与戏曲的区别时指出，戏曲与小说一样，都是文学艺术，故其所描写的不必是真人真事，可以虚构。如曰：

　　凡为小说及杂剧、戏文，须是虚实相半，方为游戏三昧

①《闲情偶寄·词曲部·结构第一》，《历代曲话汇编》清代编第一集，第246页。
②《曲律·杂论上》，《历代曲话汇编》明代编第二集，第114页。
③同上。
④明徐复祚《曲论》，《历代曲话汇编》明代编第二集，第253—254页。
⑤《今乐考证》，《历代曲话汇编》清代编第四集，第291页。

之笔,亦要情景造极而止,不必问其有无也。古今小说家,如《西京杂记》《飞燕外传》《天宝遗事》诸书,《虬髯》《红线》《隐娘》《白猿》诸传,杂剧家如《琵琶》《西厢》《荆钗》《蒙正》等词,岂必真有是事哉?近来作小说,稍涉怪诞,人便笑其不经,而新出杂剧,若《浣纱》《青衫》《义乳》《孤儿》等作,必事事考之正史,年月不合,姓字不同,不敢作也,如此,则看史传足矣,何名为戏?①

史传是通过对历史事件与历史人物如实的记载,让读者去把握历史发展的规律,故不能有一点虚构和编造。而历史剧是通过艺术形象的塑造,来反映历史规律的,故必须有艺术创造,作者在不违背历史真实的前提下,可以根据主题的需要对真人真事加以丰富和发展。如孔尚任的《桃花扇》虽是根据南明兴亡的真实历史写成的,卷首还有考据数十条,即使如此,作者还是根据主题的需要,对历史事件作了某些调整和虚构。如"却奁"这一情节,据侯方域《李姬传》和《癸未去金陵日与阮光禄书》记载,阮大铖不是通过杨龙友给李香君送妆奁的,而是通过一个王将军,这件事也不是发生在癸未年(1643),而是发生在己卯年(1639)。孔尚任在剧中对这一史实作了改动,一是把王将军换成了杨龙友,二是把时间改在癸未年,且在侯、李新婚的第二天。这样一改,使剧情集中在明末政治动乱最激烈的三年(1643—1645)里,又突出了李香君的刚烈性格,并使杨龙友、侯方域、李贞丽等都卷入了这场纠葛之中,成为推动戏剧冲突的重要情节。又如历史上的侯方域并没有出家,于清顺治八年(1651)曾应省试,中副贡生,而孔尚任将其出仕改为出家。又历史上的史可法是被清兵所杀,而孔尚任改为沉江而死。

————————

①《五杂组》卷十五,《明代笔记小说大观》,第1829页。

显然,即使像《桃花扇》这样的根据现实生活中的真人真事写成的历史剧和时事剧,也不能将它们与现实生活中的真人真事作简单的比附,即不能以索隐和考证的方法去评论它们。

当然,指出这种索隐的批评方法的错误,并不否认剧作家在剧中使用影射的手法。从戏曲发展史上来看,一些具有现实主义创作精神的剧作家总是把批判的锋芒触及当时社会的某些弊端,在自己的剧作中影射时政,抨击丑恶。如明臧懋循曾谓汤显祖作传奇"好为伤世之语,亦如今士子作举业,往往入时事"。①但这种影射是广义的,与狭义的针对某一人或某一事的影射不同,按今天的说法,就是具有典型意义。如汤显祖在《牡丹亭》中通过对杜宝夫妇的刻划,有力地抨击了封建礼教扼杀个性自由的罪恶本质。也就是说,汤显祖影射的不是某一事或某一人,而是当时普遍存在的一种不合理的社会现象。如硬要把这种影射说成是针对一人一事的,那就曲解了剧作者的创作动机,把戏曲所反映的丰富的社会生活仅仅看成是作家个人泄愤报怨的产物,从而削弱和缩小了剧作本身所具有的典型意义。

另外,这种索隐的批评方法多是出于批评者自己的主观臆测,机械地将剧中的某一人物或某一情节同现实生活的某人某事相比附,然后摘出剧作中的只字片语,去附会影射某人的结论。如认为《琵琶记》是讥刺王四的,仅仅是因为"琵琶"二字上有四个"王"字,"蔡邕"与"菜佣"谐音而已。又如沈懋学、张懋修、李廷机与《牡丹亭》中的柳梦梅因名字里皆有两个"木"字,故将两者比附在一起。因此,这种离开了对剧作艺术形象的分析所得到的结论,多是捕风捉影的主观臆测。如谓《中山狼》杂剧是暗刺李梦阳的,其

---

① 明臧懋循《牡丹亭·冥判》出批语,明刊本。

实,康海的去官与李梦阳无关,康海是在明正德五年(1510)八月去官的,而此时李梦阳尚在家中闲住,直到第二年正月,才由南京御史周期雍奏复署郎中之职,二月间放任为江西副使。[①]而且,康海去官后,还与李梦阳保持着友谊,如正德十三年(1518),康海弟康河拜访李梦阳时,带去了康海的信,李梦阳高兴地作诗云:"扳柳弄梅今日事,望乡怀友百年情。传言且共阳回喜,天意分明欲太平。"[②]显然,康、李之间并没有怨隙,故谓康海作《中山狼》杂剧暗刺李梦阳之说,纯是不经之谈。又如谓汤显祖的名落孙山是陈眉公报复的结果,故汤显祖在《牡丹亭》中刻划的陈最良这一腐儒的形象就是影射陈眉公的。事实上,汤显祖的名落孙山是由于他不肯答应张居正的罗致,而受到张居正的报复的结果,这与陈眉公无关。故谓陈最良是影射陈眉公之说也是无稽之谈。显然,这种索隐的批评方法违背文学和戏曲创作的规律,因此,也是不利于文学与戏曲的发展和繁荣的。

①《明实录·武宗正德实录》卷七十一、七十二,中华书局2016年影印。
②《小至喜康状元弟河路过,赍其兄书见示》,《空同集》卷三十二,明万历三十年(1602)刊本。

明代南京书坊刊刻戏曲考述

明代中叶是我国古代书籍刊刻印行的一个重要转折时期,即随着资本主义生产关系萌芽的出现和城市经济的繁荣,刊刻印行书籍的中心逐渐转移到经济发达地区,并且由官府转向民间,在一些城市中出现了许多由书商经营、以营利为目的的书坊,南京则是当时书坊的集中之地。而戏曲是南京书坊所刊刻书籍中的一个重要部分,而且居全国坊刻戏曲之首。

一、明代南京书坊的兴起与坊刻戏曲概况

自明代中叶至明代末年,南京曾出现了几十家书坊(现据诸家目录所载及原本牌子尚可考得书坊名五十七家),①一时成为全国坊刻书籍的中心之一,所刊刻的书籍流行全国。如明胡应麟云:

> 吴会、金陵擅名文献,刻本至多,巨帙类书,咸荟萃焉。海内商贾所资,二方十七,闽中十三,燕、越勿与也。然自本方所梓外,他省至者绝寡,虽连楹丽栋,搜其奇秘,百不二三,盖书之所出,而非所聚也。②

①见《张秀民印刷史论文集》,印刷工业出版社1988年版,第146页。
②《少室山房笔丛·甲部经籍会通四》,中华书局1958年版,第55—56页。

　　当时这些书坊大都集中在三山街至内桥一带，这一带曾是明代南京城内最繁华的地段，明胡应麟《少室山房笔丛·甲部经籍会通四》载："凡金陵书肆多在三山街及太学前。"明万历年间著名的书坊富春堂就位于三山街上。当时这一地段内书铺林立，如明人所绘的《南都繁会图卷》中绘有109个店铺招牌，其中就有许多招牌上写的是"书铺"、"画寓"、"刻字镌碑"等与书坊有关的字样。在清初孔尚任所作的《桃花扇》传奇中，明末南京书商、二酉堂坊主蔡益所也描述了当时南京三山街一带书坊之盛况，云：

　　　　天下书籍之富，无过俺金陵；这金陵书铺之多，无过俺三山街；这三山街书客之大，无过俺蔡益所。[1]

　　明代中叶南京书坊的兴起，首先与明初以来南京书籍刊刻业的发达有关。自明初朱元璋建都南京后，南京便成为全国政治、经济、文化的中心，而且朱元璋在建立明王朝之初，又偃武修文，一方面下令把南方各地宋元以来的书版全部运到南京国子监，另一方面又调集、招募各地的刻工印匠，来南京刻印《元史》《元秘史》《大明律》《明大诰》等要籍。明成祖迁都北京后，仍保留了南京国子监，并继续刻印书籍，所刻印的书籍称作"南监本"。明初以来南京书籍刊刻业的发达，吸引和促使浙江、安徽、福建等地的刻工印匠前来南京参与刻书，为明代中叶南京书坊的兴起奠定了技术力量。到了明代中叶，随着城市经济的繁荣，商品经济的发展，书籍刊刻业也成为商品经济的一个部分，涌现出了许多以营利为目的的书坊。

　　由于书坊刊刻书籍是以营利为目的，因此，他们将刊刻书籍的重点放在通俗读物上。尤其是随着城市经济的发展，市民阶层迅

---

[1]《桃花扇·逮社》，人民文学出版社1959年版，第189页。

速扩大,使戏曲、小说等通俗文学有了更广泛的读者,书商们迎合市民阶层的欣赏需要,便大量刻印戏曲、小说等为官府、私家所不屑一顾的通俗文学读物,以牟取较丰厚的利润。在这些书坊中,曾刊刻过戏曲的书坊有积德堂、富春堂、世德堂、继志斋、文林阁、广庆堂、师俭堂、长春堂、凤毛馆、文绣堂、两衡堂、乌衣巷、德聚堂等十三家。兹据经眼及有关记载将这些书坊及其刊刻戏曲的情况作一简略的考述。

积德堂,坊主姓名不详,是明宣德年间的南京书坊,曾于宣德十年(1435)刊刻明刘兑《金童玉女娇红记》杂剧,这是现存最早由南京书坊刊刻的戏曲版本。

富春堂,坊主唐富春,号对溪,堂址位于三山街。《浣纱记》卷首署曰:"金陵对溪唐富春梓行。"《琵琶记》卷末牌记署曰:"万历丁丑秋月金陵唐对溪梓。"又《分金记》卷首署曰:"金陵三山富春堂梓。"富春堂是明代万历年间南京较大的书坊,所刊刻的书籍大多为戏曲、小说、医书、杂书等通俗读物,如流传甚广的《妇人大全良方》便是由富春堂刊行的。而它所刊刻的戏曲居南京书坊之首,共有百种,分十集,按甲、乙、丙、丁、戊、己、庚、辛、壬、癸等排列,每集十种,直到现在还有几十种流存。如吴梅先生谓:

> 富春刻传奇,共有百种,分甲、乙、丙、丁字样,每集十种,藏家目录,罕有书此者。余前家居,坊友江君,持富春残剧五十余种求售,有《牧羊》《绨袍》等古曲。余杖头乏钱,还之,至今犹耿耿也。①

富春堂刊刻的戏曲现尚存的有:

《新刻出像音注节义荆钗记》(残本)

---

① 《瞿安读曲记·青楼记》,《吴梅戏曲论文集》,第435—436页。

《新刻出像音注增补刘智远白兔记》

《新刻出像音注吕蒙正破窑记》

《校梓注释圈证蔡伯喈》

《新刻出像音注姜诗跃鲤记》

《新刻出像岳飞破虏东窗记》

《新刻出像音注花栏裴度香山还带记》

《新刻出像音注花栏韩信千金记》

《新刻出像音注花栏南调西厢记》

《新刻出像音注薛仁贵跨海征东白袍记》

《新刻出像音注刘玄德三顾草庐记》

《新镌图像音注周羽教子寻亲记》

《新刻出像音注刘汉卿白蛇记》

《新刻出像音注王昭君出塞和戎记》

《新刻出像音注薛平贵征辽金貂记》

《新刻出像音注范睢绨袍记》

《新刊音注出像韩朋十义记》

《新刻出像音注苏皇后鹦鹉记》

《新刻出像音注观世音修行香山记》

《颜全像音释点板浣纱记》（又题《重刻出像浣纱记》）

《新刻出像音注唐朝张巡许远双忠记》

《新刻出像音注何文秀玉钗记》

《新刻出像音注释义王商忠节癸灵庙玉玦记》

《新刻出像音注点板徐孝克孝义祝发记》

《新刊音注出像齐世子灌园记》

《新刻出像音注花将军虎符记》

《新刻出像点板音注李十郎紫箫记》

《新刻出像音注管鲍分金记》

《新刻出像音注目连救母》

《新刻出像音注司马相如琴心记》

《新刻出像音注韩湘子九度文公升仙记》

《新刻出像音注商辂三元记》

《新刻出像音注唐韦皋玉环记》

《镌新编全像三桂联芳记》

《新刻出像音注宋江水浒青楼记》

《玉合记》

《精忠记》

《妙相记》

《红拂记》

　　文林阁,坊主唐锦池,又署唐惠畴。如《袁文正还魂记》卷首署曰:"金陵唐锦池梓。"而《珍珠记》卷首署曰:"金陵唐惠畴梓。"文林阁也是明代万历年间南京较大的书坊,刊刻的戏曲有:

《重校古荆钗记》

《重校拜月亭记》

《新刻全像胭脂记》

《新刻全像易鞋记》

《新刻全像点板高文举珍珠记》

《重校投笔记》

《新刻全像包龙图公案袁文正还魂记》

《新刻全像古城记》

《新刻全像鲤鱼精鱼篮记》

《新刊校正全相音释青袍记》

《重校剑侠传双红记》

《新刻全像点板张子房赤松记》

《重校四美记》

《重刻出像浣纱记》

《重校注释红拂记》

《新刻牡丹亭还魂记》

《重校义侠记》

《重校玉簪记》

《新刻五闹蕉帕记》

《新刻狄梁公返周望云忠孝记》

《重校锦笺记》

《新刻全像汉刘秀云台记》

《重校绣襦记》

《惊鸿记》

　　另曾汇辑刊刻《传奇十种》二十卷,收明人传奇十种,《曲录》著录,原为王国维所藏,后归日本京都帝国大学文学部。

　　世德堂,坊主姓唐,名不详,如《五伦记》卷首署曰:"绣谷唐氏世德堂校梓。"世德堂也是明代万历年间南京的一家大书坊,刊刻的戏曲有:

《新刊重订出相附释标注节义荆钗记》

《新刊重订出相附释标注拜月亭记》

《新刊重订附释标注出相伍伦全备忠孝记》

《新刊重订出相附释标注香囊记》

《新刊重订出相附释标注千金记》

《新刊重订出相附释标注裴度香山还带记》

《重订出像注释裴淑英断发记》

《锲重订出像注释节孝记》

　　《玉簪记》

　　《新锲重订出像附释标注惊鸿记》

　　《新刻出相双凤奇鸣记》

　　《新镌出像注释李十郎霍小玉紫箫记》

　　《水浒记》

　　《玉合记》

　　广庆堂，坊主唐振吾，如《东方朔偷桃记》卷首署曰："金陵唐振吾校梓。"刊刻戏曲有：

　　《镌玉茗堂新编全相南柯梦记》

　　《新编全像点板窦禹钧全德记》

　　《新刊出相点板红梅记》

　　《新刻出相点板宵光记》

　　《新刊校正全像音释折桂记》

　　《新镌武侯七胜记》

　　《镌新编全像三桂联芳记》

　　《新刻出相音释点板东方朔偷桃记》

　　《镌新编全相霞笺记》

　　《新刻出相点板八义双杯记》

　　《新编全相点板西湖记》

　　《新刻出像葵花记》

　　《题塔记》

　　《玉簪记》

　　另外，还刊刻戏曲折子戏选集《乐府红珊》，全名《新刊分类出像陶真选粹乐府红珊》，凡十六卷，收录宋元南戏和明代传奇散出。

　　继志斋，坊主陈大来，又署陈甫，如《香囊记》卷末署曰："白下陈大来手书刊布。"又《琵琶记》序后题曰"万历戊戌大来甫重录。"

继志斋也是明代万历后期南京较大的书坊。刊刻的戏曲有：

《新镌半夜雷轰荐福碑》

《梧桐雨》

《金钱记》

《铁拐李度金童玉女》

《杜子美沽酒游春》

《重校古荆钗记》

《重校琵琶记》

《重校五伦传香囊记》

《重校苏季子金印记》

《重校连环记》

《新镌量江记》

《重校玉簪记》

《重校浣纱记》

《出像点板徐博士孝义祝发记》

《重校红拂记》

《重校窃符记》

《重校紫钗记》

《重校十无端巧合红蕖记》

《重校坠钗记》

《重校玉合记》

《重校吕真人黄粱梦境记》

《重校旗亭记》

《重校锦笺记》

《重校韩夫人题红记》

师俭堂，坊主萧腾鸿，如《琵琶记》卷末署曰："书林萧腾鸿

梓。"版心下刻："师俭堂板。"萧腾鸿自己也参与书版的制作，精通
绘画，如《玉簪记》插图上署曰："刘素明镌，萧腾鸿、刘素明、蔡元
勋、赵璧同画。"刊刻戏曲有：

《汤海若先生批评西厢记》

《鼎镌陈眉公先生批评西厢记》

《鼎镌陈眉公先生批评幽闺记》

《鼎镌陈眉公先生批评琵琶记》

《鼎镌红拂记》

《鼎镌玉簪记》

《鼎镌绣襦记》

《异梦记》

《明珠记》

《麒麟罽》

《鹦鹉洲》

清乾隆十二年(1747)修文堂主人将师俭堂所刊刻的《鼎镌
西厢记》《鼎镌幽闺记》《鼎镌红拂记》《鼎镌玉簪记》《鼎镌绣襦记》
《鼎镌琵琶记》等六种戏曲合在一起刊行，题作《陈眉公先生批评六
合同春》，共十二卷。

长春堂，坊主姓名不详。也是明代万历年间南京的书坊，曾刊
刻《新镌女贞观重会玉簪记》。

凤毛馆，坊主姓名不详。明代万历年间南京的书坊，曾刊刻
《重校白傅青衫记》。

文秀堂，坊主姓名不详。明末南京书坊，曾刊刻《新刊考正全
像评释北西厢记》。

两衡堂，坊主姓名不详。明崇祯年间南京书坊，曾刊刻吴炳传
奇五种：《西园记》《情邮记》《绿牡丹》《画中人》《疗妒羹》，合称《粲

花斋新乐府》。

乌衣巷,坊主姓名不详。明末南京书坊,曾刊刻范文若《花筵赚》传奇,题作《丽句评点花筵赚乐府》。

德聚堂,坊主姓名不详。明末南京书坊,曾刊刻《新镌绘像传奇双红记》。

从以上对各家书坊及其刊刻的戏曲的简略介绍中,便可以看出明代南京书坊刊刻戏曲之盛了。而在以上所列举的书坊中,富春堂、文林阁、世德堂、广庆堂等四家书坊的坊主皆姓唐,由于史料的缺乏,尚不知道这几位唐姓坊主之间是否有着某种亲属关系。至于各家书坊的刻工,由于当时刻工与坊主的关系已具有资本主义生产关系的性质,即已是雇佣与被雇佣的关系,故版本上只注明书坊或坊主的名字,而刻工的姓名在版本上多不注明,故这些书坊的刻工姓名多不可考,只有师俭堂所刊刻的《鼎镌玉簪记》《鼎镌绣襦记》《鼎镌明珠记》三种上署有刻工"刘素明"的名字。

另外,从时代来看,这些书坊以万历年间为最多,如富春堂、文林阁、世德堂、广庆堂、继志斋、师俭堂、长春堂、凤毛馆等皆为万历时期的书坊,而且这一时期所刊刻的戏曲也最多。这一情况似与明代万历年间戏曲的繁荣有关。明代万历年间,是古代戏曲史上自元杂剧繁荣以来的又一个黄金时期。一方面,戏曲创作十分繁荣,在这一时期里,名家辈出,杰作如林。如明吕天成《曲品》云:"博观传奇,近时为盛。大江左右,骚雅沸腾。吴、浙之间,风流掩映。"[1]而南京也是当时戏曲创作的中心之一,一些戏曲作家聚居南京,从事戏曲创作,如汤显祖、沈璟、徐霖、顾大典、潘之恒、臧晋叔、郑之文、纪振伦、黄方胤、范文若等在万历时期都曾到过南

①《曲品》卷上,《历代曲话汇编》明代编第三集,第86页。

京,在这里从事戏曲创作与戏曲研究活动;另一方面,南京的戏曲演出活动也十分兴盛。当时南京城内戏班云集,成为全国昆曲的中心。如明末侯朝宗在《马伶传》中说到当时南京戏曲演出的盛况时指出:

> 金陵为明之留都,社稷百官皆在,而又当太平盛时,人易为乐,……梨园以技鸣者,无论数十辈,而其最著者二:曰兴化部,曰华林部。[1]

清余怀《板桥杂记》也谓:

> 金陵为帝王建都之地,公侯戚畹,甲第连云,宗室王孙,翩翩裘马,以及乌衣子弟,湖海宾游,靡不挟弹吹箫,经过赵、李。每开筵宴,则传呼乐籍,罗绮芬芳,行酒纠觞,留髡送客,酒阑棋罢,堕珥遗簪。真欲界之仙都,昇平之乐国也。[2]

戏曲创作的繁荣与戏曲演出的兴盛,既刺激了书坊刊刻戏曲以营利,同时又为书坊提供了大量的戏曲剧本,这样也就在当时出现了戏曲刊刻的兴盛局面。

二、明代南京坊刻戏曲的特色

明代南京书坊所刊刻的戏曲既有共性,又有着各自的特色。从其共性来看,首先在剧目的选择上,它们都选择故事性强、情节可观、为读者喜闻乐见的剧目。如从总的剧目来看,在各家所刊刻的戏曲中,南戏与传奇多于杂剧,有的书坊所刊刻的全为南戏与传奇。这是因为南戏与传奇在情节上胜过杂剧,杂剧由于篇幅较短,

---

① 《马伶传》,《历代曲话汇编》清代编第一集,第442页。
② 《板桥杂记》,《历代曲话汇编》清代编第一集,第416页。

如元杂剧每本通常为四折,明杂剧一般也只有五、六折,短的只有一折,这样就不可能容纳较多的内容,情节简单,矛盾冲突不能充分展开,故事性不强。而南戏与传奇篇幅较长,一般每本有四五十出之多,这样就可以容纳较多的情节与人物,充分展开矛盾冲突,因此,杂剧到明代便逐渐衰落,而南戏与传奇却得到了较大的发展,成为当时曲坛上的主要戏曲形式。而书坊也正是看到了南戏与传奇在情节上胜过杂剧,较受读者、观众欢迎的这一特点,才多选择南戏与传奇加以刊刻的。在刊刻南戏与传奇时,它们又多选择那些流行较广、较受读者欢迎的剧目。如宋元四大南戏中的《荆钗记》《白兔记》《拜月亭》及《琵琶记》,这些剧目不仅历史悠久,而且情节生动,具有较高的艺术成就。因此,从宋元时期产生,一直到明代,在民间广为流传,在当时的戏班中有所谓的"江湖十八本"之说,而这四部戏便列于"江湖十八本"之首,为各种江湖戏班的必备剧目,俗称"看家戏"。因此,这些剧目多为书坊采用,予以刊刻。有的为几家书坊同时刊刻,如富春堂、继志斋、文林阁皆刊刻了《荆钗记》,文林阁、世德堂、师俭堂皆刊刻了《拜月亭》,富春堂、继志斋、师俭堂皆刊刻了《琵琶记》,富春堂刊刻了《白兔记》。相反,作为宋元四大南戏之一的《杀狗记》,虽然历史悠久,在戏曲史上具有一定的影响,但与《荆钗记》《白兔记》《拜月亭》《琵琶记》相比,故事情节简单,且充满着封建道德说教,曲文俚俗,故当时没有一家书坊加以刊刻。再如明代著名剧作家汤显祖的"四梦",在曲坛上享有盛誉,因此也为这些书坊所青睐,如《牡丹亭》为文林阁所刊刻,《南柯记》为广庆堂刊刻,《紫钗记》为继志斋刊刻,《紫箫记》为富春堂、世德堂刊刻。又如高濂的《玉簪记》传奇,热情歌颂了青年男女的真诚爱情,情节丰富生动,为广大市民群众所欢迎,因此文林阁、世德堂、广庆堂、继志斋、师俭堂、长春堂等六家书坊都刊刻了《玉簪记》。

其次，南京书坊所刊刻的戏曲多加以注释或音释。由于当时一般下层读者缺乏较高的文化修养，而那些文人学士所编撰的剧本，语言优美典雅，下层读者难以看懂，书商为了吸引下层读者，便对剧本中一些难懂的曲文加以注释，有的还注有读音，并且都在书名上标明"注释"、"音注"或"附释标注"等。

另外，为了招徕读者，南京书坊所刊刻的戏曲中都配有插图，即在剧本中插入几幅与某些曲文所敷演的情节相应的图画。在书中配有插图，这也是明代中叶各种坊刻本的一大特色，书商为了迎合读者的观赏兴趣，招徕读者，故在当时所刊刻的戏曲、小说等通俗文学读本中都配有插图，使书籍图文并茂，更具通俗性，以提高读者的阅读兴趣。而南京书坊所刊刻的戏曲插图又自有特色。如当时福建建阳书坊所刊刻的戏曲、小说虽也配有插图，但多为上图下文，画面狭窄。南京书坊刊刻的戏曲插图都为整版，即称"全像"或"全相"，使图像更加醒目，更能吸引读者。

显然，明代南京各家书坊所刊刻的戏曲具有的这三个特点，都与书坊营利的目的有关。

各家书坊除了具有上述这些相同的特征外，在相互的竞争中，也形成了各自的特色。首先，在剧目的选择上，各家虽都选择那些流传较广、受读者欢迎的剧目予以刊刻，但在选择时又有所侧重。如富春堂、文林阁注重于刊刻南戏，富春堂共刊刻了二十种南戏，文林阁共刊刻了七种南戏。再如明代万历年间著名戏曲家沈璟的《红蕖记》《埋剑记》《义侠记》《双鱼记》《坠钗记》等五种传奇为继志斋独家刊刻，而吴炳的剧作全为两衡堂刊刻。又如师俭堂所刊刻的戏曲则全由陈继儒评点过。

在版式上，由于出自不同的刻工之手，各书坊间的区别则较为明显。大致可以分为两种类型的版式，其中富春堂为一类，其余几家为另一类。继志斋、世德堂、文林阁、广庆堂等刊刻的戏曲在版式上深受宋元书籍版式的影响，版框多为单边或双边，比较单调；而富春堂为了增加书籍的美观，打破了宋元以来传统的版式，版框四周有雉堞型图案，并且在书名上特别注明"花栏"二字。再如继志斋、世德堂、文林阁等刊刻的戏曲的版式为上下两节版，上节窄小，为注释或音注；而富春堂则为整版，注文加在相关的曲文旁，以小字相区别。又如版心，富春堂本有两种情况，一种是白口，黑色上鱼尾，下端题有书名或书坊名；一种是上端空白，仅下端题有书名或书坊名。而其余几家版心上端皆空白，只在下端题有书名或书坊名。

在字体上，富春堂刊本也与其他几家有着区别。从总体上来说，明代所刊刻的书籍的字体自明初到万历年间为一变，明初沿袭元代风格，仿赵孟頫的字体；正德、嘉靖时字体逐渐转向欧、颜风格，结构渐趋方正；而到了万历年间，为了适应刊刻业商品化的需要，字体结构更趋方正，更加规则，即发展成为横细竖粗的宋体。因为这种字体较规则，容易上版刻写，有利于缩短出版周期，提高出版效率。在这些书坊中，富春堂、世德堂刊本的字体虽已受到横细竖粗的宋体风格的影响，但还不很明显，它较多地继承了明代前期的字体风格。因此，从总体上来看，富春堂、世德堂所采用的字体尚不失流丽自然的风格，而其余几家所采用的字体已明显呈现出宋体规则呆板的特色。不过在这两类版本中，也有些例外，如第一类中的继志斋所刊刻的《拜月亭》便是宋体字，与它所刊刻的其他戏曲不同。这可能是出自不同的刻工之手所造成的差异。

另外，各家刊本中的插图也存在着区别，具有不同的风格，富春堂本的插图刀法浑厚，黑白分明，质朴古拙，似出自福建籍刻工之手，故具有浓厚的建阳雕刻风格。而其余几家刊本的插图刀法细腻,线条勾勒十分细致,花草、人物等形象传神逼真,版面清雅简洁,似出自徽籍刻工之手,故具有徽派版画工丽秀逸的风格。

三、明代南京坊刻戏曲之得失

戏曲的流传有着两种途径,一是通过演员在舞台上的演出,与观众发生联系,供观众欣赏;另一种则通过刊刻印行,作为案头读本,供读者阅读。由于舞台演出是一种时间艺术,曲文(台词)多是口口相传,即使有钞本,也很难传诸后世,且其流传的范围受到限制,因此,只有经过刊刻印行,才能传诸后世,得以保存。然而在封建社会里,由于戏曲是一种俗文学,官府与私家刊刻戏曲者甚少,像明末《六十种曲》的刊刻者毛晋这样的私人出版家毕竟是少数。戏曲书籍大多由书坊印行,而明代南京书坊刊刻的戏曲则占了全国坊刻戏曲之首,显然,这对戏曲剧目的流传和保存起了十分积极的作用。

明代南京书坊所刊刻的戏曲不仅在数量上居全国之首,而且在版本质量上,也胜于其他地区所刊刻的戏曲版本。在明代的坊刻书籍中,由于坊主贪图高利,一般多而不精,如当时的建阳书坊,在刊刻时为节省工料,一是多用疏松的木料刊刻与脆薄的纸张印制,二是字体小,版面窄,故字迹漫漶处甚多。另外,又没有详加校雠考订,因此,版本质量较差。正因为如此,时人曾多加指责,如明谢肇淛《五杂组》云:

> 闽建阳有书坊,出书最多,而板纸俱最滥恶,盖徒为射利计,非以传世也。大凡书刻急于射利者必不能精,盖不能捐重价故耳。[1]

---

[1]《五杂组》卷十二,《明代笔记小说大观》,第1776页。

明郎瑛《七修类稿》也云：

> 我朝太平日久，旧书多出，此大幸也。亦惜为福建书坊
> 所坏。盖闻专以货利为计，但遇各省所刻好书，闻价高即便翻
> 刻，卷数、目录相同，而于篇中多所减去，使人不知。故一部
> 止货半部之价，人争购之。①

明代南京书坊刊刻戏曲虽也出自营利的目的，但其态度及具体做法与建阳书坊不同，即在注重营利的同时，也注重书籍的质量。明代谢肇淛在讲到当时杭州与南京两地刊本的优劣时指出：

> 宋时刻本以杭州为上，蜀本次之，福建最下。今杭州不
> 足称矣，金陵、新安、吴兴三地剞劂之精者，不下宋版。②

首先，从内容上来看，南京书坊在刊刻时，都对原本加以校订，而且一般都请行家校订，如富春堂请谢天祐、纪振伦（秦淮墨客）、朱少斋、绿筠轩等人校订，如《白兔记》《玉玦记》卷首皆署："豫章敬所谢天祐校。"《三桂记》卷首署："秦淮墨客校正。"《紫箫记》卷首署："新都绿筠轩校。"《白蛇记》卷首署："书林子弟朱少斋校正。"谢天祐、秦淮墨客、朱少斋皆是戏曲作家，谢天祐曾作有《靖虏记》《泾庭记》《覆鹿记》等三种传奇，秦淮墨客即纪振伦，字春华，号秦淮墨客，金陵人，他所校正的《三桂记》传奇，就是由他自己所作的，另外，他曾为广庆堂校正过《霞笺记》《宵光记》《七胜记》《双杯记》《西湖记》《折桂记》《罗帕记》等传奇。朱少斋也作有《金钗记》《英台记》两种传奇。请戏曲作家来校正戏曲刊本，显然比不是戏曲作家的外行来校正要精确得多。另外，师俭堂不仅请人校正，而且还请著名的戏曲批评家陈继儒加以评点。陈继儒，

---

①《七修类稿》卷四十五，上海书店出版社2009年版，第478页。
②《五杂组》卷十二，《明代笔记小说大观》，第1776页。

字仲醇,号眉公、麋公、华亭(今上海松江)人。诸生。工诗文,善书画,也是明代中叶著名的戏曲批评家,名重一时。请他对所刊刻的戏曲加以评点,不仅能增加刊本的知名度,而且也提高了刊本的质量。

再从刊本的版式上来看,明代南京书坊所刊刻的戏曲版式疏朗,行格宽松,曲文一般每半叶十或十一行,每行二十或二十一字,字大行疏,又加上制版的木质坚硬,故字迹十分清晰。这不仅便于阅读,而且也易于流传保存,正因为如此,明代南京书坊所刊刻的戏曲多胜过其他书坊或私家刊刻的版本,有的甚至胜过原刊本。如明梅鼎祚的《玉合记》传奇有原刊本、汲古阁《六十种曲》本、富春堂本等三种,吴梅先生认为,其中以富春堂本为最好。如曰:"此书(《玉合记》)有三刻本,一为禹金原刻,一为富春堂本,一为汲古阁本,富春堂本最胜。"①

但另一方面,明代南京书坊所刊刻的戏曲也存在着一些失误,而这种失误也是当时坊刻书籍中的一种通病。在明代,书坊为了标榜新编或新订、重订,以吸引读者,故在刊刻原本时不尊重原作,多加改窜,如清顾炎武谓:"万历间人多好改窜古书,人心之邪,风气之变,自此而始。"②清代著名版本学家黄丕烈也说:"明人喜刻书,而又不肯守其旧,故所刻往往戾于古。"③故前人曾有"明人刻书而书亡"之叹。④明代南京书坊虽然比当时其他书坊所刊刻的戏曲要精良,但也不免受这种任意改窜古书的时弊的影响,在刊刻戏曲时,也有不尊重原作、妄加改窜的倾向。如文林阁刊刻的《浣纱

---

①《瞿安读曲记·玉合记》,《吴梅戏曲论文集》,第429页。

②《日知录》卷十八,清康熙三十四年(1695)刻本。

③《荛圃藏书题识》卷四,上海远东出版社1999年版,第264页。

④叶德辉《书林清话》卷七,辽宁教育出版社1998年版,第150页。

记》，将汪道昆的《五湖游》杂剧移作末折作为全剧的结局。如王国维谓：

> 己酉夏，得明季文林阁所刊传奇十种，中梁伯龙《浣纱记》末折，与汲古阁刻本颇异，细审之，乃借用汪伯玉（道昆）《五湖游》杂剧也。①

这一倾向在它们所刊刻的南戏中表现得最为明显。如富春堂、继志斋、世德堂、文林阁、师俭堂等所刊刻的《荆钗记》《白兔记》《拜月亭》都与宋元旧本有了差异。清钮少雅、徐于室编纂的《南曲九宫正始》中根据元代天历年间的《九宫十三调谱》收录了《荆钗记》《白兔记》《拜月亭》的宋元旧本的佚曲，我们将这些佚曲与明代南京书坊所刊刻的版本比勘一下，两者的曲文就有了很大的不同。显然，明代南京书坊在刊刻宋元南戏时，也受到了明代书坊刊刻古本时妄加改窜的时弊的影响，故使得它们的刊本与宋元旧本有了差异。不过，相对来说，其改窜的程度比其他地区的坊刊本要少一些。

由上可见，明代南京书坊刊刻戏曲既有其得，也有其失，但两者相较，得大于失。不仅有助于戏曲剧目的流传，推动了戏曲艺术的繁荣，而且也留下了十分珍贵的戏曲文学遗产。因此，无论是从戏曲史上来看，还是从出版史上来看，明代南京书坊刊刻戏曲都有其独特的贡献。

---

① 《录曲余谈》，《王国维戏曲论文集》，中国戏剧出版社1957年版，第280页。

元代杂剧在明清昆曲中的流存

作为元曲的重要组成部分的元杂剧,从金末元初产生,在辉煌了近一个世纪后,到了元代末年虽已开始衰落,但仍有着舞台生命力,在明清时期的昆曲中,无论是剧目,还是曲调及演唱形式,都存留着元杂剧的因素。

一、元杂剧剧目在昆曲中的流存

在明清时期,固然大部分元杂剧的剧本被整理汇集后,作为案头读本流传,如明陈与郊编选的《古名家杂剧》、明王骥德编选的《顾曲斋元人杂剧选》、明赵琦美编选的《脉望馆钞校古今杂剧》、明臧懋循整理汇编的《元曲选》、明孟称舜选刊的《古今名剧合选》等元杂剧选集,皆是案头读本,但也有许多杂剧剧目融入了昆曲之中,继续在舞台上流传。

元杂剧剧目在昆曲中的流存有两种形式:一是改编本,即将原本改编成昆曲所采用的传奇,如明代对元代王实甫的《西厢记》杂剧的改编。《西厢记》杂剧是元代杂剧中的经典,具有较高的文学性,如明代朱权《太和正音谱》评其为"花间美人",[①]也因此受到明

---

① 《太和正音谱》,《历代曲话汇编》明代编第一集,第33页。

代文人的推崇，如王世贞在《艺苑卮言》中对《西厢记》杂剧中的一些骈丽典雅的曲文大加赞美，曰：

> 北曲故当以《西厢》压卷，如曲中语："雪浪拍长空，天际秋云卷，竹索缆浮桥，水上苍龙偃。""滋洛阳千种花，润梁园万顷田。""东风摇曳垂杨线，游丝牵惹桃花片，珠帘掩映芙蓉面。""法鼓金铙，二月春雷响殿角；钟声佛号，半天风雨洒松梢。""不近喧哗，嫩绿池塘藏睡鸭；自然幽雅，淡黄杨柳带栖鸦。"是骈丽中景语。"手掌儿里奇擎，心坎儿里温存，眼皮儿上供养。""哭声儿似莺啭乔林，泪珠儿似露滴花梢。""系春心情短柳丝长，隔花阴人远天涯近。""香消了六朝金粉，瘦减了三楚精神。""玉容寂寞梨花朵，胭脂浅淡樱桃颗。"是骈丽中情语。"他做了影儿里情郎，我做了画儿里爱宠。""拄着拐帮闲钻懒，缝合唇送暖偷寒。""昨夜个热脸儿对面抢白，今日个冷句儿将人厮侵。""半推半就，又惊又爱。"是骈丽中诨语。"落红满地胭脂冷，梦里成双觉后单。"是单语中佳语。只此数条，他传奇不能及。[①]

王骥德也认为：

> 古戏必以《西厢》《琵琶》称首，递为桓、文。[②]

> 夫曰神品，必法与词两擅其极，惟实甫《西厢》可当之耳。[③]

《西厢记》虽具有较高的文学性，但其采用的是杂剧体制，作为综合性艺术的戏曲体制，如剧本体制、脚色体制等还不够完善，如剧本体制，虽突破了北曲杂剧一本四折的体制，由五本组成，但

---

①《艺苑卮言》，《历代曲话汇编》明代编第一集，第513—514页。
②《曲律·杂论上》，《历代曲话汇编》明代编第二集，第109页。
③《曲律·杂论下》，《历代曲话汇编》明代编第二集，第133页。

其中仍保留着一本四折的体制，一折由同一个宫调的曲调组成，叶同一个韵部，且一本杂剧由一个脚色唱，其它脚色只能念白，这样的体制不仅妨碍了故事情节的展现与人物形象的刻画，而且舞台效果差。同时，杂剧所用的北曲曲调字多腔少，与腔多字少的南戏唱腔不合，尤其是南戏四大唱腔中声情婉转、腔多字少的海盐腔与昆山腔。因此，在明代，一些文人剧作家既推崇《西厢记》杂剧的文采，又惜其不能用为文人学士所欢迎的海盐腔、昆山腔演唱，不能呈诸舞台，故对其作了改编，即将《西厢记》杂剧改成了《南西厢》。

在明代，崔时佩与李日华改编的《南西厢》就是为适应昆山腔的演唱而改编的。由于推崇《北西厢》的语言，故崔时佩与李日华的《南西厢》在故事情节与曲词上没有作较大的改动，主要是在剧本体制与曲调上作了较大的改动。在剧本体制上，将原本的五本二十折，扩展为三十八出，其情节则基本上是按《北西厢》的情节来设置，现将两者相应的折（出）对照如下：

《北西厢》	《南西厢》（暖红室本出目）
楔子	第三出　停丧萧寺
第一本　第一折	第二出　河梁送别 第四出　应举登途 第五出　佛殿奇逢
第一本　第二折	第六出　邂逅邀红
	第七出　琴红嘲谑（新增）
第一本　第三折	第八出　红传生语 第九出　隔墙酬和
第一本　第四折	第十出　闹攘斋坛

续表

《北西厢》	《南西厢》（暖红室本出目）
第二本　第一折	第十一出　彪贼起兵 第十二出　急报贼情 第十三出　许亲救厄
	第十四出　冲围拚命（新增）
楔子	第十五出　投书帅府 第十六出　白马解围
	第十七出　排宴唤厨（新增）
第二本　第二折	第十八出　遣婢请生
第二本　第三折	第十九出　畔盟府怨
第二本　第四折	第二十出　琴心写恨
楔子	
第三本　第一折	第二十一出　锦字传情
第三本　第二折	第二十二出　窥简玉台 第二十三出　情诗暗许
第三本　第三折	第二十四出　临期反约
第三本　第四折	第二十五出　书斋问病 第二十六出　两地相思 第二十七出　重订佳期
楔子	第二十八出　潜出闺房
第四本　第一折	第二十九出　良宵云雨
第四本　第二折	第三十出　堂前巧辩
第四本　第三折	第三十一出　长亭别恨
第四本　第四折	第三十二出　惊梦草桥
	第三十三出　选士春闱（新增）
楔子	第三十四出　京都寄缄

《北西厢》	《南西厢》（暖红室本出目）
第五本　第一折	第三十五出　泥金报捷
第五本　第二折	第三十六出　回音喜慰
第五本　第三折	第三十七出　设诡求亲
第五本　第四折	第三十八出　衣锦荣归

同时，《南西厢》将原本的一人主唱改为上场脚色皆唱，如第十出《闹攘斋坛》，即《北西厢》的第一本第四折，《北西厢》由正末（张生）一人唱，而在《南西厢》中，上场的生、旦、贴、老旦、末、净、丑皆有唱段，既有独唱，又有合唱，场面十分热闹。与《北西厢》相比，《南西厢》的舞台效果大为增强。

在曲调上，《南西厢》对原本作了易北为南的改动，即将原本所用的北曲曲调，改为南曲曲调。南曲与北曲由于形成于不同的地区，在声情上具有不同的特征，如北曲字多腔少，节奏较快，且多变宫、变徵两个半音，故具有高亢激越的声情，适宜用于表现战争、公案等情节；南曲字少腔多，节奏舒缓，故具有委婉细腻的声情，适宜用于表现男女爱情故事。《西厢记》杂剧全用北曲，虽然对于表现孙飞虎兵围普救寺、惠明冲出重围下书这些情节是适合的，但从整本戏的情节来看，主要是演张生与崔莺莺的爱情故事，而这样的情节，用宛转细腻的南曲来表现则更为合适。因此，在曲调上，崔、李对《西厢记》杂剧作了易北为南的处理，将北曲改为南曲。经过这一处理，全剧曲调的声情与剧情得到了较好的统一，增强了艺术感染力。

对于崔、李改本《南西厢》，前人既有批评者，又有肯定者，批评者认为，崔、李改动了《西厢记》杂剧的曲词，是点金成铁；但经过易北为南的处理后，《西厢记》杂剧能适合南戏唱腔的演唱形式，在明清舞台上得以继续流传，故这也是崔、李改编之功。如明凌濛初《谭曲杂札》云：

> 改北调为南曲者，有李日华《西厢》。增损句字以就腔，已觉截鹤续凫，如"秀才们闻道请"下增"先生"二字等是也。更有不能改者，乱其腔以就字句，如"来回顾影，文魔秀士欠酸丁"是也。……今唱者恬不知怪，亦可笑也。至《西厢》尾声，无一不妙，首折煞尾，岂无情语、佳句可采，以隐括南尾，使之悠然有余韵，而直取"东风摇曳垂杨线，游丝牵惹桃花片"两词语填入耶？真是点金成铁手！乃《西厢》为情词之宗，而不便吴人清唱，欲歌南音，不得不取之李本，亦无可奈何耳。①

清代李渔虽然也不满崔、李对《西厢记》杂剧所作的改编，如他在《闲情偶寄·词曲部·音律第三》中，对崔、李改本《南西厢》作了批评与指斥，曰：

> 词曲中音律之坏，坏于《南西厢》。凡有作者，当以之为戒，不当取之为法。非止音律，文艺亦然。请详言之。填词除杂剧不论，止论全本，其文字之佳、音律之妙，未有过于《北西厢》者。自南本一出，遂变极佳者为极不佳，极妙者为极不妙。②

但李渔对崔、李改本《南西厢》也不是完全否定，他认为崔、李的改编既有功，又有过，其功就在于使得《西厢记》能用昆山腔来演唱，如曰：

---

① 《谭曲杂札》，《历代曲话汇编》明代编第三集，第192—193页。
② 《闲情偶寄·词曲部·音律第三》，《历代曲话汇编》清代编第二集，第257页。

北本虽佳,吴音不能奏也。作《南西厢》者,意在补此缺陷,遂割裂其词,增添其白,易北为南,撰成此剧,亦可谓善用古人、喜传佳事者矣。然自予论之,此人之于作者,可谓功之首而罪之魁矣。所谓功之首者,非得此人,则俗优竞演,雅调无闻,作者苦心,虽传实没;所谓罪之魁者,千金狐腋,剪作鸿毛,一片精金,点成顽铁。①

自崔时佩与李日华首次将《西厢记》杂剧改编为《南西厢》后,明代戏曲家陆采也采用传奇的剧本形式,对《西厢记》杂剧作了“易北为南”的改编。陆采的《南西厢》改本,是不满崔、李对《西厢记》杂剧的改编而作的,如他在《自序》中称:

李日华取实甫之语翻为南曲,而措词命意之妙,几失之矣。予自退休之日,时缀此编,固不敢媲美前哲,然较生吞活剥者,自谓差见一斑。②

吕天成《曲品》也谓:

天池恨日华翻改,故猛然自为握管,直期与王实甫为敌。其间俊语不乏。常自诩曰:“天与丹青手,画出人间万种情。”岂不然哉? 愿令梨园亟演之。③

祁彪佳《远山堂曲品·雅品残稿》也载:

陆采《西厢》:天池以李日华《西厢》翻北为南,剽窃为词,气脉未贯,握管作此,不涉王实甫一字,但韵杂耳。④

与崔、李所改的《南西厢》相比,陆改本的曲词虽全出自自创,

---

①《闲情偶寄·词曲部·音律第三》,《历代曲话汇编》清代编第二集,第257—258页。

②《新刊合并陆天池西厢记》卷首,明万历间周居易刻本。

③《曲品》卷下,《历代曲话汇编》明代编第三集,第123页。

④《远山堂曲品·雅品残稿》,《历代曲话汇编》明代编第三集,第629页。

不袭《西厢记》杂剧一语,但其不仅丢弃了《西厢记》杂剧的优美曲词,而且也不如崔、李改本。如凌濛初《谭曲杂札》云:

> 陆天池亦作《南西厢》,悉以己意自创,不袭北剧一语,志可谓悍矣,然元词在前,岂易角胜,况本不及?[1]

另外,从舞台效果来看,也不如崔、李改本热闹有戏。正因为此,陆改本只是作为案头文本,没有呈诸舞台演出。至今仍在昆曲舞台上演出的《游殿》、《闹斋》、《惠明》、《请宴》、《听琴》、《寄柬》、《跳墙》(又名《跳墙着棋》)、《佳期》、《拷红》、《长亭》(又名《女亭》)、《惊梦》等折子戏,皆出自崔时佩与李日华的《南西厢》。

在元人杂剧中,除了王实甫的《西厢记》外,关汉卿的名剧《窦娥冤》在明代也被改编成传奇《金锁记》,成为昆曲剧目。关汉卿的原本是旦本戏,以窦娥为主角;《金锁记》则按传奇生、旦为主的脚色体制来设置故事情节,因此,将原来的悲剧改为生、旦团圆的喜剧,窦娥在临刑时,法场上风雪大作,监斩官知有冤情,便下令停刑。正遇窦天章任两淮廉访使,窦娥得以平反,后与未婚夫蔡昌宗团聚。全剧所用的曲调也多改用南曲,但据原本第三折改编的《法场》折,演窦娥被押赴刑场斩首,窦娥在临刑前揭露黑白混淆、是非颠倒的社会,痛斥天地的不公,惊心动魄,催人泪下,这样的情节用北曲来敷演比用南曲更适合,故《金锁记》这一折的曲调仍用北曲,而且多保留了原作中的一些曲文,如开头的【端正好】、【滚绣球】两曲:

> 【端正好】没来由犯王法,葫芦提遭刑宪。叫声屈动地惊天! 我将那天地合埋怨。天吓! 怎不与人行方便!
>
> 【滚绣球】有日月朝暮显,有山河今古传,天吓! 却不把清浊来分辨。可知道错看了盗跖颜渊? 有德的受贫穷更命

---

①《谭曲杂札》,《历代曲话汇编》明代编第三集,第193页。

短,造恶的享富贵又寿延。天吓! 你做得怕硬欺软,不想道
天地也会顺水推船。啊呀地吓! 你不分好歹难为地! 啊呀天
吓! 不辨贤愚枉做了天!

经过《金锁记》的改编,关汉卿《窦娥冤》所描写的故事在昆
曲舞台上继续流传,如其中《送女》、《私祭》、《说穷》、《羊肚》、《探
监》、《斩娥》(又名《斩窦》《法场》《法赦》)、《天打》等是昆曲舞台上
经常演出的折子戏。

另外,有些明清传奇虽不是根据元杂剧改编的,但由于题材相
同,故吸取了杂剧的某些情节与曲文。如明无名氏《精忠记》传奇
虽是根据明弘治年间周礼的《岳飞破虏东窗记》传奇改编而成的,
但又吸收了元代孔文卿的《秦太师东窗事犯》杂剧中的部分情节与
曲文,其中的第二十八出《诛心》出写秦桧用阴谋将岳飞父子杀害
后,心中甚感不安,因到灵隐寺烧香礼佛,遭到疯僧嘲讽。从情节
与曲白来看,这是根据孔文卿的杂剧第二折改编而成的,如其中许
多曲白有相似之处,现将《精忠记·诛心》出的【品令】、【豆叶黄】的
曲文与《东窗事犯》杂剧第二折的【石榴花】、【斗鹌鹑】的曲文比较
如下:

《东窗事犯》杂剧第二折	《精忠记·诛心》
【石榴花】太师一一问真实,你听我说因依。当时不信大贤妻,他曾苦苦地劝你。你岂不自知,东窗下不解西来意。我葫芦提你无支持,则为您奸滑狡佞将心昧,你但举意我早先知。 【斗鹌鹑】知你结勾他邦,可甚于家为国。咱人事要寻思,免劳后悔。岂不闻湛湛青天不可欺! 据着你这所为,来这里吓鬼瞒神,做的个藏头露尾。	【品令】你今来寺中,听我说详细。非为礼佛,你来释冤罪。不须乱言,参透其中意。从头至尾,你须索牢记。若听吾言,昔日休听大贤妻。 【豆叶黄】你瞒心昧己,全凭着巧语支持。你心事,我须知。湛湛青天不可欺,言说道那一个得知,那一个得知,做的事藏头露尾。

　　可见,后者的曲文是根据前者的曲文改编而成的。但在昆曲舞台上演出的《扫秦》,又经过了昆曲艺人的改动,剧名虽标《精忠记》,净(秦桧)出场时唱【出队子】曲,是《精忠记》中的曲,而以下由丑(疯僧)所唱的【迎仙客】、【石榴花】等曲,仍承自杂剧《东窗事犯》。

　　元杂剧在昆曲舞台上流存的第二种形式是折子戏。杂剧原本虽全本已不能上演,但其中的单折却仍在昆曲舞台上传唱。据统计,在《缀白裘》《纳书楹曲谱》《集成曲谱》《昆曲大全》《六也曲谱》《与众曲谱》《昆曲集净》等清代及近代的一些昆曲演唱谱及昆曲折子戏选集中,选收的元杂剧的折子有以下这些:

　　《单刀会》:《训子》、《刀会》

　　《昊天塔》:《激良》、《五台》(《盗骨》)

　　《敬德不伏老》:《北诈》

　　《东窗事犯》:《扫秦》

　　《两世因缘》:《离魂》

　　《马陵道》:《孙诈》

　　《货郎旦》:《女弹》

　　《渔樵记》:《北樵》、《逼休》、《寄信》、《相骂》

　　《风云会》:《访普》

　　《西天取经》:《北饯》、《回回》

　　《西游记》:《撇子》、《认子》、《胖姑》(《胖姑学舌》)、《借扇》。

　　以上这些折子,基本上按照原作上演,但也按昆曲的要求,作了一些改动,一是删减和压缩,原本一折一套曲,由一人主唱,若曲调较多,不仅主唱者十分吃力,难以胜任,而且影响舞台效果。因此,昆曲在继承这些折子时,对有些曲调较多的折子加以删减与压缩,如昆曲《访普》折,承自元罗贯中的《风云会》杂剧第三折,但比原本减少了四曲。现将两者所用的曲调比较如下:

原作(《元曲选外编》)	昆曲(《缀白裘》)
【正宫·端正好】	【正宫·端正好】
【滚绣球】	【滚绣球】
【倘秀才】	【倘秀才】
【呆骨朵】	【呆骨朵】
【倘秀才】	【滚绣球】
【滚绣球】	【倘秀才】
【倘秀才】	【天边雁】
【滚绣球】	【倘秀才】
【倘秀才】	【脱布衫】
【滚绣球】	【醉太平】
【倘秀才】	【尾】
【滚绣球】	
【脱布衫】	
【醉太平】	
【二煞】	
【收尾】	

又如昆曲《五台》(又名《盗骨》),承自元无名氏(一说朱凯)《昊天塔》杂剧第四折,原作有十一曲之多,而昆曲演出本则用七曲,删去了四曲,如:

原作(《元曲选外编》)	昆曲(《缀白裘》)
【双调·新水令】	【双调·新水令】
【驻马听】	【驻马听】
【步步娇】	【步步娇】
【雁儿落】	【雁儿落】
【水仙子】	【得胜令】
【雁儿落】	【川拨棹】
【得胜令】	【清江引】
【川拨棹】	
【七弟兄】	
【梅花酒】	
【喜江南】	

二是不改动原作的曲文，但在曲文中增加了念白或动作，以增强舞台效果。如昆曲《刀会》折，承自关汉卿的《单刀会》杂剧第四折，其中的【胡十八】曲，曲文中无夹白，而昆曲折子戏中，在曲文中增加了净（关羽）与末（鲁肃）之间的对白，如：

原作（《元曲选外编》）	昆曲（《缀白裘》）
【胡十八】想古今立勋业，那里也舜五人汉三杰。两朝相隔数年别，不付能见者，却又早老也。开怀饮数杯，（云）将酒来！（唱）尽心儿待醉一夜。	【胡十八】（净唱）想古今立勋业。（末白）舜有五人，汉有三杰。（净唱）那里也舜五人汉三杰？两朝相隔只这数年别，不获能个会也，恰又早这般老也。（末白）君侯不老，鲁肃到苍了。（净白）皆然。（末白）请君开怀畅饮一杯。（净白）请！（唱）开怀来饮数杯。（末唱）君侯，开怀来饮数杯。（净唱）大夫，某只待尽心儿可便醉也。

又如昆曲《渔樵记·北樵》折首曲【点绛唇】曲，原作曲文中无念白，由正末（朱买臣）一人独唱，而昆曲在曲文中穿插了丑（杨孝先）的念白，丑以白相问，生以曲相答，一问一答，场面生动有趣，如：

原作（《元曲选外编》）	昆曲（《缀白裘》）
【点绛唇】十载攻书，半生埋没。学干禄，误杀我者也之乎，打熬成这一付穷皮骨。	【点绛唇】（生唱）枉了俺十载攻书。（丑白）如此，你也辛苦了。（生唱）半生埋没。（丑白）你待学谁来？（生唱）学干禄，误赚了者也之乎。（丑白）此乃天之数也。（生唱）更自道天之数。

三是减少衬字，句式稳定。如昆曲《渔樵记·逼休》折的首曲【端正好】曲的曲文：

原作（《元曲选外编》）	昆曲（《缀白裘》）
【端正好】我则见舞飘飘的六花飞，更那堪这昏惨惨的兀那彤云霭；恰便似粉妆成殿阁楼台，有如那挦棉扯絮随风洒，既不沙却怎生，白茫茫的无个边界。	【端正好】六花飞，彤云霭；虚飘飘，六花飞，昏惨惨，彤云霭。一霎时，粉妆成殿阁楼台，犹如那揉棉扯絮随风摆，白茫茫无边界。

二、元杂剧曲调在昆曲中的流变

与元杂剧一样，昆曲采用的是联曲体的音乐结构，而在昆曲所唱的曲调中，虽以南曲为主，但北曲仍占有一定的比重，尤其是在表演一些公案、历史、战争等题材时，多用北曲。如明沈宠绥《度曲须知·曲运隆衰》云：

　　夫然，则北剧遗音，有未尽消亡者，疑尚留于优者之口。盖南词中每带北调一折，如《林冲投泊》《萧相追贤》《虬髯下海》《子胥自刎》之类，其词皆北。当时新声初改，古格犹存。南曲则演南腔，北曲固仍北调。口口相传，灯灯递续，胜国元声，依然嫡派。[1]

昆曲不仅继承了元杂剧的曲调，而且也沿袭了元杂剧的曲调组合曲调形式。元杂剧在组合曲调时，采用了依宫调联套的形式，即每一折为一套曲，一个套曲内的曲调，必须用同一个宫调内的曲调，叶同一个韵。昆曲运用北曲有两种形式：一种是整出戏全为北曲，一种是南北合套，即由一支南曲与一支北曲相间排列，或前为南曲，后为北曲，组合而成。在全由北曲曲调组合而成的套曲中，昆曲基本上继承了元杂剧的曲调组合形式，即在同一个套曲中，采

---

[1]《度曲须知·曲运隆衰》，《历代曲话汇编》明代编第二集，第618页。

用同一宫调中的曲调，且一韵到底，如：

《红梨记·花婆》：

【仙吕·点绛唇】(真文)—【混江龙】(真文)—【油葫芦】(真文)—【天下乐】(真文)—【哪吒令】(真文)—【鹊踏枝】(真文)—【胜葫芦】(真文)—【幺篇】(真文)—【寄生草】(真文)—【幺篇】(真文)—【煞尾】(真文)—【扑灯蛾】(真文)

《西川图·芦花荡》：

【越调·斗鹌鹑】(家麻)—【紫花儿序】(家麻)—【调笑令】(家麻)—【秃厮儿】(家麻)—【圣药王】(家麻)—【煞尾】(家麻)

《党人碑·打碑》：

【正宫·端正好】(萧豪)—【滚绣球】(萧豪)—【叨叨令】(萧豪)—【倘秀才】(萧豪)—【脱布衫】(萧豪)—【煞尾】(萧豪)

《水浒记·刘唐》：

【黄钟·醉花阴】(萧豪)—【出队子】(萧豪)—【刮地风】(萧豪)—【四门子】(萧豪)—【水仙子】(萧豪)—【煞尾】(萧豪)

即使在与南曲组合成南北合套的形式中，北曲曲调也承袭了元杂剧"同一宫调、一韵到底、一人主唱"的形式。昆曲的南北曲合套形式，虽通常是一南曲、一北曲交错排列，但北曲由主要脚色一人主唱，南曲则由其他脚色分唱。以北曲为主，南曲为从。也正因为此，这种组合形式常被用来刻画和突出该出戏中的主要人物。如《西楼记·玩笺》出：

【双调·北新水令】(车蛇)—【南步步娇】(车蛇)—【北折桂令】(车蛇)—【南江儿水】(车蛇)—【北雁儿落带得胜令】(车蛇)—【南侥侥令】(车蛇)—【北收江南】(车蛇)—【南园林好】(车蛇)—【北沽美酒带太平令】(车蛇)—【北清江引】(车蛇)

这出戏是原本第二十出《错梦》的后半出，演于叔夜因穆素徽离去，相思成疾，玩味穆素徽手写的【楚江情】花笺，倍加伤感，竟昏睡入梦。梦中来到西楼，偷访素徽，被老鸨拒之门外；又见素徽在月下闲步，上去相见，但素徽并不相认。在这出戏中，生（于叔夜）是主角，其他人物皆为配角，故在这一南北曲组合中，北曲由生一人主唱，老旦（鸨母）、贴（丫鬟）、净（穆素徽梦形）、众（随从）、丑（文豹）则分唱南曲。

又如《长生殿·絮阁》出：

（旦）【黄钟·北醉花阴】（萧豪）—（丑）【南画眉序】（萧豪）—（旦）【北喜迁莺】（萧豪）—（生）【南画眉序】（萧豪）—（旦）【北出队子】（萧豪）—（生）【南滴溜子】（萧豪）—（旦）【北刮地风】（萧豪）—（丑）【南滴滴金】（萧豪）—（旦）【四门子】（萧豪）—（贴）【南鲍老催】（萧豪）—（旦）【北水仙子】（萧豪）—（生）【南双声子】（萧豪）—（生、旦）【煞尾】（萧豪）

这出戏演杨玉环得知李隆基暗幸梅妃，夜宿东阁，拂晓便匆匆赶到东阁，诉说怨恨，与梅妃争宠。从剧情来看，旦（杨玉环）为这出戏的主角，故由其一人主唱北曲；生（李隆基）、丑（高力士）、贴（永新）等为配角，由三人分唱南曲。从曲文来看，南北曲也有明显的差异，北曲曲文重在抒情，而南曲曲文用于叙事、分辩、劝慰等。主从分明。

元杂剧的这种依宫调联套的组合形式，不仅为昆曲的北曲联套所沿袭，而且也影响了昆曲南曲曲调的组合。在明清时期，许多戏曲家认为南曲曲调的组合也应与北曲曲调的组合一样，依宫调联套，如明代臧懋循指出：

> 南与北声调虽异，而过宫下韵一也。自高则诚《琵琶》首为"不寻宫数调"之说，以掩覆其短，今遂藉口谓曲严于北而

疏于南,岂不谬乎?①

清代李渔也认为:

> 从来词曲之旨,首严宫调,次及声音,次及字格。九宫十三调,南曲之门户也。小出可以不拘,其成套大曲,则分门别户,各有依归,非但彼此不可通融,次第亦难紊乱。②

一些戏曲作家在填词作曲时,也遵循了杂剧依宫调联套的组合形式,如王骥德《重校〈题红记〉例目》:

> 传中惟齐微之于支思,先天之于寒山、桓欢,沿习已久,聊复通用。更青之于真文,廉纤之于先天,间借一二偶用,他韵不敢混用一字。至第十九出【北新水令】诸曲,原用齐微韵,即支思韵中,不敢借用一字。以北体更严,藉存古典刑万一也。

> 每出各过曲并随引曲,首尾止一韵,亦本古法。③

卜世臣《冬青记·凡例》:

> 宫调按《九宫词谱》,并无混杂,间或一出用两调,乃各是一套,不相联属。

> 《中原韵》凡十九,是编上下卷,各用一周。故通本只有二出用两韵,余皆独用。④

孙郁《天宝曲史·凡例》:

> 填词之必守韵也,亦夫人而知之矣。……兹作自引至尾,止用一韵,不轻借韵,不重押韵,盖凛凛乎三尺之是守矣。⑤

---

①《元曲选序》,《历代曲话汇编》明代编第一集,第619页。
②《闲情偶寄·词曲部·音律第三》,《历代曲话汇编》清代编第二集,第259页。
③《重校〈题红记〉例目》,《中国古典戏曲序跋汇编》,第1295页。
④《冬青记·凡例》,《中国古典戏曲序跋汇编》,第1298页。
⑤《天宝曲史·凡例》,《中国古典戏曲序跋汇编》,第1987页。

王懋昭《三星圆·例言》：

> 一剧之中，用某官，不复参以别官。惟白中小调，所填在
> 词而不用曲本者，不在其例。①

但昆曲在继承元杂剧曲调联套形式的同时，也出现了一些变
化：一是曲调定位性减弱。北曲曲调虽不像南曲曲调，无引子、过
曲、尾声之分，但每一套曲内的曲调的排列也有一定的次序，如仙
吕套的首曲为【端正好】，而次曲即为【滚绣球】，以下各曲则按【叨
叨令】—【倘秀才】—【脱布衫】的次序排列。而昆曲在组合北曲套
曲时，其曲调的定位性不强，各曲的排列次序可前后移动。如明汤
显祖《邯郸梦记·西谍》出（明末朱墨本、汲古阁本）所用的曲调，在
【金珑璁】曲以下为一北仙吕套曲：【北绛都春】—【混江龙】—【北
尾】。而在元曲中，北仙吕套曲必以【点绛唇】为首曲，因此，有的
戏曲家以其不合律而加以改动，如明臧懋循评本云：“予未见北调
以【绛都春】起者，改【点绛唇】为得。”②而叶堂《纳书楹玉茗堂四梦
全谱》则将【绛都春】、【混江龙】二曲改题作【第一段】、【第二段】、
【第三段】、【第四段】。又暖红室本改为【紫花拨四】、【胡拨四犯】
两曲，并注曰：

> 此折临川仿《幽闺·结盟》，用【金珑璁】引以下诸曲，题
> 作【绛都春】、【混江龙】、【油葫芦】、【天下乐】等牌，而不合格
> 式。临川盖沿其误也。自后作者如洪昉思、万红友，又皆仿此
> 折为之，而一书【紫花拨四】、【胡拨四犯】两牌。一径题作【打
> 牛吽】。或又以昉思《合围》折分配【越角·看花回】、【绵打
> 絮】、【青山口】、【圣药王】、【庆元贞】、【古竹马】等曲，亦不尽

---

① 《三星圆·例言》，《中国古典戏曲序跋汇编》，第2060页。
② 《邯郸梦记·西谍》出批语，《玉茗堂四种传奇》，明万历四十六年(1618)刻本。

合。今仍题【紫花拨四】、【胡拨四犯】较为协，然不敢分别正衬。而《叶谱》则以【第一段】、【第二段】、【第三段】、【第四段】题之云云。①

再如《长生殿·合围》出的曲调：

【越调·紫花拨四】—【胡拨四犯】—【煞尾】

在元杂剧中，越调套曲的曲调组成及其排列形式如下：

【越调·斗鹌鹑】—【紫花儿序】—【调笑令】—【秃厮儿】—【圣药王】—【尾声】

而《长生殿》的这一组合形式，显然与元杂剧越调套曲不符，故以前也有人以为其不合北曲的联套格律，而对此作了更正，如吴梅在《顾曲麈谈·原曲》中，将此出原本的【紫花拨四】曲改为【看花回】曲，又将原本的【胡拨四犯】曲的曲文稍作改编后，分解为【绵搭絮】、【幺篇】、【青山口】、【圣药王】、【庆元贞】、【古竹马】等六曲，其实这是以元代的北曲联套格律来衡量原作。

二是套曲的完整性减弱，全套曲不一定用煞尾结束。元人在谈到北曲的种类时曾指出："成文章曰乐府，有尾声名套数。"②可见，有尾声是北曲套数的主要特征。但在昆曲的北曲组合形式中，不一定使用煞尾，如《一捧雪·祭姬》出：

【正宫·端正好】—【滚绣球】—【叨叨令】—【脱布衫】—【小梁州】—【幺篇】—【快活三】—【朝天子】

《千钟禄·打车》出：

【双调·新水令】—【步步娇】—【折桂令】—【江儿水】—【雁儿落】—【侥侥令】—【收江南】—【园林好】—【沽美酒】

---

① 《纳书楹玉茗堂四梦全谱》，清乾隆间纳书楹刊本。
② 元芝庵《唱论》，《历代曲话汇编》唐宋元编，第461页。

《党人碑·拜师》出：

【仙吕·点绛唇】—【滚绣球】—【沽美酒】—【醉太平】

《铁冠图·守门》出：

【南吕·一枝花】—【梁州第七】

《金貂记·北诈疯》出：

【越调·斗鹌鹑】—【紫花儿序】—【金蕉叶】—【调笑令】—【秃厮儿】—【络丝娘】

三是在同一套曲中，借宫的形式大量出现。所谓借宫，就是北曲组合曲调成套时，借用声情相同或相近的不同宫调内的曲调，这一形式在元杂剧的套曲虽已有之，但不多见，而在昆曲北曲曲调的联套中，则大量出现。如《长生殿·哭像》出所用的曲调：

【正官·端正好】—【滚绣球】—【叨叨令】—【脱布衫】—【小梁州】—【幺篇】—【中吕·上小楼】—【幺篇】—【快活三】—【朝天子】—【四边静】—【般涉·耍孩儿】—【四煞】—【三煞】—【二煞】—【尾声】

这一套曲由正官、中吕、般涉等三个不同宫调的曲调组合而成。

又如《铁冠图·刺虎》出的曲调，也由正官与中吕两个宫调的套段组合而成：

【正官·端正好】—【滚绣球】—【中吕·叨叨令】—【脱布衫】—【小梁州】—【幺篇】—【快活三】—【朝天子】

由于借宫现象的增多，因此，在明清的一些北曲谱中，多列出可借宫的曲调名，如清李玉的《北词广正谱》中在每一宫调下皆列出借宫的曲调，如

正官：借仙吕：【高过金盏儿】；借中吕：【快活三】、【朝天子】、【朝天子犯】、【四边静】、【上小楼】、【满庭芳】、【十二月】、

【尧民歌】、【醉春风】、【迎仙客】、【红绣鞋】、【鲍老儿】、【剔银灯】、【蔓草菜】、【古鲍老】、【柳青娘】、【道和】、【醉高歌】、【石榴花】、【斗鹌鹑】、【齐天乐】、【红衫儿】、【喜春来】、【四换头】；借般涉：【墙头花】、【三煞】、【耍孩儿】、【煞】；借双调：【太平令】、【七弟兄】、【梅花酒】、【收江南】、【牡丹春】。

仙吕：借正宫：【塞鸿秋】、【醉太平】、【货郎儿】、【金殿喜重重】、【怕春归】、【春归犯】；借中吕：【满庭芳】、【四换头】；借大石：【归塞北】、【好观音】；借小石：【青杏儿】；借商调：【凤鸾吟】；借双调：【得胜乐】、【清江引】、【小将军】。

中吕：借正宫：【脱布衫】、【小梁州】、【白鹤子】、【六幺遍】、【滚绣球】、【倘秀才】、【蛮姑儿】、【穷河西】、【呆骨朵】、【伴读书】、【笑和尚】、【双鸳鸯】、【塞鸿秋】、【醉太平】、【菩萨蛮】；借仙吕：【六幺序】、【六幺令】、【后庭花】；借南吕：【干荷叶】；借般涉【哨遍】、【耍孩儿】、【煞】、【墙头花】；借双调：【水仙子】。

……

昆曲在运用北曲曲调时之所以出现了以上这些变化，这是因为昆曲的剧本形式是传奇(南戏)，凡上场的脚色皆可唱，按出场人物不同的性格及剧情的变化来设置曲调，而不是按固定的套曲来安排曲调，因此，元代形成的北曲固定的套曲结构受到了削弱。

三、元杂剧演唱形式在昆曲中的变异

元曲有乐府北曲与俚歌北曲之分，如元周德清《中原音韵》曰："古人云：'有文章者谓之乐府。'如无文饰者谓之俚歌，不可与乐府共论也。"①周德清还在《中原音韵》的"乐府定格"中选收了四十首元人所作的小令与套数,其中选收了马致远【双调·夜行船】《秋思》套曲,曲后评曰:"此方是乐府,不重韵,无衬字,韵险,语俊。谚云:'百中无一。'余曰:'万中无一。'"②

从所采用的曲调来看,杂剧曲调属于俚歌北曲。乐府北曲与俚歌北曲的区别,除了语言上有雅与俗之分外,在演唱方式与曲体上也有着较大的区别。乐府北曲采用的是依字定腔的方式演唱,即按照曲文的字声来确定旋律,故曲家十分重视字声与唱腔的关系,如元芝庵《唱论》提出,唱须"字真,句笃,依腔,贴调"。③周德清在《中原音韵·序》中也指出,作家要按律填词作曲,演唱者才能按曲文字声定腔演唱,如云:

> 不思前辈某字、某韵必用某声,却云"也唱得",乃文过之词,非作者之言也。平而仄,仄而平,上去而去上,去上而上去者,谚云"钮折嗓子"是也,其如歌姬之喉咽何?入声于句中不能歌者,不知入声作平声也;歌其字,音非其字者,合用阴而阳,阳而阴也。此皆用尽自己心,徒快一时意,不能传久,深可哂哉!深可怜哉!惜无有以训之者!予甚欲为订砭之文以正其语,便其作,而使成乐府。④

又在《中原音韵·后序》中说到当时与友人琐非复初一起听歌妓演唱乐府北曲的情形时说:

> 泰定甲子秋,予既作《中原音韵》并《起例》以遗青原萧存存,未几,访西域友人琐非复初——读书是邦——同志罗宗信

①《中原音韵·正语作词起例》,《历代曲话汇编》唐宋元编,第288页。
②《中原音韵》,《历代曲话汇编》唐宋元编,第310页。
③《唱论》,《历代曲话汇编》唐宋元编,第460页。
④《中原音韵·序》,《历代曲话汇编》唐宋元编,第230—231页。

见饷，携东山之妓，开北海之樽，英才若云，文笔如椠。复初举杯，讴者歌乐府【四块玉】，至"彩扇歌，青楼饮"，宗信止其音而谓予曰："'彩'字对'青'字，而歌'青'字为'晴'。吾揣其音，此字合用平声，必欲扬其音，而'青'字乃抑之，非也。畴昔尝闻萧存存言，君所著《中原音韵》，乃正语作词之法，以别阴、阳字义，其斯之谓欤？细详其调，非歌者之责也。"予因大笑，越其席，捋其须而言曰："信哉，吉之多士，而君又士之俊者也！尝游江海，歌台舞榭，观其称豪杰者，非富即贵耳，然能正其语之差，顾其曲之误，而以才动之之者，鲜矣哉！"①

也因为乐府北曲采用依字定腔的方式演唱，故严分字声，统一用中州音演唱，周德清在《中原音韵》中确立了以十九个韵部为特征的"中原音韵"韵系，并且按字声将每一韵部中的韵字分为阴平、阳平、上声、去声四声，其目的就是为乐府北曲的"依字定腔"建立正确的声韵基础。

而俚歌北曲因是随着弦乐器的伴奏，用近于说话的节奏与旋律来演唱，其所唱曲调的旋律有很大的随意性，即所谓的"随心令"，故其字声、句式、板式、用韵等无一定的格律，如明沈宠绥《度曲须知·弦索题评》谓民间艺人在演唱俚歌北曲时，只顾"口中袅娜，指下圆熟，固令听者色飞，然未免巧于弹头而疏于字面，如'碧云天'曲中'庄园'之'庄'字，与'望蒲东'曲中'侍妾'之'侍'字，'梵王宫'曲中'金磬'之'磬'字，及'多愁多病'之'病'字，'晚风寒峭'曲中'花枝低亚'之'亚'字，本皆去声，反以上声收之。此等讹音，未遑枚举"。②

---

①《中原音韵·后序》，《历代曲话汇编》唐宋元编，第311页。
②《度曲须知·弦索题评》，《历代曲话汇编》明代编第二集，第621页。

　　由于俚歌北曲的节奏依伴奏的弦乐而定,无固定的板位,故其曲调的句子、字数不固定,同一支曲调,可以增加或减少字数与句子。如周德清《中原音韵·自序》云:

　　　青原萧存存,博学,工于文词,每病今之乐府有遵音调作者,有增衬字作者。……有板行逢双不对,衬字尤多,文律俱谬,而指时贤作者;有韵脚用平上去,不一一,云"也唱得"者;有句中用入声,不能歌者;有歌其字,音非其字者,令人无所守。①

又在《中原音韵·作词十法》"用字"一法中指出:

　　　用字,切不可用……衬垫字。套数中可摘为乐府者能几?每调多则无十二三句,每句七字而止,却用衬字加倍,则刺眼矣。倘有人作出协音俊语,无此节病,我不及矣。紧戒勿言。妄乱板行,【塞鸿秋】末句本七字,有云"今日个病恹恹刚写下两个相思字",却十四字矣。此何等句法,而又托名于时贤,没兴遭此诮谤,无为雪冤者。②

元芝庵在《唱论》中也指出,唱乐府不能添加衬字,如曰:

　　　凡添字节病:则他,兀那,是他家,俺子道,我不见,兀的,不呢;一条了,唇撒了,一片了,团圞了,破核了,茄子了。③

　　所谓"添字节",也就是后世曲律家们所说的"衬字"。唱乐府不能"添字节",加衬字,反之,唱俚歌便可以"添字节",加衬字。由于俚歌北曲可加衬字,故节奏急促,字多腔少。如明沈宠绥在《度曲须知·弦索题评》中谓艺人在演唱"弦索调"即俚歌北曲时,"烦

---

①《中原音韵·序》,《历代曲话汇编》唐宋元编,第239页。
②《中原音韵·作词十法》,《历代曲话汇编》唐宋元编,第291页。
③《唱论》,《历代曲话汇编》唐宋元编,第463页。

弦促调，往往不及收音，早已过字交腔，所谓完好字面，十鲜二三"。

昆曲经魏良辅改革后，也采用了乐府北曲依字声定腔的演唱方式，如魏良辅在《南词引正》中谈到昆山腔的演唱方法时指出：

> 五音以四声为主，但四声不得其宜，则五音废矣。平、上、去、入，务要端正。有上声字扭入平声，去声唱作入声，皆做腔之故，宜速改之。

以这样的演唱形式来演唱属于俚歌北曲的元杂剧，也必然要对元杂剧的演唱形式加以改革，并引起了曲体上的变异，即趋于律化，这主要体现在以下几个方面：

一是字声的规范化，即像乐府北曲一样，也采用中州韵作为标准语音，如魏良辅提出：中州韵，"诸词之纲领"，"唱北曲宗中州调者佳"。①这样统一按照中州韵严分曲文的字声，使得曲文平仄搭配合律。

为了规范俚歌北曲的字声，明代戏曲音律家沈宠绥还特地编撰了《弦索辨讹》《度曲须知》二书，给昆曲演员演唱北曲提供字声的标准，如他在《弦索辨讹序》中指出：

> 南曲向多坊谱，已略发覆；其北词之被管弦者，无谱可稽，惟师牙后余慧。且北无入声，叶归平、上、去三声，尤难悬解。以吴侬之方言，代中州之雅韵，字理乖张，音义径庭，其为周郎赏者谁耶？不揣固陋，取《中原韵》为楷，凡弦索诸曲，详加釐考，细辨音切，字必求其正声，声必求其本义，庶不失胜国元音而止。②

---

① 钱南扬《汉上宧文存·魏良辅〈南词引正〉校注》，上海文艺出版社1980年版，第99页。
② 《弦索辨讹序》，《历代曲话汇编》明代编第二集，第476—477页。

又《度曲须知·凡例》也云：

> 南词向来多谱，惟弦索谱则绝未有睹，所以《辨讹》一集，专载北词。然南之讴理，比北较深，故是编论北兼论南。①

而他所谓"辨讹"，也就是要辨清俚歌北曲不守中原音而用土音之讹，如他在《度曲须知·凡例》中指出：

> 正讹，正吴中之讹也。如"辰"本"陈"音而读"神"，"婿"本"细"音而读"絮"，音实径庭，业为唤醒。②

在《弦索辨讹》中，他对《西厢记》及十多套北曲曲文逐字按《中原音韵》所确定的标准字声，作了注音，如《弦索辨讹·凡例》云：

> 顾北曲字音，必以周德清《中原韵》为准，非如南字之别遵《洪武韵》也。是集一照周韵，详注音切于曲文之下。③

二是在节奏上，经改革后，昆曲所唱的北曲也按节点板而歌。如《钦定曲谱·凡例》云：

> 盖板有三：曰头板，迎声而下者是也；曰掣板，节于字腹者是也；曰截板，煞于字尾者是也。然亦随宜消息，欲曼衍则板可赠，欲径净则板可减，欲变换新巧则板可移，南北曲皆然。④

《螾庐曲谈·论板式》也指出：

> 北曲则每折之第一、二支及【煞尾】大都不点板，仅于句末下一截板，中间各曲，亦系点板者居多。某曲几板，某字用头板，某字用腰板、截板，南曲以《南词定律》为最详，北词以

---

① 《度曲须知·凡例》，《历代曲话汇编》明代编第二集，第614页。
② 同上。
③ 《弦索辨讹·凡例》，《历代曲话汇编》明代编第二集，第479页。
④ 《钦定曲谱·凡例》，《历代曲话汇编》清代编第三集，第298页。

《北词广正谱》为最密。[①]

俚歌北曲由于衬字多，故可在衬字上增加板位，这样一来，也就将衬字转为正字了。如昆曲所唱的罗贯中《风云会·访谱》折【一煞】曲首二句，按句格应为两七字句，而原本分别加了10个衬字（小字号者为衬字），演唱本则在衬字上也增加了板位，使得衬字转变为正字，如：

罗贯中原本第三折	演唱本
朕专待正衣冠尊相貌就凌烟图画功臣像，卿莫负勒金石铭钟鼎向青史标名姓字香	朕待要整衣冠，尊相貌，向凌烟阁上图画尔等功臣像，卿莫负，勒金石，铭钟鼎，青史标题姓字香。

原本中"正（整）衣冠，尊相貌"、"卿莫负，勒金石，铭钟鼎"等皆为衬字，在演唱本中，由于在这些字上也点了板，故也成了正字。

又如【北中吕·十二月】首句及第三句按律皆为四字句，而《东窗事犯·扫秦》折该曲首句作"卖弄恁那朝中得这宰职"，增"卖弄恁那"、"得这"六字，《西游记·撇子》折该曲第三句作"将匣子儿轻抬在手"，增"将匣子儿"四字。在昆曲演唱谱中，便在"弄"字与"匣"字上各增一头板，由于在这些字上也点了板，故也成了正字。

在板式上，昆曲北曲与南曲的板式虽有所不同，如南曲慢曲多赠板曲，而北曲慢曲通常只用一板三眼，无赠板曲，故节奏较南曲快；但也可视具体剧情，像南曲一样，用赠板，放慢节奏来唱，即沈宠绥所说的"腔之促者舒之，烦者寡之"。[②]如《荆钗记·男祭》出

①《蠛庐曲谈·论板式》，《历代曲话汇编》近代编第一集，黄山书社2009年版，第443页。
②《度曲须知·弦索题评》，《历代曲话汇编》明代编第二集，第621页。

【北双调·折桂令】曲,是王十朋祭悼钱玉莲时所唱,倾诉思念与哀伤之情,剧情哀怨忧伤,为配合这一剧情,故此曲用加赠一板三眼唱,节奏舒缓委宛,一唱三叹,如泣如诉,哀怨动人。如最长的一个字的旋律即第八句"致受折磨"之"受"字,用了十八个音符:六五上尺上乙五六五六凡工五六五六凡工,三眼加赠板(8/4拍)。这样舒缓悠长的腔格即使在南曲中也是不多见的。又如《西游记·思春》折【北双调·新水令】曲,是狐王之女玉面姑姑怀春思念情人时所唱,此曲也为加赠一板三眼,委婉缠绵,正与剧情相合。由于北曲也可加赠板,故一些节奏舒缓、腔格悠长的北曲也具有了南曲清柔婉转的风格,如《长生殿·絮阁》出【北黄钟·醉花阴】、【喜迁莺】等曲,其声情并无一般北曲所具有的刚健豪迈的风格。

另外,昆曲在演唱俚歌北曲时也对伴奏乐器作了改革,这方面的改革,主要得力于明代嘉靖年间的北曲歌唱家张野塘。据明叶梦珠《阅世编》载:

> 因考弦索之入江南,由戍卒张野塘始。野塘,河北人,以罪谪发苏州太仓卫,素工弦索。既至吴,时为吴人歌北曲,人皆笑之。昆山魏良辅者,善南曲,为吴中国工,一日至太仓,闻野塘歌,心异之,留听三日夜,大称善,遂与野塘定交。时良辅年五十余,有一女,亦善歌,诸贵争求之,良辅不与。至是遂以妻野塘。吴中诸少年闻之,稍稍称弦索矣。野塘既得魏氏,并习南曲,更定弦索音,使与南音相近。[①]

另沈德符《顾曲杂言·北词传授》条也载:"吴中以北曲擅场者,仅见张野塘一人,故寿州产也。"[②]从这些记载中可见,张野塘

①《阅世编》卷十,中华书局2007年版,第250页。
②《顾曲杂言·北词传授》,《历代曲话汇编》明代编第三集,第69页。

所唱的是弦索调,即俚歌北曲,当他从河北来到太仓时,魏良辅不仅已经改习南曲,而且已经采用了顾坚等人创立的清唱昆山腔的演唱方式,对剧唱昆山腔作了改革,因此,在两人定交后,张野塘便"更定弦索音节",即改用新昆山腔来唱俚歌北曲,"使与南音相近"。使得原来只是"口中袅娜,指下圆熟","巧于弹头,而或疏于字面","烦弦促调"的俚歌北曲,也改用由魏良辅改革过的新昆山腔依字定腔的演唱方式,如沈宠绥指出:

> 迩年声歌家颇惩纰缪,竞效改弦,谓口随手转,字面多讹,必丝和其肉,音调乃协。于是举向来腔之促者舒之,烦者寡之,弹头之杂者清之,运徵之上下,婉符字面之高低,而厘声析调,务本《中原》各韵,皆以"磨腔"规律为准。一时风气所移,远迩群然鸣和。盖吴中弦索,自今而后,始得与南词并推隆盛矣。①

由于昆曲所唱的北曲与南曲一样,皆是采用了依字定腔的演唱方式,已非以前的俚歌北曲了,故明人以为昆曲所演唱的北曲,实是昆腔化的北曲,如明沈德符《顾曲杂言》曰:"今南方北曲,瓦缶乱鸣,此名北南,非北曲也。"②沈宠绥《度曲须知》也谓当时的北曲"名北而曲不真北也,年来业经厘剔,顾亦以字清腔径之故,渐近水磨,转无北气,则字北曲岂尽北哉?"③清徐大椿《乐府传声》也谓"至明之中叶,昆腔盛行"后,其时所唱北曲,"亦改为昆腔之北曲,非当时之北曲矣"。④

---

① 《度曲须知·弦索题评》,《历代曲话汇编》明代编第二集,第621—622页。
② 《顾曲杂言·弦索入曲》,《历代曲话汇编》明代编第三集,第62页。
③ 《度曲须知·曲运隆衰》,《历代曲话汇编》明代编第二集,第617页。
④ 《乐府传声·源流》,《历代曲话汇编》清代编第二集,第56页。

　　以上从剧目、曲调及演唱形式这三个方面考察了元杂剧在明清昆曲舞台上的流存情况，可见，在明清直至近代，元杂剧借助昆曲舞台，维持了其艺术生命力；同时，昆曲也因吸收了元杂剧的剧目、曲调等，丰富了其自身的艺术魅力。而昆曲对元杂剧的继承，既有沿袭，又有变革。

下　编
明清传奇作家与作品研究

论梁辰鱼与《浣纱记》

我国的古典戏曲自南北宋之际产生以后,经历了宋元南戏、元代杂剧这两个阶段,发展到了明清,就进入了以传奇为主的新时期。而梁辰鱼便是这一新时期的开创者,他的《浣纱记》传奇是第一部专为经魏良辅改革后的新昆山腔所作的传奇作品,也正因为此,也被人认为是传奇时期开端的标志。

一、梁辰鱼的生平

梁辰鱼作《浣纱记》与他的生平经历紧密相关,因此,在对《浣纱记》加以解读和论述时,必须要对梁辰鱼的生平经历加以考察和了解。

梁辰鱼,字伯龙,号少白,仇池外史。昆山人。"长八尺有余,疏眉目,虬髯"。①他的生年,一般都认为是明武宗正德十四年(1519),因梁辰鱼自己在《丁卯冬日过周荡村别业,与玉堂弟夜坐作》诗中云:"先人别业沧江畔,四十年余一度来。……自笑明春同半百,梅花残腊莫相催。"可见这一年他已四十九岁了,丁卯是明穆宗隆庆元年(1567),由此推算,他的生年当是正德十四年(1519)。但从他的名字来看,取名"辰鱼",似出生于正德十五年(1520),因

①《昆山人物传》,《梁辰鱼集》附录,上海古籍出版社1998年版,第601页。

这一年是庚辰年,梁辰鱼的"辰"字当与庚辰的"辰"字有关。张大复《昆山人物传》说他"得岁七十有三",①如按生于正德十四年推算的话,他当卒于明神宗万历十九年(1591)。

梁辰鱼出生于一个官僚家庭,祖父梁纨曾任泉州府同知,父亲梁介曾任浙江平阳训导。可是梁辰鱼本人在仕途上却很不得志,累试不第,只是"以例贡为太学生"。②仕进不成,他便走上了消极避世的道路。一是"好任侠",③广交天下奇士豪杰。他仗着祖先留下来的富裕家私,"行营华屋,招徕四方奇杰之彦"。"而击剑扛鼎、鸡鸣狗盗之徒,乃至骚人墨客、羽衣草衲,世出世间之士,争愿以公为归"。④二是遍游历。梁辰鱼自称:"余幼有游癖,每一兴思,则奋然高举。"⑤"生平倜傥好游,足迹遍吴楚间,尝欲北走塞,南极徼,尽览天下名胜。"⑥他曾多次远游,"南游会稽,探禹穴,历永嘉、括苍诸名山而还;既又溯荆巫,上九嶷,泛洞庭、澎蠡,登黄鹤楼,观庐山瀑布,寻赤壁周郎之迹"。⑦他遨游天下,除了"观览天下之大形胜"外,还"与天下豪杰士上下其议论,驰骋其文辞,以一吐胸中奇耳"。⑧梁辰鱼也将自己的这一志趣反映在他的《浣纱记》范蠡这一人物形象身上,如范蠡在刚上场时表明自己的志向,云:

> 少小豪雄侠气闻,飘零仗剑学从军。何年事了拂衣去,归卧荆南梦泽云。下官姓范,名蠡,字少伯,楚宛之三户人也。

①《昆山人物传》,《梁辰鱼集》附录,第601页。
②《五石脂》,江苏古籍出版社1999年版,第355页。
③《昆山人物传》,《梁辰鱼集》附录,第601页。
④同上,第601—602页。
⑤《秋日登谷水驿楼感旧作》,《江东白苎》卷下,《梁辰鱼集》,第363页。
⑥《五石脂》,第356页。
⑦明文征明《梁伯龙诗序》,《梁辰鱼集》,第33页。
⑧同上。

倜傥负俗，佯狂玩世。幼慕阴符之术，长习权谋之书。先计后战，善以奇而用兵；包势兼形，能以正而守国。争奈数奇不偶，年长无成。因此忘情故乡，游宦别国。①

范蠡所表明的志向，其实就是梁辰鱼自己的志向。而从范蠡这一人物身上，也可以看到作者自己的身影。

梁辰鱼生活在昆山腔的发源地，他"善度曲，啭喉发响，声出金石，能得良辅之传"。②常在家里邀集一些士人与歌儿舞女度曲自娱，如同里王伯稠赠其诗云：

达人贵愉生，焉顾一世讥。伯龙慕伯舆，徇情良似痴。彩毫吐艳曲，烨若春葩开。斗酒清夜歌，白头拥吴姬。家无儋石储，出外年少随。玄晖爱推奖，此道今所稀。③

有一次，尚书王世贞、大将军戚继光特地登门拜访，梁辰鱼只顾与人唱曲，旁若无人。如《昆山人物传》载：

嘉靖间，七子都与之交，而王元美与戚大将军继光尝造其庐，楼船舁树，公亦时披鹤氅，啸咏其间。④

明嘉靖年间，魏良辅对南戏四大唱腔之一的昆山腔作了改革，创立了昆山腔新的度曲技巧，而梁辰鱼精通昆山腔新的度曲技巧，如《浣纱记·演舞》出【好姐姐】曲讲到度曲的要领时，云："当筵，要飞尘歇云。论音调又须纡徐淹润。切忌摇头合眼，歪口及撮唇。"这正与魏良辅在《南词引正》中所讲的度曲之道是一脉相承的。由于他精通昆山腔新的度曲技巧，故他还教人度曲，如张大复在《梅花草堂笔谈》中记载了他教人度曲的情形：

---

①《浣纱记·游春》，《梁辰鱼集》，第450页。
②《五石脂》，第355—356页。
③《梁辰鱼集》，第603页。
④《昆山人物传》，《梁辰鱼集》附录，第601页。

往见梁伯龙教人度曲，为设广床大案，西向坐，而序列之。两两三三，递传迭和，一韵之乖，舣髻如约。尔时骚雅大振，往往压倒当场。其后则顾靖甫掀髯征歌，约束甚峻，每双鬟发韵，命酒弥连，颐翕翕而不敢动。[①]

梁辰鱼的交往颇广，王世贞是其表叔，曾替他的《古乐府》写了序言，另外，与李攀龙、张凤翼、屠隆等交往也甚密，屠隆为其《鹿城集》作序。他在四十四岁那年去杭州时，结识了当时正在胡宗宪幕府中做幕僚的徐渭。

梁辰鱼一生戏曲方面的著作有传奇《浣纱记》，杂剧《红线女》《红绡》，另有散曲集《江东白苧》。

二、《浣纱记》的故事演变及其主题

《浣纱记》写的是春秋末年，吴越两国相互攻伐，越被吴所灭，越国大臣范蠡辅佐越王勾践励精图治，恢复越国，并向吴王进献美女西施，以离间吴国君臣，终将吴国攻灭。而范蠡功成后，即与西施泛舟五湖而去。

关于吴越相互攻伐的历史事实，最早在《左传》《国语》等史籍中已有记载，如《左传》定公十四年载，吴王阖闾伐越受伤身亡，子夫差继位，绝意复仇。又哀公元年载，夫差率吴军伐越，败越于夫椒，越王贿赂吴国太宰伯嚭以求和，伍子胥切谏之。再如《国语·吴语》载：伍子胥临死前遗言曰："悬吾目于东门，以见越之入，吴之亡！"但这些记载甚为简略，而且还没有与西施亡吴的故事结合起来。

最早将吴越攻伐之事与西施的故事连在一起加以描写的是汉

①《梅花草堂笔谈》，《历代曲话汇编》明代编第三集，第429页。

代赵晔的《吴越春秋》。《吴越春秋》共十二卷，始见著录于《隋志》，此书取材于史籍之外，又杂糅了民间小说家言。如在《勾践阴谋外传》中，大夫文种向勾践上九术，其四曰："遗美女以惑其心而乱其谋。"勾践便派人寻访美女，于苎萝山得鬻薪女西施、郑旦，遂教以歌舞。三年后，派范蠡将她们送给吴王，吴王大悦。此外，袁康的《越绝书》也有类似的描写。

到了唐代，旧题陆广微的《吴地记》，也有关于西施与范蠡的描写，谓"西施入吴，三年始达。在途与范蠡通，生一子"。

宋代，有关吴越争战事与西施亡吴的故事在民间已广泛流传，如话本有《吴越春秋连像评话》，大曲有《道宫·薄媚·西子词》。其中对梁辰鱼创作《浣纱记》影响较大的是董颖的《道宫·薄媚·西子词》，自【排遍】第八至第七【煞衮】共十支曲，其开头与《浣纱记》一样，也是写夫差出兵伐吴，"越遭劲敌"，"漂泊会稽山里"。"偶闻太宰正擅权，贪赂市恩私，因将宝玩献诚"。吴允越降，勾践"石室囚系"。赦回后，大夫文种献计："吴兵正炽，越勇难施。破吴策，唯妖姬。有倾城妙丽，名称西子，岁方笄。算夫差惑此，须致颠危。"遂派范蠡迎取。西施被送到吴国后，"忠臣子胥，预知道，为邦祟。谏言先启，愿勿容其至"。可是，吴王却"嫌胥逆耳"，留西施，"迷乐事，宫闱内。争知渐国势陵夷，奸臣献佞，转恣奢淫，天谴岁屡饥。从此万姓，离心解体"。后越起兵伐吴，"征鼙一鼓，万马襟喉，地庭喋血诛留守"。但"怜屈服，罢兵回"。夫差本"当除祸本，重结人心。争奈竟荒迷，战骨方埋，灵旗又指，势连败"。吴亡后，"从公论合去妖类"，遂将西施处死。"蛾眉宛转，竟殒鲛绡，香骨委尘泥"。①

①《全宋词》，中华书局1965年版，第1165—1167页。

　　这篇大曲虽形式简单,但所描写的吴越相互攻伐与西施亡吴的故事已初具规模,西施的形象也很突出,作者不仅描写了她的外貌美,所谓"素肌纤弱,不胜罗绮"。"嫣然意态娇春,寸眸剪水,斜鬟松翠,人无双宜"。而且也刻划了她的心灵美,当她知道了自己的使命后,"敛双蛾,论时事,兰心巧会君意"。表示"虽令效死奉严旨",表现出关心国家命运的精神。

　　在金代,元陶宗仪《南村辍耕录》所记载的金院本名目中有《范蠡》一本,今佚。元代"元曲四大家"之一的关汉卿曾作有《姑苏台范蠡进西施》一剧,另赵明道也有《灭吴王范蠡归湖》一剧,今关剧已佚,赵剧仅存第四折【双调·新水令】一套。[①]

　　梁辰鱼的《浣纱记》正是在前人的记载及民间传说的基础上创作而成的。但与前人同类题材的作品相比,《浣纱记》将吴越攻伐与西施的故事结合得更加紧密,情节也更丰富,而且赋予了这一故事鲜明的爱国主义思想内容。剧作的这一主题,主要是通过范蠡和西施这两个主要人物来体现的。

　　范蠡是剧中的男主角,他本是楚国人,面对春秋末年诸侯称雄、兵连祸结、民不聊生的混乱局面,他也怀有"尊王定霸"、[②]为国建功立业的志向。但由于楚君的昏庸,在楚国实现不了自己的愿望,后来投奔越国,才得到越王勾践的重用,于是一心一意为越国效力献智,表现出"为邦家轻离别"[③]的爱国主义精神。在剧本的第二出,他刚与西施订了婚约,就遇到吴国来犯,越败后,越王夫妇入吴为臣,范蠡便把个人的婚姻抛之一边,不避艰险,陪同越王夫

①赵景深《元人杂剧钩沉》,古典文学出版社1956年版,第48—51页。
②《浣纱记·游春》,《梁辰鱼集》,第450页。
③《浣纱记·泛湖》,《梁辰鱼集》,第577页。

妇入吴。三年后,才回到越国。这时他本可以去和西施团聚,"就谐二姓之欢,永期百年之好"。①但为了使江东父老百姓避免战火的蹂躏,他又一次推迟了与西施团聚,推荐西施到吴国去迷惑吴王,为越灭吴做内应。这并不是由于他的薄情,他与西施是真心相爱的,当初在若耶溪畔西施赠给他作为定情之物的那缕溪纱,他一直带在身边,他时时想念着西施。他自称:"别来岁月更,两下成孤零。我日夜关心,奈人远天涯近,区区负此盟,愧平生。"②但在"家亡国破,君系臣囚"③的情况下,在具有"为邦家轻离别"的爱国思想的范蠡看来,复国亡吴事大,个人婚姻事小,"想国家事重大,岂宜吝一妇人?"④因此,他忍痛割爱,亲自迎取并说服西施挑起亡吴的重任。"娘行聪俊还娇倩,胜江东万马千兵"。"社稷废兴","江东百姓,全是赖卿卿"。⑤直到越兴吴亡,大功告成后,他才与西施团聚,一起泛舟而去。

剧中西施这一形象与前人的描写及民间传说相比,爱国主义精神更加鲜明突出。她忠于爱情,当在若耶溪畔初次遇见范蠡,通过交谈了解了范蠡的身世和情操后,就不顾"父母之命、媒妁之言"等封建礼教的束缚,大胆地与范蠡订立了姻盟。不久,范蠡被迫入吴为羁囚,她日思夜想,为此得了心疼病。三年后,好容易盼到范蠡获赦回国,本想可以和范蠡谐姻好了,但想不到范蠡竟要她去吴国迷惑吴王,为越灭吴作内应。起初她依恋旧情,不肯"移彼易

①《浣纱记·迎施》,《梁辰鱼集》,第511页。
②同上,第512页。
③同上,第511页。
④同上,第510页。
⑤同上,第512页。

此"。①但经范蠡晓以国家兴亡与个人存亡的利害关系后,她立即
醒悟到,"国家事极大,姻亲事极小","岂为一女之微,有负万姓之
望?"②便答应了范蠡的要求,慨然赴吴。临走前,她向范蠡表示了
自己的决心:"我裙钗女志颇坚,背乡关殊可怜。蒙君王重托,须黾
勉。""誓当粉身碎骨以报恩义。"③来到吴国后,她果然不负越国君
臣的重托,勇敢机智,把吴王夫差弄得神魂颠倒,听信奸佞,倒行逆
施,以致亡国。历史上以声色误国的女子很多,如妲己、褒姒、杨玉
环等,但西施的以色亡吴带有明显的爱国主义色彩。她的入吴是
一种自觉的爱国行为,"胜江东万马千兵"。④显然是妲己、褒姒、杨
玉环等人所不能比拟的。

　　伍子胥是作者刻划的敌国中的忠臣形象,在他身上也同样体
现了爱国主义精神。伍子胥与范蠡一样,也是楚国人,因楚王杀害
了他的父兄,他便投奔吴国,得到吴王的重用,他协助吴王阖闾,
"西服强楚,南服劲越,名扬诸侯,有霸王之功"。⑤当夫差听信奸
臣,沉迷声色,荒废国政时,他不计个人利害得失,直言切谏。如夫
差听信伯嚭的谗言,允许越国行成,伍子胥立即谏阻,劝夫差乘胜
追击,彻底灭掉越国。后来夫差因感勾践尝粪之诚,欲放其回国,
伍子胥又力劝夫差不能放虎归山。可是夫差始终没有采纳他的谏
言,伍子胥报国不能,最后竟以死相谏。临死前,他还留下遗嘱,
曰:"我死后,须剔我目,挂我头于国之门,以观勾践之入吴也。"⑥

---

①《浣纱记·迎施》,《梁辰鱼集》,第511页。
②同上。
③《浣纱记·别施》,《梁辰鱼集》,第524页。
④《浣纱记·迎施》,《梁辰鱼集》,第513页。
⑤《浣纱记·死忠》,《梁辰鱼集》,第543页。
⑥同上。

死后,他对吴国的一片忠心还不泯灭,当越兵即将攻入胥门,伍子胥显灵,阻止越兵入城。范蠡和文种只好稽首谢罪,并按其指点改道由东门入城。因此,虽然是敌国的大臣,可等到灭掉吴国后,越国仍立庙奉祀。可见,作者对伍子胥的爱国主义精神也是充分肯定的。

其次,作者通过对奸臣的鞭挞来反衬爱国主题,在塑造范蠡、文种、伍子胥等爱国忠臣形象的同时,还塑造了一个奸臣的形象——吴国太宰伯嚭。他身为吴国重臣,但所作所为却没有一点是为吴国着想的。为了自己的利益,多得金钱美女,置国家利益而不顾,如接受了越国的贿赂后,就无耻地在吴王面前为越国说话,允许越国求和,致使不能一举灭掉越国,留下了后患。后来,他又为越王夫妇求情,撺掇吴王将他们赦回越国。而对于妨碍他投降卖国的忠臣伍子胥,他却千方百计加以打击陷害,在吴王面前诬陷伍子胥对吴不忠,最后唆使吴王逼其自杀。在他的弄权下,吴王昏庸至极,一个强大的吴国终于被彻底葬送了。而在越灭吴后,他竟背主投越去了。这一人物的所作所为与伍子胥的爱国行为形成了鲜明的对照,这样就更显示了伍子胥的爱国精神的可贵,从而突出了剧作的主题。

作者借历史上吴越相互攻伐与西施亡吴的故事来抒发爱国主义的主题,这不是偶然的,而是有感于时事而发的。明代正德、嘉靖年间,外患十分严重,东南沿海一带倭寇不断侵扰,成为明王朝的主要边患,而北方蒙古贵族也伺机南下。梁辰鱼虽因仕进无望后走上了好侠游、喜音乐的消极避世道路,可内心对国家前途仍十分关心。面对当时严重的边患,梁辰鱼也有自己的抱负,他在【念奴娇序】《拟出塞》曲的序言里自称:

逸气每凌乎六郡,而侠声常播于五陵。鲁连子之羽可以一飞,陈相国之奇或能六出。假以樊侯十万之师,佐之李卿五千之众,则横行鸡塞,当双饮左右贤王之头。而直上狼居,必两系南北单于之颈。①

在这篇序言中,流露出要为国驱除外患,建立功业的志向。但当时政治黑暗,朝廷内严嵩父子专权,结党营私,杀戮忠良,他的报国志向不可能实现。因此,他就借历史上吴越相互攻伐的记载和传说,来抒发自己的爱国志向。作者的这一创作意图,在《浣纱记》第一出【红林擒近】词中就已经表明了。他自称"平生慷慨",但由于当时的政治黑暗,奸臣挡道,使得他只能"负薪吴市",壮志不得伸,犹如"骥足悲伏枥,鸿翼困樊笼,试寻往古,伤心全寄词锋"。②又最后一出的下场诗云:"尽道梁郎识见无,反编勾践破姑苏。大明今日归一统,安问当年越与吴?"③在国家统一的大明朝,编写一千多年前吴越两国相互攻伐的故事,别人认为作者无识见,其实这正是作者的卓识高见,因为这一题材最能寄托他的创作意图。他在剧作中褒扬吴越两国的忠臣义士,抨击昏君奸臣,正是针对"归一统"的大明朝而发的。

三、《浣纱记》的艺术成就

《浣纱记》在艺术上也有较高的成就。首先是剧作的结构严谨。以前对《浣纱记》的结构贬之者颇多,如明徐复祚《三家村老委谈》云:"梁伯龙作《浣纱记》,无论其关目散缓,无骨无筋,全无收

---

① 《江东白苎》,《梁辰鱼集》,第372页。
② 《浣纱记·家门》,《梁辰鱼集》,第449页。
③ 《浣纱记·泛湖》,《梁辰鱼集》,第579页。

摄。"①吕天成《曲品》也谓："《浣纱》罗织富丽,局面甚大,第恨不能谨严,事迹多,必当一删耳,中有可议处。"②抛开前人的成见,从剧作的实际出发,对《浣纱记》的结构加以实事求是的分析和考察,我们认为,《浣纱记》虽是一部历史剧,反映的场面宏大,但剧作的结构却是很严谨的。

《浣纱记》未脱一般传奇结构上的窠臼,以生旦的悲欢离合作为全剧的中心线索,而庞大繁杂的有关吴越兴亡的历史事件就通过这条线索得以贯串起来。剧情自范蠡和西施两人的爱情始,又以两人的爱情结,中间转折自如。范蠡和西施的爱情犹如骨架与筋脉,把有关吴越兴亡的历史事件罗织在一起,使爱情故事和历史事件得到了完美的融合。而且,作者在设置情节时,将象征爱情的一缕溪纱贯串剧情发展的始终。这缕纱在剧中一共出现了三次,一开头生旦就以赠纱定情,中间(第二十七出)生旦分纱离别,最后生旦合纱团聚。作这样的设置,使剧情发展前后照应,首尾一致。这样的结构,怎么能说是"无骨无筋,全无收摄"呢?

另外,作者为了突出主题,褒忠贬奸,在设置情节时采用了对比的手法,一方是越国,君臣合作,和衷共济;一方是吴国,主昏臣庸,将相失和。作者将这两组情节对立起来安排,映衬对照,使褒贬之意昭然若揭。

在人物塑造上,作者往往通过一些重大事件来揭示人物的性格。戏曲是代言体艺术,它不可能用叙述性的语言来刻划人物的性格,只能通过人物的对话和动作来展现人物的内心世界。如作者在刻划吴王夫差、伯嚭、伍子胥这三个人物时,就是通过他们对

①《三家村老委谈》,《历代曲话汇编》明代编第二集,第261页。
②《曲品》卷下,《历代曲话汇编》明代编第三集,125页。

某一重要事件的不同言行来揭示他们不同的精神面貌和性格特征。如在《允降》出，在接不接受越国投降的问题上，这三个人有着不同的态度，作者在这里为三人设置了这样一些对白：

　　（外）（伍子胥）：臣启主公，勾践强暴，屡肆侵凌，今力屈计穷，命在顷刻，是天以越赐吴，此机不可失也。

　　（丑）（伯嚭）：臣启主公，臣闻不念旧恶，怨是用希……，今穷兵深入，已彻彼藩篱，跃马长驱，更毁其宗社，谅些须越人之怨，已足尽吴国之情。君子不为已甚，窃为主公许之是也。

　　（净）（夫差）：太宰言之有理。①

通过这些简短的念白，就把伍子胥的忠诚、伯嚭的奸佞、夫差的昏庸三种截然不同的性格展现给观众。另外，在赦还越王君臣、接纳西施、出兵伐齐等重大问题上，作者也是通过这三个人物的不同念白，以他们自己的言行来展示各自不同的性格。故在剧中，三人的性格十分鲜明。

《浣纱记》的语言以典雅工丽见长。明凌濛初曾批评它说：

　　自梁伯龙出，而始为工丽之滥觞，一时词名赫然。盖其生嘉、隆间，正七子雄长之会，崇尚华靡。弇州公以维桑之谊，盛为吹嘘，且其实于此道不深，以为词如是观止矣，而不知其非当行也。②

评定一部剧作的语言当行与否，这必须与剧作所反映的题材和所描写的人物相称，若两者相称，就是当行；否则，就是不当行。而《浣纱记》反映的吴越故事，人物大多是统治阶级的上层人

---

① 《浣纱记·允降》，《梁辰鱼集》，第468页。
② 《谭曲杂札》，《历代曲话汇编》明代编第三集，第188页。

物,都有较高的文化修养,若出语太俗,即与他们的身份不符。故作者采用较典雅的语言,这是相称的。如作者在剧中化用了许多唐诗、宋词中的名篇名句,如《送钱》出文种唱的【江儿水】曲中,化用了杜甫《春望》诗中的"国破山河在,城春草木生"(剧中为"城倾草树迷")两句诗。① 又如《养马》出勾践夫妇和范蠡的念白中化用了李煜的【虞美人】词:

> (生)包羞忍耻何时了,怨恨知多少?(贴)白云飞去到江东,故国不堪回首夕阳中。(生)雕栏玉砌应犹在,只是朱颜改。(生)问君还有几多愁?恰是一江春水向东流。②

这些前人诗词中的名篇名句,用在这里,不仅与这些人物的身份相称,而且也与剧情相合,表现了越国君臣经历了国破家亡后的惆怅和忧愁。显然,这样的语言是十分贴切当行的。

对于《浣纱记》的语言,过去也有人以其不雅而加以责难。如明徐复祚《三家村老委谈》云:"其(《浣纱记》)词亦出口便俗,一过后便不耐再咀。"③ 又沈德符《顾曲杂言》记载:

> 《浣纱》初出时,梁游青浦,屠纬真隆为令,以上客礼之。即命优人演其新剧为寿。每遇佳句,辄浮大白酬之,梁亦豪饮自快。演至《出猎》,有所谓"摆开摆开"者,屠厉声曰:"此恶语,当受罚!"盖预储污水,以酒海灌三大盂。梁气索,强尽之,大吐委顿,次日不别竟去。④

这些评价其实只是抓住剧中的只言片语,故不足为凭。当然,前人也有批评得对的,如王骥德《曲律》批评《浣纱记》第二出范蠡

---

① 《浣纱记·送钱》,《梁辰鱼集》,第473页。
② 《浣纱记·养马》,《梁辰鱼集》,第482页。
③ 《三家村老委谈》,《历代曲话汇编》明代编第二集,第261页。
④ 《顾曲杂言》,《历代曲话汇编》明代编第三集,第66页。

上场时所唱的"尊王定霸,不在桓文下"这两句唱词,与作为大夫身份的范蠡不相称,"施之越王则可",^①而施之范蠡则不当;又第三出越王夫人上场时所唱的"金井辘轳鸣,上苑笙歌度。帘外忽闻宣召声,忙蹙金莲步"等唱词,王骥德也认为这是"一宫人语耳",^②出自越王夫人之口,则与她高贵的身份不合。

　　另外,《浣纱记》在运用曲调时能与剧情相配合,使剧中人物喜怒哀乐的情绪借助具有相应声情的曲调表达出来。如《养马》出,越王夫妇来到吴国后,囚系石室,替夫差养马。从一国之主降为阶下之囚,"脱轩冕而着樵头,去冠裳而服犊鼻",^③此时此刻,两人心情十分凄苦,作者在此选用了声情悲哀凄切,且又宜于诉情的细曲【山坡羊】,使凄苦的剧情与哀切的声情得到了完美的融合,真切动人。又如南曲与北曲因所用的音阶不同,声情上有较大的差异,南曲缠绵宛转,北曲遒劲激越。作者根据这一差异,来配合不同的剧情,凡激越慷慨的剧情,都配以北曲。如《谈义》出,伍子胥见夫差为奸臣所欺,报国不能,欲退隐林壑,但又不忍,进退维谷,便与结义兄弟公孙圣议论进退与否。公孙圣晓以尽忠之理,劝他知难而进,以全君臣之义。剧情慷慨激昂,故作者让公孙圣全唱北曲,使曲调与剧情相合。又如《死忠》出,伍子胥临死前,回忆往事,怒斥昏君奸臣,悲壮愤激,作者也为他设置了一套北曲。作者还借助南北曲声情上的差异,来刻划人物的性格。如最后一出,范蠡与西施功成后泛舟而去,作者安排了一套南北合套曲,让范蠡唱北曲,西施唱南曲,以南北曲声情上的差异来突出两人性格的不

---

① 《曲律·论引子》,《历代曲话汇编》明代编第二集,第97页。
② 同上。
③ 《浣纱记·养马》,《梁辰鱼集》,第482页。

同,一为豪侠,一为多情,两人的性格十分鲜明。

四、梁辰鱼在戏曲史上的地位和影响

梁辰鱼在戏曲史上的地位是因《浣纱记》而获得的。《浣纱记》产生后,就盛传曲坛,"梨园子弟争歌之",[①]王世贞《嘲梁伯龙》诗云:"吴阊白面游冶儿,争唱梁郎雪艳词。"[②]甚至一些"歌儿舞女,不见伯龙,自以为不祥"。[③]直到清代,它还十分流行,在清叶堂《纳书楹曲谱》和钱德苍《缀白裘》所收的折子戏中,《浣纱记》共有十三出之多。其中如《回营》《转马》《打围》《进施》《寄子》《采莲》《泛湖》等出,在今天的昆曲舞台上还经常演出。而这也使得梁辰鱼在戏曲史上占有一定的地位。

《浣纱记》之所以能在曲坛上产生这样大的影响,一是在形式上,它是第一部专为魏良辅改革后的新昆山腔所作的传奇,昆山腔经过魏良辅改革后,具有了柔绵婉转的风格,梁辰鱼生活在昆山腔的发源地,且好音乐,善度曲,故能深谙魏良辅之道,因此,他便能以新昆山腔的格律和排场来编撰《浣纱记》。如清钱谦益《列朝诗集小传》载:

> 昆有魏良辅者,造曲律,世所谓昆山腔者自良辅始,而伯龙独得其传,著《浣纱》传奇,梨园子弟喜歌之。[④]

《渔矶漫钞》也云:

> 昆山有魏良辅者,始造新律为"昆腔",梁伯龙独得其传,

---

①《五石脂》,第356页。
②《嘲梁伯龙》,《梁辰鱼集》附录,第617页。
③《梅花草堂笔谈》,《历代曲话汇编》明代编第三集,第427页。
④清钱谦益《列朝诗集小传》丁集中,《历代曲话汇编》清代编第一集,第51页。

著《浣纱记》传奇,盛行于时。[①]

这样就扩大了昆山腔的影响,同时也使《浣纱记》本身由于唱腔的别具一格而得以广泛流传。二是在内容上,《浣纱记》也是昆山腔改革后的第一部借历史故事反映社会现实的传奇,这在内容上也是一个创新,反映了当时社会政治生活中的重大问题,引起人们的重视;开了明清传奇现实主义创作倾向的先声,如对《长生殿》和《桃花扇》的产生有着一定的影响。

---

① 清雷琳《渔矶漫钞》卷三,清刻本。

论汤显祖的诗歌创作

汤显祖是以"四梦"著称于中国古代戏曲史与文学史的,而从汤显祖一生的文学创作来考察,诗文创作也是其整个文学创作的一个重要方面,而且也同样有着很高的成就。但只是因其"四梦",尤其是《牡丹亭》的巨大影响,遮盖了他在诗文创作上的成就,如清代李渔指出:"汤若士,明之才人也,诗、文、尺牍,尽有可观,而其脍炙人口者,不在尺牍、诗、文,而在《还魂》一剧。使若士不草《还魂》,则当日之若士,已虽有而若无,况后代乎?是若士之传,《还魂》传之也。此人以填词而得名者也。"①因此,"世但赏其词曲而已",②对于他的诗文却很少有人问津。其实,汤显祖诗文与戏曲是相辅相成、密切相关的,要全面确定他在文学史上和戏曲史上的地位,也应该对他的诗文成就作出实事求是的评价。汤显祖从十二岁起开始诗歌创作,在二十六岁时就刊刻了诗集《红泉逸草》,后又有《雍藻》《问棘邮草》等诗集。他一生共创作了二千二百六十多首诗,无论是诗的内容还是诗的艺术成就,都可与当时诗坛上的大家相提并论。

---

① 《闲情偶寄·词曲部·结构第一》,《历代曲话汇编》清代编第一集,第233—234页。
② 清钱谦益《列朝诗集小传·汤遂昌显祖传》,《历代曲话汇编》清代编第一集,第55页。

一、汤显祖诗作的思想内容

　　汤显祖的诗歌,在内容上,与他的戏曲有着相同之处,即贯穿着一个"情"字,抒发真情,描写真情。汤显祖早年就师从罗汝芳,后来又受当时被封建统治者视为异端之尤的杰出思想家李贽和从禅宗出发、反对程朱理学的紫柏和尚的影响,在这些思想家的影响下,汤显祖从王学左派的"百姓日用即道"这一思想出发,提出了崇尚真性情、反对假道学的主张,以人之常情反对封建理学。他把"情"与"理"看成是截然对立的,认为:"情有者理必无,理有者情必无。"①"第云理之所必无,安知情之所必有耶!"②在戏曲创作上,汤显祖提出了"写情说",主张"凡文以意、趣、神、色为主"。③在诗歌创作上,汤显祖也提出了"主情说"。他认为,无论诗文或词曲,在内容上都是人情之流露,"世总为情,情生诗歌,而行于神,天下之声音笑貌,大小生死,不出乎是"。④因此,他认为作诗著文都要以情为主,"词以立意为宗,其所立者常,若非经生之常"。⑤这种"意"不是经生所信奉的儒家教条,而是一般人所具有的常情。而且这种情必须是真情,"不真不足行"。⑥诗文要有真情,作者必先具有真情,"道心之人,必具智骨,具智骨者,必有深情"。⑦他自称:

①《寄达观》,《汤显祖诗文集》卷四十五,第1268页。
②《牡丹亭·题词》,《汤显祖诗文集》卷三十三,第1093页。
③《答吕姜山》,《汤显祖诗文集》卷四十七,第1337页。
④《耳伯麻姑游诗序》,《汤显祖诗文集》卷三十一,第1050页。
⑤《序丘毛伯稿》,《汤显祖诗文集》卷三十二,第1080页。
⑥《答张梦泽》,《汤显祖诗文集》卷四十七,第1365页。
⑦《睡庵文集序》,《汤显祖诗文集》卷二十九,第1015页。

"弟从来不能于无情之人作有情语也。"①他指出真情是来自生活实践，不是来自摹拟前人的诗文。他认为："天下文章有生气者，全在奇士。"②这种奇士，经历了坎坷的生活道路，他们具有与世俗不合的真情实感，"士奇则心灵，心灵则能飞动，能飞动则下上天地，来去古今，可以屈伸长短，生灭如意，如意则可以无所不如"。③即能突破传统思想的局限，使诗文具有生气。他甚至提出："士不穷愁，不能著书。"④因为士经历了"穷愁"后，就能"有所愤恻，迫发于其中"。⑤如屈原，"当其时，尧舜道德之纯粹，未得为怀襄用也"。故能"依诗人之义，隤源发波，崩烟决云，为千秋赋颂弘丽之祖，文则盛矣"。⑥正因为他将诗看作是"道心之人"的"道心"之作，因此，在他所作的诗篇里，都闪烁着一个"情"字。在"四梦"中，汤显祖是通过虚构与想象中的人物与故事情节表达了自己的"情"，而在他的诗作中，或是直抒胸臆，或是借景抒情，同样贯穿着一个"情"字。

如果说汤显祖的"四梦"分别表达了他在不同时期的情，就像明代王思任所说的"其立言神指：《邯郸》，仙也；《南柯》，佛也；《紫钗》，侠也；《牡丹亭》，情也"，⑦那么在他的诗歌中也同样可以窥见汤显祖不同时期的情感与思想。从汤显祖的一生来看，大致经历了求学、出仕、隐居等三个时期，而依据汤显祖的一生经历，也可以将其诗作分为三个时期：第一时期的诗作，包括了汤显祖童年时期

---

①《与沈华东宪伯》，《汤显祖诗文集》卷四十八，第1388页。
②《序丘毛伯稿》，《汤显祖诗文集》卷三十二，第1080页。
③同上。
④《王生借山斋诗帙序》，《汤显祖诗文集》三十二，第1088页。
⑤《骚苑笙簧序》，《汤显祖诗文集》卷二十九，第1018页。
⑥同上。
⑦《批点玉茗堂牡丹亭叙》，《汤显祖诗文集》附录，第1544页。

和二十八岁及第前所作的诗；第二时期的诗作，包括自考中进士，直到弃官归隐这一时期所作的诗作；第三时期的诗作，包括了弃官归隐后所作的诗作。我们在他的诗作中，可以明显地看出由于生活经历的变化而造成的情趣与人生观的变迁。

汤显祖出身于书香门第，祖父汤懋昭和父亲汤尚贤都是廪生，封建家长也把光宗耀祖的希望寄托在子孙身上，将汤显祖取名为"显祖"，就隐含着对他的期望，将来能走上仕途，显耀祖宗。因此，童年和青年时期的汤显祖也曾热衷于功名，二十一岁中举，并以擅写时文而名播天下，被推为举业八大家之一。但另一方面，由于其祖父汤懋昭笃信道教，祖母魏氏，与南岳魏夫人同姓，也崇信道教。故早年的汤显祖，也受到了其祖父的道家思想的影响。他自称："第少仙童色，空承大父言。"[1]他虽自责未能接受祖父的道家学说，但多少还是受到了影响。因此，在求学时期，儒、道两家的思想都对汤显祖产生了影响。如他自称："自脱尊慈腹，展转大母膝。剪角书上口，过目了可快。家君有明教，大父能阴隰。"[2]又《和大父游城西魏夫人坛故址》诗小序云：

家大父早综籍于精黉，晚言筌于道术。捐情末世，托契高云。家君恒督我以儒检，大父辄要我以仙游。[3]

而儒、道两家的思想也在汤显祖这一时期的诗作中刻下了深深的烙印。汤显祖在这一时期的诗作中所表现出来的情趣，既有着儒家的积极入世的思想，如在他十四岁刚补县诸生入学时所作的《入学示同舍生》诗中云：

---

① 《和大父云盖怀仙之作》，《汤显祖诗文集》卷二，第17页。
② 《三十七》，《汤显祖诗文集》卷八，第227页。
③ 《和大父游城西魏夫人坛故址》，《汤显祖诗文集》卷二，第22页。

上法修童智，齐庄入老玄。何言束脩业，遂与世营牵？
软弱诸生后，轩昂弟子员。青衿几曾废？漆简自应传。
騄耳团珠泽，光鳞出紫渊。唐虞将父老，孔墨是前贤。
《小畜》方含雨，《中孚》拟彻天。高明曾有旧，垂发更齐年。
为汝班荆道，无忘《伐木》篇。①

在这首诗作中，表达了自己兼学百家，追踪前贤，拟在将来建功立业的高迈志向。而且他对当时出现的一些重大社会事件，也十分关注，如他在十二岁时即明嘉靖四十年（1561）所作的《乱后》诗，对当时的两广冯天爵、袁三起事一事用诗歌的形式做了描写，真实地反映了战乱给百姓造成的灾难，并在诗中表达了自己的感想，如曰：

转略数千里，一朝万余口。太守塞空城，城中人出走。
宁言妻失夫，坐叹儿捐母。忆我去家时，余粱尚栖亩。
居然饱盗贼，今归乱离后。亲邻稍相问，白日愁虚牖。
太尊犹可禁，阿翁遂成叟。死别真可惜，生全复杯酒。
曰余才稚齿，圣御婴戎丑。况复流离人，世故遭阳九。②

但另一方面，在这一时期的诗作中，也多有反映道家色彩的诗作。在这类诗作中，一种是对道家及道家思想的直接描写，如他曾随祖父游览抚州城西魏夫人故坛，作了《和大父游城西魏夫人坛故址》一诗，诗云：

南岳夫人弟子多，西瑶福地比嵯峨。琼华夜息三青鸟，
香树朝飞五色蛾。为道赤垆恒饮日，谁言金阁早荣河？杳飒

①《入学示同舍生》，《汤显祖诗文集》卷一，第3页。
②《乱后》，《汤显祖诗文集》卷一，第1页。

满坛松桂美，风来时得会真歌。[①]

另如《和大父云盖怀仙之作》《登西门城楼望云华诸仙》《经黄华姑废坛石井山》《玉皇阁》《侍大父白云桥秋望》《送吴道士还华山》等诗作，也都有对道家及道家思想的咏叙。另一类则是在对现实事件的咏叙中，寄寓了道家思想。如他十五岁时路过严嵩老家，这时严嵩已遭罢黜，汤显祖写下了《分宜道中》一诗，云：

　　　　白日下申酉，夜明过子丑。天道有倾移，况此浮人寿。

　　　　锦袍横白玉，驱驰遂成叟。此道不坐进，满堂为谁守？[②]

在这首诗中，汤显祖用道家思想来解释政坛的更迭，人事的变迁。又如汤显祖二十一岁去省城南昌参加完秋试后，到西山云峰寺拜谢主考官参政张岳，出来后在寺前的莲池边略作停留，在解下头巾，对着池水梳理头发时，不料将束发的簪子落入水中，于是他便作《莲池坠簪题壁》一诗，曰：

　　　　搔首向东林，遗簪跃复沉。虽为头上物，终是水云心。

　　　　桥影下西夕，遗簪秋水中。或是投簪处，因缘莲叶东。[③]

"投簪"，意谓散发归隐。他将当时的"遗簪"与道家所提倡的散发归隐、回归自然联系在一起，可见，即使在即将踏上仕途之时，汤显祖的内心还没有完全摆脱道家思想的影响，因此，道家思想也是他后来最终走上弃官归隐的思想根源。如《三十七》诗云：

　　　　童子诸生中，俊气万人一。弱冠精华开，上路风云出。

　　　　留名佳丽城，希心游侠窟。历落在世事，慷慨趋王术。

　　　　神州虽大局，数着亦可毕。了此足高谢，别有烟霞质。[④]

---

① 《和大父游城西魏夫人坛故址》，《汤显祖诗文集》卷二，第22—23页。
② 《分宜道中》，《汤显祖诗文集》卷一，第4页。
③ 《莲池坠簪题壁二首》，《汤显祖诗文集》卷十四，第549页。
④ 《三十七》，《汤显祖诗文集》卷八，第227页。

可见，早年的汤显祖，一方面对仕途充满着憧憬，并抱着建功立业的雄心壮志，"神州虽大局，数着亦可毕"，但另一方面，也想到了功成名就后，就隐居林下。

汤显祖因不从张居正的延揽，而遭到报复，屡试不第，直到张居正死后的第二年，第五次上京应试，才考中进士，走上了仕途，也进入了他人生的第二个阶段。在这一时期的诗作中，呈现出了与前一时期的诗作不同的情趣，即表现出了对现实社会的强烈关注，字里行间都熔铸着作者那种与社会现实、与封建传统礼教格格不入的叛逆精神。虽然在前一时期的诗作中，已经具有了关注现实的内容，但由于此时作者尚未进入仕途，没有广泛接触社会，且又受到祖父的道家思想的影响，故这种关注甚为有限；而进入仕途后，有机会广泛地接触社会，尤其是真实地看到官场的内幕，因此，反映社会现实，对现实发表自己的见解，成为汤显祖这一时期诗作的主要内容。如在明代中叶，边患十分严重，自嘉靖八年（1529）以来，俺答、瓦剌等部落常犯边境。而朝廷却熟视无睹，苟且偷安，一再忍让。对此，汤显祖十分关注，创作了许多诗篇表明了自己的见解，如《胡姬抄骑过通渭》《河州》《吊西宁帅》《王莎衣欲过叶军府肃州》《朔塞歌二首》《边市歌》等。在《边市歌》里，他极陈边备松弛的弊况，曰：

　　一从先帝许和戎，尽说销兵纵行李。也知善马不能来，去去金缯可复回。未愁有虏惊和市，且是无人上敌台。别有帐中称写契，解诱边人作奸细。上郡心知虏骑熟，西州眼见孤军缀。[1]

---

[1]《边市歌》，《汤显祖诗文集》卷九，第288页。

沈际飞评此诗云:"边事弊极矣,存此以警当事者。"①汤显祖对明朝统治者对外忍辱求和,而对那些浴血疆场的将士漠不关心的行径也作了抨击和讽刺。如《吊西宁帅》云:

　　峡石千兵死战场,将军不敢治金疮。

　　筹边自有和戎使,阁道无劳问破羌。②

在万历年间,明王朝派出了大批矿监税使,到各地监督采矿,收取矿税,搜刮民财。遂昌富有金、银等矿产,虽地处偏远的浙南山区之中,但朝廷还是不放弃对这里的搜括。明万历二十四年(1596)十二月,朝廷派太监曹金来到遂昌监收矿税。这时汤显祖已在遂昌任县令,他对此十分气愤,怒斥矿使为"搜山使者","搜山使者如何,地无一以宁,将恐裂"。③为此写下了《感事》诗,曰:

　　中涓凿空山河尽,圣主求金日夜劳。

　　赖是年来稀骏骨,黄金应与筑台高。④

原有注曰:"时有矿使至。"在这首诗里,汤显祖对明神宗不顾人民死活,贪得无厌,搜括民财作了揭露和抨击。圣主神宗皇帝为了得到"金",日夜操劳,派出太监到各地搜括,致使山空河尽,民不聊生。如一边是中涓将搜括到的黄金源源不断地输向朝廷,而一边则是当地百姓为之付出了沉重的代价,不仅自然环境遭到了严重的破坏,"中涓凿空山河尽",而且耗费了采矿百姓的人力与财力。汤显祖在《戏答无怀周翁宗镐十首》中曾对此作了揭露,曰:

　　平昌金矿浸河车,曾道飞烧入用佳。

---

① 《边市歌》评语,《汤显祖诗文集》卷九,第289页。

② 《吊西宁帅》,《汤显祖诗文集》卷九,第290页。

③ 《寄吴汝则郡丞》,《汤显祖诗文集》卷四十五,第1277页。

④ 《感事》,《汤显祖诗文集》卷十二,第479页。

中使只今堆白雪,衰翁几日试黄芽。①

中涓只知搜括,不顾矿工死活。那么圣主将各地的"金"搜括来作何用呢?难道是用以招揽贤才?幸亏近来"骏骨"(犹今称之为"精英"者)不多,不然的话,"黄金应与筑台高",所需的黄金不仅仅是像当年燕昭王只是置千金于高台之上,而是堆得与求贤台同样高了。

明代万历朝,封建统治者为了巩固危机四伏的统治,维持特务统治,倚仗锦衣卫、东西厂,冤狱四起,人人自危。汤显祖虽也身处这一恶劣的政治环境中,当别人面对严密的封建专制统治而噤若寒蝉时,他却敢于仗义执言,在一些诗作中,为一些身遭冤狱的官吏鸣冤叫屈,并表达对封建专制统治的愤懑。如万历朝时任浙江海道副使的丁此吕蒙冤遭逮,汤显祖先后写了《平昌闻右武被逮惨然作》《平昌得右武家绝决词示长卿,各哽泣不能读,起罢去,便寄张相师,感怀成韵》等诗,在这两首诗中,既为丁此吕鸣不平,又借此事,抒发了对当时朝廷大兴冤狱,屈杀忠良的愤懑之情。如《平昌得右武家绝决词示长卿,各哽泣不能读,起罢去,便寄张相师,感怀成韵》诗,当时汤显祖在遂昌任上,得到了丁此吕与家人的绝决词,而此时屠隆来遂昌探望汤显祖,汤显祖便将此词与屠隆看,两人皆为丁此吕的遭遇冤狱痛愤不平,汤显祖便作此诗,诗曰:

哀响秋江回雁声,雨霜红叶泪山城。年来汉网人难侠,老去商歌容易惊。贝锦动迎中使语,衣冠谁送御囚行。长平坂狱冲星起,可是张华气不平。②

---

① 《戏答无怀周翁宗镐十首》,《汤显祖诗文集》卷十二,第470页。
② 《平昌得右武家绝决词示长卿,各哽泣不能读,起罢去,便寄张相师,感怀成韵》,《汤显祖诗文集》卷十二,第462页。

　　作者在诗的一开头,就以秋江雁声、雨霜红叶构成了两个肃杀悲凉的意境,寄寓了自己心中的悲愤与哀痛,接着又指出了造成这一冤狱的原因是当时朝廷的特务专制统治,"年来汉网人难侠"、"贝锦动迎中使语",是统治者织就的严密的"汉网"和锦衣卫、东西厂这些"中使"捏造的谗言,不仅使有才能的人难以施展其才,而且终日担惊受怕,人人自危,"老去商歌容易惊",即使明知是冤狱,也没有人敢于出头为之申辩,"衣冠谁送御囚行"。作者还将蒙冤的丁此吕,比作战国时的名将白起,"长平坂狱冲星起",战国时白起在长平之战中大胜赵将赵括,后因违忤昭王,又为相国范雎所忌,被逼自杀;"可是张华气不平",张华,西晋大臣,爱惜人才。若当年的张华知道这一冤狱的话,也会替丁此吕"气不平"。

　　明万历二十六年(1598),汤显祖弃官回到临川老家,开始了他的隐居生活,也是他一生中的第三个时期。在这一时期的诗作中,一方面表达了对现实的失望和归隐之情。如《答范南宫同曹尊生》诗云:

　　　莱芜作令堪谁语,子建为文亦自伤。

　　　况是折腰过半百,乡心早已到柴桑。①

　　面对当时腐败不堪的朝政,即使曹子建再世作文也会"自伤"。自己已在这样的官场苟且为官多年,今已年近半百,决心弃官而去,像当年的陶渊明那样,远离黑暗的官场,回到家乡隐居。又如《遣梦》诗云:

　　　休官云卧散仙如,花下笙残过客余。幽意偶随春梦蝶,
　　生涯真作武陵渔。来成拥髻荒烟合,去觉搴帷暮雨疏。风断

---

① 《答范南宫同曹尊生》,《汤显祖诗文集》卷十二,第484页。

笑声弦月上，空歌灵汉与踟躇。①

万历二十九年（1601）辛丑，朝廷大计，考察官吏。此时汤显祖弃官回家已有三年，本来不应在"大计"的范围中，但朝廷却仍以其"浮躁"之名，给以"闲住"的处分。汤显祖听说后，作《辛丑大计闻之哑然》诗，云：

> 孙刘要使不三公，点涴微云混太空。
>
> 比似陶家栽五柳，便无槐棘也春风。②

在诗作中，汤显祖对于朝廷所给的"闲住"处分，并不在意，别人所横加的罪名，只不过是"太空"中的"点涴"而已，而把自己的"闲居"，比作当年陶渊明的隐居。

万历三十年（1602）李贽遭礼科给事中张问达上疏弹劾，被逮后在狱中自杀。汤显祖闻之，作《叹卓老》诗曰：

> 自是精灵爱出家，钵头何必向京华？
>
> 知教笑舞临刀杖，烂醉诸天雨杂花。③

既是对李贽因离经叛道、有碍封建统治而遭到杀害的悲愤和惋惜，同时，也表示了宁可出家或隐居，不愿与统治者相合的志趣。

汤显祖晚年自号"茧翁"，以示不问世事、远离尘世的心态，如他在《茧翁予别号也，得林若抚茧翁诗，为范长白书，感二妙之深情，却寄为谢》一诗中，表示：

> 茧翁入茧时，丝绪无一缕。
>
> 自分省眠食，与世绝筐筥。④

---

① 《遣梦》，《汤显祖诗文集》卷十四，第521页。

② 《辛丑大计闻之哑然》，《汤显祖诗文集》卷十四，第573页。

③ 《叹卓老》，《汤显祖诗文集》卷十四，第583页。

④ 《茧翁予别号也，得林若抚茧翁诗，为范长白书，感二妙之深情，却寄为谢》，《汤显祖诗文集》卷十六，第637页。

又《茧翁口号》也云：

> 不随器界不成窠，不断因缘不弄蛾。
>
> 大向此中干到死，世人休拟似苏何。①

这样的心态与他前期诗作中所表现出来的积极入世、关注现实的内容截然不同。

而另一方面，在这一时期的诗作中，汤显祖又抒发了脱离官场束缚后的喜悦心情。如在他弃官回家后所写的《寄嘉兴马乐二丈兼怀陆五台太宰》诗中，以轻松喜悦的笔调向友人诉说了自己移居沙井新居的生活情景："沙井阑头初卜居，穿池散花引红鱼。春风入门好杨柳，夜月出水新芙蕖。"在这幅生活风景画里，作者寄寓了自己脱离官场以后的喜悦心情，弃官家居，悠闲自得，"往往催花临节鼓，自踏新词教歌舞。青春索向酒人抛，白发拚教侍儿数"。②作者内心的喜悦跃然纸上，直可与陶渊明的《归园田居》相媲美。

回到老家，写戏、唱戏、看戏成为汤显祖生活中的一个重要内容，他的"四梦"中的《南柯记》与《邯郸记》便是在他回到临川后写成的，而在他的诗作中，也多有反映他从事戏曲活动的诗篇，如《七夕醉答君东二首》之一云：

> 玉茗堂开春翠屏，新词传唱《牡丹亭》。
>
> 伤心拍遍无人会，自掐檀痕教小伶。③

再如《唱二梦》云：

> 半学侬歌小梵天，宜伶相伴酒中禅。
>
> 缠头不用通明锦，一夜红氍四百钱。④

---

① 《茧翁口号》，《汤显祖诗文集》卷十六，第638页。
② 《寄嘉兴马乐二丈兼怀陆五台太宰》，《汤显祖诗文集》卷十四，第537页。
③ 《七夕醉答君东二首》，《汤显祖诗文集》卷十八，第735页。
④ 《唱二梦》，《汤显祖诗文集》卷十九，第766页。

又如《作紫襕戏衣二首》云：

> 试剪轻绡作舞衣，也教烦艳到寒微。当歌正值春残醉，醉后魂随烟月飞。

> 无分更衣金紫罗，伎人穿趁踏朝歌。俳场得似官场好，灯下红香不较多。①

在这些诗篇中，不仅描写了自己与戏曲演员一起教曲、唱曲的情景，而且也抒发了从中得到的乐趣，而这种乐趣在官场中是得不到的，"俳场得似官场好"。

另外，面对社会的黑暗，弃官家居后的汤显祖，欲从佛、道思想中求得解脱和慰藉，如他在万历四十二年(1614)，约前南京监察祭酒汤宾尹在庐山栖贤寺隐居，并结莲社，写了《续栖贤莲社求友文》。因此，在这一时期的诗作中，也多有反映佛、道思想的内容。如《答刘兑阳太史招游玉笥诸山二首》之一云：

> 叹世过十载，还山才一年。

> 自来高意气，今日始游仙。②

又如《忽见缪仲淳二首》之一云：

> 数滴瓶泉花小红，丝丝禅供翠盘中。

> 秋光坐对蒲塘晚，一种香清到色空。③

与早期的诗作相比，佛、道思想在他的晚年诗作中表现得更为浓厚。

从上可见，汤显祖在三个阶段的诗作中所反映的情趣，都与其生平经历及人生观的变化有着紧密的联系。

---

①《作紫襕戏衣二首》，《汤显祖诗文集》卷十九，第768页。
②《答刘兑阳太史招游玉笥诸山二首》，《汤显祖诗文集》卷十四，第559页。
③《忽见缪仲淳二首》，《汤显祖诗文集》卷十四，第546页。

二、汤显祖诗作的题材类别

若按诗歌的题材来分,汤显祖的诗作可分为三大类,而无论哪一类诗作,也都体现了作者的真情。

一是针砭时弊的感事诗。在这类诗作中,作者抚事揆情,既揭露了腐败的朝政,又抒发自己的愤慨之情。万历年间,连年饥荒,浙江大旱,太湖水涸。汤显祖这时正在南京任上,对饥荒给劳动人民带来的灾难作了真实的反映。如《丁亥戊子大饥疫》《闻北土饥麦无收者》《饥》等诗,用白描和夸张的手法,真实形象地揭露了朝廷的腐败,对劳动人民寄以深切的同情:"西河尸若鱼,东岳鬼全瘦。""犹闻吴越间,迭骨与城厚。"[1]"西北久食人,千里绝烟影。"[2]汤显祖还痛斥那些不但不设法解救老百姓,反而趁火打劫,借赈济救灾为名,行贪污受贿之实的地方官吏:"恩泽岂不洗?鼎鬲多旁漏。精华豪家取,害气疲民受。"[3]"豪家终脱死,泛户春零烬。"[4]甚至对皇帝表示了不满:"君王坐终北,遍土分神溜。何惜饮余人,得沾香气寿。"[5]"未赐江南租,久读山东诏。秋毫自帝力,害气吾人召。汝等牛一毛,生死负犁铫。"[6]

二是纪游写景诗。汤显祖自称一生"观历游处,感发而摅怀,亦不为少"。[7]而且这些诗篇也为时人所传诵,如他在南京任职期

---

① 《疫》,《汤显祖诗文集》卷八,第247页。
② 《饥》,《汤显祖诗文集》卷九,第254页。
③ 《疫》,《汤显祖诗文集》卷八,第247页。
④ 《寄三吴长吏》,《汤显祖诗文集》卷八,第250页。
⑤ 《疫》,《汤显祖诗文集》卷八,第247页。
⑥ 《内弟吴继文诉家口绝谷有叹》,《汤显祖诗文集》卷八,第249页。
⑦ 《学余园初集序》,《汤显祖诗文集》卷三十一,第1052页。

间,常常"闲策蹇驴,探雨花木末、乌榜燕矶、莫愁秦淮、平陂长干之胜,而舒之毫楮。都人士展相传诵,至令纸贵"。①这些纪游写景诗,作者也往往是借对自然景色的描绘,寄寓了自己的感情。如《莫愁湖》诗:

> 石城湖上美人居,花月笙歌春恨余。
> 独自楼台对公子,晚风秋水落芙蕖。②

这首诗中,作者借莫愁遭冷遇之事来表达自己怀才不遇之心情。又如《许湾春泛至北津》诗,在对"轻花蝶影飘前路,嫩柳苔阴绿半池"的景色描绘里,寄托了"莫言尘路可栖迟"的情趣。③在他贬官岭南徐闻途中,虽然内心愤慨不已,可对于一路上所见到的大自然美好景色,还是留连忘返,写下了许多即景小诗。而在这些诗篇里,也同样融进了作者的主观感情。如《九里》诗云:"九里十三坡,沉沉烟翠多。钓台何用筑? 吾自泛清波。"④寄托了自己不愿与恶浊世俗同沉浮的志向。

三是赠别酬答诗。在汤显祖的诗歌中,赠别酬答诗占了很大比重。这些诗篇虽出于送别应酬而作,但他也是出于真心。汤显祖刚正不阿,不趋炎附势,即使公宴赋诗,他也从不勉强应酬。如他自称:"拓落为诗歌酬接,或以自娱,亦无取世修名之意。"⑤因此,他的赠别酬答诗,多为一些同窗挚友而作,感情真挚,直抒胸臆。如他与沈懋学分别时所作的《别沈君典》一诗中谈到初到京城时,两人在表背胡同彻夜交谈的情景:"妙理霏霏谈转酷,金徒箭

---

① 明邹迪光《临川汤先生传》,《汤显祖诗文集》附录,第1512页。
② 《莫愁湖》,《汤显祖诗文集》卷十,第376页。
③ 《许湾春泛至北津》,《汤显祖诗文集》卷二,第15页。
④ 《九里》,《汤显祖诗文集》卷十一,第397页。
⑤ 《复费文孙》,《汤显祖诗文集》卷四十六,第1306页。

尽挝更促。"还回顾了他们曾在开元寺志学书院听罗汝芳讲学的情景:"人生会意苦难常,想象开元寺中烛。"并向同窗好友倾吐了自己怀才不遇的抑闷:"昨日辞朝心苦悲,壮年不得与明时。"①诗中情意切切。又如当他下第南归时,宣城县令姜奇方的乡人张青野也来送行,他也作了《别荆州张孝廉》诗,诗中也抒发了自己仕途被堵而产生的苦闷心情,"贱子孤生宦游薄,习池何似江陵乐?""《怀沙》长沙为我吊,洞庭波时君已还。"②沈际飞评此诗曰:"掩抑欷嘘,雍门悲调,气骨故自肮脏。"③可见,这些赠别酬答之作,也同样洋溢着作者的真挚情意。

三、汤显祖诗作的艺术特色

在诗歌的艺术形式上,汤显祖主张学习与借鉴前人的宝贵经验和优秀传统,他在创作实践中,能够转益多师,多方借鉴。如邹迪光谓其"于诗若文无所不比拟,而尤精西京、六朝、青莲、少陵氏"。④但他不是一味摹仿,而是能取其精髓而不为其所囿。"为西京而非西京,为六朝而非六朝,为青莲、少陵而非青莲、少陵。其洗刷排荡之极,直举秦、汉、晋、唐人语为刍狗,为馂余,为土苴,而汰之绝糠秕,熔之绝泥滓"。⑤"收古今之精英,而熔以独至"。⑥丘兆麟在谈到汤显祖的诗何以能过人时云:

---

① 《别沈君典》,《汤显祖诗文集》卷三,第40页。
② 《别荆州张孝廉》,《汤显祖诗文集》卷三,第42页。
③ 《别荆州张孝廉》评语,《汤显祖诗文集》卷三,第42页。
④ 明邹迪光《临川汤先生传》,《汤显祖诗文集》附录,第1513页。
⑤ 同上。
⑥ 明屠隆《玉茗堂文集序》,《汤显祖诗文集》附录,第1520页。

他人拟为,先生自为也。拟为者学唐宋,究竟得唐宋而已。自为者天性发皇之际,天机灭没,一无所学,要以自得其为先生。自得其为先生,此先生之所以过人。①

在明代中叶的文坛上,先是以李梦阳、何景明为首的前七子,提出了"文必秦汉,诗必盛唐"的复古主义文学主张。嘉靖年间,王世贞、李攀龙等后七子又承前七子之衣钵,发起了第二次复古运动。王世贞提出:"文必西汉,诗必盛唐,大历以后书勿读。"②李攀龙也提出:"文自西京,诗自天宝而下,俱无足观。"③由于王、李二人当时官位大且著作富,故他们的影响尤大,"海内称诗者,不奉李、王之教,则若夷狄之不遵正朔"。④在这股复古主义的影响下,当时文坛上出现了拟古的弊风,作诗著文以摹拟剽窃为能,不仅一字一句力肖古人,甚至连一代的官制地名也要袭用古称。汤显祖是反对这种复古主义文学思潮的,如他在《答王澹生》中,对王世贞的主张作了批驳,曰:

弟少年无识,尝与友人论文,以为汉宋文章,各极其趣者,非可易而学也。学宋文不成,不失类鹜;学汉文不成,不止不成虎也。⑤

并指斥这种拟古的文学全是"赝文",曰:

我朝文字,宋学士而止,方逊志已弱,李梦阳而下,至琅琊,气力强弱巨细不同,等赝文耳。⑥

①《汤若士绝句序》,《汤显祖诗文集》附录,第1551页。
②《明史·王世贞传》,第7381页。
③《明史·李攀龙传》,第7378页。
④明陈田《明诗纪事》己签序,《汤显祖诗文集》附录,第1566页。
⑤《答王澹生》,《汤显祖诗文集》卷四十四,第1234页。
⑥《答张梦泽》,《汤显祖诗文集》卷四十七,第1365页。

　　针对当时文坛上所出现的拟古风气,汤显祖提出了诗文形式不拘成法的主张。他认为诗文的形式并不是一成不变、陈陈相因、不能突破的。无论是曲还是诗文,它的形式都是内心情感的外化,最终是由内容决定的。在诗文创作上,不可一味摹拟古人成法,要有所突破,有所创新,方可谓"文章之妙"。如他自称:"予谓文章之妙,不在步趋形似之间。"①对于前代的文学传统和创作方法,应该继承和借鉴,但是,他反对复古派文人所倡导亦步亦趋、照搬照抄的做法。"事固未有离因革者,因而莫可以革,革而莫有以因,则亦犹之乎因革而已。惟夫因,而必不可以无革"。②即继承与革新是相辅相成的。他推崇宋文的"精气满劲",③提出借鉴时应"行其法而通其机"。④即既要入乎内,又要出乎外,要运用自如,不受旧形式的束缚,作者应具有灵性。这样,才能有所创新。

　　但汤显祖诗作的艺术技巧和风格,有一个变化和发展过程。收在《红泉逸草》的诗作,是其早期之作,因多为习作,同时因受八股文技法的影响,故在写作技巧上,循规蹈矩,注重声律的对仗工整,显得拘谨而平实,有雕琢之迹,而少自然之致。如他十四岁时所作的《送夏别驾总兑淮上》诗:

　　　　秋水霞阴肃,离亭木叶纷;

　　　　笙箫慈姥石,绣缬美人云。⑤

　　全诗对仗工整,但少蕴藉。同时,由于在求学期间,广泛阅读典籍,故在语言上,喜用典故,辞藻华丽,有艰深晦涩之弊,如《天子

---

①《合奇序》,《汤显祖诗文集》卷三十二,第1078页。

②《江西按察司修正衙宇记》,《汤显祖诗文集》卷三十四,第1105页。

③《与陆景邺》,《汤显祖诗文集》卷四十七,第1338页。

④同上。

⑤《送夏别驾总兑淮上》,《汤显祖诗文集》卷一,第4页。

郭送人往泰山观日》诗：

> 彩嶂出分风，乘流不住空。虎啼三笑北，人在《四愁》东。
>
> 夜鼓鸡潮隔，云装鸟路通。待拂行云观，应为辨日童。①

全诗不仅对仗整饬，而且用了高僧慧远和张衡《四愁》诗的典故。这样的语言风格，与他早期的戏曲《紫箫记》传奇的语言相同。

在《红泉逸草》以后，汤显祖诗作的技巧与风格有了明显的不同。循法而不拘谨，虽仍注重诗作句式的对仗、声律的整饬，但自然而无雕琢之痕。他的那些感事诗和赠别酬答诗，情真意切，具有冲率自然的风格，自不必说，就是那些借景抒情的纪游写景诗，也同样具有清新自然的风格。很少用典，不事雕饰，往往用本色自然之句来写景抒情。如《阳谷店》（丁亥）诗：

> 独来阳谷店，绕屋是青山。
>
> 似有江南色，萧萧檐树间。②

用白描的艺术手法，描写了阳谷店的地理环境，读来清新自然，有身临其境之感。又如《雁山迷路》诗：

> 借问采茶女，烟霞路几重？
>
> 屏山遮不断，前面剪刀峰。③

以游人与采茶女的一问一答，描绘了雁山的美好风光，语言平易流畅。故沈际飞评此诗曰："有天趣。"④也就是自然之趣。有的诗歌还具有民歌的特色，如《岭南踏踏词》《黎女歌》《粒粒歌》等，淳朴自然，充满了浓厚的乡土气息。如《岭南踏踏词》：

> 女郎祠下踏歌时，女伴晨妆教莫迟。鹤子草粘为面靥，

---

① 《天子郭送人往泰山观日》，《汤显祖诗文集》卷二，第30页。

② 《阳谷店》，《汤显祖诗文集》卷八，第241页。

③ 《雁山迷路》，《汤显祖诗文集》卷十二，第477页。

④ 《雁山迷路》评语，《汤显祖诗文集》卷十二，第477页。

石榴花揉作胭脂。笑倩梳妆阿姊家，暮云笼月海生霞。珠钗正押相思子，匣粉裁拈指甲花。①

在艺术形式上，汤显祖还勇于创新，如《芳树》诗，全诗七言三十六句，其中"芳"字重复使用二十六次，尤其是中段十二句重复使用二十三次"芳"字：

> 也随芳树起芳思，也缘芳树流芳眄。难将芳怨度芳辰，何处芳人启芳宴？乍移芳趾就芳禽，却涴芳泥恼芳燕。不嫌芳袖折芳蕖，还怜芳蝶萦芳扇。惟将芳讯逐芳年，宁知芳草遗芳钿？芳钿犹遗芳树边，芳树秋来复可怜。②

重复使用同一字，造成音节上的回环浏亮，故流利自然，无繁复之嫌。后来徐渭也借鉴了这一技巧，创作了《渔乐图》诗，如他在《渔乐图》诗前的小序中云："都不记创于谁。近见汤君显祖，慕而学之。"③《渔乐图》全诗四十六句，中间十二句"新"字重复二十九次。汤显祖在读了徐渭的《渔乐图》诗后，也甚为推崇，作《秣陵寄徐天池渭》诗云：

> 《百渔》咏罢首重回，小景西征次第开。
>
> 更乞天池半坳水，将公无死或能来？④

又如《江中见月怀达公》诗：

> 无情无尽恰情多，情到无多得尽么。
>
> 解到多情情尽处，月中无树影无波。⑤

在短短的一首七言诗中，重复使用了五个"无"字，五个"情"

---

①《岭南踏踏词》，《汤显祖诗文集》卷十二，第410页。

②《芳树》，《汤显祖诗文集》卷四，第117页。

③《渔乐图》，《徐渭集》，中华书局1983年版，第135页。

④《秣陵寄徐天池渭》，《汤显祖诗文集》卷十，第380页。

⑤《江中见月怀达公》，《汤显祖诗文集》卷十四，第531页。

字,三个"尽"字。不仅无繁复之感,反而更突出了诗作的主题。

　　由上可见,汤显祖的诗歌创作虽不如其在戏曲创作上的影响大,但还是有着很高的成就,因此,我们在肯定他在戏曲创作上的成就与戏曲史上的地位的同时,也应该对他的诗歌创作上的成就作出实事求是的评价。如帅机评他的诗是"明兴以来所仅见者矣",①这一评价当非过誉。

①《玉茗堂文集序》,《汤显祖诗文集》附录,第1520页。

论汤显祖的诗人本色
和"四梦"的诗作特征

汤显祖是以"四梦"著称于中国古代戏曲史与文学史的,如清代李渔指出:"汤若士,明之才人也,诗、文、尺牍,尽有可观,而其脍炙人口者,不在尺牍、诗、文,而在《还魂》一剧。使若士不草《还魂》,则当日之若士,已虽有而若无,况后代乎?是若士之传,《还魂》传之也。此人以填词而得名者也。"①由于汤显祖是以《还魂》(《牡丹亭》)一剧著名,而《还魂》(《牡丹亭》)是剧作,因此,一般都将汤显祖定位为剧作家,有"东方的莎士比亚"之称。其实,从汤显祖一生的文学创作及"四梦"的实际内容来考察,汤显祖在文学史上的地位和身份,是一位诗人,而不是剧作家,也正因为此,他所作的"四梦",也是诗人之作,具有明显的诗作特征。

一、汤显祖的诗人本色

我们判定一个文学家的身份是诗人还是剧作家,他的成名之作固然是重要的依据,但更应该看他一生所从事的文学活动,即

①《闲情偶寄·词曲部·结构第一》,《历代曲话汇编》清代编第一集,第233—234页。

在他的一生所从事的文学活动中,看哪一种文体是其主要的创作文体。在汤显祖一生的文学活动中,诗歌创作是他最主要的文学创作。他从十二岁起就开始诗歌创作,而且最初也是以诗歌创作上的成就为时人所推重的,如其好友帅机在《汤义仍玉茗堂集序》中称其"词赋既成,名满天下,乃始登一第"。[①]在二十六岁时,汤显祖就刊刻了诗集《红泉逸草》,后又有《雍藻》《问棘邮草》等诗集问世。他一生共创作了二千二百六十多首诗作,在当时的诗坛上有着重要的地位。如明李维桢《雪鸿堂诗集序》云:

> 我国家不以诗取士,而成、弘以来,称诗者与李唐初盛时相垺,盛极而衰。……余所知东南大家郭相奎、汤义仍、王百谷、何无咎及君采之乡杨、王、邱诸君子,力振雅道,推诩特至,洵非溢美。[②]

帅机也谓汤显祖的诗作是"明兴以来所仅见者矣"。[③]清钱谦益认为汤显祖诗文上的成就要高于其戏曲上的成就,如曰:

> 义仍少熟《文选》,中攻声律,四十以后,诗变而之香山、眉山,文变而之南丰、临川。尝自叙其诗三变而力穷。又尝以其文寓余,以谓"不蕲其知吾之所已就,而蕲其知吾之所未就也"。于诗曰变而力穷,于文曰知所未就。义仍之通怀嗜学,不自以为能事如此。而世但赏其词曲而已,不能知其所已就,而又安能知其所未就?可不为三叹哉![④]

①《汤义仍玉茗堂集序》,《汤显祖研究资料汇编》,上海古籍出版社2016年版,第350页。
②《雪鸿堂诗集序》,《汤显祖研究资料汇编》,第353页。
③《玉茗堂文集序》,《汤显祖诗文集》附录,第1520页。
④《列朝诗集小传》丁集中《汤遂昌显祖传》,《历代曲话汇编》清代编第一集,第55页。

　　与诗歌创作相比,戏曲创作在汤显祖一生的文学活动中,只占次要的地位。如据徐朔方先生所作的《汤显祖年表》,在汤显祖一生中,创作戏曲所用的时间一共只有七年:

　　　　《紫箫记》:1577 年—1579 年

　　　　《紫钗记》:1587 年

　　　　《牡丹亭》:1598 年

　　　　《南柯记》:1600 年

　　　　《邯郸记》:1601 年[①]

　　而诗文、辞赋的创作,从他的童年时代一直到晚年,从未中断,故徐朔方先生指出:

　　　　从汤显祖十二岁作的那首诗《乱后》开始学步,在他以后五十多年的生涯中,他在戏曲上的努力只占他毕生劳绩的一小部分。[②]

　　汤显祖自己也并没有把创作戏曲当作他的主业,他自称作诗是自己的"结习",即使他在创作"四梦"时,也不忘作诗之"结习",如他在《玉茗堂评花间集序》中云:

　　　　余于《牡丹亭》、"二梦"之暇,结习不忘,试取而点次之,评骘之,期世之有志风雅者,与诗余互赏。而唐调之反而乐府,而骚赋,而《三百篇》也。诗其不亡也夫! 诗其不亡也夫![③]

　　前人也早已指出他是在作诗之余来作传奇的,如汤显祖的好友邹迪光称其一生精于诗文,传奇只是以其绪余为之,而且,正是

────────────

①《汤显祖评传》,南京大学出版社1993年版,第240页。

②同上,第239页。

③《玉茗堂评花间集序》,《汤显祖诗文集》卷五十,第1477页。

由于其在诗文上所具有的造诣才使得他在戏曲创作上取得了成就，如曰：

> 公于书无所不读，而尤攻汉魏《文选》一书，至掩卷而诵，不诖只字。于诗若文无所不比拟，而尤精西京、六朝、青莲、少陵氏。然为西京而非西京，为六朝而非六朝，为青莲、少陵而非青莲、少陵。……公又以其绪余为传奇，若《紫箫》、二梦、《还魂》诸剧，实驾元人而上。①

清徐树丕《识小录》也云：

> 若士文章，在我朝指不多屈，出其绪余为传奇，惊才绝艳，《牡丹亭》尤为脍炙。②

可见，汤显祖作"四梦"，也正是在作诗之余来作的。因此，从汤显祖一生的文学活动和文学成就来看，他是一位诗人，而不是剧作家，也正因为其诗人的身份，使得"四梦"带有明显的诗作特征。

二、"四梦"的诗作特征

"四梦"的诗作特征，首先体现在创作意图及其思想内容上，与汤显祖的诗作一样，"四梦"也具有言志抒情的特征，即强烈的自娱性。

作为娱人的戏曲，虽然作家也要通过剧中人物来抒情言志，但这种"情"不是剧作家个人的"情"，而是观众所共同具有的"情"，因为只有在剧作中充分反映了观众的情感与愿望，才能够引起他们心灵上的共鸣，从而赢得他们的认同与喜爱。如宋元南戏通过

①《临川汤先生传》，《汤显祖诗文集》附录，第1513页。
②《识小录》，《历代曲话汇编》清代编第一集，第632页。

青年男女的婚姻故事,表达了下层民众要求摆脱贫贱命运、进入上流社会的愿望与志趣;而作为文人自娱的诗词,所谓"诗言志",就是言作者自己的"志",抒自己的情。如汉代的司马迁在《史记·太史公自序》中指出:

> 《诗》三百篇,大抵贤圣发愤之所为作也,此人皆意有所郁结,不得通其道也,故述往事,思来者。①

在诗歌创作上,汤显祖继承了文人诗作"言志"的传统,把诗歌创作看作是作者真情的流露,指出:"世总为情,情生诗歌,而行于神,天下之声音笑貌,大小生死,不出乎是。"②而这种"情",也就是儒家传统诗学所倡导的"诗言志"的"志"。如汤显祖在《董解元〈西厢〉题辞》中指出:"《书》曰:'诗言志,歌永言,声依永,律和声。'志也者,情也。"③因此,他认为作诗要以情为主,而且这种情必须是真情,"不真不足行"。④诗文要有真情,作者必先具有真情,他将诗看作是"道心之人"的"道心"之作,指出:"道心之人,必具智骨,具智骨者,必有深情。"⑤如屈原,"当其时,尧舜道德之纯粹,未得为怀襄用也"。故能"依诗人之义,隤源发波,崩烟决云,为千秋赋颂弘丽之祖,文则盛矣"。⑥他自称:"弟从来不能于无情之人作有情语也。"⑦

同样,汤显祖也把"言志"、抒发自己的志趣作为创作戏曲的主要目的,他在《牡丹亭·题词》中指出:"凡文以意、趣、神、色为

①《史记·太史公自序》,第3300页。
②《耳伯麻姑游诗序》,《汤显祖诗文集》卷三十一,第1050页。
③《董解元〈西厢〉题辞》,《汤显祖诗文集》卷五十,第1502页。
④《答张梦泽》,《汤显祖诗文集》卷四十七,第1365页。
⑤《睡庵文集序》,《汤显祖诗文集》卷二十九,第1015页。
⑥《骚苑笙簧序》,《汤显祖诗文集》卷二十九,第1018页。
⑦《与沈华东宪伯》,《汤显祖诗文集》卷四十八,第1388页。

主。"甚至为了将自己的意趣表达出来，宁可不合曲律，不能演唱，如曰："余意所至，不妨拗折天下人嗓子。"[1]他把自己创作"四梦"的过程称作是"因情成梦，因梦成戏"。[2]当沈璟改动了他的《牡丹亭》后，他认为虽只是改动了一两个字，但将他的意趣改掉了，特地叮嘱演员说：

> 《牡丹亭记》要依我原本，其吕家改的，切不可从。虽是增减一二字，以便俗唱，却与我原做的意趣大不同了。[3]

而且，由于创作目的相同，即都把诗和戏曲当作"言志"、抒情的手段，因此，"四梦"所表达的"志趣"与其诗作所表达的"志趣"是完全相同的，即都表达了汤显祖在不同时期的人生观和社会观。

汤显祖的诗歌从他十二岁起直到他晚年所作，分别表达了他一生所经历的求学、出仕、隐居等三个时期的不同人生观和社会观。

汤显祖第一时期的诗作，包括了汤显祖童年时期和二十八岁及第前所作的诗。汤显祖出身于书香门第，祖父汤懋昭和父亲汤尚贤都是廪生，封建家长也把光宗耀祖的希望寄托在子孙身上，将汤显祖取名为"显祖"，就隐含着对他的期望：将来能走上仕途，显耀祖宗。因此，童年和青年时期的汤显祖也曾热衷于功名，这一志趣反映在他这一时期的诗作中，对仕途充满着憧憬，表达出了建功立业的雄心壮志，如在他十四岁刚补县诸生入学时所作的《入学示同舍生》诗中云：

> 上法修童智，齐庄入老玄。何言束脩业，遂与世营牵？

---

① 明王骥德《曲律·杂论下》引，《历代曲话汇编》明代编第二集，第126页。
② 《复甘义麓》，《汤显祖诗文集》卷四十七，第1367页。
③ 《与宜伶罗章二》，《汤显祖诗文集》卷四十八，第1426页。

软弱诸生后,轩昂弟子员。青衿几曾废? 漆简自应传。

骐耳团珠泽,光鳞出紫渊。唐虞将父老,孔墨是前贤。

《小畜》方含雨,《中孚》拟彻天。高明曾有旧,垂发更齐年。

为汝班荆道,无忘《伐木》篇。①

在这首诗作中,表达了自己兼学百家,追踪前贤,拟在将来建功立业的高迈志向。而且他对当时出现的一些重大社会事件,也十分关注,如他在十二岁时即明嘉靖四十年(1561)所作的《乱后》诗,对当时的两广冯天爵、袁三起事一事用诗歌的形式做了描写,既真实地反映了战乱给百姓造成的灾难,又在诗中表示了自己的感想,如曰:

转略数千里,一朝万余口。太守塞空城,城中人出走。

宁言妻失夫,坐叹儿捐母。……

曰余才稚齿,圣御婴戎丑。况复流离人,世故遭阳九。②

汤显祖第二时期的诗作,包括自考中进士,直到弃官归隐这一时期所作的诗作。汤显祖因不从张居正的延揽,而遭到报复,屡试不第,直到张居正死后的第二年,第五次上京应试,才考中进士,走上了仕途,也进入了他人生的第二个阶段。在这一时期的诗作中,呈现出了与前一时期不同的志趣,即表现出了对现实社会的强烈关注,字里行间都熔铸着作者那种与社会现实、与封建传统礼教格格不入的叛逆精神。虽然在前一时期的诗作中,已经具有了关注现实的内容,但由于此时作者尚未进入仕途,没有广泛接触社会,且又受到祖父的道家思想的影响,故这种关注甚为有限;而进入仕途后,有机会广泛地接触社会,尤其是真实地看到官场的内幕,

① 《入学示同舍生》,《汤显祖诗文集》卷一,第3页。
② 《乱后》,《汤显祖诗文集》卷一,第1页。

因此,反映社会现实、对现实发表自己的见解,成为汤显祖这一时期诗作的主要内容。如在明代中叶,边患十分严重,自嘉靖八年(1529)以来,俺答、瓦剌等部落常犯边境。而朝廷却熟视无睹,苟且偷安,一再忍让。对此,汤显祖十分关注,创作了许多诗篇,表达自己的见解,如《胡姬抄骑过通渭》《河州》《吊西宁帅》《王莎衣欲过叶军府肃州》《朔塞歌二首》《边市歌》等诗作。

在万历年间,明王朝派出了大批矿监税使,到各地监督采矿,收取矿税,搜刮民财。遂昌富有金、银等矿产,虽地处偏远的浙南山区,但朝廷还是不放弃对这里的搜括。明万历二十四年(1596)十二月,朝廷派太监曹金来到遂昌监收矿税。这时汤显祖已在遂昌任县令,他对此十分气愤,怒斥矿使为"搜山使者","搜山使者如何,地无一以宁,将恐裂"。[①]为此写下了《感事》《戏答无怀周翁宗镐十首》等诗作,对此作了揭露和抨击。

汤显祖第三时期的诗作,包括了弃官归隐后所作的诗作。明万历二十六年(1598),汤显祖弃官回到临川老家,开始了他的隐居生活,也是他一生中的第三个时期。在这一时期的诗作中,一方面表达了对现实的失望,另一方面,也抒发了归隐之情。如《答范南宫同曹尊生》诗云:"莱芜作令堪谁语,子建为文亦自伤。况是折腰过半百,乡心早已到柴桑。"[②]面对当时腐败不堪的朝政,即使曹子建再世作文也会"自伤"。自己已在这样的官场苟且为官多年,今已年近半百,决心弃官而去,像当年的陶渊明那样,远离黑暗的官场,回到家乡隐居。万历二十九年(1601)辛丑,朝廷大计,考察官吏。此时汤显祖弃官回家已有三年,本来不应在"大计"的范围

---

①《寄吴汝则郡丞》,《汤显祖诗文集》卷四十五,第1277页。
②《答范南宫同曹尊生》,《汤显祖诗文集》卷十二,第484页。

中,但朝廷却仍以其"浮躁"之名,给以"闲住"的处分。汤显祖听说后,作《辛丑大计闻之哑然》诗,云:"孙刘要使不三公,点淬微云混太空。比似陶家栽五柳,便无槐棘也春风。"①在诗作中,汤显祖对于朝廷所给的"闲住"处分,并不在意,别人所横加的罪名,只不过是"太空"中的"点淬"而已,而把自己的"闲居",比作当年陶渊明的隐居。

　　汤显祖晚年自号"茧翁",以示不问世事、远离尘世的心态,如他在《茧翁予别号也,得林若抚茧翁诗,为范长白书,感二妙之深情,却寄为谢》一诗中,表示:"茧翁入茧时,丝绪无一缕。自分省眠食,与世绝筐筥。"②又《茧翁口号》也云:"不随器界不成窠,不断因缘不弄蛾。大向此中干到死,世人休拟似苏何。"③这样的心态与他前期诗作中所表现出来的积极入世、关注现实的内容截然不同。另外,面对社会的黑暗,弃官家居后的汤显祖,欲从佛、道思想中求得解脱和慰藉,如他在万历四十二年(1614),约前南京监察祭酒汤宾尹在庐山栖贤寺隐居,并结莲社,写了《续栖贤莲社求友文》。因此,在这一时期的诗作中,也多有反映佛、道思想的内容。如《答刘兑阳太史招游玉笥诸山二首》之一云:"叹世过十载,还山才一年。自来高意气,今日始游仙。"④又如《忽见缪仲淳二首》之一云:"数滴瓶泉花小红,丝丝禅供翠盘中。秋光坐对蒲塘晚,一种香清到色空。"⑤

―――――――――――――――

①《辛丑大计闻之哑然》,《汤显祖诗文集》卷十四,第573页。
②《茧翁予别号也,得林若抚茧翁诗,为范长白书,感二妙之深情,却寄为谢》,《汤显祖诗文集》卷十六,第637页。
③《茧翁口号》,《汤显祖诗文集》卷十六,第638页。
④《答刘兑阳太史招游玉笥诸山二首》,《汤显祖诗文集》卷十四,第559页。
⑤《忽见缪仲淳二首》,《汤显祖诗文集》卷十四,第546页。

　　从上可见,汤显祖在三个阶段的诗作中,表达了自己在不同时期的人生观和社会观。

　　同样,在他的戏曲"四梦"中,汤显祖也通过剧中人物与故事情节表达了自己的"志趣",而这些"志趣"与他在诗歌中所表达的"志趣"一样,也分别反映了他在不同时期的人生观和社会观。明代王思任曾谓汤显祖的"四梦"每一个"梦"都有着特定的志趣意向,如曰:"其立言神指:《邯郸》,仙也;《南柯》,佛也;《紫钗》,侠也;《牡丹亭》,情也。"[1]所谓的"侠"、"情"、"仙"、"佛"四个具有不同志趣意向的"梦",也就是汤显祖不同时期的人生观和社会观的象征,显示了他的人生观和社会观的转变过程。

　　《紫钗记》是"四梦"中的第一个"梦",作于明万历十五年(1587),是汤显祖进士及第不久所作,刚进入仕途,对现实充满着信心,故在此剧中表达了他在这一时期积极的人生观和社会观。《紫钗记》是根据他早年所作的《紫箫记》及唐代传奇小说《霍小玉传》改编而成的。与原作相比,《紫钗记》在内容上增强了对现实社会矛盾的真实揭示,一是把原作中并无权势的卢太尉改写成权势显赫的反面人物,是他破坏了李益与霍小玉的爱情,因李益不愿来参见他,就将李益派到边境去供职,期满后又将他改调孟门,使其夫妻不能团圆。二是把李益改写成一个不是无情负心的人,他中状元后不归是由于卢太尉的阻挠,同时又把霍小玉改写成良家女子,并更加突出了她对李益的痴情。这样一改,就把小说中李益负心和霍小玉多情的矛盾改为封建社会下层百姓与封建特权阶层的矛盾。而这一矛盾的解决,作者是通过一个黄衫侠客来解决的,这一黄衫侠客的形象,是作者所寄予希望的统治阶级内部的开明人

－－－－－－－－－－

[1]《批点玉茗堂牡丹亭叙》,《汤显祖诗文集》附录,第1543页。

物,表明这一时期的作者既看到了封建社会下层百姓与封建特权阶层的矛盾,同时又对统治阶级充满着希望,把解决社会矛盾的力量寄托在统治阶级本身。

《牡丹亭》是汤显祖最得意之作,他曾自称:"一生'四梦',得意处惟在《牡丹》。"① 由于《牡丹亭》是在浙江遂昌任上所作,在这一时期,汤显祖因上《论辅臣科臣疏》抨击朝政而遭贬谪,经历了仕途的变化挫折,不仅更深入地了解到了社会的矛盾冲突,而且,对代表下层市民的王学左派也有了更多的接触,自他早年从罗汝芳学习时初步接受了王学左派思想的影响后,在南京任职时,又倾心佩服被封建统治者视为异端之尤的杰出思想家李贽和从禅宗出发反对程朱理学的紫柏和尚。在这些进步思想家的影响下,汤显祖也具有了王学左派思想,推崇人之真情,从人情出发,反对程朱理学对人性的束缚与摧残。他把"情"与"理"看成是两种截然对立的东西,指出:"第云理之所必无,安知情之所必有邪!"② 因此,他将这一志趣在这一时期所作的《牡丹亭》中作了反映,把代表统治阶级利益的程朱理学与代表新兴市民阶层利益的"情"设置为全剧的主要矛盾,与前一时期所作的《紫钗记》相比,其反映的矛盾冲突更激烈。而且,汤显祖还将解决矛盾冲突的希望从统治阶级内部的一些开明人物身上,转移到了下层民众自身,在剧作中,既写了"理"对"情"的压制与扼杀,又写了"情"对"理"的反抗与斗争。剧中杜丽娘是作者理想中的"情"的代表人物,在封建家长的严厉管制下,杜丽娘实现不了自己的理想,得不到美满的婚姻,但决不放弃对理想的追求,通过游园、惊梦、寻梦,直至因情而死,又因情而

---

① 见明王思任《批点玉茗堂牡丹亭叙》引,《汤显祖诗文集》附录,第1543页。
②《牡丹亭·题词》,《汤显祖诗文集》卷三十三,第1093页。

还魂，与梦中的情人结为夫妻，依靠自己的努力和斗争，终于实现了自己的理想。显然，与前一时期所作的《紫钗记》相比，汤显祖在《牡丹亭》中所表达的志趣有了更广泛的社会内涵，其人生观与社会观又有了新的变化。

"四梦"中的《南柯记》《邯郸记》"二梦"是汤显祖辞官回到家乡后写成的，即是他人生第三时期的剧作。《南柯记》取材于唐李公佐的传奇小说《南柯太守传》，写书生淳于棼在梦中到了大槐安国，被招为驸马，任南柯太守。后檀萝国入侵，公主受惊而亡。淳于棼回朝，升为左丞相，他恃国母之宠，勾结势要勋戚，骄纵弄权。右丞相段功借天象变异，上书国王，奏明淳于棼之罪状，国王遂将淳于棼遣返人间。至此梦醒。醒后经契玄禅师点明，才知大槐安国是庭中大槐树洞里的蚁群，淳于棼顿时醒悟而皈佛。

《邯郸记》取材于唐沈既济（一说李泌）的传奇小说《枕中记》，写卢生在邯郸道赵州桥小饭店中遇见神仙吕洞宾，吕洞宾借给卢生一个磁枕，卢生倚枕而卧，进入梦乡。在梦中，卢生行贿中试，出将入相，一时享尽荣华富贵，但因官场倾轧而遭贬，后又复职，封为国公，一门荣华，高龄而卒。醒来方知身卧邯郸旅店中，店中的黄粱饭尚未煮熟，就悟出人生富贵荣华不过一梦，于是随吕洞宾出家而去。

《南柯记》《邯郸记》"二梦"虽皆取材于唐人的传奇小说，但实是借传说故事来反映对社会现实的看法。由于经历了十年的官场生活，作者对统治阶级内部的种种丑恶与弊端有了较深刻的了解，故在"二梦"中对这些丑恶现象作了揭露，其批判的锋芒直指当时的昏君奸臣。如《南柯记》中的大槐安国的国王是一个昏君形象，听信谗言，将淳于棼遣返人间。而右丞相段功是作者抨击的主要对象，他妒贤嫉能，想方设法陷害淳于棼。他先是劝说国王将淳于梦召回,后又借天象变异,上书国王,将淳于梦遣返人间。作者在剧中抨击的虽是想象中的蚁国的君臣,但实是抨击现实社会中的昏君奸臣。又如《邯郸记》借唐代的人物卢生、崔氏、高力士、宇文融、裴光庭、萧嵩和开元天子的形象,揭露了明代的黑暗现实。如在剧中,卢生屡试不中,后在梦中,经崔氏指点,进京用钱买通司礼太监高力士和满朝权贵,果真不费吹灰之力,中了状元。所谓"开元天子重贤才,开元通宝是钱财。若得文章空使得,状元曾值几文来"。①这正一针见血地揭穿了当时科举制度的真实内幕。又如剧中的宇文融是当时大官僚的代表,由于卢生在应试时没有向他行贿,因此,他心怀不满,一再陷害卢生,欲置其于死地。作者通过这一人物对当时封建统治阶级内部尔虞我诈、互相倾轧的内幕作了真实的揭露。

在这一时期,汤显祖虽通过自己的亲身经历,已经看到了明王朝吏治的腐败与社会的黑暗,并能在诗作及戏曲中加以揭露和抨击,但能否改变与根治这些弊端,他已看不到希望了,对现实失去了信心,无回天之力,只好把一切都归之于虚幻,一梦了事,"人间君臣眷属,蝼蚁何殊?一切苦乐兴衰,南柯无二",②"六十年光景,熟不得半箸黄粱"。③从佛道思想中找到慰藉。

汤显祖在《寄邹梅宇》中说:"'二梦记'殊觉恍惚,惟此恍惚,令人怅然。无此一路,则秦皇、汉武为驻足之地矣。"④显然,他创作《南柯记》《邯郸记》这两个"梦"的目的,是让人看了后产生怅然

①《邯郸记·赠诗》出下场诗,《汤显祖戏曲集》,上海古籍出版社1978年版,第832页。
②《南柯记·情尽》出白,《汤显祖戏曲集》,第696页。
③《邯郸记·生寤》出【二郎神】曲,《汤显祖戏曲集》,第844页。
④《寄邹梅宇》,《汤显祖诗文集》卷四十七,第1363页。

之感，即感觉到明王朝的统治已不是秦皇、汉武那种盛世了，它的衰落已如江河日下，任何人也无可挽回了。但作为封建统治阶级的一员，既找不出办法来挽回本阶级的没落，又不忍心看到它走向衰落和灭亡，就只好超脱自己，视而不见，把现实生活中这一不可解决的矛盾都用佛道一切皆空的思想来解决。因此，《南柯记》《邯郸记》"二梦"中的主要人物，一个成仙，一个成佛，两人都进入了无是无非、无荣无辱的虚幻境界，于是现实社会中的一切矛盾也都得到了解决。

由上可见，汤显祖在"四梦"中所表达的志趣，也正与他的诗作的志趣是一致的，即都表达了他在不同时期的人生观和社会观。而这也说明，他的作诗与作曲的目的都是相同的，即都是秉承了"诗言志"的传统。

其次，在艺术形式上，"四梦"也体现了汤显祖诗人的"自娱"性。这主要体现在剧作的语言上。

作为娱人的戏曲，必须通过演员的表演，让观众观赏，由于演员多文化修养不高，而且观众也多为下层民众，因此，为了使演员看得懂，观众听得懂，无论是曲文，还是念白，都必须通俗易懂。如宋元时期民间艺人用以娱人谋生的南戏，其语言通俗易懂，如南戏《张协状元》第十九出【麻婆子】曲："二月春光好，秧针细细抽。有时移步出田头，蝌蚪要无数水中游。婆婆傍前捞一碗，急忙去买油。"有的则近于打油诗，如《张协状元》第二十六出【吴小四】曲："一个大贫胎，称秀才。教我阿娘来做媒，一去京城更不回。算它老婆真是呆，指望平地一声雷。"这样的曲文虽俚俗无文采，但浅显易懂，"不惟场下人易晓，亦令优人易记"。①

---

① 明王骥德《曲律·论落诗》，《历代曲话汇编》明代编第二集，第101页。

　　而作为文人自娱的诗词,可以用华丽典雅的语言,以显示作者的才华。因此,诗的语言与戏曲的语言是两种不同风格的语言,如明王骥德《曲律·杂论下》指出:"词之异于诗也,曲之异于词也,道迥不侔也。诗人而以诗为曲也,文人而以词为曲也,误矣,必不可言曲也。"①"曲与诗原是两肠,故近时才士辈出,而一搦管作曲,便非当家。"②汤显祖在"四梦"中,为了自娱,显示自己的文学才华,像作诗一样,注重语言的华丽典雅。他自称:"凡文以意、趣、神、色为主,四者到时,或有丽词俊音可用。"③如在曲白中多用典故,掉书袋,以增强剧作语言的深厚意蕴。如《牡丹亭·惊梦》出杜丽娘的念白云:

　　　　吾今年已二八,未逢折桂之夫;忽慕春情,怎得蟾宫之客?昔日韩夫人得遇于郎,张生偶逢崔氏,曾有《题红记》《崔徽传》二书。此佳人才子,前以密约偷期,后皆得成秦晋。

　　在这样短短的几句念白中,就连用了"折桂"、"蟾宫客"、"韩夫人遇于郎"、"张生逢崔氏"、"秦晋"等多个典故。用典虽能增强戏曲语言的文学性与经典性,但用典过多,就有艰深晦涩之弊。

　　又如在曲文和念白中大量引用或化用前人诗词中的成句,如《牡丹亭》不仅在下场诗中多用集唐,而且在曲文与念白中也多引用或化用唐诗与宋词的成句。如《牡丹亭·惊梦》出白:

　　　　云髻罢梳还对镜,罗衣欲换更添香。——引唐薛逢《官词》诗句。

　　　　梦彩凤双飞翼,心有灵犀一点通。——引唐李商隐《无

①《曲律·杂论下》,《历代曲话汇编》明代编第二集,第119页。
②同上,第122页。
③《答吕姜山》,《汤显祖诗文集》卷四十六,第1337页。

题》诗中句,原诗"梦"作"身"。

　　闲花傍砌如依主,娇鸟嫌笼会骂人。——化用唐李山甫《公子家》诗中句:"鹦鹉嫌笼解骂人。"

又如《牡丹亭·寻梦》出【二犯幺令】曲:

　　他趁这春三月红绽雨肥天。——化用唐杜甫《陪郑广文游何将军山林十首》中句:"红绽雨肥梅。"

这些引用或化用前人诗词的成句,虽大多能够与剧中的情节相融合,体现了作者渊博的知识与高超的文字功底,如清吴吴山《三妇评本牡丹亭》卷首载《还魂记或问十七条》中云:

　　《牡丹亭》之工,不可以是四者名之。其妙在神情之际。试观《记》中佳句,非唐诗即宋词,非宋词即元曲,然皆若若士之自造,不得指之为唐、为宋、为元也。宋人作词,以运化唐诗为难;元人作曲亦然。[1]

然而过多地引用或化用前人诗词的成句,也影响了曲文和念白的通俗性。

　　"四梦"还引用和化用儒家经典和前人名作中的成句。如《南柯记·侍猎》出白:

　　吾王不游,虎兕出于柙外;今日不乐,龟玉毁于椟中。——引用《论语·季氏》中句:"虎兕出于柙,龟玉毁于椟中,是谁之过与?"

《南柯记·贰馆》出白:

　　中心藏之,何日忘之。——引用《诗经·小雅·隰桑》原句。

《邯郸记·行田》出白:

---

① 《还魂记或问十七条》,《中国古典戏曲序跋汇编》,第1245页。

　　　　谅后进难攀先进,谁想这君子也,如用之? 学老圃混着
　　老农,难道是小人也? 何须也? 到九秋天气,穿扮得衣无衣,
　　褐无褐。

这几句念白分别化用了《论语·先进》《论语·子路》《诗经·豳
风·七月》中的语句,原文作:"子曰:'先进于礼乐,野人也;后进
于礼乐,君子也。如用之,则吾从先进。'""樊迟请学稼。子曰:
'吾不如老农。'请学为圃。曰:'吾不如老圃。'樊迟出。子曰:'小
人哉,樊须也。'""无衣无褐,何以卒岁?"

　　《邯郸记·极欲》出白:

　　　　君子可视也,不可陷也;可弃也,不可往也。

这几句化用了《论语·雍也》中句:"君子可逝也,不可陷也;可弃
也,不可罔也。"巧用谐音,将句中的"逝"、"罔"两字分别改作"视"、
"往"两字。

　　再如《牡丹亭·道觋》出石道姑一大段念白,除了开头引用了
唐代李群玉、杜甫、刘禹锡、韩愈的四句诗外,还将一篇《千字文》
生吞活剥地嵌入在念白中,不仅晦涩难懂,而且与剧中人物的性格
不符。

　　又如《邯郸梦·入梦》出吕洞宾的念白中,节取了宋代范仲淹
《岳阳楼记》中的原文,明臧懋循批云:"道人述一篇《岳阳楼记》,
唐时仙人亦喜读宋文鉴耶!"①

　　有时还玩弄文字游戏,以显示自己的文学才华,如《邯郸
梦·行田》出卢生的定场白,用了一首【菩萨蛮】词,采用倒句体的
形式,如:

　　　　客惊秋色山东宅,宅东山色秋惊客。卢姓旧家儒,儒家

_____

① 《邯郸梦·入梦》出批语,《玉茗堂四种传奇》,明万历四十六年(1618)刻本。

旧姓卢。　　　隐名何借问？问借何名隐？生小误痴情，情痴误小生。

这首词与剧情及人物形象的塑造无甚关系，完全是为了卖弄文才而作。

除了大量引用和化用前人成句外，汤显祖还在"四梦"中嵌入词、赋等诗体文学形式，如人物上场所念的定场白，多以一首词调开头，如《紫钗记·插钗新赏》出老旦上场的定场白：

> 【蝶恋花】谁剪宫花簪彩胜？整整韶华，争上春风鬓。往事不堪重记省，为花长带新春恨。　　　春未来时先借问，还恨开迟，冷落梅花信。今岁消息近，只愁青帝无凭准。

《牡丹亭·言怀》出生上场的定场白：

> 【鹧鸪天】刮尽鲸鳌背上霜，寒儒偏喜住炎方。凭依造化三分福，绍接诗书一脉香。　　　能凿壁，会悬梁，偷天妙手绣文章。必须砍得蟾宫桂，始信人间玉斧长。

《南柯记·念女》出老旦与众宫女上场白：

> 【忆秦娥】屏山列，香风暗展青槐叶。青槐叶，洞天深处，彩云明灭。　　　女儿十五辞宫阙，南柯婉娩西楼月。西楼月，南飞鹊影，照人离别。

《邯郸记·外补》出旦、贴上场白：

> 【好事近】无路入天门，买断金钱谁说？逗得翰林人去，送等闲花月。　　　梦回鸳枕翠生寒，始悔前轻别。一种崔徽情绪，为断鸿愁绝。

甚至在"四梦"的人物念白中还有赋，如《南柯记·侍猎》出田子华向蚁王上奏《大槐安国龟山大猎赋》：

> 大槐安之为国也，前衿龙岭，后枕龟山。龟山者，玄武之精也。西望则有西王母之龟峰焉，东顾则有东诸侯之龟蒙焉。

尔其为山也，其上穹隆，其中空同。形如巴丘之蜕骨，势似鳌山之顶蓬。草木生其背，禽兽穴其胸。文有《河》《洛》之数，武有介胄之容。驸马都尉淳于棼、右丞相段功等仰首叹曰："丕休哉！龟山郁郁葱葱。吾王不游，虎兕出于柙外；今日不乐，龟玉毁于椟中。"君王感焉，武功其同。是月也，凉风至，草木陨，鹰击鸟，豺祭兽。君王乃冠通天之冠，被玄衮之袍，佩干将，登华芝。雨师洒道，风伯清尘。因是以左丞侯，右淳侯，率其蚁附之属，若大若小，纷纷蛰蛰，乘玄驹而缀步趋者，殆以万计。金鼓震天，旌旗耀日，雷炮霜刀，风赠雨毕，周圆而阵于七十二钻之上。时至令起，人喧物华。挂飞猿，跐长蛇，碎熊掌，縻象牙，咀豹文，嘬犀花，髓天鸡，脑神鸦。至于雉兔数万，他他藉藉，君王未之顾也。最后得一甲兽，盖鲮鲤云。带穿山之甲，露浮水之嘴，舐啖至毒，不可胜纪。穴于山腹，火而献之。君王欣然，仰天而嘻曰："龟山有灵，此其当之矣。寡人鄙小，其敢朵颐？"盖兹山以土石为玄壳，以草树为绿毛，今此之猎尽矣。乃遂收旗割鲜，鸣钟举酒，凯歌而旋。既醉既饱，微臣授简作颂，献于座右。颂曰：隆隆龟山，龙岗所蔽。玄玄我王，卜猎斯至。非虎非罴，曰雨曰霁。服猛示武，遗膻去智。愿以龟山，卜年卜世。蝼蚁微臣，愿王千岁千千岁。

这些词与赋辞藻华丽典雅，显然是作者为自娱而作，即以此来显示自己的文学才华。但这样典雅的戏曲语言虽有着极高的文学性与经典性，却不易为一般观众所理解。如明王骥德曾指出：

　　剧戏之行与不行，良有其故。庸下优人，遇文人之作，不惟不晓，亦不易入口。村俗戏本，正与其见识不相上下，又鄙猥之曲，可令不识字人口授而得，故争相演习，以适从其便。

以是知过施文采,以供案头之积,亦非计也。①

清李渔也曾批评《牡丹亭》的语言过于雕琢而晦涩难懂,如云:

> 《惊梦》首句云:"袅晴丝吹来闲庭院,摇漾春如线。"以游丝一缕,逗起情丝。发端一语,即费如许深心,可谓惨淡经营矣。然听歌《牡丹亭》者,百人之中,有一二人解出此意否?若谓制曲初心,并不在此,不过因所见以起兴,则瞥见游丝,不妨直说,何须曲而又曲,由晴丝而说及春,由春与晴丝而悟其如线也?若云作此原有深心,则恐索解人不易得矣。索解人既不易得,又何必奏之歌筵,俾雅人俗子同闻而共见乎?其余"停半晌,整花钿,没揣菱花,偷人半面"及"良辰美景奈何天,赏心乐事谁家院","遍青山啼红了杜鹃"等语,字字俱费经营,字字皆欠明爽。此等妙语,止可作文字观,不得作传奇观。②

另外,我们从前人对汤显祖及其"四梦"的评论中,也可见其诗人的本色与"四梦"所具有的诗作特征。综观前人对汤显祖及其"四梦"的评论,几乎皆是推崇"四梦"之"辞",如王骥德指出:"词隐之持法也,可学而知也;临川之修辞也,不可勉而能也。"③他一方面十分推崇汤显祖及其"四梦",奉汤显祖为"今日词人之冠"。④"于本色一家,亦惟是奉常一人,其才情在浅深、浓淡、雅俗

---

① 《曲律·杂论上》,《历代曲话汇编》明代编第二集,第114页。
② 《闲情偶寄·词曲部·词采第二》,《历代曲话汇编》清代编第一集,第248—249页。
③ 《曲律·杂论下》,《历代曲话汇编》明代编第二集,第126页。
④ 同上,第131页。

之间,为独得三昧"。①他把汤显祖的《牡丹亭》比作"新出小旦,妖冶风流,令人魂销肠断"。②而另一方面,又谓"临川汤奉常之曲,当置'法'字无论,尽是案头异书"。③所谓"本色之作",是从诗的角度来审视"四梦"的,由于汤显祖是诗人,而他是以作诗法来作"四梦",其艺术风格正与其诗作相一致,反映了诗人的本色,故谓其是"本色"之作。但由于"四梦"是诗人之作,而不是剧作家之作,故又谓其"尽是案头之作"。

明吕天成对汤显祖及其"四梦"也极为推崇,如《曲品》云:

> 汤奉常绝代奇才,冠世博学。周旋狂社,坎坷仕途。当阳之谪初还,彭泽之腰乍折。情痴一种,固属天生;才思万端,似挟灵气。搜奇《八索》,字抽鬼泣之文;摘艳六朝,句叠花翻之韵。红泉秘馆,春风檀板敲金;玉茗华堂,夜月湘帘飘馥。丽藻凭巧肠而浚发,幽情逐彩笔以纷飞。蘧然破罶梦于仙禅,曭矣销尘情于酒色。熟拈元剧,故琢调之妍媚赏心;妙选佳题,致赋景之新奇悦目。不事刁斗,飞将军之用兵;乱坠天花,老生公之说法。信非学力所及,自是天资不凡。④

在这段评语中,也多是对其文学才华的推崇和赞扬。

明孟称舜在《古今名剧合选序》中,对汤显祖与沈璟两人的戏曲主张作了总结,云:

> 迩来填词家更分为二,沈宁庵专尚谐律,而汤义仍专尚工辞。二者俱为偏见。然工词者,不失才人之胜;而专尚谐律

① 《曲律·杂论下》,《历代曲话汇编》明代编第二集,第131页。
② 同上,第119页。
③ 同上,第125页。
④ 《曲品》卷上,《历代曲话汇编》明代编第三集,第88页。

者,则与伶人教师、登场演唱者何异?①

明张琦《衡曲麈谭》也云:

> 临川学士旗鼓词坛,今玉茗堂诸曲,争脍人口,其最者,《杜丽娘》一剧,上薄《风》《骚》,下夺屈、宋,可与实甫《西厢》交胜,独其宫商半拗,得再调协一番,辞、调两到,讵非盛事与?惜乎其难之也!②

他将汤显祖与屈原、宋玉并论,以《牡丹亭》与《风》《骚》媲美。

明快雨堂《冰丝馆重刻〈还魂记〉叙》谓汤显祖在创作《还魂记》(《牡丹亭》)时,荟天、地、人、古、今之才,集诗、词、史、禅、庄、列之长于一体,曰:

> 世有见玉茗堂《还魂记》而不叹其佳者乎?然欲真知其佳,且尽知其佳,亦不易言矣。风云月露,天之才也;山川花柳,地之才也;诗词杂文,人之才也。此三才者,亘古至今而不易,推迁变化而弗穷。《还魂记》,一传奇耳,乃荟天地之才为一书,合古今之才为一手。以为禅,则禅宗之妙悟靡不入也;以为《庄》《列》,则《庄》《列》之诙诞靡不臻也;以为《骚》《选》,则《骚》《选》之幽渺靡不探也;以为史,则史家之笔削靡不备也;以为诗,则诗人之温厚靡不蕴也;以为词,则词人之缛丽靡不抒也;以为曲,则度曲家之清浊高下,宫商节族,靡不极其微妙、中其窾却也。噫!观止矣。③

清毛先舒《诗坻辨·词曲》也谓:

> 曲至临川,临川曲至《牡丹亭》,惊奇瑰壮,幽艳淡沲,古

---

①《古今名剧合选序》,《历代曲话汇编》明代编第三集,第467页。

②《衡曲麈谭》,《历代曲话汇编》明代编第三集,第354页。

③《冰丝馆重刻〈还魂记〉叙》,《中国古典戏曲序跋汇编》,第1229页。

法新制,机杼递见,谓之集成,谓之谐极。音节失谱,百之一二,而风调流逸,读之甘口,稍加转换,便已爽然。雪中芭蕉,政自不容割缀耳。[①]

在前人的这些评论中,没有赞扬"四梦"在曲律、结构、排场等戏曲本体上的成就,全是对汤显祖的"才情"及其"四梦"的"词"即曲文的推崇与赞赏,而他们所推崇与赞赏的,也正是"四梦"的诗作特征之所在。

三、"四梦"的案头化倾向

将汤显祖还原为诗人,而不是剧作家,指出其"四梦"的诗作特征,并非否认"四梦"的成就,而是给"四梦"一个实事求是的评价,即一方面要肯定其思想与艺术上的成就,同时,也应从戏曲必须具有的艺术规范来衡量它,看到其不足之处,不必为贤者作讳饰。而以戏曲艺术的本体特征与艺术规律来衡量"四梦",则"四梦"明显地具有案头化的倾向。清朱禄建认为戏曲有案头之曲与场上之曲之别,曰:

> 原夫今人之词曲有二:有案头,有场上。案头多务曲,博矜绮丽;而于节奏之高下,不尽叶也;斗笋之缓急,未必调也;脚色之劳逸,弗之顾也。若场上则异是:雅俗兼收,浓淡相配;音韵谐畅,非深于剧者不能也。[②]

所谓的案头之曲,也就是文人的自娱之作,而从案头之曲来看,"四梦"的语言"博矜绮丽",确实有着很高的成就,但从场上之

---

①《诗坫辨·词曲》,《历代曲话汇编》清代编第一集,第565页。
②《缀白裘》七集序,《中国古典戏曲序跋汇编》,第473页。

曲,即以戏曲舞台的标准来衡量"四梦",还是存在着许多缺陷的。

一是不合曲律。汤显祖为了显示才华,不为曲律所限,故多有违律之处。在明代就受到了以沈璟为代表的曲律家们的批评,并由此引起了一场争论。如臧懋循《玉茗堂传奇·引》指出:

> 临川汤义仍为《牡丹亭》四记,论者曰:"此案头之书,非筵上之曲。"夫既谓之曲矣,而不可奏于筵上,则又安取彼哉! 且以临川之才,何必减元人,而犹有不足于曲者,何也?……今临川生不踏吴门,学未窥音律,艳往哲之声名,逞汗漫之词藻,局故乡之闻见,按亡节之弦歌,几何不为元人所笑乎?①

沈德符《顾曲杂言》也云:

> 汤义仍《牡丹亭梦》一出,家传户诵,几令《西厢》减价。奈不谙曲谱,用韵多任意处,乃才情自足不朽也。②

凌濛初虽对"四梦"的才情与语言极为推崇,但也指出其不合律之弊,曰:

> 惜其使才自造,句脚、韵脚所限,便尔随心胡凑,尚乖大雅。至于填调不谐,用韵庞杂,而又忽用乡音,如"子"与"宰"叶之类,则乃拘于方土,不足深论,止作文字观,犹胜依样画葫芦而类书填满者也。③

再如近人王季烈《螾庐曲谈·论作曲》也谓:"玉茗'四梦',其文藻为有明传奇之冠,而失宫犯调,不一而足。"④"其所填之曲,每

---

①《玉茗堂传奇·引》,《历代曲话汇编》明代编第一集,第622—623页。
②《顾曲杂言》,《历代曲话汇编》明代编第三集,第63页。
③《谭曲杂札》,《历代曲话汇编》明代编第三集,第189页。
④《螾庐曲谈·论作曲》,《历代曲话汇编》近代编第一集,第363页。

不依正格。多一字,少一字,多一句,少一句,随处皆是。"①

吴梅在《顾曲麈谈》《曲学通论》中也对"四梦"的违律问题多有论及,谓"四梦"在宫调的组合、曲牌联套及使用衬字等方面都存在弊病,如曰:

> 往往有标名某宫某曲,而所作句法,全非本调者。令人无从制谱,此不得以"不知音"三字诬罪也。此误《牡丹亭》最多。多一句,少一句,触目皆是。②

> 板式紧密处皆可加衬字,板式疏宕处则万万不可。汤临川作《牡丹亭》,不知此理。任意添加衬字,令歌者无从句读。③

> 《牡丹亭·冥誓》折,所用诸曲,有仙吕者,有黄钟宫者,强联一处,杂出无序。《纳书楹》节去诸曲,始合管弦。以若士之才,而疏于曲律如是,甚矣,填词之难也。④

虽然直到今天在昆曲舞台上演唱的"四梦"多为汤显祖的原作,但这要归功于历代曲律家们对原作曲律的订正,如清代的钮少雅对《牡丹亭》的曲律作了订正,作了《格正还魂记词调》,叶堂作《纳书楹四梦全谱》,皆以集曲的方法,纠正了原作的违律之处。如按曲谱【双调·真珠帘】曲首二句应作七、三字句,而《牡丹亭·言怀》出此曲首二句作"河东旧族,柳氏名门最",不合律。钮少雅《格正还魂记词调》便将此二句换作【正宫·喜迁莺】首二句格,因【喜迁莺】首二句正好是四、五字句,且正宫与双调都可用小工调,声情相近。叶堂的《牡丹亭全谱》则将此二句改用【商调·绕池游】

---

① 《蠛庐曲谈·论作曲》,《历代曲话汇编》近代编第一集,第385页。
② 《曲学通论·作法下》,《历代曲话汇编》近代编第三集,第489页。
③ 《顾曲麈谈·原曲·论作南曲法》,《历代曲话汇编》近代编第三集,第340页。
④ 同上,第338页。

首二句格，因【绕池游】首二句也正好为四、五字句。在《格正还魂记词调》中，改用集曲的共有51处，《牡丹亭全谱》也用了41处，可见"四梦"虽能按原本演唱，但不能因此而无视原本的不合曲律的事实。

二是情节拖沓，结构散漫。由于注重剧作的抒情性和语言的意境美，虽是完美地呈现了诗作的格调和诗性化的意境，但这也不可避免地造成了剧作叙事性的减弱，导致发展缓慢，节奏拖沓，结构散漫。如《牡丹亭》有五十五出之多，其中有许多出的情节实为背景性的过场戏，与剧作主题的表达及主要人物关系不大，但为了给剧中人物能有机会抒情，并显示语言上的才华，故将这些过场戏作为正戏来敷演，如《虏谍》出，写金主欲南侵，封李全为"溜金王"，先命其骚扰淮扬一带。从全剧来看，金主南侵只是一条副线，而且在这条副线中，李全是主角，金主不必出场，也不必专设一场戏来写金主谋遣之事。如明冯梦龙认为："李全原非正戏，借作线索，又添金主，不更赘乎？"[1]因此，冯梦龙在对《牡丹亭》改编时，把原来五十五出，删改成三十七出，他在《风流梦·总评》中声称：

> 原本如老夫人祭奠，及柳生投店等折，词非不佳，然折数太烦，故削去。即所改窜诸曲，尽有绝妙好词，譬如取饱有限，虽龙肝凤髓，不得不为罢箸，观众幸勿以点金成铁而笑余也。[2]

除了情节安排散漫拖沓外，"四梦"在结构上还存在着前后情节衔接不紧密、缺乏照应的弊病，如《牡丹亭》第二出柳梦梅一出场就说自己因梦改名，而作为女主角的杜丽娘在第十出才游园入梦，

---

[1]《风流梦·李全起兵》折注，《冯梦龙全集·墨憨斋定本传奇》，第1075页。
[2]《风流梦·总评》，《冯梦龙全集·墨憨斋定本传奇》，第1049页。

梦中与柳梦梅相遇,前后相隔八出;又如在《诀遇》出,就交代柳梦梅已经动身上京应试,而此时杜丽娘尚未得病,但直到《旅寄》出,杜丽娘死去三年,柳梦梅才来到梅花观中投宿,这样,柳梦梅在路上足足走了三年时间,故冯梦龙《风流梦·总评》曰:

> 生谒苗舜宾时,旦尚无恙也。途中一病,距投观为时几何,而《荐亡》一折,遂以为三年之后,迟速太不相照,今改周年较妥。①

三是排场缺乏舞台性。王季烈《螾庐曲谈·论作曲》曾批评云:

> 玉茗"四梦",排场俱欠斟酌。《邯郸》《南柯》稍善,而《紫钗》排场最不妥洽。盖《紫钗》为《紫箫》之改本,若士只顾存其曲文,遂至杂糅重叠,曲多而剧情反不得要领。今日《紫钗》中只有《折柳阳关》一折(本系一折,今人析为二折)登之剧场,其余均无人唱演,盖实不能演也。②

由于作者注重抒情性,在一些重点场次,为人物安排了长套细曲,用以抒情,因此,不仅造成了剧情的前后重复,延宕了剧情的发展,而且这些曲调多为一人独唱,节奏缓慢,演员难以胜任。如《紫钗记·边愁写意》出,写李益巡守边塞,眼望塞外风景,抒发思乡之情,全出戏共安排了【北点绛唇】、【南金珑璁】、【一江风】四曲、【三仙桥】三曲、【尾声】共十支曲调,除首曲【北点绛唇】众边将合唱和【尾声】由王哨唱外,【一江风】四曲、【三仙桥】三曲皆由生(李益)一人独唱,其内容皆为抒发思乡之情,而且【一江风】、【三仙桥】皆为慢曲,因此,不仅这七支曲调所描写的内容重复,延缓了剧情的

---

① 《风流梦·总评》,《冯梦龙全集·墨憨斋定本传奇》,第1049页。
② 《螾庐曲谈·论作曲》,《历代曲话汇编》近代编第一集,第423页。

发展,而且由一人独唱七支慢曲,非铜喉铁舌者,实难以胜任。故王季烈在《集成曲谱》中对此出的曲调作了删削,并指出:

> 《边愁》折,原本首列【一江风】四支,其第二、三、四支即分述沙如雪、月如霜与征人望乡情事,而其后【三仙桥】之第二、三支,亦复如是,未免叠床架屋。兹将【一江风】四支并作一支,则前者总举,后者系分叙,庶几蹊径稍异。且【一江风】、【三仙桥】均系慢曲,节去三支,歌者方可胜任。[①]

又最后的《剑合钗圆》出,安排了四支引子、十六支过曲、四支赚曲、一支【尾声】、三支引子作尾声的【哭相思】,共二十八支曲调。王季烈认为:"如此长剧,南曲中所罕觏。虽非一人所唱,而其中慢曲居多,安得此铜喉铁舌以歌之?"故他也对此出作了改动,"将前半悉删去,仅留商调一套,而前半剧情另填【二郎神慢】二支以包括之。方合套数之格式,歌者亦可胜任矣。"[②]

四是脚色安排冗杂。"四梦"中人物众多,而传奇的脚色通常只有生、旦、净、末、丑、外、贴、老旦等八种,故每一种脚色,都需扮演不同的人物,如《牡丹亭》中各脚色扮演的人物:

生:柳梦梅、父老、犯、中军、报子

旦:杜丽娘、采桑、皂卒

末:开场、陈最良、父老、通事、犯、花神、文官、公差

外:杜宝、皂卒、犯、老枢密、贼兵、马夫、军校

老旦:杜夫人、公人、采桑、僧、犯、军人、文官、贼兵、番将、报子、中军官、将军、军校

贴:春香、门子、鬼吏、小道姑、文官、众军、通事、报子、

---

①《螾庐曲谈·论作曲》,《历代曲话汇编》近代编第一集,第423页。
②同上,第424页。

妓、军校

丑：府学老门子、皂隶、韩秀才、公人、牧童、采桑、小花郎、府差、杨婆、番鬼、鬼、徒弟、疙童、掌门、武官、店小二、把门、将军、军校旗锣、狱卒、军校

净：皂隶、田夫、郭驼、番王、老道姑、李全、苗舜宾、判官、武官、报子、狱官、将军

同一种脚色扮演不同的人物出场，不仅令观者目眩难辨，而且频繁地改扮不同的人物，尤其是在前后相连的场次中改扮，使得演员来不及换装，难以应付。故冯梦龙在他的《牡丹亭》改编本《风流梦》中，将由贴同一脚色扮演的春香与小道姑两人合而为一，让春香在杜丽娘死后，出家做了道姑，为小姐守灵。冯梦龙认为：

> 春香出家，可谓义婢，便伏小姑姑及认画张本。后来小姐重生，依旧作伴。原稿葛藤，一笔都尽矣。[①]

又如《邯郸记》中的脚色设置杂乱不一，不合传奇脚色之规范。其中何仙姑、吕洞宾、钟离权、韩湘子、曹国舅、何仙姑、铁拐李、蓝采和、皇上、堂候官、番卒、刽子手、工部大使、厩马大使、户部大使、乐官等皆不标扮演的脚色；又宇文融（净）、萧嵩（外）、裴光庭（末）、高力士（老旦）等人物在第十九出前皆注明所扮脚色，自十九出后，却直称其名，不标脚色名，前后不一。

曲律、结构、排场、脚色设置等作为场上之曲所必备的因素，"非深于剧者不能也"。而"四梦"短于此，正说明汤显祖"非深于剧者"也。也正是由于"四梦"的长于"辞"而短于"戏"，长于案头而短于场上，缺少作为场上戏曲所具有的观赏性，因此，不对原本作改编，很难将全本搬上舞台演出。故长期以来，若是按原本演出

---

①《风流梦·谋厝殇女》折注，《冯梦龙全集·墨憨斋定本传奇》，第1091页。

的,多是其中的一些折子,而且其观众多为文人学士,不能为下层观众所接受。如清黄宗羲《听唱〈牡丹亭〉》诗云:

掩窗浅按《牡丹亭》,不比红牙闹贱伶。

莺隔花间还呖呖,蕉抽雪底自惺惺。

远山时阁三更雨,冷骨难销一线灵。

却为情深每入破,等闲难与俗人听。①

可见,听唱具有高雅幽深的艺术风格的《牡丹亭》,不同于"贱伶"所演唱的场上之曲,而其蕴含的幽深的内容,又"难与俗人听",即不能为下层观众所理解。

而要将"四梦"全本搬上舞台,能让大多数观众所接受,必须要对原本作改动,增强其舞台性。如王季烈在《集成曲谱》中,从舞台性的角度,对"四梦"作了改编,他认为:"此非轻议古人,好为妄作,实于搬演之道不得不如此耳。"②早在明代,沈璟改编《牡丹亭》的目的,也就是着眼于演出,如沈自晋《南词新谱·古今人谱词曲传剧总目》载其改本《同梦记》曰:"词隐先生未刻稿,即《串本牡丹亭》改本。"③所谓"串本",也就是演出本。又如冯梦龙将《牡丹亭》改编为《风流梦》,他在《风流梦·小引》中称:"僭删改以便当场。"他虽然十分推崇《牡丹亭》,曰:"若士先生千古逸才,所著四梦,《牡丹亭》最胜。"但因其"为才情所役","填词不用韵,不按律","识者以为此案头之书,非当场之谱"。因此,他认为:"欲付当场敷演,即欲不稍加窜改而不可得也。"④清代《缀白裘》所收的《牡丹亭》舞台演出本,也对原本作了改动,如《游园》出就删去了原

---

①《听唱〈牡丹亭〉》,《历代曲话汇编》清代编第一集,第219页。

②《蜩庐曲谈·论作曲》,《历代曲话汇编》近代编第一集,第424页。

③《南词新谱》,中国书店1985年影印明刻本,第6页。

④《风流梦·小引》,《冯梦龙全集·墨憨斋定本传奇》,第1047页。

本杜丽娘所念的"昔日韩夫人得遇于郎"这段塞满典故、晦涩难懂的念白。

从沈璟的《串本牡丹亭》、冯梦龙的《风流梦》到《缀白裘》所收的艺人改编本，在文学性与思想性上，与原本相比，虽有点金成铁之弊，都或多或少地对原作造成了损伤，但也不可否认，这些改编本均增强了原作的舞台性，为"四梦"在舞台上的演出与流传作出了贡献。因此，我们不能因推崇汤显祖的原本而一概否认这些改编本的成就。正如冯梦龙所说的："慕西子极，而并为讳其不洁，何如浣濯以全其国色之为愈乎？"①

———————

① 《风流梦·小引》，《冯梦龙全集·墨憨斋定本传奇》，第1047页。

论《牡丹亭》的艺术成就

　　《牡丹亭》是汤显祖的代表作,汤显祖自称:"一生'四梦',得意处惟在《牡丹》。"[1]由于汤显祖在《牡丹亭》中真实地反映了"情"与"理"的矛盾,描写了青年男女的爱情,这也正是其"得意处",而前人在评价和欣赏《牡丹亭》时,也多关注其思想内容上的"得意处"。也正因为《牡丹亭》在思想内容上的成就光彩夺目,因而遮掩了它在艺术上的成就,前人较少对《牡丹亭》的艺术成就作全面系统的总结,虽也有人论及,但批评者多于赞扬者,如明代沈璟对《牡丹亭》不合律的批评,清代李渔对《牡丹亭》语言典雅难懂的指摘。其实《牡丹亭》的曲律和语言虽存缺陷和不足,但《牡丹亭》能在戏曲舞台上盛传不衰,脍炙人口,除了其动人的故事情节和深刻的思想内容外,其艺术上的特色和成就也是重要的原因。

一、《牡丹亭》的结构艺术

　　《牡丹亭》是通过杜丽娘和柳梦梅这对青年男女的爱情故事,表现和歌颂了封建社会青年男女敢于冲破封建礼教的束缚、争取

---

[1] 见明王思任《批点玉茗堂牡丹亭叙》引,《汤显祖诗文集》附录,第1543页。

个性解放、婚姻自主的不屈斗争,从而表达了当时王学左派所倡导的崇尚真性情、反对假道学的进步思想。汤显祖在剧前的《题词》中指出:"第云理之所必无,安知情之所必有邪!"①他将"情"与"理"的矛盾冲突贯穿全剧始终。因此,他也按照"情"与"理"的矛盾冲突来设置全剧的结构,安排故事情节。

《牡丹亭》共五十五出,按照情节的发展,全剧可分为四个部分。自第一出《标目》到第六出《怅眺》,这是全剧的开端部分,主要是交代剧中的主要人物以及故事的起因。从总体上来看,我国古典戏曲的开端一般不如西方传统戏剧迅速直接。西方传统戏剧受舞台时空的限制,为了减少场景的转换,节约舞台时间与空间,故在戏一开场,就直接揭示矛盾冲突,把各种不同类型的人物和矛盾冲突集中在一起加以展示,而有关"前史"的情节则采用回顾倒叙的方法,在随后的剧情展开过程中逐步透露。我国古典戏曲由于舞台时空不限,再加上受说唱与话本小说等叙事文学的影响,追求故事情节的完整性,故总是先从故事的"前史"演起,将故事的来龙去脉依次展开,把剧中人物一一介绍给观众。在叙述式地敷演故事开头的过程中,才逐渐触及戏剧冲突的开端。《牡丹亭》的开端也正是这样的。在开头的这六出戏中,作者先分头从杜丽娘、柳梦梅的身世、家庭环境等写起,让剧中的一些重要人物依次出场,一直到《闺塾》出才触及全剧的矛盾冲突的开端。

但在第一部分中,作者在介绍剧中主要人物的同时,也为后面将要发生的戏剧冲突即"情"与"理"的冲突营造氛围,即通过对杜丽娘生活环境的描写,表明了这场矛盾冲突发生的必然性。杜丽娘生活在一个典型的封建家庭之中,父亲杜宝为南安府太守,是

---

① 《牡丹亭·题词》,人民文学出版社1963年版,第1页。

唐代诗人杜甫之后,自诩诗礼传家,母亲甄氏,"乃魏朝甄皇后嫡派"。[①] 由于具有这样高贵的门间,因此,杜宝夫妇对女儿的管教十分严格,按照封建传统道德来规范和教育女儿,将她关在闺房内,习女工,读诗书,不得穿绣有花鸟图案的裙衫,更不准白日昏睡。为了让女儿"知书识礼",成为一个封建淑女的典范,他们还请来迂腐的老儒生陈最良对女儿进行封建说教。因此,杜丽娘一上场,就如生活在一个无形的牢狱之中,不仅限制了她的生活自由,如不得外出闲游,连就在衙门后面的花园也不让她知道,而且更是束缚了她的精神自由。本来对于一个年已及笄的青年女子来说,伤春怀人,这是出自天然之性,十分正常,然而在当时杜丽娘不能将这一感情自由地表达出来,正如春香所说的:"故此俺小姐说:关了的雎鸠,尚然有洲渚之兴,可以人而不如鸟乎?"[②] 自然界的小鸟尚可自由翱翔,然而杜丽娘却不能自由表现自己真实的情感。她虽然"一生儿爱好是天然",但始终被无形的封建礼教压抑着,束缚着,"《昔氏贤文》,把人禁杀"。[③] 这样的生活环境也决定了"情"与"理"的矛盾冲突是不可避免的。因此,作者在第一部分中,虽然尚未正式展开全剧的矛盾冲突,但通过对杜丽娘生活环境的交代,已经暗示出这场冲突发生的必然性。

　　从第七出《闺塾》到第二十出《闹殇》,是全剧的第二部分,写杜丽娘因情而死。在这一部分中,作者逐渐展开了"情"与"理"的矛盾冲突。《闺塾》出是矛盾冲突的开端,杜宝请来老儒生陈最良讲授儒家经典,陈最良想通过《诗经·关雎》篇,向杜丽娘灌输所

---

① 《牡丹亭·训女》出,第7页。
② 《牡丹亭·肃苑》出,第39页。
③ 《牡丹亭·闺塾》出,第25页。

谓的"后妃之德"。然而事与愿违,杜丽娘从《诗经·关雎》篇中领会到的并不是"后妃之德",而是古代青年男女的爱情。"窈窕淑女,君子好逑",描写青年男女爱情的诗篇激发了她内心的"天然之性",同时也引发了她与封建势力、封建礼教的矛盾冲突。因此,当她听春香说府衙后面有座大花园,"花明柳绿,好耍子",①便产生了游园的念头,并在春香的鼓励下,第一次走出深闺,到花园内游玩,在反抗封建礼教束缚的道路上迈出了第一步。当她"步出香闺",来到花园后,姹紫嫣红的美好景色引发了她青春的觉醒和对幸福爱情的向往,同时也从这满园春色"都付与断井颓垣"的现实中,感受到了封建势力和封建礼教对自己美好青春的压制。接下去的惊梦、寻梦,便是杜丽娘追求理想爱情的开始。杜丽娘的梦,正是因情而生的。在梦中,她遇到了理想的情人,梦醒之后,她又主动地"寻梦",追求理想的爱情。然而在当时的社会环境里,她的理想是不能实现的。但既然已经看到了理想,杜丽娘决不屈从于封建势力与封建礼教的压制,放弃对理想爱情的追求,于是全剧的矛盾冲突在《闹殇》出出现了第一个高潮,即杜丽娘因情而死。

从第二十一出《谒遇》到第三十五出《回生》是全剧的第三部分,写杜丽娘的因情而生。在这一部分中,作者继续描写杜丽娘对理想爱情的追求,并为最后矛盾冲突高潮的出现蓄势。杜丽娘的因情而死,并不是对"情"的放弃,而是进一步的追求,到了冥间后,她仍执着地寻求自己理想中的情人。得到冥间判官的准许后,杜丽娘不仅找到了自己的情人,而且能够与他自由自在地相会。然而人与鬼的结合不是她的最终目的,她还要因情而生,在阳间实现自己的理想,与柳梦梅结成阳间夫妻。如她自称:"前日为柳

①《牡丹亭·闺塾》出,第27页。

郎而死,今日为柳郎而生,夫妇分缘,去来明白。"①因此,在《冥誓》出,她向柳梦梅吐露了真情,并要柳梦梅掘坟开棺,使她回生。

作者在描写杜丽娘对"情"的追求的同时,也描写了男主角柳梦梅对"情"的志诚与执着。他在拾到杜丽娘的真容后,一见钟情,声声叫唤,渴望相会。即使得知杜丽娘是鬼魂,他也真心相爱,对杜丽娘说道:"你是俺妻,俺也不害怕了。"②后来竟敢冒被斩首之险,掘坟开棺,让杜丽娘还魂回生。这样两个有情人终于得以结合。

从第三十六出《婚走》到第五十五出《圆驾》,这是全剧的第四部分,也是全剧矛盾冲突的高潮与结局。若按一般的男女爱情剧来说,至第三十五出《回生》,杜丽娘回生后终与柳梦梅结成夫妻,实现了自己的理想,剧情至此可以结束了。然而汤显祖并没有就此打住,在《回生》之后,又用了二十出的篇幅,来描写杜丽娘、柳梦梅与杜宝之间的矛盾冲突,将"情"与"理"的矛盾冲突推向全剧的高潮,深化了剧作的主题。在此之前,即从《闺塾》到《回生》出,作者虽然也描写了"情"与"理"的冲突,但主要是从杜丽娘内心的角度来表现的。杜丽娘的死是封建势力与封建礼教压制的结果,然而两者之间并没有发生正面冲突。而在第四部分中,作者让"情"与"理"矛盾双方发生了正面的冲突,冲突的程度也更趋尖锐激烈。为了突出矛盾冲突,作者还特地安排了《骇变》一出戏,陈最良发现了杜丽娘的坟墓被发掘后,便去淮扬找杜宝,诬告柳梦梅是劫坟贼。这样在原来的父女矛盾之中,又增加了翁婿矛盾。柳梦梅因尚未发榜,便先去淮扬探望岳父、岳母,当他来到淮扬时,不料

---

① 《牡丹亭·冥誓》出,第158页。
② 同上,第161页。

杜宝不仅不认他为女婿,还将他当作劫坟贼拷打审问。即使苗舜宾证明柳梦梅的确是新科状元时,杜宝还不肯罢休,"必须奏闻灭除"。①于是矛盾冲突逐渐达到了高潮。在最后的《圆驾》出,矛盾双方面对面地进行了激烈的交锋。杜宝不仅不认柳梦梅为女婿,而且连女儿都不认,一口咬定杜丽娘是"花妖狐媚,假托而成",奏请皇帝对丽娘用刑,"金阶一打,立见妖魔"。②而且皇帝也以"自媒自婚"有违封建婚姻教条对杜丽娘加以指责:"朕闻有云:'不待父母之命,媒妁之言,则国人父母皆贱之。'杜丽娘自媒自婚,有何主见?"③面对顽固而强大的封建势力,杜丽娘与柳梦梅毫不屈服,杜丽娘针对皇帝的指责,理直气壮地回击道:"真乃是无媒而嫁,保亲的是母丧门,送亲的是女夜叉!"并对"自媒自嫁"感到自豪,对杜宝说:"人间白日里高结彩楼,招不出个官婿,你女儿睡梦里、鬼窟里选着个状元郎,还说门当户对!"④杜宝要她"离异了柳梦梅",才肯认她为女儿。杜丽娘决不妥协,宁可不要父女之情,也不肯离开柳梦梅,坚定地表示:"叫俺回杜家,赸了柳衙,便作你杜鹃花,也叫不转子规红泪洒!"⑤虽然最后以"奉旨团圆"结局,但这一结局实是以杜丽娘为代表的"情"的一方斗争的结果,即"情"终于战胜了"理"。

在具体安排情节时,《牡丹亭》也颇具特色。一是线索分明,脉络清晰。在我国古典戏曲中,除元杂剧外,宋元南戏和明清传奇皆为长篇巨制,人物众多,情节繁杂。因此,剧作家在具体安排

①《牡丹亭·硬拷》出,第253页。
②《牡丹亭·圆驾》出,第263页。
③同上,第264页。
④同上,第264页。
⑤同上,第266页。

情节时，一般都采用双线发展的结构形式，即一条主线与一条副线交替发展。这种双线发展的结构形式虽然能够容纳较多的人物和情节，且能使剧情发展曲折而有变化，但如果处理不好主线与副线之间的关系，便会造成喧宾夺主的弊病。《牡丹亭》虽也同样采用了双线发展的结构形式，但较好地处理了主线与副线之间的关系。在剧中，杜丽娘与柳梦梅的爱情是主线，贯串全剧的始终。敷演杜宝的官场政事和宋金战争是副线。这一副线与杜、柳的爱情主线交替进行，为表现主线服务，如在《闺塾》出与《肃苑》《惊梦》出之间，安排了《劝农》一出戏。在《闺塾》出，春香发现了府衙后面的大花园，杜丽娘便想去游园赏春。然而杜宝对女儿拘管甚严，若是他在府衙中，决不会让杜丽娘去游园的。因此，紧接《闺塾》出，作者安排了《劝农》一出戏，让杜宝下乡劝农，这样就使得杜丽娘能够走出深闺，去花园赏春。又如作者在敷演杜丽娘因情入梦、因梦而死等情节时，穿插了《虏谍》《牝贼》等描写宋金战争的戏，在杜丽娘因情而死后，杜宝便奉朝廷之命，赴扬州抗击金兵，这样才能让杜丽娘的鬼魂与前来寄宿的柳梦梅相遇。又在杜丽娘还魂，与柳梦梅一起来到杭州，柳梦梅应试未发榜时，受杜丽娘之托，去淮扬拜访杜宝这些情节之后，穿插了《淮警》《移镇》《御淮》《寇间》《折寇》《围释》等描写宋金战争的戏，这些情节的插入，都是为突出柳梦梅与杜宝之间的冲突作铺垫的。因此，剧作所反映的时代背景即宋金战争虽然十分宏大，但由于始终将它作为配合主线的一条副线来描写，故情节发展繁而不乱。

其次，为了突出"情"与"理"的矛盾冲突，作者在安排故事情节时，采用了虚实相结合的方法。在揭露封建势力和封建礼教对杜丽娘的管制和束缚时，采用了写实的手法，设置一些现实生活中的真实情节，真实地反映了封建势力和封建礼教的残酷与虚伪。

在表现杜丽娘为争取自己的理想斗争时，则采用了虚写的手法，设置了梦幻和魂游等具有幻想色彩的情节，让杜丽娘能够摆脱封建礼教的束缚，实现了自己梦寐以求的幸福爱情。

当然，《牡丹亭》也存在着明清传奇因篇幅长而结构庞杂、松散的通病，如《虏谍》出，写金主欲南侵，封李全为"溜金王"，先命其骚扰淮扬一带。从全剧来看，金主入侵只是一条副线，而且在这条副线中，李全是主角，金主无须出场，也不必专设一场戏来写金主谋遣之事。如冯梦龙指出："李全原非正戏，借作线索，又添金主，不更赘乎？"①又如《移镇》出，写杜宝移镇淮安途中，不得已将夫人和春香送回杭州，这一情节对于全剧的矛盾冲突关系不大，只是一个过渡性情节，故没有必要专设一场戏加以正面敷演。冯梦龙认为："发回家眷，只消表明。"②故冯梦龙在改编《牡丹亭》时，将这两出戏都删除了。

二、《牡丹亭》的人物形象

人物形象是戏曲的主体，剧作的主题是由人物形象来表达的，同时剧中的故事情节、矛盾冲突也都是围绕着人物形象而设置的。因此，塑造人物形象是剧作家创作戏曲的首要任务，也是衡量一部剧作成就高低的重要标志。《牡丹亭》的人物形象塑造是十分成功的，无论是主要人物，还是次要人物，都个性鲜明，栩栩如生，富有艺术感染力。明代王思任曾对《牡丹亭》的人物形象作了很高的评价，如曰：

---

① 《风流梦·总评》，《冯梦龙全集·墨憨斋定本传奇》，第1049页。
② 《风流梦·杜宝移镇》折批语，《冯梦龙全集·墨憨斋定本传奇》，第1136页。

　　　　其款置数人，笑者真笑，笑即有声；啼者真啼，啼即有泪；叹者真叹，叹即有气。杜丽娘之妖也，柳梦梅之痴也，老夫人之软也，杜安抚之古执也，陈最良之雾也，春香之贼牢也，无不从筋节窍髓，以探其七情生动之微也。[①]

　　剧中的杜丽娘是作者精心塑造的人物，着墨最多。首先，作者十分逼真地展现了其性格的变化过程。杜丽娘从一个大家闺秀发展到后来成为一个封建叛逆者的形象，其性格经历了三个发展阶段。在开头的《训女》《延师》《闺塾》几出戏中，杜丽娘的性格是温顺懦弱的，对于父母的管教，她一一听从。如在《延师》出，杜宝请来了陈最良，教她学习儒家经典。春香知道后，怕以后管教得更严了，便道："先生来了怎好？"杜丽娘则顺从父亲的安排，道："那少不得去。丫头，那贤达女，都是些古镜模。你便略知书，也做好奴仆。"[②]又在《闺塾》出，虽然对陈最良的迂腐讲解十分不满，但她不敢直接表示出来，更不敢像春香那样进行反抗，而是对陈最良说："师父，依注解书，学生自会，但把《诗经》大意，敷演一番。"[③]含蓄地表示了自己的不满。

　　从《惊梦》到《寻梦》，这是杜丽娘性格发展的第二个阶段。游园赏春，自然界美好的景色引发了她内心的真情，又因情入梦，更激发了她对幸福爱情的向往和追求。如果说因情入梦尚是潜意识的话，那么在梦醒之后的"寻梦"，则是有意识的了，她敢于冲破封建势力和封建礼教的束缚，主动地去追求自己理想的爱情，这样也使得她的性格产生了一次飞跃，即具有了反抗与叛逆的性格。

---

①《批点玉茗堂牡丹亭叙》，《历代曲话汇编》明代编第三集，第48页。
②《牡丹亭·延师》出，第16页。
③《牡丹亭·闺塾》出，第26页。

　　从《冥判》出起，这是杜丽娘性格发展的第三个阶段。自因情
而死、变为鬼魂后，由于摆脱了世俗礼法的约束，杜丽娘的性格发
生了很大的变化，即她的反抗与叛逆性格变得更为大胆热烈。如
她主动来到柳梦梅的住处，与其幽媾。尤其在最后的《圆驾》出，面
对顽固无情的父亲，她一反先前温顺懦弱的性格，敢于顶撞，杜宝
要她离弃柳梦梅后才认她，她决不妥协，宁愿不回杜家，也不肯离
弃柳梦梅。

　　杜丽娘的性格虽然经历了三个阶段的变化过程，但变化也是
相对的，因为现实生活本身的复杂多变，决定了人的性格的多样性
与复杂性。因此，汤显祖在展现杜丽娘性格的可变性的同时，也十
分细腻地揭示了其性格的复杂性。如在《惊梦》出，她虽然十分向
往花园中的自然景色，然而又怕走出深闺去游园赏春有违礼法，故
犹豫不决，就在打扮完毕，将要跨出闺门时，她还瞻前顾后，踟蹰不
定，声称："步香闺，怎便把全身现？"[1]又在《婚走》出，虽然在冥间
已经与柳梦梅幽媾成欢了，但还魂回生后，当柳梦梅提出要与她成
亲时，她却提出要有"父母之命，媒妁之言"，才能成亲，道："这事
还早，扬州问过了老相公、老夫人，请个媒人方好。"[2]这样的描写，
既细致地揭示了杜丽娘复杂的内心世界，又符合她的出身与所受
到的教养，故使得这一形象十分真实感人。

　　其次，作者运用借景抒情、融情于景的表现手法，来描写杜丽
娘丰富的情感。我国的古典戏曲向有剧诗之称，所谓剧诗，就是
在描写景物时，与诗词一样，也具有情景交融的艺术特征。这是因
为中国戏曲在处理舞台时空与现实生活时空的关系时，采用了写

_____

①《牡丹亭·惊梦》出，第43页。
②《牡丹亭·婚走》出，第175页。

意的表现手法，故剧作家在剧中所描写的景物已不再是纯客观的景物，而是由剧中人物眼睛所看到，经过大脑过滤后反馈出来的景物，必然带有剧中人物特定的情感，人与景两者浑然一体。因此，剧作家常常通过对特定景物的描写，来映衬出剧中人物的精神气质。汤显祖在《牡丹亭》中，也正是采用这一方法来描写杜丽娘的情感。如在《惊梦》出，杜丽娘所唱的【皂罗袍】、【好姐姐】等曲文，是对满园春色的描绘，也借此展示了杜丽娘对幸福爱情的向往和对封建礼教束缚的怨恨之情。"姹紫嫣红开遍""朝飞暮卷，云霞翠轩；雨丝风片，烟波画船"，[①]这样美好的春天景色，若是在一般人眼里，定会产生欢欣愉悦、蓬勃向上的心情，然而在久受封建礼教束缚，年已及笄，尚未婚配的杜丽娘看来，这些景物之中，都蕴含着浓烈的伤感与怨愁，"锦屏人忒看的这韶光贱！"这样通过借景抒情、寓情于景的表现手法，十分形象地展示了杜丽娘丰富的情感世界，故明代沈际飞谓作者"铺缀景物，字字情深"。[②]王思任也谓这几支曲"从天气入草木，入鸟，步步情深，次第不乱"。[③]

第三，作者用白描的手法，通过一些细节描写，来展现杜丽娘的心理活动和心理状态。一个形神兼备的人，不仅有外形动作，也有心理活动，人物的情感、性格都离不开心理活动。明代张琦在《衡曲麈谈》中指出："心之精微，人不可知，灵窍隐深，忽忽欲动，名曰心曲。"[④]而剧作家在塑造人物形象时，就是要把人物精微隐深的内心世界的种种活动展现出来，"曲也者，达其心而为也"。[⑤]

---

① 《牡丹亭·惊梦》出，第43页。
② 《牡丹亭·惊梦》出【皂罗袍】曲批语，明崇祯间独深居本。
③ 《牡丹亭·惊梦》出【皂罗袍】曲批语，明天启四年（1624）清晖阁本。
④ 《衡曲麈谈》，《历代曲话汇编》明代编第三集，第348页。
⑤ 同上。

由于戏曲是代言体艺术,不能像小说那样,可以用作者的口直接加以叙述与描绘,因此,在戏曲中,剧作家往往为人物设置一些性格化的动作来展现其复杂的心理活动。汤显祖在《牡丹亭》中也正是采用了这一手法来描写杜丽娘的心理活动。如在《惊梦》出中,通过对杜丽娘在游园前精心梳妆打扮的一系列动作,十分细腻形象地表现她丰富复杂的内心活动。如【步步娇】曲:

> 袅晴丝吹来闲庭院,摇漾春如线。停半晌整花钿,没揣菱花,偷人半面,迤逗的彩云偏。步香闺怎便把全身现![1]

一缕春天的晴丝颤悠悠地吹进了寂寞的小庭深院,这一缕晴丝也勾起了杜丽娘内心的"情"丝,然而一想到父母的管教和封建礼教的规范,又使她内心产生了惶恐与犹豫。本来是自己从镜子中看见了自己的面貌,她却嗔怪镜子在"偷"看她,连忙闪过一旁,将发髻也歪向一边。作者通过这一细节,将杜丽娘在青春觉醒之前的心理活动,刻划得惟妙惟肖。她既对即将要走出深闺,去游园赏春充满着向往与兴奋,同时又为这一违反封建礼教的行为有所顾忌与害怕。

作者在剧中多层次、多侧面地对杜丽娘加以刻划与描写,使得这一人物形象光彩夺目,不仅在《牡丹亭》中十分突出,而且在古代戏曲史上,与《西厢记》中的崔莺莺一样,成为反抗封建礼教束缚、争取婚姻自主的一种典型形象。

柳梦梅是《牡丹亭》中的男主角,按照明清传奇的脚色体制,一剧之中有两个主角,即生与旦,全部情节都围绕着这两个脚色展开。因此,作者对柳梦梅这一人物形象也作了精心的刻画。在剧中,柳梦梅是一个才子的形象,他具有狂傲不驯与志诚多情的

---

[1]《牡丹亭·惊梦》出,第43页。

性格。贫困落拓，时运不济，使他内心产生了对现实社会的不满与牢骚。然而他坚信只是时运未济，才使得自己的才华得不到展现，因此，尽管生活上贫困，他在精神上却十分自负。如在干谒苗舜宾时，他自夸："小生到是个真正献世宝，我若载宝而朝，世上应无价。""但献宝龙宫笑杀他，便斗宝临潼也赛得他。"[①] 即使在上京应试途中，路遇风雪，感了寒疾，得到陈最良救助时，他还要夸自己是个"擎天柱，架海梁"。又如在《闹宴》出，当他手持破伞，身背旧包袱来到淮扬，准备拜见岳丈时，他自以为岳丈不仅会邀请他参加太平宴，而且还会要他在宴会上赋诗。因此，在班房里，竟打起了《太平宴诗》的腹稿。贫困落拓的生活经历、狂傲不驯的性格，使他不愿受现实社会中世俗礼法的约束，能无所顾忌，尽情地伸展和张扬自己的个性。他敢于蔑视《大明律》"开棺见尸，不分首从皆斩"的条法，掘坟开棺，使杜丽娘还魂回生。他不顾门当户对、父母之命、媒妁之言等封建婚姻教条，与贵家小姐杜丽娘私下结成夫妻。最后在皇帝及众大臣面前，他不给岳丈一点面子，揭露他假冒战功，"则哄的个杨妈妈退兵"，"那里平的个李全，则平的个李半"，[②] 并指责杜宝有三大罪：纵女游春；女死不奔丧，私建庵观；嫌贫逐婿，刁打钦赐状元。把杜宝说得无言以对。

　　志诚多情是柳梦梅的另一个性格特征，在开头的《言怀》出中，他在抒发自己怀才不遇的怨愤情怀时，也表达了对美好爱情的向往与追求。他自称改名"梦梅"，就是因情而改。当他拾到杜丽娘的真容后，便一往情深，日夜思念，对着真容"早晚玩之、拜之、叫

---

①《牡丹亭·谒遇》出，第100页。
②《牡丹亭·圆驾》出，第261—262页。

之、赞之"，①声称："倘然梦里相亲，也当春风一度。"②为了表达自己对杜丽娘的真情，他对天盟誓：誓与杜丽娘"作夫妻，生同室，死同穴，口不心齐，寿随香灭！"③即使知道了杜丽娘是鬼魂后，他仍深爱不变，并且甘冒斩首之罪，掘坟开棺，使杜丽娘还魂回生，与她结成阳世夫妻。

　　柳梦梅的狂傲不驯与志诚多情，是相辅相成的，两者共同构成了他的叛逆性格。因此，与女主角杜丽娘一样，作者在这一人物形象身上，也同样寄寓了要求个性解放、摆脱封建礼教束缚的思想倾向。

　　春香虽不是剧中的主要人物，只是作为杜丽娘的陪衬，但她的性格也十分鲜明。她地位卑贱，所受到的封建教育不多，因此，同样是对封建势力和封建礼教的反抗，她的反抗是大胆泼辣的。如在《闺塾》出，当陈最良讲解《诗经》时，杜丽娘虽然不满陈最良的迂腐说教，但只是含蓄地表示了自己的不满，而春香则在一旁插科打诨，捉弄陈最良。当陈最良讲到"关关"是鸟叫声时，她便"学鸠声诨介"。接着陈最良要她去取文房四宝时，她却把闺房内女子画眉用的螺子黛、细笔及薛涛笺、鸳鸯砚拿了出来。后来又借口出恭，溜到后花园游玩，回到闺塾中，还讲给杜丽娘听，引诱杜丽娘也去游玩。当陈最良手执荆条要处罚她时，她一把抢过荆条，并骂他是"村老牛"、"痴老狗"。她终日服侍杜丽娘，因此，她了解杜丽娘的隐情，当杜丽娘虽有向往自然之心而不敢表露时，她便替杜丽娘表达出来："小姐说，关了的雎鸠，尚然有洲渚之兴，可以人而不如

---

① 《牡丹亭·玩真》出，第131页。
② 《牡丹亭·幽媾》出，第139页。
③ 《牡丹亭·冥誓》出，第160页。

鸟乎?"①她怂恿杜丽娘克服矜持娇羞心理,大胆地走出了闺房,去
后花园赏春。因此,虽然与《西厢记》中的红娘相比,春香对杜丽娘
与柳梦梅两人的爱情所起的作用不大,但她对杜丽娘走上反抗封
建势力和封建礼教的道路起了推动作用。

　　杜宝在剧中是"理"的代表人物,作为杜丽娘与柳梦梅的对立
面,他恪守封建礼教,扼杀了女儿的青春。然而作者在塑造这一人
物形象时,也赋予了他多重性格,写出了其性格的丰富性。在政治
上,作者以肯定的笔调来描写他的清廉勤政,忠诚为国。如在《劝
农》出里,作者褒扬了他的"清名惠政",并描写他受到老百姓拥戴
的情景。又如在《闹殇》出,当女儿刚死,他便强忍悲痛,以国事为
重,离开南安,赶赴淮扬抵御金兵。然而在思想上,作者以否定的
态度,描写了他的严酷与顽固。他一心要把女儿教育成为一个封
建淑女的典范,特地请来腐儒陈最良,向女儿灌输封建伦理道德。
对女儿的婚事,他恪守"门当户对"、"父母之命,媒妁之言"等封建
教条,即使杜丽娘在冥间自媒自嫁,与柳梦梅结成了夫妻,杜宝还
是以其违反封建礼教加以指责:"且问你,鬼乜邪,人间私奔,自有
条法。阴司可有?"②因此,一定要杜丽娘离弃了柳梦梅,才认她
为女儿。由于写出了杜宝性格中的多重因素,因此使得这一作为
"情"的对立面的代表人物也十分生动真实。

　　陈最良在剧中也是"理"的代表人物,是对杜丽娘进行封建教
育的具体执行者。他迂腐寒酸,僵化固执,凡言必引经据典,如杜
丽娘要为他做双鞋子,请他给个样儿,他也引《孟子》语回答:"依

---

①《牡丹亭·肃苑》出,第39页。
②《牡丹亭·圆驾》出,第265页。

《孟子》上样儿，做个'不知足而为屦'罢了。"①他只知道依前代儒家的"注"解经，将描写青年男女爱情的《关雎》诗，曲解为歌颂"后妃之德"的诗作。作者在塑造这一人物形象时，充满着调侃与讽刺。如在他刚出场时，就自称因屡试不中，生活困窘，故被人称作"陈绝粮"，又因医、卜、地理皆知，被人改表字"伯粹"做"百杂碎"。再如他出使李全营中，只是买通了李全之妻，才说服了李全归顺宋朝。像这样的腐儒后来竟然做了朝廷的黄门官，因此，柳梦梅当着皇帝的面，讥讽他说："做门馆报事不真，则怕做了黄门，也奏事不以实。"②作者通过陈最良这一人物形象，不仅表现了"理"对"情"的束缚与压制，而且也表明了封建科举制度对人的摧残，将一个活生生的人，教育成了一个迂腐僵化的奴才。

通过以上对《牡丹亭》中的一些主要人物的分析，可以看到，这些人物形象都有鲜明的个性，真实生动，不仅加深了剧作主题的表达，而且也增强了全剧的艺术感染力。

三、《牡丹亭》的语言艺术

《牡丹亭》的语言在明代传奇中也是自具特色的。自明初以来，文人学士参与戏曲创作，他们多以作文作诗之法来作曲。为了显示自己的文学才华，在语言上很少能顾及舞台演出的实际效果和一般观众的欣赏能力，故戏曲语言一变宋元南戏和元代杂剧的本色风格，出现了"以时文为南曲"、③追求骈俪典雅的弊病。而

①《牡丹亭·闺塾》出，第27页。
②《牡丹亭·圆驾》出，第262页。
③明徐渭《南词叙录》，《历代曲话汇编》明代编第一集，第486页。

汤显祖的《牡丹亭》具有文采与本色相兼的语言风格,如明王骥德谓"其掇拾本色,参错丽语,境往神来,巧凑妙合,又视元人别一蹊径。技出天纵,匪由人造"。①

汤显祖早在青少年时期就工于诗赋,而且还评点过《花间集》,诗赋的造诣使得他的剧作语言具有诗赋的风格,尤其是在一些写景抒情的曲文中,更能体现出这一特色。如《惊梦》出杜丽娘所唱的【皂罗袍】曲:

> 原来姹紫嫣红开遍,似这般都付与断井颓垣。良辰美景奈何天,赏心乐事谁家院! 朝飞暮卷,云霞翠轩;雨丝风片,烟波画船——锦屏人忒看的这韶光贱!②

这是一种诗化的语言,绮丽而富有文采,其中"良辰美景"、"赏心乐事"、"朝飞暮卷,云霞翠轩"等曲文,是化用了唐代王勃《滕王阁序》中的语句,用这些绮丽文采的语句来写景抒情,且又出自诗画皆精的杜丽娘之口,便显得贴切当行。另一方面,汤显祖也酷嗜元杂剧,元杂剧本色的语言风格使其剧作语言在绮丽文采中又显示出本色流畅的特色,如同样是《寻梦》出中杜丽娘所唱的【懒画眉】曲:

> 最撩人春色是今年,少甚么低就高来粉画垣,元来春心无处不飞悬。哎! 睡荼蘼抓住裙衩线,恰便是花似人心好处牵。③

这支曲文既质朴自然,又意蕴丰富。尤其是春香所唱的曲文,这一特色更为明显,如《诊祟》出【金落索】曲:

---

①《曲律·杂论下》,《历代曲话汇编》明代编第二集,第125页。
②《牡丹亭·惊梦》出,第43页。
③《牡丹亭·寻梦》出,第53页。

看他春归何处归,春睡何曾睡? 气丝儿怎度的长天日?
把心儿捧凑眉,病西施。小姐,梦去知他实实谁? 病来只送的
个虚虚的你,做行云先渴倒在巫阳会。全无谓,把单相思害得
忒明昧。又不是困人天气,中酒心期,魆魆地常如醉。[①]

这支曲文酷似元曲的风格,既明白如话,又蕴藉有味。清代李渔
极为赞赏,曰:"此等曲,则纯乎元人,置之《百种》(即《元曲选》)前
后,几不能辨,以其意深词浅,全无一毫书本气也。"[②]再如《劝农》
出中公人、田夫、牧童、采桑妇、采茶女等所唱的曲文,也都清新自
然,词浅意深。

　　当然,当时曲坛上片面追求语言典雅的创作倾向或多或少使
得《牡丹亭》中也存在着因追求文采而刻意雕琢之迹。如《道觋》
出中,石道姑的念白中引用了几十句《诗经》中的成句,不仅晦涩难
懂,而且与剧中人物的身份不符。正因为如此,王骥德一方面极为
推崇《牡丹亭》的本色与文采相兼的语言风格,但另一方面又谓其
"腐木败草,时时缠绕笔端"。[③]

四、《牡丹亭》的曲律艺术

　　明清传奇为联曲体的音乐结构,即联合若干支曲调组成一组
套曲来演唱故事,联曲体戏曲所运用的曲调在句格、平仄、用韵及
宫调等方面都有一定的格律。对《牡丹亭》的曲律,前人多持批评
态度,沈璟、臧懋循等人还对《牡丹亭》加以改编,对曲文中不合律

---

①《牡丹亭·诊祟》出,第83页。
②《闲情偶寄·词曲部·词采第二》,《历代曲话汇编》清代编第一集,第249页。
③《曲律·杂论下》,《历代曲话汇编》明代编第二集,第125页。

的地方加以订正。汤显祖看到沈璟的《牡丹亭》改本后,大为不满,并由此引发了两人之间的一场争论,即戏曲史上所谓的"汤沈之争"。那么如何看待前人对《牡丹亭》曲律的批评呢?我们认为,汤显祖为了充分表达自己的创作意趣,突破了格律的限制,《牡丹亭》确实存在一些违律之处,但对此应作具体分析。

首先,《牡丹亭》的曲韵是戏曲批评家们指责其失律的一个重要方面。如明凌濛初《谭曲杂札》云:

> 惜其使才自造,句脚、韵脚所限,便尔随心胡凑,尚乖大雅。至于填词不谐,用韵庞杂,而又忽用乡音,如"子"与"宰"叶之类,则乃拘于方土,不足深论。止作文字观,犹胜依样画葫芦而类书填满者也。①

清李调元《雨村曲话》也云:"惜其使才,于韵脚所限,多出以方音,如'子'与'宰'叶之类。"其实南曲曲韵虽自魏良辅对南戏昆山腔加以改革后,也以"中州韵"为主,但也须兼顾南方语音的特征,允许在南方语音中发声出字相近的韵部之间通押,这种通押虽不符合"中州韵"一曲押一韵的通例,但因其兼顾了南方语音的特征,故仍是符合南曲用韵的格律的,曲律家们称其为"借韵"或"借叶",如在南方语音中,支思、齐微、鱼模三韵的收声相近,皆收"噫"音。受南方语音的影响,在南曲曲韵中,这三韵多借叶通押。如明徐复祚谓:"本韵(支思)索之传奇中,无不与齐微混押,绝少纯用者。"②如《牡丹亭·诊祟》出:

> 【金索挂梧桐】齐。(齐微)细。(齐微)闺。(齐微)悴。(齐微)肌。(齐微)持。(齐微)意。(齐微)知。(齐微)回。(齐微)

---

① 《谭曲杂札》,《历代曲话汇编》明代编第三集,第189页。
② 《南北词广韵选》,《历代曲话汇编》明代编第二集,第302页。

疑。（齐微）息。（齐微）絮。（鱼模）

再如在南方乡音中，先天、寒山、桓欢三韵发声出字虽有异，但收声相同，皆舐腭收声。因此，在南方乡音中，先天、寒山、桓欢三韵常混而不分。如明沈宠绥谓："先天若过开喉唱，愁他像却寒山。"[1]"寒山一韵，类桓欢者过半，类先天者什仅二三。"[2]明徐复祚也谓："自元人北词而外，如寒山未有不混桓欢，甚且旁入先天。"[3]故南曲曲韵受南方语音的影响，先天、寒山、桓欢三韵也多借叶通押。如《牡丹亭·遇母》出：

　　【番山虎】咽。（先天）寒。（寒山）元。（先天）眷。（先天）奸。（先天）现。（先天）缘。（先天）缘。（先天）遍。（先天）

又如在南方乡音中，东钟、庚青、真文收音相近，皆收于鼻音，而其间的区别在于全鼻音与半鼻音、前鼻音与后鼻音之别，如东钟出声后字音缓入鼻中，庚青出声后则急转鼻中。清徐大椿《乐府传声》云："庚青二韵，乃正鼻音也；东钟、江阳，乃半鼻音也。""正鼻音则全入鼻中，半鼻音则半入鼻中。"[4]受南方语音的影响，故在南曲曲韵中，东钟、庚青、真文三韵也多借叶通押。如《牡丹亭·诘病》出：

　　【驻马听】曾。（庚青）应。（庚青）忍。（真文）憕。（庚青）情。（庚青）证。（庚青）清。（庚青）病。（庚青）

《牡丹亭·忆女》出：

　　【玩仙灯】人。（真文）尽。（真文）成。（庚青）陨。（真文）因。（真文）烬。（真文）

---

① 《度曲须知》，《历代曲话汇编》明代编第二集，第721页。
② 同上，第726页。
③ 《南北词广韵选》，《历代曲话汇编》明代编第二集，第335页。
④ 《历代曲话汇编》清代编第二集，第62页。

可见，《牡丹亭》的用韵虽多有通押，但这是"借韵"或"借叶"，是符合南曲用韵的格律的。

其次，戏曲批评家们多认为《牡丹亭》曲调的句格、平仄等不合格律。其实这种指责也有失偏颇。在魏良辅改革昆山腔以前，昆山腔与其他南戏唱腔一样，是以民间歌谣的形式演唱的。故每一支曲调都有固定的旋律，而不是由字的平仄四声来确定其旋律。因各地方言乡音有异，故演唱时出现了字与腔不相合的现象，从而影响了昆山腔的流传，在当时"止行于吴中"。[①] 魏良辅改革后，昆山腔按照剧作家实际写定的字的四声来确定其旋律并演唱，使字与腔得到完美的结合，昆山腔也因此迅速得以广泛流传，出现了"四方歌曲必宗吴门"的盛况。[②]

汤显祖深谙魏良辅提出的依字定腔、腔随字转的道理，并按这一原则来填词作曲。如第二出《言怀》柳梦梅上场时所唱的【真珠帘】曲首二句："河东旧族，柳氏名门最。"按曲谱此二句应为七、三字句，故不合律。有人将此二句换作首二句为四、五字句的【喜迁莺】或【绕池游】曲的句格。这种用集曲来改动汤显祖原作的方法，除了文本上的意义外，对于演唱并无实际意义，因为演员还是以汤显祖原作的字的四声来谱曲演唱。故叶堂虽然认为《牡丹亭》不合律，并加以改正，但又不得不承认其违律的合法性，如曰："知音者即以为临川之韵也可，以为临川之格也可。"[③] 事实也正是如此，自明代中叶一直到今天，在舞台上演出的昆曲《牡丹亭》，正是汤显祖的原作，而不是沈璟等人的改订本，这也正好说明《牡丹亭》虽有违

① 明徐渭《南词叙录》，《历代曲话汇编》明代编第一集，第485页。
② 明徐树丕《识小录》，《历代曲话汇编》清代编第一集，第433页。
③ 《纳书楹玉茗堂四梦全谱·凡例》，《历代曲话汇编》清代编第三集，第8页。

律之处，但并非如凌濛初等人所说的那样，全是"使才自造"，"随心胡凑"。

由上可见，《牡丹亭》不仅在思想内容上光彩夺目，为世人所推崇，而且在艺术上也有着卓越的成就，几百年来，《牡丹亭》脍炙人口，盛传不衰，为一代又一代的观众和读者传诵和喜爱，不仅仅是因其有深刻的思想内容，而且也因其有艺术上的特色和成就。

《牡丹亭》的明清改本

　　明代戏曲家汤显祖的《牡丹亭》问世后便"家传户诵,几令《西厢》减价"。[1]由于作者为了充分表达"曲意",不甘为曲律所拘,故在剧中多有突破曲律之处。这就引起了一些主张严守曲律的戏曲家们的不满,便纷纷加以改编和更定。从《牡丹亭》产生的明代中叶起,一直到清代中叶,改编者相继而起,改本多达十几本。如何评价这些改本? 这是戏曲史上和文学史上一个引人关注的问题。汤显祖自己对别人的改本是十分不满的,他曾作诗云:"纵饶割就时人景,却愧王维旧雪图。"[2]批评别人把他的原作改坏了。后来的评论家也多将改本斥为"临川之仇"。[3]我们认为,这些评价未免笼统,应该对各种改本作具体分析,然后分别情况,给以实事求是的评价。

　　明清两代的《牡丹亭》改本虽然很多,但从改编的方式来看,不外乎两种:一种是改动原本的曲文,使其符合曲律,即以词就律,我们且将这类改本称为改词派;一种是不改变原本的曲文,而更定原本的曲调,以律就词,我们拟将这类改本称为改调派。下面分别

---

① 明沈德符《顾曲杂言》,《历代曲话汇编》明代编第三集,第63页。
② 《见改窜〈牡丹亭〉词者失笑》,《汤显祖诗文集》卷十九,第803页。
③ 清晖阁评本《牡丹亭·凡例》,《明清戏曲序跋纂笺》,第822页。

就这两类改本加以简略的评述。

改词派的改本中，只有沈璟的改本汤显祖亲眼看到过。据王骥德《曲律》载：

> （沈璟）曾为临川改易《还魂》字句之不协者，吕吏部玉绳（郁蓝生尊人）以致临川，临川不怿，复书吏部曰："彼恶知曲意哉！余意所至，不妨拗折天下人嗓子。"其志趣不同如此。①

沈璟是主张严守曲律的，又其思想倾向和文学才华不如汤显祖，如凌濛初谓其"审于律而短于才"。②这样的戏曲主张和创作风格，显然与汤显祖的"意趣"是不合的。正因为这样，他也不可能较确切地领会和理解汤显祖原作的"曲意"，因此，他对汤显祖的原作加以改编时，必定是着眼于纠正原作曲律上的弊病，而不会顾及原作的文采与内容，只要合律依腔，就不管是否会影响和削弱原作的文采与思想性，绌词就律，任加改动。

沈璟的改本题作《同梦记》，也叫《串本牡丹亭》，全本今已失传，但在沈自晋的《南词新谱》中收有四支佚曲，故据此尚可略窥其窜改之迹。如原本《遇母》出最后两支【番山虎】曲，沈璟将其合并为一曲，并将曲牌改成集曲【蛮山忆】。这一改动虽较原本合律，但其曲文远不如原本，兹将两者曲文对照如下：

原本	沈改本
【番山虎】(净)近的话不堪提咽，早森森地心疏体寒。空和他做七做中元，怎知他成双成眷？我捉鬼拿奸，知他影戏儿做的怎活现。(合)这样奇缘，这样奇缘，打当了轮回一遍。	【蛮山忆】(净)说起泪犹悬，想着胆犹寒。他已成双成美爱，还与他做七做中元。那一日不铺孝筵？那一节不化金钱？

① 《曲律·杂论下》，《历代曲话汇编》明代编第二集，第125—126页。
② 《谭曲杂札》，《历代曲话汇编》明代编第三集，第189页。

续表

原本	沈改本
【前腔】(贴)论魂离倩女是有,知他三年外灵骸怎全? 则恨他同棺椁少个郎官,谁想他为院君这宅院。小姐呵! 你做的相思鬼穿,你从夫意专。那一日春香不铺其孝筵? 那节儿夫人不哀哉醮荐? 早知道你撇离了阴司,跟了人上船。(合前)	(贴)只说你同穴无夫主,谁知显出外边,撇了孤坟,双双同上船。(合)今夕何年? 今夕何年? 还怕是相逢梦边。

通过两者的对照可以看到,沈改本首先在文字上远不如原本形象生动。其次在曲意上也与原本不尽相合。如原本两曲的"合头"三句曲文,是石道姑与春香对杜丽娘与柳梦梅意外的结合发出的感叹,而沈璟将其改为"今夕何年? 今夕何年? 还怕是相逢梦边"。这三句曲文本是前两支【番山虎】曲的"合头",是杜母与杜丽娘两人不期相遇时所唱的,沈璟将其改为由石道姑与春香所唱,意思就不合了。显然,作这样的改动,确实与汤显祖原作的意趣与风格大不同,难怪汤显祖看到后要"不怿"了。

汤显祖是在吕玉绳那里看到沈璟的改本的。吕玉绳,名胤昌,字麟趾,号玉绳,又号姜山。浙江余姚人,是明代戏曲家吕天成的父亲。吕玉绳是汤显祖的同年进士,又与沈璟熟悉。汤显祖看到吕玉绳带来的沈璟改本,起初以为是吕玉绳所改,故在《答凌初成》中对吕玉绳提出了批评,并再三叮嘱演员,要按自己的原本演出,如曰:

> 不佞《牡丹亭记》,大受吕玉绳改窜,云便吴歌。不佞哑然笑曰:昔有人嫌摩诘之冬景芭蕉,割蕉加梅,冬则冬矣,然非王摩诘冬景也。[1]

---

[1]《答凌初成》,《汤显祖诗文集》卷四十九,第1345页。

他还特地写信给演员罗章二，叮嘱他们要按自己的原本演出，如曰：

> 章二等安否？近来生理何如？《牡丹亭记》要依我原本，其吕家改的，切不可从。虽是增减一二字，以便俗唱，却与我原做的意趣大不同了。①

在改词派中，除沈璟外，臧懋循也是在不懂汤显祖的"曲意"的情况下来改编《牡丹亭》的。汤显祖的"四梦"才情横逸，这是众所周知的，但臧懋循却认为汤显祖所作"南曲绝无才情"。②对此，王骥德当时就反驳过他，说："夫临川所诎者法耳，若才情，正是其胜场。此言亦非公论。"③由于看不到汤显祖的才情，看不到原作的闪光之处，他在改编《牡丹亭》时，也完全不顾作者的意趣，全逞己意。臧懋循的改编主要是删削，将原本的五十五出，删削为三十六折，原本共有四百〇三支曲文，臧改本只有一百九十五支曲文。将原本中的一些精华也都删去了，如原本《幽媾》出柳梦梅所唱的【香遍满】以下九支曲文，写柳梦梅拾到杜丽娘的真容后，拈香礼拜，渴望相会，表达了他对杜丽娘的一片爱慕之情。这几支曲文不仅文词绝佳，而且情真意切。如"他飞来似月华，俺拾的愁天大"、"他春心迸出湖山罅，飞上烟绡蓦绿华"、"恨单条不惹的双魂化，做个画屏中倚玉兼葭"等都是曲中的名句。因此，这几支曲是这出戏的重要唱段，也与全剧主题关系极大。而臧改本将【香遍满】以下几支曲文几乎全部删去，仅剩下【懒画眉】曲，不仅前后曲意不相连贯，而且意趣大减。故茅元仪在《批点牡丹亭》中指出：

---

① 《与宜伶罗章二》，《汤显祖诗文集》卷四十九，第1426页。
② 《元曲选序》，《历代曲话汇编》明代编第一集，第619页。
③ 《曲律·杂论下》，《历代曲话汇编》明代编第二集，第130页。

雉城臧晋叔以其为案头之书，而非场中之剧，乃删其采，刬其锋，使其合于庸工俗耳。读其言苦，其事怪而词平，词怪而调平，调怪而音节平，于作者之意漫灭殆尽。

茅暎也谓："臧晋叔先生删削原本，以便登场，未免有截鹤续凫之叹。"[1]联系臧改本的实际情况来看，这些批评是十分正确的。

另外，明毛晋编的《六十种曲》第十二册收有《硕园删定牡丹亭》一种，署名曰："汤显祖撰，吕硕园订。"以前有人认为这便是吕玉绳改本，其实，据该剧明刊本序，改编者当是徐日曦。徐日曦，原名日灵，自署硕园居士。浙江西安（今衢州）人。明天启年间进士。硕园改本的改编也是十分粗暴的，将它与原作对勘一下，可以看出其改法主要有二：一是删削，原本五十五出，硕园改本删成四十三出，删去了原本中的《怅眺》《劝农》《慈戒》《虏谍》《道觋》《缮备》《诇药》《御淮》《闻喜》等九出。有的将原本的几出删并成为一出戏，如将原本的《腐叹》《延师》《闺塾》删并为一出，《肃苑》《惊梦》合并为一出。即使保留原出的，也对其中的曲文作了大量的删削，如《闹殇》出删去了七支曲文，《寻梦》出删去了八支曲文，《冥判》出则删去了十支曲文。而在对原本作删削时，改编者也不顾作者的"意趣"和原作的"曲意"，以致将原本中的一些重要场次与曲文也删掉了。如原本中的《闺塾》出，是表现全剧主题和展示杜丽娘、春香这两个人物的性格的重要场次，尤其是春香在杜丽娘的纵容下"闹学"的情节，生动地表现了两人对封建势力巧妙的反抗。从艺术上来看，也富有喜剧性，故这出戏作为折子戏至今尚在昆曲舞台上演出。而硕园改本却将《闺塾》同《腐叹》《延师》合并为一出，而且将原本敷演春香"闹学"的曲文和宾白全部删掉，只用了原本

---

[1] 朱墨本《牡丹亭·凡例》，《明清戏曲序跋纂笺》，第815页。

中的陈最良规训杜丽娘习经的【掉角儿】和【尾声】两支曲文,这就大大削弱了原作的"意趣"。又如《闹殇》出,原本中有【玉莺儿】一曲,写杜丽娘临死之前,叮咛春香,托付后事,凄恻动人,且为后几出戏如《拾画》等埋下了伏线。而硕园改本将这样重要的一支曲文也删掉了。

硕园改本的第二个改编方法是调整场次。如将原本的第十三出《诀谒》调到第十二出《寻梦》前,将第十九出《牝贼》调到第十四出《写真》前,将第二十一出《谒遇》调到第十八出《诊祟》前。作这样的调整,也不尽合理,如将《牝贼》调到《写真》前,原本《寻梦》出敷演杜丽娘背着父母,来到花园寻找梦中的情人,《写真》出敷演丽娘自到花园寻梦后,便终日情思昏昏,自知不久人世,便自画真容。这两出戏之间有《诀谒》出相隔,《诀谒》出是敷演柳梦梅准备启程的情节,与后面的"拾画"、"幽媾"等情节紧密相关,故《寻梦》和《写真》间尽管有《诀谒》出相隔,而两者间的联系尚紧密。硕园改本将敷演李全受金朝之封、起兵骚扰淮扬的《牝贼》移至《寻梦》《写真》之间,这就影响了《寻梦》与《写真》间的联系。又如原本中《诘病》《道觋》《诊祟》三出戏,敷演杜丽娘得病后,杜宝夫妇请石道姑来修斋祈禳,三出戏的情节一气贯下。而硕园改本将敷演苗舜宾在多宝寺祭赛,柳梦梅前去求见的《谒遇》出插在《道觋》与《诊祟》之间,这就中断了原本三出戏所敷演的情节。显然,作这样的改编不如原本,削弱了原本的艺术性。

由上可见,如果把沈改本、臧改本及硕园改本斥为"临川之仇",那倒确不为过。

不过,在改词派的改本中,也有一本是改得比较好的,这就是冯梦龙的改本。冯梦龙早年曾受学于沈璟,他自称:"余早岁曾以

《双雄》戏笔,售知于词隐先生。先生丹头秘诀,倾怀指授。"①为此前人把他定为沈璟的吴江派的成员。其实,冯梦龙向沈璟学的只是曲律,在思想倾向和作曲主张上并没有接受沈璟的影响,在思想上,他"酷爱李(贽)氏之学,奉为蓍蔡",②放荡不羁,不为封建传统思想所束缚。在戏曲创作上,他主张戏曲应该表达人情,曰:"夫曲以悦性达情。"③若"词肤调乱,而不足以达人之性情,势必再而之《粉红莲》《打枣杆》矣"。④这就是说,如果戏曲"词肤调乱",就不足以表达人情了,而戏曲一旦遗却人情,也就失去了它的艺术生命力。这样,那些能表达人情的民间歌谣就要取而代之了。显然,这样的思想倾向和作曲主张与汤显祖的思想倾向和作曲主张是一致的。因此,他对汤显祖的《牡丹亭》推崇备至,曰:"若士先生千古逸才,所著'四梦',《牡丹亭》最胜。"⑤而且,他也完全能理解汤显祖创作《牡丹亭》的意趣,针对沈璟等人对汤显祖不守曲律的指责,他为汤显祖辩解道:"若士亦岂真以揿嗓为奇?盖求其所以不揿嗓者而未遑讨,强半为才情所役耳。"⑥不过,冯梦龙也重视曲律,他认为剧本的内容与曲律应是统一的,提出:"词家三法:即曰调、曰韵、曰词。"⑦他在肯定和赞赏《牡丹亭》的内容的同时,又指出原本中确有失律之处,应该加以订正。指出:"欲付当场敷演,即欲不稍加窜改而不可得也。"⑧有人认为《牡丹亭》是"才人之笔,一字不可

---

①《曲律·序》,《历代曲话汇编》明代编第二集,第2页。
②明许自昌《樗斋漫录》,明万历刻本。
③《太霞新奏·叙》,《冯梦龙全集·太霞新奏》,第1页。
④同上。
⑤《风流梦·总评》,《冯梦龙全集·墨憨斋定本传奇》,第1049页。
⑥同上。
⑦《太霞新奏·叙》,《冯梦龙全集·太霞新奏》,第1页。
⑧《风流梦·小引》,《冯梦龙全集·墨憨斋定本传奇》,第1047页。

移动"。①冯梦龙认为："慕西子极,而并为讳其不洁,何如浣濯以全其国色之为愈乎?"②而他也正是奉着"浣濯以全其国色"的宗旨来改编《牡丹亭》的。那么冯梦龙是从哪些方面来"全其国色"的呢?

首先,在剧本结构上,冯改本对原本作了较大的调整。一是减头绪。原本在结构上存在着庞杂、松散的弊病,在原本的五十五出戏中,有许多出是可有可无的,冯改本将原本压缩成三十七折,对原本中那些与刻划人物性格和表现主题无关紧要的情节,一概删去,以减枝蔓。如原本《劝农》出,专写杜宝下乡劝农事,这一情节其实与主题关系不大,且杜宝在剧中不是主要人物,实不必专设一场戏。故冯改本将此出删去,只在《春香肃苑》折里,在春香的上场白中把杜宝下乡劝农的事略加交待。又如原本《虏谍》出,写金主欲南侵,封李全为"溜金王",先命其骚扰淮扬一带。从全剧来看,金主入侵只是一条副线,而且在这条副线中,李全是主角,金主无须出场,也不必专设一场戏来写金主谋遣之事。冯梦龙认为:"李全原非正戏,借作线索,又添金主,不更赘乎?"③故他将此出戏全部删去,只在《李全起兵》折将金主谋遣事一笔带过。再如原本《移镇》出,写杜宝移镇淮安途中,不得已将夫人和春香送回杭州。冯梦龙认为:"发回家眷,只消表明。"④故也将此出戏删去,只在原本《御淮》出杜宝的定场白里作了交代。作这样的删削,既保持了剧情发展的脉络贯通,又突出了主要情节,使全剧的结构更为紧凑简洁。

当然,删掉的几出戏,文词绝佳,删去确为可惜。但戏曲作为

①《风流梦·小引》,《冯梦龙全集·墨憨斋定本传奇》,第1047页。
②同上。
③《风流梦·总评》,《冯梦龙全集·墨憨斋定本传奇》,第1049页。
④《风流梦·杜宝移镇》折批语,《冯梦龙全集·墨憨斋定本传奇》,第1136页。

舞台艺术，由于有时间与空间的限制，不可能面面俱到，容纳很多的情节，故必须忍痛割爱。对此，冯梦龙在《风流梦·总评》中解释道：

> 原本如老夫人祭奠及柳生投店等折，词非不佳，然折数太烦，故削去。即所改窜诸曲，尽有绝妙好词，譬如取饱有限，虽龙肝凤髓，不得不为罢箸，观者幸勿以点金成铁而笑余也。[1]

除了情节上的删削外，冯改本还对原本中的脚色作了删削。如原本有两个贴旦：一个是春香，一个是梅花庵小道姑。冯改本则将小道姑删去了，让春香在杜丽娘死后，出家做了道姑，为小姐守灵。冯梦龙认为：

> 春香出家，可谓义婢，便伏小姑姑，及认画张本。后来小姐重生，依旧作伴。原稿葛藤，一笔都尽矣。[2]

二是密针线。原本中某些情节前后衔接不严密，冯改本对此作了修补，使剧情发展前后照应，脉络畅通。如原本第二出柳梦梅一出场便道破自己因梦改名，而至三、四出后，杜丽娘始入梦，"二梦悬截，索然无味"。[3]故冯改本将柳"梦"移到杜"梦"之后，"杜小姐游春感伤，致使柳秀才幽魂入梦"，这样一改，使"二梦暗合，较有关目"。[4]又如原本写杜丽娘死后三年，柳梦梅才来庵中投宿，而在《谒遇》出，却已经交代柳梦梅已动身上京应试了，而此时杜丽娘尚未得病，这样，柳梦梅在途中足足走了三年时间，"迟速太不相

---

①《风流梦·总评》，《冯梦龙全集·墨憨斋定本传奇》，第1049页。
②《风流梦·谋厝殇女》折批语，《冯梦龙全集·墨憨斋定本传奇》，第1093页。
③《风流梦·总评》，《冯梦龙全集·墨憨斋定本传奇》，第1049页。
④《风流梦·二友言怀》折批语，《冯梦龙全集·墨憨斋定本传奇》，第1054页。

照"，[①]故冯改本将三年改为周年。再如当柳梦梅遇杜丽娘鬼魂知道了掘墓可使丽娘回生的情况后，原本只写他立即和石道姑、癞头鼋一起去后花园掘墓开棺。而在当时，《大明律》上明文规定："开棺见尸，不分首从皆斩。"[②]柳梦梅敢于冒着杀头的危险去开棺，是出自一片痴情，可谓"情迷心窍"，这是符合情理的。但石道姑居然在将信将疑的情况下，肯冒杀头之险去帮助柳梦梅掘墓，这就不可信了。冯梦龙也注意到了原本的这一缺漏，故在《设誓盟心》折，当杜丽娘鬼魂向柳梦梅告以掘墓之事并要他与道姑（春香）商量后，又增加了这样一段念白：

> 奴家有一言，那春香虽是我侍妾，只怕死生隔绝，却才所言，只当鬼话，我祠堂神主还未点主，明日秀才到彼，我自显个神通，使她听信，方可同谋。

接着又在《协谋发墓》折，也为道姑（春香）增加了一段念白：

> 昨宵五更时分，梦见我小姐艳妆而来，喜容可掬，叫道："春香，我已自嫁了个官人也，不日便与你相见了。"

冯梦龙认为："先有此梦，故生言易人。"[③]即后来当柳梦梅告以掘墓之事时，春香将信将疑，而等到在祠堂点神主时，见神主果然晃动，于是对柳梦梅的话深信不疑了，就不顾《大明律》的规定，积极协助柳梦梅掘墓开棺。至于癞头鼋，冯改本也为他增加了一段念白：

> 我只图有酒有食，不管他是人是鬼，好歹与他掘起。事发之时，我一溜烟走了，自有那柳秀才支当。

---

①《风流梦·总评》，《冯梦龙全集·墨憨斋定本传奇》，第1049页。
②《风流梦·协谋发墓》折批语，《冯梦龙全集·墨憨斋定本传奇》，第1123页。
③同上，第1122页。

可见，他是贪图酒食才冒杀头之险来帮助掘墓的。显然，冯改本作这样的修改，在逻辑上比原本更加严密、更符合情理了。

其次，对于原本的曲律，冯改本也作了订正。如原本《魂游》出所用的曲牌杂乱无章，共用了南吕、中吕、双调、商调、越调等五个宫调的曲牌。南曲虽可联合几个宫调的曲牌成一套，但这些宫调必须是笛色相同或相近的。而原本所用的五个宫调的笛色并不都相同或相近（只有商调与南吕相近，中吕与双调、越调相近），而将这些笛色不同的曲牌强联在一起，必使演员因屡换宫调而挠喉捩嗓，乐师也无所适从。故冯改本将原本的十六支曲调削减为十支，并改用双调和越调这两个笛色相近的宫调的曲牌。又如原本《骇变》出【朝天子】曲，与曲谱规定的句格不合，冯改本将其改为集曲【马上水红花】，即【福马郎】犯【水红花】、【红衫儿】。

第三，冯改本也对原本一些不适合舞台演出的问题作了改进。如《冥判怜情》折，原本是判官先下场，然后花神引旦下场，等判官下场后，场上便出现了冷场，这就影响舞台效果。故冯改本将此改成由花神引旦先下场，然后由判官收场。这样，"花神引旦先下，则判好收科，原本判先下未免冷场"。[1]冯改本为了便于演出，还在一些重要的关目处注有舞台提示。如《中秋泣夜》折，杜丽娘临死前叮嘱春香处，冯注曰：

　　人到死生之际，自非容易，况以情死者乎？叮咛宛转，备写凄凉，令人惨恻。俗优草草演过，可恨！[2]

杜丽娘殉情而死，临死之际内心必定极为凄凉悲怨，若草草演过，就不可能将杜丽娘此时的内心世界呈现在观众面前，也就不能

---

①《风流梦·冥判怜情》折批语，《冯梦龙全集·墨憨斋定本传奇》，第1096页。
②《风流梦·中秋泣夜》折批语，《冯梦龙全集·墨憨斋定本传奇》，第1090页。

引起观众的同情。故冯梦龙认为此处不应"草草演过"。又如《初拾真容》折,当柳梦梅拾到杜丽娘的真容后,一见情深,千呼万唤,渴望相会。在这里,冯梦龙认为,柳梦梅初拾真容应该"详观细品,以渐而痴,曲尽描神伎俩";①后来当杜丽娘的鬼魂果真出来相会时,冯梦龙又认为,此时柳梦梅"不怕恐无此理,若从怕则情又不深,多半痴呆惊讶之状,方妙"。②一般说来,鬼的形象是可怕的,柳梦梅知道杜丽娘是鬼魂后也必定会感到恐惧,但由于他对杜丽娘的爱情是真挚的,如果表现得太怕,那就不真实了,他对杜丽娘的爱情也就不深了。因此,扮演柳梦梅的演员必须掌握分寸,应似怕非怕,处在半痴半呆、惊讶恍惚的状态之中。

　　另外,冯改本还对一些道具、服饰的使用也作了具体的提示。如《冥判怜情》折注曰:"判应绿袍,但新任须加红袍,俟坐堂后脱卸可也。"③再如《协谋发墓》折,当柳梦梅用手点杜丽娘的神主时,神主果然动了三下,冯梦龙注曰:"神主动或用细线远牵亦妙。"④又如《杜女回生》折,当众人打开棺材,春香扶杜丽娘从棺中出来时,冯梦龙注曰:"且先伏桌下,俟徐揭桌裙扶出。又须翠翘金凤,花裙绣袄,似葬时妆束,方与前照应。"⑤显然,这些提示实与今天的导演语无异,对于演员的表演帮助很大。

　　冯改本作了这么多的改动,那么是否有损于原本的"曲意"呢?没有。冯改本不仅没有损害原本的思想性,而且在原本的基础上还作了一些发挥和提升。如原本是通过杜丽娘和柳梦梅两人

因梦产生的一段姻缘及杜丽娘因梦而死、因梦而生的情节,揭露了封建礼教束缚人心的罪恶与青年男女要求婚姻自主的民主思想。而冯梦龙正是将原本的这一"曲意"贯串于改本的始终。他也认为:"梅(杜)、柳一段姻缘,全在互梦。"①"夫夫妇妇皆因梦,死死生生只为情。"②全剧的情节皆由"梦"而生,也由"梦"而结。因此,他把自己的改本题作《三会亲风流梦》。所谓"三会亲",即杜梦柳、柳梦杜、杜柳合梦。原本中只有杜梦柳、柳梦杜两个情节,冯改本又增加了后来杜、柳在船上合梦的情节。这样,全剧自始至终都突出了一个"梦"字,从而通过"梦",使原本所具有的进步的思想内容表现得更为突出强烈了。

再从具体曲文来看,冯改本也有许多地方胜过了原本的思想性。如《官舍延师》折,杜丽娘和春香上场时所唱的【锁南枝】曲:

原本	冯改本
【锁南枝】(旦引贴上,唱)添眉翠,摇佩珠,绣屏中生成士女图。莲步鲤庭趋,儒门旧家数。(贴白)先生来了怎好?(旦白)那少不得去。丫头!(唱)那贤达女,都是些古镜模,你便略知书,也做好奴仆。	【锁南枝】(旦唱)添眉翠,摇佩珠,绣屏中生成仕女图。(贴白)小姐,拜了师父,便受他拘管,怎得自在? 莫去吧!(旦白)痴丫头! 读书是美事,况且爹爹严命,好不去么?(外又唤介)快请小姐出来!(旦唱)但闻得严命频呼,只得勉强移莲步。

从两者的曲文中可见,原本中的杜丽娘似乎也是赞成延师读经的,居然还学着道学家的口气教训春香,这显然与她后来所表现出来的反抗性格不符。而冯改本中的杜丽娘口头上虽也说读书是件美事,可心里着实是讨厌的。只是碍于爹爹的严命(即封建势力的逼迫)"只得勉强移莲步"。这样一改,就更加突出了封建势力

----

①《风流梦·小引》,《冯梦龙全集·墨憨斋定本传奇》,第1047页。
②《风流梦·夫妻合梦》折批语,《冯梦龙全集·墨憨斋定本传奇》,第1131页。

对杜丽娘的压迫和杜丽娘对这种压迫的反抗和不满。另外,曲中春香的几句夹白,虽只改动和增加了几个字,但春香那种敢于反抗的性格比原作更加突出,更加强烈了。而且,这也为她在《闺塾》出里"闹学"的情节张本。再如《惊梦》出【绕池游】曲的最后一句曲文,原本作"惹今春关情似去年",而冯改本将"情似"改为"情胜",虽仅改动了一个字,却把杜丽娘此时的春情,即渴望得到美满婚姻的愿望比原本表现得更加浓烈逼真了。

由此可见,冯改本不仅在艺术形式上胜过了原本,而且在内容上保持了原本的"曲意"。故可以说,在改词派的改本中,惟有冯改本可与原本相媲美。当然,改得最好,还是因为有汤显祖原作的基础,故冯梦龙自己也说:"新诗催泪落情肠,情种传来玉茗堂。"①

以上说的是改词派,下面再说一下改调派。这一派的改本较少,只有清代钮少雅的改本《格正牡丹亭》(又名《格正还魂记词调》)和叶堂的改本《牡丹亭全谱》。钮少雅和叶堂都是戏曲音律学家。钮少雅,号芛溪老人,明末清初苏州人。从小就嗜好昆曲,弱冠时,慕名改革昆山腔的戏曲音律家魏良辅,特往娄东一带寻访,"何期良辅已故矣",②便随号称"南马头曲"③的戏曲音律家张新学曲,后又转学于张新的得意弟子吴芛溪。学成后,便任曲师,先后在武陵、黄海、荆溪、魏塘等地教曲。还和戏曲音律家徐于室一起编撰了《南曲九宫正始》,故精通曲律,被称为"律中鼻祖"。④叶堂,字广平,一字广明,号怀庭,清乾隆间苏州人,是苏州名医

①《风流梦》结尾诗,《冯梦龙全集·墨憨斋定本传奇》,第1169页。
②《南曲九宫正始·自序》,《历代曲话汇编》清代编,黄山书社2008年版,第972页。
③明张大复《梅花草堂笔谈》卷十二《昆腔》,《历代曲话汇编》明代编第三集,第431页。
④清吴亮中《南曲九宫正始·序》,《南曲九宫正始》,《历代曲话汇编》清代编,第5页。

叶桂的孙子。他从小镂心戏曲音律，如他自称："余少喜掇拾旧谱而以己意参订。"① 故精通曲律，如其友人王文治云：

> 吾友叶君怀庭，究心宫谱者五十年，曲皆有谱，谱必协宫，而文义之淆讹，四声之离合，辨同淄渑，析及芒杪。盖毕生精力，专工于斯，不少间断。②

钮少雅和叶堂虽都不是戏曲作家，但他们对于汤显祖原本的"曲意"是心领神会的，并大加推崇。如叶堂在《纳书楹四梦全谱·自序》中表达了对汤显祖的推崇，曰："临川汤若士先生天才横逸，出其余技为院本，瑰姿妍骨，斫巧斩新，直夺元人之席。"③ 沈璟等人曾抓住汤显祖原作曲律上的一些毛病大加指责和任意删改，叶堂针锋相对地指出："若士岂真以捩嗓为能事，嗤世之盲于音者众耳。"④ 并谓"四梦""遭臧晋叔窜改之厄，已失旧观"。⑤ 而他改编《牡丹亭》的动机，一方面正是出于对汤显祖《牡丹亭》的推崇，另一方面则是对沈璟、臧晋叔等人窜改的不满。钮少雅虽没有就此发表过自己的见解，但从他改编《牡丹亭》的态度和方法来看，也和叶堂一样，对汤显祖的《牡丹亭》是十分推崇的。

因为钮少雅和叶堂都精通曲律，故都看到了汤显祖原本中确有出宫犯调、不合曲律的弊病，如叶堂谓："顾其词句往往不守宫格"，其"用韵亦间有笔误处"，而"俗伶罕有能协律者"。⑥ 但他们又都崇尚原本的内容而不欲改易其文词，故他们都对原本的曲律作

---

① 《纳书楹四梦全谱·序》，清乾隆五十七年(1792)长洲叶氏纳书楹刻本。
② 《纳书楹曲谱·序》，清乾隆间长洲叶氏纳书楹刻本。
③ 《纳书楹四梦全谱·自序》，清乾隆五十七年(1792)长洲叶氏纳书楹刻本。
④ 同上。
⑤ 同上。
⑥ 同上。

了订正，"特以文词精妙，不敢妄易，辄宛转就之"。[①]可以说，以律就词，这是他们改编《牡丹亭》的原则，而集曲，则是他们改编的主要方法。所谓集曲，也就是从同一宫调或具有相近声情的宫调的几支曲牌内各截取几句，合成一支新的曲牌。因为原本中虽有违腔迕律处，但并非毫无格律可循，绝大多数曲文还是合律的。在不合律的一些曲文中，有的也只是其中几句不合律，故只要采用集曲的方法，将其中不合律的几句换上别的曲牌中适当的句格，整支曲牌就合律了。如原本《言怀》出【双调·真珠帘】曲第一、二两句为四、五字句（"河东旧族，柳氏名门最"），按曲谱此二句应为七、三字句，故不合律。钮少雅遂将此二句的句格换作【正宫·喜迁莺】曲首二句格，因【喜迁莺】曲首二句正好是四、五字句，且正宫与双调都可用小工调，声情相近。叶堂则将此二句改用【商调·绕池游】曲首二句格，因【绕池游】曲首二句也正好为四、五字句。又如《惊梦》出【绕池游】曲，原本第三、四两句分别为六、四字句（"人立小庭深院，炷尽沉烟"），曲谱规定此二句应为七、四字句，故钮、叶两人都将此二句改用【高阳台】曲三、四句的句格。因【高阳台】曲此二句正好是六、四字句，且两曲同属商调。又因为每支曲牌都有好几种格式，故有的只在同一曲牌的不同的格式中进行调整，以就原文。如原本《冥誓》出第二支【三段子】曲第五句，原为七字句（"是人非人心不别"），此曲原是用元传奇《西厢记》的句格，但《西厢记》格第五句应为四字句，故钮少雅将此句改用元传奇《琵琶记》格，因《琵琶记》格此句正好是七字句。这样，曲牌名称不作变动，就使原本中失律的曲文合律了。这其实也是集曲的一种。而运用这种集曲的方法，既可不改易原本一字，又能使其合律，这样的改

[①]《纳书楹四梦全谱·自序》，清乾隆五十七年（1792）长洲叶氏纳书楹刻本。

编方法,确比沈璟等人的改编方法要高明多了。据统计,在钮少雅的《格正牡丹亭》中共用了五十一支集曲,叶堂的《牡丹亭全谱》也用了四十一支集曲,这样,就基本上改正了原本的失律处。

当然,既要不改动原文一字,又要使其合律,那就势必要对传统的戏曲格律作一些突破和革新。而钮、叶两人虽都是戏曲音律家,但都不像沈璟那样保守,把曲律看成是一种凝固不变的东西。因此,他们对原本中有些偶有出入、但不影响该曲主腔的曲文,就不作任何改动,把它们看作是一种新的格式,并称之为"临川格"。如《拾画》出【锦缠道】曲第十句原为四字句("伤心事多"),此句按曲谱应为五字句,故不合律。而钮少雅认为:"句中虽脱一字,仍可唱,不可妄补,而间断文理。"①因不影响该曲的腔格,仍可唱,故他对此曲不作改动。又如《写真》出【玉芙蓉】曲"首二句本上二下三,此作上三下二,与格不合"。②但叶堂认为这与该曲的主腔关系不大,故不作改动,并说:"临川跌宕情文,不甘拘束,合前【雁过声】一曲,歌者就之,即以为临川格,也可学叶效。"③又《幽媾》出【香遍满】曲第六句应为五字句,但原本为四字句("丹青小画"),而叶堂也认为:"今作四字,亦临川变格也。"④

又如集曲的格式,以前的一些曲谱上都有具体规定,一般剧作家也都恪守旧有的集曲格式而不敢创新,而钮、叶两人为了以律就词,创造了许多新的集曲格式。如叶堂谓:"第欲求合临川之曲,不

---

① 《格正还魂记词调·拾画》出【锦缠道】曲注,清康熙三十三年(1694)刻本。
② 《牡丹亭全谱·写真》出【玉芙蓉】曲注,《纳书楹四梦全谱》,清乾隆五十七年(1792)长洲叶氏纳书楹刻本。
③ 同上。
④ 《牡丹亭全谱·幽媾》出【香遍满】曲注,《纳书楹四梦全谱》,清乾隆五十七年(1792)长洲叶氏纳书楹刻本。

能谨守宫谱集曲之旧名。"①显然,在戏曲格律上,钮、叶两人都是杰出的革新家。

除了用集曲的方法来改正原本不合律的一些曲文外,钮、叶两人也对原本作了一些删节。不过,他们的删节与沈璟、臧懋循等人在程度上和性质上都是不同的。首先,他们是在不损害原本"曲意"的前提下进行的。其次,删削的也只是一、二处,如原本《虏谍》出【二犯江儿水】曲:"虽则平分天道"、"吴山最高"、"江南低下"三句,原本皆为迭句,不合律。钮少雅遂删去迭句,改作单句。作这样的删削,既使原本曲文合律,又不损害原本的内容。又如原本《冥誓》出所用的曲牌多而杂乱,叶堂的《牡丹亭全谱》将此套删去四支曲文,曰:

> 此套向无歌者,因牌名杂出,其声卑抗不相入也。余既著《全谱》,复节去数曲以就管弦。②

而对于有些虽演唱起来困难,但勉强合律的曲文,则尽量不加删削。如原本《冥判》出【混江龙】曲,此曲句格虽可增损,但一般都不超过十句,而汤显祖只顾发挥才情,竟比通常的格式增加了几十句,这虽不易演唱,但从曲律上来说,仍是合律的。故叶堂虽然指出此曲"把读且不易穷,岂能一一按歌?"③但他不作删削,"仅照时谱派定"。④钮少雅也采取了同样的态度,曰:

> 此调按《北词谱》及周德清《中原音韵》皆曰第四句、第六句后句字不拘,可以增损,此谓排句也。然今本曲之排句何

---

①《纳书楹四梦全谱·凡例》,清乾隆五十七年(1792)长洲叶氏纳书楹刻本。
②《牡丹亭全谱·冥誓》出注,《纳书楹四梦全谱》,清乾隆五十七年(1792)长洲叶氏纳书楹刻本。
③《纳书楹四梦全谱·凡例》,清乾隆五十七年(1792)长洲叶氏纳书楹刻本。
④同上。

繁多若此耳？余曾阅过元词增格【混江龙】一二十种，其排句不过三、四句或七、八句，亦有十数句者，但从无本曲之章也。今欲以他调几种拟作带过，因其句法未必一一皆协，故仍从原本录此。但若此篇不惟歌者疲倦，恐闻者亦未免厌憎也。[①]

然而，钮少雅的《格正牡丹亭》和叶堂的《牡丹亭全谱》也有不足之处，由于他们都不欲改动原本的曲文，故在曲律上虽然弥补了原本的缺陷，但在文词上未能纠正原本存在的弊病。当然，由于他们两人都不是戏曲作家，仅是戏曲音律家，故文词上的改革似不应苛求于他们。

通过以上的评述，我们可以看到，在明清的《牡丹亭》改本中，既有改坏的，即所谓的"临川之仇"，但也有改得成功的。因此，对于前人对《牡丹亭》的改编不能一概否定。而且，从前人对《牡丹亭》的改编中，我们还可以得到有益的借鉴。我国的古典戏曲是一个丰富多彩的艺术宝库，从宋元南戏、元代杂剧，到明清传奇，前代戏曲艺术家们创造了一大批优秀的戏曲作品，向有"词山曲海"之称。而今天，对这些古典戏曲加以整理和改编，使其在舞台上重放光彩，这显然是十分必要的。而前人对《牡丹亭》的改编，可以给我们一些借鉴和启示。首先，改编者必须领会原作的"曲意"，即原本的思想内容。从上面我们可以看到，凡是改编者能领会汤显祖的"曲意"的，改编得就好，而且领会得愈深，改编得就愈好，如冯改本就是。在今天，我们改编的目的当然不能满足于保持原作的思想内容，而是要推陈出新，即剔除其中的糟粕，发扬其中的精华。而要区分其中的精华和糟粕，就必须对原作的思想内容有深刻的了解。否则，就有可能把糟粕当作精华来发扬，而把精华当作糟粕抛

---

① 《格正还魂记词调·冥誓》出注，清康熙三十三年（1694）刻本。

弃了。其次，要摆正戏曲的内容与曲律的关系。我国的古典戏曲如南戏、杂剧、传奇等皆为曲牌体的音乐结构，故曲律上的要求甚为严格。而对于这些传统的曲律，我们既不能采取虚无主义的态度，一概加以抛弃；同时，也不能把它看成是凝固不变的，不能加以改革和突破。一部戏曲当然不能离开"曲"，但归根结蒂"曲"是为剧作的故事情节服务的，故曲律应该服从内容的需要，作一些改革和突破。这一点，钮少雅和叶堂的态度和做法值得我们借鉴。

沈璟对南曲曲体的律化

南曲始用于南戏,南戏最初形成于民间,南戏所用的曲调由民间的里巷歌谣、村坊小曲组成,采用依腔传字的形式,用方言演唱,故其曲调除句式有定外,字声、宫调无一定的规范,如徐渭《南词叙录》载:

> 永嘉杂剧兴,则又即村坊小曲而为之,本无宫调,亦罕节奏,徒取其畸农市女顺口可歌而已,谚所谓"随心令"者,即其技欤? 间有一二叶音律,终不可以例其余,乌有所谓九官?①

> 夫南曲本市里之谈,即如今吴下【山歌】、北方【山坡羊】,何处求取宫调? 必欲宫调,则当取宋之《绝妙词选》,逐一按出宫商,乃是高见。彼既不能,盍亦姑安于浅近。大家胡说可也,奚必南九宫为?②

对南曲曲体的律化,始自魏良辅对南戏昆山腔的改革。在魏良辅对昆山腔改革之前,昆山腔也与海盐腔、余姚腔、弋阳腔等南戏其他三大唱腔一样,都是采用依腔传字的演唱形式,用方言演唱,由于当时的昆山腔用苏州、昆山一带的方言演唱,故其流行的

---

① 《南词叙录》,《历代曲话汇编》明代编第一集,第483页。
② 同上,第484页。

范围受到限制,"止行于吴中"。[1]魏良辅对昆山腔进行改革,他将昆山腔原来依腔传字的演唱方法,改为用依字声定腔的方法来演唱,并统一南曲的语音,把具有全域性的"中州韵"作为昆山腔改革后的南曲曲韵的标准语音。但魏良辅改革昆山腔对南曲曲体的律化只是初步的。如他在《南词引正》中虽提出"五音以四声为主",要依字声定腔,但没有编著具体的南曲曲调格律谱;又虽提出了"中州韵""诸词之纲领"的主张,指出昆山腔所采用的南曲字声应革除苏州方言,以"中州韵"作为标准语音,但他没有编著具体的南曲韵书,给昆山腔作家和演员提供填词作曲和度曲演唱的借鉴。显然,魏良辅对昆山腔的引正与改革,仅是指出了南曲曲体律化的方向。因此,从南曲的发展史上来看,对南曲的律化,是从沈璟开始真正得以具体实施的。

一、理论指导

关于南曲的曲律,沈璟曾撰写了【商调·二郎神】《论曲》套曲,在这一套曲中,沈璟首先从宏观上,提出了南曲曲体格律化的理论根据,指出:

> 名为乐府,须教合律依腔,宁使人不鉴赏,无使人挠喉捩嗓。说不得才长,越有才越当着意斟量。[2]

戏曲是一门综合艺术,其中音乐即"曲"是构成戏曲主要的因素,而"曲"有一定的规律,即"音律",若没有这些"音律"也就不成为戏曲了,因此,他提出,作曲必须要守律,如曰:

---

[1]《南词叙录》,《历代曲话汇编》明代编第一集,第485页。
[2]【商调·二郎神】《论曲》,《沈璟集》,第849页。

怎得词人当行,歌客守腔,大家细把音律讲。……纵使词
出绣肠,歌称绕梁,倘不谐音律,也难褒奖。耳边厢,讹音俗
调,羞问短和长。①

其次,沈璟对南曲的字声提出了规范和要求。由于采用了依
字声定腔的演唱方式,必须统一字音,要用一种标准的语音。此前
南曲是以乡音为韵,用方言演唱,如昆山腔是南戏流传到苏州、昆
山等地后,用当地的方言演唱,故有"昆山腔"之称。如魏良辅在
《南词引正》中列举了剧唱昆山腔演员常用的方言土语,曰:

苏人惯多唇音,如冰、明、娉、清、亭之类。松人病齿音,
如知、之、至、使之类;又多撮口字,如朱、如、书、厨、徐、胥。②

关于南曲的字声,魏良辅提出以"中州韵"来统一南曲的语
音,如曰:"《中州韵》词意高古,音韵精绝,诸词之纲领。"③而沈璟
也提出了以"中州韵"作为南曲的标准韵的主张,如他在【商调·二
郎神】《论曲》散套中指出:

《中州韵》,分类详,《正韵》也因他为草创。今不守《正
韵》填词,又不遵中土官商,制词不将《琵琶》仿,却驾言韵依
东嘉样。这病膏肓,东嘉已误,安可袭为常?(【啄木鹂】曲)④

在这支曲文中,沈璟对《琵琶记》以来南曲用韵杂乱的现状提
出了批评。《琵琶记》以南方乡音为韵,与"中州韵"不协,故沈璟
认为,《琵琶记》用韵杂乱无章,其"调之不伦,韵之太杂,则彼已
自言,不必寻数矣"。⑤而后人既不遵《中原音韵》,又不守《洪武正

①【商调·二郎神】《论曲》,《沈璟集》,第850页。
②《南词引正》,《历代曲话汇编》明代编第一集,第528页。
③同上,第527页。
④【商调·二郎神】《论曲》,《沈璟集》,第849页。
⑤明吕天成《曲品》卷下引,《历代曲话汇编》明代编第三集,第111页。

韵》，却以《琵琶记》的用韵作为南曲曲韵的借鉴，这就造成了南曲曲韵的混乱。

　　另外，沈璟在《论曲》散套中对四声的字声特征与腔格作了论述，汉字字声有平、上、去、入之分，汉字字声本身具有音乐属性，蕴含着丰富的声情，如平声字平稳柔和，仄声字抑扬起伏。魏良辅便是采用了以字声定腔的演唱方式对原来的依腔传字的演唱方式作了改革，如他在《南词引正》中指出："五音以四声为主，但四声不得其宜，五音废矣。"①所谓"五音以四声为主"，也就是字的腔格即宫、商、角、徵、羽等五音须依字的平、上、去、入四声而定，但魏良辅在《南词引正》中没有对四声的具体腔格加以论述。

　　沈璟在《论曲》散套中，对四声的特征作了论述。如关于平声字，沈璟提出须分清阴阳，如曰："析阴辨阳，却只有那平声分党。细商量，阴与阳，还须趁调低昂。"②平声字在平稳悠长的总体特征下，也有着清浊、抑扬之分，戏曲音律家们并据此将平声字分为阴平与阳平两大类。而平分阴、阳，最早是元代周德清在《中原音韵》中提出来的，在《中原音韵》所收列的十九个韵部中，平声按阴、阳分列。而阴平与阳平字在字声上的区别在于：阳平声揭起，阴平声抑下；又阴平为清声，阳平为浊声。因此，沈璟提出：平声"阴与阳，还须趁调低昂。"

　　关于上声字，沈璟提出："词中上声还细讲，比平声更觉微茫。去声正与分天壤，休混把仄声字填腔。"③所谓"比平声更觉微茫"，也就是清代李渔所说的："介于平仄之间，以其别有一种声音，较之

---

①《南词引正》，《历代曲话汇编》明代编第一集，第527页。
②【商调·二郎神】《论曲》，《沈璟集》，第849页。
③同上。

于平则略高,比之去、入则又略低。"①因此,上声字虽与去声字同属仄声,但两者还须"分天壤",在同应用仄声字处,须上去间用,不能因两者同属仄声而连用上声字。

关于去声字,沈璟提出:"若遇调飞扬,把去声儿,填他几字相当。"②在平、上、去、入四声中,去声字的调值最高,去声字腔格总体上具有高亢激越的特色。也正因为去声字腔格具有高亢激越的特色,故"若遇调飞扬"处,即剧情出现转折、表现剧中人物的慷慨激昂的情绪及煞尾之处,用去声字来领头发调,可与剧情及人物的情绪相配合。

关于入声字,沈璟提出:"倘平音窘处,须巧将入韵埋藏。"③这也就是说,若在按曲律该用平声字而找不到合适的平声字时,可用入声字代替。这就指出了入声字的字腔特征。南曲入声字的字声特征是短促,字一出口便戛然而止。由于入声字出声急促,声音低哑,这便与南曲细腻婉转的唱腔不合,故在刚吐字出声时,尚作入声,通常称作"断腔",首音一出口即止,以表现入声字短促急收的特点;在稍作停顿后,再接唱腹腔与尾腔,随腔格的变化,抑扬起伏,以与缠绵婉转的旋律相合。若延长,则似平声,若上升或下降,则成上声或去声,故入声字可代替平、上、去三声。

二、编撰韵谱

沈璟不仅在理论上为南曲作家提供了南曲曲体律化的指导和

---

① 《闲情偶寄·词曲部·音律第三》,《历代曲话汇编》清代编第一集,第274—275页。
② 【商调·二郎神】《论曲》,《沈璟集》,第849页。
③ 同上。

要求，而且为了规范南曲的曲体，使其律化，他还编撰了南曲韵谱和南曲曲谱，为南曲作家与演唱者提供具体的依据与准绳。

　　沈璟编撰的《南词韵选》是南曲韵谱。关于南曲的字声，魏良辅改革昆山腔，把"中州韵"作为南曲曲韵的标准语音，虽然能够统一和规范南曲的曲韵，但"中州韵"是北方语音，周德清《中原音韵》所确立的十九个韵部，是为作北曲而设的，是北曲曲韵的标准语音。南曲若与北曲一样，也采用"中州韵"作为曲韵的标准语音，那么南曲与北曲的旋律和声情就没有区别了，削弱了南曲不同于北曲的个性特征。但在当时的曲坛上，南曲还没有专用的韵谱，虽有"北遵《中原》，南遵《洪武》"之说，但《洪武正韵》是一部官韵韵书，非为作曲设。如沈璟指出："国家《洪武正韵》，惟进御者规其结构，绝不为填词而作。"①而《中原音韵》是北曲韵谱，为作北曲而设，故不完全适合南曲的用韵。但相对于《洪武正韵》来说，《中原音韵》是曲韵谱，故其虽不能完全适合南曲用韵的需要，但当时作南曲，"其它别无南韵可遵，是以作南词者，从来俱借押北韵，初不谓句中字面，并应遵仿《中州》也"。②而作南曲者，因无南曲专用韵谱可用，"从来俱借押北韵"，"遵仿《中州》"，这也只是变通之法，因此，南曲还须有自己的专用韵谱。而沈璟正是看到了当时曲坛上南曲无专用韵谱的现状，便编撰了南曲韵谱《南词韵选》。如明陈所闻《南宫词纪·凡例》云：

　　　　《中原音韵》，周德清虽为北曲而设，南曲实不出此，特四声并用。今人非以意为韵，则以诗韵韵之。夫灰回之于台来也，元喧之于尊门也；佳之于斋，斜之于麻也，无难分别，而不

①《度曲须知·宗韵商疑》引，《历代曲话汇编》明代编第二集，第652页。
②同上，第653页。

知支思、齐微、鱼模三韵易混；真文、庚清、侵寻三韵易混；寒山、桓欢、先天、监咸、廉纤五韵易混，此宁庵先生《南词韵选》所由作也。①

《南词韵选》共十九卷，与元代周德清的《中原音韵》仅是收列韵字不同，沈璟在《南词韵选》中，采用例曲与韵字相结合的形式，即在每一韵目下，选收相应的韵脚的曲调与曲文，并加按语评述说明。由于沈璟主张南曲也应遵循"中州韵"，故他在《南词韵选》中，也按《中原音韵》十九个韵部列目，他在卷首的《南词韵选·叙》中称：

> 曰南词，以辨北也；曰韵选，以不韵不选也。②

又《南词韵选·凡例》也云：

> 是编以《中原音韵》为主，故虽有佳词，弗韵，弗选也。若"幽窗下教人对景"、"霸业艰危"、"画楼频倚"、"无意整云髻"、"群芳绽锦鲜"等曲，虽世所脍炙，而用韵甚杂，殊误后学，皆力斥之。③

可见，沈璟编选此书的目的是为"南词（曲）"作家提供叶韵的标准，而他所定的标准韵目，《中原音韵》所定的十九个韵部，即以《中原音韵》所列的韵部，来规范南曲的曲韵。但在《南词韵选》中，也顾及了南曲曲韵的特征，作了一些变通的处理方式，如在十九个韵部以外，选收了一些用相近韵部的字来叶韵的曲作，沈璟将这种叶韵方式称之为"借韵"，如：

卷三支思韵无名氏【正宫·玉芙蓉】曲上注云："'飞'字借

①《刻〈南宫词纪〉·凡例》，《中国古典戏曲序跋汇编》，第2696页。
②《南词韵选·叙》，台北"中央图书馆"藏明虎林刊本。
③《南词韵选·凡例》，台北"中央图书馆"藏明虎林刊本。

韵。""飞"字属齐微韵,而支思韵"最易混于齐微韵"。

卷四齐微韵梁少白【中吕·驻云飞】《春恨》曲注云:"'翅'字借韵。""翅"字属支思韵,而齐微韵"最易混于支思"。

卷七真文韵无名氏【南吕·针线箱】"自别来杳无音信"散套注云:"'病'字借韵。'倾'字、'经'字借韵。""倾"字、"经"字属庚青韵,而真文韵"易混于庚青、寻侵二韵"。

卷十先天韵陈秋碧【仙吕·一封书犯】"池冰泮乍暖"散套注云:"'暖'字借韵。""暖"字属桓欢韵,而"桓欢、先天二韵皆易于混用"。

"借韵"即在同一首曲中借用不同的韵部来叶韵,这显然不符合他的"弗韵弗选"、"严而不杂"的选曲标准,那么沈璟为什么还要选收这些"借韵"之曲作为范曲呢?

从沈璟选收的这些"借韵"之曲所借的韵部来看,其所谓的"借韵",也就是在"中州韵"中分明而在南方语音中常易混淆的韵部,如先天、寒山、桓欢三韵皆收舐腭,只是发声出字稍有不同,先天不张喉,寒山张喉,而桓欢与寒山二韵一为半含唇,一为全开口,故在南方方言中,寒山韵"与桓欢、先天二韵皆易于混用"。①沈璟在《南词韵选》中也选收了先天、寒山、桓欢三韵相互"借韵"的曲作,如卷十先天韵陈秋碧【仙吕·一封书犯】"池冰泮乍暖"散套中的"借韵"字"暖"字,属桓欢韵,在此曲中桓欢韵与先天韵相借。

再如在南方语音中,支思、齐微二韵的发声出字虽有异,但皆收"噫"音。因此,在南方语音中,支思韵"最易混于齐微韵"。②沈璟在《南词韵选》中也选收了支思、齐微二韵相互"借韵"的曲作,如

---

①《南词韵选》卷八"寒山韵"卷首注,台北"中央图书馆"藏明虎林刊本。
②《南词韵选》卷三"支思韵"卷首注,台北"中央图书馆"藏明虎林刊本。

卷三支思韵无名氏【正宫·玉芙蓉】曲中的借韵字"飞"字,属齐微韵,在此曲中齐微韵与支思韵相借。

又如真文、庚青二韵,在中州韵中收声归韵时有异,真文舐腭收音,庚青开口收鼻音。而在南方语音中,收庚青韵时常舐腭,收真文韵时又从鼻出,因此,这二韵在南方语音中常混淆不分。如魏良辅指出:"苏人惯多唇音,如冰、明、娉、清、亭之类。"[1]沈宠绥也谓:"吴俗承讹既久,庚青皆犯真文,鼻音误收舐腭。"[2]沈璟在《南词韵选》中也选收了真文、庚青二韵相互"借韵"的曲作,如卷七真文韵无名氏【南吕·针线箱】套曲中的"借韵"字"倾"、"经"字皆属庚青韵,在此庚青韵与真文韵相借。

另外,在南方语音中,闭口音已经消失,闭口韵与开口韵通押。如沈宠绥指出:"惟闭口韵姑苏全犯开口。"[3]沈璟在《南词韵选》中也选收了真文、庚青、侵寻三韵相互"借韵"的曲作,如卷七真文韵无名氏【南吕·针线箱】套曲中的"借韵"字"病"字属侵寻韵,在此侵寻韵与真文韵、开口韵与闭口韵相借。

由于这些韵部虽在"中州韵"中区分明晰,互不相借,但在南方语音中,常相互借叶,为了保持南曲的语音特征,因此,沈璟认可南曲的这种"借韵"现象,而非"失韵"。"借韵",虽不是同一韵部中的字,但由于是借用了在南方语音中相近韵部的韵字,故仍是合律的,与他的"弗韵弗选"、"严而不杂"的选曲标准并不矛盾;而"失韵",便是"用韵杂乱",不合韵律了。

通过对沈璟所选收的"借韵"之曲的"借韵"现象的考察,可以

①《南词引正》,《历代曲话汇编》明代编第一集,第528页。
②《度曲须知·鼻音抉隐》,《历代曲话汇编》明代编第二集,第647页。
③同上,第650页。

看到,沈璟选收"借韵"之曲不仅仅是因为可以选收的合韵之曲少,只是一种权宜之计,更主要的是在确定以"中州韵"作为南曲标准曲韵的基础上,顾及了南方语音的特征。

作为第一部南曲专用韵谱,沈璟的《南词韵选》首次对南曲的曲韵作了规范,这使得南曲作家的填词作曲和演员的度曲演唱都有了具体的依据与借鉴。如明凌濛初指出,在沈璟编撰《南词韵选》前,南曲作家填词作曲皆不免旁犯混叶,自沈璟的《南词韵选》问世后,曲家始知南曲用韵之标准,如曰:

> 曲之于德清韵,不能如元人遵之,何哉?此自《琵琶》等旧曲,皆不免旁犯,则以转韵、借叶易于成章耳。……近来知用韵者渐多,则沈伯英之力不可诬也①

另外,为了帮助吴语地区南曲作家与演唱者纠正字音不准的问题,沈璟还编撰了《正吴编》一书。所谓"正吴",就是纠正吴地的方言土音。如王骥德《曲律·论腔调》云:

> 昆山之派,以太仓魏良辅为祖。今自苏州而太仓、松江,以及浙之杭、嘉、湖,声各小变,腔调略同,惟字泥土音,开、闭不辨,反讥越人呼明确者为"浙气",大为词隐所疵,详见其所著《正吴编》中。甚如唱"火"作"呵"上声,唱"过"为"个",尤为可笑!"过"之不得为"个",已载《编》中。②

三、编撰曲谱

早期南戏采用依腔传字的形式演唱,故南曲的字声、宫调等

---

① 《谭曲杂札》,《历代曲话汇编》明代编第三集,第194页。
② 《曲律·论腔调》,《历代曲话汇编》明代编第二集,第527页。

虽不合律,但其腔格(板位)是固定的,但由于新昆山腔采用了依字定腔的演唱方式后,由原来的腔定字声不定,改为字声定而腔不定,导致了腔格的变异。因此,剧作家在作曲填词时,虽然仍是按曲调来填词,但不必顾及该曲调原有的腔格,只要顾及字声的搭配合律,每一曲调的句数、字数可以增减,板位可以挪移。因此,由于经魏良辅改革后,南曲采用了依字声定腔的演唱方式,对于曲文来说,更注重句式、字声、韵位等的规范,剧作家在填词作曲时,更需要有曲谱作为借鉴。而南曲谱虽在沈璟之前,已经有明代嘉靖年间蒋孝编撰的《旧编南九宫词谱》(简称《旧谱》),蒋孝的《旧谱》在南戏和传奇剧本中找到相应的曲文收入谱中,使每一支曲调下都有了范例,这样就大致规定了该曲调的句格,使作家有了借鉴的依据。但由于蒋孝在编撰《旧谱》时,其所引录的曲文不注明平仄字声,即对每一曲调的句格、平仄等格律没有加以明确的规定。而且,其中的曲文大多选自坊间刻本,古本甚少,引录时又不详加考勘,故谱中错讹较多。如王骥德指出:

> 南九宫蒋氏《旧谱》,每调各辑一曲,功不可诬。然似集时义,只是遇一题,便检一文备数,不问其佳否何如,故率多鄙俚及失调之曲。①

沈璟看到了蒋孝《旧谱》存在的问题,已不能适应南曲采用依字声定腔的新演唱方式,因此,他对蒋孝的《旧谱》作了修订,如自称:

> 北词谱,精且详,恨杀南词偏费讲。今始信《旧谱》多讹,是鲰生稍为更张。改弦又非翻新样,按腔自然成绝唱。语非

①《曲律·杂论下》,《历代曲话汇编》明代编第二集,第129页。

狂，从教顾曲，端不怕周郎。①

沈璟的《增定查补南九宫十三调谱》便是为完善蒋孝《旧谱》而作的，"大要本毗陵蒋氏旧刻而益广之"。②《增定查补南九宫十三调谱》，又名《南九宫词谱》《南词全谱》。由于早期南戏是采用依腔传字的方式演唱的，故其曲调的句式、板位稳定，因此，沈璟在谱中多引录早期南戏的"古调"、"本调"作为范曲，如卷十五【越调过曲·小桃红】引录南戏《拜月亭》"状元执盏与婵娟"曲，曲上注云：

　　此古调也，后人作者纷纷不一矣，要当以此为式。

卷十七【商调过曲·山坡羊】引录散曲"学取刘伶不戒"曲，曲后注云：

　　此调乃【山坡羊】本调也，最为近古，故录之。

与蒋孝的《旧谱》相比，《沈谱》增加了351支例曲，其中有179支选自宋元南戏中的古曲本调；另又选收84支南戏古调，更换了《旧谱》中的例曲。这些古曲本调既平仄字声合律，又句式稳定，若按谱填词或传唱，就能保持曲调原来的腔格。

《沈谱》改变了蒋孝《旧谱》不署平仄、韵位（板位）等曲律术语和符号的体例，在所选收的例曲曲文旁皆注明平仄字声、韵位（板位），分别正衬，用曲律术语和符号，将曲调的字声、韵位（板位）固定下来。自《沈谱》用具体的曲律术语和符号来标注曲调的字声、韵位（板位）等曲调格律后，南曲谱之体制遂臻于完备。

《沈谱》除了在所选收的例曲曲文旁注明曲律术语和符号外，还用题注、眉批及尾注等形式，结合具体的曲文，对一些曲律问题

---

① 【商调·二郎神】《论曲》，《沈璟集》，第849—850页。
② 明李鸿《南词全谱序》，《中国古典戏曲序跋汇编》，第33页。

作了具体论述。

一是注明字声。经过魏良辅改革昆山腔的演唱方式后,对于作家填词作曲来说,尤其要注重字声的搭配,平仄合律,因此,沈璟在所选收的例曲曲文旁注明平仄字声外,对于有些易混淆不清或可以变动之处,则在题注、眉批及尾注中也加以说明。如卷一【仙吕·解三酲】引录散曲"待写下满怀愁闷"曲,注云:

> "外人""人"字,若用仄声,则"信"字可用平声,"图"字可用仄声,"织"字、"一"字俱可用平声。第四句用六个字,此正体也。"待写"、"诉与"俱去上声,"百"字入声作平声唱,俱妙。"病"字借韵。①

再如卷十二【南吕过曲·三学士】引录南戏《琵琶记》"谢得公公意甚美"曲,注云:

> "谢"字、"意"字"事"字、"假"字、"一"字、"恐"字,俱可用平声。"美"字可用平韵。"凡"字可用仄声。"时"字、"儿"字可俱可用仄韵。"末"字若改平声字,更妙。"甚美"、"未老"、"故里",俱去上声,俱妙。②

又如在卷十七【商调过曲·高阳台】引录南戏《琵琶记》"宦海沉身"曲的批语中,还说明了入声字的用法,如云:

> 凡入声韵,止可用之代平声韵,至于当用上声、去声韵处,仍相间用之,方不失音律。高先生喜用入声,此曲如"脱"字、"越"字、"聒"字、"阅"字、"列"字、"洁"字、"悦"字处,用入声作平声唱,妙矣。至于"葛"、"舌"字、"伐"字、"发"字处,既用"兔丝"、"谩劳"、"特来"、"早谐"等仄平二字在上,则其下

---

① 《南九宫十三调曲谱批语》,《历代曲话汇编》明代编第一集,第666页。
② 同上,第687页。

当用平去或平上二声,所谓以去声、上声间用之乃妙。今概用入声,则入声作平声者,与入声作去上者混杂,音律欠谐矣。后人有独见者,还宜少用入声韵为是。①

由于入声字与上、去同属仄声,若以入声字代平声字与去或上声字相搭配连用,就分不出平仄了。因此,平仄相错搭配处,不宜以入声字代平声字。

二是规范句式。由于新昆山腔采用依字定腔的方式演唱后,重字声而不重句式,故导致了曲调句式的不稳定。因此,沈璟在曲调的批语中对曲调的句式作了考定和规范。如卷四【正宫过曲·白练序】引录南戏《风流合三十》"花磨月恨"曲,曲后注云:

> 起句用四字,乃此曲本调,自"窥青眼"散曲出,词意兼到,人争唱之,不知其失体也。吾宁舍彼而取此,然一齐众楚,得无反为所笑乎!②

【白练序】曲首句本为四字句,而散曲"窥青眼"此曲首句改作三字句,但因此曲"词意兼到",为时人所传唱,不知其首句句式失律,故沈璟在曲谱中宁可取词意粗俗的南戏《风流合三十》的曲调作为范曲,而不取当时为人所争唱的散曲"窥青眼"作为范曲。

再如卷十二【南吕过曲·三学士】引录《琵琶记》"谢得公公意甚美"曲,曲上注云:

> 此曲第三、第四句必如《琵琶记》用成语或唐诗一联,乃妙。《香囊记》"忠和孝两尽情",今多唱作"忠孝须当两尽情",尤可恨。③

---

① 《南九宫十三调曲谱批语》,《历代曲话汇编》明代编第一集,第701页。
② 同上,第673页。
③ 同上,第687页。

　　【三学士】曲的第三、四句按律应作对偶句,为连璧对,沈璟不仅列出了这两句具体的句格,如:"仄平仄仄平平仄,平仄平平仄仄平。"两句的平仄、字节工整相对,而且还指出"必如《琵琶记》用成语或唐诗一联,乃妙",如《琵琶记》此二句作"假饶一举登科日,难道是双亲未老时",用成语作曲文,既对偶,又自然流畅。又此曲末二句按律为非对偶句,如《琵琶记》此曲末二句作"只恐锦衣归故里,双亲的不见儿",而时人多将此二句误作对偶句式,如《香囊记》此曲末句本为六字句,作"忠和孝两尽情",而时人却增为七字句,改作"忠孝须当两尽情",与前一七字句构成对偶句。不当对而对,这就破坏了此曲的腔格。

　　又如卷十五【越调过曲·蛮牌令】引录南戏《进梅谏》"得遇艳阳时"曲,曲后注云:

　　　　此【蛮牌令】本调也,自《琵琶记》"穷酸秀才,直恁乔"及"匆匆的,聊附寸笺"稍变其体,后人时曲又云"他道是风流汗,湿主腰",本皆六字,可分作二句,而略衬两三字者,今人却认作八、九字一长句,遂于"才"字、"的"字、"汗"字下俱不点截板,而【蛮牌令】之腔失矣,况又改名曰【四般宜】乎。试观《牧羊》《杀狗》诸旧曲,则知"雕栏畔,曲槛西"句法矣。[①]

　　【越调过曲·蛮牌令】曲第七、八两句本为两三字句,如南戏《进梅谏》此曲作:"雕栏畔,曲槛西。"而后人则增字改句,并作一长句,使此曲之句式及腔格尽失。

　　三是订正板位。由于新昆山腔改用依字定腔的方式演唱后,南曲的板位可增减挪移,这样就导致了曲调腔格的变异。因此,沈璟也在曲调的批语中对板位的变异作了订正和说明,如卷六【大石

---

① 《南九宫十三调曲谱批语》,《历代曲话汇编》明代编第一集,第679页。

调·念奴娇序】引录南戏《拜月亭》"途路里奔走流民涌"曲,注云:

> "途路里"三字原无板,因今将后一曲"军马来"改成"军马又来",且唱两句,故妄增二板,而并增"途路里"二板耳,可恨! 可恨! ①

再如卷八【中吕过曲·剔银灯】引录南戏《拜月亭》"迢迢路不知是那里"一曲,注云:

> 此曲极佳,古本元自如此,今人于"一点"之下又增"点"字,且增一截板。"一阵"之下又增"阵"字,且增一截板。"兀自"下又增"尚"字。此皆俗师之误,而士人亦有仍其误。甚至"愁"字下增一"和"字,而文理遂不通者。夫气则有"一声声"矣,愁岂有"一声声"乎? 施君美之不幸,良可叹也。②

又如卷十二【南吕过曲·三学士】引录《琵琶记》"谢得公公意甚美"曲,曲后注云:

> 按此调第三句与【解三酲】第三句虽相似而实不同,余犹及闻昔年唱曲者唱此曲第三句,并无截板,今清唱者唱此第三句皆与【解三酲】第三句同,而梨园子弟素称有传授,能守其业者,亦踵其讹矣。余以一口而欲挽万口,以存古调,不亦艰哉! ③

从句式上来看,【三学士】第三句"假饶一举登科日"的句式与【仙吕过曲·解三酲】第三句的句式"相似",【解三酲】第三句也为七字句,而且字节也为上四下三,如《沈谱》【解三酲】所选收的《琵琶记》此曲第三句"回文锦图织不尽",这一句式与【三学士】曲第

---

①《南九宫十三调曲谱批语》,《历代曲话汇编》明代编第一集,第679页。
②同上,第680页。
③同上,第687页。

三句的句式十分相似,但两者的腔格"实不同",两者的区别,就在于板位的不同,【解三酲】此句末字"尽"字上有一截板,【三学士】曲此句末字则无截板,而时人在传唱时,常因两句的句式相似而混淆。

四是分别衬字。衬字是曲调定格正字以外的字,句式中虽可加衬字,但有一定的位置,而且不能多加,若乱加、多加衬字,势必会改变曲调的句式与腔格,故沈璟在曲谱中,也对曲调衬字作了说明。如卷十四【黄钟过曲·太平歌】引录南戏《琵琶记》"他求科举"曲,注云:

> 此调本属黄钟,【东瓯令】本属南吕。《旧谱》初未尝言二调相同,近日唱曲者或将此调唱作【东瓯令】,或谓此调即【东瓯令】,此予所未解也。纵使说"指望"二字是衬字,独不思此调"那些个"一句是八个字,"千"字一板,"能"字一掣板,"会"字一板,而【东瓯令】第五句云"他那里胡行径","他"字是衬字,只五字也。况又难下掣板,只好点两个实板,如何可扭做一调唱耶?后学辨之。[①]

【太平歌】与【东瓯令】两曲的区别主要在第二、五两句的句式不同,【太平歌】第二句与第五句分别为五字句与八字句,如《琵琶记》此曲的第二句与第五句分别作:"指望锦衣归"、"那些个千里能相会";而【东瓯令】第二句与第五句分别为三字句与五字句,而后人在唱《琵琶记》【太平歌】曲时将第二句的"指望"二字和第五句的"那些个"三字皆当作衬字,遂将此二句改为三字句和五字句,故将【太平歌】与【东瓯令】两曲相混淆。

再如卷二十【仙吕入双调过曲·玉抱肚】曲,引录《琵琶记》

---

① 《南九宫十三调曲谱批语》,《历代曲话汇编》明代编第一集,第694页。

"千般生受"曲,曲后注云:

> 此调元只有此一体,因此曲第五句用"不由人"三个衬
> 字,而后人不能解"不由人"句法,于"人"字下增一"不"字,遂
> 谓【玉抱肚】另有一体,当用七句,如《四节记》增"明朝管取"
> 四字,时曲增"中心怏怏"四字,皆"不由人"下增一"不"字误
> 之也。况古曲中,凡言不由人,并无又增一"不"字者,不知何
> 时增此"不"字也?夫所谓"不由人泪珠流"者,犹云"由不得
> 我要流下泪来"也;若言"不由人不",则既不泪珠流矣,何以
> 见其苦耶?高东嘉必不如是之不通也。又按【六幺令】、【五
> 供养】、【玉交枝】、【玉抱肚】,凡第一句俱用四个字,但【六幺
> 令】、【五供养】首句第三字必用仄声,【玉交枝】、【玉抱肚】首
> 句第三字必用平声耳。①

　　【玉抱肚】曲第五句本为三字句,《琵琶记》此曲第五句"不由
人泪珠流"的"不由人"三字本为衬字,而后人误作正字,并在"不由
人"下增一"不"字,遂使三字句改作七字句。

　　又如卷十二【南吕·红衲袄】曲引录南戏《琵琶记》"莫不是丈
人行性气乖"曲,曲上注:

> 此调及【青衲袄】,今人皆以其句法长短不定,遂妄改句
> 法,多至不成音律。不知衬字只可用在每句上及句中间,至于
> 每句末后三个字,其平仄断不可易,若不然,即不谐矣,作者
> 审之。②

　　在这一注文中,沈璟指出了衬字使用的位置,即可用在句上
(即句头)和句中,不可用在句末,不能做韵脚,因句末必是板位所

---

①《南九宫十三调曲谱批语》,《历代曲话汇编》明代编第一集,第713页。
②同上,第683—684页。

在,须点板,若增加衬字,就会因赶板不及而影响腔格;而句头与句中,多是前后两个板位的中间,故可加衬字,演唱时快速带过,就不会改变原曲的板位与腔格了。

五是标示韵位。韵位,也是影响曲调句式的一个重要因素。韵位处必是板位,必须点板,故若改变曲调的韵位,必然会引起曲调句式、节奏的变化,从而导致曲调腔格的变异。因此,沈璟在一些曲调的批语中也多加说明。如卷一【仙吕·桂枝香】曲引录南戏《琵琶记》"书生愚见"曲,曲下注云:

> 第五、第六句用韵亦可,第九句不用韵亦可,第三句不可用韵。[1]

再如卷八【中吕·扑灯蛾】引录南戏《拜月亭》"自亲不见影"曲,曲下注云:

> "自亲"正与"他人"相对,况音律甚协。今人改作"自亲妹",殊为可厌!"影"字、"书"字、"间"字不必用韵,"急"字暗用韵,妙甚!"影"字用平声,"周"字用仄声亦可,"女"字借韵。[2]

又如卷十二【南吕过曲·琐窗寒】"又一体"所引录的南戏《荆钗记》"这门亲非是我贪婪"曲后注云:

> 细查古曲及《旧谱》所收《卧冰记》一曲,"早间"句元只该七个字,观《荆钗记》第三曲云"姑娘因此脸羞惭",亦七字耳,必不可于第二个字另用一韵,而分为两句也。自后人改易旧《荆钗记》,以致错乱,《香囊记》讹以传讹,遂仿之云"古今惟有孟母与曾参",遂以九字分为两句,而第二字悍然用韵矣。

---

① 《南九宫十三调曲谱批语》,《历代曲话汇编》明代编第一集,第665页。
② 同上,第678页。

唱之者既熟,听之者又惯,作之者又多不考其源流,此调几何而不尽失其故耶! 可叹,可叹![1]

《荆钗记》此曲第六句作"早间喜鹊噪窗南"为七字句,但后人在第二字处设一韵位,将此句分为两句;《香囊记》则"讹以传讹",也于第二字"悍然用韵",这样"唱之者既熟,听之者又惯,作之者又多不考其源流",反以分两句者为正体,此曲古调句式反不为人知。

这样既有特定的曲律术语与符号标示,又有详细的文字说明,使得曲家在填词作曲时有了很明确的字声规范和依据。

由上可见,沈璟无论在宏观的理论上,还是在具体的韵谱、曲谱的编撰上,都为南曲曲体的律化作出了贡献。如果说魏良辅对昆山腔的改革只是指出了南曲曲体律化的方向,那么至沈璟则正式实施了对南曲曲体的律化。正因为沈璟在南曲曲体律化上的这一贡献与成就,前人将他推崇为格律派的代表,并给予了很高的评价,如王骥德高度评价了沈璟提倡与中兴曲律的作用与成就,曰:"其于曲学,法律甚精,泛滥极博,斤斤返古,力障狂澜,中兴之功,良不可没。"[2]并奉沈璟为"词林之哲匠,后学之师模"。[3]如徐复祚谓其"所著《南曲全谱》《唱曲当知》,订世人沿袭之非,铲俗师扭捏之腔,令作曲者知其所向往,皎然词林指南车也"。[4]冯梦龙也认为,传奇"法门大启,实始于沈铨部《九宫谱》之一修,于是海内才人,思联臂而游宫商之林"。[5]

---

①《南九宫十三调曲谱批语》,《历代曲话汇编》明代编第一集,第686页。
②《曲律·杂论下》,《历代曲话汇编》明代编第二集,第124页。
③同上。
④《三家村老委谈》,《历代曲话汇编》明代编第二集,第262页。
⑤《太霞新奏·序》,《历代曲话汇编》明代编第三集,第7页。

论叶宪祖的戏曲创作及其成就

　　叶宪祖是明末著名思想家黄宗羲的外舅，但他不是因其女婿黄宗羲的声望而留名后世的，而是以自己戏曲创作上的成就在戏曲史和文学史上为后人所称颂。叶宪祖是明代万历年间越中戏曲作家群中的重要成员。在越中戏曲作家群中，叶宪祖所作的戏曲不仅数量多，而且在剧作的思想内容和艺术形式上也都有着很高的成就。

一、叶宪祖的生平与著述

　　叶宪祖（1566—1641），字美度，一字相攸，号六桐、桐柏，又号六桐居士、桐柏山人，别署槲园生、槲园外史、槲园居士、紫金道人。浙江余姚人。生于明嘉靖四十五年丙寅（1566），卒于明崇祯十四年辛巳（1641）八月六日，享年七十六。其一生经历了嘉靖、隆庆、万历、泰昌、天启、崇祯六朝。

　　叶家是书香门第和官宦之家。先祖叶梦得（1077—1148），字少蕴，号石林居士，苏州吴县人。宋徽宗时官龙图阁直学士。工诗词，著有《建康集》《石林词》《石林燕语》《石林诗话》《石林春秋传》等。祖父叶选，嘉靖十七年（1538）进士，官至工部郎中。父亲叶逢春为嘉靖四十四年（1565）进士，官至工部侍郎，工诗文，有文名,著有《叶工部集》。

出身书香门第和官宦世家的叶宪祖,因其父曾任庐州、郧阳知府,因此,他少年时得以游学南京国子监。如黄宗羲《外舅广西按察使六桐叶公改葬墓志铭》记载:"公生而颖异,未冠,庐州即使之入太学,为司成赵文毅、邓文洁所知。每试辄居老生先辈之右,皆以年少歉之,及视其文,莫不降心。"①

成年后,叶宪祖也像他的父辈一样,欲通过科举考试,走上仕途,但他的科举之路以及得第后进入仕途都坎坷不顺。万历二十二年(1594),他二十八岁时,在南京第一次参加乡试便中试。此后,接连考了九次,直到万历四十七年(1619)即五十四岁那年,才考中进士,授新会(今属广东省)知县。他在任上,勤于职守,新会濒海,多有"海盗出没",而"吏胥为之耳目",②叶宪祖对此严加整肃,以维持地方治安。时有盗魁梁阿德,行劫乡里,为害百姓,成为当地一患,而官府未能除之,其"名挂墙壁者十余年矣",③宪祖莅任后,一举将其抓获,为当地百姓除去大患。为敦厚民风,他还兴学崇教,"尤勤课士,建摩青馆招致学者"。④叶宪祖在新会任上虽时间不长,但深孚民望,"邑人颂德,特列名宦焉"。⑤因其治绩优异,本应至京升任御史,但因当时魏忠贤专权,其女婿黄宗羲之父黄尊素为东林党人,弹劾权阉魏忠贤下狱而受牵累,天启五年(1625)改为大理寺左评事,第二年迁工部虞衡司主事。此时京师

---

① 《外舅广西按察使六桐叶公改葬墓志铭》,《黄宗羲全集》第十册,浙江古籍出版社1985年版,第389页。
② 同上,第390页。
③ 同上。
④ 《光绪余姚县志》,清光绪刻本。
⑤ 同上。

地方官为巴结魏忠贤，为其建生祠，生祠拟建在叶宪祖寓所边上，官员推荐他监工，他避而迁居他处。后京师地方官又在长安街为魏忠贤建立生祠，叶宪祖"笑谓同官曰：'此天子走辟雍道也，土偶岂能起立乎？'逆阉闻之大怒：'吾乃为郎所谐！'"①将其削籍。直到崇祯三年（1630），魏忠贤倒台后，宪祖重新被启用，候补南京刑部主事，迁顺庆（今属四川）知府，转辰沅（今湖南沅陵）备兵副使，后因平叛有功，迁四川参政，再改广西按察使，但遭到朝中一些官员的嫉恨和非议。此时叶宪祖已七十一岁，经历了官场的腐败险恶，而且目睹明王朝已日薄西山，岌岌可危，他对官场的生活已深感倦怠，"年光已逐东流尽，衰鬓应惭万里行"。②"驱车九折，骇浪洞庭，浩然倦游"，③起了辞官回乡之思，"市朝不足恋，林泉聊以娱"。④故未到任，便以疾辞官归乡。家居五年后去世，而在他逝世三年后，明王朝也覆灭了。

　　叶宪祖一生著述甚丰，诗、文、词、曲、赋，皆多有所作，据《余姚县志·艺文志上》记载，其诗文有《大易玉匙》六卷、《蜀游草》一卷、《入蜀记》二卷、《白云初稿》《白云续集》二卷、《青锦园集》七卷、《青锦园续集》六卷，另有《青锦园赋草》《蜀游江行竹枝词》《锡山舟次》《山行歌》等，今传《青锦园赋草》后附《广连珠》一卷。又有《青锦园集选》中二十篇文章，及《姚江逸诗》中二十二首诗。

　　叶宪祖一生酷爱戏曲，蓄有家班，剧本编成后，便让家班搬

---

① 《外舅广西按察使六桐叶公改葬墓志铭》，《黄宗羲全集》第十册，第389页。
② 明叶宪祖《楚江即事》，清黄宗羲《姚江逸诗》，《四库全书存目丛书》集部总集类第400册，齐鲁书社1997年版，第178页。
③ 《外舅广西按察使六桐叶公改葬墓志铭》，《黄宗羲全集》第十册，第389页。
④ 明叶宪祖《和陶园田居》，清黄宗羲《姚江逸诗》，《四库全书存目丛书》集部总集类第400册，第179页。

演。如黄宗羲《外舅广西按察使六桐叶公改葬墓志铭》载："公之至处，自在填词"，"花晨月夕，征歌按拍，一词脱稿，即令伶人习之，刻日呈伎，使人犹见唐宋士大夫之风流也"。[①]在当时越中有一个戏曲作家群，叶宪祖是越中戏曲作家群中重要成员。如明王骥德《曲律》记载：

> 吾越故有词派，古则越人《鄂君》，越夫人《乌鸢》，越妇《采葛》，西施《采莲》，夏统《慕歌》，小海《河女》尚已。迨宋，而有《青梅》之歌，志称其声调宛转，有《巴峡》《竹枝》之丽。陆放翁小词闲艳，与秦、黄并驱。元之季有杨铁崖者，风流为后进之冠，今"伯业艰危"一曲，犹脍炙人口。近则谢泰兴海门之《四喜》，陈山人鸣野之《息柯余韵》，皆入逸品。至吾师徐天池先生所为《四声猿》，而高华爽俊，秾丽奇伟，无所不有，称词人极则，追蹑元人。今则自缙绅、青襟，以迨山人、墨客，染翰为新声者，不可胜纪。以余所善，史叔考撰《合纱》《樱桃》《鹔钗》《双鸳》《李瓯》《琼花》《青蝉》《双梅》《梦磊》《檀扇》《梵书》，又散曲曰《齿雪余香》，凡十二种；王澹翁撰《双合》《金椀》《紫袍》《兰佩》《樱桃园》，散曲曰《欸乃编》，凡六种。二君皆自能度品登场，体调流丽，优人便之，一出而搬演几遍国中。姚江有叶美度进士者，工隽摹古，撰《玉麟》《双卿》《鸾鎞》《四艳》《金锁》，以及诸杂剧，共十余种。同舍有吕公子勤之，曰郁蓝生者，从髫年便解摛拽，如《神女》《金合》《戒珠》《神镜》《三星》《双栖》《双阁》《四相》《四元》《二媱》《神剑》，以迨小剧，共二三十种。惜玉树早摧，赍志未竟。自余独本单行，如钱海屋辈，不下一二十人。一时风尚，概可

---

① 《外舅广西按察使六桐叶公改葬墓志铭》，《黄宗羲全集》第十册，第389页。

见已。①

　　叶宪祖是越中戏曲作家群中重要成员,他与越中戏曲作家群中的王骥德、吕天成、王澹、孙鑛、祁彪佳、史槃等交往甚密,也正因为此,叶宪祖在文学创作上,戏曲方面的成就最著。

　　叶宪祖一生作有传奇六种:《鸾鎞记》《金锁记》《玉麟记》《双修记》《双卿记》《宝铃记》,后四种已佚。今仅存《鸾鎞记》《金锁记》两种,其著录及版本情况如下:

　　《鸾鎞记》,明吕天成《曲品》、清高奕《传奇品》、清黄文旸《重订曲海总目》、清姚燮《今乐考证》等著录。今存明末汲古阁原刊初印本、明汲古阁《六十种曲》本,《古本戏曲丛刊》二集据《六十种曲》本影印,另有梅兰芳藏红格钞本。

　　《金锁记》,《曲品》《重订曲海总目》《今乐考证》等著录。今存清内府精钞本、清康熙间钞本,另有乾隆四年(1739)朱瑞深抄本《串本金锁记》、程砚秋原藏钞本(今存中国艺术研究院戏曲研究所资料室)、吴梅原藏钞本(今存北京图书馆),《古本戏曲丛刊》三集据清内府精钞本影印。

　　杂剧二十四种,其中《巧配阖越娘》《西楼夜话》《死生缘》《芙蓉屏》《耍梅香》《玳瑁梳》《碧玉钗》《桃花源》《贺季真》《会香衫》《龙华梦》《鸳鸯寺冥勘陈玄礼》等十二种已佚;今存《四艳记》(包括《夭桃纨扇》《碧莲绣符》《丹桂钿盒》《素梅玉蟾》等四种)、《寒衣记》、《北邙说法》、《团花凤》、《骂座记》、《易水寒》、《琴心雅调》、《渭塘梦》、《三义记》等十二种,其著录及版本情况如下:

　　《四艳记》,《曲品》《传奇品》《重订曲海总目》《今乐考证》等著录,今存明崇祯间原刊本、明沈泰编《盛明杂剧》本,《古本戏曲丛

---

①《曲律·杂论下》,《历代曲话汇编》明代编第二集,第127页。

刊》二集据明崇祯间原刊本影印。

《寒衣记》，又名《金翠寒衣记》，《远山堂剧品》《今乐考证》等著录。今存明赵琦美编《脉望馆钞校本古名家杂剧》本，《古本戏曲丛刊》四集据以影印，另有清无名氏编《元明杂剧》本，中国戏剧出版社1958年据南京国学图书馆1929年影印本重影印。

《北邙说法》，《远山堂剧品》《重订曲海总目》《今乐考证》等著录。今存明沈泰编《盛明杂剧》本，明崇祯间刻本、诵芬室仿刻本，中国戏剧出版社1958年据诵芬室仿刻本影印。

《团花凤》，又名《俏佳人巧合团花凤》，《远山堂剧品》《重订曲海总目》《今乐考证》等著录。今存《盛明杂剧》本。

《骂座记》，又名《灌将军使酒骂座记》，《远山堂剧品》《今乐考证》等著录。今存《脉望馆钞校本古名家杂剧》本、《元明杂剧》本。

《易水寒》，又名《易水情》《易水歌》《壮荆卿易水离情》，《远山堂剧品》《重订曲海总目》《今乐考证》等著录。今存明万历间刊本，日本内阁文库藏；《盛明杂剧》本。

《琴心雅调》，《远山堂剧品》著录。今存明万历间刻本，日本内阁文库藏。

《渭塘梦》，《远山堂剧品》著录。今存明万历间刊本，日本内阁文库藏。

《三义记》，又名《三义成姻》，《远山堂剧品》著录。今存明万历间刊本，日本内阁文库藏。

二、叶宪祖剧作的思想内容

叶宪祖的剧作，从剧本体裁上，分为传奇和杂剧两类；而按其所表现的主题，可以分为三大类：

　　第一类是描写男女爱情。晚明时期，随着资本主义生产关系萌芽的产生，思想领域内产生了以王学左派为代表崇尚真性情、反对封建礼教束缚的新思潮，在当时的曲坛上，也产生了以汤显祖为代表的"写情"的倾向。他的代表作《牡丹亭》描写了以杜丽娘为代表的"至情"对封建礼教的反抗。

　　当时这一新的社会思潮和在晚明剧坛"写情"的创作倾向，也影响了叶宪祖的戏曲创作。他在剧作中，也对男女之间的真情作了描写和歌颂。在这类爱情剧中，男女双方的婚姻，都不是由父母之命、媒妁之言来决定的，而是男女双方的主动追求，两人在相遇后，彼此有了解，产生了爱慕之情后，才结为夫妻。

　　如《寒衣记》中的金定与刘翠翠的爱情，两人的婚姻建立在情投意合的基础上，故具有真诚的爱情，如刘翠翠自称：

　　　　俺与他幼年间共一个学堂儿读书，两个心意相投，私自许为夫妇。到他年长，父母替他议亲，只是啼哭不允。后来问出真情，便成了一门姻契。①

因此，两人虽然遭受了战乱，经历了生离死别，但仍执着于爱情，"肠虽已断情难断，生不相从死亦从"。②两人真诚相爱，虽经受磨难，有情人终成眷属。

　　又如《四艳记》由四个短剧组成，"按佳节，赏名花，取珍物而分扮丽人"。③作者以"情"为主题，将石中英与任夭桃、章斌与陈碧莲、权次卿与徐丹桂、凤来仪与杨素梅四对青年男女的婚姻故事联接在一起，以四个不同的故事，反映了青年男女互生爱慕、自主

---

① 《寒衣记·楔子》，《脉望馆钞校本古名家杂剧》，《古本戏曲丛刊》四集影印，商务印书馆1958年版。
② 《寒衣记》第四折，《脉望馆钞校本古名家杂剧》，《古本戏曲丛刊》四集影印。
③ 明吕天成《曲品》，《历代曲话汇编》明代编第三集，第127页。

婚姻,终成夫妻的共同主题。在这四个短剧中,男女主角都钟于爱情,"少年多好色,吾辈独钟情"。[①]《夭桃纨扇》中的石中英因爱上了任夭桃,不愿赴京应试;《碧莲绣符》中的章斌为了与陈碧莲在一起,卖身为奴;《丹桂钿合》中的权次卿假称中表,以接近徐丹桂;《素梅玉蟾》中的凤来仪及第为官后,没有抛弃杨素梅。

同样,剧中的女主角任夭桃、陈碧莲、徐丹桂、杨素梅,虽或为妓女,或为姬妾,或为寡妇,或为孤女,身份卑贱,但她们都不放弃对爱情的追求,如任夭桃自称:"情也坚,意也坚,肯把琵琶过别船?难欺上头天。"[②]陈碧莲虽受到秦夫人的拘禁,但无法抑制其内心对情的追求,自叹"情魔怎驱逐";[③]徐丹桂"只指望来生伴侣,百岁相守";[④]杨素梅接到凤来仪的情词后,回复道:"楼头暗窥意转摇,芳词密约奴自晓,托终身君莫抛。"[⑤]

在叶宪祖的这类爱情剧中,男女双方的结合,多是邂逅相遇而一见钟情,进而密约幽会,私定终身,最终结为夫妻。这种爱情模式虽有一定的局限性,但对于当时封建礼教所谓"不待父母之命,媒妁之言,钻穴隙相窥,逾墙相从,则父母国人皆贱之"(《孟子》)的婚姻教条,也是一种背叛,有其反封建礼教的现实意义。

当时程朱理学推崇封建的贞节观,强调女子必须从一而终,而在叶宪祖的爱情剧中,寡妇可以再嫁,妓女可以从良嫁人,男女主角敢于冲破礼教贞节之束缚,大胆追求爱情。如刘翠翠在张士诚的兵马攻入城池,与丈夫各自逃难分离时,曾立下誓言:"贼到之

---

① 《丹桂钿合·闺探》出,《盛明杂剧》,中国戏剧出版社1958年版。
② 《夭桃纨扇》第二折,《盛明杂剧》。
③ 《碧莲绣符·觑莲》出,《盛明杂剧》。
④ 《丹桂钿合·窥艳》出,《盛明杂剧》。
⑤ 《素梅玉蟾·惊欢》出,《盛明杂剧》。

时,寻个自尽罢了,定不玷污了身子。"①但她后来被李将军掳获,强纳为妾,为了日后能与丈夫再相见,她便屈从失节,委身于李将军,"干留下玷污身躯"。②后在徐达元帅帮助下,夫妻终得团聚。徐达元帅问她道:"这妮子且住,你为何不死于李将军之手?"刘翠翠回答:"那时强从李氏,还图见夫一面。"③

　　同样,《鸾鎞记》中的鱼玄机,也是不受"贞节"的束缚,而追求理想的爱情。为了救赵文姝之难,鱼玄机代赵文姝嫁人,不想嫁去不久,丈夫偶得暴疾而亡,鱼玄机不愿再嫁人,遁入空门,皈依佛道。而当遇到温庭筠时,她认为是遇到了心中的情人,赞叹道:"易求无价宝,难得有情郎。"④为了爱情,她重返凡尘,与温庭筠结为夫妻。明吕天成《曲品》评论道:

>　　杜羔妻寄外二绝甚有致,曲中颇具愤激。唐时进士题名后,可以遍阅诸妓,必作羔醉眠青楼之状,而后其妻"醉眠何处"之句,猜来有情耳。插合鱼玄机事,亦具风情一斑,温飞卿貌最陋,何多幸也!⑤

　　如《琴心雅调》中的卓文君,守寡在家,当遇到司马相如时,便不顾"失节",大胆求爱,自称:"奴家卓氏文君,昨见长卿风神秀爽,琴心挑引,不觉动情。""奴家我想来,不如私奔长卿,顿偿相爱之思,兼遂终身之托。"⑥

　　又如《四艳记》中的任夭桃是妓女,陈碧莲和徐丹桂是寡妇,

---

①《寒衣记·楔子》,《脉望馆钞校本古名家杂剧》,《古本戏曲丛刊》四集影印。
②《寒衣记》第四折,《脉望馆钞校本古名家杂剧》,《古本戏曲丛刊》四集影印。
③同上。
④《鸾鎞记·鎞订》出,《六十种曲》第六册,第42页。
⑤《曲品》卷下,《历代曲话汇编》明代编第三集,第127页。
⑥《琴心雅调》第二折,明万历间刻本。

但她们依然大胆地去追求理想的婚姻,而剧中的男方,也不受传统的贞节观念的影响,仍然与她们相爱,最终结为夫妻。

第二类是抨击社会黑暗。叶宪祖所处的晚明时期,明王朝已进入衰落时期,朝政腐败,政治黑暗。叶宪祖对此深有所感,因此,他在剧作中对当时的黑暗社会现实作了描写。如《金锁记》传奇是根据元代关汉卿的《窦娥冤》杂剧改编的,按传奇的脚色体制,增加了生脚,即窦娥丈夫蔡锁儿;以生旦贯穿全剧始终,把《窦娥冤》中窦娥蒙冤而死的悲剧结局改为夫妻、父女大团圆的喜剧结局。写窦娥蒙冤临刑时,六月天降大雪,因疑有冤屈而停止行刑。后窦天章任两淮巡按使,重审窦娥一案,窦娥冤情得以昭雪,父女、夫妻团圆。吕天成《曲品》评价《金锁记》曰:"元有《窦娥冤》杂剧,境最苦。美度故向凄楚中写出,便足断肠,然吾不乐观之矣。"①《金锁记》虽然削弱了原作的悲剧性和批判精神,但仍保留了《窦娥冤》所描写的高利贷盘剥、地痞欺凌、官员贪酷等情节,故仍有其揭露黑暗社会现实的现实意义。

又如《鸾鎞记》虽然主要描写的是温庭筠与鱼玄机的爱情,但也对权贵专权和科举营私舞弊的社会现实作了揭露。在剧中,令狐宰相为了让儿子应试及第,要挟贾岛"假手"代考,而贾岛因拒绝令狐宰相的要挟,遭到报复而落第。贾岛在第二出《论心》中又说:"心难按,每牢骚问天。问何缘倒颠豪杰致难堪。"②而这也是映写自己屡试不中,直到五十三岁才中进士的科举经历,表达了对当时科举舞弊的愤恨之情。黄宗羲指出:"如《鸾鎞》,借贾岛以发舒二

---

① 《曲品》卷下,《历代曲话汇编》明代编第三集,第127页。
② 《鸾鎞记·论心》出,《六十种曲》第六册,第3页。

十余年公车之苦。"①如贾岛落第后所唱：

> 逐狡兔人争捷，守枯株我独愚。靠家风没个亲爷护，赂
> 权门少的钱神铸。换儒衣羞把新声度，从教曳白自登科，饶咱
> 制锦空延伫。②

在万历年间，权贵在科举考试中营私舞弊，是当时的一个社会现实，如首辅张居正在万历丁丑、庚辰两科会试时，通过舞弊行径先后让儿子张懋修、张嗣修及第；又如在万历戊子科乡试时，首辅申时行的女婿也是通过舞弊而得第。显然，叶宪祖在《鸾鎞记》中所描写的令狐宰相为了让儿子应试及第，要挟贾岛"假手"代考的情节，既是"发舒二十余年公车之苦"，同时，这也揭露和抨击了明代科举营私舞弊的现实。

这类剧目中，有的是历史剧，借古讽今。如《骂座记》本事出于《史记·魏其武安侯列传》，写汉武帝时魏其侯窦婴和武安侯田蚡之间的矛盾和斗争。王太后的同母兄弟田蚡，官封武安侯，居丞相之职，因娶燕王之女做了夫人，太后诏旨，着列侯宗室都到他家称贺。在宴席上，众官皆趋炎避冷，"田蚡行酒，众宾避席；魏其侯行酒，众宾膝席"。灌夫见众官势利之态，"着实看不得"，③便使酒骂座，痛斥那些趋炎附势的无耻小人和专横跋扈的权贵。

《骂座记》写于魏忠贤专权之时，显然，叶宪祖是借灌夫之口，痛骂当时趋附阉党的官员和抨击专权的魏忠贤，并借灌夫的形象歌颂了东林党人不畏强权、视死如归的浩然正气。

祁彪佳在《远山堂剧品》中评价此剧曰："《骂座记》灌仲孺感

---

① 《外舅广西按察使六桐叶公改葬墓志铭》，《黄宗羲全集》第十册，第391页。
② 《鸾鎞记·摧落》出，《六十种曲》第六册，第31页。
③ 《骂座记》第二折，《脉望馆钞校本古名家杂剧》，《古本戏曲丛刊》四集影印。

愤不平之语，槲园居士以纯雅之词发之，其婉刺处有更甚于快骂者。此槲园得意笔也。"①

《易水寒》取材于《史记·刺客列传》，写荆轲为燕太子丹刺秦王嬴政的事。剧作对《史记·刺客列传》所记载的史实作了改编，将《史记·刺客列传》所记载的荆轲刺秦王失败而死，改为荆轲生擒秦王，胁迫秦王嬴政答应返还侵占的六国之地。剧作也是借荆轲及田光、樊於期、高渐离等人物来描写东林党人与阉党作殊死的斗争，歌颂他们不畏强权、视死如归的浩然正气。如祁彪佳评曰："荆卿携一匕首入不测之强秦，即事败身死，犹足为千古快事。桐柏于死者生之，败者成之，荆卿今日得知己矣。"②

第三类是宣扬佛法。这一类主题的剧作，现仅存《北邙说法》一剧。《北邙说法》是一部短剧，全剧仅一折，题目正名作："天神礼枯骨，饿鬼鞭死尸。若知真面目，恩怨不须提。"演甄好善因前世积德行善，今世做了天神；而骆为非因前世妄作胡为，今世则做了饿鬼。两人都来到北邙山上，甄好善遇到前世的枯骨，便行礼叩拜："亏你一生好善，勤苦修行。我今做了天神，享许多快乐，你是我恩人了。"③而骆为非遇见前世的死尸，折柳鞭打，怒斥道："只为你贪求快乐，积恶为非，连累我做了饿鬼，受许多苦恼。你是我仇人了。"④此时北邙山寺本空禅师恰巧路过，为他们实地说法，善与恶、神与鬼、苦与乐皆可转换，"善恶无常，升沉易变。天神稍自骄矜，安知不为饿鬼？饿鬼若知惭愧，未必不做天神"。"譬如甄好善，既做天神，难道天神外更无堕落？骆为非既为饿鬼，难道饿鬼

---

① 《远山堂剧品》，《历代曲话汇编》明代编第三集，第643页。
② 同上。
③ 《北邙说法》，《盛明杂剧》。
④ 同上。

后并没誊挪?"其转换则全在自己,"苦乐原来只自知","知苦乐今是谁?""白骷髅那晓酸辛味?臭皮囊怎解欢娱意?""大古来转关儿在你",因此,"拜枯骨不如拜自,鞭死尸不如自鞭"。[1]只有自身诚心修行,修炼成佛,方可超脱生死轮回,解救自身。两人听了本空禅师的说法后,幡然大悟,随师皈依佛门。

祁彪佳《远山堂剧品》将此剧列为雅品,并予以很高的评价:"实地说法,不作空虚语。合律之曲,正以不露才情为妙。"[2]除了《北邙说法》,已佚的《双修记》同样是一部旨在宣扬佛理、传播佛法的宗教剧。如据现存的无名氏《双修记序》云:

> 居士精词曲,其所作《玉麟》《四艳》诸记,皆为世脍炙。精究佛理,笃信净土。假日取《刘香女小卷》,被之声歌,名《双修记》。[3]

吕天成《曲品·补遗》也记载:

> 《双修记》,坊间俗本。有《刘香女修行宝卷》,道婆辈每宣诵之。美度喜其事僻而谐俗,复不袭旧,遂制新声。盖"单指弥陀"一句,是修净土直捷法门,不似禅修,翻多教律。[4]

据此可见,《双修记》也是一部宣扬佛理、传播佛法的剧作。

《北邙说法》和《双修记》这一类宣扬佛法的剧作,当是叶宪祖的晚年之作。叶宪祖经历了仕途的坎坷、二十几年的"公车之苦",进入仕途后,又因得罪阉党魏忠贤遭削职。后阉党垮台,被朝廷起用,又遭人忌妒。宦海的浮沉,仕途的失意,使得他在晚年辞官回乡后,欲在佛教思想中,找到自己的精神慰藉。而《北邙说法》《双

---

① 《北邙说法》,《盛明杂剧》。
② 《远山堂剧品》,《历代曲话汇编》明代编第三集,第643页。
③ 《双修记序》,《中国古典戏曲序跋汇编》,第1292页。
④ 《曲品》卷下,《历代曲话汇编》明代编第三集,第127页。

修记》这一类宣扬佛法的剧作,也正融入了他自身的人生感悟和对佛法的认知。

三、叶宪祖剧作的艺术特色

叶宪祖的剧作在艺术上,与同时期的其他越中戏曲家相比,也颇具特色。

一是严守音律。叶宪祖工音律,祁彪佳《远山堂剧品》评《北邙说法》杂剧云:"合律之曲,正以不露才情为妙。"① 评《寒衣记》杂剧云:"槲园精工音律,于此剧北调,尤见其长。"② 评《三义成姻》云:"词律严整,再得词情纤宛,则兼善矣。岂弄丸之手不以绘琢为工乎?"③ 正因为叶宪祖在戏曲创作上严守音律,故前人把他列入以沈璟为代表的格律派即吴江派的成员,如明沈自晋《望湖亭》传奇第一出【临江仙】云:"词隐登坛标赤帜,休将玉茗称尊。郁蓝继有槲园人。"④ 吕天成评其《双卿记》曰:"景趣新逸,且守韵调甚严,当是词隐高足。"⑤

在剧作的曲韵上,经魏良辅对昆山腔加以改革,南曲也以中州韵为标准曲韵,但在实际创作中,戏曲家们在作南曲时,仍以南方乡音为韵,如明徐复祚《南北词广韵选》卷十九指出:

> 今人作传奇,俱不肯备韵。无论监咸、廉纤,每每混押;即三闭口韵,往往以侵寻与真文、庚青通用,以监咸、廉纤与

---

① 《远山堂剧品》,《历代曲话汇编》明代编第三集,第643页。
② 同上。
③ 同上,第645页。
④ 《望湖亭·叙略》出,《沈自晋集》,第81页。
⑤ 《曲品》卷下,《历代曲话汇编》明代编第三集,第127页。

寒山、桓欢、先天通用。作者不知辨别,歌者讹以传讹,遂令开闭混淆,词韵不讲。①

而叶宪祖剧作的用韵,严守中州韵,极少混押。而且,无论是传奇,还是杂剧,都是一出(折)押一个韵部。如《易水歌》,在每折首皆标明该折所用的韵部。

同时,在安排和采用曲调上,叶宪祖能根据剧情和人物情感来选择相应的曲调,增强了剧作主题的表达,突出了人物形象的性格特征和情感的抒发。如描写男女爱情的情节和塑造追求爱情的青年男女形象,多选用具有细腻婉转声情的南曲,如《四艳记》《琴心雅调》《渭塘梦》;而描写揭露和抨击黑暗社会现实,塑造不畏强权,与权贵作斗争的人物形象,则多选用高亢激烈的北曲,如《骂座记》《寒衣记》。有的则根据同一部剧作中不同的剧情,而选用了南北曲合套的形式,如《北邙说法》《团花凤》《易水寒》《三义成姻》等。

二是语言本色自然。叶宪祖主张戏曲的语言须本色自然,如黄宗羲《胡子藏院本序》曰:

> 余外舅叶六桐先生,工于填词,尝言语入要紧处,不可着一毫脂粉。越俗越家常,越警醒。若于此一恧缩打扮,便涉分该婆婆,犹作新妇少年,正不入老眼也。至散白与整白不同,尤宜俗宜真,不可着一文字,与扭捏一典故事,及截多补少作整句。锦糊灯笼,玉镶刀口,非不好看,讨一毫明快,不知落在何处矣。②

在《外舅广西按察使六桐叶公改葬墓志铭》中也谓:"公古淡

---

① 《南北词广韵选》卷十九,《历代曲话汇编》明代编第二集,第390页。
② 《胡子藏院本序》,《中国古典戏曲序跋汇编》,第1440页。

本色,街谈巷语亦化为神奇,得元人之髓。"①

祁彪佳也称赞叶宪祖的戏曲语言本色自然,如评《会香衫》云:"桐柏迩来之词,信手拈出,俱证无碍维摩矣。"②如评《寒衣记》云:"几于行云流水,尽是文章矣。"③评《渭塘梦》云:"桐柏之词以自然取胜,不肯镌琢。如此剧乃其镌琢处渐近自然,则选和练妙,别有大冶。"④如《渭塘梦》第一折"目成"中王仲麟见到贾姝子时所唱的【锦缠道】曲:

> 陡然间,见娇娃牵人锦肠。他青琐闼中藏,须不比胡姬压酒浓妆。兀自看不尽记不真可憎俊庞,还自送秋波几度回翔,瞥眼好难忘。适才船家说他家姓贾,可许我做偷香勾当。咳,回头参与商,第一板相思簿上,只图个梦中别有好思量。⑤

这支曲文本色自然,其中又蕴含着对贾姝子的爱慕之情,正如祁彪佳《远山堂剧品》所评:"传儿女离怨之情,深情以浅调写之。"⑥

又如《易水寒》中荆轲所唱的【北混江龙】【北四门子】两支曲调:

> 【北混江龙】连城白璧,肯无端献楚自悲啼。且沉山瘗影,被褐藏辉。高挂着冯驩囊里铗,牢收了朱亥袖中锤。江湖飘泊,市井追随。逃名涵俗,纵酒忘机。喜来时唱几曲短长歌,闷来时洒几点英雄泪。凭人拍掌,任我舒眉。

①《外舅广西按察使六桐叶公改葬墓志铭》,《黄宗羲全集》第十册,第389页。
②《远山堂剧品》,《历代曲话汇编》明代编第三集,第644页。
③同上。
④同上,第643页。
⑤《渭塘梦·目成》出,明万历间刻本。
⑥《远山堂剧品》,《历代曲话汇编》明代编第三集,第653页。

【北四门子】请秦王莫怪荆轲莽,你、你、你、你百官们护着忙。俺只图四方按堵无劳攘,要你写求和纸一张。别人做羊,自家做狼。到头来颠番弄一场。你守着这答,他守着那厢,煞强似阳翟巨商。①

这两支曲文,虽用了一些典故,但因与荆轲用以抒发的情绪相合,故仍流利自然,不显突兀;而且由于用了典故,更增强了曲文的蕴涵,具有元杂剧语言既本色通俗,又意蕴丰富的风格,"得元人之髓"。

叶宪祖在曲文中还多用一些叠字,如《易水寒》第四折荆轲所唱的【北水仙子】曲,每句首重叠三四字:

【北水仙子】呀呀呀这面庞,险险险险迷了旧日行藏巧换妆。他他他有何德何仇,我我我为谁疼谁痒,为谁疼谁痒?好好好好笑的浪悲欢冷热肠,也也也也都是火性强阳。闪闪闪闪出个袖里青蛇八尺长,把把把把这些邪魔斩断归蓬閬,与与与与日月共翱翔。②

又如《鸾鎞记》第五出"仗侠"中【长拍】、【短拍】首三句皆用了叠字:"寂寂孤身,寂寂孤身,寥寥庭院","黯黯愁魂,黯黯愁魂,茕茕暮景"。③这些叠字不仅使曲文更显口语化,而且也增强了语言的表达力度。

三是对杂剧的艺术体制作了创新。如《四艳记》将四本杂剧合为一本。将多本杂剧合为一本,这在元代杂剧中已有先例。如王实甫的《西厢记》由五本合成。但叶宪祖借相同的主题,将四本情

---

① 《易水寒》,明万历间刻本。
② 同上。
③ 《鸾鎞记·仗侠》出,《六十种曲》第六册,第10—11页。

节和人物完全不同的杂剧合为一本；同时，每本杂剧都突破了北曲杂剧一本四折、一人主唱的艺术体制，如《丹桂钿合》为七折，其余三剧皆为八折，剧中的脚色皆可唱，所唱皆为南曲。这样的设置，打破了传奇与杂剧在艺术体制上的界限，如祁彪佳品评《琴心雅调》曰："玩其局段，是全记体，非剧体，故必八折。"[1]故吕天成也将《四艳记》作为传奇，著录在《曲品》中加以品评。又如《三义记》，全剧四折，一折南曲一折北曲相间排列，而且卷首有副末开场，念诵两首【西江月】词，其文本体制近似传奇。

　　叶宪祖的戏曲无论在数量上，还是在剧作的思想内容和艺术形式上，在当时的曲坛上产生了重要的影响，受到了好评，如吕天成《曲品》称赞道："桐柏南宫妙选，东海英流，曼倩倜傥而陆沉，季子揣摩而脱颖，掀髯共推咳唾，折齿不废啸歌。"[2]黄宗羲将叶宪祖与汤显祖相提并论，认为同样继承了元代戏曲家的精髓，如曰：

> 先生纵笔匠心，不沾沾于离合。所长者尤在填词，直追元人，与之上下。词家率推玉茗、太乙先生，以为浓重剿袭，取悦世眼。词家之有先生，亦如诗家之有陶韦也。[3]

> 公之至处，自在填词。一时玉茗太乙，人所脍炙，而粉筐黛器，高张绝弦，其佳者亦是搜牢元人成句。公古淡本色，街谈巷语，亦化神奇，得元人之髓。[4]

叶宪祖的戏曲作品对晚明的一些戏曲作家产生了影响，如清

①《远山堂剧品》，《历代曲话汇编》明代编第三集，第643页。

②《曲品》卷下，《历代曲话汇编》明代编第三集，第127页。

③《楚江即事》，清黄宗羲《姚江逸诗》，《四库全书存目丛书》集部总集类第400册，第178页。

④《外舅广西按察使六桐叶公改葬墓志铭》，《黄宗羲全集》第十册，第390—391页。

康熙《浙江通志》记载：

> 宪祖长于填词，古淡本色，街谈巷语亦化为神奇。吴炳、
> 袁令昭词家名手，皆从其指授为弟子。①

叶宪祖的戏曲作品，在今天的戏曲舞台上仍有上演，如昆曲舞台上的《说穷》、《羊肚》、《探监》、《法场》(亦名《斩娥》《雪赦》)诸出，皆出自《金锁记》传奇；京剧、川剧、徽剧、汉剧皆根据《金锁记》改编而成剧目《六月雪》。

---

① 《(康熙)浙江通志》，清光绪刻本。

论史槃的戏曲创作及其成就

明代中叶的吴中与越中是戏曲创作的两大重镇,汇集了一批戏曲作家,形成了具有地域特色的戏曲作家流派和作家群体。如明吕天成谓:"博观传奇,近时为盛。大江左右,骚雅沸腾,吴、浙之间,风流掩映。"①史槃也是明代中叶越中戏曲作家群中的重要成员。

一、史槃的生平

史槃,字叔考,号荷汀,生卒年不详,明天启中,年九十余尚在世。②浙江会稽(今绍兴)人。善书画,工曲,师从徐渭,与王骥德等为友。

史槃生活的越中地区,文人荟萃,素有崇文重科举的传统,文人学士多将经科举进入仕途作为人生的目标,而越中一带也确有众多的文人应试及第后,进入仕途。史槃深受越中这一人文环境的熏陶,早年也热衷于科举,他曾勤奋读书,以实现应试及第、进入

---

①《曲品》卷上,《历代曲话汇编》明代编第三集,第86页。
②《黄宗羲全集》第一册《思旧录》载:"余十四岁时,于黄泥桥诸氏园中见之,须鬓皓然,年盖九十余矣。"第344页。

仕途的抱负。如徐渭在《送史叔考读书兵坑》诗中，描写了史槃在兵坑"水远缄鱼断，山深脯兽晞"勤奋苦读的情形，"连岁赓酬久"，"穷经朱简断"，"逐时文股丽，入悟习心非"，并表示"竹筏何曾烂，耽玄自不归"，[①] 一定要实现应试及第的抱负。但由科举进入仕途的道路是十分艰辛的，尤其是晚明时期科举考试中充满着腐败行为，要想顺利通过科举，充满着变数。就在史槃一心准备科举时，朝廷对科举作了改革，神宗万历三年（1575），首相张居正向朝廷上疏，减少府、州、县学录取童生的名额，"童生必择三场俱通者始收入学，大府不得过三十人，大州县不得过十五人。如地方乏才，即四五名亦不为少"。[②] 而这对于此时尚未能进学为秀才的史槃来说，实是堵住了通过科举进入官场的途径。因此，他虽然大半生汲汲于科举，但最终还是未能实现应试及第、进入仕途的愿望。功名无成，布衣终生。如他在《梦磊记》传奇第一折《家门大意》【玉楼春】词中表明了自己科举失意的感慨："十年映断芸窗雪，两字功名成梦蝶。惟余一片热心肠，唤却毛生弄秋月。月明天上方圆缺，曲尽词完板堪叠。试于台畔听宫商，应知不是盲公拙。"[③] 据陈继儒《史叔考童殳斋叙》载，史槃在科举无望后，回想自己大半生追逐科考，却功名未立，一事无成，所有的抱负、志向都付诸东流，"遂作《破瑟赋》以谢同仁，不应举"。[④]

科举失利，虽不能实现进入仕途的愿望，对史槃来说是不幸的，但这也使得他可以摆脱准备应试、苦读时文的束缚，发挥他在文学艺术上的才能，将他的才华倾注于文学艺术的创作之中，成就

---

① 明徐渭《徐渭集·徐文长三集》，第307—308页。
② 张舜徽主编《张居正集》第一册《奏疏》，荆楚书社1987年版，第176页。
③ 明冯梦龙《墨憨斋重定梦磊传奇》，明墨憨斋刊本。
④ 明陈继儒《陈眉公集》卷六《史叔考童殳斋叙》，明万历四十三年（1615）刊本。

了他在文学艺术上的地位。

万历三年(1575),史槃师从徐渭,向其学习书画。徐渭对史槃也是倾心相授,"自是与叔考交甚欢,即南阡北陌,高山大泽之间,无不与叔考俱,而谈艺尤甚洽"。[①]在徐渭的众多弟子中,或许是两人有着共同的境遇,仕途坎坷,因此,徐渭对史槃最为满意,两人的关系也最为密切。如徐渭《史叔考荷汀号篇》云:

若耶溪水积长汀,中有荷花出藻萍。叶底娇歌莲女乱,晚来眉黛远山横。红衣倒护双栖鸟,绿漱时波一片冰。结社此中应绝胜,欲从何处觅兰亭。[②]

徐渭在这首诗中,借对史槃的号荷汀的咏叙,以清澈的若耶溪水、洁白的荷花、碧绿的荷叶、娇歌的美女,来比喻和赞美史槃高洁的人品,又以"结社此中应绝胜,欲从何处觅兰亭",喻指其出众的才华。

又如徐渭看了史槃的《破瑟赋》后,大为赞赏,曰:"史君赋使碎琴之陈子昂愧不能穴地遁去。"[③]

在徐渭的诗文集中,有多首与史槃唱和、题书画的诗。如《雪中红梅次史叔考韵》,描写了两人在雪天赏梅相互酬唱的情景,史槃先作一首,徐渭则是次史槃原韵而作,如云:

雪中最妙是红梅,糁糁团团并作堆。几点粉胭娇入座,数枝浓淡巧涂腮。繁华种里仍冰雪,蜂蝶丛中任去来。醉后移灯玉阑畔,嫦娥扶影上瑶台。[④]

又如《仲春李子遂、季子牙、史叔考坐雨禹迹寺景贤祠中,醉

---

① 明陈继儒《陈眉公集》卷六《史叔考童羖斋叙》,明万历四十三年(1615)刊本。
②《徐渭集·徐文长逸稿》,第809页。
③《陈眉公集》卷六《史叔考童羖斋叙》,明万历四十三年(1615)刊本。
④《徐渭集·徐文长逸稿》,第808页。

余赋诗，并用街字，子遂来自建阳，一别数载》诗，描写了与史槃、李子遂、季子牙等一起游玩禹迹寺的情景，云：

病久不到此，荒祠草上阶。阴晴连日异，闽越几年怀。
夜梵潮三丈，春酥雨一街。梨花无月处，有客醉金钗。①

在徐渭的倾心指授下，史槃深得徐渭真传，时人谓其“书画刻画文长，即文长亦不能辨其非己作也”。②

徐渭除擅长书画外，也工诗文、戏曲，因此，徐渭在诗文、戏曲方面的造诣也对史槃产生了重要的影响。

另外，史槃还与同里的一些戏曲家多有交往，如与王骥德、祁彪佳等也相互酬唱赠答，交往甚密。王骥德在《曲律》中多处提到史槃，并予以赞赏。祁彪佳与史槃则为忘年交，祁彪佳在《远山堂曲品》和《远山堂剧品》中都载录了史槃的传奇、杂剧并加以很高的评价。在《远山堂尺牍》中也有与史槃往来的书信，如《与史荷汀》云：“闻翁丈有和孟子若《花前一笑》之剧，不知可先惠示否？此后当竭诚以请，祈我翁丈大启琅函，尽披鸿秘，度我以金针也。”

史槃一生作有诗文《童羖斋集》（已佚），传奇十三种：《樱桃记》《鹣钗记》《吐绒记》《梦磊记》《合纱记》《忠孝记》《檀扇记》《李瓯记》《琼花记》《双鸳记》《双串记》，今仅存《樱桃记》、《鹣钗记》、《吐绒记》（又名《唾红记》）、《梦磊记》四种和《合纱记》的散出，杂剧三种：《苏台奇遘》《三真状元》《清凉扇余》，均佚，散曲集《齿雪余香》今佚，散见在《吴骚合编》《南宫词纪》《太霞新奏》等选本中。

《樱桃记》，《远山堂曲品》《今乐考证》著录，现存明末刊本，《古本戏曲丛刊》二集据以影印，其中缺失18出、19出部分、36出

①《徐渭集·徐文长三集》，第184页。
②《思旧录》，《黄宗羲全集》第一册，第341页。

部分。

《鹔钗记》,《远山堂曲品》《今乐考证》《曲海目》《曲考》《曲录》等著录,作者均题作无名氏。现存明末书林杨居案刊本、清初林玉森钞本。《古本戏曲丛刊》三集据明末书林杨居案刊本影印。

《吐绒记》,《远山堂曲品》《今乐考证》《传奇品》《曲海目》《曲考》《曲录》等著录,作者均题作无名氏。现存清钞曹氏藏本,《古本戏曲丛刊》三集据以影印。

《梦磊记》,《远山堂曲品》《曲海目》《今乐考证》《曲考》《曲录》等著录,现存明冯梦龙重定墨憨斋刊本,题作《墨憨斋重定梦磊传奇》,《古本戏曲丛刊》二集据以影印。

《合纱记》,又名《白纱记》《双缘记》《双缘舫》。《远山堂曲品》、《曲海目》、《传奇汇考标目》(别本《补目》)、《今乐考证》等著录,今全本佚,明末冲和居士选辑明崇祯间刊本《新镌出像点板怡春锦曲》中收录《投纱》一出。

二、史槃剧作的思想内容

史槃现存的四种传奇均为才子佳人剧,描写了男女之情。受晚明王学左派思想的影响,在戏曲创作中出现了写情的倾向,在剧作中描写了情与理的矛盾冲突,反映了青年男女摆脱封建礼教的束缚,自主婚姻,追求理想的爱情,如汤显祖的《牡丹亭》便是这一类剧作的杰出代表。史槃的剧作同样受到当时曲坛上这一写情的创作倾向的影响,描写了青年男女之间的情,如《樱桃记》描写了丘奉先与穆爱娟的爱情故事,《梦磊记》描写了文景昭与刘亭亭的爱情故事,《鹔钗记》描写了宋璟与荆燕红的爱情故事,《吐绒记》描写了皇甫曾与卢无忧的爱情故事。但与汤显祖的《牡丹亭》相比,史槃的四种传奇所描写和反映的主题有着很大的局限性。他所描写的情，是"止乎礼义"的情，即虽然男女双方经过种种曲折，终成眷属，但他们在追求爱情的过程中，不能像杜丽娘那样，出生入死，冲破封建礼教的束缚，主动地去追求爱情，而是顾忌封建礼教的规范。如剧作中的女主角虽然渴望爱情，得到理想的情人，但在追求爱情的过程中，她们产生了对建伦理道德的畏惧，出现了妥协和退让，试图在封建伦理道德的允许下，获得理想的爱情，达到情与理的统一。如《樱桃记》中的穆爱娟虽已爱上了丘奉先，为能与他相见，她称病不随父母外出，留在家中，但当遇到丘奉先向她求爱时，却又强调"婚姻大礼"，须听从"父母之命，媒妁之言"，不能"私相完娶"，如云：

　　　　休疑，夫妻终久是夫妻。今日若差之毫厘，失之千里。奴非大石，岂不解其中之意？只是婚姻大礼，怎好私相完娶？此情好乱胡为？望兄怜恤，且丢开这着闲媒。况人多趋势，还乡为上，读书为贵，金榜把名题。荣归聚，比今私会更增辉。[1]

当丘奉先被其父赶出家门后，她虽"日夜悲啼，只要寻死觅活"，但没有抗争到底，只得承受两人分离的现实，"今日以后他也不必再上我门了，我也不能勾与他相见了"。[2]后来当父亲要将她许配给管晏时，虽然还想着与丘奉先的爱情，但还是听从了父母之命，后幸在黄巢的帮助下，才得以与丘奉先成为夫妻。

《梦磊记》中的刘亭亭虽然不满父亲没有征得她的意愿而为她订下婚事，对父亲说："这事体，还须三省。"但当父亲说："若再推阻，故违父命，你反是不孝了。"她就顺从了父亲之命，说道："既如

――――――――――

① 《樱桃记·傲马》出，明末刊本。
② 《樱桃记·回书》出，明末刊本。

此,孩儿只得进去,随身收拾,和爹爹去便了。"①

《鹔钗记》中的荆燕红虽知道天帝安排自己与宋璟为夫妻,但当见到宋璟时,还是叮嘱宋璟遣媒人来提亲:"奴还有一言相讨,未归家莫漏泄春声。先生回宅切不可就把此钗对令尊、令堂说知,但遣个媒人来说,待家父说起鹔钗情由,然后出此为聘。"②

《吐绒记》中的卢无忧虽见到皇甫曾后,产生了爱慕之情,但当着丫鬟凌波的面,又"有许多撇清","背后反有许多留恋",③当皇甫曾跳到她船上后,卢无忧又不敢相见,叫他赶紧藏起来,"叫那人且把头埋,叫那人且把头埋,若泄露风声怎布摆?两三人死自该,臭名儿怎洗白?"④怕被人发现后有损名节。

史槃剧作虽均为才子佳人剧,但其反映的主题并不局限于男女之情,其中揭露社会黑暗,也是史槃剧作的一个重要内容。晚明时期,明王朝已日益衰落,皇帝昏聩,宦官专权,吏治腐败,边患日深,危机四伏。史槃在剧作中,对这一社会现实作了真实的描写和反映。

如《梦磊记》中权相蔡京专权,结党营私,打击异己,立党人碑,将司马光等一百二十余人立为奸党,刻石于崇礼门。又枉法贪贿,借"采取宝玩花石以充内用"之名,强征天下宝物,任用亲信朱勔,"前往苏杭等处地方,采取宝玩,并奇花异石之类,若采物高大,过桥拆桥,过城拆城,不许州郡官员拦阻,稍有违忤,即以抗旨处斩"。⑤而宋徽宗听任蔡京专权妄为。显然,作者通过蔡京这一

①《梦磊记·刘公送婚》折,明墨憨斋刊本。
②《鹔钗记》第十三出,明末书林杨居寀刊本。
③《吐绒记》第七出,清钞曹氏藏本。
④同上。
⑤《梦磊记·忠佞争朝》折,明墨憨斋刊本。

反面人物形象,对万历年间,宰相张居正的专权贪奢和朝廷增加矿监税加以了抨击。又如《吐绒记》中的吏部尚书武元衡仅是因没有借到郁金香丸,构陷卢纶,先是差他去讨伐吴元济兵乱,等其讨伐失利,又劾奏皇上将其处斩。同样,在《鹣钗记》中,宰相长安石贪求真国香美色,逼迫其为妾;而康五因在宴席上没有让真国香陪侍他,就差他去征讨突厥。

另外,史槃以自身的经历,在剧作中,对科举制度的腐败作了揭露和抨击。史槃大半生都为科举奋斗,但最终一无所成,因此,他对科举的黑暗和腐败深有所感,通过剧中人物之口,揭露了科举的黑暗和不公平,"论功名非人所强,不在好歹文章,只要当朝家有卿和相,便容易姓名香,也无劳笔尖停处抒心巧,只要缝机时用孔方兄,瞎帐便白丁、黄口也好观场"。① 如《梦磊记》中,蔡京公然作弊,将不学无术的侄儿蔡蘱录取为状元,后虽经皇上亲自复试,取消状元,但也予以录取,"始缀榜末"。② 后蔡京为拉拢刘逵,要将没有参加科举考试的文景昭取为状元,因找不到文景昭的卷子,就作弊,"把取上的卷子,换了封面,填他名字便了,叫听事官,你把我取过上好的卷子,换了封面,填上文景昭,苏州人就是"。③ 又如《吐绒记》中,清客冷朝阳不学无才,不可能及第,但因他投靠了礼部尚书武元衡,中了第二甲第一名,故如皇甫曾所说:"我也看他文字相貌,也不该科第的,原是武公门下人,所以场中把他中了。"④《樱桃记》中的管晏,即使没有参加考试,也因其父为神策都将军,被皇帝授命承袭父职,统兵讨伐黄巢。

---

①《梦磊记·礼闱修好》折,明墨憨斋刊本。
②《梦磊记·赋石抢魁》折,明墨憨斋刊本。
③《梦磊记·礼闱修好》折,明墨憨斋刊本。
④《吐绒记》第二十六出,清钞曹氏藏本。

由上可见,史槃在剧作中对晚明时期的黑暗现象作了揭露和抨击,使得其虽描写的是才子佳人,但也具有深刻的批判精神和时代意义。

三、史槃剧作的艺术特色

史槃剧作在艺术上有着较高的成就,在越中戏曲作家群中自有特色。采用误会、巧合的手法,来组合故事情节,使剧情发展波澜起伏,引人入胜。这是史槃剧作安排故事情节的一个重要手法,如冯梦龙《梦磊记序》评曰:"史氏所作十余种,率以情节交错,离奇变幻为骨,几成一例。就中《梦磊》最佳,《合纱》次之。"[①]祁彪佳评其《檀扇记》曰:"叔考诸作,多是从两人错认处搏挖一番,一转再转,每于想穷意尽之后见奇。幸其词属本色,开卷便见其概,不令人无可捉摹耳。"[②]

如《鹣钗记》荆燕红在河崖上的花园游玩时,不慎丢失了清华使者所送的一股鹣钗,而宋璟的船恰巧停泊在河崖下,此时也得到了另一股鹣钗,误以为是河崖上的人掉下的,便将鹣钗送还。这一巧合,就引出后面的一连串误会与巧合。后荆又去花园游玩时,不慎将鹣钗落入水中,捞起来发现是一对鹣钗,才知那天送还鹣钗的,正是与她有姻缘之人。接着因康五寻康璧不着,宋璟便替康璧前往荆浩家拜寿。宋璟来到荆家,被丫鬟认出即是还钗之人,因此,荆燕红错认宋为康,叮嘱他遣媒人持此钗来提亲。后荆家赏菊花,燕红猜中名为状元红的菊花,为应其兆,将鹣钗簪在花上。不

---

①《梦磊记·序》,《历代曲话汇编》明代编第三集,第35页。
②《远山堂曲品》,《历代曲话汇编》明代编第三集,第565页。

料宰相长安石也来赏菊,荆浩随手将簪有鹣钗的菊花送给了长安石。剧情此后又生波折,真国香被骗入长安石府中,看到菊花上的一股鹣钗,便拿来簪在头上,逃入与长安石相邻的荆家,这样鹣钗又回到了荆燕红手中。后宋璟中了状元,遵照燕红当初的叮嘱托长安石拿着一股鹣钗去荆家提亲,同时康璧也托长安石去荆家提亲。荆家错认宋为康,康为宋,故荆燕红所嫁的,实为宋璟,而真国香所嫁的,实为康璧,因错认而得成真姻缘。《远山堂曲品》评云:"此记波澜,只在荆公误认宋广平为康璧耳,搬弄到底。至于完姻之日,欲使两女互易,真戏场矣。"①

又如《吐绒记》,卢忘忧刺绣时,将绒线头吐到邻船的皇甫曾身上,两人得以相遇而一见钟情。皇甫曾跳到忘忧船上,忘忧怕被父亲发现,便让皇甫曾藏在舱底下,为不让他挨饿,把家传的宝贝郁金香丸给他含在口中。后礼部尚书武元衡遣冷朝阳来向卢纶借郁金香丸,发现郁金香丸不见了,忘忧与凌波怕受到惩罚,便一起出逃。在逃亡途中,忘忧拿着有"卢府"两字的灯笼,被金焦留守卢尚忠收留,认作义女;凌波为船户收留,并假称是无忧,后凌波被送回到卢纶船上,被卢纶打昏死,卢纶为抓获皇甫曾,将她的棺木上写着"山东廉访使卢爱女忘忧"之名,停在先觉寺中,若有人在棺木之前嗟叹哀泣者,即便拿下。凌波苏醒后,忘忧母怜悯而将她送与船户为女,后船户把凌波嫁与皇甫曾兄皇甫冉为妾,皇甫曾去见其兄时,凌波告知其事情的真相和忘忧的下落,皇甫曾找到了卢忘忧,两人得以团圆。《远山堂曲品》评此记曰:"叔考匠心创词,能就寻常意境,层层掀翻,如一波未平,一波复起,词以淡为真,境以幻

---

① 《远山堂曲品》,《历代曲话汇编》明代编第三集,第566页。

为实,《唾红》其一也。"①

《梦磊记》中,刘逵看重文景昭的人品才貌,以园中奇石为媒,将女儿刘亭亭许配景昭,但妻子章氏嫌贫爱富,要将亭亭嫁给蔡京之侄蔡蕙。刘逵怕章氏阻挠,于进京前将亭亭送至景昭处完婚。章氏与其弟章子春得知后,将亭亭抢回,逼令其改嫁,亭亭不从。章氏便让侍女秋红代嫁。文景昭在内监宋用臣的帮助下,设计用泥菩萨调包轿中的新娘,却不知轿中是代嫁的侍女秋红。后章氏被朱勔收监,亭亭出逃去找文景昭,恰文景昭不在,与秋红相遇,两人一起逃往京城寻觅刘逵。后蔡京失势,为讨好刘逵,将并未应试的文景昭及第,文景昭也因此到了京城,遂与亭亭、秋红团聚。由于剧中设置了调包误换的情节,使得剧情波澜迭起,引人入胜。

又如《樱桃记》中,穆爱娟打樱桃时,樱桃误落到丘奉先的书案上,丘奉先以为有意。爱娟写诗送给丘奉先,正当丘奉先送管晏出去时,姨丈穆青进来发现了诗,问及是谁所作,丘慌称为管晏所作。后穆青发现了两人私下约会,便将丘奉先逐出穆家,并迫使爱娟嫁给管晏。丘、穆两人分离后,以书信往来,书信被丘的结义兄弟黄巢所劫,得知真情后,劫了爱娟,把爱娟的衣服穿在被他杀死的丁香身上,并将爱娟送到了也为丘奉先的结义兄弟的华州刺史高凭处。而丘奉先以为黄巢杀害的是爱娟,故及第后与管晏一起奉命,剿灭黄巢,路过高凭处,得知了真相,称病不往,而管晏被黄巢所杀,丘、穆两人得以结成夫妻。《远山堂曲品》评此记云:"后以死丁香易生爱娟,凿空出奇,大可捧腹。"②

这些巧合、误会、调包、错认等情节的设计,因都是根据情节

---

① 《远山堂曲品》,《历代曲话汇编》明代编第三集,第566页。
② 同上,第567页。

发展的逻辑和人物性格特征来安排的，故既出乎意料之外，又符合情理，自然顺畅，使得情节发展跌宕起伏，引人入胜。如《远山堂曲品》评《双鸳记》曰："如李邰宛转作刘贲之合也，有意想不到之处，想叔考胸中有九曲珠，故多巧乃尔。"①

　　用一个物件来引出全剧的矛盾冲突和串联全剧的情节，这也是史槃剧作安排故事情节的一个重要手法。在史槃现存的四种传奇作品中，皆有与全剧情节和主要人物相关的道具。如《梦磊记》文景昭梦中得白玉蟾所授"磊"字，并告知姻缘富贵从石上而起，遂将这一"磊"字贯串全剧，展开情节。刘逵园中有大石，文景昭前往刘逵园中观看，刘逵见到文景昭有才学，便以大石为媒，招他为婿。朱勔奉宰相蔡京之命采办花石纲，得知刘逵园中的大石后，前去夺取时，遭到章氏的阻拦，朱勔将章氏、章子春收监。后皇上在重试文景昭时，也以神运昭功石为题。以"磊"、石始，又以石终，正如文景昭所言："梦此磊字，毫厘不差，岂非天数？"②《远山堂曲品》评此记云："文景昭富贵姻缘，俱得之于石，故梦中白玉蟾以'磊'字授之，其中结构，一何多奇也！"③

　　又如《鹡鸰记》以鹡鸰为贯串全剧的一个物件，剧也以此命名。在第三出《皆来》中，清华使者奉帝君法旨，用一对鹡鸰撮合宋璟与荆燕红的姻缘，后面便围绕着鹡鸰展开情节。荆燕红的失钗，宋璟的得钗和还钗，荆燕红将鹡鸰系在菊花上，被长安石取走，真国香又将系有鹡鸰的菊花簪在头上，逃到了荆家，鹡鸰又回到了荆燕红手中。宋璟中状元，托长安石拿着一股鹡鸰前往荆家求亲，至

①《远山堂曲品》，《历代曲话汇编》明代编第三集，第566页。
②《梦磊记·妻妾团圆》折，明墨憨斋刊本。
③《远山堂曲品》，《历代曲话汇编》明代编第三集，第567页。

此两股鹣钗相合,两人也最终得以成就姻缘。

　　《吐绒记》和《樱桃记》则分别有两个物件,其中一个物件用以引出生旦的相合,而另一个物件,则是引出生旦由离到合的一系列情节。如《吐绒记》中因卢忘忧将绒线头吐到了相邻的皇甫曾船上,由一个绒线头引出了两人的"合";皇甫曾跳到卢忘忧船上,躲在船舱底,卢忘忧怕皇甫曾饿死,将郁金香丸给他含在口内。礼部尚书武元衡病重,帮闲冷朝阳替武元衡向卢纶要郁金香丸治病,卢纶发现郁金香丸不见了,忘忧、凌波怕被惩罚而出逃。最后皇甫曾又因郁金香丸而找到忘忧,两人重"合"。同样,《樱桃记》先也是由一颗樱桃引出生旦的"合",接着又以书信串起生旦的离而复合的情节,穆爱娟与丘奉先被父亲拆散后,两人以书信往来,而因书信为黄巢劫得,便使得丘奉先与穆爱娟两人最终得以相"合"。

　　全剧的情节虽曲折变化,跌宕起伏,但由于有一个具体的物件贯串全剧始终,故剧情十分紧凑,散而不乱。如祁彪佳在《远山堂曲品》评《朱履记》曰:"头绪太繁,细绎之,乃见贯串之妙。"[1]

　　由于史槃会度曲,熟谙戏曲音律,因此,他能遵守曲律填词作曲,其剧作也能合律。如《鹣钗记》共三十四出,每出用一个韵部,在每出首皆标明该出所用的韵部。

　　史槃推崇元代戏曲的本色语言,如他自称:"编成不顾人称赏,论本色元人不让,可信吠犬唠唠竟滚烫。"[2]因此,史槃剧作的语言,具有本色自然的风格。如祁彪佳谓"其词属本色,开卷便见其概,不令人无不捉摹耳"。[3]

------

①《远山堂曲品》,《历代曲话汇编》明代编第三集,第566页。
②《鹣钗记》第三十四出,明末书林杨居案刊本。
③《远山堂曲品》,《历代曲话汇编》明代编第三集,第565页。

史槃剧作的语言不仅通俗易懂，而且诙谐幽默，如《梦磊记·中途换轿》出【南吕·香柳娘】【正宫·四边静】等曲：

【南吕·香柳娘】盼新人意浓，盼新人意浓，似团鱼出洞，张头探脑无闲空。点花烛已红，点花烛已红，鼓又欠叮咚，人声不喧哄。（内作吹打介）这番来了，好时辰正逢，好时辰正逢，尊舅何人，谁为亲送。

【正宫·四边静】（丑）伊家做事忒强横，明明把咱弄。这叫甚东西，抬来有何用。（合）刘家撮空，蔡家做梦。（外）可要做花烛了？（丑）呸！花烛且从容，看神仙下八洞。

【其二】（净）出言休得轻伤众，新郎要尊重。（丑）什么新郎，一些新郎的气也没有了，精口子。（净）我若骗伊家，怎肯自来做亲送。（合前）

【其三】（众）抬时只觉肩头痛，元来是菩萨重。公子，增钱不如覆眼，你再看一看。人物也粗通，只是欠活动。（合前）

其中【南吕·香柳娘】曲写蔡蕤迎候新娘的焦虑急切情态，"盼新人意浓"，如鳖出洞，"张头探脑"，进进出出，到门外张望。轿子终于来了，"好时辰正逢"。而后【正宫·四边静】四曲写正要从轿中抱出新娘拜堂成亲，不料揭开新娘的盖头，竟是一尊泥菩萨，蔡蕤指责送亲来的章子春，而众人从中相劝。语言既浅显易懂，又诙谐幽默，而这样的语言，增添了剧作的喜剧性，也增强了剧作的舞台效果。

情节结构的奇巧，语言的通俗诙谐，音律的谐协，使得史槃的剧作有着很好的舞台效果，适合搬演。如王骥德《曲律》谓其"自能度品登场，体调流利，优人便之，一出而搬演几遍国中"。[①]评"《双鸳记》曲多儿女离合之事，而无骈语、涩语，易谐里耳，故叔考一记

出,优人争歌舞之"。①又如在祁彪佳的《祁忠敏公日记》中,也多有观看演出史槃剧作的记载,如《役南琐记》崇祯六年(1633)正月十二日记云:"以郑觐于促赴其招,与吴磊斋、李生拱观《唾红记》,月上乃归。"②正月二十六日记云:"同席为宋雨恭、黄水濂,观《梦磊记》。"③二月初三记云:"同席为水向若、吴俭育、张玉笥、王铭韫,观《鹣钗记》。"④

　　史槃的有些剧作至今还被改编成不同的剧种,仍在舞台上演出,如京剧《打樱桃》即根据《樱桃记》改编,另外,汉剧、徽剧、桂剧、秦腔、河北梆子等地方戏中,也皆有《樱桃记》的改编剧目。

---

①《远山堂曲品》,《历代曲话汇编》明代编第三集,第566页。
②《祁彪佳日记》上册,浙江古籍出版社2016年版,第116页。
③同上,第120页。
④同上,第122页。

论吴炳的戏曲创作

在明清传奇的发展史上，明代中叶以汤显祖为代表的临川派剧作家的出现和清代初年以李玉为代表的苏州派剧作家及"南洪北孔"的产生，这是传奇创作中的两个高峰，而晚明的戏曲创作，则是这两个高峰之间的一个低谷，但在这一低谷之中，也出现了几位杰出的戏曲作家，吴炳就是其中的一位，他与孟称舜是继汤显祖以后临川派中的重要成员。

一、吴炳的生平

在探讨吴炳剧作的思想内容和艺术成就之前，我们先对吴炳的生平作一些考察，这是因为吴炳的戏曲创作与他的生平经历有着密切的联系。

吴炳，又名寿元，字可先、石渠，号粲花主人。常州宜兴（今属江苏）人。生于明万历二十三年（1595），卒于清顺治五年（1648）。吴炳出生于一个世族大家，他的曾祖父吴仕，官至四川布政司参政，祖父吴骅，官至鸿胪寺序班，父亲吴晋明，任南京太常寺典簿，母亲施氏，是太常正卿施策的女儿。生活在这样一个世宦之家，吴炳从小就受到了较好的文化教养。少年时就能填词作曲，如清焦循《剧说》载：吴炳"十二三时，便能填词，《一种情》传奇乃其幼年作也。恐为父呵责，托名粲花。粲花者，其司书小隶也"。①

吴炳于万历三十九年（1611）中举，万历四十七年（1619）中进士，次年授湖北蒲圻知县。天启四年（1624），调任江西清吏司刑部主事，崇祯元年（1628），又调任福州知府，不久即辞官回到家乡。崇祯四年（1631）重被起用，先后任两浙盐运司、江西吉安知府、江西提学副使等职。明代万历末年到天启年间，明王朝的统治已经日薄西山，统治阶级日益腐败，君昏臣庸，阶级矛盾愈益激化，农民起义和市民群众反抗封建压迫的斗争风起云涌，统治阶级内部的矛盾也日益加深，党争纷起。吴炳在当时恶浊腐败的官场中，具有清廉正直的品格，如他在崇祯元年，向朝廷上了《亲贤远佞疏》，提出了澄清吏治、革除官场弊端的建议。他在任福州知府时，贵戚陈况因科场作弊案发，福建督抚熊文灿托库吏向吴炳行贿，要求吴炳予以庇护，而吴炳不肯徇私舞弊，将库吏革职，并辞去官职，愤然退出官场，表示了自己不愿与贪官污吏同流合污的志向。如《宜荆吴氏宗谱》载：

> 时有巨富陈况中式，科场弊发，抚公嘱庇陈况。况使库吏曾士高馈银三千两，公却之，即革库吏。明日，告病解组去，致书推官赵继鼎，具言其事。公退曰："我既却金，又革库吏，事已白矣。若不速去，必为所噬。"②

明万历至天启年间，封建统治阶级内部发生了东林党与阉党的斗争，宦官魏忠贤把持朝政，残酷迫害代表进步力量的东林党人，而吴炳站在东林党一边，同情与支持东林党人的斗争，"与东

---

① 《剧说》卷五，《历代曲话汇编》清代编第三集，第436页。
② 《宜荆吴氏宗谱》卷八，1926年济美堂刻本。

林诸君子交好"。①在任江西清吏司刑部主事期间,他还与当时把持刑部的阉党爪牙作了针锋相对的斗争,常"持议多梗","调济以宽",使"奸党多不便"。②

清兵入关后,吴炳坚持参加抗清斗争,先后在南明的福王、唐王、桂王政权中任兵部右侍郎、户部尚书兼东阁大学士等职。1647年12月,清兵南下,逼近武冈,桂王仓惶出奔湖南靖州,令吴炳护送太子到城步,不料城步已被清兵占领,吴炳到城步后,即被清兵俘获,送至衡州,关在湘山寺内。清兵逼其投降,吴炳坚守气节,拒绝投降,赋诗明志,绝食十余日而死。关于吴炳的死,前人有不同的记载,一说吴炳为清兵俘获后,绝食而死。如《明史·吴炳传》载:

> 从(王)至武冈,大兵至,王仓猝奔靖州,令炳扈王太子走城步,吏部主事侯伟时从之。既至,城已为大兵所据,遂被执,送衡州,炳不食,自尽于湘山寺。③

又《宜兴县旧志·吴炳传》载:

> 从至武岗,闻大清兵将至。从王仓猝奔靖州,被获,胁之降,不屈。拘于衡阳县湘山寺。不食七日卒。绝命时,以诗授仆,寄其家,有"荒山谁为收枯骨,明月长留照短缨"之句。④

清徐鼒《小腆纪年附考》卷十四也载:

> 大学士吴炳奉命炳扈世子走城步,既至,而城已为王师所据,被执,送衡州。炳不食,自尽于湘山寺。⑤

---

①《宜荆吴氏宗谱》卷八。
②同上。
③《明史·吴炳传》,第7150页。
④《增修宜兴县旧志》卷八,清嘉庆二年(1797)刻本。
⑤《小腆纪年附考》,中华书局1957年版,第554页。

而另一说则谓吴炳被俘后，便投降了清兵，后随清兵到衡州，因患痢疾而死。如清王夫之《永历实录》载：

> 炳素谐柔，好声色，茌苒无风骨，俯仰唯承胤意。武冈陷，炳遂与承胤降，随孔有德至衡州。有德恒召与饮食，炳既衰老，又南人不习北味，执酥茶、烧豚、炙牛，不敢辞，强饱餐之，遂病痢死。[1]

对于前人这两种不同的记载，吴梅先生在《中国戏曲概论》中作了较详细的辩析，曰：

> 武冈陷，（炳）为孔有德所执，不食死。虽立朝无物望，要不失为殉节也。王船山仕永历朝，与五虎交好，所著《永历实录》痛诋贞毓，并石渠死节亦矫诬之，谓强餐牛肉下痢死。明人党同伐异之风，贤如船山，且不能免，故略辨于此。[2]

桂王永历政权内，存在着楚党与吴党之间的斗争，王夫之与楚党中的袁彭年、丁时魁、蒙正发、金堡、刘湘客等“五虎”交好，而吴炳的族侄吴贞毓是吴党中的成员，王夫之站在楚党的立场上，为了痛诋吴贞毓，便也对吴炳的死有意加以贬抑。因此，《明史》本传和《宜兴县旧志》等的记载较为可信。

吴炳一生作有《绿牡丹》《西园记》《画中人》《疗妒羹》《情邮记》等五种传奇，合称《粲花斋五种曲》或《粲花别墅五种曲》。

二、吴炳剧作的思想内容

从剧作的思想内容上来考察，吴炳的剧作所反映的主要有两

---

①《永历实录》，北京古籍出版社2002年版，第42页。
②《吴梅戏曲论文集》，第162页。

个方面的内容：一是反映了要求个性解放、婚姻自主的民主思想；二是揭露和抨击了明代末年官场生活中的一些黑暗腐朽现象。

自明代中叶开始，由于资本主义生产关系萌芽的出现，市民阶层的壮大，在意识形态领域里也出现了与封建统治思想相对立的新思想，这就是以王学左派为代表的反映市民群众要求个性解放、摆脱封建礼教束缚的初步民主思想。到了明代末年，这种以倡导个性解放为主旨的民主思想仍在发展，黄宗羲、王夫之、顾炎武等进步思想家继承了明代中叶王艮、李贽等人反封建的思想学说，不仅提出了要求个性解放的主张，而且对扼杀人性的封建专制统治进行了猛烈的抨击，反封建精神更为强烈。这种进步的民主思想对戏曲创作产生了极大的影响，早在吴炳以前，汤显祖已经在他的戏曲作品里作了反映，如他的《牡丹亭》传奇，借杜丽娘的因情而死、死而复生故事，传达出了青年男女要求个性解放、婚姻自主的理想。而吴炳在戏曲创作上是力追汤显祖的，他在学习汤显祖的创作风格时，首先在剧作的思想性上继承了汤显祖剧作中的精髓，即进步的民主思想。在男女婚姻问题上，这是封建礼教与市民阶层的初步民主思想发生冲突的焦点，两者之间的斗争也表现得最为充分、最为激烈。而在这一问题上，吴炳与汤显祖有着相通之处，如他在《疗妒羹》中，借剧中人物乔小青的口，表达了自己对汤显祖提出的"第云理之所必无，安知情之所必有"的主张的赞赏，曰："第云理之所必无，安知情之所必有，临川序语，大是解醒。"[1]他在《情邮记序》中也指出：

> 色以目邮，声以耳邮，臭以鼻邮，言以口邮，手以书邮，足以走邮，人身皆邮也，而无一不本于情。有情则伊人万里可凭

---

[1]《疗妒羹·题曲》出，明崇祯间金陵两衡堂刻本，《古本戏曲丛刊》三集影印。

梦寐议符召，往哲千秋亦借诗书而檄致。非然者，有心不灵，有胆不苦，有肠不转。①

这就是说，"情"是"人身皆邮"的基础，只要有真情，就可以超越时间与空间、生与死的界限，得以相通。又如在《画中人》中，吴炳也借剧中人物之口说出了自己对真情的崇尚，曰："天下人只有一个情字，情若果真，离者可以复合，死者可以再生。"②这种对真情的推崇与汤显祖在《牡丹亭·题词》中所提出的"情不知所起，一往而深，生者可以死，死可以生"的主张是一致的。

吴炳在戏曲创作中，也正是把这种进步的民主思想贯穿于自己的剧作中，他把这种民主思想作为自己戏曲创作的出发点，以此来选择题材、塑造人物形象和设置情节等。他的五种传奇，虽然故事情节不同，但都闪烁着崇尚真性情、反对假道学的民主思想的光彩。戏曲作品的主题思想是通过剧中的主要人物来体现的，而最能体现要求个性解放、婚姻自主这一进步思想的是剧中的女主角。如在《绿牡丹》中，作者塑造了一个自择佳偶，大胆追求美满婚姻的青年女子形象车静芳，她不仅"仪容绝世"，而且"百家诸史，无不淹通，诗词歌赋，援笔立成"。③她也向往美满幸福的婚姻，但她从小父母双亡，在当时父母不在，即由兄长作主，而哥哥车本高"游荡猖狂，甚不成器"，④因此，若按"父母之命、媒妁之言"的传统婚姻教条来决定自己的婚姻的话，那是肯定得不到美满的爱情的。为此，她常常自叹："想我车静芳，虚负姿容，枉夸文藻，年已及笄，未知所适。哥哥既不以为念，奴家又不好自言，只恐骏马驼痴，被人耻

①《情邮说》，《情邮记》，明崇祯三年(1630)刻本，《古本戏曲丛刊》三集影印。
②《画中人·示幻》出，明崇祯间原刊本，《古本戏曲丛刊》三集影印。
③《绿牡丹·倩笔》出，明崇祯间金陵两衡堂刻本，《古本戏曲丛刊》三集影印。
④同上。

笑。"①但是,她并没有消极地等待别人来安排自己的婚姻,而是积极主动地靠自己的勇敢和智慧去争取美满的婚姻。当她看到谢英的诗后,为对方的才华所倾倒,这犹如在黑暗中看到了一线光明,她立即抓住这一机遇不放,"若得才见如此生者,以托终身,奴愿毕矣"。②为了找到自己理想的情人,她还不顾当时男尊女卑的世俗偏见,大胆地隔帘面试柳希潜。揭穿了柳希潜不是自己的意中人后,她还要保姆再去寻访,而且表示只要能找到自己的意中人,"也不管姓柳不姓柳,便家世寒薄些也不妨"。③最后,终于在沈重的帮助下,获得了美满的婚姻。与《牡丹亭》中的杜丽娘一样,车静芳也是凭着自己的勇敢和智慧主宰了自己的婚姻。

在《西园记》中,吴炳也同样塑造了一个大胆追求婚姻自主的青年女子赵玉英的形象,来体现自己的民主思想。赵玉英的遭遇与《牡丹亭》中的杜丽娘有着相似之处,她也出身于官宦之家,从小既受到较好的文化教养,"班姬之训,熟传于母;谢庭之咏,欲过其兄",④但同时也受到了封建礼教的重重束缚。由于父母作主,幼年就与一个不学无术的无赖之徒、王锦衣之子王白丁订下了婚约。但她内心并不甘心于父母给她安排好的命运。她哀叹自己,"有生不辰,所许非偶",⑤抱怨父母将她的婚姻错订,"心悲哽,恶姻缘间何人谱定?怕月下模糊浑错订"。⑥并且表示,宁愿独处,甚至殒生,也决不嫁给王白丁,"不能附彩凤以双飞,倒不如桂影参差,且

---

① 《绿牡丹·闺赏》出。
② 同上。
③ 《绿牡丹·疑貌》出。
④ 《西园记·庭宴》出,明崇祯间金陵两衡堂刻本,《古本戏曲丛刊》三集影印。
⑤ 《西园记·忆讹》出。
⑥ 同上。

自抱银蟾而独处。可怜红粉,岂委白丁! 誓不俗生,情甘怨死"。①最后,终因"姻缘失偶,抱恨身亡",②成了封建礼教的牺牲品。但如果说赵玉英生前的哀叹与抱怨只是对封建礼教的一种消极的反抗的话,那么,自她"抱恨身亡",来到地府后,这种对封建礼教的反抗就由消极转变为积极了。在地府里,她便可摆脱现实社会中封建礼教的羁绊,大胆自由地去追求自己理想的婚姻。"情深地府开,缘到现天台",③她的追求幸福美满婚姻的诚心甚至感动了冥帝,"幸蒙冥帝见怜,往枉死城中,随风游戏",④让她自由自在地去寻找自己的意中人。当她遇见张继华后,就感其情真,私下与他订了姻盟,往来幽会。而当王白丁的鬼魂搬出封建教条来威逼她:"你受过我家聘礼,就是我家人,死也是我家鬼了。"她毫不示弱,怒斥道:"王白丁,好不识羞!"并声称:"我与你有甚亲来!""有帐无帐,总也不干你事。"不顾王白丁鬼魂的阻挠,"自寻张郎去"。⑤这种反抗精神,直可与《牡丹亭》中的杜丽娘相媲美。

又如《疗妒羹》中的女主角乔小青,与车静芳、赵玉英不同,她虽才貌双全,但因出身贫家,被卖与褚大郎为妾,不仅错配姻缘,而且到了褚家,"苦遭奇妒",⑥受尽大妇苗氏的折磨与迫害。但她并不因为身处逆境而丧失了追求幸福爱情的信心,内心充满着对幸福爱情的向往。当她挑灯夜读《牡丹亭》时,就产生了强烈的共鸣,"人间亦有痴于我,何必伤心是小青"。⑦并且从杜丽娘出生入死追

---

① 《西园记·忆诧》出。
② 《西园记·幽媾》出。
③ 同上。
④ 同上。
⑤ 《西园记·冥拒》出。
⑥ 《疗妒羹·醒语》出。
⑦ 《疗妒羹·题曲》出。

求幸福爱情的行为中得到启发,"天哪,若都许死后自寻佳偶,岂惜留薄命活作羁囚"。[1]决心也要以身殉情,她自祭肖像,端坐待死,渴望能到冥间,可以摆脱现实社会中的种种束缚和磨难,去寻找理想的情人。小青死而复生后,便改嫁员外郎杨器,这样的结局虽比《绿牡丹》和《西园记》中车静芳、沈玉英经过斗争所取得的结果要逊色得多,但作者对小青的这种因错配婚姻而改嫁的行为也是肯定的,认为这也是一条追求幸福爱情的途径。如他借剧中人物的口对小青的行为加以了肯定:"这是《西厢》,崔莺莺改订张郎好;这是《红拂》,李卫公偷挟侍儿逃。可见自古许错了人的,不妨改正,这就是小青的样子。"[2]在当时的社会里,"一妇不更二夫"这一封建教条不知造成了多少的婚姻悲剧,女子错嫁后,只好嫁鸡随鸡,嫁狗随狗。而乔小青敢于突破"一妇不更二夫"的教条,改变自己的悲剧命运,这在当时是何等大胆的反叛行为!

在吴炳笔下的男主角与女主角相比,虽较为逊色,但在这些男主角身上,也同样具有真情。如《西园记》中的男主角张继华也是一个"至情种",他对待爱情的态度也是执着不二的,他富有才学,"禀资不劣,敢夸一目十行,援笔立成"。但因出身寒门,"自小伶仃孤苦,如今已二十岁了,不要说起功名二字,便可意的女子,也不曾遇着一两个"。[3]当他遇到玉真后,误以为玉真有意于他,便想到自己"半生来落拓被人欺,嗟伯乐世希,谁承望提携国士的是香闺"。[4]故真心相爱。在遇到玉真的当天夜里,他"为忆玉英小

---

① 《疗妒羹·题曲》出。
② 同上。
③ 《西园记·舟闹》出。
④ 《西园记·讹始》出。

姐，一夜不睡，巴到天明"。①又从静慈寺赶到西园来寻访玉真。后来玉英病重，他误以为是玉真，焦急万分，"五内如焚"，特地替她到灵应庙求祷，"诚心三日饱清斋，携香瓣，拜神台，只求弱体重康泰"。②后来，他与玉英的鬼魂订了姻盟后，便信守盟约，当赵家托人向他提亲，他婉言谢绝，表示："但与王小姐订盟，岂可违背？"③他"不肯学时人乱打的双丫棒，端则谢东君单守着一边墙"。④当玉英鬼魂劝他接受赵家的亲事，他向她剖白了自己的衷心，曰："若是我黑漫漫早把誓儿忘，现有那碧青青天在头儿上。""我和你有心烧了到头香，岂可又瞒心许下双头帐！"⑤这种完全由自己决定婚姻大事、并忠于爱情的作为，在当时确是十分可贵的。

又如《画中人》中的青年书生庾启，受到父亲的严格管束，整天只能闭门读书，但他心中充满着对自由爱情的向往和对封建礼教的憎恨，"万恨多从情中得，一痴偏觉性中饶"。⑥由于被剥夺了去追求幸福爱情的权力，他只好在幻想中去寻求自己的情人，"以意会情，以情现相。雨云之影，暂从笔底飞来，环佩之声，只在笔端绘出"。⑦他凭想象画出了郑琼枝的像，"痴情便拟按图求，时时出入看笼袖"。虔诚顶礼，"咬定牙关叫不休"。⑧而"画上生魂原以情现，有情者见其为人，无情者见其为鬼"。⑨庾启的痴情终于感动了

①《西园记·留馆》出。
②《西园记·代祷》出。
③《西园记·辞婚》出。
④《西园记·劝婚》出。
⑤同上。
⑥《画中人·图娇》出。
⑦同上。
⑧《画中人·玩画》出。
⑨《画中人·证画》出。

琼枝,她见庾启情真,便舍生离魂与其相会。而庾启知道琼枝是鬼魂时,不仅不怕,而且"哭抱旦介",①并向琼枝表示:"情之所在,岂异生死?恨不同穴,何有于惧!"②不顾父亲的阻挠与无赖的破坏,最终与琼枝结成美满姻缘。作者在第一出《画略》中指出:"唤画虽痴非是蠢,情之所到真难忍。"意谓庾启以画像、唤画的方式来寻求自己的情人,这虽是荒诞的,但由于这一故事真实地表现了庾启的真情,故"非是蠢"。真情所到,即使是虚构的也会觉得真实可信,这与汤显祖在《牡丹亭·题词》中指出的只要有情,"梦中之事,何必非真"的见解,正是一脉相承的。而作者正是通过对这些人物形象的塑造,细致地描绘了他们对幸福美满的爱情生活的大胆追求,从而表达了要求婚姻自主、个性解放的进步思想倾向。

由上可见,从剧作所具有的主要思想倾向来看,吴炳的五种曲与汤显祖的《牡丹亭》是一致的,即都反映了当时新兴市民阶层要求摆脱封建礼教的束缚、个性解放的进步思想。但就其反映这一进步思想的深刻性来说,吴炳的剧作就远不如汤显祖的《牡丹亭》了,两者之间的差异就在于:汤显祖是将青年男女的追求婚姻自主的民主思想放在与封建礼教、封建势力直接相对立的地位来描写的,即"情"与"理"的对立,不仅歌颂了青年男女敢于冲破封建礼教的束缚、追求婚姻自主的斗争精神,而且还深刻揭露了封建礼教束缚、扼杀人性的罪恶。而吴炳在描写青年男女大胆追求婚姻自主的行为时,虽也对封建礼教扼杀青年男女婚姻自主的罪恶作了一些揭露,如《画中人》中所描写的庾启的父亲对儿子的管教和约束,但这种揭露和抨击甚为微弱,他把那些不学无术的无赖作为破坏

---

① 《画中人·魂遇》出。
② 同上。

和阻挠男女青年自由结合的主要对立面来描写,因此,其思想性就比汤显祖的《牡丹亭》显得平庸。

揭露和抨击明代末年官场生活中的一些黑暗现象,这也是吴炳剧作的思想内容。由于吴炳亲身经历和亲眼目睹了当时官场的腐朽现象,而且他对这些黑暗现实又是深为不满和深恶痛绝的,因此,在他的剧作中,也对当时这一社会现实作了较真实的反映。如《宜荆吴氏宗谱·石渠公传》载:

> 先生词章妙天下,所著乐府五种盛行于世,特以发抒愤懑,不得志,而诧于骚人逸士之文。①

可见,吴炳在他的剧作中,除了对青年男女追求婚姻自主的勇敢行为加以歌颂外,还寄托了自己对现实生活中的腐朽现象的愤懑之情。如在《情邮记》中,吴炳在描写刘乾初与王慧娘、贾紫箫的悲欢离合的爱情故事的同时,较真切地揭露了明代末年腐败的官场生活。如剧中的枢密使阿乃颜,他本为一个裨将,因皇帝宠任番僧,他便投皇帝所好,也"摩顶受戒",因此也受到了皇帝的重用,"蹿登本职"。把持朝政后,他便作威作福,"威势逼心天","顺吾者生,逆吾者死"。②他虽受戒为僧,但竟派人到扬州为其挑选美女作妾。剧中的何金吾也是一个奸臣的形象,在阿乃颜执掌朝政、威势逼天的时候,他为虎作伥,替阿乃颜出谋划策。正如《奸喜》出"总评"所指出的那样:"何金吾非为枢密周旋也,特借以市权,见得与枢密十分契密耳。"③而等到阿乃颜被刘乾初劾倒后,他便落井下石,也对阿乃颜加以了弹劾。作者活画出了一个势利小人的形

---

① 《宜荆吴氏宗谱·石渠公传》卷十之八。
② 《情邮记·奸喜》出。
③ 同上。

象。又如扬州通判王仁，当阿乃颜派人来扬州挑选美女时，他将婢女紫箫冒充女儿献给阿乃颜作妾，受到阿乃颜的提拔，升任长芦转运使。而当阿乃颜垮台后，王仁也因受到牵连而被治罪，这时他又将女儿慧娘冒充黄河驿吏的侄女，献给新科状元刘乾初作妾，被免于治罪，保住了性命。作者也正是通过对这些人物的塑造和刻划，展示了当时官场的黑暗与腐败。

再如在《绿牡丹》中，吴炳对当时科举制度中的舞弊之风作了揭露和抨击。晚明科举中舞弊之风盛行，妍媸不分。对此，吴炳也有深刻的体会与认识。在吴炳应举的那年，同族中与他一起中举的还有三人。但因当时科场中舞弊之风盛行，行贿考官，倩人代笔的科场舞弊案多有发生，而吴氏同族之中竟有四人同时中举，就遭人疑忌，以为其中有舞弊之嫌，于是遭礼科纠弹，吴炳也因此被停了会试。第二年春，去南京复试，才得以中举，也表明当时没有作弊。如《宜荆吴氏宗谱》载：

> 乙卯(1615)举于乡，吴为宜邑巨族，同举者四人。众疑且忌，为礼科所纠，因停会试。明年春，与会元沈同和等同复试皇极门，先生下笔不休，事得白。①

由于对当时科举中的这种真假不分的弊端有亲身体会，并十分痛恨，因此，吴炳在剧中也通过对柳希潜、车本高考试作弊的揭露，抨击了这种时弊。柳、车都是不学无术的纨绔子弟，竟把"牡丹赋"念作"壮舟贼"，把"辨真论"当作诗题，②但他们通过作弊，却能名列第一和第二，而老老实实应试的顾粲却只能屈居第三，有真才实学却出身贫寒的谢英甚至连参加考试的资格也没有。剧中专给

①《宜荆吴氏宗谱·石渠公传》卷八。
②《绿牡丹·强吟》出。

应试士子代笔的老儒生有这样一段自白："村中童生,年年来求我的,便方才具考曾央替,………包三卷一时同递。"①由此可见当时考试作弊之风是如何之盛了。

三、吴炳剧作的艺术成就

吴炳的剧作在表现手法上也颇具特色,他的剧作的艺术成就,在明代末年的戏曲作家中也是首屈一指的。

构思奇特巧妙,这是吴炳剧作表现手法上的第一个特色。在剧作的构思上,吴炳借鉴和继承了汤显祖《牡丹亭》的表现手法。《牡丹亭》所表达的要求个性解放、婚姻自主的主题在当时封建礼教占统治地位的现实生活中是不可能实现的,因此,汤显祖从这一主题出发,通过奇特的构思,让女主人公出生入死,在梦幻和虚构的世界里去寻找自己的爱情,实现自己的理想。而吴炳为了表达与《牡丹亭》同样的主题,也借鉴与继承了《牡丹亭》所采用的艺术手法。在故事情节的安排和矛盾冲突的设置上,都具有奇特的特色。如《疗妒羹》中的《礼画》《假魂》和《画中人》中的《呼画》《画生》等情节的安排同《牡丹亭》中的《玩真》《离魂》等出的情节安排十分相似。当然,吴炳的借鉴不是简单的模仿,而是借鉴中有所创新,自具特色。如吴炳在构思情节时,善于运用误会与巧合来组织迂回曲折的矛盾冲突,从而造成妙趣横生的喜剧效果。

误会与巧合,这是一种偶然现象,若运用不当,就会产生生硬虚假之感,破坏剧作的真实性。而吴炳在运用误会与巧合来设置矛盾冲突时,极为自然,毫无牵强造作之痕,即奇而不谬。这是因

---

① 《绿牡丹·叩情》出。

为他在运用这一手法时，能够根据人物性格发展的必然性来组织
误会与巧合，使戏剧冲突的偶然性与之完美地统一起来。如《绿牡
丹》中，贯串全剧的误会是车静芳与谢英之间的误认，全剧的主要
情节和矛盾冲突也都是围绕这一误会展开的。而车、谢之间的误
会的造成，是剧中人物性格发展的必然结果。这一误会主要是由
柳希潜的情人代笔引起的。柳希潜是个不学无术之徒，终日"走
街穿巷，饮酒赌钱，哪有工夫看什么书"。① 为了应付考试，必定要
情人代笔，这就直接导致了车、谢之间的误会。而谢英出身寒门，
他怕小姐嫌弃，没有向保姆说出自己的真名，致使车静芳误认为是
柳希潜。可见，这一误会的产生，是这些人物性格发展的必然产
物，故十分自然。作者在总的误会与巧合之外，为了加强喜剧性，
在剧作中还随时穿插了一些小的误会与巧合，而这些小的误会与
巧合也是根据人物的性格来设置的。如《社集》出，在沈家的考场
上，柳家的仆人趁监考的沈重不在，将谢英作的诗偷偷塞给柳希
潜。柳正要看时，顾粲"偶然起身"，柳做贼心虚，误以为自己的作
弊行为已被顾粲发觉，就"急藏介"，并不打自招地说："顾兄敢疑小
弟夹带么？ 饭盒在此，大家来搜一搜。"当顾粲向他说明自己只是
"偶然起身，哪个有心看你"后，他更以为自己的作弊定被顾粲发觉
了，故越发要为自己撇清了，声称："只有这黄齑余沈，青蔓残羹，此
外无赃证。"还对仆人说："苍头快回去，不许再来，省得人眼光落
在我身上。"② 再如《赝售》出，当沈重看了柳希潜的试卷后，大加赞
赏，对柳说："柳兄，你这样好文字何处得来？"柳希潜不解此是赞
语，误以为沈重已发现了他的作弊行为，立即说："其实是门生亲自

①《绿牡丹·强吟》出。
②《绿牡丹·社集》出。

做的。"沈重又夸奖道:"想别有神功请作天然巧。"柳希潜更慌了,说道:"门生并无请作之弊,凭老师细访。"①这两处误会,都与柳希潜的性格相符,故显得既可笑,又可信。

又如《西园记》也是借助误会与巧合的手法来设置喜剧性的情节,组织曲折幽深的戏剧冲突。而这些误会与巧合则是根据现实生活的必然性来设置的。如第六出《双觇》是全剧戏剧冲突的起点,也是全剧误会的起点。玉真失手将梅花落下,正巧打在楼下张继华的额上,而张继华误以为玉真是有意于他,故意将梅花打在他的额上。一为无意,一为有意,这样就由巧合引起了第一个误会。接着,玉真转身进屋,玉英刚巧上楼,但因见楼下有人,故只站在帘内观望,使张继华只能看见她的身影而不能见其面庞,以致将玉真与玉英误以为是同一个人。在这一出戏里,作者巧妙地将这一连串的偶然事件编排在一起,既造成了强烈的喜剧效果,又为以下几出戏的误会埋下了伏线。玉英生病,张继华误以为是思念他而成病的,玉英死后,他又把玉真误认为是鬼魂,而把玉英鬼魂当作玉真,以鬼作人,以人作鬼,真真假假,颠倒错乱,这一笔"重重曲曲糊涂帐",②便都是《双觇》这一场戏中生发出来的。而作者所设置的这些误会与巧合,既奇特,又都是那么地合理自然,既出乎意料之外,又入乎情理之中,这是因为作者所选取的这些偶然事件与现实生活的必然性密切相关,这些误会正是现实生活的必然性与偶然性之间矛盾的产物。如作者在一开始就交待了赵家只有一女,玉真是赵礼故友之女,寄居在赵家,而张继华又是在赵家的西园内遇

①《绿牡丹·赝售》出。
②《西园记·双觇》出。

见玉真的,"既是赵老先生园子,这美人一定是他家的人"。①张继华正是按照现实生活的必然性来加以推断的,从而与生活中的偶然性产生了矛盾,以致发生了误会。由于作者把偶然事件与生活的必然性联系起来了,这就使得剧中所设置的误会与巧合奇而不谬,自然可信。

刻划人物细腻,这是吴炳剧作艺术手法上的第二个特色。吴炳剧中的人物形象,无论是主要人物,还是次要人物,都形象鲜明。这是因为作者比较细腻地刻划出了每个人物所独有的性格。如《西园记》中的玉真与玉英,两人虽同是大家闺秀,但由于生活经历不同,两人的性格也截然不同。玉真从小父母双亡,寄养在赵家,性格上就显得拘谨羞怯,当她偶然遇见张继华以后,虽然内心也有爱慕之情,但表面上却含而不露。当婢女翠云从张继华手里接了梅花上楼来送还她时,她假装正经地板起面孔骂道:"劣丫头,谁着你接他的?"而心里边却欲将梅花回赠给张继华,借以表达自己的爱慕之情。但又不好直说,故与翠云绕着圈子。当翠云要替她把梅花插在头上时,她说道:"不要春光,不上冷钗梁。"翠云就问她:"带回家去供养可好?"她又借口说不好,"伴凄清一纸梅花帐,怕锁不住梦魂飘荡"。翠云又说:"这等丢了?"她又说不可,"拈来只觉得我心头痛,掷去又还怜他骨底香"。转了这么多圈子后,直到最后才说出了自己的真意:"依我说,不如仍旧还了那生知音赏,直教他因梅添渴想杀琼浆。"②在与张继华的接触中,她处处表现出一种羞怯的心理状态。首次遇到张继华时,刚叫翠云把梅花送还给

---

① 《西园记·讹始》出。
② 《西园记·双觑》出。

张继华,突然想到"恐怕赵小姐上来,不好意思",①便赶紧转身进屋。后来在去安慰赵夫人的路上遇见张时,又"惊避介"。②而且听见有人声,立即吩咐翠云:"且回家去,明日再来。"③尽管内心一片真情爱着张继华,但见到他时又左躲右闪,连"姓甚名谁"也不曾问一下,还怪翠云不曾替她打听。而玉英的性格却与玉真的性格完全不同,在生前,她"娇怯善病",由于父母将她许配给王白丁,婚姻未遂心愿,故"镇日价把眉尖簇碎","怯风时憩竹拭泪强看花"。④多愁善感,整天哀叹自己的不幸命运。而在死后,她就完全改变了生前的性格,由于没有现实社会中的种种束缚,因此,变得大胆泼辣了,当她听到张继华在夜间呼唤她的名字时,便现出生前模样,主动去寻访,并与张继华私下订立了姻盟,同拜天地。当遇到王白丁鬼魂逼嫁时,她毫无惧色,严加痛斥,断然拒绝。这样的性格与玉真的性格显然是不同的,因此,两人的形象在剧中十分突出。

　　又如《情邮记》中王仁这一人物,作者十分细致地刻划出了他充满矛盾的心理状态。王仁并不是一开始就主动去投靠阿乃颜的,当阿乃颜派人到扬州选美女时,他迫于阿乃颜的威势,将婢女冒充自己的女儿,献给阿乃颜作妾,阿乃颜便提拔他任长芦盐运司转运使之职。他也知道,"依亲作势,借女求官,行丑名污","怕谤议喧腾人不孚"。⑤但他又不敢违背,只好接受,最终还是丧失名节,与阿乃颜同流合污。由于作者较细致地刻划了这一人物所特有的性格和心理状态,因此,王仁在剧中虽不是主要人物,但也十

---

①《西园记·双觇》出。
②《西园记·讹惊》出。
③同上。
④《西园记·双觇》出。
⑤《情邮记·遣婢》出。

分鲜明突出。

结构严谨紧凑,这是吴炳剧作艺术表现上的第三个特色。明清传奇一般都为长篇,结构松散,情节冗长,这是传奇创作中的通病,而吴炳的剧作在结构上具有紧凑严谨的优点。如《西园记》,全剧的情节安排,既跌宕起伏,曲折有致,又层次清楚,丝丝入扣。情节与情节之间、前场戏与后场戏之间,联络照应,针线缜密。如在《庭宴》出,赵礼因女婿王伯宁"作辍不常,出入无定",故提出要为儿子"另觅益友,以当严师"。①赵惟权便向他父亲推荐了张继华,这就为《留馆》出的情节埋下了伏线。又如《代祷》出,张继华来到灵应庙为玉英祷告求签,正巧遇见友人夏韫卿,夏韫卿因好久没有见到张继华了,便一定要拉张继华回到净慈寺去住几天。而这一关目又为后面《讹惊》出的情节张本。在《讹惊》出,因张继华离开赵家几天,不知玉英已死,当回到赵家时,遇见玉真,便误以为玉英病已痊愈了。而后来得知玉英已亡,就把先前遇到的玉真误以为是玉英的鬼魂了。若张继华一直在赵家,他必定知道玉英的死讯,而既然知道玉英已死,那他一见到玉真就误其是鬼魂了。但由于有了前面《代祷》出的交待,故这一出的情节就安排得十分合理。

又如《绿牡丹》的情节安排也十分紧凑。全剧设置了两条线索,一条是描写车静芳与谢英之间曲折的爱情,一条是描写柳希潜和车本高的应试作弊。作者将这两条线索巧妙地揉合在一起,以爱情为主线,以考试作弊为副线。柳、车的作弊引出了车、谢之间的爱情,而车、谢爱情的发展,又戳穿了柳、车的作弊行为。两条线索紧密相联,相互映衬,推动了剧情的发展。而且,作者在具体设置情节时,又能瞻前顾后,注意前后照应,各情节之间,连络紧密,

---

① 《西园记·庭宴》出。

毫无支离之弊。而全剧情节的发展,犹如水到渠成,一环紧扣一环。如在第二出中,顾粲不肯把柳、车的劣作选入社刻之中,而这简单的一笔,却引出了第十二出的情节,当柳、车在文会考试中分别得了第一和第二名后,就请顾粲来赴宴,欲在宴会上"耻笑他一场,以雪不肯刻文之恨"。[1]而这一出的情节又引出了后来车静芳偷看柳希潜及隔帘面试等情节。又如第十九出,柳希潜骗婚不成,恼羞成怒,回家后便将谢英赶了出去。而在第二十二出,车本高为了应试,正好要找人代笔,便把谢英请到了家里,这样就很自然地引出了与车家保姆见面、说明真相等情节。而且,作者以绿牡丹贯串始终,剧本一开始,就写沈重父女赏绿牡丹,沈婉娥题绿牡丹诗。接着举办文会,以绿牡丹为题令诸生作诗。中间,车静芳隔帘面试柳希潜,也是以绿牡丹为题,令其作诗。而谢英来到车家、遇见保姆后,也是写了一首绿牡丹诗,托她转交给车静芳。最后,车静芳与谢英、沈婉娥与顾粲两对情侣完婚,阶下绿牡丹一时皆为之开放,"仍以绿牡丹作结"。[2]这样,通过绿牡丹这一道具,将全剧的情节贯串起来,使得全剧结构严整,浑然一体。

　　具有较好的舞台效果,这是吴炳剧作艺术上的又一特色。这主要表现在剧作的音律上,具有较强的可演性。吴炳熟谙音律,并十分重视剧作的音律,据清黄宗羲《外舅广西按察使六桐叶公改葬墓志铭》载:"石渠院本求公诋诃,然后敢出。"[3]故他在剧中所用的曲调基本上是合律的。如为了适应剧作内容的需要,在剧中用了许多集曲,而这些集曲都是按曲律的规定集成的。而且,作者在安

----

①《绿牡丹·友谑》出。
②《绿牡丹·捷姻》出牡丹花史评语。
③《外舅广西按察使六桐叶公改葬墓志铭》,《黄宗羲全集》第十册,第389页。

排曲调时,还能与剧情有机地联系起来,如《疗妒羹·题曲》出,当乔小青在倾吐内心的愤怨和对幸福爱情的向往之情时,吴炳安排了【长拍】一曲,这是一支细曲,旋律细腻宛转,这正与缠绵悱恻的剧情十分相称。再如《绿牡丹·帘试》出,吴炳安排了一套南北合套曲,即一支北曲一支南曲相排列,让旦(车静芳)全唱北曲,让净(柳希潜)全唱南曲,这样让两人在所唱的曲调上形成强烈的对比,以突出两人截然不同的性格。

除了曲调合律外,剧作的动作性强也是使吴炳剧作具有较好的舞台效果的原因之一。一般传奇都有唱词过多、念和做过少的弊病,特别是由昆山腔演唱的传奇,唱词过多,再加上一唱三叹的唱法,令观众昏昏欲睡。而吴炳能适当地调剂剧中唱念做打的比重,往往在一支曲文中间,穿插了许多动作和少量的念白。如《绿牡丹·强吟》出由生、净、丑三人接唱的【皂罗袍】曲:

> (净顿头吟哦介、唱)假作伊吾辛苦。(丑蘸笔磨墨介、唱)借挥毫泼墨掩饰功夫。(生疾书介、白)二兄好誊真了。(净白)小弟方起草稿。(假写介、唱)张颠草圣任鸦涂。(丑低笑介、白)他有什么草稿起得。(唱)我只学十年阁笔方成赋。(净褪腰介、白)从不曾坐这半日,倦得紧了。(唱)腰肢欲折,好索红裙请扶。(丑搔喉介、白)口渴得紧,只思想酒吃。(唱)咽喉如炎,谁把琼浆早沽。(净、丑起身介、白)再耐不过了,罚也由他罚了罢,性命要紧。(唱)便三槐九棘也要身躯做。[1]

【皂罗袍】是一支慢曲,若用昆山腔演唱,节奏尤慢,由一人一口气唱完,终嫌拖沓单调。而吴炳不仅将此曲分为三人接唱,而且在唱词中间又穿插了许多念白和动作,演唱起来就显得生动多了。

---

①《绿牡丹·强吟》出。

　　在戏曲语言上,吴炳是学汤显祖的语言风格的,故他的剧作的语言也具有优雅绮丽的风格。这种优雅绮丽的语言风格与其剧作所反映的题材基本上是相符的,但有些地方也存在着因卖弄才情、用典过多与人物身份不符的弊病。如《绿牡丹·觊姻》出保姆钱氏所唱的"巫阳女洛浦仙,姻缘结来须是五百年"、"只问你金屋在谁边?我这里金屏暂收卷"等充满典故的唱词,显然与这一人物的身份和性格不合。

　　由上可见,吴炳的戏曲在思想内容上和艺术形式上都具有很高的成就,在晚明曲坛上,继承和发扬了汤显祖临川派的戏曲创作风格和特色,进一步扩大了临川派在曲坛上的影响。

冯梦龙的戏曲创作和戏曲理论

冯梦龙是明代末年著名的文学家,从他一生所从事的文学活动来看,主要是从事戏曲、小说、民歌等通俗文学的创作、整理和搜辑工作,其中戏曲是他整个文学活动的一个重要方面,并取得了卓著的成就,在晚明的曲坛上产生了很大的影响。

一、冯梦龙的生平

冯梦龙之所以一生都致力于戏曲、小说、民歌等通俗文学的创作、整理和搜辑工作,并且取得了卓著的成就,这与他特殊的生平经历有着密切的关系。

关于冯梦龙的生平事迹,由于当时封建正统文人对通俗文学及从事通俗文学的文学家们的歧视,因此,尽管他们蜚声文坛,但封建正史很少对他们开放,《明史》中竟没有冯梦龙的位置,他家乡的《苏州府志》中也只有二十多个字的小传,在他后来任过知县的寿宁县的县志中也只用寥寥几字记载了他的政绩。这样就给我们今天探讨冯梦龙的生平造成了困难,故只能根据前人的零星记载,看到一个大概。

冯梦龙,字犹龙、子犹、耳犹,号龙子犹、墨憨斋主人、顾曲散人、词奴、绿天馆主人、可一居士、茂苑野史、香月居主人、詹詹外史等。长洲(今苏州)人,居葑溪。如他在《曲律·序》中署曰:"天启乙丑春二月既望,古吴后学冯梦龙题于葑溪之不改乐庵。"①生于明万历二年(1574)春,如冯梦龙《甲申纪事·叙》中题:"七一老臣冯梦龙识"、"七一老人草莽臣冯梦龙述"。②甲申是明崇祯十七年(1644),上推七十一年正是明万历二年。又清钱谦益《初学集》卷二十下《东山诗集》中有《冯二丈犹龙七十寿》诗,诗中云:"晋人风度汉循良,七十年华齿力强。纵酒放歌须努力,莺花春日为君长。"③钱谦益这首诗作于明崇祯十六年(1643)的春季,由此可见,冯梦龙是生于明万历二年的春天。关于冯梦龙的卒年,虽也没有确切的记载,但据明沈自晋在《重定南词全谱·凡例续记》中提到,冯梦龙在乙酉年(1645)还游历苕溪、武林等地,并怂恿沈自晋重修南曲谱。第二年(即丙戌年,1646)六月,沈自晋得知冯氏去世的消息,并收到冯梦龙未完成的《墨憨斋词谱》稿。④可见,冯梦龙是在丙戌年六月之前去世的。另冯梦龙的友人王挺作有《挽冯犹龙》诗,⑤这首诗作于丙戌年,这也可证明冯梦龙是在丙戌年去世的。

冯梦龙早年就才华出众,为时人所叹服,如他的友人文从简《赞冯犹龙》诗云:"早岁才华众所惊,名场若个不称兄。一时文士推盟主,千古风流引后生。"⑥当时冯梦龙兄冯梦桂(字若木)和弟冯梦熊(字非熊)也有文名,梦桂善画,梦熊善诗,故时称"吴下三

---

①《曲律·序》,《历代曲话汇编》明代编第二集,第3页。
②《甲申纪事·叙》,《冯梦龙全集·甲申纪事》,第1页。
③《冯二丈犹龙七十寿》诗,《牧斋初学集》卷二十,上海古籍出版社2009年,第713页。
④《重定南词全谱·凡例续记》,《南词新谱》,中国书店1985年影印明刻本,第1页。
⑤《挽冯犹龙》,高洪均《冯梦龙集笺注》,天津古籍出版社2006年版,第11页。
⑥《赞冯梦龙》,高洪均《冯梦龙集笺注》,第9页。

冯"，而以冯梦龙为最。冯梦龙虽有才华，但他在仕途上却很不得志，屡试不第，直到晚年才得到一个知县的小官。这是因为他没有把出众的才华和学识用在举业上，而是走上了一条离经叛道的道路。明代中叶，资本主义萌芽的出现，给当时的意识形态带来了很大的影响，王学左派站在新兴市民阶层的立场上，提出了要求摆脱封建礼教束缚、个性解放的新思想，随着这种新思潮的出现，社会风气也出现了一些变化，初步打破了明初以来程朱理学对人们思想的严密禁锢，使个人的感性因素得到了发展。因此，以前那些被视为离经叛道、有伤风化的人物和事情在社会上屡见不鲜，即使在上流社会也是如此，尤其是在城市经济比较繁荣、资本主义萌芽出现最早的东南沿海一带，如清赵翼《廿二史札记·明中叶才士放诞之习》载："明季文苑传，吴中自祝允明、唐寅辈，才情轻艳，倾动流辈，放荡不羁，每出于名教之外。"[1]而冯梦龙也深受王学左派的影响，如他对被封建统治者视为"异端之尤"的李贽的学说十分崇拜，明许自昌谓其"酷爱李氏之学，奉为蓍蔡"。[2]对于传统儒学，他则表示了极大的蔑视，如他在《广笑府序》中云："笑那孔子这老头儿，你絮叨叨说什么道学文章，也平白地把好些活人都弄死。"[3]正因为在思想上不受传统思想的束缚。因此，在现实生活中也"每出于名教之外"，通脱狂放，旷达不羁。

　　混迹秦楼楚馆，与歌儿舞女为伍，这是他的放荡生活的一个重要内容。如王挺说他终日"逍遥艳冶场，游戏烟花里"。[4]他从少年时期就开始了狎游生活，他在《挂枝儿》中自称："余少时从狎

①《廿二史札记》卷三十四，凤凰出版社2008年版，第526页。
②明许自昌《樗斋漫录三》卷六，明万历刻本。
③《冯梦龙全集·广笑府》，第1页。
④《挽冯梦龙》，高洪均《冯梦龙集笺注》，第11页。

邪游，得所转赠诗愀甚多。"①在他的散曲中，有许多是他混迹在青楼之中写就的，有的是赠妓之作，有的是怀妓之作，有的还是为妓女代笔之作，如《代妓赠友》云："冯贞玉一郎所欢李生，将委身焉，托余词道意。"②他还为那些歌妓们作传，如《张润传》《爱生传》《万生传》等，不仅记载了这些名妓的不幸遭遇，而且也寄寓了自己对她们深深的同情。在和妓女们的交往中，冯梦龙与她们建立了深厚的感情，他还不顾世俗的偏见，与名妓侯慧卿订了白首之约，后因慧卿嫁给他人，冯梦龙十分伤感，特作【集贤宾】《誓妓》和【黄莺儿】《端二忆别》二曲，表示对侯慧卿既怨恨又怀念的心情。如他在《端二忆别序》中称：

> 五月端二日，即去年失慧之日也。日远日疏，即欲如去年之别，亦不可得，伤心哉！行吟小斋，念成商调，安得大喉咙人，顺风唱入玉耳耶！噫！年年有端二，岁岁无慧卿，何必人言愁，我始欲愁也！③

纵酒赌博，这也是冯梦龙放荡生活的重要内容。如钱谦益说他有"晋人风度"。④又如褚人获《坚瓠壬集》载：

> 冯犹龙先生偶与诸少年会饮，少年自恃英俊，傲气凌人。犹龙觉之，掷色每人请量，俱云不饮。犹龙饮大觥，曰："取全色。"连饮数觥，曰："全色难得，改五子一色。"又饮数觥，曰："诸兄俱不饮，学生已醉，请用饭而别。"诸少年衔恨，策曰："做就险令二联，俟某作东，犹龙居第三位，出以难之。"令要花名、人名、回文。曰："十姊妹，十姊妹，二八佳人多姊妹，多

---

① 《挂枝儿》卷五，江苏古籍出版社2000年版，第62页。
② 《代妓赠友》，《冯梦龙全集·太霞新奏》，第193页。
③ 《端二忆别序》，《冯梦龙全集·太霞新奏》，第192页。
④ 《冯二丈犹龙七十寿》诗，《牧斋初学集》卷二十，第713页。

姊妹,十姊妹。"过盆曰:"行不出,罚三大觥。"次位曰:"佛见笑,佛见笑,二八佳人开口笑,开口笑,佛见笑。"过犹龙,犹龙曰:"月月红,月月红,二八佳人经水通,经水通,月月红。"诸少年为法自毙,俱三大觥,收令亦无。犹龙曰:"学生代收之。"曰:"并头莲,并头莲,二八佳人共枕眠,共枕眠,并头莲。"诸少年佩服。①

在冯梦龙现存的著作中,有《牌经》一卷、《马吊脚例》一卷、《酒令》一卷,这些便都是他这种放荡生活的产物和见证。

而冯梦龙也正是在这种浪荡的生活中施展着自己出众的才华和学识,他把戏曲、小说、民歌这些为封建正统文人所不屑一顾的通俗文学作为自己文学活动的重要内容,为之倾注了毕生的精力。同时,也正是这种放荡的浪子生涯使他能在通俗文学上取得重大的成就。他不仅直接受到市民文学的熏陶,而且能够直接从歌儿舞女、民间艺人中汲取文学养料,在从事通俗文学的搜集整理和创作中,得到了他们的帮助,他所编辑的《挂枝儿》和《山歌》,有许多民歌便是由歌妓们提供的。

冯梦龙的这种放荡生活虽帮助他在通俗文学方面取得了成就,但在当时却受到了封建卫道者们的攻击。由于为封建正统观念所不容,冯梦龙长期不得仕进,因此,他的生活也贫困潦倒,有时甚至穷得无米下锅。据清褚人获《坚瓠续集》载,袁于令作《西楼记》传奇初成,请冯梦龙过目。冯梦龙为其修改并增作《错梦》一折,此时冯家正绝粮,袁于令便赠以百金。为生活所迫,他只好多年充任西宾,先后在苏州、无锡、乌程、麻城等地处馆课童。直到崇祯三年(1630),冯梦龙五十七岁时,才得以入国学为贡生,第二

---

① 《坚瓠壬集》卷四,《清代笔记小说大观》,上海古籍出版社2007年版,第1434页。

年授丹徒训导，崇祯七年(1634)又升任福建寿宁知县。冯梦龙在寿宁知县任上，为民兴利除弊，颇有政绩。如《福宁府志》称赞他在任时"政简刑清，首尚文学。遇民以恩，待士以礼"。①崇祯十一年(1638)离任后，冯梦龙便归隐故乡，"归来结束墙东隐，翰鲙机纯手自烹"。②时值天下大乱，先是甲申之变，明王朝为李自成农民起义军所推翻，接着又是清兵南下。面对明王朝的覆灭，冯梦龙不堪忍受，在清兵南下后，他曾四处奔波从事抗清复明的活动，"忽忽念故国，匍匐千余里"。③在丙戌年(1646)，眼看复国无望，他便在忧愤中去世，"感愤填心胸，浩然返太始"。④

从以上简略的勾勒中可见，冯梦龙的一生，既是放荡的一生，又是贫困的一生，然而也正是这样特殊的生活经历，才促使他在通俗文学方面取得了特殊的成就。

二、冯梦龙的戏曲创作

冯梦龙的戏曲创作活动可分为两个部分，一是新编，一是改编。新编的只有《双雄记》一种。《双雄记》，又名《善恶图》，写富翁丹三木为了霸占侄子丹信的家产，不仅陷害丹信下狱，而且还牵连丹信妻子魏二娘、妓女黄素以及义弟刘双。后得刘双叔父刘方救助，荐丹信除倭寇立功得官，全家终得团圆。据冯梦龙自称，这是根据万历时苏州的真人真事写成的，他在《双雄记·总评》中云："世俗骨肉参商，多因财起。丹三木之事，万历庚子、辛丑间实有之

①《(乾隆)福宁府志》卷十八，高洪均《冯梦龙集笺注》，第3页。
②明文从简《赞冯梦龙》，高洪均《冯梦龙集笺注》，第9页。
③明王挺《挽冯梦龙》，高洪均《冯梦龙集笺注》，第11页。
④同上。

事,是记感愤而作。"①祁彪佳《远山堂曲品》也谓:"姑苏近实有其事,特邀冯君以粉墨传之。"②万历后期,明王朝已进入衰落时期,一方面,封建地主阶级对农民和市民阶层的剥削加强,阶级矛盾激化,另一方面,由于商品经济的日益发展,更刺激了一些地主商人对财产的占有欲,出现了财产兼并之风。因此,冯梦龙通过丹三木霸占丹信家产这一故事,较真实地反映了当时的社会现状。

又剧中有关妓女黄素的描写,冯梦龙也是"感愤而作"。冯梦龙的朋友刘某,与妓女白小樊相好,后刘某却抛弃了白小樊。冯梦龙十分气愤,便将此事也写进了《双雄记》中。在此之前他还作有【双调·步步娇】《青楼怨》散曲,他在篇首序中云:

> 余友东山刘某,与白小樊相善也,已而相违。倾偕予往,道六年别意,泪与声落,匆匆订密约而去。去则复不相闻。每睏小樊,未尝不哽咽也。世果有李十郎乎?为写此词。

篇末注云:

> 又作《双雄记》,以白小樊为黄素娘,刘生为刘双。卒以感动刘生,为小樊脱籍。孰谓文人三寸管无灵也!③

《双雄记》是冯梦龙早年的习作,并得到过沈璟的指点,故在曲律上一丝不苟。祁彪佳《远山堂曲品》评此剧曰:"确守词隐家法,而能时出俊语。"④并将此剧列为能品。

另外,前人也把《万事足》列为冯氏新编,剧中也署曰:"姑苏龙子犹新编。"但据冯氏《总评》云:"旧有《万全记》,词多鄙俚,调

①《双雄记·总评》,《冯梦龙全集·墨憨斋定本传奇》,第481页。
②《远山堂曲品》,《历代曲话汇编》明代编第三集,第557—558页。
③【双调·步步娇】《青楼怨》散曲,《冯梦龙全集·太霞新奏》卷十二,第210、212页。
④《远山堂曲品》,《历代曲话汇编》明代编第三集,第557页。

复不叶,此记缘饰情节而文之。"①可见,此剧不是新编,而是根据旧作改编的。

与新编相比,冯梦龙在戏曲改编上的成就更为卓著。冯梦龙一共改编了"数十种"传奇,现存的还有《风流梦》《邯郸梦》(汤显祖原作)、《新灌园》(张凤翼原作)、《酒家佣》(陆弼、钦虹江原作)、《梦磊记》(史槃原作)、《洒雪堂》(梅孝巳原作)、《楚江情》(袁于令原作)、《女丈夫》(张凤翼、刘晋充原作)、《量江记》(佘翘原作)、《精忠旗》(李梅实原作)、《人兽关》《永团圆》(李玉原作)、《杀狗记》(徐畛原作)、《三报恩》(毕魏原作)及《万事足》等十五种。按照冯梦龙的文学才能与曲学造诣,完全可以像当时以及他以前的一些戏曲大家那样,编撰出许多戏曲作品来的,但他为什么要把主要精力用在改编别人的剧作上呢? 这与当时曲坛的情况有关。自明代中叶始,传奇创作出现了高潮,一时作家辈出,作品如林。如明吕天成《曲品》云:"博观传奇,近时为盛。大江左右,骚雅沸腾,吴、浙之间,风流掩映。"②但传奇创作在繁兴的景气下,也出现了一些弊端,由于这一时期的作家多为文人学士,他们重文采而轻曲律,因此,当时出现戏曲创作案头化的倾向,剧作日益脱离舞台实际,如祁彪佳谓当时这么多的戏曲作品中,"求词于词章,十得一二;求词于音律,百得一二耳"。③

到了明代末年,这种倾向愈演愈烈。如冯梦龙谓当时曲坛上"坊本彗出,日益滥筋。高者浓染牡丹之色,遗却精神;卑者学画葫芦之样,不寻根本。甚至村学究手摭一二桩故事,思漫笔以消闲;

---

①《万事足·总评》,《冯梦龙全集·墨憨斋定本传奇》,第589页。
②《曲品》卷上,《历代曲话汇编》明代编第三集,第86页。
③《远山堂曲品·凡例》,《历代曲话汇编》明代编第三集,第538—539页。

老优施腹烂数十种传奇,亦效颦而奏技。《中州韵》不问,但取口内连罗;《九宫谱》何知,只用本头活套。作者逾乱,歌者逾轻。调阋别乎宫商,惟凭口授;音不分清浊,只取耳盈"。①而冯梦龙对于当时戏曲创作中这种脱离舞台的弊端,深为不满,为此,他便对一些传奇加以改编,"删改以便当场"。②如他自称:

> 余发愤此道良久,思有以正时尚之讹。因搜戏曲中情节可观,而不甚好律者,稍为窜正。年来积数十种,将次行之,以授知音。③

他在《酒家佣·家门大意》中也表明:"谩将旧记纂新编,好倩知音搬演。"④正因为他改编的目的是便于"搬演",因此,他在改编中多着眼于增强原作的舞台效果。从他对原作的改编来看,主要是从五个方面入手的。

首先是在结构上对原作作了较大的调整。结构是一剧之纲,结构的好坏直接关系到舞台效果。文人作家因注重文采,因此往往不注意剧作的结构,故结构拖沓散漫也是当时传奇创作中的一种通病。如一般传奇都是四五十出的长篇,若全本上演,要连演几天。故冯梦龙从舞台演出的实际出发,在篇幅上对原作作了较大的压缩。如他将《牡丹亭》由五十五出压缩成三十七出,删去了原作中那些与主题的表达及人物性格的刻划都无直接关系的情节,如原本《虏谍》出,写金主欲南侵,封李全为"溜金王",先命其骚扰淮扬一带。从全剧来看,金主入侵只是一条副线,而且在这条副线中,李全是主角,金主无须出场,对金主谋遣之事,不必专设一

①《双雄记·叙》,《冯梦龙全集·墨憨斋定本传奇》,第479页。
②《风流梦·小引》,《冯梦龙全集·墨憨斋定本传奇》,第1047页。
③《双雄记·叙》,《冯梦龙全集·墨憨斋定本传奇》,第480页。
④《酒家佣·家门》,《冯梦龙全集·墨憨斋定本传奇》,第105页。

场戏。冯梦龙认为："李全原非正戏,借作线索,又添金主,不更赘乎？"①故他在改本中将此出删去,只在改本的《李全起兵》折里将金主谋遣事一笔带过。

在删去的这几出戏中,也有不少文词绝佳,删去虽为可惜,但由于舞台演出时间的限制比案头阅读更严,所容纳的内容也有限,故必须忍痛割爱。对此,冯梦龙在《风流梦·总评》中解释道：

> 原本如老夫人祭奠,及柳生投店等折,词非不佳,然折数太烦,故削去。即所改窜诸曲,尽有绝妙好词,譬如取饱有限,虽龙肝凤髓,不得不为罢箸,观众幸勿以点金成铁而笑余也。②

除了删节和压缩外,冯梦龙还对原作结构上的缺漏处作了增补。如在《人兽关》改本中,"又添《义赎施房》一折,不惟情节关系难省,亦见公子势头不可使尽"。③在《永团圆》改本中,也增加了《登堂劝驾》与《江纳劝女》两折戏,而这两折戏都是为修补原作结构上的缺漏而增加的,如他在《永团圆·总评》中称：

> 余所补凡二折,一为《登堂劝驾》,盖王晋登堂拜母,及蔡生辞亲赴试,皆本传血脉,必不可缺。又一为《江纳劝女》盖抚公挰婚,事出非常,先任夫人,岂能为揖让之事？必得亲父从中调停一番,助姑慰解,庶乎强可。且父女、岳婿借此先会一番,省得末折抖然毕骤,寒温许多不来,此针线最密处也。④

其次,从舞台实际出发,对原作中的曲文、宾白、科介等作适当的调整,使其符合演出需要。如《风流梦·冥判怜情》折,原本是

---

① 《风流梦·总评》,《冯梦龙全集·墨憨斋定本传奇》,第1049页。
② 同上。
③ 《人兽关·总评》,《冯梦龙全集·墨憨斋定本传奇》,第1277页。
④ 《永团圆·总评》,《冯梦龙全集·墨憨斋定本传奇》,第1375页。

判官先下场,后花神引杜丽娘下场。冯梦龙认为,判官先下场,"未免冷场",这会影响舞台效果,故他在改本中对这一情节作了调整,即由"花神引旦先下",然后判官下场,"则判好收科"。[1]又如他对《灌园记》丑、净的表演作了调整,他在《新灌园·总评》中作了说明,指出:"旧《记》,丑、净不能发科;新剧较之,冷热悬殊。"[2]丑、净这两个脚色在传奇中虽非主角,但常在剧中表演一些插科打诨的情节,以调节舞台气氛。而《灌园记》原作中的丑、净"不能发科",没有为他们设置一些插科打诨的情节,故剧情发展单调呆板。冯梦龙在改编时,为丑、净增加了插科打诨的情节,从而增强了舞台效果。如原本中由丑、净扮演的臧儿和牧童这两个人物,无甚情节,"不能发科",而在改本中,给他们增加了许多戏,尤其是牧童,如在《灌园邂逅》折中,用一半的篇幅来写牧童与法章调笑打闹。又如《法章夜祭》折中,法章收到小姐送来的食物时,牧童又出来调侃一番。故冯梦龙认为:"旧本臧儿、牧童率皆备员,未足发笑,且牧童孳尾而出,殊觉草率,请观新剧,冷热天悬矣。"[3]

三是在剧情上对原作不合理的地方作了修改。剧情的不合理也会影响演出效果。如冯梦龙认为《灌园记》原作中,"法章以亡国之余,父死人手,身为人奴,此正孝子枕戈、志士卧薪之日,不务愤悱忧思,而汲汲焉一妇人之是获,少有心肝,必不乃尔。且五、六年间,音耗隔绝,骤尔黄袍加身,而父仇未报也,父骨未收也,都不一置问,而惓惓讯所思,得之太傅,又谓有心肝乎?"[4]作者不去着力描写法章复国报父仇的行为,而只是表现他与女主角敔朝英之间

———————————

[1]《风流梦·冥判怜情》折批语,《冯梦龙全集·墨憨斋定本传奇》,第1096页。
[2]《新灌园·总评》,《冯梦龙全集·墨憨斋定本传奇》,第5页。
[3]同上。
[4]《新灌园·叙》,《冯梦龙全集·墨憨斋定本传奇》,第3页。

的私情，这不仅不合情理，而且格调不高，冯梦龙认为："若是，则灌园而已，私偶而已。灌园、私偶，何奇乎？而何传乎？"①即才子佳人的"私偶"胜过了"忠邪"之争。因此，冯梦龙对原作的这些情节作了改动，突出了忠邪之争。如他自称：原作"自余加改窜，而忠孝志节，种种俱备，庶几有关风化，而奇可传矣"。②再如袁于令的《西楼记》传奇，原作中胥长公为救穆素徽，竟将自己的爱妾轻鸿去替换，致使轻鸿被迫自杀。冯梦龙认为这一情节也不合情理，曰："胥长公一世大侠，于谋一妇人何有？乃计无复之，而出此弃妾之下策，岂惟忍心哉！其伎俩亦拙甚矣。"③因此，他在改本《楚江情》中，改为胥长公用以前用三百两银子买来的洪宝儿去替换穆素徽，而洪宝儿又是池通的旧相好。这样一改，剧情就合理了。

　　四是对原作曲律上的错讹处作了更正。传奇是曲牌体的音乐结构，剧本是否依腔合律，这也是能否上演的关键。因此，冯梦龙在改编中注重纠正原作不合曲律的曲文。如汤显祖在创作上由于重视内容的表达，对曲律多有突破，故在剧作中多有违腔逆律处。对此，冯梦龙在改编中都作了更正。如《牡丹亭》原本《魂游》出所用的曲牌杂乱无章，共用了南吕、中吕、双调、商调、越调等五个宫调的曲牌。南曲虽然可以联合几个宫调的曲牌成一套，但这些宫调必须是笛色相同或相近的。而原本所用的五个宫调的笛色并不都相同，将这些不同笛色的曲牌强联在一起，使演员因屡换宫调而挠喉捱嗓，乐工也无所适从。因此，冯梦龙将原本的十六支曲牌削减为十支，并改用双调和越调这两个笛色相近的宫调中的曲牌。

---

① 《新灌园·叙》，《冯梦龙全集·墨憨斋定本传奇》，第3页。
② 同上。
③ 《楚江情·叙》，《冯梦龙全集·墨憨斋定本传奇》，第935页。

又如《邯郸梦·酒馆求度》折，原本用韵多不叶，冯梦龙都一一加以订正，并注云："此套原稿多不叶，今按谱细细改正。"①对于原作中有些演唱时拗口或演员不熟悉的曲调，冯梦龙在改编时也加以了更换，选用了那些便于演员演唱的曲调，如《永团圆·永庆团圆》折【惜奴娇】曲上注云："原本用【赤马儿】、【拗芝麻】等不知宫调，恐唱者未习，故改之。"②又如《精忠旗·狱中哭帝》折中岳飞所唱的原由九支曲调合成的【南吕·九嶷山】集曲一套，若由一人演唱，十分吃力，故冯梦龙将其改为【罗带正湖】、【懒扶归】、【梧桐窗】、【迓三帽】等四曲，并注云："此全套总名为【九嶷山】，以九调合成也，今分为四曲，使唱者便于删削。"③

另外，为便于演出，冯梦龙在改定本中加有许多眉批，这些批语与传统的批评本不同，一般批评本中所加的批语多是从文学的角度着眼，帮助读者对曲文的理解和赏析。而冯梦龙的批语多与舞台演出有关。如有些批语是帮助演员熟悉和把握角色在特定场合下的特定心理状态。如《精忠旗·岳侯捏背》折，在岳母为岳飞刻背刺字处，冯梦龙批曰："刻背是精忠大头脑，扮时作痛状，或直作不痛，俱非，须要描写慷慨忘生光景。"④用刀刻背刺字，若作不痛状，这不合情理；但若作痛状，这又与岳飞忠贞刚强的性格不符，故冯梦龙提醒演员在表演时应作"慷慨忘生光景"。又如《风流梦·初拾真容》折，当柳梦梅拾到杜丽娘的真容后，一见情深，千呼万唤，渴望相见。在这里，冯梦龙提醒演员在拾到真容后，应该"详

① 《邯郸梦·酒馆求度》折批语，《冯梦龙全集·墨憨斋定本传奇》，第1183页。
② 《永团圆·永庆团圆》折批语，《冯梦龙全集·墨憨斋定本传奇》，第1460页。
③ 《精忠旗·狱中哭帝》折批语，《冯梦龙全集·墨憨斋定本传奇》，第434页。
④ 《精忠旗·岳侯捏背》折批语，《冯梦龙全集·墨憨斋定本传奇》，第373页。

观细品,以渐而痴,曲尽描神伎俩".① 后来当杜丽娘的鬼魂果真出来相会时,冯梦龙又注曰:"此折生不怕恐无此理,若从怕则情又不深,多半痴呆惊讶之状,方妙."② 一般说来,鬼的形象是可怕的,柳梦梅知道杜丽娘是鬼魂后也必定会感到恐惧,但他对丽娘的爱情是真挚的,如果表现得太怕,那就不真实了,他对丽娘的爱情就不深了。因此,这时扮演柳梦梅的演员必须掌握分寸,应似怕非怕,处在半痴半呆、惊讶恍惚的状态之中。

有些批语则是结合具体剧情,对道具、服饰的使用提示。如《梦磊记·中途换轿》折对剧中所用的轿子这一道具的制作和使用作了提示,曰:"演者须预制篱竹纸轿一乘,下用转轴推之,方妙。浙班用枪架以裙遮之,毕竟不妙."③ 又如《杜女回生》出,当众人打开棺材,春香扶杜丽娘从棺中出来时,冯梦龙提示曰:"旦先伏桌下,俟徐揭桌裙扶出。又须翠翅金凤,花裙绣袄,似葬时妆束,方与前照应."④

另外,有些批语则是对具体场面的调度与安排。如《新灌园·登楼遣怀》折注曰:"老旦问时,旦背唱,旦唱定老旦唱."⑤《永团圆·府堂对理》折注曰:"付公与贾旺、江纳问答甚长,须发付生暂退,方不冷淡。然生须在旁听,不得径下."⑥ 显然,这些批语实为后世所谓的导演语,对于演员的表演帮助很大。

冯梦龙曾自称:"墨憨笔削非多事,要与词场立楷模."⑦ 显然,

①《风流梦·初拾真容》折批语,《冯梦龙全集·墨憨斋定本传奇》,第1105页。
②《风流梦·设誓盟心》折批语,《冯梦龙全集·墨憨斋定本传奇》,第1120页。
③《梦磊记·中途换轿》折批语,《冯梦龙全集·墨憨斋定本传奇》,第752页。
④《风流梦·杜女回生》折批语,《冯梦龙全集·墨憨斋定本传奇》,第1125页。
⑤《新灌园·登楼遣怀》折批语,《冯梦龙全集·墨憨斋定本传奇》,第60页。
⑥《永团圆·府堂对理》折批语,《冯梦龙全集·墨憨斋定本传奇》,第1401页。
⑦《新灌园·家国重圆》折下场诗,《冯梦龙全集·墨憨斋定本传奇》,第96页。

冯梦龙的改编在当时创作与舞台相脱离的曲坛上的确为传奇作家们革除时弊树立了很好的借鉴,缩短了传奇创作与舞台演出间的距离。同时,冯梦龙的改编也为演员们提供了较好的演出本,由于他是从舞台演出的实际来改编这些传奇,故这些改本很受戏班的欢迎,"一自墨憨笔削后,梨园终日斗芳新"。①

三、冯梦龙的戏曲理论

冯梦龙不仅是一位杰出的戏曲作家,而且也是一位卓越的戏曲理论家。他在一些剧作的序言、总评、小引以及批语中,对戏曲创作上的一些重要问题提出了独到的见解。

首先,他打破了封建正统文人轻视通俗文学的传统偏见,对戏曲的文学价值与社会地位给予了充分肯定。他认为戏曲也像小说那样,具有"喻世"、"警世"、"醒世"的作用。因此,对于剧作家来说,要把唤醒世人、惩恶扬善作为自己创作戏曲的目的。如他的《双雄记》自称是"感愤而作,虽云伤时,亦足以警俗"。②又称自己改编李玉的《永团圆》和《人兽关》的目的也是要"唤醒当今势利人",③"令负心者惕惕焉"。④而对于观众来说,也要重视戏曲的教育作用,如认为:"世人勿但以故事阅传奇,直把作一具青铜,朝夕照自家面孔可矣。"⑤随着市民阶层的兴起、市民文学的发展,一些具有进步思想的文学家们就曾为戏曲、小说这些新兴市民文学大

---

① 《洒雪堂·团圆证梦》折下场诗,《冯梦龙全集·墨憨斋定本传奇》,第930页。
② 同上。
③ 《永团圆·永庆团圆》折下场诗,《冯梦龙全集·墨憨斋定本传奇》,第1461页。
④ 《人兽关·总评》,《冯梦龙全集·墨憨斋定本传奇》,第1277页。
⑤ 《酒家佣·叙》,《冯梦龙全集·墨憨斋定本传奇》,第1049页。

造舆论,如在冯梦龙之前,李贽在《童心说》中指出:

> 诗何必古《选》? 文何必先秦? 降而为六朝,变而为近体,又变而为传奇,变而为院本,为杂剧,为《西厢》曲,为《水浒传》,为今之举子业,大贤言圣人之道,皆古今至文,不可得而时势先后论也。①

这就是说,每一个时代都有每一个时代的文学特色,不能以古非今,戏曲、小说等通俗文学在文学史上与诗文有着同等的地位,同样是"古今至文"。冯梦龙深受李贽这种进步文学观的影响。他认为,传奇的作用不下于被儒家奉为经典的《春秋》,如在《酒家佣·叙》中指出:"传奇之衮钺,何减《春秋》笔哉!"②显然,冯梦龙的这一见解与李贽的主张是一致的。

其次,关于戏曲的内容与曲律的关系,冯梦龙也发表了自己独到的见解。在明代万历年间,曲坛上曾围绕这一问题发生过一次大争论,以汤显祖为代表的临川派重内容而轻曲律,以沈璟为代表的吴江派则重曲律而轻内容。并因此而出现了两派对立的局面。因此,以前都把冯梦龙划入吴江派的阵营。在当时两派对立、各执一词的曲坛上,冯梦龙并没有偏袒一方。他一方面十分推崇沈璟,云:"先辈巨儒文匠,无不兼通词学者。而法门大启,实始于沈铨部《九宫谱》之一修。于是海内才人,思联臂而游宫商之林。"③他还把沈璟论曲的【二郎神】套曲冠于《太霞新奏》卷首,并注云:"此套系词隐先生论曲,韵律之法略备,因刻以为序。"④但另一方面,冯梦龙对汤显祖也十分推崇,曰:"若士先生千古逸才,所著'四梦',

---

① 《童心说》,《历代曲话汇编》明代编第一集,第538页。
② 《酒家佣·叙》,《冯梦龙全集·墨憨斋定本传奇》,第99页。
③ 《太霞新奏·叙》,《冯梦龙全集·太霞新奏》,第1页。
④ 《冯梦龙全集·太霞新奏》,第1页

《牡丹亭》最胜。"①他还针对当时沈璟等人对汤显祖不守曲律的批评，为汤显祖辩解道："若士亦岂真以捩嗓为奇，盖求其所以不捩嗓者而未遑讨，强半为才情所役耳。"②正是出于对汤显祖的推崇，冯梦龙便对汤显祖的《牡丹亭》和《邯郸梦》加以改编，"洗濯以全其国色"。③由于在两派争论之中，冯梦龙的态度比较公允，因此，他在戏曲主张上也没有囿于一家之见。如他一方面虽也重视戏曲音律的作用，认为："不协调则歌必捩嗓，虽烂然词藻，无为矣。"④因此，创作戏曲就必须遵守曲律，"若夫律必协，韵必严，此填词家之法也"。⑤他自称：对此法"世俗议论不及，余宁奉之惟谨"。⑥在遵守曲律上，冯梦龙比沈璟更为严格，如他在编撰《墨憨斋词谱》时，对沈璟《南九宫十三调曲谱》中的错讹处一一作了订正，如他在《永团圆·贞女异梦》折【江神子】曲上注云：

> 此【江神子】正调，亦易唱，《沈谱》兼采时曲"莫不是咱无福分消"，误也。余《新谱》（即《墨憨斋词谱》）辨之矣。⑦

《邯郸记·闺中闻捷》折【夜雨打梧桐】曲下也注云：

> "朱门"句，历查古曲，皆七字一句，此曲乃本调也。《沈谱》误作四字二句，因以为犯他曲，余《新谱》详之矣。⑧

又如《太霞新奏》卷三王骥德【正宫·刷子序犯】散套注云：

> 谱载二曲，一用"叹古今"三字，一用"但有个"三字，实一

---

① 《风流梦·小引》，《冯梦龙全集·墨憨斋定本传奇》，第1047页。
② 同上。
③ 同上。
④ 《太霞新奏·发凡》，《冯梦龙全集·太霞新奏》，第1页。
⑤ 《新灌园·叙》，《冯梦龙全集·墨憨斋定本传奇》，第3页。
⑥ 同上。
⑦ 《永团圆·贞女异梦》折批语，《冯梦龙全集·墨憨斋定本传奇》，第1405页。
⑧ 《邯郸记·闺中闻捷》折批语，《冯梦龙全集·墨憨斋定本传奇》，第1225页。

体,而词隐误以为二,余《新谱》有辨。①

　　而另一方面,由于他深受王学左派思想的影响,因此,在戏曲主张上与汤显祖也有着相通之处。汤显祖曾提出:"凡文以意、趣、神色为主。"②主张戏曲应该表达"真情"。冯梦龙也认为:"夫曲以悦性达情。"③同样提出了戏曲应该表达人的真性情的主张。他认为戏曲之所以能取代诗词而兴起,就在于它能"达性情"。本来诗也是能达性情的,"文之善达性情者,无如诗,《三百篇》之可以兴人者,唯其发于中情,直然而然故也"。但"自唐人用以取士,而诗入于套;六朝用以见才,而诗入于艰,宋人用以讲学,而诗入于腐"。这样诗就逐渐丧失了"达性情"的功能,故"不得不变而之词曲"。但"今日之曲",若"词肤调乱,而不足以达人之性情",即丧失"达性情"的功能,那也会失去它存在的价值,"又将为昔日之诗",走诗衰落的道路,"势必再变而之《粉红莲》《打枣竿》矣",④即必然为那些善达人之性情的民间小曲所取代。显然,这样的思想倾向和艺术主张是与汤显祖的思想倾向和艺术主张息息相通的。

　　正因为在理论上不囿于两家之见,因此,冯梦龙能融合两家之长,避两家之短,提出了既重视戏曲内容又重视曲律的主张。如他提出:"词家三法:即曰调、曰韵、曰词。"⑤所谓调、韵、词,也就是指戏曲的内容和曲律,这两者是相辅相成、不可缺少的。他在编选《太霞新奏》时,也把文词内容与曲调格律作为选择的标准之一,明

---

①《太霞新奏》卷三,《冯梦龙全集·太霞新奏》,第31页。
②《答吕姜山》,《汤显祖诗文集》卷四十六,第1299页。
③《太霞新奏·叙》,《冯梦龙全集·太霞新奏》,第1页。
④同上。
⑤《太霞新奏·发凡》,《冯梦龙全集·太霞新奏》,第1页。

确规定:"若其芜秽庸淡,则又不得以调韵滥竽。"①如王骥德的曲作能合两家之长,既有才情,又合曲律,故冯梦龙予以收录,并称赞曰:"律调既娴,而才情足以配之。字字文采,却又字字本色,此方诸馆乐府所以不可及也。"②相反,对于恪守沈璟的主张、绌词就律的剧作家,冯梦龙则提出了批评,如批评卜世臣的曲作曰:"大荒奉词隐先生衣钵甚谨,往往绌词就律,故琢句每多生涩之病。"③而他在自己的创作实践中,也正是实践自己的这一主张的,如吴梅先生评其《双雄记》传奇曰:"曲白工妙,案头场上,两擅其美。"④

　　第三,关于戏曲的情节,冯梦龙提出"奇"的主张。他认为:"传奇情节恶其直遂。"⑤即故事情节必须曲折有趣,富于戏剧性。只有"奇",才可以"传"。如他认为,《量江记》中"量江事奇"。⑥《永团圆》中"太守主婚,事奇,中丞挼婚,事更奇"。⑦又如《酒家佣》中,"存孤事奇,胡可无传? 先辈陆天池、钦虹江各有著述,天池阐述伪儒之幽,虹江描狡童之隐,皆传中奇观也"。⑧所谓"事奇",即故事情节曲折有趣,也就是戏剧性之所在,容易产生强烈的舞台效果,吸引观众。因此,他提出剧作家在设置故事情节时要"排陈致新",⑨"化腐为新"。⑩如他认为李玉的《永团圆》有些情节虽与别

---

① 《太霞新奏・发凡》,《冯梦龙全集・太霞新奏》,第1页。
② 《太霞新奏》卷三王伯良《席上为田姬赋得鞋杯》曲注,《冯梦龙全集・太霞新奏》,第44页。
③ 《太霞新奏》卷十二沈子勺《离情》曲注,《冯梦龙全集・太霞新奏》,第210页。
④ 《顾曲麈谈》,《吴梅戏曲论文集》,第107页。
⑤ 《永团圆・都府挼婚》折批语,《冯梦龙全集・墨憨斋定本传奇》,第1448页。
⑥ 《量江记・叙》,《冯梦龙全集・墨憨斋定本传奇》,第367页。
⑦ 《永团圆・总评》,《冯梦龙全集・墨憨斋定本传奇》,第1375页。
⑧ 《酒家佣・叙》,《冯梦龙全集・墨憨斋定本传奇》,第99页。
⑨ 《太霞新奏・叙》,《冯梦龙全集・太霞新奏》,第1页。
⑩ 《女丈夫・神人胥庆》折批语,《冯梦龙全集・墨憨斋定本传奇》,第279页。

的剧作有相似之处，但能够自出机杼，"脱落皮毛，掀翻窠臼，令观者耳目一新，舞蹈不已"。①又如《楚江情》中的情节安排也能脱套，"模情布局，种种化腐为新。《训子》严于《绣襦》，《错梦》幻于《草桥》。即考试最平淡，亦借以翻无穷情案，令人可笑可泣"。②

但在强调剧情"奇"的同时，冯梦龙又提出要奇而不谬，即情节必须合乎情理，如他在《永团圆·总评》中指出：

> 古传奇全是家门正传，从忠孝节义描写性情，新剧只知余波点染，纵观发笑，否则以幻怪取异而已。此剧如上卷之《闹府》《断配》，下卷之《看录》《讯因》《劝女》《团圆》等折，即古剧中何可多得？而点染衬贴处，亦复不乏。如《看会生嫌》折，新剧中得未曾及。③

这就是说，"古传奇"虽然在剧情中不乏"点染衬贴处"，由于是"从忠孝节义描写性情"，故奇而不谬，合乎人情。而新剧纯是为了使观众发笑，而在剧中"余波点染"，博取笑料，为奇而奇。如《灌园记》原作所描写的故事情节虽奇，但奇而不合情理，男主角法章在"亡国之余，父死人手，身为人奴"之时，不想复国报仇，只是想着与女主角敫朝英的私情。因此，冯梦龙认为："奇如《灌园》，何可无传？而传奇如世所传之《灌园》，则愚谓其无可传，且忧其终不传也。"④

另外，关于戏曲语言，冯梦龙主张要自然通畅，如他批评范文若的曲文雕琢太过，曰："传奇曲，只明白条畅，说却事情出便够，

---

①《永团圆·叙》，《冯梦龙全集·墨憨斋定本传奇》，第1373页。

②《楚江情·叙》，《冯梦龙全集·墨憨斋定本传奇》，第935页。

③《永团圆·总评》，《冯梦龙全集·墨憨斋定本传奇》，第1375页。

④《新灌园·叙》，《冯梦龙全集·墨憨斋定本传奇》，第3页。

何必雕镂如是?"①他认为戏曲语言虽不同于自然语言,必须经过作家的艺术加工,但加工不能是雕琢,而是"由烂熟中来,故水到渠成,瓜熟蒂脱,手口调和处,自有一种秀色,不似小家子,以字句争奇而已"。②

由上可见,无论在戏曲创作上,还是在戏曲理论上,冯梦龙都取得了卓越的成就。尤其是他在戏曲改编上的成就,不仅在当时指导剧作家革除时弊起了积极的作用,而且对于今天我们对传统戏曲的整理与改编、推陈出新也还具有很好的借鉴作用。

---

①《重定南词全谱·凡例续记》,《南词新谱》,中国书店1985年影印明刻本,第2页。
②《太霞新奏》卷十王伯良《寄方姬》曲评语,《冯梦龙全集·太霞新奏》,第148页。

李玉和苏州派的戏曲创作

继明代中叶以汤显祖为代表的临川派与沈璟为代表的吴江派的出现,给传奇创作带来繁荣以后,到了明末清初,在吴中曲坛上又形成了一个新的戏曲作家流派,这就是以李玉为代表的苏州派剧作家。苏州派剧作家的出现,给明末清初的曲坛带来了新的气象,在明清戏曲发展史上,又写下了灿烂的一页。

一、苏州派的形成及其特征

苏州派是由明末清初活动于苏州的戏曲作家所组成的,其主要成员有李玉、朱素臣、朱佐朝、毕魏、叶时章、张大复、邱园等人。苏州派剧作家在明末清初的曲坛上形成并崛起,其原因是多方面的。首先,从社会和经济方面的原因来看,苏州一带是明代城市经济最繁荣的地区,自明代中叶以来。苏州就成为全国丝织业的中心。手工业的发达,也带来了商业的繁荣,当时苏州城内店铺林立,"比户贸易,负廓则牙侩凑集"。①城市经济的繁荣,为戏曲艺术的发展提供了较好的物质条件,而随着城市经济繁荣,迅速发展的市民阶层,又为戏曲提供了广泛的观众基础。为了适应市民阶

---

① 《苏州府志》卷二《风俗》,清乾隆十三年(1748)刊本。

层文化娱乐的需要,作为市民文学的主要形式的戏曲也就得到了较大的发展,这样也就有可能在同一地区内同时涌现出一批戏曲作家。

其次,从文化因素来看,苏州一带是昆山腔的发源地,戏曲活动十分盛行,从平民百姓到骚人墨客,都喜爱昆曲。如在民间,自明隆庆、万历以来,每年的中秋节,都要在虎丘山举行曲会,比赛演唱昆曲,"每至是日,倾城合户,连臂而至"。①而为了满足市民群众的观赏需要,当时在苏州城内汇集了许多专业戏班,经年不散。而在上流社会,一些有钱的达官贵人、富商巨贾为了自娱与应酬,也纷纷设置家庭戏班。由于昆曲的普及与流行,戏曲演出活动的频繁,对戏曲剧本的需要量也大为增加,要求更多的戏曲作家来创作丰富多彩的剧本供戏班演出。如冯梦龙谓李玉"初编《人兽关》盛行,优人每获异稿,竞购新剧"。②因此,早在明代万历年间,苏州一带就已经涌现出了一大批戏曲作家,即形成了以沈璟为首的吴江派剧作家。而明末清初李玉为代表的苏州派剧作家也同样是在这样的文化背景下形成和崛起的。

另外,苏州派的形成,还与明代末年江南出现的文人结社的风气有关。明代末年,活动在江南的一些志同道合、意趣相投的文人学士以文会友,组成了一个个的文学社团,如应社、几社、匡社、羽朋社、复社等,而当时生活在苏州一带的戏曲作家们也受到了这种结社风气的影响以曲会友,因此,与以前的苏州籍剧作家相比,他们之间有了更多的联系。相互之间交往甚为密切,经常在一起交流有关戏曲创作中的一些问题,或商讨戏曲音律,或合作编撰剧

①明袁宏道《虎丘》,《袁宏道集笺校》卷四,上海古籍出版社2008年版,第157页。
②《永团圆·序》,《冯梦龙全集·墨憨斋定本传奇》,第1373页。

本,如李玉的《清忠谱》写成后,就请毕魏、叶时章、朱素臣等一起加工修改,故卷首署曰:"苏门啸侣李元玉甫著,同里毕魏万后、叶时章稚斐、朱雄素臣同编。"[1]又卷末【尾声】云:"绿窗共把宫商办,古调新词字句研,岂草草涂鸦伧父言。"[2]再如李玉的《一品爵》和《埋轮亭》两剧,也是和朱佐朝合编的。又如《四大庆》《四奇观》两剧,是由朱素臣、朱佐朝等四人合编的。另外,李玉在编撰《北词广正谱》时,朱素臣也参与了校订,又张大复在编撰《寒山堂新定九宫十三摄南曲谱》时,也得到了李玉的帮助,有些资料是李玉提供的。这样,在共同从事戏曲创作活动中,这些苏州籍的剧作家们便自发地形成了一个创作团体,并且由于他们在戏曲创作上有着相同或相近的艺术志趣和特色,故由此形成了一个戏曲创作流派。

　　苏州派剧作家的戏曲创作在内容上和艺术上都有着共同或相近的特色。首先,在剧作内容上,都具有强烈的现实性和时代气息。这一特色与明末清初苏州一带特定的社会现实有关。苏州一带是明代城市经济最繁荣的地区,封建统治者对这一地区的搜刮掠夺十分残酷,而市民群众反抗封建剥削和压迫的斗争也表现得尤为强烈。从明代中叶到明代末年,这一带多次爆发了市民群众反抗封建压迫和剥削的斗争;到了清兵入关明王朝覆灭,苏州一带又多次掀起反抗清朝统治者的民族压迫的斗争。而苏州派剧作家都是由明入清的,他们既目睹了明代末年社会的黑暗和市民群众的斗争,也亲身经历了明亡以后的社会大动乱,并亲身遭受了清朝统治者残酷的民族压迫。而且,这些剧作家大都出身卑微,生活在社会的中下层。这样的社会地位和生活经历,使他们对现实社会

---

①《清忠谱》卷首,清顺治间树滋堂刻本,《古本戏曲丛刊》三集影印。
②《清忠谱·表忠》折【尾声】,《李玉戏曲集》,第1402页。

有着较深刻的认识，并对当时所出现的一些重大社会问题有着一致的看法，同情与支持市民群众反抗封建压迫的斗争。因此，他们的戏曲创作倾向就基本一致，直接过问社会现实，较真实地反映和歌颂人民群众的反封建斗争，表达对封建统治者的不满。如李玉的《清忠谱》和《万民安》便都直接描写明代末年苏州市民群众的反抗封建压迫的斗争。

入清以后，尽管清朝统治者采取了文化高压政策，以扼杀汉族人民的反清情绪，但苏州派剧作家们还是在剧作中曲折地反映了社会现实。苏州派剧作家们入清以后所作的剧作在思想内容上有着一个共同的特点，即一方面反映了明清易代的动乱，如李玉的《千忠戮》传奇，借明代帝室内部争夺帝位的斗争，来曲折地反映明清易代的社会现实；另一方面则竭力宣扬忠义等封建传统道德，以谴责那些屈膝投降清廷的大官僚的变节行为。有的剧作家还借对历史上的民族英雄抗击外族入侵的英勇行为的歌颂来激励人民的反清斗争。

在艺术上，苏州派剧作家也具有许多相同或相近的特色。首先，在剧作所描写的题材上，广泛多样，由于剧作家们大都生活在社会下层，熟悉市民生活，并了解他们的爱好和志趣，故多采用一些为市民观众所喜闻乐见的题材来编写剧本，或真人真事，或民间传说，或历史故事，所谓"上穷典雅，下渔稗乘"。①

其次，在剧作语言上，由于这些剧作家所编撰的剧本主要是提供给戏班演出的，而当时的观众大多是文化水平较低的市民群众，为了照顾到下层观众的欣赏能力，因此，他们所采用的语言都浅显易懂，但又具有深邃的内涵，别具意境。

---

① 清钱谦益《眉山秀·题词》，《历代曲话汇编》清代编第一集，第67页。

另外，苏州派作家生活在昆曲之乡，大都精通戏曲音律，如李玉与戏曲音律家钮少雅、徐于室等交往甚密，并在他们的帮助下编成了《北词广正谱》，张大复也曾编撰了《寒山堂新定九宫十三摄南曲谱》，因此，他们的剧作大都合律，能付诸管弦，搬上舞台。

二、李玉的生平考述

在苏州派剧作家中，李玉是最杰出的代表。李玉，字玄玉、元玉，号苏门啸侣，一笠庵主人。江苏吴县人。关于李玉的生卒年代，无确切记载，自从吴新雷先生在《李玉生平、交游、作品考》一文中对此作了考证，[①]提出李玉约生于明万历十九年(1591)，卒于清康熙十年(1671)后，目前学术界都从此说。但若对现存有关李玉生平的资料加以全面考察，李玉的生年似应在明万历三十八年(1610)以后。如与吴伟业的出生年代相比，吴伟业在《清忠谱·序》中称："余老矣，不复见他年事，不知此后填词者亦能按实谱义，使百千岁后观者泣，闻者叹，如读李子之词否也？"[②]从"余老矣"的口气来看，吴伟业是以长辈自居，故吴伟业的年龄当大于李玉，而吴伟业生于明万历三十七年(1609)，故李玉的生年必在明万历三十七年(1609)以后。再看曾与李玉合编《清忠谱》传奇的毕魏、叶时章、朱素臣的生年，他们也都在明万历三十八年(1610)以后。李玉与他们合作编撰剧本，当为同辈作家，年龄不会相差很远，故其生年也似应在明万历三十八年(1610)以后。另外，毛晋在明代崇祯年间汇刻《六十种曲》时，没有收录李玉的剧作，这也说

①《中国戏曲史论》，江苏教育出版社1996年版，第131—145页。
②《清忠谱·序》，《历代曲话汇编》清代编第一集，第205页。

明李玉的生活年代及其从事戏曲创作活动的时间不可能很早。

　　关于李玉的身世，据当时与李玉有交往的吴伟业说，李玉是一个"好奇学古士"，他才华横溢，学识渊博，"其才足以上下千载，其学足以囊括艺林"。①钱谦益在《眉山秀·题词》中也称李玉为"管花肠篆，标帜词坛"。"殆所称青莲苗裔，金粟后身耶？于今求通才于寓内，谁复雁行者？"②李玉本来也想将自己的才华和学识都倾注在功名之上，走传统文人学士所走的读书做官的道路，但是他的仕途坎坷不顺，由于仕途上的不得志，怀才不遇，加上他对戏曲"夙有痴癖"，③因此，他便把卓绝的才华和学识都付诸戏曲创作中，"以十郎之才调，效耆卿之填词"，并借戏曲来抒发自己心中的愤懑，"借他人之酒杯，浇自己之块垒"。④"每借韵人韵事谱之宫商，聊以抒其垒块"。⑤

　　关于李玉的身世，另外还有一说，谓其曾是明代万历时内阁首辅申时行的家人，如清代焦循《剧说》载：

　　　　元玉系申相国家人，为申公子所抑，不得应科试，因著传奇以抒其愤，而《一》《人》《永》《占》尤盛传于时。其《一捧雪》极为奴婢吐气，而开首即云："裘马豪华，耻争呼贵家子。"意固有在也。⑥

　　这一记载恐未确，因为当时与李玉有交往的吴伟业、钱谦益都未提及李玉曾为申府家人一事，而且吴伟业谓李玉曾多次应试，屡

---

① 《北词广正谱·序》，《历代曲话汇编》清代编第一集，第205页。
② 《眉山秀·题词》，《历代曲话汇编》清代编第一集，第66—67页。
③ 《南音三籁·序》，《历代曲话汇编》清代编第一集，第107页。
④ 《北词广正谱·序》，《历代曲话汇编》清代编第一集，第205页。
⑤ 《眉山秀·题词》，《历代曲话汇编》清代编第一集，第66页。
⑥ 《剧说》卷四，《历代曲话汇编》清代编第三集，第410页。

试不中,这与"为申公子所抑,不得应科试"之说不合。再说李玉所具有的优异的才华和渊博的学识,以及他能创作出三十多种传奇,在当时的社会条件下,居于家人和奴仆的地位,这显然是不可能达到的。因此,我们认为,李玉出身虽非上流,终生仅是一介布衣之士,然而不至于沦为奴仆。

康保成先生在《林蕙堂全集》中发现了与李玉有交往的吴绮写给李玉的一首《满江红·次楚畹韵赠元玉》词,①为我们了解李玉的生平提供了新的资料。吴绮(1619—1694),字圆次,号声翁,别署蕊栖居士,又号红豆词人。江都(今扬州市)人。曾任兵部武选司员外郎、湖州知府。他在康熙八年(1669)被罢官后寓居苏州时,认识了李玉,并与之交往。这首词当作于康熙八年以后。现将这首词引录如下:

> 李下无蹊,问当代,谁为逋峭?最爱是文章高处,尽君嘻笑。世事漫须真实相,家传自擅《清平调》。便扣门、报有俗人来,唯长啸。　　林下酌,溪边钓。约羊求,偕德耀。把顽仙骇叟,任他猜料。公谨当筵曾顾误,小红倚笛偏能炒。看浮云、富贵只寻常,头宁掉。

其中谓"家传自擅《清平调》",这说明李玉在戏曲创作上的才能是"家传"的,即李玉的前辈中有从事戏曲创作或演出的。在词中还进一步说明了李玉入清以后的情况,甲申之变后,李玉"绝意仕进",不慕名利,不求富贵,"看浮云、富贵只寻常,头宁掉"。他隐逸家居,"林下酌,溪边钓。约羊求,偕德耀"。闭门谢客,专心于戏曲创作,"便扣门、报有俗人来,唯长啸"。这就进一步印证了吴伟业所说的李玉在入清后"绝意仕进"的情况。

---

① 康保成《论苏州派主将李玉》,《中山大学学报》1987年第4期。

　　李玉的剧作颇丰,据清高奕《新传奇品》、黄文旸《重订曲海总目》《曲海总目提要》及无名氏的《传奇汇考标目》等书记载,共有三十四种传奇,但今存《一捧雪》《人兽关》《永团圆》《占花魁》《清忠谱》《千忠戮》《眉山秀》《牛头山》《万里圆》《两须眉》《太平钱》《麒麟阁》《意中人》《五高风》《昊天塔》《风云会》《七国记》《一品爵》等十八种,另存《连城璧》《埋轮亭》《洛阳城》残本三种。除传奇外,还编有《北词广正谱》。另外,还评点过高濂的《玉簪记》,题作《一笠庵批评玉簪记》(宁致堂刊本)。

三、李玉剧作的思想内容

　　李玉的剧作在内容上与其他苏州派剧作家的剧作一样,也充满着强烈的现实主义精神与时代气息,真实地反映了明末清初这一特定历史时期的社会现实。

　　李玉的剧作以明清易代为界,可分为明末和清初两个阶段。明代末年,明王朝的统治已经是日薄西山,气息奄奄,政治黑暗,世风险恶,各种社会矛盾激化,市民斗争连绵不断。而李玉在明末所作的戏曲中,对这一社会现实作了较真实的反映。如统治阶级内部东林党与阉党的斗争,从明代中叶开始到明代末年,愈演愈烈,当时在曲坛上曾出现了许多直接反映东林党与阉党之间斗争的戏曲,如明张岱《陶庵梦忆》载:"魏珰败,好事作传奇十数本。"[1] 而李玉也在他的剧作中对这一重大社会现实作了真实的反映,褒扬忠义,贬斥奸邪。如他的《清忠谱》传奇形象地再现了当时东林党人及市民群众反抗阉党黑暗统治的斗争,揭露和抨击了阉党把持朝

---

①《陶庵梦忆》,《历代曲话汇编》明代编第三集,第518页。

政、残害忠良、祸国殃民的罪恶行径,同时热情歌颂了以周顺昌为代表的东林党人不畏强暴、为民请命、嫉恶如仇的高尚品德。

在反映统治阶级内部正义与邪恶之间的斗争的同时,李玉在剧作中也对明代末年蓬勃兴起的市民群众反抗封建压迫和剥削的斗争作了真实的反映。如他的《万民安》传奇,是根据明代万历二十九年(1601)织工葛成领导的苏州市民反抗封建掠夺的真实事件编撰而成的。这部传奇虽已失传,但据《曲海总目提要》卷十六载,此剧“演葛成击杀黄建节事,谓因此而苏民得安,故曰‘万民安’也”。[①]作者把“佣工织匠”葛成当作剧作的主要人物来加以塑造,并对他领导的市民抗捐斗争、击毙税监孙隆的属吏黄建节的行为加以肯定和颂扬。

在明亡以前所作的剧作里,李玉还对当时的世风险恶、道德沦丧的黑暗现实作了揭露和抨击。如《一捧雪》传奇是根据严嵩父子谋夺王思质家传的名画《清明上河图》的实事写成的,写裱糊匠汤勤落难时为莫怀古所收留,后投靠权贵严世藩,为了讨好严世藩,他以怨报德,忘恩负义,献计帮助严世藩谋夺莫氏家传的名叫“一捧雪”的玉杯,致使莫怀古家破人亡,而他自己却得以做官。在剧中,李玉对汤勤这一人物作了有力的鞭挞,针砭了当时翻覆炎凉的社会风气。而且在剧中还对严氏父子的贪赃枉法、凶狠残暴的罪行加以了揭露,这也是对明末黑暗吏治的揭露和抨击。又如《人兽关》传奇,虽取材于话本小说《觅灯新话》卷一《桂迁梦感录》和《警世通言》中的《桂员外途穷忏悔》,但也是借民间传说来反映现实。剧作写苏州财主桂薪家道败落,无法还债,欲投虎丘剑池自尽,为大财主施济所救,施济送他三百两银子,让他还清欠债,又送给他

<hr />

① 《曲海总目提要》卷十六,《历代曲话汇编》清代编,第603页。

一所茅房安身。后桂薪在屋内掘到施家祖上的藏银一万两，便见利忘义，据为己有。而施家因施济去世，家资荡尽，日益贫穷。施还母子去求助桂薪，桂薪却一文不给。后施还得中探花，恢复了家业，而桂薪妻子因忘恩负义，死后变成狗，桂薪也因此悔悟。显然，作者通过对桂薪这一人物的刻画，对当时见利忘义的险恶世风加以了抨击。

　　在清代初年，虽然清朝统治者大兴文字狱，残酷迫害具有反清思想的文学家，严厉禁止宣扬反清的文学作品，但李玉还是"写孤忠纸上，唾壶敲缺"，[①]在剧作中继续反映现实。在入清以后所作的戏曲中，李玉不仅真实地反映了明清易代的动乱事实和民族矛盾，而且抒发了对清统治者的愤懑，寄托自己的故国之思。如他在入清以后所作的《千忠戮》传奇，写明燕王朱棣为抢夺帝位，举兵攻占南京，建文帝和大臣程济化装为僧道，逃亡外地，备受磨难。剧作所表现的虽是明代帝室内部争夺帝位的斗争，但作者借古喻今，曲折地反映了明清易代的社会现实。一方面通过燕王朱棣攻破南京后，大肆杀戮前朝大臣，建文君臣各自逃生的情节，较真实地反映了清兵南下，明王朝覆灭时的动乱现实；另一方面，作者在剧中塑造了程济、吴学成、朱景先、方孝孺等为建文帝尽忠的忠臣形象，表达了自己对那些坚持气节的明朝旧臣的倾慕，寄托自己的民族情感。又如他的《万里圆》传奇，是根据明清易代时苏州发生的真人真事编撰而成的，写黄孝子万里寻亲的故事，如清顾公燮《消夏闲记》载：

　　　　明孝廉黄云美为云南大姚令。鼎革后，其子向坚于干戈载道之中，跋涉山川，迎二亲回苏。自顺治二年岁暮出门，至

---

① 《清忠谱·谱概》，《李玉戏曲集》，第1288页。

十年始归故里。作《万里缘》传奇。①

李玉在剧中通过黄孝子跋涉万里寻亲时的所见所闻,形象地描绘了清代初年动乱的社会现实,真实地描写了清兵入关后对江南汉族人民的残酷杀戮,给人民造成的苦难,借此寄寓自己的亡国之痛。同时李玉也在剧中表彰了忠孝等封建传统道德,如他在剧作最后一出的【尾声】中指出:"宫商谱入非游戏,为忠孝传人而已,莫作花柳彰闻绮语题。"②通过对忠孝等封建传统道德的表彰,来颂扬民族气节,并以此来谴责那些丧尽忠义、卖国求荣、投降清廷的明朝旧臣。

为了躲避清朝统治者文字狱的迫害,李玉在入清后所作的戏曲中,还借对历史上的民族矛盾的描写来反映清初的满汉之间的矛盾,通过对历史上民族英雄的歌颂,来激发汉族人民反抗外族入侵的爱国主义精神。如《牛头山》传奇,写北宋末年金兵入侵,两京失守,奸臣黄潜善挟持高宗赵构,欲投降金兵,卖国求荣。岳飞、牛皋率兵前来救驾,杀退金兵,班师回京。《昊天塔》传奇则是写北宋时杨家将抗击辽兵入侵的故事。在这些剧作中,李玉通过对岳飞、杨家将等精忠报国、英勇抗击外族入侵的民族英雄的讴歌,表达民族意识,激励爱国热情,鼓舞汉族人民起来反抗异族的统治。

在李玉的剧作中,除了反映重大的社会现实以外,描写青年男女爱情的剧作也占了相当大的比重,如《占花魁》《眉山秀》《千里舟》《太平钱》《意中人》《罗天醮》等都是以男女爱情为题材的传奇。在这些剧作中,李玉描写了男女主角相互爱慕,坚贞不渝,历经波折和磨难,终成姻眷,热情歌颂了真挚而纯洁的爱情。与前

---

① 《消夏闲记》,《历代曲话汇编》清代编第三集,第26页。
② 《万里圆》第二十七出【尾声】,《李玉戏曲集》,第1672页。

代戏曲作家们所作的爱情剧相比,李玉在这些以爱情为题材的剧作中,也增加了新的时代色彩,即表达了市民阶层的爱情与婚姻观念。如《占花魁》中的卖油郎秦种与歌妓莘瑶琴,他们不计名利,真诚相爱,追求诚挚的爱情。

四、李玉剧作的艺术特色

李玉是一位多产作家,在长期的创作实践中,积累了丰富的艺术经验,因此,他的剧作不仅具有深刻的思想内容,而且也有着较高的艺术成就。

李玉剧作的艺术成就,首先体现在戏曲结构上。冯梦龙曾称赞李玉的剧作"颖资巧思,善于布景",在结构上"能脱落皮毛,掀翻窠臼,令观者耳目一新","文人机杼,何让天孙!"①一般传奇作品都有四五十出之长,而李玉的剧作突破了传奇一本四五十出和生旦团圆等结构上的俗套。从内容和剧作主题出发来组织情节,设置人物,安排矛盾冲突。如《清忠谱》是反映东林党人和苏州市民反抗阉党迫害的斗争的,根据这一主题,李玉在剧中设置了两条线索,一条是东林党人周顺昌与阉党的矛盾冲突,一条是以颜佩韦等五人为首的苏州市民与阉党的矛盾冲突。前者为主线,后者为副线,两者又密切配合,相互穿插呼应。而且作者又紧紧围绕这两条线索来安排情节,设置人物。因此,全剧结构紧凑,线索分明,没有多余的人物和情节。同时,在具体安排情节,展开戏剧冲突时,避免了平铺直叙,做到有起有伏,顿挫相间。或埋伏照应,或铺垫衬托,如《创祠》出为《骂像》出作铺垫,《报败》出与后面的《毁祠》

---

① 《永团圆·序》,《冯梦龙全集·墨憨斋定本传奇》,第1373页。

出相映衬。又如《缔姻》出为《泣遣》出的情节埋下伏线,《戮义》出
则与前面的《捕义》出相呼应。这样,使剧情发展既层层推进,头绪
清楚,又跌宕起伏,曲折有致,引人入胜。因此,全剧虽只有二十五
出,比一般传奇少一半的篇幅,但剧作不仅主题明确,线索分明,而
且又富于戏剧性。李玉的其他剧作也大都只有三十出左右,结构
都凝炼而又曲折有致。

　　其次,在设置关目时,能够适应舞台演出的需要,既便于演员
的表演,又能顾及一般观众的欣赏要求。如反映市民斗争的雄伟
场面,仅是在剧本上用文字表达出来,这是容易做到的,但要把这
样宏大的场面在有限的舞台上有声有色地展现出来,就困难得多
了。而李玉在描写这些情节时,都顾及了舞台演出的需要,从舞台
实际出发,对这类情节作了妥善的处理。如在《清忠谱》中,一共描
写了四次市民斗争的场面,李玉在描写这些场面时,一是采用了各
种人物先后登场,上下穿插的方法,如在剧中写道"净、外、旦各色
人奔上","付、小生、老旦扮农夫急上"等,通过各色人物的上场和
下场,多次穿插,给观众造成一个人多势众的印象。二是采用前台
与后台、场内与场外相互配合的方法来渲染市民斗争的浩大声势。
如扮演各种人物的演员在前台"敲梆呐喊"、"大喊复上"、"乱拥"、
"满场奔"、"众呐喊打人"、"共扯索唱一句打一号子"等动作,而后
台演员同时作"内众声呐喊介"、"内众乱喊介"、"大声震响"等动
作,前后密切配合,这样的舞台处理,使观众有如亲临其境,具有强
烈的舞台效果。

　　为了增强剧作的舞台效果,吸引观众,李玉在剧作中往往插入
一些民间艺人说书、卖唱、串戏、跳社火等关目,而且这些关目又与
全剧的情节有机地结合在一起,既有助于增强剧作的舞台效果,又
是刻划剧中人物性格、表现剧作主题的组成部分。如《清忠谱·书

闹》出，写说书人在李王庙前说《岳传》，颜佩韦听到童贯陷害忠臣韩世忠这一节时，竟上前踢翻书桌，殴打说书人。设置这一情节，一是运用说书这种为观众所喜闻乐见的说唱技艺来吸引观众，同时又借这一情节来表现颜佩韦这一人物嫉恶如仇的性格。又如《麒麟阁》中设置了玩花灯的情节，罗成等五人大闹花灯，夺下跳五鬼的面具，闯进宇文府中，救出了被抢的民女。这一情节既是全剧情节的一个重要组成部分，又十分生动有趣，增强了舞台效果。

李玉剧作的艺术成就还体现在剧作的语言本色当行上。李玉剧作的语言具有通俗易懂、本色自然的特色，但又俗而不俚，富有韵味。如《千忠戮·惨睹》出建文帝在逃亡途中所唱的【倾杯玉芙蓉】曲：

> 收拾起大地山河一担装，四大皆空相。历尽了渺渺程途，漠漠平林，垒垒高山，滚滚长江，但见那寒云惨雾和愁织，受不尽苦雨凄风带怨长。雄城壮，看江山无恙，谁识我一瓢一笠到襄阳。

这支曲文既质朴自然，明白易懂，又情景交融，意味无穷，酷似元人杂剧的语言风格。而且，李玉的剧作语言又十分当行，即与人物的身份和性格相吻合。如《清忠谱》中周顺昌与颜佩韦所唱念的曲白，由于两人的阶级出身、教养和性格的不同，故他们所用的语言就具有不同的风格。如同是在被捕时，周顺昌说的是："闻呼即赴君命难违"，"此身许国应抛弃"，"我那祖宗嗄，你只顾子孙忠孝，今日此去，烈烈轰轰，可也不负你的家教了"。[①] 而颜佩韦说的则是："男儿意本豪，猛拚生，忿一朝。身家担自挑，怎偷生，惜羽

---

① 《清忠谱·就逮》折，《李玉戏曲集》，第1334页。

毛？急向公庭分皂白，肯任他人李代桃！"①两人的语言完全不同，一个是典型的封建士大夫的语言，一个是普通市民的语言，一个文雅，一个豪爽，这也正和两人的身份和性格相合。

另外，由于李玉"既富才情，又娴音律"，②因此，他的剧作曲律工整，能付诸管弦，"案头场上，交称便利"。③而且剧情与曲律得到了完美的融合，如《清忠谱·义愤》折，采用了南北合套的曲调，一支北曲，一支南曲，相间排列。从声情上来说，北曲较为粗犷激昂，而南曲比较婉转细腻。作者让颜佩韦一人唱北曲，其余四人皆唱南曲，这样就形成了强烈的对比，更加突出了颜佩韦粗犷豪爽的性格。

以上这些艺术上的特色，使得李玉的剧作具有较好的舞台效果，加上剧作内容上所具有的现实主义精神和时代气息，故极受时人称赏，尤为梨园子弟所欢迎，如钱谦益云："元玉言词满天下，每一纸落，鸡林好事者争被管弦，如达夫、昌龄声高当代，酒楼诸妓，咸歌其诗。"④他的《永团圆》传奇"甫属草"，便被戏班"攘以去"，⑤付诸舞台演出。因此，李玉的剧作在当时十分流行，家弦户诵，人人皆习，曾出现了"家家'收拾起'，户户'不提防'"的盛况。（"收拾起"指《千忠戮·惨睹》出【倾杯玉芙蓉】曲首句，"不提防"指《一长生殿·弹词》出【南吕·一枝花】曲首句。）

---

① 《清忠谱·捕义》折，《李玉戏曲集》，第1355页。
② 《眉山秀·题词》，《历代曲话汇编》清代编第一集，第66页。
③ 吴梅《顾曲麈谈》，《吴梅戏曲论文集》，第111页。
④ 《眉山秀·题词》，《历代曲话汇编》清代编第一集，第66页。
⑤ 《永团圆·序》，《冯梦龙全集·墨憨斋定本传奇》，第1373页。

论李渔的戏曲创作

李渔在戏曲理论上的成就,已为学术界所公认,然而对于他的戏曲创作历来评价不高,认为李渔虽然提出了精湛的戏曲理论,但在自己的戏曲创作中并没有实践自己的理论。因此,人们在研究李渔的戏曲理论时,也就往往脱离他的戏曲创作。其实,李渔在戏曲创作上也颇有成就,他的剧作在当时就盛传曲坛,对于一般"妇人孺子"来说,他们熟知"湖上笠翁"之名,恐怕不是由于他提出的戏曲理论,而是通过他的剧作。而且,李渔的戏曲理论是他在自己的创作实践中摸索和总结出来的,他之所以能提出精湛的戏曲理论,正是与他在戏曲创作上所取得的成就分不开的。因此,我们在研究李渔的戏曲理论的同时,也应该对他的戏曲创作作出实事求是的评价。

一、李渔剧作的思想性

李渔现存的剧作几乎全是喜剧,他自称,他创作戏曲的目的是要让观众发笑解愁,"惟我填词不卖愁,一夫不笑是吾忧"。[1]这种供人消愁解忧的创作目的,也确实限制了他对题材的选取,并影响

---

[1]《风筝误·释疑》,《笠翁传奇十种》(上),《李渔全集》卷四,第203页。

了剧作的思想性，因此，在他的剧作中未能广泛而深刻地反映当时社会的重大题材，影响了剧作所反映的社会生活面。从李渔所生活的时代来看，这是一个多事的年代，明代末年，吏治腐败，社会黑暗，阶级矛盾激化，明清之交，江山易主，社会动乱；到了清初，又是尖锐的民族矛盾。对于这些重大的社会现实，李渔在剧作中没有较多地加以反映，因此，如就反映社会现实的广度与深度来说，李渔的剧作在思想性上，与他同时代的李玉及其他苏州派剧作家的剧作相比，的确显得肤浅单薄。而且，与他自己那些直接反映当时动乱的社会现实的诗作相比，也是逊色的。

　　然而，说李渔剧作的思想性不高，这是相对而言的，并非一无是处。李渔在戏曲创作中，十分重视适应观众的观赏心理和审美要求，而这也必然促使他在自己的剧作中不仅在艺术上要适合观众的需要，而且在剧作的内容上也要顾及不同阶层观众的爱憎观念和是非标准，反映一些大多数下层观众所关注的问题，表达一些人民群众的愿望和理想。因此，在李渔的剧作中，也有着积极的思想内容。

　　描写青年男女之间的真诚爱情，热情歌颂青年男女为婚姻自主而抗争的行为，这是李渔剧作中的一个积极的内容。描写男女之间的婚姻和爱情，这是戏曲创作中的一个传统题材，而自明代中叶以来，这一题材带上了新的时代色彩和政治内容。明代中叶，随着资本主义生产关系萌芽的出现和市民阶层的壮大，出现了要求个性解放、摆脱封建礼教束缚的新的带有民主色彩的社会思潮。而这一新的社会思潮也对当时的戏曲创作产生了很大的影响，出现了"写情"的创作倾向，剧作家们通过对男女爱情和婚姻这一传统题材的描写，来表达要求婚姻自主、个性解放的初步民主意识。明代万历年间汤显祖首次在曲坛上明确提出了"写情"的主张，并在《牡丹亭》传奇中热情歌颂了青年男女的真诚爱情,反映了青年男女要求婚姻自主、个性解放的美好愿望。在这种创作倾向的影响下,当时出现了一批以歌颂男女自由相爱、自主婚姻,反对封建礼教束缚为主题的剧作,如高濂的《玉簪记》、王玉峰的《焚香记》、薛近兖的《绣襦记》等。自明代中叶以后,这种进步的创作倾向在曲坛上就一直没有中断过。如在明代末年,孟称舜和吴炳便承续了这一创作倾向,在他们的剧作中也表现了这一新的社会思潮,因此,他们被称为是汤显祖以后的两位临川派的重要作家。而李渔的戏曲创作也明显受到了这种进步的创作倾向的影响,在他的《十种曲》中,歌颂和描写男女之间真诚爱情的内容,占了很大的比重。在男女婚姻问题上,李渔的认识也有脱俗和反传统的一面,即也具有初步民主思想。如他通过剧中人物的口表明了自己的见解,他认为:"男女相交,全在一个'情'字。"而且这种"情"必须是真情,"势利不能夺,生死不能移"。① 显然,这样的见解,与汤显祖在《牡丹亭·题词》中提出的真情必须是"情不知所起,一往而深,生者可以死,死可以生"的主张是一致的。李渔还认为,"情"与"欲"是有区别的,两者有着截然不同的内涵,"情"即是真诚的爱情,"欲"则是贪淫好色。如在《怜香伴·缄愁》这场戏中,曹雨花对丫环说:"呆丫头,你只晓得'相思'二字的来由,却不晓得'情欲'二字的分辨。从肝膈上起见的,叫做情,从衽席上起见的,叫做欲。若定为衽席私情才害相思,就害死了,也只叫做个欲鬼,叫不得个情痴,从来只有杜丽娘才说得个'情'字。"② 这段话也正是表达了李渔自己对男女爱情的一种新的见解。而这也表明,李渔所推崇的不

①《玉搔头·情试》,《笠翁传奇十种》(下),《李渔全集》卷五,第157页。
②《怜香伴·缄愁》,《笠翁传奇十种》(上),《李渔全集》卷四,第69—70页。

是贪淫好色的"欲",而是像杜丽娘那种带有民主色彩的真诚的爱情。李渔在剧作中对"情"与"欲"也是严格区分的,如《风筝误》中的戚友先、《意中缘》中的是空和尚、《慎鸾交》中的侯俊等人,虽都好色,但绝非具有真情,而《风筝误》中的韩世勋、《慎鸾交》中的华秀,"虽然好色,心还耻作登徒",①慕色而不淫,即具有真情。对前者,李渔加以了贬斥嘲讽,对后者,则予以热情歌颂和赞扬。如在《蜃中楼》中,李渔塑造了舜华这一为争取婚姻自主,敢于同封建势力作斗争的形象,她在海上蜃楼游玩时,偶然遇到书生柳毅,两人一见钟情,便背着父母,私订终身。后被叔父知道,逼嫁泾河小龙。面对封建家长的威逼,舜华凛然自如,毫不妥协,决心以死抗婚,"自揿击碎这皮囊,纵死骨犹香"。②又如《比目鱼》描写了谭楚玉和刘藐姑这一对青年男女的真诚爱情。书生谭楚玉见到扮演小旦的演员刘藐姑后,倾心相爱,不顾当时歧视艺人的世俗偏见,不惜抛弃功名,毅然加入刘藐姑所在的戏班。而刘母贪图钱财,将女儿许给财主作妾。藐姑坚决不从,在母亲与财主的逼迫下,便与谭楚玉一起,双双投江殉情,化为比目鱼。虽然李渔把青年男女这种不畏强暴、忠于爱情的行为称之为"贞节",如称舜华的抗婚是"坚贞若个堪比"。③把谭楚玉和刘藐姑的投江殉情,也解释成义夫节妇的死节,是"维风化,救纲常"之举。④但李渔所说的"贞节"已与封建传统礼教所宣扬的女子"从一而终"的"贞节观"有明显的区别,具有新的内涵,即坚持自己的爱情理想,敢于为幸福真诚的爱情抗争。

---

①《风筝误·贺岁》,《笠翁传奇十种》(上),《李渔全集》卷四,第118页。
②《蜃中楼·抗姻》,《笠翁传奇十种》(上),《李渔全集》卷四,第254页。
③《蜃中楼·乘龙》,《笠翁传奇十种》(上),《李渔全集》卷四,第310页。
④《比目鱼·偕亡》,《笠翁传奇十种》(下),《李渔全集》卷五,第260页。

在《玉搔头》中，李渔虽以历史上的正德皇帝作为剧作的主人公，但他根据自己的审美理想，赋予了这一人物新的道德观念，即也成了一个具有真情的人物形象。帝王也崇尚男女之间的真诚爱情，认为："从来富贵之人，只晓得好色宣淫，何曾知道男女相交，全在一个'情'字。"相反，那些贫贱之人，却往往具有真情。因此，如果"民间女子随了富贵之人，未必出于情愿，终日承恩献笑，不过是慑于威严，迫于势利，那有一点真情？这点真情，倒要输与民间夫妇。那民间女子遇着个贫贱书生，或是怜才，或是鉴貌，与他一笑留情，即以终身相许，势利不能夺，生死不能移，这才叫做真情实意。若使他知道是个皇帝，纵使极力奉承，也总是一团势利，有些甚么趣来！"①因此，他为了找到一个具有真情的女子，便微服私访，遇到妓女刘倩倩后，为其真情所动，便与她订了婚约。为了获得真情，他表示："宁使我受颠连，把奇穷遭遍，暂脱衮衣旒冕。"②甚至要"拚一死将他殉，做了九泉下两痴魂"。③作为一个皇帝，把爱情看得比皇位和生命还重要，为了一个妓女，竟然可以抛弃皇位，甚至殉情而死，这是十分昏庸的，但作为一个情人，这种痴情确是十分真诚可贵的。当然，作为历史人物的正德皇帝是不可能有这种真情的，但作为一个艺术形象，在他身上反映出新的道德观念，这还是符合艺术真实的，并且具有一定的现实意义。因此，对于这一人物形象，不能把他与历史人物等同起来而加以否定。

在描写男女之间真诚的爱情，热情歌颂他们为争取幸福爱情而抗争的同时，李渔也对阻挠和破坏幸福爱情的封建势力加以了

---

① 《玉搔头·情试》，《笠翁传奇十种》（下），《李渔全集》卷五，第260页。
② 《玉搔头·得像》，《笠翁传奇十种》（下），《李渔全集》卷五，第276页。
③ 《玉搔头·飞舸》，《笠翁传奇十种》（下），《李渔全集》卷五，第268页。

揭露和抨击。如在《蜃中楼》中，塑造了钱塘君这一封建家长的典型，他坚持封建伦理纲常，阻挠舜华与柳毅的自由结合。李渔借剧中人物的口对钱塘君所持的"门当户对"的传统婚姻观念加以了批判。又如在《比目鱼》中，李渔也对阻挠和破坏谭楚玉与刘藐姑的爱情的刘母和财主钱万贯加以贬斥。而且最后总是让青年男女争取婚姻自主的斗争胜利、封建势力的破坏和阻挠失败而告终，一褒一贬，其思想倾向是十分鲜明的。

对于李渔剧作中的这一方面的内容，前人往往只注意到其中有关男女爱情题材所包含的庸俗的一面，从而多加否定。如李渔的《慎鸾交》《怜香伴》中，都写了妻子主动替丈夫纳妾的事，《凰求凤》写了三个女子同争一个男子的事，这些情节以今天的道德标准来衡量，虽有其庸俗消极的一面，如对"一夫多妻"制的肯定和赞美。但联系当时的社会条件和道德标准来考察，这些女子的行为显然是有违于封建传统道德的。如《凰求凤》写三个女子主动追求一个男子，而在当时的社会里，男女之间的婚姻全凭"父母之命，媒妁之言"，当事人根本无权过问，若女子主动向男子求婚，便被指斥为"淫"。因此，在当时青年男女内心对幸福爱情的向往之情受到封建势力的严厉压制。而李渔敢于打破世俗的偏见，让女子主动去追求男子，"从今自主婚姻籍，月老无烦浪主持"。[①]把世代相传的"窈窕淑女，君子好逑"，改成"窈窕君子，淑女好逑"，[②]变被动为主动，这就真实地将女子内心向往幸福爱情的心情表达出来了。而这样的行为，显然是打破了传统的道德规范，故尽管有其庸俗的一面，但还是应该肯定的。

---

① 《凰求凤·筹婚》，《笠翁传奇十种》(上)，《李渔全集》卷四，第436页。
② 《巧团圆·书帕》，《笠翁传奇十种》(下)，《李渔全集》卷五，第336页。

其次,对某些腐败的社会风气和不合理的社会现象的揭露和抨击,这也是李渔在剧作中所表现的一个重要内容。李渔在理论上虽然提出了"诚讽刺"的主张,并立下了一则《曲部誓词》,表明自己只是"砚田糊口,原非发愤而著书"。若剧中"稍有一毫所指,甘为三世之暗"。①其实,李渔在自己的戏曲创作中,对于这一主张却是没有履行,而他所立下的那则《曲部誓词》,也只是一篇逃避清朝统治者文字狱的遁词。如浴血生谓李渔"殆亦愤世者也,观其书中借题发挥处,层见迭出"。"使持以示今之披翎挂珠、蹬靴带顶者,定如当头棒击,脑眩欲崩"。②因此,虽然从总体上来看,李渔在剧作中没有触及当时社会的重大事件,但他在剧作中也透露出当时的某些社会现象,而且剧中那些"借题发挥处",确实具有针砭时弊、警醒人心的作用。如他在《风筝误》中,描写了掀天大王聚众起义,就是因为当时社会黑暗、官逼民反的结果。"朝中群小肆奸,各处贪官布虐,人民嗟怨,国势倾危",③这是对明代末年吏治腐败的真实写照。在《蜃中楼》中,塑造了一些贪官污吏的形象,如宰相李义府,凭藉授官之权,索贿受贿,搜刮钱财。李渔在剧作中对这些贪官污吏加以了抨击,这不仅较真实地反映了当时的某些黑暗现实,而且也表达了人民群众对那些贪官污吏的憎恨之情。

另外,在《奈何天》中,李渔还对当时是非颠倒的现象加以了揭露和抨击。如剧中的男主角阙里侯,虽丑陋无比,蠢笨至极,但他也富贵至极。正因为"富到极处",因此,他虽相貌奇丑,却可以连娶三个美貌女子。而且,因为他有钱,皇帝也给他封官,玉帝遣

①《曲部誓词》,《笠翁一家言文集》,《李渔全集》卷一,第130页。
②任中敏《新曲苑·曲海扬波》引,凤凰出版社2014年版,第663页。
③《风筝误·习战》,《笠翁传奇十种》(上),《李渔全集》卷四,第126页。

变形使者替他脱胎换骨，重造形貌。"自古道财旺生官，只要拚得银子，贵也是图得来的"。① 相反，剧中的邹氏、何氏、吴氏虽都才貌双全，但得不到美满的婚姻，先后嫁给了丑陋至极的阙里侯。而李渔也正是通过对剧中人物的不同遭遇的描写，对当时这种贫富颠倒、美丑不分、是非混淆的社会现实加以了揭露和抨击。

不过，李渔的揭露和抨击比较巧妙，多是冷嘲热讽式的，即寓庄于谐，寓愤于笑。如在《意中缘》中，以揶揄诙谐的笔调对阉党加以了嘲讽，谓替是空和尚骗娶杨云友的无赖黄天监，"当初原是富家子弟，只因嫖兴太高，惹了一身棉花疮。刚刚在那话上面结了一个肿毒，齐根烂得精光。人说他是不消阉割的太监，就像天生的一般"。"若投到北京皇帝家里去，倒有一名好太监做，莫说不愁吃不愁穿，还有享不尽的荣华富贵，……你不看当朝的魏太监么？他代皇家总理臣民，还要废朝廷自掌山河"。② 显然，这样的嘲讽比咒骂更为强烈尖刻。又如在《风筝误》中，李渔把征蛮军中的四员大将称作"钱有用"、"武不消"、"闻风怕"、"俞（遇）敌跑"，并讥嘲曰："只知钱有用，都言武不消，今日闻风怕，明朝俞敌跑。"③ 让观众在嬉笑怒骂声中，对那些贪官污吏加以嘲笑与否定。

当然，为了适应市民阶层和官僚士大夫们的一些庸俗的欣赏情趣，李渔在剧作中也反映了一些低级庸俗的内容，如在描写青年男女的真诚爱情的同时，也表示了对一夫多妻的肯定与赞美。有的剧作中，如《风筝误》《奈何天》等剧中，还详细描写了妻妾间争风吃醋等庸俗的情节。又如在《巧团圆》中，对李自成农民起义军作

①《奈何天·虑婚》，《笠翁传奇十种》（下），《李渔全集》卷五，第9页。
②《意中缘·奸囮》，《笠翁传奇十种》（上），《李渔全集》卷四，第338—339页。
③《风筝误·请兵》，《笠翁传奇十种》（上），《李渔全集》卷四，第140页。

了丑化和污蔑。另外，就是在他所描写和歌颂的青年男女的真诚爱情中，也仍带有一些明显的封建色彩。这些便都是李渔剧作思想性中的糟粕的一面。而精华与糟粕两者相比，精华是主要的，瑕不掩瑜。因此，我们在否定与剔除其糟粕的同时，不能把其中的精华也一概否定和抛弃了。

二、李渔剧作的艺术成就

李渔剧作在艺术上的成就，在清初曲坛上是首屈一指的，如清杨恩寿认为，李渔的剧作"究之位置、脚色之工，开合、排场之妙，科白、打诨之宛转入神，不独时贤罕与颉颃，即元、明人亦所不及，宜其享重名也"。[①]这一评价虽有些过誉，但也说明李渔的剧作在艺术上确有重要的成就。

情节的新奇，是李渔剧作的一个重要的艺术特色。李渔重视情节的新奇，在理论上提出了情节安排要"新奇"和"脱窠臼"的主张，[②]而在他自己的创作实践中也是身体力行的，对情节的设置力求新奇，避免雷同。他曾自称在创作中，"不效美妇一颦，不拾名流一唾，当世耳目为我一新，使数十年来无一湖上笠翁，不知为世人减几许谈锋，增多少瞌睡"。[③]他在剧作中所描写的情节大都为前人所未写过的或写而未尽的，因此都具有新奇的特色，如樗道人谓其在剧中"摹人欲摹而摹不出之情，绘人争绘而绘不出之态"。[④]有些情节取材于现实生活中的一些反常事件，如《凰求凤》写女子主

①《词余丛话》，《历代曲话汇编》清代编第四集，第566页。
②《闲情偶寄·词曲部·结构第一》，《李渔全集》卷三，第10页。
③《与陈学山少宰》，《李渔全集》卷一，第164页。
④《巧团圆序》，《笠翁传奇十种》（下），《李渔全集》卷五，第317页。

动争求男子，追求爱情生活，这就出乎常情之外令人耳目一新。同时，这一情节虽出于常情之外，但又在情理之中，因为写出了封建社会女子内心长期被封建礼教压抑和扭曲的对爱情生活的向往之情。故这一情节既新奇，又十分可信。如西泠梅客称赞曰：

> 笠翁诸作，无一笔不与人殊，却又不曾离却眼前，别寻怪异。可学而不可学，真异人也！①

有些情节取材于日常生活中的一些偶然事件，如《巧团圆》一剧，写姚克承自幼与父母分离，为了赎取自己的情人曹小姐，却误买了一个老妪，而这个老妪正是自己的生母，后见一老人自卖于人，购得后又正好是自己的生父，于是全家大团圆。这样的情节也是十分奇特的，如樗道人称赞曰：

> 笠翁之著述愈出而愈奇，笠翁之心思愈变而愈巧，读至《巧团圆》一剧，而事之奇观止矣。②

这一情节虽出于日常生活中的偶然事件，但它仍合乎"人情物理"之必然，即是常情中的奇事，故巧而不谬。如樗道人云：

> 是剧于伦常日用之间，忽现变化离奇之相。无后者鬻身为父，失慈者购妪作母，凿空至此，可谓牛鬼蛇神之至矣。及至看到收场，悉是至性使然，人情必有，初非奇幻，特饮食日用之波澜耳。③

误会与巧合，这也是生活中的偶然事件，李渔在剧作中多采用误会和巧合来设置喜剧性的情节，组织曲折幽深的戏剧冲突，从而造成妙趣横生的喜剧效果。如《风筝误》一剧，安排了一连串的

---

① 《凰求凤·囚鸾》出批语，《笠翁传奇十种》（上），《李渔全集》卷四，第477—478页。
② 《巧团圆序》，《笠翁传奇十种》（下），《李渔全集》卷五，第317页。
③ 同上。

误会与巧合，戚友先放风筝断了线，被詹淑娟拾到，并在风筝上题诗。后戚友先的家僮找回了风筝，因戚友先正在午睡，就交给了韩世勋，韩世勋因见淑娟所题的诗而动了相爱之心，为了向淑娟表达自己的情意，便另做了一只风筝，题上诗，想放到淑娟的院子中去，不料风筝误落在淑娟同父异母的姐姐爱娟的院子里。接着便引出了"惊丑"之误，爱娟拾到风筝后，便冒充淑娟，密约韩生相会。而韩世勋以为爱娟就是淑娟，便欣然赴约，见面后"惊丑"而逃。后来，詹承武要将女儿淑娟嫁给韩世勋，韩世勋以为淑娟就是爱娟，便坚辞不允。在成亲之夜，他还是把淑娟误作爱娟，导致"婚闹"。李渔将这一连串的偶然事件编排在一起，造成了强烈的喜剧效果。而这些误会和巧合，既奇特，又合理自然，既出乎意料之外，又入乎情理之中，这是因为李渔在设置这些偶然事件时，也写出了这些偶然事件发生的必然性。如在写韩世勋误落风筝前，就已经写了淑娟和爱娟是同父异母姐妹，因母亲不和，两人住在两个院内，中间用粉墙隔开；而韩世勋又不知詹家有两位小姐，更不知院内有粉墙隔开，故使误落风筝和误认情人成为可能。再如在写韩世勋误认爱娟为淑娟时，李渔将这一情节安排在夜间，没有灯火，一片漆黑，看不清对方的面目，在这样的情况下，误认也是很自然的。又如最后韩世勋又把淑娟误认为是爱娟，这一情节虽发生在洞房花烛夜，灯火通明，但由于新娘用扇子遮面，韩世勋看不到淑娟的面目，而且他在"惊丑"之后，还不知道那时见到的女子是冒名顶替的爱娟，也就必然会产生误会。可见，这些误会的发生虽属偶然，但又都事出有因，是必然之中的偶然，故这些情节的设置奇而不谬，自然可信。

在情节的选取和设置上，李渔不仅能超脱前人剧作中的窠臼，翻新出奇，而且在他自己的剧作中，情节也绝不雷同。如在他的剧作中，有许多相似的情节，这些情节同中有异，各有其妙，故虽相似却不雷同，不落窠臼。如在《奈何天》中，曾出现了主人公三次娶妻成亲的情节，而且每次都有新娘不肯与新郎同居而去书房修行的情节。李渔在具体描写这一情节时，不落窠臼，三次成亲，关目各异。如第一次娶邹氏，这是幼时定的婚，阙里侯恐邹氏嫌其貌丑，故灭灯同居。第二天邹氏惊其貌丑，便进书房修行，闭门不出。第二次娶何氏，这次是由别人代相定婚的，新婚之夜，阙里侯将何氏灌醉后与其同居，第二天何氏也恶阙里侯貌丑，便骗阙里侯同去书房，到书房后也要修行，不肯出去。第三次是娶吴氏，吴氏是被媒婆骗来的，成亲时，吴氏以死相胁，阙里侯只好让她去书房与邹氏、何氏一同修行。三次成亲，各有其妙。故紫珍道人称赞曰：

　　　　无论成亲关目，绝不雷同；即入静室之法，亦自迥异。初系自去，次系新郎送去，此系二女伴迎去。①

　　又如《意中缘》剧中也有两次代娶的情节，一次是黄天监冒充董思白替是空和尚代娶杨云友，一次是林天素女扮男装替董思白代娶杨云友。这两次代娶的情节虽相似，但代娶的方法、目的及结果都不同，即同中有异，同中见奇。因此，禾中女史评曰："传奇关目，有不厌雷同，反以重出为妙者，此类是也。""即使万人观场，看到此处，未有一人不叫绝者。笠翁作词，真是千古绝技。"②

　　结构严谨，这也是李渔剧作的重要的艺术特色。明清传奇一般都为长篇，结构松散，情节冗长，这是传奇创作中的通病，而李渔的剧作在结构上具有紧凑严谨的优点。这一方面的成就，首先

---

① 《奈何天·巧怖》出批语，《笠翁传奇十种》（下），《李渔全集》卷五，第69页。
② 《意中缘·诳姻》出批语，《笠翁传奇十种》（上），《李渔全集》卷四，第409、411页。

得力于他的"立主脑"的结构原则。李渔在《闲情偶寄》中论及戏曲结构时,曾提出了"立主脑"的结构原则,即在设计和安排全剧的结构时,首先确立全剧的中心思想和"一人一事"。在他自己的戏曲创作中,也十分注重"立主脑"。不仅每一剧的立意十分明确,如《蜃中楼》《比目鱼》歌颂男女之间真诚的爱情,《风筝误》讽刺假冒欺诈的丑恶行为,《怜香伴》表彰妻妾和睦。而且,作为"主脑"的另一个方面,即剧作的"一人一事"也都十分清楚。如《蜃中楼》中的"一人",即是舜华和柳毅,"一事"即是"蜃楼双订",由这"一事"引出了舜华抗婚、牧羊及张羽传书、煮海等情节。再如《风筝误》中的"一人",即是韩世勋和詹淑娟,而"一事"就是"鹞误",后来的情节便都是由这一情节引发出来的。由于剧作的"主脑"明确,故剧作虽都有多组矛盾冲突,情节也曲折复杂,但都线索分明,主线突出,情节安排井然有序,"思路不分,文情专一",观众能"了了于心,便便于口"。①同时,在具体安排情节时,李渔又十分注重"密针线",保持情节与情节之间的照应联系。如《风筝误·拒奸》这场戏中,詹爱娟叫戚友先预先躲在自己房中,然后把淑娟骗来,自己又借故走出,让戚友先能强奸淑娟。而正当戚友先欲行非礼时,淑娟突然拔出爱娟床头的一把宝剑,把戚友先赶跑了。对于这把宝剑的来历,李渔在前面就已经埋下伏线,因爱娟自小有些怕鬼,母亲说宝剑可以避邪,因此将剑挂在床边,好避邪气。否则,闺房之内,何来宝剑? 就不可信了。又如《巧团圆》剧中,姚克承与曹小姐的婚姻由一把玉尺相联系,姚克承初以玉尺赠给曹小姐,后曹小姐被掳去装在袋中出卖,姚克承又以曹所持玉尺而买之,最后又终因玉尺而结成夫妇。而这把玉尺在剧本一开始就已经作了交待,姚克承梦

①《闲情偶寄·词曲部·结构第一》,《李渔全集》卷三,第13页。

中登一小楼，遇见一老人，老人谓玉尺与姚克承的婚姻有关，后来果然应验。由于注重前后照应，前后情节之间衔接紧密，故也保证了全剧的结构紧凑严谨。

　　善于安排科诨，这是李渔剧作艺术上的又一个重要特色。李渔很重视科诨的作用，把科诨看作是"看戏之人参汤也，养精益神，使人不倦，全在于此"。①在他的剧作中，几乎每一本戏中都安插了一些精彩滑稽的科诨，以调剂舞台气氛，增强喜剧效果。而李渔在设置这些科诨时，是根据剧情发展的需要和人物性格发展的必然来安排的，故既妙趣横生，又十分自然。如在《风筝误·惊丑》这场戏中，爱娟冒充淑娟与韩世勋相会，见面后，韩世勋问爱娟对他所题的诗是否有酬和之作，爱娟不知此事，只说"已赐和过了"。韩世勋便要她把和诗念给他听，爱娟先是推说已忘掉了，后实在推不掉，只好以人人皆知的一首《千家诗》来搪塞，就闹出了大笑话。而这一科诨是按照爱娟这一人物特有的性格设置的，因为爱娟是冒充才女，而肚中又毫无学问，故出丑弄乖，闹出这样的笑话，是十分自然的。再如《意中缘》中，当黄天监冒名董思白代是空和尚娶杨云友时，杨云友画了一幅梅花，叫黄天监评价。黄天监也是个不学无术的无赖，对画一窍不通，他只好胡乱评论，曰："画便画得好，只是有花无叶，太冷静些。"并胡乱吹捧道："夫人的画，笔笔都是古人，如今的作者，那里画得出！"杨云友问他："像那一位古人？"黄天监竟说像张敞，"那一个不说张敞画梅？"当杨云友指出他说错了，张敞画的是眉，不是梅，而黄天监还自作聪明地辩解道："他是个聪明的人，或者两样都会画，也不可知。"接着又要他写诗，黄天监既写不出诗，又走不了，急得大哭起来，说道："你不是磨墨，分明

①《闲情偶寄·词曲部·科诨第五》，《李渔全集》卷三，第55页。

是磨我的骨头,磨我的性命!"①这段科诨不仅与剧情发展相一致,即由骗婚引出来的,而且与黄天监这一人物性格相符,是他性格发展的必然结果。故这一科诨既令人绝倒,具有强烈的喜剧效果,又"水到渠成,天机自露",②自然而然。

重视舞台效果,这是李渔剧作艺术上的另一个重要特色。李渔把编撰剧本看作是"专为登场而设",③故他在创作中十分注重剧作的演出效果。一般文人的剧作,往往注重曲词与情节,很少对剧中角色的动作以及场景、砌末等作详细的提示和说明,故很难直接搬上舞台,必须经过导演和曲师的处理后才能上演。而李渔的剧作能顾及演出的需要,而且他自己又具有丰富的舞台经验,因此,他对于剧作所规定的场景、砌末和角色的动作都作了详细的提示。如《蜃中楼·结蜃》出,在一开头,李渔就对全出戏的布景和演员在演出时应该注意的问题都作了十分详尽的说明:"预结精工奇巧蜃楼一座,暗置戏房,勿使场上人见。俟场上唱曲放烟时,忽然抬出。全以神速为主,使观者惊奇羡巧,莫知何来,斯有当于蜃楼之义,演者万勿草草。"④在结蜃时,又对扮演鱼、虾、蟹、鳖的演员所作的动作也加以具体的说明:"四人一扮鱼、一扮虾、一扮蟹、一扮鳖同上","各作本相,满场爬介","(鳖)向鬼门吃烟,转身吐气介,吐毕,伏地缩头不动介","蟹照前吃烟、缓缓吐介","(虾)照前吃烟、吐一口、鞠一鞠、连吐连鞠介","(鱼)照前吃烟、吐介,众掩鼻介","四人并立、一面唱、一面放烟作蜃气介","烟气放尽、忽

---

①《意中缘·露丑》,《笠翁传奇十种》(上),《李渔全集》卷四,第362、363页。
②《闲情偶寄·词曲部·科诨第五》,《李渔全集》卷三,第58页。
③《闲情偶寄·演习部·选剧第一》,《李渔全集》卷三,第66页。
④《蜃中楼·结蜃》,《笠翁传奇十种》(上),《李渔全集》卷四,第222页。

现蜃楼介"。①这四个演员的表演十分明确。又如《比目鱼·回生》出，谭楚玉和刘藐姑投江后，变成一对比目鱼，被渔夫捞起，死而复活。李渔对这场戏中演员所表演的动作也加以了精心设计，并详加说明："末下罾介、暂下。内鸣金鼓，虾、螺、蟹、鳖各执旗帜，暗放比目鱼入罾，旋舞一回即下。"②这其实就是导演对舞台和演员动作的说明，故剧作具有较强的舞台性，不经导演处理，就可直接搬上舞台演出了。如他在《与某公》信中称："此剧上半已完，可先付之优孟。自今日始，又为下场头矣，月杪必竣，竣后即行。"③可见，他的剧作一写成就可上演。

在人物形象的塑造上，李渔的剧作也很有特色。一是善于运用对比的方法来突出人物形象。如在同一剧作中，将美与丑、善与恶这两组截然不同的人物安排在一起加以对比，如《风筝误》中的詹淑娟与詹爱娟，一美一丑，淑娟"聪慧端庄"，而爱娟"貌既不扬，性又顽劣"。④再如《奈何天》中的邹氏、何氏、吴氏与阙里侯，三位女子都是美貌"绝代的佳人"，⑤而阙里侯却"丑陋不堪"，"蠢也蠢到极处，陋也陋到极处"，⑥这样一个丑八怪与才貌双全的三位女子对照起来加以刻画，一妍一媸，判若天壤。又如《慎鸾交》中的华秀与侯隽、王又嫱与邓蕙娟、《意中缘》中的董其昌、陈眉公、杨云友、林大素与是空和尚、黄天监，也都是一美一丑、一善一恶两组截然不同的人物形象，由于把这两种性格和外貌截然不同的人物安

---

①《蜃中楼·结蜃》，《笠翁传奇十种》（上），《李渔全集》卷四，第222、223、224页。
②《比目鱼·回生》，《笠翁传奇十种》（下），《李渔全集》卷五，第168页。
③《与某公》，《李渔全集》卷一，第174页。
④《风筝误·闺哄》，《笠翁传奇十种》（上），《李渔全集》卷四，第122页。
⑤《奈何天·忧嫁》，《笠翁传奇十种》（下），《李渔全集》卷五，第12页。
⑥《奈何天·虑婚》，《笠翁传奇十种》（下），《李渔全集》卷五，第9页。

排在一起加以对比,人物之间相互映衬,从而使人物形象更加鲜明突出。

二是写出人物性格的不同侧面,使人物形象真实自然。如《奈何天》中的阙里侯,这是一个丑恶的人物形象,但李渔不是一概丑化他,他容貌丑陋,凭仗钱财,采用逼和骗的手法,娶到了三个才貌双全的女子,甚至造成周氏自缢而死。而另一方面,他又不是强横霸道,蛮不讲理,他知道像自己"这等一副嘴脸,只该寻个将就些的","只求他当家生子,连'追欢取乐'四个字也不敢说起了"。①因此,当他娶了邹氏、何氏和吴氏后,三妇皆嫌其貌丑而不愿与其同居,他竟也就让她们独自在书房内念佛修行。而且,他还能听从阙忠之言,焚券免债,捐助军饷。可见,在这一人物身上,在丑恶之中,也包含着一些善的因素。再如《蜃中楼》中的钱塘君,也具有多种性格因素,他坚持封建伦理纲常,自作主张,把侄女舜华许配给了泾河小龙,当他听说舜华与柳毅在蜃楼私订终身一事后,就表示要将"姓柳的狂夫""斩尸万段"。但他又不是顽固不化,当他知道舜华嫁给泾河小龙遭受迫害的情形后,就承认了自己包办舜华的婚姻的错误,并且率兵杀了泾河小龙。由于写出了人物性格中的不同侧面,因此,这些人物形象不仅丰满生动,而且真实自然。

另外,在戏曲语言上,李渔的剧作又具有本色通俗的艺术特色。李渔率领他的家班虽多出入于达官显贵之家,观众也多为"读书人",但他编撰剧本的目的,不仅仅是给"读书人"看的,是"做与读书人与不读书人同看,又与不读书之妇人小儿同看"。②因此,他在语言上能顾及大多数下层观众的欣赏能力,注重曲白的通俗性,

---

① 《奈何天·改图》,《笠翁传奇十种》(下),《李渔全集》卷五,第57—58页。
② 《闲情偶寄·词曲部·词采第二》,《李渔全集》卷三,第24页。

"实与街谈巷议无别者",①将一些民间的口语俗语融入曲白中,既浅显易懂,又十分生动。如《奈何天·误相》出生所唱的【北沽美酒带太平令】曲,阙里侯带着戏班中的生角来相亲,见何氏受骗允婚,便狂喜大笑起来,代他相亲的生角见了他这般模样,便唱道:"贺新婚的口大张,听佳音的喜欲狂,把花烛安排入洞房。……挨一阵进门时的惊风骇浪,拜堂时的肚膨气胀,上床时的死推活攘,合欢时的牛春马撞,才得个心降意降。"②这段曲文既明白如话,又十分形象,如曲文中的"肚膨气胀"、"死推活攘"、"牛春马撞"等全是日常生活中的成语。这些成语俗语用在曲文中,不仅使曲文通俗易懂,而且也增强了曲文的机趣性,与全剧的喜剧风格相一致。

李渔在曲文中虽也多用典故,但用得十分贴切自然。如《蜃中楼·抗姻》出,当泾河小龙追问舜华已许嫁的丈夫是谁时,舜华唱了【调笑令】一曲来回答:"说起俺夫家姓字香,不在梅旁在柳旁,他是那坐怀不乱的宗风倡。论名儿,曾把道义担当,他把万象包罗在一腔,任教他定霸图王。"③在这支曲文中,用了两个典故,一是语典,即"不在梅旁在柳旁",用了《牡丹亭·写真》出的成句,这本是杜丽娘在自己真容上所题的诗句:"他年得傍蟾宫客,不在梅边在柳边。"柳梦梅与柳毅同姓,故引用这一成句十分贴切。一是事典,即"坐怀不乱的宗风倡",这是暗用春秋时鲁人柳下惠坐怀不乱的典故,柳毅与柳下惠也为同姓,故而此典也用得很自然。显然,在这短短的几句曲文中连用两个典故,但由于用得贴切自然,故用如不用,无生硬晦涩之弊。

---

① 《闲情偶寄·词曲部·词采第二》,《李渔全集》卷三,第23页。
② 《奈何天·误相》,《笠翁传奇十种》(下),《李渔全集》卷五,第32页。
③ 《蜃中楼·抗姻》,《笠翁传奇十种》(上),《李渔全集》卷四,第253页。

三、李渔《怜香伴》的创作动机和主题

关于李渔《怜香伴》的创作动机和主题,前人多有争议。李渔的友人虞巍曾在《怜香伴序》中提到李渔创作《怜香伴》的动机,曰:

> 笠翁携家避地,穷途欲哭。余勉主馆粲,因得从伯通庑下,窃窥伯鸾。见其妻妾和谐,皆幸得御夫子,虽长贫贱,无怨,不作《白头吟》,另具红拂眼。是两贤不但相怜,而直相与怜李郎也。[①]

按虞巍所说,此剧似是写李渔自己家庭的事,表现妻妾相怜,和睦相处,而以往学术界也多据此认为《怜香伴》是通过对崔笺云与曹语花之间的同性相爱的赞扬,表达了妻妾和谐不妒、共事一夫的主题。另外,由于剧作写的是两个女性的相怜相爱,故也有的学者认为是描写了同性恋的主题。

从李渔的生活经历来看,他不仅有多个妻妾,而且妻妾间相处也确是和睦不妒,如清顺治二年(1645)春,金华府同知许檄彩作媒,李渔纳已故明某公之幼妾曹氏为妾,[②]进门后,妻妾相处甚是和谐,李渔曾作《贤内吟》十首,其序云:

> 乙酉小春,纳姬曹氏。人皆窃听季常之吼,予亦将求武帝之羹。讵知内子之怜姬,甚于老奴之爱妾。喜出望外,情见词中。

其诗云:

---

①《怜香伴序》,《笠翁传奇十种》(上),《李渔全集》卷四,第3页。
②见《纳姬三首》小序,《笠翁一家言诗词集》,《李渔全集》卷二,第321页。

文君不作《白头吟》,一任相如聘茂陵。妾不专房妻不妒,同心共矢佛前灯。尔见犹怜我亦怜,怜香天性有同然。一珠何幸擎双掌,覆去翻来自在圆。晓沐虽分次第班,互相掠鬓整云鬟。从今闲杀张京兆,不复亲劳画远山。自分多应老曲房,山妻挥麈妾焚香。逢人便说闺中事,拄杖悠然傲季常。①

另外,在李渔的《十种曲》中,也确有同性恋的情节,如《奈何天》中的邹氏和何氏,两人因嫌丈夫阙里侯貌丑残疾,一起躲入静室,看经念佛,相互抚慰爱惜,两人不仅以姐妹相称,而且"伴孤单有禅床共栖,少不得梦相同也当鱼沾水"。"把香肌熨贴,较瘦论肥"。②正如剧中阙里侯所说的:"他们在静室之中,好不绸缪缱绻。两个没卵的到做了一对好夫妻,叫我这有卵的反替他们守寡。"③另在李渔的诗文中,也有对同性恋的描写,如他的一首【满庭芳】《邻家姐妹》词,更是露骨地描写了一对小姐妹间的相恋情形:

> 一味娇痴,全无忌惮,邻家姐妹双双。碧栏杆外,有意学鸳鸯。不止肖形而已,无人地,各逗情肠。两樱桃,如生并蒂,互羡口脂香。　　花深林密处,被侬窥见,莲步空忙。怪无端并立,露出轻狂。侬亦尽多女伴,绣闲时,忌说高唐。怪今朝,无心触目,归去费思量。④

因此,若是从李渔的生活经历和他的一些描写同性恋的作品来看,把《怜香伴》的主题说成是表现妻妾和谐不妒、共事一夫或同性恋的主题这都是有根据的。但我们要评价一部剧作的主题,还是须根据剧作的具体故事情节和人物形象来判断。从《怜香伴》

---

①《贤内吟》十首之四,《笠翁一家言诗词集》,《李渔全集》卷二,第321页。
②《奈何天·狡脱》【掉角儿序】,《笠翁传奇十种》(下),《李渔全集》卷五,第46页。
③《奈何天·改图》,《笠翁传奇十种》(下),《李渔全集》卷五,第57页。
④《耐歌词》,《笠翁一家言诗词集》,《李渔全集》卷二,第476页。

的故事情节与人物形象来看,《怜香伴》与《牡丹亭》有着相同的主题,即都是对"情"的赞美与歌颂。所不同的是,《牡丹亭》是通过杜丽娘与柳梦梅这对青年男女的异性恋情,歌颂了真情,而《怜香伴》则是通过崔笺云与曹语花这对同性女子的相怜相爱,歌颂了"情痴"。对于剧作的这一主题,作者在剧本的第一出《破题》【西江月】词中就已经表明,如云:

> 真色何曾忌色,真才始解怜才。物非同类自相猜,理本如斯奚怪。　　奇妒虽输女子,痴情也让裙钗。转将妒痞作情胎,不是寻常痴派。①

从传奇的体制来说,剧本首出副末开场的第一首词是交代作者的创作动机的,可见李渔作此剧的目的是要表明:"奇妒虽输女子,痴情也让裙钗。"又全剧最后的下场诗中,再次强调了剧作的这一主题,如云:"传奇十部九相思,道是情痴尚未痴。独有此奇人未传,特翻情局愧填词。"②描写男女异性爱情故事的传奇,前人多有描写,所谓"传奇十部九相思",如《牡丹亭》《玉簪记》《绣襦记》等,这些传奇虽然也写了"情痴",但都是男女异性的相爱相怜,所谓才子配佳人,而李渔认为,男女异性之"情"还算不上是"痴情",只有同是女性的相怜相爱之情,才是"痴情",所谓"痴情也让裙钗"。在第二十七出《惊遇》中,李渔还借剧中曹语花之口,说明了"痴情也让裙钗"的理由,云:"'情痴'两字,毕竟输我辈裙钗。笑世上薄幸男儿,笑世上薄幸男儿,半路把红颜丢负。"③在男女异性相爱中,常有男性薄幸负心,抛弃女方,故有情而不"痴"、不"真"。而

①《笠翁传奇十种》(上),《李渔全集》卷四,第7页。
②同上,第110页。
③《怜香伴·惊遇》【豆叶黄】曲,《笠翁传奇十种》(上),《李渔全集》卷四,第86页。

裙钗之间"情痴",前人在戏曲中尚未描写过,因此,他一反前人传奇描写男女爱情的窠臼,在剧中敷演了两个同性女子相怜相爱的故事。

而且,作者在写崔、曹两人的相怜时,也主要写两人感情上的相怜,很少有"性"方面的内容,两人追求的是感情上的满足,而不是想通过同性的相恋相爱,得到性的快感与满足。如第二十一出《缄愁》中,曹语花的侍女对小姐为一个女子而相思感到不解,云:

> 小姐,从来害相思的也多,偏是你这一种相思害得奇特。"相思"二字,原从"风流"二字上生来的,若为个男子害相思,叫做牡丹花下死,做鬼也风流,你又不曾见个男子的面。那范大娘是个女人,他有的,你也有;你没有的,他也没有,风不风,流不流,还是图他哪一件,把这条性命送了?

曹语花回答道:

> 呆丫头,你只晓得"相思"二字的来由,却不晓得"情欲"二字的分辨。从肝膈上起见的叫做"情",从衽席上起见的叫做"欲"。若定为衽席私情才害相思,就害死了也只叫做个"欲鬼",叫不得个"情痴"。从来只有杜丽娘才说得个"情"字。你不见杜家情窦,何曾见个人儿柳?我死了,范大娘知道,少不得要学柳梦梅的故事。[1]

可见,她追求的是心灵上的"情痴",而不是衽席之上的"性欲"。

另外,我们从《怜香伴》的故事情节与人物形象来看,剧中所表现的情,与男女异性之情是一致的,只不过李渔是由两个女性来演绎男女异性的爱情,如前面提到的第二十一出《缄愁》中曹语花

---

[1]《笠翁传奇十种》(上),《李渔全集》卷四,第69、70页。

所说的："我死了，范大娘知道，少不得要学柳梦梅的故事。"在曹语花的心目中，她所恋的是男性（如柳梦梅），又如第十出《盟谑》中，写两人结盟拜堂时，崔笺云道："我们结盟，要与寻常结盟的不同，寻常结盟只结得今生，我们要把来世都结在里面。"曹语花道："这等，今生为异姓姊妹，来世为同胞姊妹何如？"崔笺云道："不好，难道我两个世世做女子不成？"曹语花道："这等，今生为姊妹，来世为兄弟何如？"崔笺云仍说不好，提出："我和你来生做了夫妻罢！"[①]两人在菩萨面前许愿结盟时，也确是崔穿上了相公的衣裳做男，而曹做女，俨然是一对异性夫妻。而且自此以后，曹语花就把崔笺云看作是自己的丈夫，自称："我与他，原来结的来生夫妇。"在与崔笺云分别后，她日思夜想的，都是男性形象的崔笺云，如云："自从别他之后，那一夜不梦见他？戴了方巾，穿了长领衣服，就像那日拜堂的光景。""俺和他梦中游，常携手，俏儒冠何曾去头！似夫妻一般恩爱。"[②]可见，两人所追求的还是异性之间的爱情。

　　由两个女性来演绎男女异性的爱情，在李渔的姬妾中也确曾发生过，如作为李渔家庭戏班两个台柱的王姬和乔姬，王为生，乔为旦，诸姬中，乔姬"与再来（王姬）最密"，两人相怜相爱。乔姬临终时，还以婴女托孤于王姬，而在乔姬死后不久，王姬也因"时时抱痛"，[③]致疾而亡。两人之间的相怜相爱，与她们相互配合演戏有一定的联系。两人在演戏时，一是女扮女，一是女扮男，在长期的演出过程中，逐渐地发生了性别错位，即扮演女性角色的乔姬，在现实生活中，仍将舞台上扮演男性角色的王姬错当作了男性，更何

①《怜香伴·盟谑》，《笠翁传奇十种》（上），《李渔全集》卷四，第32页。
②《怜香伴·缄愁》，《笠翁传奇十种》（上），《李渔全集》卷四，第70页。
③《乔复生王再来二姬合传》，《笠翁一家言文集》，《李渔全集》卷一，第100页。

况现实生活中的王姬,也是"不宜妇而宜男,立女伴中似无足取,易妆换服,即令人改观,与美少年无异"。[1]李渔自称:"予爱其风致,即不登场,亦使角巾相对,执麈尾而伴清谈。"[2]可见,即使在平常生活中,王姬也是以男性的形象出现的,更容易给扮演女性角色的乔姬造成性别上的错觉;而扮演男性角色的王姬,也因在戏中常与女性配合,而且一生一旦,所扮演的都为一对夫妻,故在现实生活中,也出现了性别倒错,而误以自己为男性,并与女方相怜相爱。李渔的家庭戏班虽成立于清康熙五年(1666),在他从陕西、甘肃、山西等地回来得到乔、王二姬后,但在此之前,他已经带着姬妾应一些达官贵人之邀,演戏打抽丰。如就在康熙五年,他就是应陕西巡抚贾汉复和甘肃巡抚刘斗之邀而带着家姬们一起赴陕甘的。因此,在乔、王二姬以前,在李渔的姬妾中因演戏而产生性别的错认而出现同性相怜的情形也是有可能的,而这也正为李渔的《怜香伴》提供了素材。

通过对《怜香伴》所描写的故事情节与人物形象的分析,并联系李渔对男女之情的见解,应该说,《怜香伴》的主题与《牡丹亭》的主题有着共同处,即都是对"情"的赞美与歌颂。但由于以往人们对李渔的人品贬之者多,褒之者少,如李渔尚在世时,袁于令就指摘其"性龌龊,善逢迎,游缙绅间,喜作词曲小说,极淫亵。常挟小妓三四人,子弟过游,使隔帘度曲,或使之捧觞行酒,并纵谈房中,诱赚重价,其行甚秽,真士林所不齿者也"。[3]后鲁迅先生又称李渔

---

① 《乔复生王再来二姬合传》,《笠翁一家言文集》,《李渔全集》卷一,第98页。
② 同上。
③ 《娜如山房说尤》卷下,转引自《李渔研究资料选辑》,《李渔全集》卷十九,第310页。

为既有"帮闲之志",又有"帮闲之才"的帮闲文人。① 因对李渔人品评价的不高,也就影响到对他的戏曲、小说的评价,似乎李渔在戏曲、小说中所写的也只是妻妾共事一夫、同性相恋这样的"极淫亵"的事,根本不可能表现像《牡丹亭》这样的思想内容。其实长期以来,人们多是站在像袁于令那样的封建正统文人的立场上来看李渔的为人,故有失偏颇。李渔友人许茗车曾说过:"今天谁不知笠翁,然有未尽知者,笠翁岂易知哉!"② 从李渔的一生经历来看,以明清易代为界,前期走的是传统文人的道路,即攻读举业,企图入仕。入清后则隐逸市井,"砚田糊口",③ 即创作小说、戏曲及组织戏班演戏、经营书坊等谋利为生。从他后期的活动来看,李渔更是一个商人,他的文学活动,都带有商业营利的性质。如他自称:"唯我填词不卖愁,一夫不笑是我忧。"④ 他把自己与观众看作是卖方和买方的关系,他创作戏曲就是制造和提供商品,观众看他的戏则是购买他的商品。由于观众花钱看戏是寻求欢乐喜悦,因此,作者想要多获利,就必须适合观众的观赏情趣,卖笑不卖愁。而且,李渔对卖文所得到的"利"的多少十分计较,如曰:

　　即有可卖之文,然今日买文之家,有能奉金百千以买《长门》一赋,如陈皇后之于司马相如者乎? 子必曰无之。然则卖文之钱,亦可指屈而数计矣。⑤

当别人盗印翻刻他的书时,为了维护自己的"利",他"誓当决

①《从帮忙到扯淡》,《鲁迅全集》卷四,人民文学出版社1983年版,第191页。
②《赠许茗车》诗评语,《笠翁一家言诗词集》,《李渔全集》卷二,第61页。
③《曲部誓词》,《笠翁一家言文集》,《李渔全集》卷一,第130页。
④《风筝误·释疑》,《笠翁传奇十种》(上),《李渔全集》卷四,第203页。
⑤《上都门故人述旧状书》,《笠翁一家言文集》,《李渔全集》卷一,第224页。

一死战"，并与其婿一起，"东荡西除，南征北讨"，^①与盗刻者计较。但这都是凭自己的才能和劳动来营利谋生，就像李渔所说："觅应得之利，谋有道之生。"^②就是他向达官贵人"打抽丰"，其实也是一种商业行为，他组织戏班演戏，供达官贵人观赏，达官贵人给予报酬，两者也是卖和买的关系。由于身处市井之中，本人又是一个商人，因此，很容易接受王学左派提出的"圣人之道，无异于百姓日用"、"百姓日用条理处，即是圣人之条理"等主张，^③也正因为此，他也能像汤显祖一样，推崇真情，而这也就不难理解《怜香伴》能够表达与《牡丹亭》相同的主题了。

由上可见，戏曲创作也是李渔从事戏曲活动的重要方面，而且在戏曲创作上也颇有成就，只是由于他在戏曲理论上的重大成就，遮掩了他在戏曲创作上的成就。其实他在戏曲理论上的成就是建立在戏曲创作的基础上的，正是因为他在戏曲创作上取得了杰出的成就，才能总结和提出精湛的戏曲理论。

---

①《与赵声伯文学》，《笠翁一家言文集》，《李渔全集》卷一，第168页。
②《闲情偶寄·种植部·藤本第二》，《李渔全集》卷三，第277页。
③清黄宗羲《泰州学案》，《明儒学案》卷三十二，第714页。

《长生殿》与《梧桐雨》主题的异同

　　洪昇的《长生殿》是清初曲坛上与孔尚任的《桃花扇》相互辉映的一颗艺术明珠，向有"南洪北孔"之称。《长生殿》的艺术价值和在戏曲史上的地位，早已为人们所公认，但对于它的主题是什么，却众说纷纭，莫衷一是，"或妍或否，任人好恶"。①然综观各家之说，不外两说：一为爱情主题说，即作者通过李隆基与杨玉环的爱情故事，表达了生死不渝的爱情理想；一为政治主题说，即通过李、杨的占了情场，弛了朝纲，总结明朝灭亡的教训，寄寓爱国主义思想。以下通过将《长生殿》与同类题材元代白朴的《梧桐雨》杂剧的比较，来探讨一下《长生殿》的主题。

　　李隆基与杨玉环的故事，是戏曲史上的一个热门题材，自元代杂剧到明清传奇，以李、杨故事为题材的戏曲有二十多部，今天尚有全本流存的，在元代有白朴的《梧桐雨》杂剧，在明代有屠隆的《彩毫记》和吴世美的《惊鸿记》传奇。前人的这些同类题材的剧作，都对洪昇编撰《长生殿》有一定的影响，如清焦循《剧说》谓洪昇"撰《长生殿》杂剧，荟萃唐人说部中事，及李、杜、元、白、温、李数家诗句，又刺取古今剧部中繁丽色段以润色之，遂为近代曲家第一"。②

---

① 清毛奇龄《长生殿院本序》，《长生殿》，人民文学出版社1994年版，第265页。
② 《剧说》卷四，《历代曲话汇编》清代编第三集，第406页。

当然，洪昇虽采用了传统的题材，但他在这一传统题材中加入了自己的新意，如他自己曾声称："旧《霓裳》，新翻弄。"①那么洪昇在这一传统题材中翻弄出了什么新意呢？即《长生殿》的主题与它以前同类题材的剧作有何不同呢？

在前人同类题材的剧作中，对洪昇编撰《长生殿》影响最大的当推元代白朴的《梧桐雨》杂剧。《长生殿》在情节以至曲文上，都明显留有沿袭《梧桐雨》的痕迹，如剧中的《密誓》《惊变》《埋玉》《雨梦》等四出戏的情节，就是根据《梧桐雨》的四折戏的情节改写而成的；又如《惊变》出的【中吕·粉蝶儿】"天淡云闲"一曲，全是袭自《梧桐雨》第二折中的曲文，只是改动了几个字。可见，洪昇所说的"旧《霓裳》"，主要是指白朴的《梧桐雨》杂剧。故他所谓的"新翻弄"，也就是对《梧桐雨》作了翻弄与改编。而《梧桐雨》的主题是十分明确的，即通过李、杨的故事，揭露朝政腐败和反映当时的民族矛盾。对《梧桐雨》的这一主题，学术界没有异议，因此，我们不妨将《长生殿》与《梧桐雨》作一比较，来看一下两者在主题上的差异，这或许有助于我们对《长生殿》主题的理解与认识。

一、从剧情安排的不同看主题的差异

戏曲作品的主题不是抽象的，它总是通过一定的故事情节、人物形象和矛盾冲突体现出来的，而由于主题的不同，作者在剧情安排和人物形象的塑造上也会有所不同。首先，从剧情安排上来看，由于历史上李、杨的故事本身就是与当时的国家兴衰、社会变乱紧密相关的，因此，几乎所有以李、杨故事为题材的剧作都设置

---

① 《长生殿·重圆》，《长生殿》，第256页。

了两条线索：一条是李、杨的爱情故事，一条是朝政的腐败、统治集团内部的矛盾斗争和社会的动乱。但是，由于剧作者的创作意图，即剧作的主题不同，因此，这两条线索在剧情发展中的位置也有区别。在《梧桐雨》中，作者为了突出社会动乱和民族矛盾，故以朝政腐败、统治集团内部的矛盾为主线，而李、杨的爱情只是一条副线，作为表现朝政腐败的铺垫。如戏刚拉开序幕，作者向观众展示的不是李、杨的爱情，而是通过李、杨的结合，展现了安史之乱的起因。李隆基上场后即自称："寡人自从太真入宫，朝歌暮宴，无有虚日。"（《楔子》）藩将安禄山因丧师败北，损军失机，被押送到京城听候裁处。而李隆基不但不治他的罪，反而委以重任，封他为渔阳节度使，这就播下了安史之乱的祸种。为了讨得杨玉环的欢心，竟委任其哥哥杨国忠为丞相，姊妹三人封作夫人，又将会跳胡旋舞的安禄山赐给杨玉环做义子，致使杨玉环与安禄山私通，而这也是安禄山后来起兵反叛的原因，如他在渔阳起兵时就声称："单要抢贵妃一个，非专为锦绣江山。"（第二折）又由于李隆基宠幸安禄山，引起了杨国忠的不满，造成了杨国忠与安禄山之间的矛盾，而这也是安史之乱的一个重要起因。显然，李、杨的结合，实是酿成了一场大的社会灾祸。后来安禄山在渔阳起兵反叛时，李、杨还在宫中纵情宴乐，李林甫来报告安禄山反叛的消息时，李隆基竟认为扫了他的兴，斥责李林甫："止不过奏说边庭上造反，也合看空便，觑迟疾紧慢，等不的俺筵上笙歌散，可不气丕丕冒突天颜。"（同上）由于终日沉溺声色，朝纲倦整，故面对突然而至的变乱，朝廷大臣个个束手无策，"文武两班，空列些乌靴象简，金紫罗襕，内中没个英雄汉，扫荡尘寰"（同上）。最后终"因歌舞坏江山"（同上），李隆基也自食其果，不仅丢掉了皇位，而且也丢掉了妃子。最后一折戏，作者虽然写了李隆基对杨玉环的怀念之情，孤立地来看，似乎作者最终突出了李、杨的爱情，但联系前面三折的剧情来看，这仍是为政治主题作铺垫的，即前面几折戏是正面敷演"因歌舞坏江山"的过程，最后一折戏是敷演李隆基的悲惨结局，太子做了皇帝，李隆基只好退居西宫，无权无势，就是想为杨玉环盖一座庙宇，也"争奈无权柄谢位辞朝"（第四折），不能实现，昔日的繁华和享乐如烟云梦幻，可想而不可及了。作者就是通过李隆基的这一可悲下场，向封建帝王们敲响了警钟。由上可见，在《梧桐雨》中，朝政腐败和社会动乱是一条贯穿剧作始终的主线，而李、杨的爱情只是一条副线，起着陪衬主线的作用。

《长生殿》虽也同样设置了爱情与朝政两条线索，但两者的位置显然与《梧桐雨》不同。《长生殿》一共五十出，按剧情的发展，可将全剧分为前后两个部分，从《定情》到《埋玉》是前半部分，从《献饭》到《重圆》是后半部分，如果孤立地从前半部分的剧情来看，作者似乎也是以朝政为主线，以爱情为副线，即李、杨的爱情是因，朝政腐败和安史之乱是果。如第二出《定情》描写杨玉环被册为贵妃，第三出《贿权》即写杨国忠恃贵妃之宠，官居右相，纳贿招权。再如《制谱》出，写李、杨终日沉醉在轻歌曼舞之中，接下去的《权閧》出，便写杨国忠与安禄山争权夺利，相互倾轧，而李隆基为了避免两人不和，便任命安禄山为范阳节度使，纵虎归山，这就埋下了安史之乱的导火线。又如《舞盘》出，描写李、杨在骊山行宫寻欢作乐，而前面的《进果》出，进贡鲜荔枝的使臣一路上踏死了行人，踩坏了庄稼。《絮阁》出，描写李、杨正为爱情纠葛烦恼，而接下去的《侦报》出，写安禄山已做好反叛的准备，李隆基听了奏报后，反将奏报人送到安禄山军前治罪。又如《密誓》出，写李、杨在长生殿中盟誓，而接下去的《陷关》出，就写安禄山率领藩兵攻城陷关，向长安逼来。

　　显然，如果光从前半部的剧情来看，洪昇同白朴一样，也是将李、杨的爱情作为描写朝政腐败和社会动乱的陪衬。但《长生殿》的全部剧情并不是到《埋玉》为止，从《定情》到《埋玉》仅是全剧的一半，相当于《梧桐雨》的前三折，即写李、杨的由合到离。而《长生殿》的后半部分情节与《梧桐雨》第四折的情节全然不同。《梧桐雨》最后李、杨以分离告终，而《长生殿》后半部分专写李、杨的钗盒情缘，由离到合，最终得以重圆。因洪昇不满《梧桐雨》的悲惨结局，即所谓的"天长地久有时尽，此恨绵绵无绝期"。如他在《长生殿·自序》里说："余览白乐天《长恨歌》及元人《秋雨梧桐》剧，辄作数日恶。"[1]按理说，马嵬之变后，李、杨不可能团圆了，且李隆基"已违夙誓"。"而唐人有玉妃归蓬莱仙院、明皇游月宫之说"，[2]故洪昇将史实与传说"合用之"，续写了后半部，"专写钗合情缘"。[3]李、杨在人间分离后，精诚不散，终于在天上得到了团圆，把原来的悲剧结局改成了喜剧结局，即由"长恨"改成了"长生"，作者将剧名题作《长生殿》，其用意也就在此。

　　因此，从剧情安排来看，《长生殿》没有超出一般传奇所具有的生、旦之间悲欢离合的格局，但与一般传奇不同的是，在描写生、旦由合到离的过程时，作者不把造成分离的原因归之于外部的力量，如孔尚任的《桃花扇》中，侯方域与李香君的分离，是由于阮大铖等奸臣的逼迫造成的，再如汤显祖的《牡丹亭》，也把杜丽娘得不到幸福美满的爱情饮恨而亡的责任归咎于封建礼教的束缚和封建势力的逼迫。而《长生殿》却把造成李、杨生离死别的爱情悲剧的

①《长生殿·自序》，第1页。
②《长生殿·例言》，第1页。
③同上。

原因,归咎于他们本身的纵情。在剧中,李、杨既是悲剧的制造者,又是悲剧的承担者。因此,作者在描写他们由合到离的过程时,一方面描写了他们之间的爱情逐渐由不专到专一的发展过程,另一方面,又描写了他们沉溺爱情之中,造成了朝纲的荒废,以致危及自身,断送了自己的爱情。如杨玉环被册为贵妃后,杨氏兄妹一起得到了宠幸,兄杨国忠被授予宰相之职,"中书独坐揽朝权,看炙手威风赫烜"(《贿权》)。三个姊妹也都得到了封赠,享尽荣华富贵。兄妹四人奉旨建造新第,为了比阔,造了拆,拆了造,"一座厅堂,足费上千万贯钱钞"。而这些钱财,又都是从劳动人民身上搜刮来的,正如剧中郭子仪所指斥的:"可知他朱甍碧瓦,总是血膏涂。"(《疑谶》)又如李隆基为了表示对杨玉环的爱,竟滥用手中至高无上的权力来博取杨玉环的欢心,杨玉环要吃鲜荔枝,李隆基便命人从数千里外昼夜兼程送来,而送荔枝的使臣"一路上来,不知踏坏了多少人!"(《进果》)由于占了情场,便弛了朝纲,李、杨最初定情结合时,唐王朝是"塞外风清万里,民间粟贱三钱。真个太平致治,庶几贞观之年,刑措成风,不减汉文之世"(《定情》)。但随着李、杨爱情的发展,这种盛唐气象也逐渐烟消云散了。一方面,下层百姓与统治阶级的矛盾渐趋激化,由于统治阶级的大肆挥霍,下层百姓的负担加重,使人民处于水深火热之中,这从《进果》出里一个庄稼人的话中可见一斑:"田家耕种多辛苦,愁旱又愁雨。一年靠这几茎苗,收来半要偿官赋,可怜能得几粒到肚。"另一方面,统治集团内部的矛盾也日益激化,如杨国忠与安禄山为了争权夺利,互相倾轧。而各种社会矛盾的激化,终于导致了安史之乱和马嵬之变,直接造成了李、杨的爱情悲剧,即两人的分离。自《埋玉》以后,因描写李、杨爱情的由合到离的目的已经达到,且在描写由离到合的过程中,有关朝政腐败的情节已用不上了,故作者在后半部削去朝政一线，专写李、杨的钗盒情缘，描写李、杨在马嵬分离后，都坚守爱情，终于感动天庭，得以团圆，由离到合。显然，作者将有关朝政腐败的情节都集中安排在剧作的前面半部，目的是为写李、杨的"离"作铺垫的。

有的学者认为，《长生殿》前多讽谕，后多同情，"上卷下卷之间显得很不协调，这不能不说是一件憾事"。"因为很难设想，同一作者在同一作品中，既要歌颂某一事件，同时却又要谴责与该事件直接、间接相关的严重社会后果，这在逻辑上是说不通的，在艺术上万难并存的"。[①]其实，把前半部说成是讽谕，后半部说成是同情，这是将前后两部分的剧情割裂开来理解所得出的结论，曲解了作者的本意。若将前后两部分作为一个有机的统一体来看的话，作者在前半部分所描写的有关朝政腐败的情节并不是出自讽谕，而是与后半部分的剧情紧密相连的，即前半部写李、杨的由合到离，后半部写由离到合，前后两部分并不矛盾。

而且，由于作者在前半部穿插描写有关朝政腐败的情节是为李、杨的"离"作铺垫的，而不是出于对李、杨的讽谕，因此，作者在具体描写这些情节时，很有分寸，即不是以批判和谴责的态度来描写李、杨的因纵情致使朝政腐败的。虽然写了李、杨"占了情场，弛了朝纲"的事实，但又竭力为他们辩护，替他们开脱罪责。如作者将安史之乱的直接原因归之于杨国忠的弄权，"只为奸臣酿大祸，致令边镇起干戈"（《陷关》）。在剧情安排上，作者为了突出杨国忠的弄权误国，特意在《定情》出后，紧接着安排了《贿权》出，首先给观众一个印象，即是杨国忠乘李隆基沉溺对杨玉环的宠幸之机，

———————

① 陈玉璞《"弛了朝纲，占了情场"——读〈长生殿〉札记》，《天津师院学报》1981年第3期。

窃弄朝廷大权，"把一个朝纲看看弄得不成模样"（《疑谶》）。而这一切李、杨是不知道的，如在《疑谶》出里，作者通过郭子仪的嘴为李隆基辩护，认为当时李隆基并不昏庸，只是满朝大臣中，"再没有一个人呵，把舆情向九重分诉"。致使李隆基不明下情，让"杨国忠窃弄威权，安禄山滥膺宠眷"（《疑谶》）。再如当安禄山在渔阳起兵反叛时声称："只因唐天子待我不薄，思量等他身后方才起兵，叵耐杨国忠那厮，屡次说我反形大著，请皇上急加诛戮，因此假敕书，说奉密旨，召俺领兵入朝，诛戮杨国忠。"（《陷关》）照此说来，安禄山的反叛实是由杨国忠引起的，若没有杨国忠，这场叛乱是不会发生的。在马嵬驿，护驾三军也说："禄山造反，都是杨国忠弄权，激成变乱。""杨国忠专权误国，今又交通吐蕃，我等誓不与此贼俱生。"（《埋玉》）在《献饭》出，老农郭从谨也对李隆基说："陛下，今日之祸，可知为谁而起？""只为那杨国忠呵，猖狂，倚恃国亲，纳贿招权，毒流天壤。他与安禄山构衅，一旦里兵戈起自渔阳。"大家一致同声地把造成安史之乱和马嵬兵变的罪责归之于杨国忠，显然，作者是借众人之口来为李隆基减轻和开脱罪责。而李隆基也为自己开脱道："国忠构衅，禄山谋反，寡人哪里知道？"（《献饭》）意谓杨国忠弄权和安禄山反叛的事，是大臣们欺瞒了他，他若是知道，一定会加以制止，可见他仍是一代英主。而且，李隆基后来所悔恨的，也并不是自己"占了情场，弛了朝纲"的错误，而是悔恨自己在马嵬兵变中，没有用至高无上的君权去保住杨玉环的性命，"只悔仓皇负了卿"（《闻铃》），"我当时若肯将身去抵搪，未必他直犯君王；纵然犯了又何妨，泉台上，倒博得永成双"（《哭像》）。

同样，作者也没有把安史之乱的罪责归之于杨玉环。陈元礼率领的三军在马嵬驿要逼杨玉环自缢，仅仅是因为她是杨国忠的亲妹妹，又在皇帝的身边，三军怕打死杨国忠后，杨玉环今后会替其兄复仇,为除后患,才将她逼死的。如陈元礼对李隆基说:"臣启陛下,贵妃虽则无罪,国忠实其亲兄,今在陛下左右,军心不安。若军心安,则陛下安矣,愿乞三思。"(《埋玉》)逼迫李隆基答应让无罪的杨玉环自缢。由于杨玉环是无罪的,故作者把她的被逼自缢,说成是一种"生擦擦为国捐躯"的壮举(《神诉》)。在三军进逼、李隆基不肯割爱的情况下,杨玉环挺身而出,恳求李隆基:"望陛下舍妾之身,以保宗社。"(《埋玉》)高力士也劝李隆基道:"娘娘既慷慨捐生,望万岁爷以社稷为重,勉强割恩罢。"(同上)作者还通过马嵬土地对杨玉环的自缢作了高度评价:"若不是佳人将难轻赴,怎能够保无虞,扈君王直向西川路,使普天下人心悦服。今日里中兴重睹,兀的不是再造了这皇图。"(《神诉》)在《私祭》出,作者又通过宫女念奴、永新的哭祭,为杨玉环鸣冤叫屈:"哪里是西子送吴亡?错冤做宗周为褒衰。"(《私祭》)作者要为杨玉环开脱,把她的自缢说成是慷慨捐生,反过来就必然要否定陈元礼率领护驾三军逼死杨玉环的行为。如在《埋玉》出,杨玉环在自缢前怒斥陈元礼:"陈元礼! 你兵威不向逆寇加,逼奴自杀!"(《埋玉》)又如李隆基在《哭像》出,一边寄托对杨玉环的哀思,一边痛斥陈元礼:"恨只恨陈元礼","恨不诛他肆逆三军众,祭汝含酸一国殇"(《哭像》)。甚至在《雨梦》出里,李隆基在睡梦中还将陈元礼这个"暗激军士,逼死贵妃"的"乱臣贼子首级悬枭"(《雨梦》),替杨玉环报了仇。相反,对于三军杀死杨国忠的行为,作者却是极为赞赏的,而且写杨国忠死后,其鬼魂堕入了酆都城。作者对杨玉环和杨国忠一褒一贬,就可以看出其为杨玉环开脱罪责的用意了。因此,洪昇的同里门人汪熷在《长生殿·序》中称赞洪昇是"唐帝功臣","玉妃说客"。[①]

---

①《长生殿·序》,第2页。

这是颇有道理的。而这也说明,作者在前半部分所描写的有关朝政腐败的情节,不是用以讽谕李、杨的,而是为两人的"离"作铺垫的。

因此,从剧情安排来看,《长生殿》虽与《梧桐雨》一样,也在剧中安排了爱情与朝政两条线索,但这两条线索在剧情的发展中所占的位置与《梧桐雨》不同,《梧桐雨》以朝政为主,爱情为副;《长生殿》则以爱情为主,朝政为副。两者在剧情安排上的差异,也正体现出两者在主题上的差异,即一为政治,一为爱情。

其次,从对李、杨的爱情描写来看,《长生殿》与《梧桐雨》也有很大的差异。由于《梧桐雨》的重点不是表现爱情,故作者对李、杨的爱情没有加以美化,如作者没有回避史传上所记载的有关杨玉环的一些秽事。如在楔子里,当李、杨刚结合时,作者就通过李隆基的上场白交待了杨玉环本是寿王妃子的来历,尔后,又通过安禄山的自白,交代了杨玉环与安禄山的淫乱关系。因为这些秽事对于揭示朝政腐败和社会动乱的原因有利,故作者不避史实,并在两人刚结合时就点明,以表明两人之间没有相爱的基础。

正因为两人之间没有相爱的基础,故他们的爱情也是不纯真的。如在第一折,杨玉环去长生殿乞巧,并不是为了求得李隆基的爱情,而是为了排遣因思念安禄山而产生的烦闷心情,如在上场时称:

> 近日边庭送来一藩将,名安禄山,此人猾黠,能奉承人意,又能胡旋舞。圣人赐与妾为义子,出入宫掖。不期我哥哥杨国忠看出破绽,奏准天子,封他为渔阳节度使,送上边庭。妾心中怀想,不能再见,好是烦恼人也。(第一折)

可见,杨玉环所爱的并不是李隆基,而是"能奉承人意,又能胡旋舞"的安禄山。但为了确保自己的宠幸地位,她表面上仍对李隆基虚情假意，订立"海誓山盟"。同样，李隆基对杨玉环的宠幸，也不是出于真情，而是因其容貌"绝类嫦娥"。在七夕之夜，他将金钗钿盒赐给杨玉环，也只是为了博取她的欢心。由于两人爱情不是纯真的，因此，这一爱情经不起生离死别的考验，在马嵬兵变、三军进逼时，两人想到的只是如何保住自己的性命，如杨玉环苦苦向李隆基哀求："陛下，怎生救妾身一救！"根本不考虑李隆基的处境，只是想如何靠李隆基至高无上的地位，来保住自己的性命。而此时的李隆基也只是想保住自己的皇位和性命，面对杨玉环的哀求，他毫不动情，竟对杨玉环说："妃子，不济事了，六军心变，寡人自不能保。"便命高力士"引妃子去佛堂中令其自尽，然后教军士验看"（第三折）。当初在长生殿中对杨玉环所说的海誓山盟，也成了一堆谎言。可见，《梧桐雨》只写了李、杨的结合。

而在《长生殿》中，作者是以同情和赞美的笔调来描写李、杨的爱情的，作者在《例言》中表明："是书取义崇雅，情在写真。"而史传上所记载的有关李、杨的秽事，显然不利于对李、杨爱情的歌颂，不合作者的意图，故他声明："凡史家秽语，概削不书。"① 在前人有关李、杨故事的文学作品中，只有唐代白居易的《长恨歌》和陈鸿的《长恨歌传》基本上是采取同情和歌颂的态度来描写李、杨的爱情的，对李、杨的秽事有所讳饰，如白居易在《长恨歌》中隐去了杨玉环曾是寿王妃子的来历，只说："杨家有女初长成，养在深闺人未识。"作这样的处理，也正合洪昇的创作意图，因此，他虽然不满意《长恨歌》和《长恨歌传》的"长恨"结局，即只写到李、杨的分离，但赞成白居易和陈鸿选择史料的态度，曰：

予撰此剧，止按白居易《长恨歌》、陈鸿《长恨歌传》为之，

---

① 《长生殿·自序》，第1页。

而中间点染处，多采《天宝遗事·杨妃全传》。若一涉秽迹，恐妨风教，绝不阑入。[①]

他的好友吴舒凫也说洪昇"采摭《天宝遗事》，编《长生殿》戏本，芟其秽蔓，增益仙缘，亦本白居易、陈鸿《长恨歌》《传》，非臆为之也"。[②]因此，作者将有关杨玉环本为寿王妃子及与安禄山私通等秽事全都删除，只写她生长名家，因"德性温和，丰姿秀丽"（《定情》），被李隆基册为贵妃。与《梧桐雨》中的杨玉环形象相比，《长生殿》中的杨玉环是一位容貌和情操兼优的理想情人。

在《梧桐雨》中，作者只写了李、杨的结合，并没有描写两人的爱情，而在《长生殿》中，作者不光写了两人结合，而且还详细描写了两人的爱情由不专一到专一的发展过程。在《定情》出，李隆基册封杨玉环为贵妃后，标志着两人爱情的开端，两人定下了钗盒之盟："惟愿取恩情美满，地久天长。""情似坚金，钗不单分盒永完。"（《定情》）但这时他们的爱情并不是纯真专一的，如这时李对杨的爱，只是爱其容貌体态，"爱她红玉一团，压着鸳枕侧卧"，"笼灯就月细端详，庭花不及娇模样"（《春睡》）。故此时他对杨的爱情是不专的，在同杨定情后不久，就背着杨与虢国夫人私下往来，"暗中筑座连环寨，哄结上同心罗带"（《傍讶》）。为此，两人的爱情出现了第一次波折，李隆基的薄幸，引起了杨玉环的妒忌，惹恼了李隆基，将杨玉环送回杨国忠府中，"不提防为着横枝，陡然把连理轻分"（《献发》）。但这一短暂的分离，使李隆基对杨玉环的感情加深了一层。自从杨玉环被逐出宫去后，李隆基独坐宫中，心里烦躁不安，"触目总是生憎，对景无非惹恨"（《复召》）。甚至因思念

---

①《长生殿·例言》，第1页。
②清吴舒凫《长生殿序》，《长生殿》，第260页。

杨玉环而寝食不甘,"思伊,纵有天上琼浆,海外珍馐,知他甚般滋味"(《复召》)。同时,他也对自己一时性起将杨玉环逐出宫去的行为表示懊悔,"悔杀咱一划地粗疏,不解他十分的娇殢,枉负了怜香惜玉的那些情致"(同上)。因此,他便将杨玉环重新召回宫来。经过这一波折,李隆基对杨玉环的爱情也加深了一层,"从今识破愁滋味,这恩情更添十倍"(同上)。如吴舒凫评曰:

> 贵妃宠幸未几,即以虢国承恩一事,摹写悲离,览者疑其情爱易移矣。不知未经离别,则欢好虽浓,习而不觉,惟意中人去,触处伤心,必得之而后快,始见钟情之至。[1]

因此,《复召》出,可以说是李、杨纯真爱情的萌芽。接着经过《闻乐》《制谱》《舞盘》等出,两人之间的感情日趋加深。但就在两人爱情不断加深的过程中,又出现了第二次波折,李隆基背着杨玉环宠幸梅妃。杨玉环得知后,怒气冲冲地赶到梅妃的住处大闹,当面谴责李隆基变心薄情,并取出当日定情用的金钗钿盒,要把"深情密意从头缴"(《絮阁》)。而这时李隆基对杨玉环的态度已明显比以前有了进步,在第一次波折里,由于杨玉环的妒忌,李隆基将她逐出宫去,这一次李隆基不但不加以责怪,而且还认为杨玉环"情深妒亦真"(同上)。便不顾帝王之尊,向杨玉环认错陪情:"总朕错,总朕错,请莫恼,请莫恼。"(同上)两人又言归于好。而经过这两次波折后,两人爱情也逐渐由不纯发展到纯真了。《密誓》出是他们爱情成熟的标志,两人对着牛郎织女,设盟起誓:"愿世世生生共为夫妇,永不相离。有渝此盟,双星鉴之。"(《密誓》)至此,两人的爱情达到了纯真的程度,而这也是他们在下半部能够生死不渝、最终得以团圆的基础。故吴舒凫在此特意点明:"下半部全从

---

[1]《长生殿·旁讶》出批语,《吴人评点长生殿》,上海古籍出版社2012年版,第15页。

此盟演出，宜其郑重。"①

　　在李、杨密誓后不久，两人的爱情就经受了生离死别的考验，这就是《埋玉》出，在三军进逼的危急关头，杨玉环为了保障李隆基的安全，挺身而出，慷慨捐生，对李隆基说："陛下得安稳至蜀，妾虽死犹生也。"而李隆基对杨玉环也难舍难分，道："妃子说那里话，你若捐生，朕虽有九重之尊，四海之富，要他则甚？宁可国破家亡，决不肯抛舍你也。"（《埋玉》）把自己对杨玉环的爱情看得比国家社稷还重要，这对于一个理朝治国的皇帝来说，确是十分昏庸的，但对于一个情人来说，这样的态度实是坚贞纯真的。甚至他还准备为杨玉环殉情，"若是再禁架，拚代你陨黄沙"（同上）。当然，李隆基也知道，即使自己代替杨玉环去死，也救不了杨玉环的性命，故最后迫不得已同意杨玉环自缢。而杨玉环对李隆基不能救她毫无怨言，而且还对李隆基抱着一片痴情，临死前，想到"圣上春秋已高"，便吩咐高力士在她死后，要小心奉侍李隆基，并要高力士拿当时作为定情之物的金钗钿盒为她殉葬，"万万不可遗忘"（《埋玉》）。故《埋玉》出既是对李、杨爱情的考验，也表明两人爱情的升华，发展到了更高的阶段。因此，剧情就很自然地转入下半部，即专写钗盒情缘。

　　自《埋玉》以后，作者以浪漫主义的表现手法，描写了李、杨在生离死别后，两人的爱情不但没有割断，反而更为炽热纯真了。两人都精诚不散，"牢守定真情一点无变更"（《觅魂》）。杨玉环的肉身虽遭到了摧残，但"只有痴情一点无摧挫"（《冥追》）。她的灵魂仍坚守着与李隆基的盟约，"他道是恩已虚，爱已虚，则那长生殿里的誓非虚。就是情可辜，意可辜，则那金钗钿盒的信难辜"（《神诉》）。"拚抱恨守冥途"，期待着与李隆基重结情缘。当她来到冥

────────────

①《长生殿·密誓》出批语，《吴人评点长生殿》，第69页。

间，首先想到的是高力士是否遵照她的嘱咐，将金钗钿盒殉葬，"怕
旧物向尘埃抛堕，则俺这真情肯为生死差讹"（《冥追》）。后来马
嵬土地神向她传达了东岳神免她沉沦的敕旨，可此时杨玉环关心
的不是自己沉沦还是升天，而是能否与李隆基重结前缘。故她急
切地问土地神："只不知奴与皇上还有相见之日么？"（同上）"几时
得金钗钿盒完前好，七夕盟香续断头？"（《尸解》）在获得了土地神
的允许、拿到了可以通行的路引后，她便乘风去追赶李隆基的銮
舆，"重寻钗盒盟"（《情悔》）。杨玉环对李隆基的真情感动了上
天，让她复归仙籍，但是杨玉环只想续前缘，不愿登仙籍，"敢仍望
做蓬莱座的仙班，只愿还杨玉环旧日的匹聘"（同上）。在她看来，
与李隆基重结前缘比复归仙籍更为重要，"位纵在神仙列，梦不离
唐宫阙，千回万转情难灭"（《补恨》）。当织女将金钗钿盒还给她
时，警告她："只是你如今已证仙班，情缘宜断，若一念牵缠呵，怕无
端又令从此堕尘劫。"而杨玉环竟表示："倘得情丝再续，情愿谪下
仙班。""三生旧好缘重结，又何惜人间再受罚折！"杨玉环的痴情，
感动了织女，叹曰："是儿好情痴也！"（《补恨》）织女本是劝杨割断
与李的情缘的，而后来竟然愿意帮助杨重续前缘。

　　再说李隆基，自杨玉环自缢后，他对杨玉环的爱情不仅没有泯
灭，反而更深了。在后半部戏里出现的李隆基，已完全是一个痴情
汉了，他"钟情生死坚，旧盟不弃捐"（《觅魂》），终日沉浸在对杨玉环
的刻骨相思之中，"镇日家把娇容心坎镌，每日里将芳名口上编"（同
上）。甚至由于杨的身死，他也不愿独自活在世上了，"惟只愿速
离尘埃，早赴泉台，和伊地中将连理栽"（《见月》）。在《哭像》出，
他面对杨玉环的雕像，表白了自己的誓愿："寡人呵，与你同穴葬，
做一株冢边连理，化一对墓顶鸳鸯。"（《哭像》）后因"梦想妃子，染
成一病，转展萦怀，病体越重"，但听说在八月十五可在月中与杨

玉环重逢时，于是"十分愁病一时休，倒挨不过人间半月秋"（《得信》），急不可待地盼着与杨玉环重逢了。织女原以为李隆基在马嵬兵变时，就已经负盟违情了，即使有情的话，也因"死生久隔，岁月频更，只怕此情也渐淡了"（《觅魂》）。后来听了杨通幽所说的李隆基在马嵬兵变后想念杨玉环的情景，她也深受感动，曰："如此真情，然亦可怜人也！"（同上）因此，她也愿为李、杨重续前缘出力。李、杨两人的"精诚"终于感动了天庭，准许他们同升天庭，永远结为夫妇，"收拾钗盒旧情缘，生生世世消前缘"（《重圆》）。

因此，从对李、杨的爱情的描写来看，《梧桐雨》只写了李、杨的结合，没有对他们的爱情加以美化和歌颂；而《长生殿》则对李、杨的爱情加以了美化和歌颂，两者的这一差异，也表明了剧作主题上的差异，即《梧桐雨》是借李、杨的结合来揭露朝政腐败和反映社会动乱的，《长生殿》则是借李、杨的爱情故事来表达爱情理想的。

二、从创作动机的不同看主题的差异

《梧桐雨》与《长生殿》主题上的差异，归根结底是由于作者创作动机的不同。《梧桐雨》的作者白朴，是一位由金入元的作家，在他九岁那年（金哀宗天兴三年，1234），蒙古贵族率兵南侵，灭掉了金朝。经受了亡国之痛和元朝初年残酷的民族压迫，白朴内心充满了亡国之恨，在政治上采取了与蒙元统治者不合作的态度。元世祖中统初年，中书右丞相史天泽荐举他做官，他拒绝了。其好友王博文在《天籁集序》中说他"自幼经丧乱，苍皇失母，便有山川满目之叹；逮国亡，恒郁郁不乐，以故放浪形骸，期于适意"。[1]这样的

----

① 《天籁集序》，《白朴集校注》，中州古籍出版社2023年版，第252页。

生活经历和政治态度,也对他作《梧桐雨》产生了一定的影响。他自己虽没有表明作《梧桐雨》的动机,但联系他的生活经历和所处的社会环境来看,他的创作动机是十分明确的,即借李、杨的悲剧来反映金朝灭亡的悲剧,反映了当时的民族矛盾,并融进了自己的民族感情,故使李、杨的故事带有浓厚的政治和时代色彩。

洪昇的生活经历虽与白朴有相似之处,即也处于异族统治者的入主时代,但两人对待异族统治者的态度是截然不同的。白朴是采取了不合作的态度,而洪昇对清廷的基本态度是拥护的,因为清人的入主与蒙古的入主不同,在清兵入关以前,腐朽不堪的明王朝已被农民起义推翻,而清兵入关,残酷地镇压了农民起义,重新巩固了封建地主阶级的统治。在对待农民起义这一问题上,汉族地主阶级与清统治者的立场是一致的。因此,在清代初年,汉族地主阶级中虽也有一些人对清统治者采取了抵抗和不合作的态度,但自清统治者统一全国后,汉族地主阶级中的大部分人都采取了与清廷合作的态度。如洪昇的父亲以及他的外祖父黄机、外舅黄彦博都曾出仕清廷。而洪昇也同样采取了与清朝统治者合作的态度,在二十四岁那年,他就离开故乡,去北京国子监肄业,第二年,当康熙到国子监"释奠先圣"时,洪昇写了《恭遇皇上视学,释奠先圣,敬赋四十韵》诗,其中既赞美了康熙的恩德和清朝的统治,又表达了渴望在清朝统治下获取功名的愿望,如曰:"盛世真多幸,儒生窃自思。凌云无彩笔,向日有丹葵。"[①]不久,他随国子监祭酒去谢恩时,又写下了《太和门早朝四首》《午门颂御赐恭三首》等颂圣之作。直到他在康熙十八年为徐釚题《枫江渔父图》的散套中,还为

---

①《恭遇皇上视学,释奠先圣,敬赋四十韵》,《洪昇集》卷一《啸月楼集》,浙江古籍出版社1992年版,第99页。

自己不能为清朝统治效力而悲伤,曰:"俺不能含香簪笔金门步,只落得穷途恸哭。"①当然,在洪昇的一些诗文中,也流露出一些兴亡之感,如在《钱塘秋感》中云:"秋水荒湾悲太子,寒云孤塔吊王妃。山川满目南朝恨,短褐长竿任钓矶。"②但这些兴亡之感并不改变洪昇拥护清廷的基本立场。如在"三藩"之乱时,抗清义军蜂起,洪昇深为清廷担忧,惟恐汉族人民的抗清斗争会危及清朝的统治,如在康熙十四年写的《一夜》诗中云:"海内半青犊(汉代农民起义军名,此借指抗清义军),梦中双白头。……国殇与家难,一夜百端忧。"③又在《过京口作》中,为清廷镇压义军出谋划策,建议增强对京口的防守,曰:"鼙鼓连秦急,烽烟照楚明。北南形胜地,铁瓮此坚城。"④显然,洪昇的这种兴亡之感与白朴的兴亡之感有着明显的不同,因此,洪昇也不可能像白朴那样,借李、杨的故事来反映明王朝灭亡的悲剧,反映当时的民族矛盾。

至于洪昇作《长生殿》的动机,他自己在《长生殿》中多次表明,如第一出《传概》的【满江红】词曰:

> 今古情场,问谁个真心到底?但果有精诚不散,终成连理。万里何愁南共北,两心那论生和死。笑人间儿女怅缘悭,无情耳。　　感金石,回天地,昭白日,垂青史,看臣忠子孝,总由情至。先圣不曾删《郑》《卫》,吾侪取义翻宫徵。借太真外传谱新词,情而已。

可见,作者是借李、杨的故事来表现和歌颂男女之间坚贞专一的爱情,"情而已",别无他意。在最后的《重圆》出,作者又一次强

---

①《枫江渔父图题词》,《洪昇集》卷四《集外集》,第534页。

②《钱塘秋感》,《洪昇集》卷一《啸月楼集》,第108页。

③《一夜》,《洪昇集》卷二《稗畦集》,第265页。

④《过京口作》,《洪昇集》卷三《稗畦续集》,第414页。

调了自己的这一创作动机：“旧《霓裳》，新翻弄，唱与知音心自懂，要使情留万古无穷。”(《重圆》)

在《长生殿》以前，作者曾作有两稿，最初是“偶感李白之遇，作《沉香亭》传奇”，①这是《长生殿》的初稿，显然，作者作此剧的动机是借李白的遭遇来寄托自己怀才不遇的感慨，而且剧中以李白在沉香亭奉诏写【清平调】词为主要关目，主角当是李白，李、杨只是配角。而这一情节与明代屠隆的《彩毫记》相同，故当洪昇写成《沉香亭》后，其“亡友毛玉斯谓排场近熟，因去李白，入李泌辅肃宗中兴，更名《舞霓裳》”。②这便是《长生殿》的第二稿。据章培恒先生考证，今存的《长生殿·自序》就是《舞霓裳》的自序，因“《长生殿》卷首自序，署康熙己未仲秋。考《沉香亭》作于癸丑，改《舞霓裳》为《长生殿》在康熙二十七年戊辰，则己未所作序，盖为序《舞霓裳》者。后改为《长生殿》，序仍沿用未改”。③从这一《自序》来看，作者作此剧的动机是借李、杨的悲剧“垂戒来世”，④为统治者提供教训。作者在剧中描写的重点是李、杨的悲剧和安史之乱平定以后，李泌辅助肃宗中兴唐王朝的情节。可见，在前两稿中，作者虽也写了李、杨的故事，但重点不是为了歌颂他们的爱情，表达自己的爱情理想。作者在写了第二稿后，“又念情之所钟，在帝王家罕有。马嵬之变，已违凤誓，而唐人有玉妃归蓬莱仙院，明皇游月宫之说，因而合用之，专写钗合情缘，以《长生殿》命名”。⑤这便是第三稿，即《长生殿》。可见，作者写最后一稿，是有感于民间传说中

①《长生殿·例言》，第1页。
②同上。
③《洪昇年谱》“康熙十八年己未”注20，上海古籍出版社1979年版，第199页。
④《长生殿·自序》，第1页。
⑤《长生殿·例言》，第1页。

的李、杨之间纯真的爱情，因而改变前两稿的主题，从寄托怀才不遇和"垂戒来世"，转移到"专写钗合情缘"，为此去掉了第一稿中李白怀才不遇和第二稿中李泌辅助肃宗中兴的情节。如果作者在《长生殿》中还要借李、杨的钗盒情缘来揭露朝政腐败、"垂戒来世"的话，就应该在《埋玉》出后，接着就写郭子仪收复长安，扫清宫禁，李隆基忏悔前愆，彻底割断对杨玉环的情缘，并插入李泌辅助肃宗中兴的情节，全剧至此即可结束，杨玉环也无必要出场。但作者并没有这样去描写，在《埋玉》以后的下半部中，反而比上半部更加专一地来描写李、杨的爱情，一直到两人团圆止。作者之所以要这样写，就是要使两人终成连理，以表彰他们的精诚不散、生死不渝的爱情。因此，从作者三易其稿的过程中，也可以看出其创作《长生殿》的动机了。

　　而洪昇的这一创作动机，也与他在男女婚姻问题上所具有的初步民主思想有关。在对待男女婚姻问题上，洪昇与汤显祖有着相通之处，如洪昇提出的只要情真，"万里何愁南共北，两心那论生和死"（《传概》），可以超越地域、生死的界限，这正与汤显祖在《牡丹亭·题词》中所说的只要情至，"生者可以死，死可以生"的观点是一致的。洪昇认为，理想的婚姻应该建立在真情的基础上，如在《四婵娟》杂剧里，他根据自己的爱情理想，把自古以来的有情夫妻分为美满夫妻、恩爱夫妻、生死夫妻、离合夫妻等四种类型。其中的生死夫妻，男女双方"都生难遂，死要偿，噙住了一点真情，历尽千磨障，纵到九地轮回也永不忘，博得个终随唱，尽占断人间天上"。[1]以这一标准来衡量，他认为汤显祖的《牡丹亭》也描写了一对有真情的生死夫妻，其"肯綮在生死之际"，杜丽娘的"自

---

[1]《四婵娟》第三折《李易安》，《洪昇集》，第769页。

生而死"和"自死而之生",正表现了她的"至情",故能"搜抉灵根,掀翻情窟",①说出了广大青年男女要求自由幸福的爱情理想。洪昇自己在《长生殿》中所描写的李隆基与杨玉环也正是一对"嚛住了一点真情,历尽千磨障",最终得以团圆的生死夫妻。而作者也正是通过李、杨这对生死夫妻悲欢离合的故事,表达了自己的爱情理想。

由上可见,洪昇作《长生殿》的动机与白朴作《梧桐雨》的动机有着明显的区别,因此,把《长生殿》的主题说成是与《梧桐雨》一样,也是政治主题,这不仅与剧本所描写的实际内容不合,而且与作者的创作动机不合。

当然,由于作者的生活经历是复杂的,他从实际生活中所得到的思想感受也不是单一的,如他在政治上虽拥护清统治者,但又有兴亡之感,尤其是当他遭受家难,被迫寄寓北京,失去了先前优裕的经济条件,有机会接触到一些下层百姓的痛苦,这就使他思想上产生了对下层百姓的同情和对现实的不满。而这些思想也都对他作《长生殿》产生一定的影响,在剧作中时有流露。如《进果》出真实地描写了下层百姓的痛苦生活,对下层百姓的苦难寄予了同情;再如《弹词》《骂贼》出中表现出来的兴亡之感。但这些内容,在剧中与爱情主题相比,只是一种弦外之音,并非主旋律。尽管这些弦外之音在当时曾惹恼了清统治者,"仁庙取《长生殿》院本阅之,以为有心讽刺",②并找了个借口,将洪昇逐出了国子监,但我们也不能因此而把它上升为主旋律。

①《吴吴山三妇合评牡丹亭》附录洪之则跋,上海古籍出版社2008年版,第152页。
②清梁绍壬《两般秋雨庵随笔》,《历代曲话汇编》清代编第三集,第754页。

三、重评《长生殿》的主题

　　那么，如何评价《长生殿》所表现的爱情主题呢？对此，一般论者都是否定的，即使持爱情主题说的论者也认为封建帝王后妃之间不可能有纯真的爱情，因此，作者所描写的只是帝妃之间的庸俗情趣，"这并无什么反封建意义或民主思想，不应该肯定"。[①]也有的论者将《长生殿》与《牡丹亭》相比，认为"洪昇所提出的'情'的观念，与他的前辈明代大戏剧家汤显祖所提倡的反理之情，有不相同的政治内容，是不可同日而语的"。[②]我们认为，这种观点也有失偏颇。

　　首先，《长生殿》所描写的虽是历史题材，但它不是历史著作，而是文学作品。文学作品与历史著作不同，它不像历史著作那样忠实地记载历史人物或历史事件的真实面貌，而是借艺术形象来表达作者的创作意图。剧中所描写的艺术形象虽以历史人物为原型，但作者已作了艺术加工，故不能将剧中人物与历史人物画等号。如洪昇在《传概》中就已经声明，他是"借太真外传谱新词"，所谓"借"，也就是借历史人物和历史事件来表现自己的观念，重点不在忠实地再现历史人物和历史事件的本来面目，而是把历史人物按自己的要求作了改头换面的艺术处理，使之成为自己的某种观念的体现者。因此，剧中的李隆基和杨玉环已经脱离了历史原型——帝王后妃，他们之间的爱情也不再仅仅是帝妃之间的爱情，这样我们也就不能站在历史的法庭上来评判他们的爱情。

---

①章培恒《洪昇年谱·前言》，第27页。

②张庚、郭汉城等《中国戏曲通史》，中国戏剧出版社1981年版，第199页。

　　而且,作者当时在采用李、杨的故事来表现爱情理想时,也已经认识到作为历史人物的李、杨确实是不可能有纯真的爱情的,如他认为:"情之所钟,在帝王家罕有。"①"情缘总归虚幻。"②因此,他在剧中把李、杨说成是一对天上的神仙,一个是蓬莱仙子,一个是孔升真人,两人偶因微过,被天帝谪谴凡尘。而他们来到人间后,结成夫妻,产生纯真的爱情,这也是天神安排好的。在李、杨爱情的发展过程中,牛郎织女是具体安排者,他们既是两人爱情的见证人,又是保护人和撮合人。在《密誓》出,他们为李、杨证盟,当李、杨分离后,又为两人上奏天庭,使之得以重圆。为了李、杨的爱情,两位仙家还破费了一年仅有一次的相会时间来讨论、安排李、杨的重圆。除了牛郎织女外,其他一些仙家也都为李、杨的爱情出过力,如嫦娥为了加深李、杨之间的感情,特将天上的《霓裳羽衣》曲传授给杨玉环。又如在杨玉环自缢后,马嵬土地神遵照东岳神的旨意,保护住杨玉环的肉身,好让她今后能与李隆基重圆。而且,李、杨的生离死别也是上天预先安排好的。如两人的分离,早在《疑谶》出里,在能知过去未来的术士李遐周题在酒楼上的谶语中就已经暗示出来了,其中所说的"若逢山下鬼,环上系罗衣",就是指后来杨玉环在马嵬驿被逼自缢的事。再如在李、杨订下百年之盟时,为他们证盟的织女就预见到了两人将面临分离,说:"只是他两人劫难将至,免不得生离死别,若果后来不背今盟,决当为之结合。"(《密誓》)而后来剧情的发展果然都应了织女的预言。因此,剧中所描写的李、杨的爱情故事,实际上是一对神仙的爱情故事,即作者所称的"仙家美眷"(《重圆》),而不是帝王与后妃的实

---

① 《长生殿·例言》,第1页。
② 《长生殿·自序》,第1页。

际爱情,故我们不能以帝妃之间没有纯真爱情而否定《长生殿》所描写的这种带有理想色彩的爱情。

其次,从剧中李、杨爱情的实际内容来看,《长生殿》所表现的"情"与《牡丹亭》所表现的"情"一样,也具有反封建的意义。在男女不平等的封建社会里,男女之间的婚姻也是不平等的,一方面,那些达官贵人纳妾狎妓,为封建礼教所允许,正如剧中高力士所说的:"如今满朝臣宰,谁没个大妻小妾,何况九重?"(《絮阁》)而另一方面,封建礼教却要求女子坚守贞节,从一而终,所谓"好马不配两鞍,烈女不更二夫"。女子若要求丈夫有专一的爱情,阻止和干涉丈夫纳妾狎妓,反而为封建礼教所不允许,被认为是一种恶行,为女子"七出"之条中的一条,即"妒"。如《大戴礼·本命》载:"妇有七出:不顺父母,去;无子,去;淫,去;妒,去;有恶疾,去;多言,去;窃盗,去。"而在《长生殿》中,杨玉环为了专一平等的爱情,竟然敢于冒犯圣颜,要求拥有三千粉黛的李隆基爱情专一,过一夫一妻的生活,在第一次波折中,即使李隆基与自己的同胞姊妹往来,她也决不相容;在第二次波折中,她竟敢以提出离异来威胁李隆基,"把深情密意从头缴","望赐斥放"(《絮阁》)。这样的行为,显然是违反封建礼教的,触犯了"七出"中的"妒"条。而且,作为臣妾的杨玉环敢于限制君王兼丈夫的李隆基的行动,这更为封建的"三纲五常"所不容。但在剧中,李隆基对杨玉环的"妒",不仅不加以指责,反而称赞她是"情深妒亦真"。而这也表明作者是肯定杨玉环的"妒"的,把"妒"说成是男女之间纯真爱情的表现。有些演员在演出《长生殿》时,为增强舞台效果,增添了一些情节,"如增虢国承宠,杨妃忿争一段,作三家村妇丑态"。[1]这就把杨玉环的"妒"看

---

[1]《长生殿·例言》,第2页。

作是"三家村妇"的争风吃醋,有损杨玉环的形象,故洪昇认为这一情节"既失蕴藉,尤不耐观"。[①]可见,作者是把杨玉环的"妒"当作追求理想爱情的行为来加以歌颂的。因此,从李、杨爱情的实际内容来看,作者所表达的爱情理想,显然也是有其反封建意义的,应该予以肯定。

①《长生殿·例言》,第2页。

论《桃花扇》的思想内容和艺术成就

　　孔尚任的《桃花扇》是清代初年曲坛上与洪昇的《长生殿》齐名的一部杰作，向有"南洪北孔"之称，但《桃花扇》与《长生殿》只写李、杨的真情不同，它是借侯方域与李香君的"离合之情"，来写南明王朝的兴亡历史。因此，《桃花扇》是以其特有的思想内容和艺术成就，与《长生殿》齐名并称，在戏曲史上占有重要地位的。

一、作者生平与创作动机

　　孔尚任，字聘之、季重，号东塘、岸堂，自号云亭山人。山东曲阜人。是孔子的第六十四代孙。生于明永历二年，即清顺治五年（1648），卒于清康熙五十七年（1718）。自少年至青年时期，他一直在曲阜石门山中发奋读书，康熙十七年（1678）曾去济南参加乡试，未中而归。康熙二十三年（1684），康熙巡视江南，回京路过山东，到曲阜祭孔，孔尚任被荐举在御前讲经，得到康熙的褒奖，被擢升为国子监博士。第二年便奉召进京，开始了他的仕宦生涯。入京后的次年，受命随工部侍郎孙在丰出使淮扬，督办疏浚黄河海口工程，直到康熙二十九年（1690）还朝。这一经历对他作《桃花扇》有很大的影响，因淮扬一带正是当年南明王朝的根据地，即《桃花扇》本事发生的所在地，孔尚任利用这次出差机会，到南京、扬州等地广泛拜访明朝遗老,搜集南明野史。康熙三十八年(1699)六月,《桃花扇》完稿。就在《桃花扇》问世的这一年秋天的一个晚上,康熙派内侍向孔尚任要《桃花扇》稿本。孔尚任匆忙觅得一本,连夜送进宫去。康熙三十九年(1700),孔尚任刚升任户部广东司员外郎之职,到了三月中旬,就以"疑案"被罢官。一般都认为这与《桃花扇》有关,因《桃花扇》所表现的民族感情触怒了康熙。罢官以后,孔尚任又在北京逗留了两年多,后回到曲阜老家,康熙五十七年(1718)春天病卒于石门山家中。

孔尚任一生著作甚丰,戏曲除作有《桃花扇》传奇外,还与顾彩合作《小忽雷》传奇,诗文有《湖海集》《石门山集》《长留集》《岸堂稿》《岸堂文集》《宫词百首》等,另编有《平阳府志》《莱州府志》《阙里新志》《阶序同风录》等。

《桃花扇》通过明末复社文人侯方域与秦淮名妓李香君的爱情故事,描写了南明王朝覆亡的历史,孔尚任在剧本前的《小引》中就表明了自己的创作动机,如曰:

> 《桃花扇》一剧,皆系南朝新事,父老犹有存者,场上歌舞,局外指点,知三百年之基业,隳于何人? 败于何事? 消于何年? 歇于何地? 不独令观者感慨涕零,亦可惩创人心,为来世之一救矣。

在试一出《先声》中,也借老赞礼的口声明自己作此剧是"借离合之情,写兴亡之感"。① 可见,作者是借侯方域与李香君的爱情故事,来反映南明王朝兴亡的历史,总结南明王朝覆亡的历史原因和教训,以此来寄托自己的兴亡之感和民族感情。

那么,作者在剧作中是怎样体现这一意图的呢? 首先,作者

---

① 《桃花扇·先声》出,人民文学出版社1959年版,第1页。

在剧中揭示了造成南明王朝覆灭的原因。南明王朝上层统治集团的腐朽和政治的黑暗，是南明王朝覆灭的根本原因。阮大铖、马士英等阉党余孽拥立昏庸荒淫的福王即位后，就不顾大敌当前、中原未复，一面卖官鬻爵，买妾选优，追求声色之乐，一面重兴党狱，捕杀东林党、复社等反对派人物，并排斥史可法等元老重臣。如《迎驾》出里，马士英道："幸遇国家多故，正我辈得意之秋。"①《媚座》出里，马士英洋洋得意道："天子无为，从他闭目拱手；相公养体，尽咱吐气扬眉。"②对于清兵的南下，他们不但不抵抗，反而做好了投降的准备。如在《拜坛》出，阮大铖提出两个面对清兵的方法：一是跑，二是降。马士英应声道："说的也是。大丈夫烈烈轰轰，宁可叩北兵之马，不可试南贼之刀。吾主意已决，即发兵符，调取三镇便了。"③作者在剧中形象地揭露了这些昏君乱臣的荒淫无耻，并由此让观众看到了南明王朝是怎样断送于这班昏君乱臣之手的。

　　统治集团内部的勾心斗角、争权夺利，是南明王朝覆灭的第二个原因。南明王朝建立后，为防清兵南下，便以左良玉的兵镇守长江上游，以黄得功、高杰、刘良佐、刘泽清等四镇守卫江北。但由于四镇的将领们为了满足自己的利益，互相争斗，不顾清兵南下，大打内战，以致抵消了力量。先是守卫江北的四镇为了争夺扬州的地盘，互相火拼，后经过史可法的调停，这场内乱才得以结束；而这一内乱刚平息，另一内乱又起，驻守在武昌的左良玉会同黄澍、袁继咸等以"清君侧"的名义沿江东下，马士英和阮大铖便调黄、刘三镇去抵挡左兵，江防空虚，清兵乘机南下，致使扬州失守，南京也很

①《桃花扇·迎驾》出，第100页。
②《桃花扇·媚座》出，第141页。
③《桃花扇·拜坛》出，第216页。

快陷落。

　　其次，作者在揭示南明王朝覆灭的历史原因的同时，也表达了自己的兴亡之感和民族感情。剧本的这一内容，主要是通过李香君、侯方域、柳敬亭、史可法等人物形象表现出来的。李香君是剧中的女主人公，她虽是一个秦淮歌妓，身处社会底层，地位卑贱，然而她出污泥而不染，有着与一般歌妓不同的见识和品格。她嫉恶如仇，有着坚定的政治主见和鲜明的爱憎感情，她结交进步文人，同情和支持东林党和复社文人反对阉党的斗争。她与侯方域的结合，就是出于对东林党人的敬慕。在《却奁》出，当她知道杨龙友送来的妆奁是阮大铖用以收买拉拢复社文人的，便毅然拔掉簪子，脱去裙衫，扔在地上，表示对阉党余孽的深恶痛绝，表现出崇高的节操。《骂筵》这一场戏，是李香君同阮大铖、马士英等阉党余孽作面对面斗争的一场戏，也是她的反抗性格与爱憎感情表现得最充分、最集中的一场戏。阮大铖为了取悦福王朱由崧，搜罗秦淮名妓进宫排演他的《燕子笺》传奇，李香君也被强逼来了。李香君看到马、阮等人凑在一起，正是痛骂他们的好机会，便置生死于不顾，当面痛斥他们祸国害民、倒行逆施的罪行，并表示了自己同情东林党人的政治态度。"东林伯仲，俺青楼皆知敬重。干儿义子从新用，绝不了魏家种！"[1]她从"家怨"骂到"国仇"，字字力重千钧慷慨激烈，句句击中马、阮一伙的要害。一个风尘女子，敢于面对"堂堂列公"、窃居高位的权相奸臣，严加指斥痛骂，这需要多么大的胆量啊！而驱使她这样"骂"的力量，便是她所具有的强烈的正义感和爱国热情。作者对她的坚贞不屈的反抗精神加以热情歌颂，显然，作者在这一人物身上寄托了自己的正义感和民族气节。

---

① 《桃花扇·骂筵》出，第163页。

剧中的男主角侯方域虽没有像李香君那样的斗争精神，但作者也赋予了他正直的性格，如在反对拥立朱由崧的问题上，他的态度是鲜明的。最后写他毅然与李香君分手，归隐山门，走上了消极反抗的道路，因此，在这一人物身上也同样体现了作者的民族感情，表示了对那些保持民族气节而隐居不仕的明末遗民的敬慕。

另外，作者又把史可法描写成了抗清民族英雄的形象，他抱有恢复北朝、收复中原的雄心壮志，由于朝政的腐败，他的壮志不能实现。清军南下，弘光朝中大臣和将领或逃或降，他率军在扬州孤军奋战，坚守扬州，下令："上阵不利，守城。守城不利，巷战。巷战不利，短接。短接不利，自尽！"[1]一直坚持到最后，投江殉国，展现出令人震撼的英雄气节和民族意识。显然，作者在这一人物身上也寄托了自己的爱国主义思想。

由上可见，作者创作《桃花扇》的目的不是要描写侯方域与李香君的爱情故事，而是借侯方域与李香君的爱情故事来反映南明王朝兴亡的历史。故《桃花扇》不是一部爱情剧，是一部历史剧，具有政治性，如王国维在《红楼梦评论》中将《桃花扇》与《红楼梦》作了比较，曰：

> 《桃花扇》之作者，但借侯、李之事，以写故国之戚，而非以描写人生为事，故《桃花扇》，政治的也，国民的也，历史的也。《红楼梦》，哲学的也，宇宙的也，文学的也。[2]

《红楼梦》写的就是贾宝玉与林黛玉的爱情故事，是人生之事，故是文学的；而《桃花扇》虽也描写了侯方域与李香君的爱情故

---

① 《桃花扇·誓师》出，第231页。
② 王国维、蔡元培《红楼梦评论·石头记索隐（插图本）》，上海古籍出版社2005年版，第13页。

事，但它只是"借侯、李之事"，来写南明兴亡、"故国之戚"，所描写的不是人生之事，故其主题不是文学的，是政治的。

二、《桃花扇》历史题材的处理艺术

《桃花扇》是一部历史剧，作为一部历史剧，作者首先要面对如何处理历史与艺术、史与戏的关系问题。《桃花扇》在这一问题上，有着自己的特色，即十分重视历史的真实性，其追求真实的程度，在以往的历史剧创作中是从未有过的。而作者在处理史实与艺术关系问题上的创新，与他"借离合之情，写兴亡之感"的创作动机密切相关。由于要借侯方域与李香君的悲欢离合之情来反映南明王朝兴亡的历史，因此，作者在组织故事情节与塑造人物形象时，十分注重历史真实，凡与南明兴亡有关的一些重要情节与人物，都是"实事实人，有凭有据"。[1]"朝政得失，文人聚散，皆确考时地，全无假借"。[2]为此，在作《桃花扇》之前，孔尚任就已经做了大量的准备工作，实地考察南明的名胜古迹，拜访明朝遗老，广泛搜集南明兴亡的野史逸闻。又在剧本前面，还特地附有《桃花扇·本末》和《桃花扇·考据》两文，表明《桃花扇》中情节的来源，说明剧中人物及重要情节都有史料可证。其中引录了清无名氏《樵史》所记载的二十四段史料，这二十四段史料在剧作中皆可找到相应的情节，如《桃花扇》和《樵史》中相对应的情节和史实：

---

①《桃花扇·先声》出，第1页。
②《桃花扇·凡例》出，第11页。

《桃花扇》	《樵史》
《迎驾》 《设朝》	甲申年四月十三日，议立福王。 四月二十九日，迎驾。 五月初一日，谒孝陵、设朝拜相。 五月初十日，福王监国拜将。
《争位》 《和战》 《移防》	五月，内阁史可法开府扬州。 六月，黄得功、刘良佐发兵夺扬州。 六月，高杰叛、渡江。 六月，高杰调防开洛。
《选优》 《赚将》	乙酉年正月初七日，阮大铖搜旧院妓女入宫。 正月初十日，高杰被杀。
《逮社》	二月，赐阮大铖蟒玉，命防江。 三月，捕社党。
《拜坛》	三月十九日，设坛祭崇祯帝。 三月二十五日，讯王之明。 三月二十七日，讯童氏。 三月，杀周镳、雷縯祚。
《草檄》	三月，督抚袁继咸、宁南侯左良玉疏请保全太子。
《截矶》	四月，左良玉发檄兴兵清君侧。 四月，调黄得功堵截左兵。
《誓师》	四月二十三日，大兵渡淮。 四月二十四日，史可法誓师。
《逃难》	五月初十日，弘光帝夜出南京。

《桃花扇》不仅在描写重大事件时，"确考时地"，而且在一些细节描写上，也有根有据，如《选优》出，写福王在清兵即将渡江南下的情况下，还在宫中选优演戏，不理朝政，沉湎于声色之中。而这一情节在清徐鼒的《小腆纪年附考》中有记载："甲申（十二月）三十日，时警报沓至，王于除夕御兴宁宫，怃然不怡。诸臣进见，谓兵

败地蹙,上烦圣虑。王曰:'后宫寥落,且新春南部无新声。'"①"丙午(五月)初五日,明福王不视朝。是日端午,百官入贺;王以演剧,未暇视朝也。"②《桃花扇》所描写的正与此相符。再如《劫宝》出,写清兵攻破扬州,渡江南下,福王仓皇出奔芜湖,逃至黄得功营中。黄得功见到福王后,"拍地哭奏介",曰:"皇上深居宫中,臣好戮力效命。今日下殿而走,大权已失,叫臣进不能战,退无可守,十分事业,已去九分矣。"并表示,为保护福王,"微臣鞠躬尽瘁,死而后已"。③这一段史实,在《南疆逸史》中也有记载:

> 王师既破扬州,乘胜渡江,上仓猝幸太平,至得功营。得功见上,惊泣曰:"陛下死守京城,以片纸召臣,臣犹可率士卒以得一当。奈何听奸人之言,轻弃社稷乎?今进退无据,臣营单薄,其何以处陛下?"④

可见,作者对黄得功这一形象的塑造甚至他所说的话,也与史籍所载相符。正因为作者在处理题材时注重历史真实,不仅重大事件有根有据,而且也追求细节的真实,因此,使得剧作具有强烈的历史真实性,观众观看时有身临其境之感,尤其是那些亲身经历过明末动乱的明朝遗老,更是触景生情,勾引起他们对南明往事的回忆。"笙歌靡丽之中,或有掩袂独坐者,则故臣遗老也。灯炧酒阑,唏嘘而散"。⑤

但另一方面,作者在注重历史真实的同时,又不完全拘泥于历史,在运用这些历史材料时,又根据主题的需要,对原始材料作了

①《小腆纪年附考》卷八,中华书局1957年版,第310页。
②《小腆纪年附考》卷十,第362页。
③《桃花扇·劫宝》出,第240页。
④清温睿临《南疆逸史》,中华书局1959年版,第383页。
⑤《桃花扇·本末》,第6页。

艺术提炼和加工，使历史真实和艺术真实得到了有机统一。如《却奁》出所描写的情节，据侯方域《李姬传》和《癸未去金陵日与阮光禄书》上的记载，阮大铖不是通过杨龙友给李香君送妆奁的，而是通过一个"王将军"送的。这件事也不是发生在癸未年（1643），而是发生在己卯年（1639）。孔尚任根据剧作主题的需要，对这一史实作了改动，一是把送妆奁的"王将军"换成了杨龙友，二是把时间改在癸未年，且是在侯、李新婚的第二天。经过这样的改动，便把剧情集中在明末政治动乱最激烈的三年里（1643—1645），又突出了李香君的刚烈性格，并使杨龙友、侯方域、李贞丽、阮大铖等人都卷入了这场纠葛之中，成为推动全剧矛盾冲突的重要情节。又如田仰以三百金聘香君为妾，而被香君拒绝这件事，在侯方域的《李姬传》和《答田中丞书》中只是提了一笔，十分简略，至于李香君怎样拒绝田仰及由此所产生的后果等都没有记载。孔尚任便根据剧作主题的需要，抓住这一很不详细的史料，加以生发，围绕这件事写了《拒媒》《守楼》《寄扇》《骂筵》等四出戏，使之成为表现李香君的反抗性格的重要情节。另外，作者出于当时政治环境的原因，对某些历史人物的事迹作了一些虚构。如史可法抗清殉节，许多史书都有记载，如《明季南略》记载史可法在清军攻城城破后，被俘不屈，被清兵所杀。若照史实写在剧本上，这势必要触犯当时清朝统治者的文网，故作者虚构了史可法沉江殉节的情节。又如历史上的侯方域并没有出家，于清顺治八年（1651）曾应省试，中副榜。如梁启超在《入道》出注曰：

> 侯朝宗并无出家事，顺治八年，且应辛卯乡试，中副贡生，越三年而死，晚节无聊身矣。年谱谓"当事欲案法公（朝宗）以及司徒公（恂），有司趋应省试方解"。此事容或有之，然朝宗方有与吴梅村书，勘其勿为"达节"之说所误（见《壮悔

堂文集》卷三）。乃未几而身自蹈之，未免其言不怍矣。"南山之南，修真学道"。剧场搬演，勿作事实观也。①

可见，历史上的侯方域是晚节不忠，而孔尚任将其出仕改为出家，这倒并不是对侯方域的美化，而是借此对当时那些遁入山林、不愿和清朝统治者合作的明末遗民的肯定和歌颂。

除了根据剧作主题的需要，对历史事件或人物作了艺术提炼和加工外，作者也虚构了一些情节，这些情节虽不是真实事件，但在当时是有可能发生的。如第三出《哄丁》出描写复社文人在文庙丁祭时追打阮大铖的情节，这虽不见诸史籍记载，在历史上也不一定发生过，但根据当时的政治背景和复社文人的政治态度是有可能发生的，如梁启超在《哄丁》出注曰：

　　此出并无本事可考，自当是云亭山人渲染之笔。然当时之清流少年，排斥阮大铖实极嚣张且轻薄，黄梨洲所撰《陈定生墓志》中有云："昆山张尔公，归德侯朝宗，宛上梅朗三，芜湖沈昆铜，如皋冒辟疆及余，数人无日不连与接席，酒酣耳热，多咀嚼大铖以为笑乐。"观此可见当时复社诸子骄憨之状。"哄丁"一类事，未始不可有也。②

"哄丁"之事虽未见记载，但当时"清流少年""排斥阮大铖实极嚣张且轻薄"确有其事，而复社文人"多咀嚼大铖以为笑乐"也有记载，根据当时的政治氛围和复社文人的政治态度，是有可能发生"哄丁"这样的事的，因此，"哄丁"之事虽出于虚构，但符合历史真实。

显然，《桃花扇》与其他的历史剧相比，虽然在组织故事情节

①《梁启超批注本桃花扇·入道》出注，凤凰出版社2011年版，第196页。
②《梁启超批注本桃花扇·哄丁》出注，第17页。

与塑造人物形象时更重视历史的真实性，强调"实事实人，有凭有据"，但作者对历史题材的处理方法，仍遵循历史剧创作的艺术规律，做到历史真实和艺术真实的有机统一。

三、《桃花扇》的结构艺术

《桃花扇》反映的场面十分宏大，但全剧的结构很紧凑，线索清楚。作者在安排故事情节时，从"借离合之情，写兴亡之感"这一创作目的出发，将侯方域和李香君的离合之情当作中心线索，贯串全剧始终，再联系这一中心线索来展开南明王朝兴亡的历史图景。

作者巧妙地把"离合之情"和"兴亡之感"紧密地揉合在一起，写侯、李的"离合之情"，不离开南明王朝的兴亡历史；反之，写南明王朝的兴亡历史，又不离开侯、李的"离合之情"，两者联环相牵，相互生发。如从侯、李出场的《听稗》《传歌》《访翠》，到《眠香》《却奁》，在这几出戏中，既敷演侯、李的结合，又通过两人的结合，展现了明代末年社会动荡、派系纷争的混乱局面。而自《辞院》出后，侯、李被迫分离，一条主线分为两条分线，交错进行，而这两条分线同样贯串着史实，展开了更为广阔的社会现实。如写侯方域的一线，自《辞院》出后，由于阮大铖的陷害，侯方域被迫来到扬州史可法的府中躲避，接着便引出了《争位》《和战》《移防》《赚将》四出戏，这四出戏一方面是写侯方域与李香君分别后的经历，即写他来到扬州史可法府中后，参谋军事，由于四镇内讧，他在四镇间进行调停；而另一方面，又通过侯方域在四镇间的调停，揭露了四镇不顾清兵南下，国难当头，为争夺地盘，相互争斗的社会现实。再如写李香君的分线，《拒媒》《守楼》《骂筵》三出戏是写李香君在与侯方域分手后的经历，她拒绝嫁给田仰，坚贞守志，痛骂权奸；同时又通过马士英、阮大铖等权奸对李香君的迫害,反映了南明王朝昏君乱臣把国家与民族利益置于脑后,苟且偷安,好货恋色,骄奢淫逸。如果说在侯方域这条分线上,写出了南明王朝"武讧于外"的历史事实,那么在李香君这条分线上,写出了南明王朝"文嬉于内"的史实。"争斗则朝宗分其忧,宴游则香君离其苦。一生一旦,为全本纲领,而南朝之治乱系焉"。①剧本最后又通过两人聚合后,双双入道,写出了国破家亡的史实。南明王朝政治风云的变幻,影响着侯、李的悲欢离合,而侯、李的悲欢离合,又展现了南明王朝由建立到覆灭的过程。"离合之情"与"兴亡之感",两者在全剧情节的发展过程中,水乳交融,浑然一体。

作者为了加强"离合之情"与"兴亡之感"两者间的联系,还将桃花扇这一道具贯串全剧始终,如孔尚任在《桃花扇·凡例》中指出:

> 剧名《桃花扇》,则桃花扇譬则珠也,作桃花扇之笔譬则龙也。穿云入雾,或正或侧,而龙睛龙爪,总不离乎珠。

作者把桃花扇比作引导龙前行的明珠,龙"穿云入雾,或正或侧",都脱离不了这颗明珠的引导。

桃花扇是侯、李的定情之物,同时,它又与当时的政治斗争有着联系,是南明兴亡的见证。如孔尚任指出:

> 桃花扇何奇乎?妓女之扇也,荡子之题也,游客之画也,皆事之鄙焉者也。……其不奇而奇者,扇面之桃花也;桃花者,美人之血痕也;血痕者,守贞待字,碎首淋漓,不肯辱于权奸者也;权奸者,魏阉之余孽也;余孽者,进声色,罗货利,结

---

① 《桃花扇·媚座》出总批,《历代曲话汇编》清代编第一集,第678页。

党复仇，隳三百年之帝基者也。①

由于这把桃花扇与"离合之情"、"兴亡之感"都有着联系，因此，在剧中，侯、李的"离合之情"和南明王朝的兴亡等情节也都始终依次顺着这把桃花扇徐徐展开。在剧中，这把桃花扇一共出现了八次，从赠扇、溅扇、题画、寄扇到撕扇，既演出了侯、李两人之间悲欢离合的过程，又把侯、李的"离合之情"与南明王朝的兴亡紧密联系在一起。

在剧本的格局上，《桃花扇》对传统的传奇格局也作了创新，将第一出的副末开场改作试一出《先声》，在上半本的结尾与下半本的开头各加一出，最后又续一出。这样的格局，确是以往的传奇所没有的。作者自称设计这样的格局也是为了创新，如他在卷首的《凡例》中指出：

> 全本四十出，其上本首试一出，末闰一出，下本首加一出，末续一出，又全本四十出之始终条理也。有始有卒，气足神完，且脱去离合悲欢之熟径，谓之戏文，不亦可乎？②

这四出戏的设置，也与作者的创作动机有关，即主要是为了突出剧作的历史真实性。这四出戏主要由老赞礼与张瑶星评说明朝灭亡与南明兴衰的历史，而老赞礼与张瑶星既是以剧外人的身份来评说时政，同时也是剧中人物，是南明兴亡的见证人，因此，由他们来评点和总结明朝和南明兴亡的教训，就更具有真实性。

另外，为了"借离合之情，写兴亡之感"，《桃花扇》在剧本的结局上也打破了传奇以生旦大团圆为结局的传统形式。南明覆灭后，侯方域与李香君在栖霞山不期而遇，经张瑶星指点，两人毅然

---

①《桃花扇·小识》，第3页。
②《桃花扇·凡例》，第13页。

抛开儿女之情,分手入道。而这样的悲剧结局,也是为写南明兴亡的历史而设置的,即以生旦的入道分离,来反映南明的覆灭,把侯、李的爱情悲剧与国破家亡的政治悲剧密切结合起来了。

《桃花扇》注重剧作结构的完整严谨,除了用桃花扇贯穿全篇外,在具体设置情节时,还注重情节与情节、场与场之间的前后照应。我国古典戏曲由于采用了纵向型的开放式结构,时间与空间的跨度大,情节的跳跃性也大,因此,在安排情节时,出与出之间须衔接连贯。如孔尚任在卷首《凡例》中表明:

> 每出脉络联贯,不可更移,不可减少。非如旧剧,东拽西牵,便凑一出。[①]

为了加强前后情节的连贯,在安排前面的情节时,就为后面的情节埋下了伏线,如徐青君这一人物,是明代开国元勋魏国公徐达的子孙,在《桃花扇》一开场的《听稗》出,他曾因请客看花,把一座大道院全都霸占了,当侯方域与社友陈定生、吴次尾相约到冶城道观看梅花,这时家僮上场对他们说:"来迟了,请回罢!""魏府徐公子要请客看花,一座大大道院,早已占满了。"[②]作者在开场就借家僮之口点出徐青君这一人物,就是为后面的情节埋下伏线。在最后的《余韵》出中,徐青君正式出场,这时的徐青君已做了清朝上元县的皂隶,奉清廷之命,下乡访拿山林隐逸。这样通过徐青君这一人物在剧中前后两次的出现,不仅加强了前后情节的照应连贯,而且突出了剧作"兴亡之感"的主题,从徐青君的身份转变,看到了南明的兴亡之变,揭示了明朝的重臣元老投降了清廷后变为清廷走狗和帮凶的社会现实,对那些丧失民族气节、投降清朝的南明旧臣

---

① 《桃花扇·凡例》,第11页。
② 《桃花扇·听稗》出,第6页。

予以极大的讽刺和无情的鞭笞。

作者在注重历史真实性的同时,也没有忽视剧作的戏剧性,同样注重情节的生动性。为了增强情节的生动性,作者在具体安排故事情节时,又注重情节发展的跌宕起伏。如他在《凡例》中自称:

> 排场有起伏转折,俱独辟境界;突如而来,倏然而去,令观者不能预拟其局面。凡局面可拟者,即厌套也。[①]

因此,在剧中,情节的发展不是平铺直叙,而是变化莫测,在情节的发展过程中,不断地制造悬念,增强戏剧性。如《辞院》出,观众看到阮大铖欲缉拿侯方域,侯方域被迫出走,至此,观众还想知道侯方域是否能逃出阮大铖的迫害,但作者并没有按照观众的思路来安排下一出的情节,紧接的《哭主》出,写左良玉正在黄鹤楼设宴时得报崇祯缢死煤山,这完全出乎观众的"预拟"。再如《拒媒》出,敷演李香君拒绝嫁给权贵田仰,那么田仰是否肯放过她呢? 接下去的《争位》《和战》《移防》等几出戏并没有回答这一问题,而是敷演四镇内讧的情节。又如《会狱》出,侯方域被逮入狱,观众看了这出戏后,急于知道的是侯方域是否能逃出牢狱,是否能与李香君团聚。而作者对此故意避而不写,接下去的《截矶》出,写左良玉率兵东下。这样通过不同情节的相互穿插,制造出一个个悬念,使剧情发展起伏变化,跌宕有致,引人入胜。

四、《桃花扇》的人物塑造艺术

作者注重历史真实的创作动机,也使他在人物形象的塑造上作出了一些创新。首先,作者在剧中所塑造的人物形象大都是实

---

①《桃花扇·凡例》,第11页。

有其人，其中有姓名可考的达三十九人，人物如此之多，且多为真实人物，这在以往的历史剧中是没有的。其次，为全面真实地反映南明兴亡的历史，作者在剧中描写了当时各个阶层、不同身份的人物，上至皇帝，下至平民，有青楼歌妓，有民间艺人，有清客，有书生，有权奸，有忠臣，人物身份之杂，反映生活面之广，在以往的历史剧中也是没有的。作者在具体塑造人物时，根据"借离合之情，写兴亡之感"这一总体构思，将剧中人物按其不同的地位和在剧情发展过程中所产生的不同作用，分为左、右、奇、偶、总五部。左、右两部是表现"离合之情"的，其中与男主人公有关的为左部，与女主人公有关的为右部，共十六人，按他们在表现"离合之情"中所起的作用，分为正色、间色、合色、润色等四色，"色者，离合之象也"。①正色，即剧中的主角，左为侯方域，右为李香君。间色，是使侯、李分离的人物，左为与侯方域有联系的陈定生、吴次尾，右为与李香君联系的李贞丽、杨龙友；合色，是使侯、李复合的人物，左有帮助侯方域和李香君重逢的柳敬亭、丁继之、蔡益所，右有帮助李香君与侯方域重逢的苏昆生、卞玉京、蓝瑛。润色，是为侯、李的爱情增色的人物，左有沈公宪、张燕筑，右有寇白门、郑妥娘。

　　奇、偶两部则是表现南明兴亡的，共十二人，按他们的政治态度分为中气、戾气、余气、煞气等四气。"气者，兴亡之数也"。②中气，即"忠气"的谐音，是明王朝的忠臣，奇部有史可法，偶部有左良玉、黄得功。戾气，即有罪之人，指对南明灭亡负有罪责的人，奇部有弘光帝，偶部有马士英、阮大铖。余气，犹邪气，指南明兴亡过程的降将败类，奇部有投降清朝的高杰，偶部有兵败逃窜的袁临侯、

---

①《桃花扇·纲领》，第26页。
②同上。

黄仲霖。煞气，收煞之意，指结束明王朝之人，奇部有擒获弘光的田雄，偶部有劫持弘光降清的刘泽清、刘良佐。

总部只有张道士（瑶星）和老赞礼两人，一经一纬，在剧中分别起着总结兴亡和离合之情、点明主题的作用。其中张道士总结兴亡之案，为经线；老赞礼总结离合之情，为纬线。如作者指出："张道士，方外人也，总结兴亡之案；老赞礼，无名氏也，细参离合之场。"①

确定了人物在剧中的地位和所起的作用后，作者便以此为纲，来具体刻画这些人物的性格。如剧中的杨龙友，他既牵合了侯、李之情，又周旋于复社文人与阉党权奸之间，串联起了南明兴亡的过程，对全剧故事情节的发展起了重要作用。作者根据他在剧中的这一地位和所起的作用，来设计和刻画他具有"圆通世故"的性格特征。一方面，他是马士英的妹夫，又是阮大铖的盟弟。因此，他要依附马、阮，帮闲讨好阉党；另一方面，他与侯方域、柳敬亭、苏昆生等也有交往，因此，他既要投靠马士英和阮大铖，也要与复社文人周旋。如在《骂筵》这场戏里，作者刻划出了他的这一复杂性格特征，一方面他要奉迎马士英和阮大铖，另一方面，当李香君因痛骂马、阮受到处罚时，他又要回护李香君。在李香君唱了【江儿水】曲，骂了马、阮几句后，杨龙友惟恐惹恼了马、阮，便连忙阻止："今日老爷们在此行乐，不必只是诉冤了。"②当阮大铖指出李香君就是与东林党人有交往的李贞丽时，杨龙友又马上替李香君遮掩："看他年纪甚小，未必是那个李贞丽。"③他既要搭救李香君，又

①《桃花扇·纲领》，第26页。
②《桃花扇·骂筵》出，第162页。
③同上，第163页。

不敢得罪马、阮,他表面上不露声色,似乎在恭维马士英,对马说:"丞相之尊,娼女之贱,天地悬绝,又何足介意。"[1]而实际上在为香君解脱。既要帮闲,又要回护,这两者在杨龙友的言行中是如此地融洽统一,而这也就十分形象地写出了杨龙友"圆通世故"的性格特征。

再如柳敬亭,在剧中起着"往来牵密线"的作用,[2]作者也根据他在剧中的这一地位和所起的作用来刻画他的性格特征。柳敬亭是一位民间说书艺人,处于社会下层,但人品高尚,他曾是阮府的门客,当他看清了阮大铖投靠阉党、奸佞阴险的真实面目后,断然离开了阮府,表明决不与阮大铖同流合污,表现出了高尚的正义感和节操。他虽地位卑微,但关心国家兴亡。如在《修札》中,当左良玉领兵东下,要来南京就粮,柳敬亭主动带着侯方域的信,前往武昌左良玉辕门加以劝阻。在《桃花扇》中,柳敬亭是用丑脚来扮演的,在传统戏曲里,丑脚多扮演反面人物,但孔尚任认为,不能以传统脚色的内涵来定义坏人或好人,如曰:"脚色所以分别君子小人,亦有时正色不足,借用丑、净者。洁面花面,若人之妍媸然,当赏识于牝牡骊黄之外耳。"[3]在一部戏中,正色不足,也可借用丑、净等脚色来扮演正面人物。而在《桃花扇》中,孔尚任用丑脚来扮演柳敬亭,主要是在展现其作为正面人物的爱憎鲜明、关心国家兴亡等特征外,还要突出其具有诙谐幽默的性格特征。因为在传统戏曲里,丑脚具有插科打诨、滑稽取笑的特征,柳敬亭在《桃花扇》里也同样具有一般丑脚的这一特征,他诙谐幽默,如在《访翠》出中,他

---

① 《桃花扇·骂筵》出,第163页。
② 《桃花扇·先声》出,第2页。
③ 《桃花扇·凡例》,第12页。

用诙谐的语言对阮大铖加以了嘲讽："这样硬壶子都打坏，何况软壶子。"①当李香君将笔掷给他，请他做代笔相公，他说道："我老汉姓柳，飘零半世，最怕的是'柳'字，今日清明佳节，偏把个柳圈儿套住我的老狗头。"②语言幽默有趣，这一丑脚所具有的插科打诨的特征，与柳敬亭江湖艺人的身份相合，因此，也不影响其作为正面人物"君子"的形象。

五、《桃花扇》的语言艺术

《桃花扇》的语言风格与其描写的剧情相应，具有两种不同的风格，一种是描写"离合之情"剧情的语言，具有文采艳丽的风格，一种是描写"兴亡之感"剧情的语言，具有悲愤苍凉的风格。如《访翠》出在描写秦淮一带的美景、暖翠楼盒子会的盛况和《眠香》出描写侯方域与李香君成亲时的欢乐场面时，语言优美艳丽，如《眠香》出李香君唱的【梁州令】曲：

> 楼台花颤，帘栊风抖，倚着雄姿英秀。春情无线，金钗肯与梳头。闲花添艳，野草生香，消得夫人做。今宵灯影纱红透，见惯司空也应羞，破题儿真难就。③

而在《骂筵》出，虽也是出于李香君之口，但她大义凛然，痛骂马、阮等权奸时的语言，悲愤激烈。如其中的【五供养】曲：

> 堂堂列公，半边南朝，望你峥嵘。出身希贵宠，创业选声容，《后庭花》又添几种。把俺胡撮弄，对寒风雪海冰山，苦陪

①《桃花扇·访翠》出，第41页。
②同上。
③《桃花扇·眠香》出，第47页。

筋咏。①

　　由于《桃花扇》是"借离合之情，兴亡之感"，重点是写南明王朝兴亡历史，因此，其整体的语言具有苍凉悲壮的风格，如《桃花扇》最后的《余韵》出，通过苏昆生、柳敬亭、老赞礼的说唱，总结了全剧的内容，强调了剧作"兴亡之感"的主题，其语言也最能体现《桃花扇》苍凉悲壮的语言风格。如苏昆生所唱的北曲【哀江南】套曲，叙述了南明覆亡后重到南京所见到的情景。其中第一支【新水令】曲是总写南京城的衰败貌，写重到南京城所见到的一派荒芜景象，作者精心选择了"残军"、"废垒"、"瘦马"、"空壕"、"夕阳"等最具有经过兵火摧残后的破败特征的事物，巧妙地组合成一幅萧条破败的画面。以下几曲便是分镜头来描写南京城的衰败之景。【驻马听】曲是写明孝陵的荒凉景象，当年多么威严肃穆的明太祖陵墓，经受战火后，已残破不堪，"护墓长楸多半焦"，那战火摧残的痕迹还依稀可见，"鸽翎蝙粪满堂抛，枯枝败叶当阶罩"。②【沉醉东风】曲是写明故宫的惨败景象，曾是明王朝社稷的象征的故宫，如今也已成了一片废墟，当年的九重宫阙，如今是墙倒柱倾，瓦砾遍地，野蒿丛生；当年曾是君臣发号施令的场所，如今竟成了乞儿们的栖身之处。【折桂令】曲是写秦淮河的萧条衰貌，十里秦淮曾是六朝以来南京城的繁华之所，金粉之地，然而如今也是一派破败之貌，代表当年繁华的"粉黛"、"笙箫"、"灯船"、"酒旗"，已无处可寻，只剩下"白鸟飘飘，绿水滔滔"。③【沽美酒】曲是写长板桥的破败貌。横跨青溪的长板桥本来也是南京繁华的象征，经过战乱后，

---

①《桃花扇·骂筵》出，第162—163页。
②《桃花扇·余韵》出，第266页。
③同上，第267页。

如今也破败不堪了，"旧红板没一条"，人烟稀少，冷冷清清，只剩下桥头的"一树柳弯腰"，形影相吊。①【太平令】曲是写秦淮河一带的妓院的破败冷落貌，当年这时是骚人墨客的行乐之所，而如今人去楼空，只有那"枯井颓巢"，满院苔草。当年美人们亲手种下的"花条柳梢"，如今也无人"采樵"。②最后的【离亭宴带歇指煞】曲则是对前面几曲所描写的兴亡之感的总结，作者采用了对比的手法，以当年所见到的繁华之景与眼前的衰败之貌相对照，来总结南明王朝的兴衰。当年的"金陵玉殿莺啼晓，秦淮水榭花开早"，这些繁华之景都是主人公亲眼所见，亲自经历，就是眼前的这堆"青苔碧瓦"，当年曾是他"睡风流觉"的所在。而如今这些繁华之景都瓦解冰消，荡然无存。"眼看他起朱楼，眼看他宴宾客，眼看他楼塌了"。③作者连用三个"眼看他"，不仅强调南明覆亡之速，而且也强调主人公是南明兴亡的见证人，他既看到了南明王朝的兴起，又目睹了它的灭亡，"将五十年兴亡看饱"，亲眼看到了这人去物非、江山易主的沧桑之变，内心的禾黍之感就更为强烈了。"残山梦最真，旧境丢难掉"。④昔日的景象历历在目，印象之深难以忘怀，因此，尽管现实当中确已发生了人去物非、江山易主的沧桑之变，"乌衣巷不姓王，莫愁湖鬼夜哭，凤凰台栖枭鸟"。然而他还"不信这舆图换稿"，⑤不相信地图变色，江山易主。显然，这"不信"二字，隐含着主人公和作者对南明江山多么执着的感情啊！但"不信"只是主人公的主观愿望而已，面对现实，终究还得相信，这样一来，内

<hr>

① 《桃花扇·余韵》出，第267页。
② 同上。
③ 同上。
④ 同上，第266页。
⑤ 同上，第267页。

心的兴亡之感再也抑止不住了。就喷薄而出,"诌一套【哀江南】,放悲声唱到老"。①唱出了这一套悲歌中最悲切的一个音符。全套曲以苍凉悲壮的语言来描绘经过战火摧残后的南京城的破败荒冷的景象,真切感人。作者的好友顾彩对这套曲的曲文赞赏不已,曰:

> 读至卒章,见"板桥残照"、"杨柳弯腰"之语,虽使柳七复生,犹将下拜。而谓千古以上,千古以下,有不拍案叫绝、慷慨起舞者哉!②

《桃花扇》中的念白也有着自己的特色,一般的传奇因重于抒情,略于叙事,故曲多白少,而《桃花扇》在设置念白时,着眼于舞台实际,减少曲调,多用短套曲,而详备念白,如孔尚任在卷首《凡例》中表明:

> 旧本说白,止作三分,优人登场,自增七分;俗恶谑,往往点金成铁,为文章之累。今说白详备,不容再添一字。篇幅稍长者,职是故耳。③

在戏曲中,宾白与曲文各有不同的功能。曲文用于演唱,节奏较慢,故主要用于抒情,抒发人物之情怀,揭示人物的心理活动;宾白用于念说,节奏较快,故主要用于叙事,交待关目。如清李渔指出:

> 戏曲一道,只能传声,不能传情,欲观者悉其巅末,洞其幽微。单靠宾白一着。④

《桃花扇》借侯、李的离合之情,写南明王朝从建立到覆灭的

---

① 《桃花扇·余韵》出,第267页。
② 清顾彩《桃花扇序》,第276页。
③ 《桃花扇·凡例》,第12页。
④ 《闲情偶寄·词曲部·宾白第四》,《历代曲话汇编》清代编第一集,第49页。

历史,人物众多,情节繁富。因此,作者十分重视剧中人物念白的设置。全剧的念白不仅篇幅多于一般的传奇,而且其对不同的念白也作了精心的安排。如《桃花扇》中,一些重要人物凡初次上场,都设置了上场白,通过人物首次上场念白的自我介绍,先声夺人,使观众能了解其性格特征和在剧情进行中将起的作用。再如每出戏的开场,皆由上场人物用念白交代该出戏发生的地点、时间以及事情的前因等背景,使观众对即将展开的剧情有所了解。又如在剧中安排了大量的人物的对白,通过人物之间的念白,交代剧情的进展过程,使观众了解整个剧情的发展。有的则在曲文中安排一些夹白,由叙事引出抒情,在曲中起到串联贯通作用。由于作者充分运用念白的叙事功能,上场白、对口白、夹白等各类念白详备,因此,《桃花扇》虽然敷演的人物众多,情节繁富,但全剧众多的人物形象都能充分呈现,繁富的故事情节也都能充分展开。

孔尚任还注重念白的舞台效果,具有音律美感。如曰:

说白则抑扬铿锵,语句整练,设科打诨,俱有别趣。宁不通俗,不肯伤雅,颇得风人之旨。①

宾白虽不是曲文,但也不同于现实生活中的口头语言,它是经过艺术加工过的口语,念之要琅琅上口,声韵铿锵,能给观众以艺术美感。如《哄丁》出副净和丑扮演二坛户上场时念的一段上场白,这两个只是无名无姓的龙套性人物,作者为他们设计的上场白,也采用了韵白,并根据副净和丑这两个脚色的特征,用插科打诨的方式来介绍自己身份。如:

(副净、丑扮二坛户上)

(副净)俎豆传家铺排户,(丑)祖父。

---

①《桃花扇·凡例》,第12页。

（副净）各坛祭器有号簿，（丑）查数。

（副净）朔望开门点蜡炬，（丑）扫路。

（副净）跪迎祭酒早进署，（丑）休误。

（丑）怎么只说这样没体面的话。（副净）你会说，让你说来。

（丑）四季关粮进户部，（副净）夸富。

（丑）红墙绿瓦阖家住，（副净）娶妇。

（丑）干柴只靠一把锯，（副净）偷树。

（丑）一年到头不吃素，（副净）腌胙。

（丑）啐！你接得不好，倒底露出脚色来。

　　这段上场白虽不是韵文，但采用长短隔句相对的句式，语句整练，念来抑扬铿锵，具有与曲文相同的音律美感，生动有趣，产生了很好的舞台效果。

　　《桃花扇》是一部历史剧，都是"实事实人，有凭有据"。[1]"朝政得失，文人聚散，皆确考时地，全无假借"。[2]因此，剧中不仅使用了南明的史实和传闻，而且还使用了大量前朝的典故。孔尚任在《桃花扇·凡例》对自己在曲词中使用典故的方法作了说明：

　　　　词中所用典故，信手拈来，不露饾饤堆砌之痕。化腐为新，易板为活。点鬼垛尸，必不取也。[3]

　　典故具有形象生动、概括性强的特点，可以使曲文语言精炼，意蕴丰厚。但在曲文中使用典故，须自然贴切，不露斧凿痕迹；若只是牵强附会，堆砌滥用，会产生"掉书袋"、深奥难懂的弊病。

---

①《桃花扇·先声》出，第1页。

②《桃花扇·凡例》，第11页。

③同上，第12页。

　　另外,《桃花扇》的下场诗也不同于一般的传奇,皆出自作者新创。下场诗是剧中人物下场时念的四句诗,以收束场面,对该出戏的情节加以总结,并与下一出戏的情节相连接,具有承上启下的功能。明清传奇作家多为文人学士,他们为了显示自己才学渊博,上下场诗多采用集唐的形式,即从唐人诗中截取与剧情相应的诗句作为下场诗。用前人的成句来总结新编的剧情,两者不一定贴切,故多有牵强附会之弊。孔尚任则主张上下场诗都要原创。如曰:

　　　　上下场诗,乃一出之始终条理,倘用旧句、俗句,草草塞责,全出削色矣。时本多尚集唐,亦属滥套。今俱创为新诗,起则有端,收则有绪,著往饰归之义,仿佛可追也。[①]

　　《桃花扇》的下场诗都是根据具体的剧情新创作的,如第三出《哄丁》出的四句下场诗:"众:堂堂义举圣门前,小生(吴应箕):黑白须争一着先。众:只恐输赢无定局,小生(吴应箕):治由人事乱由天。"这出戏演复社文人在文庙丁祭,阮大铖也来与祭,被众人追打。这四句下场诗便是根据这出戏的情节撰写的,其中众人所念的两句下场诗一是对复社文人追打阮大铖行为的赞赏并加以总结,二是对后来的情节作了预示。小生所念的两句下场诗一是表达了不与阉党同流合污的政治态度,二是表明自己忠君治国的抱负。

　　再如第五出《访翠》出的四句下场诗:"净(苏昆生):暖翠楼前粉黛香,末(杨龙友):六朝风致说平康。丑(柳敬亭):踏青归去春犹浅,生(侯方域):明日重来花满床。"[②]这出戏演侯方域在苏昆

---

①《桃花扇·凡例》,第13页。
②《桃花扇·访翠》出,第42页。

生、杨龙友、柳敬亭的陪同下，来到暖翠楼寻访李香君，商谈梳拢之事，择定成亲吉期。苏昆生、杨龙友、柳敬亭三人因是陪同，故他们所念的只是对暖翠楼看到的景色加以评说和总结，而侯方域因与香君择定了成亲吉期，故其所念表达"明日重来"的迫切愿望。

又如第十七出《拒媒》出的四句下场诗："副净(丁继之)：蜂媒蝶使闹纷纷，旦(李香君)：阑入红窗搅梦魂。老旦(卞玉京)：一点芳心采不去，旦(李香君)：朝朝楼上望夫君。"①这出戏演漕抚田仰欲娶香君为妾，丁继之、卞玉京拿着三百聘金，来到媚香楼为田仰作媒，被香君拒绝。这四句下场诗便是根据这一剧情撰写的，其中副净(丁继之)所念的是对当时两人劝说香君改嫁田仰以及香君拒绝的纷争场面的总结。老旦(卞玉京)所念是对香君拒绝改嫁田仰的赞赏。而香君所念则是对媒人的到来搅乱了她的美梦的不满，并表达了对侯方域的思念之情。可见，其所撰的下场诗与敷演的情节相符。

六、《桃花扇》的曲律艺术

曲律是传奇创作的重要因素，通常把作曲称作是"填词"，就是指作曲须遵守平仄等曲律。孔尚任重视曲律，如他在《桃花扇·本末》中表明：

> 词曲入官调，叶平仄，全以词意明亮为主。每见南曲艰涩扭捏，令人不解，虽强合丝竹，止可作工尺字谱，何以谓之填词耶？②

---

① 《桃花扇·拒媒》出，第116页。
② 《桃花扇·凡例》，第12页。

经魏良辅对南戏昆山腔加以改革后，南曲采用了依字声定腔的演唱形式，因此，曲文平仄叶律，演唱起来才会顺畅，"词意明亮"，所谓字正腔圆。

在前人的剧作中，有些套曲在舞台上传唱已久，经过历代艺人的不断打磨，已经是依腔合律了，若按照这些套曲曲文的字声格律来填词，也一定能使曲文合律可歌。因此，孔尚任在作《桃花扇》时，为了能使曲文依腔合律，便按照这些在舞台上传唱已久的套曲来填词，如曰："曲名不取新奇，其套数皆时流谙习者；无烦探讨，入口成歌。"①在孔尚任作《桃花扇》时，他得到了来自昆山腔发源地苏州的王寿熙给他的曲本套数，他便按这些曲本套数的声律来填词，如他在《桃花扇·本末》中自称：

> 余虽稍谙宫调，恐不谐于歌者之口，及作《桃花扇》时，天石已出都矣。适吴人王寿熙春，丁继之友也，赴红兰主人招，留滞京邸。朝夕过从，示予以曲本套数，时优熟解者。遂依谱填之。每一曲成，必按节而歌，稍有拗字即为改制，故通本无聱牙之病。②

在重视曲文合律可歌的同时，孔尚任还结合舞台演出的实际来安排曲调。明清传奇多为文人所作，文人作家重视剧中人物的抒情描写，故多安排适宜抒情的长套细曲，时间冗长，不适合舞台演出，故艺人在实际演出时，往往会对原作的曲调加以删减，而孔尚任在安排曲调时，着眼于舞台实际，多用短套曲调，如他在《桃花扇·凡例》中作了说明：

> 各本填词，每一长折，例用十曲，短折例用八曲。优人删

①《桃花扇·凡例》，第11页。
②《桃花扇·本末》，第5页。

繁就减（简），只歌五六曲，往往去留弗当，辜作者之苦心。今于长折，止填八曲，短折或六或四，不令再删故也。[①]

作家在编撰剧本时，曲调与剧情是相合的，但经艺人删去了其中几曲后，必然会影响剧情的表达，有的还把作者苦心编撰、最得意的曲文删去了，"辜作者之苦心"，因此，孔尚任在编撰剧本时就顾及到演出的需要，采用短套曲，适于场上搬演，艺人不加改动，"删繁就减（简）"，就可以直接演唱。如第一出《听稗》出，敷演侯方域与陈贞慧、吴应箕到秦淮水榭听柳敬亭说书。全出戏只用了【恋芳春】、【懒画眉】、【前腔】、【前腔】、【前腔】、【解三酲】等六支曲调，生上场唱【南吕引子·恋芳春】曲，与陈贞慧、吴应箕、柳敬亭三人见面后，三人接唱【懒画眉】四曲，接着听柳敬亭说书，最后三人合唱【解三酲】曲，对柳敬亭的说书及人品加以评论，从剧情上来看，是对全出的情节作了总结，而从曲调的安排来看，此曲也相当于全套曲的尾声，故在【解三酲】曲后减省了尾声。

又如第二十四出《骂筵》出，敷演阮大铖为了奉承马士英，在水西门赏心亭设宴，请马士英观赏雪景，李香君被误作宫中歌妓，拉来唱曲陪酒助兴。香君借此机会，痛斥马、阮这些权相奸臣祸国殃民的罪行。全出戏用了【缕缕金】、【黄莺儿】、【皂罗袍】、【忒忒令】、【前腔】、【江儿水】、【五供养】、【玉交枝】等八曲。从整出戏的情节来看，以李香君的出场为界，可分为前后两个部分，前一部分为【缕缕金】、【黄莺儿】、【皂罗袍】、【忒忒令】、【前腔】等五曲，既是交待这场戏发生的背景，又是为李香君的出场渲染气氛。由于是副净扮阮大铖上场，故不用引子，直接唱过曲【缕缕金】上场。后一部分为【江儿水】、【五供养】、【玉交枝】等三曲，为李香君一人所

[①]《桃花扇·凡例》，第11页。

唱,痛骂马、阮等权奸。【江儿水】曲先从自身的不幸遭遇开始,痛骂阉党余孽给她带来的苦难,接下去的【五供养】曲,则从国家的兴亡来痛斥马、阮一伙祸国殃民的罪恶行径。全出戏虽有八曲之多,但剧情分为两个部分,与之相应的,曲调也分为前后两段,故全出的曲调无繁多之弊。

除了多用短套曲调外,还选用节奏较快的过曲,以避免繁冗之弊。如第五出《访翠》出,敷演侯方域在苏昆生、杨龙友、柳敬亭的陪同下,来到暖翠楼寻访李香君,商谈梳拢之事,择定成亲吉期。全出用了【缑山月】、【锦缠道】、【朱奴剔银灯】、【雁过声】、【小桃红】等五支曲调,由于是生先上场,故用正宫引子【缑山月】曲开场,后接唱【锦缠道】、【朱奴剔银灯】、【雁过声】三曲,唱述沿路所见的秦淮一带的美景、暖翠楼盒子会的盛况和李香君的吹箫声。最后的【小桃红】曲也为生所唱,表达了与李香君结成姻缘并订下成亲吉期的喜悦之情,【锦缠道】、【朱奴剔银灯】、【雁过声】、【小桃红】等曲皆为一板三眼曲,节奏较快,故虽为一人所唱,但无冗长繁复之感。

由于戏曲是叙事艺术,曲调还必须与故事情节相结合,因此,孔尚任在重视曲文合律可歌的同时,也根据剧情选用曲调。如《眠香》出,敷演侯方域与李香君成亲的情节,使用了【梁州序】、【前腔】、【节节高】、【前腔】两曲的连章体组合,这一组合形式多用于欢乐的场面,正与成亲时欢乐喧闹的场景相合。

再如《侦戏》出,使用了【风入松】、【急三枪】两曲的连章体组合,即两曲循环使用,这一曲组多用于叙事,曲文口语化,以唱代说,节奏明快。这出戏敷演复社文人在鸡鸣寺集会,借阮大铖的戏班来演出阮大铖新编的《燕子笺》传奇,阮大铖派人到现场探听复社文人看戏时的议论,门人回来向他报告时唱了【风入松】、【急三枪】两曲的连章体组合,以唱代说,正与剧情相合。

又如最后《余韵》出,老赞礼、柳敬亭、苏昆生三人在抒发兴亡之感时,作者根据每人所唱的曲文内容,安排了具有相应声情的曲调。其中老赞礼所唱的【问苍天】是娱神曲,并用俗巫祭神的腔调演唱,就显示出一种低沉悲愤的声情,正与他所唱的曲文内容相合;柳敬亭所唱的【秣陵秋】是一首弹词,并以说唱的方式演唱,故演唱时如泣如诉,较好地衬托了曲文内容的表达;苏昆生所唱的【哀江南】是一套北曲,北曲具有慷慨悲壮的声情,而且又以具有高亢喧闹风格的弋阳腔演唱,故演唱时长歌当哭,动人心弦,催人泪下。

七、《桃花扇》的流传和影响

由于《桃花扇》反映了重大的社会现实,且有着较高的艺术成就,因此,《桃花扇》问世后,立即受到了人们的重视,戏班纷纷上演,"王公荐绅,莫不借钞,时有纸贵之誉"。① 据孔尚任自称,《桃花扇》写成后不久,也为康熙得知,清康熙三十八年(1699)一个秋天的晚上,派内侍来要《桃花扇》剧本,孔尚任手上已无抄本,便急忙从中丞张平州家中找到一本,连夜送到宫内。②

当时在京城,以武英殿大学士李天馥的家班金斗班演《桃花扇》为最胜,如孔尚任《桃花扇·本末》载:

> 己卯除夜,李木庵总宪遣使送岁金,即索《桃花扇》为围炉下酒之物。开岁灯节,已买优扮演矣。其班名"金斗",

① 《桃花扇·本末》,第6页。
② 同上。

出之李相国湘北先生宅,名噪时流,唱《题画》一折,尤得神解也。[1]

李木庵,名楠(1647—1704),兴化(今江苏泰州)人,清康熙十二年(1673)进士,官户部左侍郎迁左都御使。其父李清(1602—1683),字心水,号映碧,又号枣园,兴化(今江苏泰州)人,明崇祯四年(1631)进士,授宁波府推官,擢刑科给事中,南明弘光朝任工科都给事中。孔尚任随孙在丰出使里下河督办浚河工程时,曾在李清家住过,因此,此前李楠已经知道孔尚任在搜集南明史料,编写《桃花扇》传奇。康熙三十八年除夕,他得知孔尚任《桃花扇》完稿后,便派人送岁金索取剧本来看。这时《桃花扇》已在京城搬演,新年元宵节,他请来当时以擅演《桃花扇》名噪京城的金斗班来家演出《桃花扇》。金斗班是李天馥的家班。李天馥(1637—1699),字湘北,号容斋,安徽合肥人,清顺治十五年(1658)进士,官至武英殿大学士兼吏部尚书。因合肥有金斗河,故名其家班为金斗班。金斗班因名闻京城,故常受外雇演出。李天馥死后,金斗班便成了职业戏班。

次年(1700)四月,孔尚任被罢官后,李楠在家中设宴,又请金斗班演《桃花扇》,邀请孔尚任和同僚亲友前来观看,并让孔尚任独居上座,请其品题,如孔尚任在《桃花扇·本末》中记载了这一盛事,曰:

> 庚辰四月,予已解组,木庵先生招观《桃花扇》。一是翰部台垣,群公咸集;让予独居上座,命诸伶更番进觞,邀予品题。座客啧啧指顾,颇有凌云之气。[2]

①《桃花扇·本末》,第6页。
②同上。

有关李楠请金斗班演《桃花扇》招待孔尚任的事,清李详的《药裹慵谈》中也有记载:

> 孔东塘尚任随孙司空在丰勘里下河浚河工程,住先映碧枣园中,时谱《桃花扇》传奇未毕,更阑按拍,歌扇呜呜,每一出成,辄邀映碧共赏。后入都,映碧之子楠,官总宪,以授金斗班演之,名噪都下。王公每借演此班,伶人得缠头费甚巨。值东塘生日,诸伶演此为寿,纳东塘上座。唱至佳处,东塘为点一筹;或有小误,则亲加指授。自是金斗班超跃群班之上。[①]

由于金斗班擅演《桃花扇》,"名噪时流",并且以此"超跃群班之上"。

《桃花扇》问世后,京城各家戏班争相搬演,"岁无虚日"。孔尚任在《桃花扇·本末》中记载了当时京城中在寄园演出《桃花扇》的盛况,如曰:

> 长安之演《桃花扇》,岁无虚日,独寄园一席,最为繁盛。名公巨卿,墨客骚人,骈集者座不容膝。张施则锦天绣地,胪列则珠海珍山。选优两部,秀者以充正色,蠢者以供杂脚。凡砌抹诸物,莫不应手裕如。优人感其厚赐,亦极力描写,声情俱妙。盖主人乃高阳相公之文孙,诗酒风流,今时王谢也。故不惜物力,为此豪举。然笙歌靡丽之中,或有掩袂独坐者,则故臣遗老;灯炧酒阑,唏嘘而散。[②]

寄园主人高阳相公之文孙,即李霨(1625—1684),字景霱,号坦园,直隶高阳人。清顺治四年(1647)进士,历任工部尚书兼东

---

①清李详《药裹慵谈》,江苏古籍出版社2000年版,第5页。
②《桃花扇·本末》,第6页。

阁大学士、太子太保、保和殿大学士加户部尚书、太子太傅、太子太师等职。此次演出是京城中演出《桃花扇》"最为繁盛"的一次,从参演的演员来看,有两个戏班参演,挑选两班中最好的演员扮演正色,一般的演员则扮演杂脚配角;从观众来看,有"名公巨卿,墨客骚人",皆为上层人物,人数众多,"骈集者座不容膝";从舞台设施来看,"锦天绣地",十分繁华;再从观众的反响来看,剧中所敷演的南明兴亡的剧情,引起了在座的一些明王朝"故臣遗老"内心的亡国之痛,产生了共鸣,"掩袂独坐",为之感伤,不禁"唏嘘而散"。

《桃花扇》不仅在京城盛传,被众多戏班搬演,而且也流传到了外地,如据孔尚任《桃花扇·本末》载,当时楚地容美(今湖北鹤峰县)土司田舜年的家班也曾演出《桃花扇》,如曰:

> 楚地之容美,在万世纪中,阻绝入境,即古桃源也。其洞主田舜年,颇嗜诗书。予友顾天石有刘子骥之愿,竟入洞访之,盘桓数月,甚被崇礼。每宴必命家姬奏《桃花扇》,亦复旖旎可赏,盖不知何人传入。或有鸡林之贾耶?①

顾天石即顾彩,孔尚任之友人,两人合作《小忽雷》传奇,他曾游历容美,作有《容美纪游》。此前田舜年因欣赏《桃花扇》,感慕孔尚任,特遣使赴京拜见孔尚任,孔尚任为此作有《容美土司田舜年遣使赞予〈桃花〉传奇,依韵却寄》一诗。②可见,《桃花扇》早在此前就已经从京城流传到湖北了。

康熙四十五年(1706),孔尚任去真定游历并借书、购书,九月十七日他五十九岁寿辰时,在其友人刘雨峰府第观看《桃花扇》演出,如孔尚任《桃花扇·本末》载:

---

① 《桃花扇·本末》,第6页。
② 见徐振贵主编《孔尚任全集辑校注评》,齐鲁书社2004年版,第1764页。

岁丙戌，予驱车恒山，遇旧寅长刘雨峰，为郡太守。时群僚高宴，留予观演《桃花扇》，凡两日，缠绵尽致。僚友知出予手也，争以杯酒为寿。予意有未惬者，呼其部头，即席指点焉。①

刘中柱，字砥澜，号雨峰，江苏宝应（今扬州）人。以国子监官，迁户部郎中，出为正定知府。此次演出十分隆重，刘中柱在府中设宴，邀请群僚一起观看演出，连演两日，孔尚任还对演员在演出中的不足之处作了指教。

《桃花扇》在民间则成为职业戏班常演剧目，如清金埴《不下带编》载：

今勾栏部以《桃花扇》与《长生殿》并行，罕有不习洪、孔两家之传奇，三十余年矣。②

清焦循在《剧说》中也记载了他曾在山东从阮元作幕宾时，观看《桃花扇》的演出，如曰：

公宴时，选剧最难。相传有秦姓者选《琵琶记》数出，座有蔡姓者意不怿；秦急选《风僧》一出演之，蔡意始平。岁乙卯，余在山东学幕，试完，县令送戏，幕中有林姓者选《孙膑诈风》一出，孙姓选《林冲夜奔》一出，皆出无意，若互相诮者。主人阮公之叔阮北渚鸿解之曰："今日演《桃花扇》可也。"怀宁粉墨登场，演《哄丁》《闹榭》二出，北渚拍掌称乐，一座尽欢。③

进入近代以后，随着花部各地方戏的兴起，《桃花扇》除了继

---

①《桃花扇·本末》，《桃花扇》，第7页。
②清金埴《不下带编》卷二，《历代曲话汇编》清代编第一集，第690页。
③《剧说》卷六，《历代曲话汇编》清代编第三集，第463页。

续在昆曲舞台上搬演外,还被改编成京剧、越剧、秦腔、湘剧、闽剧、粤剧、晋剧等地方戏。如著名京剧演员汪笑侬受当时民主革命和戏曲改良思潮的影响,不仅改编了京剧《桃花扇》,而且还自己登台演出。又如在抗日战争爆发后,欧阳予倩为了宣传抗日救国,改编了京剧《桃花扇》,后在桂林期间,又改编了桂剧《桃花扇》。近代的《桃花扇》流传,多与不同时期的社会现实有着紧密的联系,以《桃花扇》所描写的"南明兴亡"历史教训,来感化民众,警醒民众的爱国意识。

可见,《桃花扇》正是以其特有的思想内容和艺术魅力,影响了不同历史时期的观众,故能在戏曲舞台上经演不衰。

《雷峰塔》传奇流变考述

白蛇传的故事是我国四大民间传说故事之一,长期以来,一直是戏曲、小说、说唱等俗文学的重要题材,广为流传,为人民群众所喜闻乐见。

根据现存的文献记载,最早将白蛇传的故事搬上戏曲舞台的是明初洪武年间邾经的《西湖三塔记》杂剧,[①]今已失传。明万历年间,陈六龙也作有《雷峰记》传奇,但今也不传。明祁彪佳《远山堂曲品》对它有一评语:

> 相传雷峰塔之建,镇白娘子妖也。以为小剧则可,若全本则呼应全无,何以使观者着意?且其词亦欲效孽华赡,而疏处尚多。[②]

从这段评语中可见,该剧存在着许多弊病,情节不够丰富,结构缺乏连贯,语言典雅,而这些弊病可能就是使其不能流传下来的原因。在现存的戏曲作品中,清代黄图珌的《雷峰塔》传奇是最早描写白蛇传故事的戏曲。黄图珌,字容之,号守真子,别号蕉窗居士,江苏华亭(今上海松江)人。生于清康熙三十九年(1700),卒于乾隆年间。雍正时任杭州、衢州同知。作有传奇六种,合称

---

① 见《录鬼簿续编》,《历代曲话汇编》明代编第一集,第9页。
②《远山堂曲品》,《历代曲话汇编》明代编第三集,第611页。

《排闷斋传奇》。《雷峰塔》传奇所描写的情节,吸取了前代有关白蛇传故事的文学作品与民间传说,如作者在《伶人请新制〈栖云石〉传奇行世·小引》中自称:"《雷峰》一编,不无妄诞,余借前人之齿吻,发而成声。于看山之暇,饮酒之余,紫箫红笛,以娱目赏心而已。"[1]黄图泌所谓的"前人之齿吻",主要是指冯梦龙的《白娘子永镇雷峰塔》话本,即剧中的主要情节取材于话本。在冯梦龙的话本中,白娘子的形象与唐代传奇小说《李黄》及宋代《西湖三塔记》话本中的白娘子形象相比,已有了很大的转变,即已由一个为人所憎恶的蛇妖初步转变为能引起人们同情的美女,她虽尚未完全脱去妖气,但已无害人之心,她向往人间的幸福爱情,对爱情执着坚贞。由于《雷峰塔》传奇的情节主要取材于冯梦龙的话本,因此,作为主要人物的白娘子的形象,也继承了话本中积极的一面,描写了她对爱情的执着追求。但在主题上,黄图泌并没有借鉴话本的主题,他是借白蛇传的故事来宣扬佛教因果轮回的思想。剧作的这一主题,在第一出《慈音》中就已经表明,如来上场升帐,说明东溟白蛇与座前捧钵侍者许宣有宿缘,然后宣法海上场,告以玄机,授以宝塔,待他们缘满孽清之日,收取白蛇与青蛇,永镇雷峰塔底,并接引许宣同归极乐。出于这样的主题,作者在剧中虽也描写了白娘子与许宣的情缘,但带有浓厚的佛教色彩,即白娘子与许宣的情缘不是作者描写的重点,而是通过两人的情缘,宣扬"苦心修行"、"一切皆空"等佛家"妙理"。因此,在剧中,两人的情缘不真诚,尤其是许宣,自始至终对白娘子的爱一是不主动,二是疑虑重重,动摇不定。而白娘子虽有对爱情执着的一面,但面对法海的阻挠和破坏,她无所作为,抗争不力,听从命运的安排。同时,黄本尚未为

---

[1]《伶人请新制〈栖云石〉传奇行世·小引》,《中国古典戏曲序跋汇编》,第1823页。

白娘子脱去妖气,如《彰报》出,白娘子为水族报仇,严厉惩罚捕鱼人,命青儿把捕鱼人抓来,"将败鳞折翅,断须落爪,装刺其身,乘入网中,抛于浅水薄滩之间,以示打网为之戒"。这就损害了白娘子的形象。由于黄图泌的《雷峰塔》敷演的是民间早已流传的白蛇传的故事,因此,当剧本编成后,就被艺人们搬上了舞台,如黄图泌自称:剧本"方脱稿,伶人即坚请以搬演之",①"一时脍炙人口,轰传吴越间"。②

　　黄图泌的《雷峰塔》传奇在流传和演出过程中,民间艺人们根据观众的意愿和舞台演出的需要,又不断对它加以修改。在乾隆年间出现了一部梨园抄本《雷峰塔》传奇,相传是经陈嘉言父女改编而成的。陈嘉言是乾隆年间扬州昆曲戏班"老徐班"中的丑脚演员,如《扬州画舫录》谓老徐班诸伶中,"三面以陈嘉言为最,一出鬼门,令人大笑"。由于陈改本没有正式刊行,只是在梨园中传抄,故通常称它为"梨园抄本"或"旧抄本"。旧抄本是根据观众的意愿即以同情与歌颂的态度来描写白娘子与许宣的情缘的,因此,它在黄本基础上作了较大的改动。一是为白娘子脱去了一些妖气,使这一形象更具有人情味,更值得人们的同情。如删去了黄本中《回湖》《彰报》《忏悔》《捉蛇》等有损白娘子形象的几出戏,如果说旧抄本为了使白娘子能与拥有佛法的法海搏斗而保留了一些蛇妖的面目,那么在她与许宣的爱情上,已为她脱尽了妖气,成为一个美丽多情、勇敢善良的青年女子形象。二是增强了对白娘子与许宣的爱情的描写,尤其突出了白娘子对爱情的坚贞执着,增加了《端阳》《盗草》《救仙》《水斗》《断桥》等几出重头戏。三是

①《观演〈雷峰塔〉传奇·自引》,《中国古典戏曲序跋汇编》,第1821页。
②《伶人请新制〈栖云石〉传奇行世·自引》,《中国古典戏曲序跋汇编》,第1822页。

给了白娘子与许宣的爱情一个美好的结果,增加了《奏朝》《祭塔》两出戏,让白娘子产下一子并中了状元。这一结局虽符合下层观众的意愿,但引起了一些封建卫道士的非议,如黄图泌对这一情节十分不满,曰:"白娘,妖蛇也,而入衣冠之列,将置己身于何地邪?"[1]意谓白娘子不应有这样美好的结局,蛇妖之子也不配成为封建统治阶级的一员。旧抄本在艺术形式上,也根据舞台演出的需要,对黄本作了改进,如在结构上,使剧情发展更为紧凑,语言上更通俗易懂。由于旧抄本是根据观众的意愿和舞台实际加以改编的,故深受观众的欢迎,在当时曲坛上广为流传,"盛行吴越,直达燕、赵"。[2]

旧抄本因只在梨园中传抄,没有正式刊行,因此,自旧抄本产生后,到了乾隆三十六年(1771),又产生了由"岫云词逸改本、海棠巢客点校"的《雷峰塔》传奇。岫云词逸即方成培,字仰松,别署岫云词逸,徽州人。生于清雍正年间,卒年不详。作有《雷峰塔》《双泉记》两种传奇。方本《雷峰塔》是在旧抄本的基础上改编而成的,在每出的结尾处附有改本与原本间的主要差异。方成培自称:

> 较原本,曲改其十之九,宾白改十之七。《求草》《炼塔》
> 《祭塔》等折,皆点窜终篇,仅存其目。中间芟去八出。《夜话》
> 及首尾两折,与集唐下场诗,悉余所增入者。[3]

从情节的设置与人物的塑造来看,方本在旧抄本的基础上,对白娘子的形象作了进一步的改造,赋予了她更多的人情味,更突出了她对爱情的执着追求。同时,也对许宣的形象作了一些改造,在

---

①《观演〈雷峰塔〉传奇·自引》,《中国古典戏曲序跋汇编》,第1822页。
②同上。
③《雷峰塔·自叙》,《中国古典戏曲序跋汇编》,第1940—1941页。

旧抄本中，白娘子的形象得到了改变，而许宣仍有动摇不定、不真诚的一面，如在《付钵》出，当法海要他收取白娘子时，他竟不念旧情，毫不犹豫地接过钵盂，去收取白娘子。方本则改为许宣不愿受钵，尚念"夫妻之情，不忍下此毒手"（《重谒》）。这样不仅较合情理，而且也突出了两人之间爱情的真诚。在剧本结构上，方本也作了一些改进，使剧情发展更为合理紧凑。

由上可见，《雷峰塔》传奇在流传和演出过程中，在故事情节与艺术形式上，都不断地得到改进与完善。因此，它也深受广大观众的热爱，脍炙人口。直至今天，《盗草》《水斗》《断桥》等仍是昆曲中的传统折子戏，经演不衰。另外，各地方戏中有关白蛇传故事的剧目，如川剧、京剧、湘剧、越剧、扬剧中的《盗仙草》、《金山寺》（又名《水漫金山》）、《断桥》等剧目，也都是根据《雷峰塔》传奇改编而成的。

经学家俞樾的戏曲创作与戏曲理论

在我国古代众多的戏曲家中,以经学家的身份来从事戏曲创作的甚少,而俞樾便是其中的一位。俞樾(1821—1907),晚清著名的经学家,字荫甫,号曲园、右台仙馆主人,晚自署曲园叟、曲园居士、曲园老人、茶香室说经老人,室名右台仙馆、春在堂、认春轩、茶香室等。浙江德清人。清道光三十年(1850)举进士,授翰林院编修,任河南省学政,因受御史曹泽弹劾而遭罢官。其后便侨寓苏州,置地建"春在堂",因屋旁有余地形如曲尺,便随形筑成"曲园",潜心教育和学术。曾先后主讲浙江诂经精舍、江苏紫阳书院、上海诂经精舍、求志书院、湖州龙湖书院等书院,治学广博,以经学为主,兼及小学、史学、文学、书法艺术等,一生著述宏富,著有《群经平议》《诸子平议》《茶香室经说》《古书疑义举例》《第一楼丛书》《曲园杂纂》《俞楼杂纂》《宾萌集》《宾萌集外集》《春在堂杂文》《春在堂诗编》《茶香室丛钞》《右台仙馆笔记》《菁莪编》《春在堂随笔》《春在堂日记》《春在堂尺牍》等。后汇为《春在堂全书》约500卷。俞樾虽身为经学家,但也从事戏曲创作和戏曲研究,作有传奇《骊山传》《梓潼传》和杂剧《老圆》,并在一些杂文、笔记、诗词及戏曲序跋中表达了自己的戏曲主张。

一、戏曲有益于教化

作为正统的经学家,俞樾十分重视传统道德,重视教化,提出:"人人皆务为孝悌忠信,亲其亲而长其长,虽有外患,何由而至。"①他以教化民众、宣扬传统道德为己任,认为"学政一官,为人伦风化所系,自先圣先贤以逮山林隐逸,名迹藏书,皆宜加意表彰,以激扬风俗,磨砺人心"。②因此,他提出戏曲要有益于教化,为弘扬传统道德服务。

俞樾虽不排斥被封建正统文人视为小道的戏曲,自己也创作戏曲,但他不仅仅是因为戏曲具有娱乐功能,而是更看重戏曲的教化功能,主张寓教于乐。他认为,在以诗文为正统文体的文坛上,戏曲虽是小道,但其功能也应与正统的诗文一样,能教化人心,有益世道。如他在《玉狮堂传奇总序》中指出:

> 虽词曲小道,而于世道人心,皆有关系。可歌可泣,卓然可传矣。③

如余治所作的《劝善杂剧》具有劝善惩恶的主旨,俞樾十分赞赏,特为他的《劝善杂剧》作序,曰:

> 今之杂剧,古之优也。……而唐咸通以来,有范传康、上官唐卿、吕敬迁等弄假妇人为戏,见于段安节《乐府杂录》,则俳优而已,至于淫媟,亦势使然乎? 夫床第之言不逾阈,而今人每喜于宾朋高会,衣冠盛集,演诸淫衺之戏,是犹伯有之赋

----

① 《春在堂杂文》卷三《霁岚李君传》,《春在堂全书》第4册,凤凰出版社2010年版,第539页。
② 《春在堂杂文》卷八《徐花农〈粤东葺胜记〉序》,《春在堂全书》第4册,第654页。
③ 《玉狮堂传奇总序》,《中国古典戏曲序跋汇编》,第2289页。

"鹑之贲贲"也。余子既深恶此习，毅然以放淫辞自任，而又思因势利导，即戏剧之中，寓劝善之意，爰搜辑近事，被之新声，所著凡二十种，梓而行之，问序于余。余受而读之，曰：是可以代道人之铎矣。①

演男女风情之事，在唐代就有了，如唐段安节《乐府杂录》中记载的唐咸通时范传康、上官唐卿、吕敬迁等弄假妇人为戏，那是俳优的表演而已，虽然"今之杂剧，古之优"，所演也为男女风情之事，但不能逾越传统礼教，所谓"床笫之言不逾阈"。而"今人每喜于宾朋高会，衣冠盛集，演诸淫亵之戏"，余治深恶此习，既以斥责批判淫辞自任，同时又因势利导，创作戏剧，演男女之事，寓劝善之意。俞樾认为，余治的剧作宣扬了传统伦理道德，诚"可以代道人之铎"，具有劝化民众向善的功能。因此，当余治请他为己作作序时，他便欣然答应，予以赞赏。

又如陈烺的《错姻缘》传奇，所敷演的是《聊斋志异》中姊妹易嫁的故事，俞樾认为，作者是借姊妹易嫁的故事，来警戒人心。他在《错姻缘》序中对姊妹易嫁的故事作了考证，并指出了此剧的劝戒意义，如曰：

蒲留仙《聊斋志异·姊妹易嫁》一节，相传实有其事，潜翁吏隐西湖，雅善度曲，乃取其事，谱成传奇，名曰《错姻缘》，余读而叹曰：此一事有可以警世者二：夫妇人女子初无巨眼，欲其于贫贱中识英雄，良非易易。买臣之妻，既嫁之后，尚以不耐贫贱，下堂求去，况张氏女尚未于归乎？然以一念之差，成终身之误。凤诰鸾章，让之小妹，晨钟暮鼓，了此余生。清夜自思，能不凄然泪下？是可为妇人鉴者一。至于男子，当食

---

①《余莲村劝善杂剧序》，《中国古典戏曲序跋汇编》，第2264—2265页。

贫居贱,与其妻牛衣对泣,孰不曰"苟富贵,无相忘",乃一朝
得志,便有"贵易交,富易妻"之意。秋风纨扇,无故弃捐,读
"上山采蘼芜,下山逢故夫"之句,能勿为之酸鼻哉! 若毛生
者,偶萌此念,尚无此事,似亦无足深咎。然已黄榜勾消,青
云蹭蹬。使非神明示梦,有不潦倒一生乎? 是可为男子鉴者
一。潜翁此作,不独词曲精工,用意亦复深厚。异日红氍毹
上,小作排当,聚而观者,丈夫女子咸有所警醒。夫夫妇妇,
家室和平,则于圣世雎麟雅化,或亦有小补也夫。①

俞樾指出,《错姻缘》传奇"不独词曲精工,用意亦复深厚",而
其用意深厚者,即是其中的劝戒之意。剧中所描写的姊妹易嫁故
事,既可劝戒嫌贫爱富的女子,也可劝戒发迹负心的男子。其中
张氏长女以毛生贫贱,不肯嫁之,"以一念之差,成终身之误。凤
诰鸾章,让之小妹,晨钟暮鼓,了此余生。清夜自思,能不凄然泪
下?"张氏长女的嫌贫爱富可为妇人嫌贫爱富者鉴之;张氏次女头
发脱落稀疏,毛生在未及第前,虽对此稍有介意,但仍视其为"知己
德女"。一朝得志后,心想恐为同朝的显贵者耻笑,便起了"贵易
交,富易妻"之念。虽只是偶萌此念,尚无易妻之事,"似亦无足深
咎",但及试,竟落第,黄榜勾消,青云蹭蹬。毛生此事,可为男子负
心者鉴之。

俞樾之所以不同于正统文人,不鄙视戏曲,就在于他看重戏曲
的教化功能比诗文以及儒家经典的效果更好。由于戏曲是一种雅
俗共赏的艺术,识字的文人学士和不识字的下层民众都能看,正如
清代戏曲家李渔所说的,戏曲"不比文章","戏文做与读书人与不

---

① 《错姻缘序》,《中国古典戏曲序跋汇编》,第2316—2317页。

读书人同看,又与不读书之妇人、小儿同看",①因此,戏曲在传播和宣扬传统伦理上所起的作用最大,影响也最广。如俞樾在《余莲村劝善杂剧序》中指出:

> 天下之物最易动人耳目者,最易入人之心。是故老师巨儒,坐皋比而讲学,不如里巷歌谣之感人深也;官府教令,张布于通衢,不如院本、平话之移人速也。君子观于此,可以得化民成俗之道矣。《管子》曰:"论卑易行。"此莲村余君所以有《劝善杂剧》之作也。……《乐记》曰:"人不能无乐,乐不能无形,形而不为道,不能无乱。先王耻其乱,故制《雅》《颂》之声以道之,使足以感动人之善心,不使放心邪气得接焉,是先王立乐之方也。"夫制《雅》《颂》之声以道之诚善矣。而魏文侯曰:"吾听古乐则唯恐卧,听郑、卫之音则不知倦。"是人情皆厌古乐而喜郑、卫也。今以郑、卫之音节,而寓古乐之意,《记》所谓"其感人深,其移风易俗易"者,必于此乎在矣。余愿世之君子,有世道之责者,广为传播,使之通行于天下,谁谓周郎顾曲之场,非即生公说法之地乎?②

俞樾认为,动人之心,首先要动人耳目,而天下之物最易动人耳目者,也最易入人之心。如里巷歌谣通俗且动听,而老师巨儒坐皋比而讲学,艰深难懂,故不如里巷歌谣感人之深;官府教令,张布于通衢,用严厉的告示,强迫民众接受管教,而院本、平话以民众喜闻乐见的艺术形式,更能劝化民心。

乐有雅乐、俗乐之分,俞樾认为,雅乐与俗乐相比,俗乐的教化作用更大。而儒家虽也重视乐的教化作用,"人不能无乐,乐不

---

① 《闲情偶寄·词曲部·词采第二》,《历代曲话汇编》清代编第一集,第254页。
② 《余莲村劝善杂剧序》,《中国古典戏曲序跋汇编》,第2264—2265页。

能无形,形而不为道,不能无乱",但儒家只推崇雅乐,认为只有雅乐才"足以感动人之善心,不使放心邪气得接焉","先王耻其乱,故制《雅》《颂》之声以道之"。俞樾虽也肯定雅乐的教化功能,认为先儒"制《雅》《颂》之声以道之诚善矣",但他也肯定被儒家视为俗乐并加以排斥的"郑、卫之音",认为"郑、卫之音"与"《雅》《颂》之声"同样具有感动人之善心的教化功能,而且与雅乐相比,"郑、卫之音"传播传统礼教、劝化民众的功能更大,这是因为"人情皆厌古乐而喜郑、卫也"。如"魏文侯曰:'吾听古乐则唯恐卧,听郑、卫之音则不知倦。'"戏曲也是俗乐的一种,为民众喜闻乐见,因此,在戏曲中寓以雅乐的教化之意,"以郑、卫之音节,而寓古乐之意",以民众喜闻乐见的戏曲来传播传统礼教,与雅乐相比,戏曲更能感动人心,对民众的教化效果更好,"《记》所谓'其感人深,其移风易俗易'者,必于此乎在矣"。由此观之,演戏就是向民众教化,宣讲传统礼教,故戏场就是"老师巨儒坐皋比而讲学"说法之所,即所谓"周郎顾曲之场,即生公说法之地"。正因为戏曲具有传播和宣扬传统礼教、教化民众的功能,因此,俞樾呼吁凡负有教化民众、"有世道之责者",都应推崇戏曲,使之通行于天下,广为传播。

二、戏曲有功于经学

　　作为一个经学家和朴学家,俞樾对戏曲的认识,必然要与自己所从事的经学、朴学联结起来,主张戏曲要"有功经学"。[①]他认为,戏曲中大有学问,"杂剧即文章","勿徒作戏文看"。[②]如《读元人杂

---

①《骊山传·开场》,《春在堂全书》第7册,第705页。
②同上。

剧》诗之一云：

> 乔（孟符）马（致远）关（汉卿）王（实甫）各擅长，须知杂剧
> 即文章。
>
> 流传百种元人曲，抵得明时十八房。
>
> 注曰：臧晋叔云："元时取士，有填词科，主司出题目，限
> 曲调及韵取办于风檐寸晷之中，故至第四折虽乔孟符、马致远
> 亦成强弩之末。"余读之，颇以其言为信。

他把杂剧看作是科举文章，作家创作杂剧，便是作应试文章，他还以明臧懋循的"元时以曲取士说"来证明其"杂剧即文章"之说的可靠性。又《茶香室丛钞》卷十七"曲海"条也云："乃《曲海》所载，则皆有曲本，学问无穷，即此可见也。"①因此，他把戏曲当作学问来研究，将对戏曲的研究也纳入他的学术研究中，作为治学的一部分，自称："注史笺经总收拾，近来学问只稗官。"②他以朴学考据的方法来研究戏曲，考证戏曲的起源、戏曲术语、戏曲本事等。如他在《小浮梅闲话》提要中说明此书的成书过程及内容，是"与内子姚夫人坐其中相与闲话，往往考证传奇小说中俗事，因录为一卷"。③因此，在《茶香室丛钞》《右台仙馆笔记》《曲园杂纂》等著作中，有大量的有关戏曲考证的论述，如《曲园杂纂》卷三十八对《荆钗记》《琵琶记》的本事作了考证，如《荆钗记》条云：

> 王十朋事，余曰此谰言，不足据。褚人获《坚瓠集》引《南
> 窗闲笔》云：钱玉莲，宋名妓，从孙汝权。某寺梁殿上题"信士
> 孙汝权同妻钱玉莲喜舍"。又引《听雨增笔》云：孙汝权乃宋

---

① 《春在堂全书》第 6 册，第 174 页。
② 《右台仙馆述怀次外弟嵇幼纯韵》，《春在堂诗编》卷九，《春在堂全书》第 5 册，第121 页。
③ 《春在堂全书录要》，《春在堂全书》第 7 册，第 682 页。

朝名进士,有文集行世。玉莲则王十朋之女也。十朋劾史浩八罪,乃汝权喉之。史氏子姓怨两人刺骨,遂作《荆钗记》,以玉莲为十朋妻,而孙汝权有夺配事。此二书余皆未之见,未知足据否？要之,王十朋事与蔡中郎同一不根也。①

又《琵琶记》条云:

　　因马融遂及蔡邕事,余曰:此则前人论之详矣。元高则诚《琵琶记》本为王四而作,记以"琵琶"名,以其中有四"王"字也。托名蔡邕者,以王四少贱,尝为人种菜也。按唐李肇《国史补》载,江西有驿官,以干事自任,白刺史:"驿已理,请一视之。"初,一室为酒库,其外画神曰杜康;又一室曰茶库,复有神曰陆羽;又一室曰菹库,复有神曰蔡伯喈,则蔡、菜同音,沿讹已久。元曲以菜佣为蔡邕,非无自矣。惟《后汉书》本传云:父棱,亦有清白行,谥曰贞定公。注又引《祖携碑》云:携字叔业,顺帝时以司空高第迁新蔡长,年七十九卒。长子棱,字伯直,处俗孤党不协于时,垂翼华发,人爵不升,年五十三卒。则中郎家世犁然可考,不似俗所传也。陆放翁诗云:"身后是非谁管得,沿村听唱蔡中郎。"然则中郎事之流传失真,不始于元曲矣。②

通过对前人的有关记载的辨析,考证了《荆钗记》所描写的王十朋故事和《琵琶记》所描写的蔡伯喈的故事的流变过程,并提出了自己的见解,认为王十朋事与蔡中郎事皆出于后人的附会虚构,同为不根之谈,而其流传失真,就已经见于前代的笔记,"不始于元曲"。

_____

①《曲园杂纂》卷三十八,《春在堂全书》第3册,第277页。
②同上,第269页。

他在《读元人杂剧》诗二十首中,对元人杂剧所描写的人物和故事情节作了考证,经过考证,他将元人杂剧所描写的人物和故事情节分为两类,一类是无所本,纯是出于作家的虚构,如其三曰:

张千李万本非真,日日登场不厌频。

只怪轻浮两少年,一胡一柳究何人?

注曰:剧中凡官府祗侯人皆曰张千,如有二人,则曰张千、李万。皆寓名也。惟有两浮浪子弟,曰柳隆卿,曰胡子传,既见于《崔府君断冤家债主》剧,又见于《杨氏女杀狗劝夫》剧,又见于《东堂老劝破家子弟》剧,似非官名,不知何以相传有此二人也。胡子传或作胡子转,盖由传刻之讹。[1]

元杂剧中凡祗侯都称张千、李万,而两浮浪子弟胡子传与柳隆卿虽有名字,但与张千、李万一样,"皆寓名也",即皆为剧作家虚构。

其五曰:

狙靓狐猱各斗工,新奇颇足眩儿童。

王蝉老祖桃花女,都入弹词演义中。

注曰:鬼谷子姓王名蝉,见《马陵道》杂剧,乃悟弹词中有王蝉老祖,即此人也。《桃花女斗法嫁周公》剧尤为怪诞,不知所本。明人《西游记》演义以桃花女先生、鬼谷子先生并称,明时犹传有此语。

鬼谷子历史上确有其人,姓王名蝉,道教尊其为王禅老祖。《马陵道》杂剧中的鬼谷子姓王名蝉,即此人也,虽已经过了作家的虚构,不同于真实的历史人物,但有所本;而《桃花女斗法嫁周公》剧中的桃花女,则"不知所本",完全为剧作家虚构。

---

[1]《读元人杂剧》,《春在堂诗编》卷二十一,《春在堂全书》第7册,第304—306页。

其六曰：

八洞神仙本渺茫，俗传曹佾与韩湘。

徐神翁已无人识，何处飞来张四郎。

注曰：谷子敬《城南柳》剧八仙有徐神翁，无何仙姑。范子安《竹叶舟》剧有何仙姑无曹国舅。独岳伯川《铁拐李》剧有张四郎，无何仙姑，不知张四郎何人也？

八洞神仙本来就为传说，“渺茫”不可知，元杂剧中所描写的八洞神仙皆为虚构，因此，元杂剧因作家不同，八仙之名也各不相同，如谷子敬《城南柳》剧八仙中有徐神翁，无何仙姑；范子安《竹叶舟》剧八仙中有何仙姑无曹国舅；独岳伯川《铁拐李》剧八仙中有张四郎，无何仙姑，张四郎是民间传说的八仙中所没有的。

在这一类杂剧中，有些是根据前代文学作品虚构的，虽有所本，但所依据的前代文学作品中的人物和故事情节本来就是虚构的，故其所描写的人物和故事情节也纯属虚构，如其七曰：

岂果蓬山有秘函，仙踪踳驳胜于凡。

邯郸两度黄粱梦，一是卢生一吕严。

注曰：邯郸吕翁尚在纯阳之前，此事人多知之。乃元马致远《黄粱梦》杂剧意谓是钟离度纯阳事，梦境不同，又不言有枕，此非不知有卢生事，盖因卢生事而谓纯阳亦然，疑元时别有此一说也。

唐沈既济《枕中记》写吕翁度脱卢生，在邯郸客店中，卢生得吕翁所授瓷枕入睡，梦中历数十年富贵荣华。醒来时，见店家煮黄粱未熟，经吕洞宾点化，便随其而去。而《黄粱梦》杂剧写钟离权度脱吕岩，且与《枕中记》中吕翁度脱卢生的“梦境不同，又不言有枕”，“疑元时别有此一说也”，即为元杂剧作家的虚构。

其九曰：

> 连环计定锦云堂，演义还输杂剧详。
>
> 木耳村中寻艳迹，可能访取任红昌。
>
> 注曰：貂蝉连环计，《三国演义》中事也，乃元人《锦云堂连环计》杂剧并载貂蝉为木耳村任昂之女，本名红昌，因选入汉宫掌貂蝉冠，故名貂蝉，此非演义所知也。

元人《锦云堂连环计》杂剧和《三国演义》皆有貂蝉连环计的情节，两者皆为虚构，而两者有详略之别，元杂剧有貂蝉的出身及貂蝉得名之由来等情节，而《三国演义》无此情节。

其十一曰：

> 琵琶女子姓名无，未可娟娟好好呼。
>
> 元道相逢不相识，何曾知有李兴奴？
>
> 注曰：香山《琵琶行》偶然寄托，元马致远作《青衫泪》杂剧，杜撰姓名曰"李兴奴"，谓是乐天长安旧相识，真痴人说梦矣。

白居易的《琵琶行》是其偶然寄托所作，虚构了自己与琵琶女之间的情事，其中的琵琶女无姓名，也为虚构的人物；而马致远《青衫泪》杂剧中，将琵琶女叫作"李兴奴"，把本为虚构之人改作了有名有姓之人了，将虚的误作了实的，俞樾认为，这是"痴人说梦"。

另一类是所描写的人物和故事情节虽有所本，但经过了作家的改造，加入了虚构的内容。

如其二曰：

> 何处传来委巷言，尽堪袍笏演梨园。
>
> 蔡邕竟是汉丞相，柳永居然宋状元。
>
> 注曰：元人《王粲登楼》杂剧称蔡中郎为丞相，又关汉卿《谢天香》剧谓柳耆卿状元及第，真戏剧语也。

　　《王粲登楼》中的蔡中郎（邕）和《谢天香》中的柳耆卿（永）在历史上实有其人，蔡邕，汉灵帝时为郎中、议郎，献帝时为左中郎将，并未做过丞相，但《王粲登楼》杂剧称蔡中郎为丞相；历史上的柳永曾四次应试落第，暮年才及第，最终只是以屯田员外郎致仕，并未状元及第，而《谢天香》杂剧则谓柳永状元及第，俞樾认为，这是"戏剧语"，也就是剧作家的虚构。

　　其四曰：

　　　　啸聚梁山卅六人，至今妇竖望如神。

　　　　何来孔目李荣祖，大可遗闻补《癸辛》。

　　　　注曰：宋江等三十六人详见《癸辛杂识》，乃元人李致远《风雨还牢末》杂剧有东平府都孔目李荣祖，亦梁山头目，《癸辛杂识》所无也。余意此即《杂识》中之李英，传闻异辞，少一"祖"字，而荣、英声近，遂误李荣为李英，今《水浒传》作李应则又李英之误也。

　　元李致远《风雨还牢末》杂剧所写的梁山三十六个头目中，有东平府都孔目李荣祖，但《癸辛杂识》宋江等三十六人中无李荣祖其人，俞樾考证认为，李荣祖实为《癸辛杂识》所载三十六人中的李英，后《水浒传》又误作李应。

　　其八曰：

　　　　秋胡妻死千年后，更有何人知姓名。

　　　　今日始知罗氏女，闺中小字唤梅英。

　　　　注曰：石君宝《秋胡戏妻》杂剧载其妻姓名曰罗梅英，不知何所本也。

　　秋胡，春秋鲁国人，汉刘向《列女传·鲁秋洁妇》载秋胡戏妻事，秋胡妻无姓名，石君宝《秋胡戏妻》杂剧称秋胡妻名曰罗梅英，其出处不可考，"不知何所本"，可见，秋胡戏妻事虽有所本，但罗梅英这一人物出于剧作家的虚构。

其十曰：

> 流落文姬塞上笳，曾传有妹嫁羊家。
>
> 谁知更有王郎妇，留得香名是桂花。
>
> 注曰：蔡中郎女文姬，人所知也。羊祜之母亦中郎之女，知者已罕。乃读元人《王粲登楼》杂剧，则中郎又有女名桂花，嫁王仲宣，亦盲词俗说也。

蔡邕有二女，一为文姬，一为羊祜之母，而元人《王粲登楼》杂剧，则谓中郎又有一女名桂花，嫁王仲宣。蔡邕有二女见于史传所载，虽实有其人，但《王粲登楼》中郎又有一女名桂花者，实是"盲词俗说"，为艺人所虚构。

其十二曰：

> 买臣当日困涂泥，最苦家中妇勃谿。
>
> 何意忽翻羞冢案，居然不愧乐羊妻。
>
> 注曰：元人《风雪渔樵记》言买臣妻之求去乃故激励之以成其名，又阴资助之以成其行，故其后仍完聚如初。不知何意，忽翻此案也。

朱买臣贫困时，其妻不耐贫困，求去；买臣发迹后，妻欲求合，买臣覆水休妻，妻羞愧自尽而死，事见《汉书》本传。而元人《风雪渔樵记》杂剧为朱买臣妻翻案，谓其在买臣贫困时求去是为激励之以成其名，而暗中又资助之以成其行，因此，最后两人能完聚如初。作者"不知何意，忽翻此案也"，即其翻案是出于虚构。

其十三曰：

> 素口蛮腰妆点工，当年曾伴乐天翁。
>
> 不图演入《梅香》剧，白乐天为白敏中。
>
> 注曰：小蛮樊素为香山姬侍，人所共知也。乃元人郑德

辉《伲梅香》杂剧以小蛮为裴晋公之女,嫁白敏中,樊素其婢
也,不知何据?

小蛮和樊素本为白居易姬侍,这是历史事实,"人所共知",而
郑德辉《伲梅香》以小蛮为裴晋公之女,嫁白居易之弟白敏
中,樊素为小蛮之婢。这是作者虚构,"不知何据"。

其十四曰:

　　宋史唐书总不收,何来故事尽风流。

　　御园妃子寻金弹,相府娇儿抛绣球。

　　注曰:元人《陈琳抱妆盒》杂剧言宋真宗于三月十五日在
御园向东南方打金弹,使宫妃往寻之,得者即有子。此不知出
何书? 又《梧桐叶》杂剧言唐宰相牛僧孺女金哥抛绣球打中武
状元,然则弹词小说所言"彩楼招亲"亦有所本。

宋真宗和唐宰相牛僧孺虽为历史人物,但元人《陈琳抱妆盒》
杂剧中宋真宗御园打金弹和《梧桐叶》杂剧中的唐宰相牛僧孺女金
哥抛绣球的情节,则"不知出何书",即为剧作家虚构,而后世的弹
词小说所言"彩楼招亲"的情节,皆来自元人杂剧中所虚构的情节。

另外,在《读元人杂剧》诗中,俞樾还对元人杂剧中所描写的
节令风俗、规章制度、戏曲术语、曲词等作了考证,如其十五对三月
三上巳节和清明节作了考证,曰:

　　踏青拾翠尽游行,行乐随时总有名。

　　见说重三修禊日,当时也唤作清明。

　　注曰:元李文蔚《燕青博鱼》杂剧云:"清明三月三,重阳
九月九。"又云:"三月三清明令节,同乐院前王孙士女好不华
盛。"疑当时流俗相传上巳、清明并为一节也。

三月三本为上巳节,与清明节为两个不同的节令,而《燕青博
鱼》杂剧中却谓"三月三清明令节",据此可能当时流俗相传上巳和

清明为同一节令。

其十六对元杂剧中官员出场时的"排衙"形式作了考证，如曰：

> 仕宦原同傀儡棚，棚中关节逐时更。
>
> 偶然留得排衙样，人马平安喏一声。
>
> 注曰：元杂剧每包龙图出场必有张千先上排衙云："喏，本衙人马平安。"他官亦多如此，想必宋元时排衙旧式也。

其十七对元杂剧中"卜儿"、"孛老"、"俫儿"、"邦老"之脚色名称作了考证，曰：

> 卜儿孛老各登场，名目于今半未详。
>
> 喜看俫儿最伶俐，怕逢邦老太强梁。
>
> 注曰：元杂剧中老妇谓之卜儿，老夫谓之孛老儿，童谓之俫儿，盗贼谓之邦老。此等脚色与今绝异。

其十八对元杂剧中"大嫂"、"孩儿"称呼作了考证，曰：

> 寻常称谓颇离奇，数百年来尽改移。
>
> 夫岂小郎偏大嫂，奴虽老仆亦孩儿。
>
> 注曰：各剧中凡夫称其妻皆曰"大嫂"，至奴之于主必称"孩儿"，如《桃花女》剧彭祖年已六十九，然于其主周公仍称孩儿也。

其十九首对《包龙图铜鏑》杂剧中的"鏑"字和马致远《荐福碑》剧中的鐅字作了考证，曰：

> 旧本流传校勘精，偶拈奇字辨形声。
>
> 铜鏑(音茶)官府颁来重，纸鐅(音见)儿童蹴去轻。
>
> 注曰：《包龙图铜鏑》杂剧中屡见，鏑，即铡字，而乔梦符《金钱记》剧则音茶，殆因一声之转，随文而异读也。纸鐅子见马致远《荐福碑》剧，据《帝京景物略》，字本作鞬，此字从金

从皮从毛，字书不载，乃当时俗体也。[①]

最后的第二十首对马致远《秋雨梧桐雨》杂剧中的【粉蝶儿】"天淡云闲"一曲的曲词作了考证，曰：

> 绝代才华洪昉思，《长生》一曲擅当时。
>
> 谁知"天淡云闲"句，偷取元人【粉蝶儿】。
>
> 注曰：洪昉思《长生殿·小宴》剧中"天淡云闲"一曲脍炙人口，今读元人马仁甫《秋雨梧桐雨》杂剧有【粉蝶儿】曲与此正同，但字句有小异耳。乃知其袭元人之旧也。

《长生殿》中"天淡云闲"一语，出自马致远《秋夜梧桐雨》杂剧，两者只是小有差异。

由上可见，俞樾研究的对象虽是戏曲，但其研究方法与其经学研究是相同的，即也是用朴学考据的方法来研究戏曲。

三、合乎天籁

俞樾对戏曲的音律、语言等艺术形式，也提出了自己的见解，关于戏曲音律，俞樾主张自然，合乎天籁，如他在与人讨论戏曲音律问题时表达了自己的见解，曰：

> 陈子宣来，余因其好制传奇，询以曲律。子宣言：《九宫谱》《纳书楹谱》，皆无一定准绳。余曰：古人名作，皆自然合律，此天籁也。观"旗亭画壁"事，则唐人绝句，皆可歌矣。推之宋词、元曲皆然。后人欲效为之，乃即其字句合之工尺，此以人籁求合天籁也。先有词曲，后有工尺，故古人词曲，初无一定准绳耳。凡事皆有天而后有人，如天地间，本有五音，故

---

① 《春在堂诗编》卷二十一，《春在堂全书》第7册，第304—306页。

古人以宫商角徵羽配之，非先有宫商角徵羽，而后有五音也。天地间本有四声，故后人以平上去入配之，非先有平上去入，而后有四声也。子宣以为然。①

从他与陈子宣的讨论来看，陈子宣以为戏曲无固定的格律，即使是用于供剧作家和演唱者填词度曲借鉴的《九宫谱》和《纳书楹谱》，也无一定准绳。而俞樾虽不否定音律，认为作戏曲要合乎音律，但必须是自然合律。自古以来，凡是名作，必然是自然合律，唐人绝句、宋词、元曲皆是自然合律，故皆可以歌唱。所谓工尺，也就是五音四声等音律，音律是天籁之音，天地间本有五音四声，而作家按律填词，以人籁求合天籁，古人以宫商角徵羽五音，与平上去入四声相配，合乎自然，故其所作皆能歌唱。

而且，俞樾认为，音律也不是一成不变的，如他在《徐诚庵荔园词序》中指出："声音之道，与世升降。诗而流为词，词而变为曲。"因声音之道有升降变化，故作家按律填词，也要有所变化，从诗演变为词，词而演变为曲，即是声音之道升降变化的结果。"五言、七言限于字句不能畅达其意，乃为长短之句，抑扬顿挫，以寄流连往复之思。"②

关于戏曲的情节、语言等，俞樾也推崇自然。如他在为刘古香的《十种传奇》所作的序中指出：

> 余就此十种观之，虽传述旧事，而时出新意，关目节拍，皆极灵动，至其词，则不以涂泽为工，而以自然为美，颇得元人三昧，视李笠翁《十种曲》，才气不及而雅洁转似过之。③

①《俞曲园先生日记残稿》，《春在堂全书》第 7 册，第 781 页。
②《春在堂杂文》卷一，《春在堂全书》第 4 册，第 29 页。
③《小蓬莱阁传奇序》，《中国古典戏曲序跋汇编》，第 1147 页。

在这篇序中，他认为刘古香《十种传奇》的情节、语言都具有自然的特征，如剧作所描写的虽为旧事，但能翻出新意，而设置的情节，自然灵动；又剧作的语言不加雕琢涂泽，通俗自然。从对刘古香《十种传奇》的情节、语言的评述可见，俞樾对戏曲的情节、语言的要求也与其对戏曲音律的要求一样，也强调要合乎天籁，以自然为美。

四、以戏曲为经学

俞樾作有《梓潼传》《骊山传》传奇和《老圆》杂剧，经学家的身份不仅影响了他的戏曲理论，也体现在他的戏曲创作中。他不仅将戏曲作为学问来研究，纳入他的学术研究中，作为治学的一部分，而且也把创作戏曲当作学问来做，是另一种学术研究。他所作的《骊山传》与《梓潼传》传奇，可以说就是两部学问剧，他采用朴学的治学方法，以戏曲的形式，分别对骊山女和梓潼文君作了考证和研究。如他在《骊山传》《梓潼传》两剧卷首的家门中，表达了自己的创作意图，如《骊山传·开场》：

【三台令】(磬圆老人上)衰年旧学都荒，《论语》居然未忘，奇女此中藏，说破了惊倒邢皇。

这本戏叫做《骊山传》，听我表明大义：那周武王乱臣十人，有一妇人，或说是太姒，或说是邑姜，都讲不去。有人把妇人改作殷人，说是胶鬲，更属无稽。直到曲园先生，才考得此妇人是戎胥轩妻姜氏，即后世所称为骊山老母者。《史记》载申侯之言曰："昔我先骊山之女，为戎胥轩妻，以亲故归周保西垂，西垂和睦。"是其有功于周可见。《汉书》载张寿王之言："骊山女亦为天子，在殷周

间。"是骊山女固一时人杰。周初寄以西方管钥,然后无
西顾之忧,得以专力中原,厥功甚巨,列名十乱,固其宜
也。此论至奇亦至确。唐时有书生李筌,遇骊山老母,
指授《阴符经》;宋时有郑所南,绘《骊山老母磨杵作针》
图,皆以神仙目之,莫知其为周武王十乱之一。我故演
出此戏,使妇竖皆知,雅俗共赏,有功经学。看官留意,
勿徒作戏文看也。

【排歌】十乱成行,何来女郎,经生费尽商量,邑姜太姒总荒
唐,改作殷人更不当,惟班马载得详,骊山奇迹始昭彰。因游
戏谱此章,梨园子弟试排场。①

因前人对骊山女有不同的说法,"或说是太姒,或说是邑姜",
或"把妇人改作殷人,说是胶鬲",作者对骊山女的身份作了考证,
"才考得此妇人是戎胥轩妻姜氏,即后世所称为骊山老母者"。而
这本《骊山传》传奇就是要敷演自己的考证结果,"使妇竖皆知,雅
俗共赏,有功经学"。因此,其形式虽是戏曲,但内容实是一篇考
证文章,故他特意提醒观众,"勿徒作戏文看"。

又如《梓潼传·开场》:

【破阵子】(罄圉老人上)圣代修明祀典,文昌中祀加虔,千秋
组豆同关庙,一样神灵是汉贤,人间莫浪传。

这本戏叫作《梓潼传》,听我表明大意,我朝升文昌为中
祀,极其隆重。文昌何神?说就是文昌六星。既是天
星,何以相传二月初三是文昌生日?又何以称为梓潼帝
君?近来曲园先生考得梓潼帝君是汉时梓潼文君,见高
朕《礼殿记》。此说甚确。按晋常璩《华阳国志》载:"文

①《骊山传·开场》,《春在堂全书》第7册,第705页。

参字子奇,梓潼人。孝平帝末为益州太守,造开水田,民咸利之,不服王莽、公孙述。遣使由交趾贡献,世祖嘉之,拜镇远将军,封成义侯。南中咸为立祠。"《礼殿记》所称梓潼文君,即此人也。庙食千秋,洵可不愧当日,南中咸为立祠,即今日文昌宫之权舆。是以起于蜀中,后世误为文昌星,天人不辨。至《文昌化书》所载,假托姓名,伪造事实,转使祀典不光。我故演此一戏,使人人知有梓潼文君。虽一时游戏之文,实千古不磨之论。

【倾杯序】望文昌远在天,历历斗魁边,安得有名姓存留。三月生辰,三巴乡县,《化书》诬罔真堪划。璩《志》分明自可援,翻新案,是真非是赝,请诸公来看《文君传》。①

当时朝野虽祀文昌神极其隆重,但对其身份和来历不明,而作者经过考证后,"考得梓潼帝君是汉时梓潼文君",梓潼文君即为梓潼人文参,后梓潼文君又衍化为文昌宫、文昌星,作者创作《梓潼传》传奇,就是要将这一考证结果,通过戏曲的形式表达出来,"使人人知有梓潼文君"。虽不同于考证文章,是"一时游戏之文",但其内容和所表达的观点,实与考证文章一样,"实千古不磨之论"。

在创作《骊山传》传奇与《梓潼传》传奇之前,俞樾已经对骊山女和梓潼文君作了考证,写了一系列的考证文章,如他在《偶于吴蔗农孝廉处借小书数种观之,漫赋一律》诗后注云:

余拟以《史》《汉》所载骊山女事为《骊山女纪》,即世传骊山老母也,又以今世祀梓潼文昌帝君,谓即高联《礼殿碑》之梓潼文君,拟撰《梓潼文君传》。②

———————

① 《梓潼传·开场》,《春在堂全书》第 7 册,第 721 页。
② 《春在堂诗编》卷十三,《春在堂全书》第 5 册,第 180 页。

其中《骊山传》写的是骊山女事,考证了骊山女的来历,为西周文王时西方戎胥氏之女,为周文王、武王时"乱臣十人"之一。在此前的一些诗文中,已经对骊山女的生平来历和有关传说的流变过程作了梳理和考辨,如《咏十乱》诗前小序云:

> 此论(骊山女事)吾得之已久,屡见吾文矣,今又为诗以张之,冀此论既见吾文,又见吾诗,庶几不泯于后世。①

《梓潼传》是写梓潼文君事,考证了梓潼文君即为汉朝文参。俞樾在此前也已经在诗、文、随笔等著述中对梓潼文君作了考证,如曰:"余谓文昌实即汉时梓潼文君,人也,非星也。余诗文中屡及之,他日当并为一编,刻以行世。"②

显然,他的《骊山传》《梓潼传》两剧是建立在已有的史实考证的基础上的。如他自称:

> 骊山老母世皆知,世系源流孰考之。
> 《史记》《汉书》明白甚,并非院本构虚词。③

> 平生耽著述,颇不袭陈因。
> 搜出骊山女,补完周乱臣。
> 经生撰述误,史氏记来真。
> 此论奇而确,迂儒莫怒嗔。④

> 文昌官殿人间满,毕竟无人识此人。
> 天上文昌推本命,周时张仲托前身。

①《春在堂诗编》卷二十一,《春在堂全书》第5册,第311页。
②《文昌祠记》,《茶香室四钞》卷二十,《春在堂全书》第6册,第871页。
③《骊山传》第二出《骊山命将》出下场诗,《春在堂全书》第7册,第708页。
④《骊山传》第八出《周王功宴》出下场诗,《春在堂全书》第7册,第720页。

蚕丛故里仍难设，蛇腹讹言大可嗔。

试看常璩《巴蜀志》，我言征实岂翻新。[①]

考证文章只是给文人看的，而他作《骊山传》《梓潼传》传奇，以戏曲的形式敷演骊山女和梓潼文君事，则是以通俗的形式，"使妇竖皆知，雅俗共赏"。因此，从他对骊山女和梓潼文君事考证来看，《骊山传》《梓潼传》传奇与其他考证文章一样，也是"学问"，故他要"看官留意，勿徒作戏文看"。

由于以戏曲为经学，故《骊山传》《梓潼传》充满着谈经论学的情节和语言，"遂教科白也谈经"。如《梓潼传》第六出《学宫讲艺》出，以文参与众博士问答的形式，直接讲解经学，如：

（一生）敢问治《易》或主象数，或主义理，究宜何从？（文）孔子赞《易》，多说义理，安可舍理而言《易》？然云《易》者象也，则义理仍宜从象数推求。

【宜春令】不谈理，离了经，看开端元亨利贞，微言大义，要从象数来参证。羊触藩伏莽戎兴，鬼张弧夫征妇孕。罢人间万象包罗，易奇而正。

（一生）敢问《尚书》自经秦火，究存几何？（文）伏生先秦博士，所传可信，此外皆伪也。即如《秦誓》三篇，虽汉初已有。然恐是周考周说中别出之篇，非真《秦誓》。

【前腔】秦火后，失此经，伏流传济南伏生。高年口授，可知此外无余胜，王屋上流火莹莹，王舟舟白鱼滚滚，虽汉初授引非虚，终难全信。

（一生）敢问治《诗》宜何从？（文）《齐诗》最奇，《毛诗》最正。

---

①《梓潼传》第八出《遣祠闲话》出下场诗，《春在堂全书》第7册，第736页。

【前腔】鲁与韩，久著名。两毛公后来最精。六情五际，《齐诗》别自开蹊径。午采芭阳谢阴兴，亥大明天门候听。让汉廷翼奉诸公，侈谈灾应。

　　（一生）敢问《仪礼》《周礼》《礼记》是分三礼。究以何者为礼之本经？（文）《礼记》半出本朝诸公之手，但可为羽翼而已。《周礼》乃周衰有志之士所为，直欲斟酌古今，自成一代之制，故与诸书多不符合。

【前腔】惟《仪礼》，礼本经。在当时人人奉行。《周官》六典，参差不是周公定，幽厉后古制凋零。有英贤衡茅发愤。参古今手定成书。留贻来圣。

　　（一生）敢问本朝说《春秋》崇尚公羊，果得圣人之意否？（文）圣人制作，度越寻常，《春秋》始元终麟，自有微义。断非寻常作史可比。然公羊家必说是圣人自定素王之制，恐亦未可轻言。传至后世，必有流弊。

【前腔】左公谷，同治经。独公羊辞高意闳，非常异义，小儒读此目为瞠，斥衰周未免凭凌，托新王居然钺衮。转不如左氏浮夸，谷梁拘谨。

　　（一生）敢问战国诸子，何者为优？（文）古人著书，各有心得，虽申韩之残刻，庄列之虚浮，要皆自抒所见，非后世人云亦云者比。然不过各成一子而已。若超出诸子之上，将来可升列为经者，其孟子乎？

【前腔】尼山孔，莫与京，峄山贤，与之代兴。杨朱墨翟，敢将异喙来争胜？大本领经正民兴，扫强秦一言返本，任凭他坚甲精兵，难当吾棁。

　　（一生）孔门弟子姓名，记载不一，故府文翁刻有《礼殿图》，果无误否？（文）《礼殿图》中有蘧伯玉，未免失考，伯玉友也，非弟子也。初刻有申枨、申棠，后来又存申党而去申枨，不合《论语》。鄙意尼山道大，正不必罗列多人，始为尊圣，若必欲一概搜罗，窃谓见于庄子书尚有瞿鹊子。

【前腔】考诸贤，姓与名。总流传，殊难尽凭。申党申棠，如何枨也反招摈？若搜罗不择榛荆，有遗珠南华可证。试容他瞿鹊升堂。不较似藏贤为胜。

（一生）蜀郡人才，从前有司马长卿，近时有扬子云，可及古人否？（文）一乡之望，何敢轻议。但吾侪师友闲评，亦无不可。窃谓相如自是文人，然《子虚》《上林》同时奏御。①

作者实是借剧中人物之口，来讲解《周易》《尚书》《诗经》《礼》《春秋》等经学典籍的主旨，评述战国诸子及司马相如与扬雄的成就，表达自己的经学思想。如他在这出戏的下场诗中对此作了说明：

戏将六艺付闲评，锣鼓场中试共听。

欲把文君稍点缀，遂教科白也谈经。

由于以戏曲为经学，剧中的曲文科白多为议论性和考证性的语言，虽然作者为了能使"妇竖皆知，雅俗共赏"，不像经学著作那样深奥难懂，语言浅显易懂，但枯燥乏味，人物形象性格不鲜明。因此，其所作不能付诸演出，成为学问剧、案头剧。

由上可见，俞樾以经学家的身份来从事戏曲研究和戏曲创作，虽超越了一般经学家对戏曲的成见，但他的戏曲理论和戏曲创作

———————————

① 《梓潼传》第六出《学官讲艺》出，《春在堂全书》第7册，第729—730页。

方法、剧作的内容等都明显有着经学的影响,而这也说明,从本质上来看,俞樾是以经学家的身份来从事戏曲研究和戏曲创作的,只是他与那些排斥和鄙视戏曲的经学家不同,将戏曲纳入到了经学之中,成为经学的一部分,而他的戏曲研究和戏曲创作的成就也因此受到局限。

参考文献

一、典籍

清龙文彬纂《明会要》,中华书局1956年版

《明实录》,中华书局2016年影印

《元明史料笔记丛刊》,中华书局1985年版

《明代笔记小说大观》,上海古籍出版社2005年版

《清代笔记小说大观》,上海古籍出版社2007年版

清王夫之《永历实录》,北京古籍出版社2002年版

清黄宗羲《明儒学案》,中华书局2008年版

明毛晋编《六十种曲》,中华书局1958年版

明臧懋循编《元曲选》,中华书局1996年版

隋树森编《元曲选外编》,中华书局1980年版

隋树森编《全元散曲》,中华书局2000年版

《古本戏曲丛刊》编委会编《古本戏曲丛刊》,商务印书馆1954—
　　1986年版

王秋桂主编《善本戏曲丛刊》,台湾学生书局1984—1987年版

钱南扬校注《永乐大典戏文三种校注》,中华书局1979年版

明梁辰鱼著,吴书荫校点《梁辰鱼集》,上海古籍出版社1998年版

明徐渭《徐渭集》,中华书局1983年版

明汤显祖著,钱南扬校点《汤显祖戏曲集》,上海古籍出版社1978

年版

明汤显祖著，徐朔方笺校《汤显祖诗文集》，上海古籍出版社1978年版

明沈璟著，徐朔方辑校《沈璟集》，上海古籍出版社1991年版

明冯梦龙著，俞为民校点《冯梦龙全集·墨憨斋定本传奇》，江苏古籍出版社1993年版

明冯梦龙著，俞为民校点《冯梦龙全集·太霞新奏》，江苏古籍出版社1993年版

明孟称舜著，朱颖辉辑校《孟称舜集》，中华书局2005年版

高洪均辑注《冯梦龙集笺注》，天津古籍出版社2006年版

明沈自晋著，张树英点校《沈自晋集》，中华书局2004年版

清李玉著，陈古虞、陈多、马圣贵点校《李玉戏曲集》，上海古籍出版社2004年版

清李渔《李渔全集》，浙江古籍出版社1992年版

清洪昇著，刘辉校笺《洪昇集》，浙江古籍出版社1992年版

清俞樾《春在堂全书》，凤凰出版社2010年版

蔡毅主编《中国古典戏曲序跋汇编》，齐鲁书社1989年版

毛效同编《汤显祖研究资料汇编》，上海古籍出版社1986年版

侯百朋编《琵琶记资料汇编》，书目文献出版社1989年版

俞为民、孙蓉蓉编《历代曲话汇编》，黄山书社2006—2009年版

郭英德、李志远纂笺《明清戏曲序跋纂笺》，人民文学出版社2021年版

清叶堂《纳书楹曲谱》，清乾隆间长洲叶氏纳书楹刻本

清叶堂《纳书楹四梦全谱》，清乾隆五十七年（1792）长洲叶氏纳书楹刻本

清钮少雅《格正还魂记词调》，清康熙三十三年（1694）刻本

二、论著

王国维《王国维戏曲论文集》,中国戏剧出版社1957年版

吴梅《吴梅戏曲论文集》,中国戏剧出版社1983年版

章培恒《洪昇年谱》,上海古籍出版社1979年版

张庚、郭汉城等《中国戏曲通史》,中国戏剧出版社1980年版

谢国桢《明清之际党社运动考》,中华书局1982年版

孟繁树《洪昇及长生殿研究》,中国戏剧出版社1985版

徐扶明《牡丹亭研究资料考释》,上海古籍出版社1987年版

徐朔方《汤显祖评传》,南京大学出版社1993年版

康保成《苏州剧派研究》,花城出版社1993年版

俞为民《李渔评传》,南京大学出版社1993年版

聂付生《冯梦龙研究》,学林出版社2002年版

谭坤《晚明越中曲家群体研究》,上海三联书店2005年版

孙书磊《明末清初戏剧研究》,社会科学文献出版社2007年版

刘召明《晚明苏州剧坛研究》,齐鲁书社2007年版

汪超宏《明清浙籍曲家考》,浙江大学出版社2009年版

郭英德《明清传奇史》,人民文学出版社2012年版

叶长海《中国戏剧学史稿》(修订本),中华书局2014年版

伏涤修《中国戏曲文学本事取材研究》,安徽教育出版社2014年版

郑志良《明清戏曲文学与文献探考》,中华书局2014年版

邹元江《汤显祖新论》,上海人民出版社2015年版

朱雯、朱万曙《晚明"曲坛盟主":话说沈璟》,江苏人民出版社2017年版

马衍《六十种曲研究》,南京大学出版社2018年版

朱恒夫《戏曲学前沿问题研究》,上海人民出版社2023年版